外国航路石炭夫日記

世界恐慌下を最底辺で生きる

広野八郎

hirono hachiro

石風社

外国航路石炭夫日記　世界恐慌下を最底辺で生きる　◎目次

第一章　出航

一九二八年（昭和三）一一月〜一二月

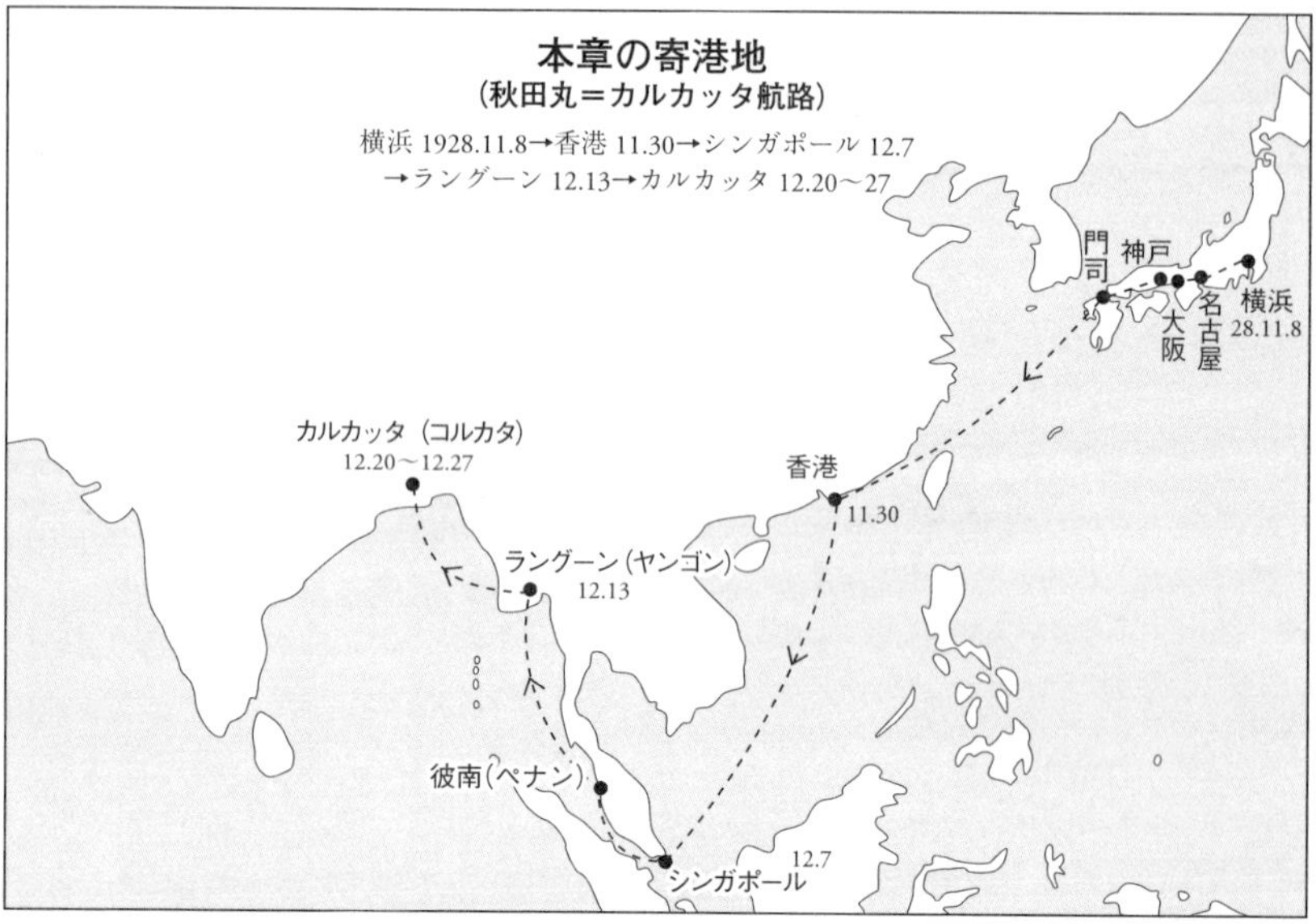

1928年（昭和3）の主なできごと

二月一日　日本共産党の機関誌「赤旗《せっき》」創刊。
二月一〇日　普通選挙による初めての衆議院議員選挙。結果は政友会二一七、民政党二一六、無産政党八議席。
三月　震災手形の問題に端を発した昭和金融恐慌が勃発。
三月一五日　全国で日本共産党・労働農民党等の関係者千数百名が検挙（三・一五事件）、四月には労働農民党等の団体が結社禁止とされる。
三月二五日　全日本無産者芸術連盟（ナップ）結成。
四月一〇日　治安警察法により労働農民党、全日本無産青年同盟等に解散命令。
五月　ナップの機関誌『戦旗』創刊。
五月三日　済南・青島へ派兵していた日本軍と国民革命軍が武力衝突（済南事件）。
六月四日　張作霖爆殺事件（奉天事件）。
六月九日　蒋介石率いる国民革命軍（北伐軍）、北京入城。
六月二九日　治安維持法改正。「国体変革」への厳罰化（死刑・無期刑を追加）。
八月二七日　日本を含む一五ヶ国、パリ不戦条約に調印。
一〇月一日　ソビエト、第一次五ヶ年計画を開始。
一〇月八日　蒋介石、国民政府主席に就任。
一一月一日　ラジオ体操放送開始。
一一月一〇日　第一二四代天皇裕仁の即位大礼式が、京都御所で執り行われる。

一一月八日

海の生活にはいってから、きょうで一〇日になる。この一〇日間に、どれだけ私は、いままで想像もしなかったことを、見、聞き、また体験したことだろう。

船員たちの生活がいかにみじめで、放縦ですて鉢的なものかということを痛感しないではおれない。航海中、汗にまみれ、真黒になってはたらいたその報酬は、ぜんぶ遊郭か、船員相手の飲み屋、カフェーか淫売屋、そうした享楽と本能欲のために、子どもが花でもむしってちらかすように消費してしまうのだ。そして、もらった給料のみか、ナンバン(火夫長)から、おどろくなかれ、月一割五分という、とても陸《おか》では想像もつかぬ高利の金を借りて使うのである。

一着しかもたぬ洋服、時計までも、二束三文に売りとばして、一夜の快楽をむさぼるものもいる。かれらは、金のありったけ、借金のできるだけ、それこそくめんのつくだけ使ってしまわないと気がすまぬらしい。

しかし、そうした気持になるかれらの心理が、わかるようにも思う。日ごろの満たされない、みじめな生活を癒してくれるものは、油と石炭の粉によごれた体を抱き、石のようにかたくなった手をにぎってくれる女と、くるしい労働も、疲れた体も、海上の暴風雨も、わすれさせ麻痺させてしまう酒とよりほかになにがあろう。

かれらの多くは独身者である。下級船員で妻帯者は、ナンバン、ナンプトー(ナンバーツー=二等油差し)、ストーキバン(倉庫番)、甲板部ではボースン(水夫長)ぐらいのものである。

もう小学校に通う子どもでもいそうな顔をして、十幾年も船に乗っているというのに、やはり借金たらたらというものもいる。

ああ! マドロスの悲哀——私もこまったところにとびこんだものだ。

ボーイ長(じつは火夫見習《ファイヤーマン》い)、これがいまの私の職名である。ボーイ長と「長」はついていても、船のなかでの最下級の仕事である。

機関部下級船員二〇人の、三度三度の食事をはこび、お茶をいれ、食事がすむと食器洗い、それからみんなの使いをおおせつかってかけまわる。この仕事のめんどうくさくて、うるさくてひまのないこと、一日、ばたばたた追いまわされ、へとへとにくたびれてしまう。その一日のうちに、何十ぺん文句をいわれ、怒鳴られ、あるいはからかわれるかしれない。

船首《おもて》では二〇人のすべてから、甲板部の連中からも、炊事場では、オヤジ(一等コック)、コック、ライスマン(飯たき)、ヘッド(ヘッドボーイ)、メスロンボーイ(メスルームボーイ=食堂ボーイ)、つまり、この船全員から、文句をいわれ、ばかにされているということだ。
しかし、みんながみんな、私のような経験をなめてきたにちがいないのだ。じっと歯をくいしばってがまんするよりしかたはない。

一一月九日

朝起きるのはたいてい五時から五時半。まだみんなが寝ているうちに、部屋の掃除をする。一日おきには、かならず水を流してワシデッキ（ウォッシュデッキ＝甲板洗い）をしなくてはならない。この大部屋ばかりではなく、油差しの部屋と、船尾《とも》のストーキバンの部屋もしなくてはならない。

航海中だったら、朝の六時には、じぶんでパンを焼いてバターをつけて、お茶をもらって、ナンバンの食卓の上にそなえておかねばならない。

それから炊事場へいって、じぶんでたくあんを洗って、大皿に適宜に切ってもってくる。汁バッグに味噌汁をいれてさげてくる。おわんをそろえておく、おひつに飯をつめてかかえてくる。そうして、みんながいつでも朝食が食えるようにしておく。これが七時まで。七時半には、油差しとストーキバンの別皿をとりにいく。

うつりかわり、思いおもいに起きだして、だらだらと朝食を食う。毎朝、飯にお汁に、文句をいわれぬことはない。そのはずだ。二〇人の舌はそれぞれ好ききらいがあるのだ。みんなの気にいるようにするには、いくとおりもの料理をつくらねばならぬだろう。

その食いちらかしたあとをかたづけて掃除をすますのは、いつも一〇時ごろになる。そうして、一〇時半からは、また昼の食事の用意にとりかからねばならない。昼の食事がすむのは、一時半ごろである。

停泊中は、チューブ突き（煙突掃除）やボイラーの掃除で、コロッパス（石炭夫）たちは、真黒でクマみたいに、目ばかりぎらぎらさせながらあがってくるので、雨さえ降らなければ、その人たちの分は、外のデッキに用意しなければならない。

そのあいだにも、やらなければならない仕事は多い。タンクの水汲み、バス（風呂）の水いれ、炊事場の手伝い。そんなことより、いちばんくるしいのは、油と汗とがタップリしみこんだ、作業着やシャツや猿股などを何枚も、洗たくをたのまれることである。いくら石けんをつけ力をいれてこすっても、これは、なかなかおちるものではない。一日に三人からもたのまれたら、へとへとになってしまう。

夕飯のしたくは、いつも二時半ごろからとりかからないとまにあわない。食物にいちばんみんなが苦情をならべるのは、夕飯のときである。

1928年11月～31年6月までの船員生活を書きつづった9冊の日記の原本

「こんなものが食えるか」とか、「うまいから、もう一皿もってこい」とか、「なにをもらってこい」「なにを盗んでこい」と、いちどに三人も四人もいいだすのだ。すこしでもてまどると、大きな声で怒鳴る。炊事場へのタラップ（舷梯）を何十ぺん上下するかしれない。炊事場では、コックやライスマンが文句をいう。

　みんなの夕飯がすむのは、七時ごろだ。夕飯をすませると、かれらは思いおもいの行動をとる。七分どおりは上陸する。部屋にのこったものは「頭なし」（借金で首がまわらぬこと）ばかりと、私のような見習いの新参者だ。

　かれらは、麻雀をやったり、わい談に夢中になったり、寝そべって娯楽雑誌など読んだりしているが、私はそうはいかない。みんなが食いちらかした食器類を洗って拭いてしまうために、何十ぺんも炊事場へ往復して、足の踏み場もないほどごった返した部屋を、掃いて、拭いて、すっかりかたづけてしまわないと、バスにはいることもできない。

　ときには、ボイラーのつごうでスチームがとまり、電気まで消えることがある。部屋にひとつランプを灯しはするが、光はすみずみまでとどかない。私はそのうす暗いなかを、手さぐりのようにして洗い物をしたり掃除をしたりしなければならない。

こんな夜は、とくに上陸するものが多い。暗い船室にくすぶっているのが苦痛らしい。こんな夜、船のなかは死んだようにひっそりしている。

一一月一〇日

明一〇日、全員休業

明後一一日、缶前《かままえ》（缶室作業）および主機（主機関）休業

フランテン（当直外の乗組員）は一一日就業、一二日休業

九日　火夫長

部屋の入口のせまい壁の黒板に、右のように記されてあった。きょうは御大典［この日、京都御所で昭和天皇の即位式が行われた］当日だからみんな休みだ。朝、全員に折詰ひとつずつと、酒を一合あたりわたされた。朝からその酒に酔っぱらって、くだをまいているものもいる。

みんな大よろこびで上陸の用意をしているのに、私ばかりはそうはいかない。みんなが休んでごちそうがでると、私だけはいっそういそがしくかけまわらねばならない。休業どころではない。

本船は港のほぼ中央のブイに係留しているので、上陸するには、ランチ（小蒸汽船）かサンパン（通船、はしけ）でないと行けない。

ストーキバンは、横浜に世帯をもっているらしいので毎晩上陸するのは当然だが、神戸に世帯をもっているナンバンも、ナンプトーも、毎晩のように上陸するが、やはりなじみの家でももっているのだろうか。

横浜に入港した日、ナンバンのベッドの上に、品のいい中年の女がすわっていたので、ナンバンの奥さんだと思って、

「私は見習いです。ナンバンにおせわになっています。よろしくおねがいします」

と頭をさげると、

「私ね、ナンバンの奥さんじゃないのよ。知り合いのものなのよ。用事があったからきたのよ」

とその女の人は、妙な顔つきをしていいわけみたいなことをいった。

あとで、その女はナンバンの「女」で、本妻は神戸にいるときいて、「船」の生活って変わっているものだと思ったものであった。

夜、デッキにあがると、街の灯が港の水に映ってうつくしい。赤い灯青い灯の広告灯が明滅している。じっと街の灯をながめていると、涙ぐましい気分になってくる。

一一月一一日

この秋田丸は、三八〇〇トン余り。横浜—カルカッタ

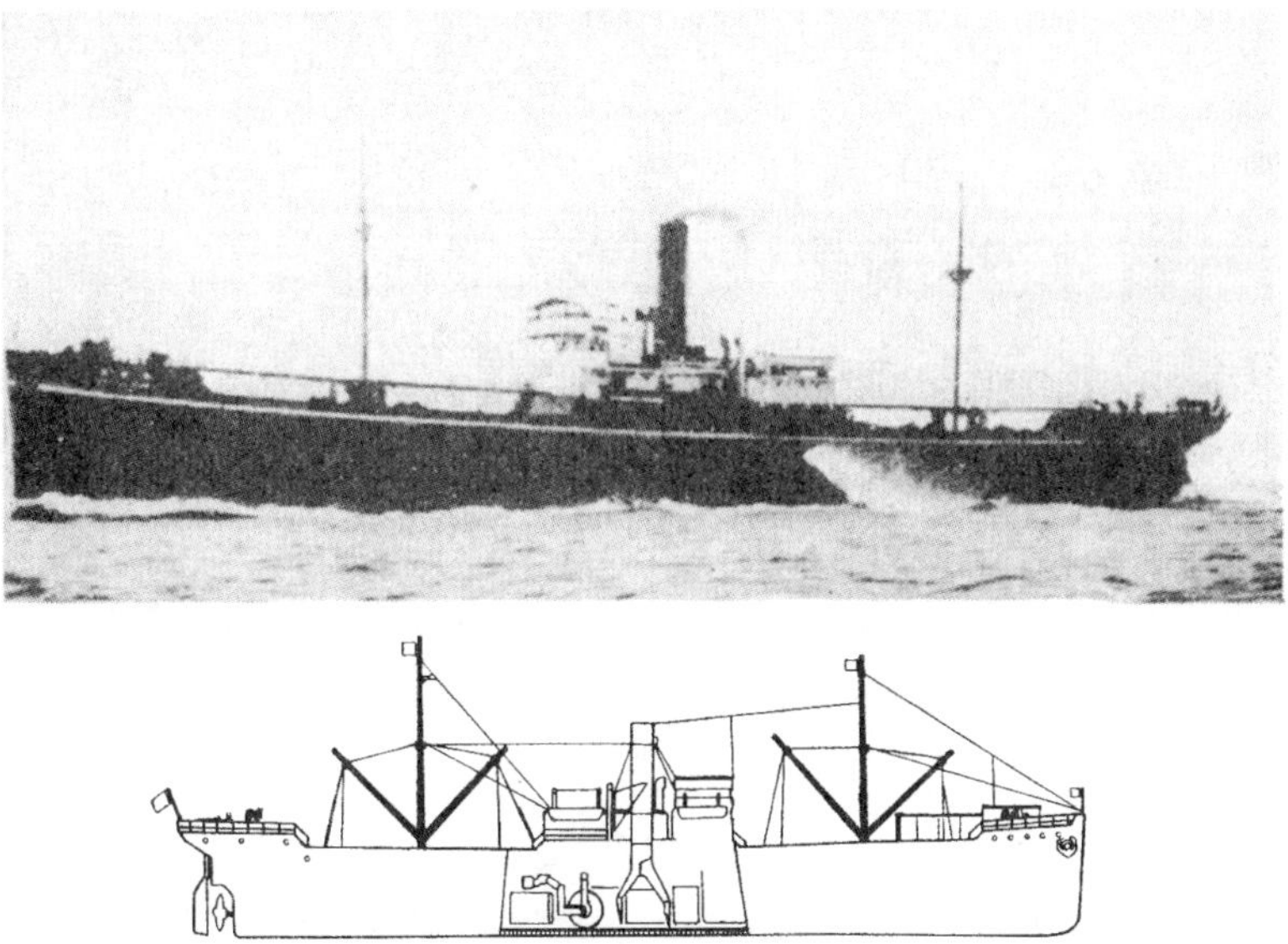

著者が1928年10月～30年3月まで乗り組んでいたインド（カルカッタ）航路の「秋田丸」

（インド・コルカタ）航路の純貨物船で、郵船（日本郵船）の汽船としてはもっとも小型の船だとのことである。日本での終点は横浜。私は神戸に停泊していたとき、乗船させられたわけである。

大阪には二日停泊、一一月一日の午後三時、大阪を出帆して横浜へむかった。船倉《ハッチ》には、カルカッタで積んだ屑鉄や油かす、大阪で積んだ自動車などがはいっていた。

一日の夜は、しずかな海を船はすべるように進んだ。しかし翌朝の未明から、寝ている頭をもちあげるようにゆれはじめた。いよいよしけてきたなと思って起きたが、頭がふわふわし、足がふらふらしてたちまちぶったおれそうになった。波は大きくうねって船体にぶっつかり、真白いしぶきをあげていた。風もつよい。船尾へ飯をとりにいくのになんどもぶったおれそうになる。頭が痛い。胸がくるしい。眩暈《めまい》がする。とうとう濃黄色のとてもにがいものがつきあげてきた。

そのくるしさ。たとえようがない。いっそのこと、あの怒濤のなかにひと思いにとびこもうかとさえ思った。ついになにも吐くものがなくなると、胸と腹をつよい力でしぼりよせるようにして、のどから赤い血があがってきた。

しかし、みんなは平気なものだ。麻雀をかこんでいる連中もあれば、碁を打っているものもいる。そして、ふらふらしながらかろうじて動いている私を、いつものようにこき使うのだ。もう死のうと生きようと、どうなってもかまうものか、とすて鉢になってしまう。

「このくらいのしけで酔っぱらうなんて、意気地がねえぞ」

「このくらいでへこたれちゃあ、船乗りゃだめだぞ」

「横浜へ着いたら、あがれあがれ」

船員たちは、そういうつっぱなしたことばをあびせるものばかり。情けないが、なんともしかたがない。もう五〇にちかいナンプトーは、私がよちよちしながら飯をはこんでいくと、

「すこし、しけとるからくるしいだろうのう」といってくれた。

とうとうこらえきれなくなって、へたばったひょうしに、かかえていた夜食の飯を部屋いっぱいにまきちらしてしまった。ナンバンが、

「もう、ほかのものにやらせるから、おまえははやく寝ろ。あすの朝は横浜に着くからな」

なまこみたいになった体を、寝台に横たえる。しかし、いっこうに眠れない。船はいぜんとして、上下にはげしくゆれている。やみそうにない。

くるしい夜が明けた。ふらふらしながら起きあがる。歯をくいしばって、部屋のワシデッキをやる。

船はあいかわらずゆれつづいている。海をへだてて、雪をいただいた富士山がみえた。朝日をうけてうす紅《くれない》に輝いている。なるほど名山だけはあると思う。北斎の赤富士を思いだした。くるしい胸をおさえながら、しばらくみとれていた。

その日の午前八時すぎ、横浜港の沖で検疫をうけ、港内にはいってブイに係留。富士山はあいかわらず、雲をしのいで西の空にそびえていた。

港にはいると、あれほど酔っぱらってくるしんでいたのに、けろりとなおってしまった。一昼夜絶食していたので、朝のご飯のおいしいこと。初航海にかなりつよい試練をうけた。

生きるため食うため、身をすりへらしてはたらく多くの仲間たちよ。たとえ一〇年の寿命をちぢめる仕事でも、あすの命をつなぐパンのためには、躊躇してはいられないのだ。

船の荷役にくる人夫たちの、なんと弾力のない顔をしていることよ。陽にやけて一見たくましくみえるけれども、汗によごれたその顔には、すこしも生きいきしたつやがない。目はとろりとにごって、生きいきした光がない。重労働と栄養不良のためだと思う。

終日、むせるようなダンブル（船艙）のなかで、あるいはウインチのハンドルをにぎりづめに、はたらかねば

ならないのだ。ちょっと手を休めて汗でも拭いていると、

「なにしてるんだ」

「どやつだ。ぶんなぐるぞ」

「ずるいことすると、踏み殺すぞ」

仕事にてまどったりぐずぐずしたりしていると、

「こら、なにするんだい」

「ぐずぐずするな」

「そりゃだめじゃないか。どやつだ」

こうした怒声が、親方や小頭の口から、ウインチの騒音を突きとおるようにきこえる。

私が部屋で拭き掃除をしていると、人夫がよく、水を飲ましてくれ、タバコの火を貸してくれなどといってはくる。タバコなど吸うときは、すみっこのむこうからみえないところへいってむさぼるように吸っている。こうしたことでさえ、かれらは、親方や小頭からみられるのをおそれているのだ。

二~三日まえ、荷を揚げてしまったあとのダンブルの掃除に女が二~三人きていた。ごみよけに、手拭いの一枚を口にあて、一枚は頭からかぶっていた。男が上から大きな声で怒鳴っていた。

あまり大声で怒鳴っているので、私はのぞいてみた。それは二人の女が、ダンブルの敷板をはめているのであった。その板は長さ三間ばかり、幅一尺あまり、厚さは三寸以上もあるもので、女二人でそれをもちあげるのは、むりな仕事にちがいない。体は真黒くごみによごれていた。

その女たちは、もう人顔もみえぬほど暗くなってから、大きなふろしきになにやらいっぱいいれて、背負いながらサンパンから帰っていった。

一一月一三日

朝っぱらからこごとをいわれたり、怒鳴られたりすると、一日くしゃくしゃした気分がぬけきれない。文句をいわれるのは、すべて食いもののことばかりだ。

船員たちの、食いものに執着心がつよいことにはおどろいた。まるで子どもみたいだ。じぶんがさきにいいものを食ったら、あとのものはどうでもいいのだ。毎朝私が、味噌汁を汁バッグにいれてさげてくると、はやく起きたものが、汁の実のところばかりすくいあげて食ってしまう。あとから起きたものには、ただの汁ばかりしかのこっていない。そこですぐ私に文句だ。

またかれらが、いかに食いものにいやしいか、たとえば、ちょっとめずらしいもの、うまいものなど、たまにでることがあると、二~三人上陸して、いないときなど、その人たちの分をさきをあらそって食うのがおもしろいくらいだ。

たまには知らぬ顔をして、一人分たいらげているものがいる。あとからのものがたらない。私はコック部屋に走らねばならない。コック部屋にものこっていないときがある。さあそのときだ。さんざんあぶらをしぼられ、ぶんなぐらんばかりに怒鳴られるのは。年がわかく、気のよわいボーイ長なら泣きだすだろう。

もう、船員たちの「女」の話はききあいた。乗船してから四〜五日は、好奇心もてつだってきいてもいたが、毎朝毎晩、耳にタコができるほどきかされてはうんざりする。朝帰りして、昨夜抱いた女郎や淫売の話を、つつみかくさず、ろこつに大声でしゃべってよろこんでいる。「ああ、上陸したい。上陸したい。上陸したいが金がない。だれか、金を貸せ。貸してくれるものはおらんか」からの財布をふりながら、船室をとびまわっている火夫もいる。

今朝はずいぶん冷えていた。寒い風が吹いていた。夜中にみんなが食いちらした食器を洗うのに、手が赤くなった。

セーラー（甲板員）たちも鼻柱を赤くして、帆柱や煙突のペンキぬりをやっていた。

午後から雨になった。細い霧雨である。紅葉した木の葉、キツネ色した野の草に降りそそいでいるであろう、しずかないなかの雨を想像する。

船がブイに係留されているので、風によって、右にまわったり左にまわったりする。朝起きてみると、まるっきり変わった方向にむいているので、方角をまちがえてしまう。だが、眺望に変化があって船からのながめにあきない。

一一月一四日

横浜へ入港してから一〇日あまりになるが、入港した日に富士山がみえたきり、その後いちどもすがたをみせない。それほどわるい天気ばかりでもなかったようだが。

今朝も寒かった。雨はやんでいた。うるおいをもった、未明の街の灯が、夢のように霧にぼかされてまたたいていた。

きょうも朝から船尾でドンキーマン（ボイラーの操缶手）に怒鳴られ、炊事場ではコックに文句をいわれる。一日に、なにか小言をいわれずにすごした日はない。手おちがないように、気をつかい注意していても、まったく思いもよらぬところから文句がとびだす。また、わかりきったこと、どうにもならぬことをいっておこるものもいる。結局、文句をいわれぬようにと気をつかうだけ損だということを、つくづくさとった。

一一月一五日

世のなかのごろつきという連中が、その体のどこかに刺青をしているように、船員たちには、五年もつづけているものの両股のどちらかに、二人に一人は、馬の目ほどの傷痕をもっている。これをかれらはまるで勲章でももっているように思っているのだ。淋病のいちどもやり、よこね［大腿部のリンパ腺の炎症による腫れ物で多くは梅毒による］のひとつくらい切らないと、一人前の船乗りではないと豪語している。

ふつうのときだと、朝食から昼食、昼食から夕食、そのまに、長くて一時間、みじかくて三〇分くらいのひまがある（それも、みんなが酒でも飲んでいたり、またとくべつの仕事でもおおせつかったりしたら、別だが）。そのまに本を読む。夜はたいてい、七時すぎからひまになるから、そのあとで読む。しかし夜は、周囲がさわがしくて頭にはいらない。いちばんたのしみなのは、昼のひまをぬすんで読書することだ。だから、ぱっぱと仕事をかたづけて、わずかな時間をむさぼるようにして読んでいる。

船首には書庫があって、四、五〇冊の本がならんでいる。多くは講談本、通俗小説、婦人雑誌、娯楽雑誌といったものばかりである。が、そのなかにゴリキーの短編集がはいっていた。きょうまでかかって、やっと読み終わった。この短編のすべてが、放浪者やどん底にうごめく人びとの世界が描かれてあった。あらけずりな自然描写とあいまって、読者にせまる力づよさ——私は私の、今年じゅうにおける、変転流浪の生活と思いあわせて、感ずるところが多かった。広島県の山奥や、岡山県の海岸を、野宿をつづけながら放浪したころのことを思いだす。

一一月一六日

きのうは午後から雨であった。かなりつよい風も吹いていたが、荷役にきた人夫たちは、蓑《みの》を着けたり、カッパを着たりして、風雨をおかしてウインチを動かしていた。

夜にはいっても風雨はやまなかった。が、やはり人夫たちは荷役をつづけていた。むこうの船でも荷役をしているらしく、ウインチの音がきこえ、マストには投光器が輝いていた。

朝からはたらきつづけ、風雨をおかして夜業までやっている人たちのことを思いながら、ベッドにはいったが、ガラガラ、ガラガラ、たえず枕頭をゆるがすウインチの騒音にまじり、サイド（舷側）をうつ雨音もきこえ、なかなか寝つかれなかった。

今朝は雨はやんでいたが、風は昨夜にもまして、つよく吹きつけていた。港内にもかなりの波頭が立っていた。あすは出帆だというのに、この雨ではまたあれるだろう。

なによりも気にかかるのは船酔いである。

入港の日にすがたをみせたきりの富士山が、きょうはめずらしくちかくに、その雪のはだをすっきりとあらわしている。

夕方、炊事場に飯をとりにいって、すこしのひまを欄干の上にもたれて、暮れゆく港の景色をしみじみとながめた。なだらかな小高い丘が、ずっと起伏しているそのふもとに、街の灯が輝きはじめていた。その丘のずっとむこうに、いくつもの山々がおりかさなってひろがっていた。その左側に、富士山が夕焼雲を中腹に巻いて悠然とそびえていた。

風はあいかわらずつよかった。泡立つ波はサイドを洗っていた。あすは出帆だ。十幾日の停泊中、いちども上陸しなかった。

横浜の街の灯よ。私は肝心の仕事をわすれて、丘も山もおなじ色にぬりつぶされていくまで、もの思いにふけっていた。

一一月一七日

きのうからの風はまだやみそうにない。五時まえに起きだしてワシデッキをやる。部屋をすっかりかたづけて、掃いてから、はじめに水を流し、それから砂と石けん水をまいて、一生懸命こするのである。こすったあとにまた水を流して拭きとる。いくら手ばやくやっても、油差しの部屋と両方やるには一時間はかかる。

午前一〇時出帆、わが秋田丸は、横浜港第二五号ブイをはなれた。港外へでると、波はかなり高かった。船は横浜ですこしばかりしか荷を積んでいないので、喫水が浅く、そのために動揺がはげしい。また酔っぱらいはせぬかと心配していたが、思いのほかくるしくはなかったが、やはり足がふらつき、頭がずきずき痛む。

船は東京湾をでて、しばらくすると、伊豆半島を右に、大島やその他の島々を左にみて走った。大島の山頂から、白い煙が立ちのぼっているのがみえた。

山がただちに海にせまっている、伊豆半島の断崖にぶちあたってくだける波頭は、壮観であった。夕食のしたくをすませて外へでると、もうちかくの波のうねりがみえるばかりで、海面はすべて闇につつまれていた。

一一月二一日

名古屋に入港したのは一八日の午前七時。荷役をすませてその日の午後二時、大阪にむかって出帆した。

名古屋を出帆して二〜三時間は、波はごくおだやかであったが、日暮れごろからしだいに波のうねりが大きくなってきた。暮れるにしたがって、波はいよいよ高くなり、風もつよくなり雨も降りだした。小粒の雨だが風がつよいので、空気銃の弾のようにぶちあたる。

船の動揺もはげしくなり、手ぶらでは立っておれなくなった。私はとうとう、前航のように正体もなく酔っぱらってしまった。風のつよさと船の動揺と、酔っぱらっているので、炊事場へのタラップをどうしても上下できなくなった。そのくるしさ、前航以上であった。

戸棚のなかの食器類が、ゆりおとされて割れる。大部屋のテーブルが部屋のなかをすべりまわる。私はくるしいので、外にでて頭を冷やした。暗たんたる闇にぬりつぶされた空と海。その海は海神の怒りにでもふれたように、たけり狂い、はげしい怒声をあげて船体にかみつき、船は木の葉のようにゆれながら、かろうじて微速をつづけていた。

なれた古参の火夫たちも、きょうは気持がわるいといって青い顔をしていた。

一九日の正午ごろ大阪着の予定だったが、二〇日の午前三時、ようやく大阪港外に錨をおろした。そうして朝六時、港にはいってブイにかかった。

まったく、前航以上のくるしさであった。私がふらふらして、飯はこびをやっていると、古参の火夫が、

「おまえは、とても船乗りにゃなれんわ。せっかくだが、あきらめて下船したほうがええぞ」といった。

なんといわれたってしかたがないが、おれだって辛抱できないことはあるまい。ちくしょう！　なんといわれたってやめるもんかと、じぶんでじぶんにいう。

一一月二二日

大阪港を午後二時すぎ出帆、神戸入港四時すぎ。とちゅう時雨らしい雨になり、夕飯をはこぶのにびしょぬれになった。

山を背にした神戸の街の夕景色は、なんともいえない。夕飯後、部屋にのこったのは四人だけ。火夫二人と、も一人は五島出身の梁瀬という、私の先輩の見習いである。

火夫たちの話は、いままで乗った船、港みなとの女のうわさ、船長や機関長のこと、ナンバンの批評などなど。外ではまだ荷役の人夫が、ウインチを動かして積荷をしている。人夫の一人が部屋にはいってきて時計をのぞきながら、

「ああ、ああ、まだ七時か。はやく八時にならんかなあ」

情けなさそうにこぼして、でていった。

「おおい、まだ七時だぞ」

「なんだ七時か。ちぇっ、夜業なんてあほらしい。いやになるなあ」

こんな会話が、デッキのほうからきこえてきた。

やがて荷役が引きあげていってから、どうしても眠れ

ないので、外にでてみた。空はいつのまにか、拭いたように晴れ、半輪の月が西の空にかかっていた。

山を背にした神戸の街、街の灯にかこまれた港。そこに係留した幾十隻の汽船。その船と船のあいだを、銀波をかきくだいて往来する小船。船々をまわる沖売り［船員相手に日用雑貨・菓子・下着類を売る商い。またはその商人］の声――。晩秋の澄んだ月夜の港情緒を感じながら、しばらくデッキの上を歩きまわった。

一一月二三日

きのう午後、養成所（海員養成所）でいっしょだった安田君が乗船してきた。部屋は、沖売りや、借金とりや、保険の勧誘員などでごたごたしていて気づかずにいると、むこうから「おい、広野君」と声をかけた。かれは筑前丸に乗船して、つごうで下船して、またこの船に乗ってきたのだという。

きょう給料日だったので、夜はみんな上陸して、のこったのは私たち見習い二人と、ドンキーマン一人。ドンキーはワッチ（当直）にはいっているので、部屋には安田君と二人だけ。養成所のことや、同期生たちの乗った船のことなど話す。私は卒業の日にこの船に乗船したので、その後の同期生たちのことは安田君からきく。一二時ちかくまで話しつづけた。

今朝起きてから、ワシデッキを二人でやる。あと、私は、エンジンルーム（機関室）のシリンダーカバーや、タラップの掃除をやらされる。外は寒いほどだが、エンジンルームにはいると夏シャツ一枚でいい。南洋の無風帯では、どんなに暑いだろうかと思う。

午前一〇時出港の予定が、荷役のつごうで午後二時に延びた。部屋にはいって寝ころんでいるまに、船は港外にでていた。

神戸をでてからの海岸のながめは、昔から有名な地だけあってわるくない。私はデッキへでて、海岸線にみとれていた。まるで湖水のような海面を、船はすべっていく。無数の帆船が浮かんでいる。ときおりすれちがう汽船。真白い雲が空一面にひろがり、すこしも動かない。西の空に、太陽は白紙にでもつつまれた電球のようにぼかされている。風はすこしもない。船の進行で起こる空気の流動すら感じられないほどだ。なんというしずかな海であろう。

「こんなところばかりだったらなあ、船乗りも苦にゃ思わんが」

安田君もサイドからのぞいて、感嘆の声をだした。

一一月二五日

神戸から門司まで二十数時間、瀬戸内海の水はしず

長崎で電車の車掌をしていた19歳のころの著者（中央）

かだった。海もこうまでしずかなことがあるかと思った。船もまた、こうまでしずかに走れるものかと思った。これが遊覧船で、旅行者であったらどんなに愉快だろうと思った。

二四日の午後一時すぎ、船は門司港に停泊した。

おお、関門海峡。思えば去年、年の瀬もせまった一二月二八日の早朝、あの連絡船で下関へわたった一人の青年。かれはみすぼらしいいなかものの風体をしていたが、その胸にはもゆる抱負と憧憬とをもっていた。かれはその前夜、長崎の浦上駅頭に多数の同志にとりまかれ、労働歌の合唱に送られて車上の人となったのであった。そのとき期待していた一年後のかれと、現実のいまのかれと、ああ、なんとはなはだしいへだたりであろう。その「かれ」はだれ？　かれでない私だ。この私じしんなのだ。しかし、私は「かれ」と三人称でよびたいくらい、この海峡をわたってからの一年間の生活は、変化にとんだ、命がけの血みどろの生活であった。

　予想だにもしない方面へのみのびていく運命の魔手。じっさい、去年の暮、この海峡をわたったとき、来年の暮、遠洋航路の下級船員となって、この海峡を横ぎって外洋にでようなどとは、想像だにしなかったことである。

　いまちょうど二五日午後八時半。きょう午後二時、門司を解纜《かいらん》。玄海の波もしずかである。私は船首のブタ小屋みたいなきたない部屋のベッドの箱のなかにうずくまりながら、この日記を書いている。サイドを洗う波の音が気持よくひびいてくる。

私の念頭を、走馬灯のように雑多なことが浮かんでは消え、消えては浮かぶ。——故郷のこと。故郷をでてからのこと。長崎での一年半。長崎を去ってから岩国、柳井での生活。祖生《そう》の善徳寺の寺守。尾道の木賃宿。野宿。岡山での百姓人夫。炎天下の藺《い》草刈りの激労。大阪海員養成所の二か月——。

こういう生活を放浪とよぶのだろうか。でも、どんなにくるしいことに出会うことがあっても、すて鉢になってはいけないと思う。負けてはいけないと思う。その生活からなにかをつかむことをわすれてはいけないと思う。

人生は空夢ではない。真実だ。戦いだ。つよく生きねばならない。さあ、あすの労働のために、消耗したエネルギーをわらぶとんのなかでとりもどさねばならない。もう九時すぎた。寝よう。いや寝て書いているではないか。それではあおむけになって、目をつぶろう。そして眠ろう。なつかしい故郷の夢でもみよう。船は一時間一〇カイリ［一八・五キロ］のはやさで波を切っている。サイドにくだける波の音が眠けをさそう。

一一月二九日

一〇時すぎてからベッドにはいったが、眠れない。眠ろうとあせればあせるほど、目がさえて寝つかれない。しかたなく部屋をでた。晴れた夜である。すこし欠けた一三日くらいの月が中天にかかっている。水のような空と青白い海よりほか、遠く西方に灯台らしい灯が明滅しているのみである。

かなりのうねりがあり、メーンマストが左右にゆるくゆれている。ササササ、ササササ。船舷にくだける濤声《とうせい》はこころよいひびきをつたえる。

しばらくしてなかへはいり、ベッドに横になる。寝ていると右に左に体が動く。初めはこうした動きに酔っぱらったのだが、いまはなれて、その動揺が眠けをさそうものとなった。母のふところでゆすぶられながら子守唄で眠る子どものように。船の動揺と波の音は、マドロスたちのなつかしい子守唄である。

みんなは眠っている。濤声にまじっていびきもきこえる。缶前やエンジンルームの熱気とたたかい、つかれた体を横たえて眠っているのだ。

しかし一部のものはいまも、缶前でエンジンルームで、スコップをにぎり、バー（火ベラ）をもち、注油器をさげて、汗と油と石炭の粉と塵芥とによごれ、あえぎながらはたらいているのだ。またいま、しずかに夢路をたどっているものも、零時と朝の四時には、しゃにむにたたき起こされて、交代でワッチにはいらねばならないのだ。ああなんと、命がけではたらくもののみじめなことよ。この紛然雑然とちらかった、せまっくるしい部屋をみよ。ここで一七人が寝起きし、飲食をともにするのだ。陸のものがみたらきっとおどろくにちがいない。

あすは香港に着くそうだ。おれも眠ろう。明朝は四時半に起きて、部屋のワシデッキをやらねばならない。もう眠ろう。

乗船してから、きょうでちょうど一か月になる。

一一月三〇日

門司を出帆してからは、安田君が飯はこびをやることになったので、私は毎日、朝の七時から午後の四時まで、ナンバンのあとについて手伝いをすることになった。

このほうが、飯はこびよりうるさくなくてよい。しかし、エンジンルームは暑い。シリンダーカバーの上なんかで、キャンバスにペンキなんかぬらされると息ぐるしい。二時間もぶっつづけにやっていると、頭がふらふらしてくる。しかし私は、故郷で木炭を焼く炭がまにはいりつけていたので、わりあいおどろきもしなければへこたれもしなかった。

二五日、二六日まではほんとうのべたなぎであった。東シナ海がこんなおだやかなときもあるのかと思えるくらいだったが、二六日の夜から波のうねりがつよくなってきた。二七日、二八日としだいにあらくなって、二八日の夕方になると、空は灰色に曇り、風も加わった。低気圧がこっちにむいているというので、セーラーたちはボートをからげたり、ウインチをくくったりしていた。波もずいぶん高かった。しかしこの船には、波があとから追ってくるので、動揺がすくないわけであった。

「これが向こう波だったら、きっとデッキを洗うにちがいない」と、みんなはいっていた。そのとおり、夕方左方をすれちがう汽船があったが、船首を波に洗われながら進んでいた。遠くからみると、汽船が荒波を切って進むのは勇壮なものである。

私は、また酔っぱらうにちがいないと観念していた。しかしどうしたことか、いくら動揺しても平気であった。安田君はすぐ酔っぱらってへたばったので、私が代わって飯はこびをしたほどだった。ずっと仕事をつづけ、飯を腹いっぱい食ってもどうもなかった。もう、船になれてしまったのだろうか。ふしぎなくらい平気だった。

翌二九日は、しけるどころか雲影ひとつない快晴であった。波もきのうの半分もなかった。西方に陸がみえだした。岩ばかりの奇妙な形をした、はげっぱ山の島々のあいだを通った。へんな帆をかけた漁船らしい小船が、無数に浮いていた。

大河の河口らしく濁水がうねっているところがあった。そのころから、海鳥が船の周囲を群れとぶようになった。

三〇日の朝、エンジンルームの拭きとりをすませてあがってみると、船は香港の港内にはいっていた。煙のような朝もやが立ちこめて、港をかこむ山々もかすんでいた。

あこがれの港、香港。霞が晴れると、香港島のけわしい山々が眼前にせまり、その景観に思わず驚嘆の声をあげた。海岸からずっと上へ上へと、建てられた洋館。それが緑の樹木や突きでた巌に点綴《てんてい》され、名工が彫りあげた彫刻のようで、窓々は朝日を反射して、真珠のように輝いていた。

船はその島とは対岸の大陸側の九竜《カオルン》桟橋に横づけされた。そこの岸壁にはほかに、幾隻もの汽船が横づけになっていた。港内に係留した船は幾十隻。さすがは東洋一をほこる大貿易港だけあると思った。

船々での荷役のウインチの音のやかましさ。桟橋の倉庫付近のおびただしい群衆。

荷役のシナ人たちはみな裸足である。その服装もまちまちだ。かれらは、日本人のようにせっかちにははたらかない。いかにもゆっくりゆっくりやっている。また日本のように、がみがみ人夫をしかりつける小頭《こがしら》もみあたらない。多人数でがやがやしゃべりながら、のんきそうにはたらいている。

しかし、その賃銀をきいておどろいた。一日四〇銭くらいだとのことだ。またここのある工場で、一四年勤続しているシナ人の職工の給料が、四五銭ときいておどろいた。

日中は暑い。シャツ一枚で汗がでる。日本の九月ごろの気候のようだ。

きょう初めて、缶前の仕事をやらされて真黒くなった。スチームパイプで足をちょっとやけどする。石炭の煤《フラン》がはだにしみこむと、なかなかおちない。石けんをつけて、すりむけるほどこすっても、まだ黒いしみがのこっている。

夕方になって、みんなぞろぞろ上陸しはじめた。安田君が、

「きみ、七時からぼくを上陸さしてくれ。こうしてみていると、どうしても上がりとうてかなわんがね。きみ、上げてくれ」

そういってたのむので、こころよく私が代わってあとかたづけをする。

「おい、きみがいけよ。きみは横浜からいちどだって上陸せんじゃないか。きみが上陸するのが当然じゃないか」

そういってくれる火夫もいたが、私は安田君を上陸さ

せて部屋番をする。もう一か月、陸の土を踏んでいない。

陽が沈み、夕闇がしだいに港をつつみはじめると、香港島の全山の灯がいっせいに輝きはじめた。

私が神戸の夜景に感心していたら、

「ここの夜景を感心しとったら、香港へでもいってみい。目をまわさあ」

と、石炭夫が笑ったことがあったが、なるほど、香港の夜景はすばらしい。千万の灯影は港の水に映り、水はすべて金の海である。そこを往来する渡船。金波はくだけて光のしぶきをあげる。私はこういう夜景がこの世に実在することを、想像したこともなかった。私は夜おそくまで、寝もやらずデッキの上を歩きまわった。

一二月五日

香港を出帆してきょうで五日。船はシンガポールへむかって航行をつづけている。

南航するにしたがって日に日に暑さがましてくる。日本では木枯しの季節だが、ここの船室では九三度（この日記では、すべて華氏温度で表記されている。華氏九三度＝摂氏三三・九度。以下［　］内に摂氏温度を記す）。汗がでる。寝ぐるしい。みんなユカタ一枚だ。それでも暑いので、猿股ひとつですっ裸だ。香港をでてから扇風機をかけた。まだ暑さはひどくなるだろう。

香港出帆の日から缶前に下るようになった。コロッパスについて、缶替《かまが》えや石炭繰りのけいこをするのだ。朝と夜と三時間あまりずつはたらくだけだが、容易な仕事ではない。なにしろ、真赤に燃えているファネス（火炉）の石炭を、デレッキ（火かき鎌）で一方にかきよせ、ガラをかきだして缶替えをやるのである。それに水をかけると、熱気と灰かぐらで呼吸もできない。体は汗のために川からあがったように、シャツもズボンもなんどもしぼるほどである。

きのうは焼けているデレッキの柄で右手をやけどし、きょうはアス巻き（石炭の燃えがら巻き機）のスチームで左手をやけどする。たちまち水ぶくれができた。ドクター（船医）にいけと火夫がいうけれど、そのままほうっている。

バンカー（石炭庫）のなかも暑い。空気の流通はないし、おまけに缶前の熱気がつたわってくるし、サロンや船首に送るスチームパイプが通っているので、蒸されるようだ。

停泊してからのチューブ突きや缶掃除が、どれくらいひどい仕事かまだ知らない。

きくところによると、この船は航路はいちばんわるい航路だが、缶前の仕事はわりあいらくな船だという。大きな遠洋航路の船になったら、四時間ずつ二ワッチ八時間、ちょっとの休みもなく、一輪車で石炭をおし、缶替えをしなければならない船もあるらしい。しかしこの船でも、三本缶替えをやってあがる（終わる）と、頭がふらふらする。なまぬるい海風でもよみがえるほど涼しい。

香港いらい、海の水はしだいに濃藍の度を増してきた。晴れた日がつづく。夜は日本の秋の夜のように星数が多い。天の川も大空の一角に輝いている。

海からでて海に入る朝日夕日。朝焼けの空も、夕映えの雲も、水の色も、銀鱗をひらめかせて海面をとぶトビウオも、私の目には、好奇と驚異と感銘をあたえないものはない。

一人の火夫の手紙を代筆してやったのがはじまりで、われもおれもと、私に葉書や手紙を書いてくれとたのみにくるようになった。こんな筆跡でも、うまいうまいといってたのまれるので、気やすく書いてやる。

年賀状なんかもずいぶん書いた。船が動揺しているときなど、ペンが思うようにはこばない。ときにはおそろしくこみいった長い手紙なんか書かされて、こまることもある。だがみんなの代筆をしてやるためか、したしさができてやさしいことばをかけてくれるものも多くなった。

一二月七日

今朝は四時に起きてワッチにはいる。南洋特有のスコールがきて、涼しい風が流れていた。船は昨夜一〇時ごろ、シンガポール港外にきて、沖係りをしていたのである。水平線にシンガポールの街の灯が輝いていた。

きのうの暑さは、香港いらいの暑さであった。缶替えをやるのに息が切れそうだった。動悸がはげしく胸がくるしくて、いまにもぶっ倒れそうな気がした。そのはずだ。缶前の寒暖計一〇六度〔四一・一度〕。デッキにあがっても風はすこしもなかった。たえられないので、炊事場からもらってきた氷水を、腹がぼがぼ音がするまで飲まないとおちつけなかった。

甲板ではたらくセーラーも、缶前ではたらく火夫たちも、赤エビのような顔をしてへとへとになっていた。ファナー（煙突）から吐きだす煤煙がまっすぐに立ちのぼっている。船の速度と追風の風速が一致しているのだ。こんな場合、船はまったく無風の海を走っているのだ。外にいても暑い。部屋にはいればなお暑い。扇風機などかえって暑い空気をかきまわすようなものだ。

かわりに海はしずかであった。船はすべるように走った。海面には大きなクラゲが浮いていたり、頭大のヤシの実が浮かんでいたりした。昼の暑さに比して夜がくるとわりに涼しかった。晴れた空には星が多く、日本の夏の夕涼みを思わせた。

心は遠く故郷の空へとんでいた。いまごろ山の木は落葉し、野の草は枯れ、朝夕の寒さに囲炉裏をかこんでいるであろう故郷の家族のことを。

船は今朝六時半、検疫をすませて錨をあげ、港内へはいった。六時半といえば、日本ではようやく夜が明けはじめるころだが、南洋の夜明けははやく、もう朝日がのぼっている。さっきの驟雨はどこへやら、晴れて水気をふくんだ空である。

水はあくまで青くしずかだ。海とは思えない。港の周囲には島が多い。大小の島々、緑の草につつまれ、ビンロウ樹、ヤシその他、熱帯特有の樹木が青々としげり、そして学校らしい建物や、別荘らしい家が白く赤く輝いていた。島、山、家、緑濃き樹木、青い海。どこをみても一幅の名画たらざるところはない。

私はワッチからあがったよごれた作業着のまま、歩きまわってその風景をながめていた。船はシンガポールの市街を右にみて、多くの汽船が停泊している桟橋を通りこして、ずっと奥――奥かどうか知らないが――の、さびしい小さな桟橋に停泊した。

一二月八日

本船が停泊した桟橋は、一見いなかがかった場所であったが、かえってあちらのにぎやかな桟橋に着いたよりも、気が晴ればれした。

うしろは小高い測候所のある、一面青草におおわれた山であった。そこを斜めに測候所に通ずる赤い道路があって、のぼったり下ったりする自動車がみえ、人の歩く白いすがたもみえた。前には五、六百メートルの海をへだてて、なだらかな丘をつくった島が横たわっていた。繁茂した樹木がその島全体をつつみ、赤い屋根の別荘らしい家が、そのあいだからのぞいていた。真向うからすこし左側には、工場でもあるのだろう、建物はみえないが大きな煙突が三本、頭だけみえていた。

ずっと左側には、土人の住家か、日本の公園のあずま屋みたような家がいっぱい、海の上に浮いているようにみえる。

右側にはもうひとつ、小さな饅頭型の島があり、その先端のところは、こちらの測候所のある山がせまってきて、わずかに汽船が一隻出入りできるくらいのせまい海峡になっている。そこを通ってたえず、大小の汽船が往来している。シンガポールをへて航行する船は、かならずここを通るのだろうか。

水は海とはいえぬくらい澄んで、港特有の油や煤煙も浮いていない。波はまるでない。湖、むしろ池と形容したいくらいである。島にはしげった樹木が水際まではえ、その葉を海水にひたしている。赤い帆をかけた船が浮いている。土人が小さなボートをこいでいく。小蒸汽船が音をたてて通る。島々の青々としたあざやかな草木をながめていると、日本の青葉のころを思わせる。

昨夜はひまだったので、火夫たちについて街にでてみた。乗船いらい四〇日ぶりに陸の土を踏んだ。しかも、常夏の港シンガポールの土を。

きれいな道路。無軌道電車（トロリーバス）、自動車、二人乗りの人力車、黒、黄、白、半黒、雑多な顔色のちがった人種がぞろぞろ歩いている。立ち並ぶ露店。熱帯特有のかおりをはなつ果実店。腰掛にかけたり土の上に腰をおろしたりして、洗面器のような器で手づかみでものを食っている黒人。獣脂のにおいが鼻をつくシナ料理の露天街。船員でない日本人の顔もみかける。

一時間ばかりぶらついて帰船する。いきも帰りも電車に乗る。無軌道電車は乗りごこちがよい。本船の着いた桟橋まで一里［約四キロ］ちかくはあるだろう。みごとなバナナを買って帰る。

きょう午後四時出帆、船は彼南《ピナン》（マレーシア・ペナン）へむかった。

私はちょうどワッチだったので、あがってみると、船はもう島をはなれていた。陽がおちて、ゆくてに灯台の灯が明滅していた。空は、異様な日本の夕立雲に似たどす黒い雲がひろがっていた。稲妻がしきりに光っている。いまにスコールがきそうだ。風が涼しい。海面はにぶい暗紫色に泡立っていた。

一二月一一日

シンガポールから彼南までは、思ったより涼しかった。空はいつもどんより曇っており、風があった。海は風によって白く泡立った。島が多かった。夜はよく灯台の灯がみえた。

彼南へはきのう朝着いた。港口には目のさめるような、よく樹木のしげった岬が突きでていた。いくつもの小さい島があった。まるで庭師が念をいれてつくったような、きれいな島に白い灯台が建っていた。

赫灼《かくしゃく》と降りそそぐ太陽のもとに、彼南の市街は、赤、白、その他さまざまな色に輝いていた。市街の背後には小高い山が、樹木のあいだから岩や、赤い山の地はだをあらわしてつらなっていた。それと反対の方向には樹木が防風林のように、海岸に頭をそろえて一直線につらなっていた。そのあいだから、土人の住家らしいミツバチの巣箱のような家が、ちらちらみえた。その向こうには、細長いのや丸いのや、いろんな形をした島の頭がみえていた。

港には船はすくなかった。船は沖に停泊して、すこしばかりの積荷をした。

私はワッチのつかれでぐっすり眠っていると、頭の上で耳をつんざくようなひびきで目がさめた。揚錨機《ウインドラス》の錨を巻く音であった。眠い目をこすりこすり外にでた。照りつける太陽に目がくらみそうだ。

船は錨を巻くと、しずかに波を切りはじめた。緑樹のあいだからみえる彼南の市街は、一幅の絵であった。それが海面とすれすれにみえ、しだいに遠ざかるにつれ、まるで海上に浮いてでもいるようにみえた。

南洋の海は変化がはげしい。ないでいるかと思うと、たちまち暗雲が立ちこめ、はげしいスコールがくる。スコールが去ると涼しい風が起こる。が、また暑いなぎの海となる。

私は汗じっくりになってワッチからあがると、いつも船首のレールにもたれ、つかれた体を海風にさらしながら、もの思いにふけるくせがついた。

一二月一四日

彼南を出帆してから安田君と代わって、私がボーイ長になった。また終日、いそがしくばたばたかけまわらねばならない。

彼南から三昼夜あまり、船はきのうの昼すぎラングーン(現ミャンマー・ヤンゴン)に着いた。とちゅう、暑くて眠れぬというほどでもなかった。きのうの朝から海は一面黄色をおびていた。船が進むにつれてその黄濁の度はつよくなっていった。島影ひとつみえないが、ラングーンがちかづいたことだけはわかった。大洪水のとき、長崎でこんな色をした水をみてから、こんな濁水をみたことはなかった。濁水洋々、空の青さも、この水にはその影を映すことはできなかった。

パイロット(水先案内人)が乗ってからも、陸の影はしばらくみえなかった。が、陸がみえてからラングーンの河口はすぐであった。

みわたすかぎりの平原、ところどころにこんもりとしげった森がみえるばかり。両岸にみえる枯草色をした広っぱは、いま刈りとるばかりになった稲だろうか。そのあいだに民家がまばらにみえる。

河の流れはかなり急である。船が溯上するために切る波の立ちかたをみてもあきらかである。遠くちかくしげった森のあいだからは、かならず赤い寺院の屋根がみえ、その中央にひときわ高くそびえた、金色の塔が輝いている。船員たちにきくと、パゴダといって、金箔がぬってあるという。あの貧弱な民家と、森をしのいで輝くパゴダの塔と、なんと不調和のことか。

船はそうした平原のみえるところを四時間ばかり走って、ラングーンに着いた。東側の岸壁に横づけされた。両岸に停泊した汽船もずいぶん多い。そのあいだに、小舟が無数に浮かんでいる。舟の形、舟のこぎかたなどもめずらしい。

ビルマ人もほとんど裸足で、のろのろ動いている。にごった河の水、太陽の光、山ひとつみえぬ平原、なるほど熱帯の国だという感をふかくする。夜は対岸の街の灯が川面に映ってきれいだった。夜はどれほどにごった水でも澄んだ水でも、おなじように輝く。

きょう二時出帆。きのう上った河をきょうは下るのだ。きょうはきのうより晴れて風があって、眺望が鮮明である。船が河口をでてパイロットがおりたころは、もうすっかり夜であった。

一二月一五日

航海中はひまがない。まして、ボーイ長はなおひまがない。日記をつけることもできない。

ちょっとでもひまがあると眠けがさす。毎晩やっと六時間そこそこしか眠る時間がない。それでは一日の疲労を回復させることはできない。一日じゅうゆううつな気分をどうすることもできない。記憶にとめておきたいこと、船での日常の生活状態——書きとめておきたいことは多い。が、それができないのが残念である。こうして書いている日記なども大ざっぱなものだが、しかたがない。これでも、私は眠い目をこすって一生懸命で書いているのだ。一行書くあいだに、なんどみんなの使いをいいつけられるかしれない。

「本を読んだり、ペンをにぎったりばかりしとっちゃだめじゃないか」

船員独特のことばでしかられることもたびたび。

きょう一〇時から、火災操練と短艇《ボート》操練があった。

船はカルカッタへむかって走っている。あいかわらず風があって、あんがい涼しい。

一二月二〇日

一七日の午後四時すぎ、名に負うガンジスの分流フーグリ川の濁水をさかのぼること一〇〇余カイリ［約一八五キロ余］、本船の終点カルカッタに着いた。

河水の量、河幅の広さ、ラングーンの河などおよびもつかない。両岸の広大な平原には、樹木がしげり、土人の小さい家がみえ、河から田へ引くらしい水門もみえた。稲を刈ってまもないらしい田んぼ、日本の田園にみるようなわら積みもみえた。川ばたの草原や樹の下に赤や黒の牛があそんでいた。

キャンバスで屋根を張った川蒸汽が、上ったり下ったりしていた。稲わらをぎっしり積んだ舟が河を横ぎっていた。

ゆくての空をかきにごしてただよう煤煙の集団がみえ

た。それがカルカッタであった。

本船は右手に寄って、停泊している多くの汽船のあいだに、錨をおろして仮泊した。

ああ、きょうは二〇日。今年もあますところ一〇日。しかし、すこしも年の瀬らしい気がしない。

今朝七時に船は錨を巻き、一一時ごろまでゴーヘー(前進)、ゴースタン(後進)ばかりやっていたが、こんどはずっと川上の、右手の桟橋に着いた。ここでぜんぶ荷揚げをすませて、ドックにはいるらしい。

目に映るものすべてめずらしいものばかりである。それらをいちいち書きしるしておきたいけれども、ひまがない。いちばんこまるのは睡眠不足である。ちょっとひまがあると眠気がおそってきて、どうしようもない。

冬というのに、日本の真夏のようなインド、栄養など度外視したまずい船の食事。どうも体の調子がくるったようだ。いつも丈夫であった胃が痛みをおぼえるようになった。それに、去年岡山でおかされたカッケが、再発したようである。痛む腹をおさえ、だるい足を引きずり、つかれた体をじぶんで督励しながら動きまわらねばならない。

一二月二二日

今朝五時半、船は係留綱をといて桟橋をはなれた。そして方向を回転して、川下へ下ってドックにはいった。これは船を修理するドックではない。積荷のためにできたドックで、入口は小さいが、なかはひろい。そこには、何十隻もの汽船がはいっている。ドックの水面は河面より何十尺〔一尺=約三〇・三センチ〕も高い。

船はまず、ドックの入口の水門をはいる。するとその水門がしめられる、とみるまに、積荷のためにできたドックの水面まで水かさがあがってくるのである。すると、船首のほうの水門が開いて船はドックにはいるのである。

船首甲板にあがってみると、高層の建物の頭がしげった樹木の上に突きでているのがみえ、ほかには、平べったい長くつづいた倉庫の屋根と、にごったドックの水と、停泊したほかの船と、四角ばったインド人の荷船と、こうしたごみごみしたものばかりしか目にはいらない。ただ、ドックの入口の回転式になった橋がみえ、そこをたえず多くの人が往来している。

きょうは朝から大部屋の大掃除であった。私は飯はこびもやらねばならないし、荷物やベッドも外へもちださねばならないし、ずいぶん忙しい思いをした。午後は部屋ぜんぶにペンキをぬったので、今夜はどうしても寝られない。みんなは上陸のしたくをしている。私はボーイ長をしているので、どこかのすみにでも寝て部屋番をしようと思っていたが、みんなが、かまわぬいっしょにいこう、といってきかないので、したくをしてでかけることにする。

船をでたのは、もう暗くなりかけてからであった。私たちは回転橋をわたって歩いていった。ラッシュアワーでおびただしい人の往来である。そのあいだを自動車が突きぬけていく。馬車が通る。牛二頭に引かせた二輪車がのろのろといく。

ごみごみした商店街。へんな油ぎった、胸のむかむかするようなにおい。私たちはいくつかの角をまがって歩いていった。どの人間も黒い顔で、裸足のインド人ばかりだった。

大部屋きってのひょうきんものの火夫の小池が、洋館風の家にはいっていった。私たちもしかたなくあとにつづいた。コンクリートの階段をのぼると、ひとつの部屋にわかい質素ななりをした「日本の女」が、椅子に腰かけていた。

「あら、秋田（秋田丸）の人じゃなかですか」

あいそうよく迎えて、シナタバコの紙巻きを一本ずつわたしてくれた。しばらくして、四〇にちかい年ごろの女が二人はいってきた。二人とも話すことばは長崎弁である。こんなところで故郷のことばをきこうとは、思いもよらないことだった。しばらくしてそこをでた。

彼女たちはあれでも遊女なのか。異国の地で春を売る女よ！　彼女らは、遠い船路につかれた同国のマドロスたちに、どれほどなぐさめと生きるよろこびとをあたえてくれることだろう。それからまだそうしたところを、二～三軒引っぱりまわされた。インド人の淫売屋にもはいってみた。その女たちが、黒いはだに白粉をぬった恰好にはふきだしたくなった。

郵船の倶楽部は、洋館の感じのよい家であった。階上は士官、階下は属員の部屋になっていた。ピンポン台などすえた娯楽室もあった。ひと休みしてとなりの香港バーというシナ料理屋にうどんを食いにいく。

日本のシナ料理屋では味わえないよい味であった。倶楽部に帰って寝台に横になる。インド人のボーイが、毛布二枚と枕をもってきてくれる。

いま、私はそのベッドの上でこの日記を書いている。寒くもなく暑くもない、よい寝ごこちである。インドにもこんな涼しい時節があるのかと思う。外からはたえず、電車と自動車の音がきこえてくる。

一二月二六日

ドックにはいった翌日から安田君に代わって、私がワッチにはいることになった。飯はこびや部屋の連中の用事で、終日ちょっとのひまもなくかけまわっているより、くるしい缶前の仕事でもこのほうがうるさくなくてよい。

二四日には、火炉、燃焼室《コンパッション》の掃除をやらされた。覚悟はしていたが、やはりくるしい仕事だった。横浜から何千カイリ［一カイリ＝約一・八五キロ］、石炭を燃やしつづけてくっついた煤とよごれを、シカラップ（スクレーパー、きさげ）でかきおとし、光沢がでるまでワイヤブラシでこすらねばならない。ようやく頭がではいりするくらいな火炉口から、体をよじってはいりこみ、ランプの光で、すわったりはったりして作業をするのだ。目も口も鼻も、煤がはいって息さえ自由にできない。四時間もはいっていて、でてきたときのすがたといったらたとえようがない。体全部が真黒で、ただ目ばかりが光っていて、立って歩く「クマ」とでもいうよりほかにいいようがない。じっさい、じぶんのすがたがつくづくいやになってしまう。

きのうは一二月二五日、クリスマスで仕事を休んだ。

火夫の小池と高谷につれられて街へでた。そして、火夫長のなじみの女のところにつれていかれた。大きな二階家の一室で、明るい風通しのよい部屋であった。火夫長はまだベッドに寝ていたが、私たちがいったら起きた。女はもう四〇をいくつもすぎているであろう、おばさんと呼んでもいい年ごろだったが、ふっくらと肥えたはだの白い、あいきょうがあって気さくな女であった。

「ナンバーさん。ほんとに寝た坊よ」

といって、女は笑った。長崎弁とはちがうように思われるのできいてみると、天草出身だといった。

女は氷水をとったり、スイカを切ったりしてもてなしてくれた。

インド人の服装はおもしろい。赤い帽子をかぶったもの、白い布を巻きつけたもの、着物も赤や白や単色が多い。腰にはひろい布を巻いていて、その前をとって、股をくぐらせてあとのほうにはさんでいる。ほとんど裸足である。靴をはくと税金をとられるのだという。靴のはけるのは、中流以上の階級だとのことだ。女は足首や腕に金や銀の輪をはめている。鼻や耳にはめたものもいる。たいてい女は、白や赤や色とりどりのひろい布を頭からすっぽりかぶって、顔のところをすこしだして歩いている。二時半、帰船。

一二月二七日

私は去年のきょう午後一一時、浦上駅発の列車で山口県の柳井へたったのだった。あれから一年間の生活を回想しているところへ、ボーイが手紙をもってきた。私への手紙一通。長崎の同志　赤木熊市からであった。

去年のきょう私は、赤木、原田二君と大浦や浜の町を歩き、写真を撮った。夜は私のために別宴を開いてくれた。そして駅まで見送ってくれたのであった。あれから流浪がつづき、音信もできなかったが、船に乗ってから手紙をだしておいたのだった。それがちょうど一年めの別れたその晩に、このたよりをうけとるとは。

もう夜の一一時。去年のいまごろ私は、時雨の浦上駅のプラットホームに汽車を待っていた。寒いので引回し(袖なしの合羽《かっぱ》)を着ていた。別宴のため、飲めない盃をうけて私の顔は火のようにほてっていた。見送りにきてくれた七人の同志と、一人ひとり握手をかわした。みんなは声をそろえて労働歌をうたってくれた。あの夜の感激をわすれることはできない。赤木、原田の二君は、争議のため職をなげうって、いま実際運動に没頭しているという。

「大地にしっかり足を踏みしめて、一歩一歩堅実な歩調をもって、われらの社会の建設へと進まねばならない」と書いてある。そして最後に「闘争の巷より」と記してある。

私は目がさえてどうしても眠れないので、船首甲板にあがって頭を冷やした。

一二月二九日

カルカッタはたとえ冬でも、もっと暑いところだと思っていたら、入港してからきょうまで、暑くてたえられぬという日はなかった。日中はやはり暑いが、夜明けになると毛布を着ないと寒いくらいである。朝のワシデッキにシャツ一枚では寒い。したがって、風邪をひくものが多い。私は風邪はひいていないが、カッケのほうが心配でならない。ワッチにはいるとき、タラップののぼりおりにも足がだるくてこまる。いつもいやな悪寒に悩まされている。

第二章　離散

一九二九年（昭和四）一月〜六月

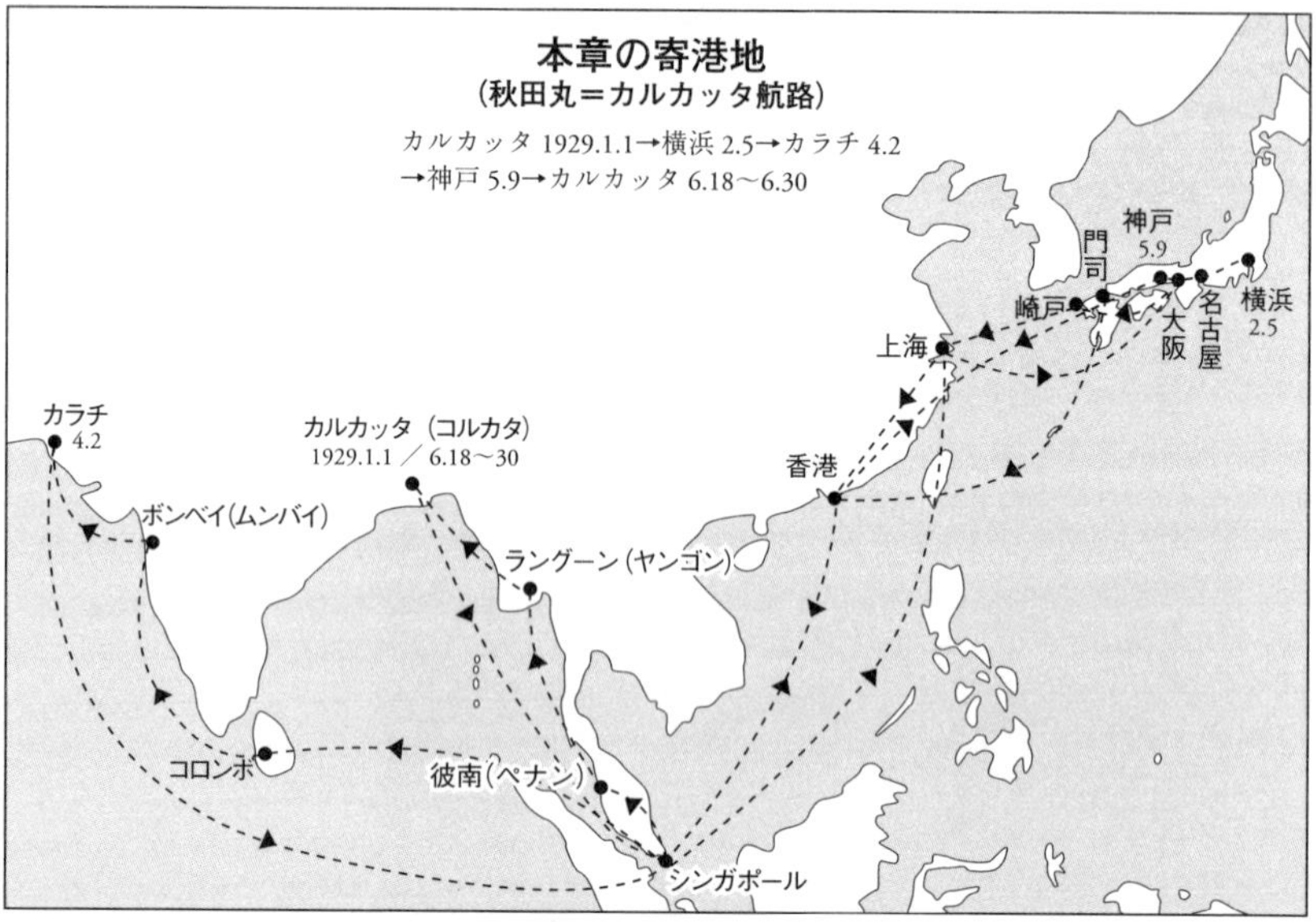

1929年（昭和4） 1〜6月の主なできごと

一月二五日　当時民政党の代議士だった中野正剛が衆議院予算委員会で「満洲某重大事件」（張作霖爆殺事件）を追及。

二月二三日　〝説教強盗〟こと妻木松吉が逮捕される。

二月一〇日　日本プロレタリア作家同盟（後のナルプ）が結成される。

三月二日　治安維持法改正緊急勅令の事後承認案を審議中の衆議院本会議場に「文芸戦線」発行人であった石井安一が「治安維持法を葬れ」と記したビラを撒く。

三月五日　労農党の山本宣治代議士暗殺される。

三月一四日　横浜船渠工信会四九〇〇人、待遇改善を要求しスト。

三月一五日　三菱造船がMSディーゼル機関を発明。この頃、大学卒業者の就職難が深刻化。

三月二四日　伊で新選挙法下の第一回総選挙。ファシスト政権支持が一〇〇パーセントに達する。

四月　島崎藤村、「夜明け前」（第一部）を「中央公論」に連載開始。

四月二日　東京で凶悪犯罪が増加。国会に「帝都治安維持に関する決議案」上程。

四月一五日　国際連盟の主催で第六回軍縮準備委員会が開かれる。

四月一六日　共産党員大検挙（四・一六事件）

四月二三日　大阪築港が完成、竣工式。

五月一日　第一〇回メーデー。全国五〇ヶ所で二万三〇〇〇人参加。この月、小林多喜二の「蟹工船」が発禁に。

六月三日　政府、中国国民政府を正式承認。

六月一五日　東京―立川間の省線電車開通。

一九二九（昭和四）年一月一日

新しい年がきた。インドのカルカッタで迎える新年である。

故郷をでて迎える三回めの新年ではあるが、私にとって一九二八年は、変転流浪の一年であった。私にとって苦難の年であったように、郷里の家も、つづく不幸と窮乏にくるしんでいるにちがいない。故郷では末の妹が死んだ。村の道普請で目に石の破片がささり、父はながいこと病院通いをしていた。そうしたたよりを、流浪の旅の途次にうけとるごとに、私の心は痛んだ。

ああ、ゆるしておくれ！

老いたる祖母よ、不具の母よ、父よ、二人の弟たちよ、死んだ妹よ！　私はけっして郷家をわすれているのではない。あなたたちが必死に生きようとくるしんでいるように、私も不合理な社会の重圧にくるしんでいるのだ。

元日の朝四時に起きて、安田君と二人で部屋の整理をする。昨夜みんなで三四、五本のビールを飲んで、うたうやら踊るやら大混乱を呈した。おかげで今朝は寝不足で、頭がぼんやりしている。

白みかけた空を、しわがれ声のインドカラスが鳴き群れている。空には一面のうろこ雲がひろがり、おだやかな元日の朝である。

部屋に折詰、酒、餅、さかなどをはこぶ。昨夜の飲みづかれで、みんなぐっすり寝いって起こすのに骨がおれる。みんなを起こしていっしょにそろって、火夫長のあいさつがあって屠蘇を祝ったのは八時すぎていた。二寸角［約六センチ］ほどのせんべいのような餅が九枚ずつ配られた。

大部屋にひと重ね、エンジンルームにひと重ね、大きなエビとミカンをそえてお供えが飾られてある。

サロンのほうでは、士官たちは九時に式があったらしい。サロンのことなんか、私たちにはわかりはしない。

みんなおどろくほど酒を飲んだ。この酒は日本からわざわざ用意してきたのである。私たちはいちいち燗をしてださねばならないので、いそがしい。すぐに酔いがまわってうたいだした。みんな愉快そうだ。

こうした遠洋の船に乗っていると、日本で正月を迎えることはめったにないという。たいてい外国でか、航海中にかに新年を迎えるのである。

あすは出帆である。みんなはよろめきながらも、上陸してあそびにいく。部屋にのこったのは、動けぬほど酔っぱらったもの二〜三人と、安田と私と二人きり。酔っぱらいの相手や、どこから手をつけていいやらわからぬくらいちらかった、食いがらをかたづけてしまうともう午後の二時をすぎている。

じっとして部屋にいると、なんともいえぬ哀感がこみあげてきて、胸がふさがる思いがする。

夕方、もの思いにふけりつづけていた頭を冷やそうと、船首甲板にのぼっていった。

そこには、街の雑然とした光景が展開されていた。太陽はドックの対岸の汽船のマストと煙突のあいだに、橙色に輝いてひっかかっていた。街の家並みのあいだから突きでた煙突や、停泊している船々の煙突からは、たえず煤煙が吐きだされ、その煙はすべておなじ方向になびいていた。工場や倉庫のあいだからは、煤煙によごれたしげった樹木がのぞいていた。ドックの水はあいかわらずにごって濃黄によどんだ光を反射していた。

船首甲板からみおろせる位置に、道路が横ぎっていた。人通りが多かった。ドックの上は回転橋になっていて、そのすみには、赤い布を頭に巻き、カーキー色の服を着たポリスが立っていた。

私は、その橋の上を往来する人たちをながめていた。退勤時なのだろう。よごれた着物で裸足の労働者たちの往来がはげしい。この国の新年は旧暦なのだろうか。自動車が土煙りをその群衆にぶっかけて走り去る。牛二頭に引かせた二輪車がのろのろといく。黒ぬりの馬車が通る。御者はむちをふりふり、馬をいそがせる。

橋のむこうに停泊した船では、大勢で石炭積みをやっている。石炭をいれた籠を頭にのせて、あとからあとから桟橋の上を歩いている。それが入り陽に映って、活動写真でもみているようである。

とつぜんけたたましい鐘の音がきこえてきた。それは、その橋が開く合図である。鐘の音をきくと、通行人はおそろしいいきおいで橋の上に殺到した。橋が開かぬまにわたろうと両方から橋の上でかちあい、みるも息ぐるしい大混乱であった。やがて、右手から汽笛を鳴らしながら汽船がはいってきた。

橋上の混乱がしずまると、橋は中央からギクリと折れて両方に開いた。汽船はしずかに通っていった。一万トン級の船である。そのあいだに橋のたもとにはおびただしい人間のすし詰めができている。なかには牧夫に追われた何百頭もの羊の群もいる。

汽船が通ってしまうと、橋の下に開橋を待っていた、何千隻ものダンベイ船がにわかに竿をつっぱり櫓櫂《ろかい》を動かして、大いそぎで通りすぎる。それもひとつの見ものである。

鐘の音とともに、やがて橋はもとにかえった。また、橋の上には一大修羅場が出現する。めまぐるしい路上の人の動きをながめていると、きりがない。

元日の太陽は真赤に燃え、煤煙によごれながら、対岸の汽船のかげに沈み、余光はマストの旗になごりをとどめている。ドックの水面をすべって、涼しい風が吹いてくる。

一月一〇日

カルカッタを出帆してきょうで八昼夜。船はインド洋上を走っている。

二日の午後ドックをでて、河のなかに一夜係留して三日朝出帆、ガンジス河の河口にでた。カルカッタをでてから一日だけは涼しかったが、翌日から暑くなり、ずっと暑い日ばかりがつづいている。日本は近年にない寒さだとか、大雪が積んだとか掲示にでているのに、こちらは毎晩暑くるしくてろくに眠れもしない。

カルカッタからずっと私はワッチにはいって、石炭夫代理をやっている。くるしい仕事である。なにしろ石炭がわるい。往航は門司炭だったので、灰《アス》もごみもすくなかったが、こんどのカルカッタ炭ときたら、アスは多いしほこりは立つし、かきだした灰の火は消えないし、缶《かま》替《が》えをするのに熱くてくるしくて息がきれそうだ。一ワッチに四本も五本もファネスを替えさせられ、アスを巻くと、へとへとに疲れて正体もない。のどがカラカラにかわいて、氷水を何升飲むかしれない。どっと水を浴びたように流れでる汗は目にはいり、タラップをのぼるのに足がおもたくて、あやうくずりおちそうである。

カルカッタを出帆して五日めのワッチのときくらい、くるしい思いをしたことはなかった。その日は波のうねりが高くて、船はかなりゆれていた。ながく停泊していて出帆すると、いくらなれた船員でも気持がわるいという。私もすこし波に酔っぱらいぎみで、飯を食わずにはいったのがいけなかった。一本缶替えをしてアスを巻くと、もうじっとして立っておれなくなった。しかしがまんして、その夜のワッチはファイヤーマン（火夫）に怒鳴られ、さんざんあぶらをしぼられながら、どうにかつとめおおせたが、あんなくるしさがもう三〇分つづいたら卒倒しただろうと思う。こんなではつづけて仕事ができるかと心配したが、その後はまた元気がでてきた。私は去年の夏の岡山での藺草《いぐさ》刈りのくるしさと、思いくらべてみた。どちらもくるしい仕事にちがいない。

火夫たちの話をきくと、もっと火のきつい船にいくと、のべつぶったおれて目をまわすものがあるという。

じっさい、缶前《かままえ》のいぶられるような熱気のなかにおりていくと、生きながらの地獄とでもいいたい気がする。それだからみんな気みじかになり、おこりっぽくなる。ちょっとのことですぐけんか腰だ。仕事がひどいので寝る。寝ようとしても暑くて眠れない。しかし、これは私一人がくるしんでいるのではない。船の労働者のすべてが暑さにあえぎ、はげしい仕事にくるしんでいるのだ。

カルカッタ停泊中はいちども雨は降らなかったが、洋上へでると毎日のようにスコールがくる。毎夜星が輝いているが、空のどこかにかならず稲妻が光っている。

一月一四日

一晩は停泊するだろうと予想していたシンガポールは、一一日の朝入港して、午後四時に出帆した。一晩あそこで休んで夜の街でも歩いて、日本へのみやげ物でも買って――と思っていた人たちは、ぶつぶついってこぼしていた。私もさんざんインド洋で暑さと仕事のくるしさとに悩まされた体を、休めようと思っていたがあてがはずれた。そしてシンガポールからまた、飯はこびをすることになった。

ここからは南へ流れる潮流のため、波のうねりが大きい。往航は追い波だったので船はスピードもでるうえに、動揺もすくなかった。しかしこんどは波にむかっていくので、シンガポールを出帆した翌日から船はつよくゆれつづけた。

サイドをうつ波のしぶきは、ときどき甲板を洗った。どうも、気分がわるくなってこまった。へたばるというほどでもないが、足がふらつき、目がまわった。私より安田君はひどかった。私と交代してワッチにはいるのに、正体もなく酔っぱらって、飯など幾日も食えないほどである。シンガポールも往航ほど暑くなかったし、シンガポールいらい涼しい日がつづいている。これから日に日に涼しくなっていくだろう。

一月一五日

きょう午後四時で四昼夜、船は北へ進んでいるが、潮の流れがわるいとかでスピードはでないという。一昼夜に二〇〇カイリ[約三七〇キロ]、でかねるという。

船になれたみんなの話では、ここはいつもあれるところで、これくらいはなぎのうちだという。きょう昼すぎはげしい驟雨がきた。ギャレー（調理室）から飯をはこぶのに、ぬれねずみになった。

インド洋では雲の影はすくなかったが、シンガポールからは、雨気をふくんだどす黒い雲の集団が、空をおおっている。しかしときには、まったく晴れわたった空になることもある。今夜はよく晴れて、西の空には五日ぐらいの月が、さびしい光をなげている。船にくだける波がその光に映ってきれいだ。

一月二〇日

きのう正午ごろ、船は予定よりおくれて香港に着いた。私は、香港をどれほど待っていたかしれない。おそらく、すべての船員たちの気持もそうだったにちがいない。

七日の朝から風がつよくなり、空は暗雲におおわれ、雨は小石でもなげつけるようにはげしく、デッキに白い飛沫をちらした。波は強風のために調律をうしなって、三角波となり、四〇〇〇トンたらずの本船は、ローリング（横ゆれ）、ピッチング（縦ゆれ）、文字どおり木の葉のように波にほんろうされながら、ギギギイ、ブリブリッと、くるしまぎれの悲鳴をあげて、ほとんどスピードはでなかった。

先端のフォックスル（船首楼）は、たえず大波をかぶり、すさまじい白煙をふいて滝のように流れおちる潮水は、デッキの上を縦横無尽にかけまわった。セーラーたちは波の飛沫をあびながら、危険を冒していそがしくはたらいていた。

船首からブリッジ（船橋）、ブリッジから船尾へと、大きなマニラロープが張られた。そのロープをたよりに歩くのである。これをライフライン（命綱）という。

酔っぱらうものか、負けるものかと私は下腹に力をいれてがんばっていたが、コック場から何十ぺんと往き来しているうちに、体の力がぬけて足がふらつき、頭がずきずき痛みだして、いくらがんばってもこのしけには抵抗できなかった。

ブリッジのレールにつかまって、船首の動揺をながめていると、あんなところの下でどうして人間が寝起きしていられるだろうと、ふしぎに思われるほどである。大波を浴び白煙をふいて、高く浮きあがり低く舞いおり、右に傾き左にたおれ、怒声をあげながら突き進んでいくすがたは、勇壮なながめではある。

私がサイドのレールにつかまっていると、火夫の青田が、

「どうだ、あのながめは。とてもきみ、いくら金をだしたってみれるもんじゃないね」

といって笑った。

船になれた船員たちでも、ほとんど青い顔をして気持わるそうにしている。私がはこんでくる飯もいつもの半分も減らない。

夜ははやくかたづけてベッドにはいるが、なかなか眠れるものではない。船首のこの大部屋は、ぶつかる怒濤のひびきと、部屋のきしむ音と、たえずゆすぶられ、せまいベッドのなかをごとごとこづきまわされるので眠れはしない。くるしい呼吸をしながらベッドにうつ伏せにはいつくばって、私はじっと歯をくいしばっていた。

翌日も前日にましてのあれようであった。部屋の卓上にせっかく切ってきておいたたくあんが、皿ごとずりおちてとびちった。箸立てがころがって、箸が部屋じゅうに散乱する。ストアのドアが開いて皿や茶碗がおちる。醤油瓶や酢瓶がおちる。ついに、腰かけて卓上にむかって飯を食っていた連中が、腰掛けといっしょにひっくり

返るというさわぎだった。

酔っぱらってくるしくても「へたばりはせんぞ」と、がんばって飯はこびをやった。

コック場から部屋への往き来が、骨がおれるとともに危険だった。重いものでも両手にもつわけにはいかない。一方の手は、かならずロープにすがる用意をしていなければならない。デッキを通るとき、ぐずぐずしていたら波にさらわれるのだ。波と波のすきをみて、一気に走って通らないといけない。あのサイドをとびこしてデッキを洗う大波を浴びたら、それこそデッキに頭をぶつけるか、ハッチ（艙口）になぐりつけられるにちがいない。

機関部のアップ（見習士官）さんのひとりに、上唇が半分ないのがいるが、話にきくと、しけのとき、デッキで波にさらわれて、タラップの鉄板で唇を切ったのだという。

猛威をふるうしけは、右サイドからうちあげる波が、左サイドをとびこすいきおいであった。夕方離合する汽船が二隻みえたが、やはり波にもまれ、飛沫を浴びて難航をつづけていた。トビウオが何尾も、デッキの上にとんできて死んでいた。

「香港外でシナ船が座礁、三〇〇余人溺死」という記事が掲示板に掲示されていた。まったく人ごとではないという気がする。

きのうになってようやく、海は怒りをといた。烈風もやんで、ただ大きなうねりのみとなっていた。船が島かげにはいると、海はますますおだやかになった。よみがえった気持になり、元気がわいてきた。

半病人のようになってくたばっていた安田君も、きのうから起きだして私の飯はこびの手伝いをやりはじめた。

香港入港午後一時、九竜桟橋着。夜、みんなは上陸して、あそびや買物にいく。私は対岸の夜景をながめたり、部屋に寝ころんで、みんなからもらった菓子などかじっている。

一月二六日

香港を二〇日正午出帆、きょうの正午で六昼夜。香港を出帆してから、船が島かげをでてしまうと、また海はあれはじめた。そして、ちょうどきのうまであれつづけていた。しかし今朝はすっかりないで、船の動揺もかすかに、船首の水を切る音さえしずかである。

船は明朝ごろ、関門海峡を通過するという。今朝ごろから船は九州の西岸を走っているのだ。今朝、ワシデッキをするとき、東のほうにいくつも漁船の漁火がみえていた。

「一で玄海」［荒れた玄海、ほどの意］などというが、なんというしずかな海だろう。きのうまではげしい波とつよい風だったのに、きのうときょうと、おなじ海のつづきかとうたがいたくなるほど、のしたようなしずかな海である。

香港に一晩停泊したとはいえ、一七日いらいずっとしけられつづけであった。香港からは、香港までのように酔っぱらいはしなかったが、くるしいにはくるしかった。なにしろ香港からは気候が一変したので、風邪をひいたとか頭が痛いとかいうものが多い。香港までは扇風機をまわしていたのに、香港を出帆したらすぐ寒くなって、部屋にスチームを通した。まるでうそのような話である。わずか一昼夜で、「夏」から「冬」に一足とびである。体に異常をきたすのもむりはないのだ。

香港までは、デッキにうちあげる波を浴びて、体がぬれても平気だったが、香港からは、身を刺すような冷たい風が吹いて、潮水など浴びたらこごえそうである。コック部屋へはいるのがいやだった私も、いまではコック部屋にはいったら外にでたくなくなった。

香港でまた荷を積んだので、船は保険マーク（満載喫水線）を水面に没していた。だからこんどのしけには、いっそう船は波をかぶった。しけ後の船体は、潮によごれ赤錆がでて、カルカッタできれいにぬり替えたのもきたなくなってしまった。

香港からは飯はこびをやったり、ストーキバンの鍛冶屋の手伝いや、シリンダーカバーの錆おとしをやらされたりしてきた。部屋にスチームが通っていると暖かいが、どうも鼻がつまって頭が重くていけない。

一月二八日

きのうの朝九時ごろ、船は関門海峡にきた。どんより曇った空、青黒い海、白く泡立つ波、島々の松の色。高く低く起伏する、九州の山、本州の山、雪でもきそうな冷たい風。それらすべてがいかにも「北国」という感じがしてしかたがない。やはり熱帯の海から帰った船員の目にはそういうふうにうつるのであろうか。

海峡の入口で錨をおろして、一一時まで潮待ち。海峡を通過すると、瀬戸内海の湖水のようなおだやかな水の上を、船は全速力で走った。

昨夜はよく晴れて月がでていた。

船は島々のあいだをぬうようにして走った。私はワッチからあがりしなに、寒い風に吹かれながら、体が冷えて感覚を失うまでデッキに立ってながめていた。

きょうの午後三時、港外で検疫をすませて神戸港内のブイに係留した。港は風もなく、波もなく、おだやかであるが底冷えがして寒い。

きょう、故郷からの手紙をうけとった。三銭切手二枚はった重たい手紙であった。みんなの用をすませてから封を切った。意外なことが書かれていた。私はその長い手紙を読み終わってなんどか長嘆息をくりかえした。ああなんと意外なことか。いくら金にこまり生活に追われていたにしても、故郷の家がそうまでになっていようとは予想もせぬことであった。一家離散――その運命が、とうとう私の家にやってきたのだ。

拝啓　先日より再三の御書面に接し、実に有難く存じ候。尚其上為市にまで小費《ママ》い頂き有難く御礼申上候。就而、お前は横浜出帆以来つつがなく業務に勉励の由蔭乍ら一同よろこび居候。降って宅方も祖母はじめ皆達者に暮し居候。

時に昭和四年の新年、四十六歳の年を迎え候得共、思へば昨年は如何なる悪年なりしか、可愛ゆきますえは不帰の客となり、お前には前持《ママ》って再三申し送りし通り、二千五百円ばかりの山を買い求め、例の山添商店に特約致し、毎日木炭下し居候処、不幸にして山添よりの木炭仲買人、佐世保の者失敗致し炭代金支払わざる為、山添商店も予算ちがい、目下自分の店の維持さえおぼつかなき有様故、我方へ二千円余り山料金として渡す事に約束致せしも、以上のようなことにて二千円はおろか十円の金も出来ざる始末。依って儂より郷中に納める山料金は、一厘たりとも支払い出来ず、自分としては郷中に対し面目次第もなく、色々心配も致し候得共、百や二百の金なら兎も角、二千円という大金、旧年末の今日目下の処、調達出来ず、依って郷中の規約として、料金出来ざる場合は、三年又は五ケ年間は山の入札も出来ず、之れとて前もって郷中の規約なれば今更詮方なき事、考えれば自分も、中瀬様の宅を出てより恰度今年で二十五ケ年、その間、中瀬様えもかれこれ借金九百円余りと相なり、山料金と合すれば三千円余りと相成候。

目下の処、村に足を止めて農業に励み、傍ら山日庸に行きても、その日の家計を保つことは出来よう、又人の名義にて山を手に入れ木炭を焼いてもその日暮しは安心ならんも、三千円の借金を如何にするか。自分の気持ちとしては、村にこのまま足を止め、人様に頭を下げ通すが如き事は断然出来ず、依って少し考えるところもあり、一時他郷に出で四五年間一生懸命働き、再び郷里に帰る考えに候故、左様御承知の程を。それにつけても不びんと思われるのは祖母一人、只今にては下の覚四郎伯父の元え一時あずけ、行った先の都合で迎えに帰るつもり、依って四五ケ月の辛棒。又金作もこの新正月に上《かみ》の仁八が帰り、三菱に欠員の為募集致居候故、是非共入れてやると云って居り、金作本人もよろこび一昨日仁八同道にて、長崎に出発致侯。試験は十四五日頃までに決定致す由。結果を後程御知らせ致し候。

お前も体を大切に仕事に精出してくれ。金作も職工になったら精出すであろう。儂もまた体のつづく限り一生懸命浮世の波と戦って見よう。自分も今二三ケ所より、炭竈《がま》の師匠や山の部《ぶ》焼に来てくれと申し来り候得共、目下何処に行くか決定致さず、先の都合よき所に行き次第先方より書面を出すに依って、こちらのことは心配することなく、お前はお前の仕事に精出してくれ。

家の者も村を出る際には、皆様と酒の一杯も飲み、一時の別れでも笑って発つつもり、いづれ発足は旧正月頃と思い居候。

父より

八郎殿

代筆してくれた人はだれであろうか。父は「いろは」を解する程度だし、小学校をでた弟がこんな手紙を書けるはずはなかった。

それにしても、祖母や目のみえぬ母が、どんなにかなしんでいるかと思うと気が気でなかった。父は快活で「やりくり」がうまかった。家も屋敷も地主の家に住み、あれだけの借金を負いながら、うまくやりくりをつけていく手腕には私は内心敬服していた。しかしこんどというこんどは、のっぴきならぬ羽目に陥ったのである。おそらく、父もこうなろうとは予期していなかっただろう。まったく「弱りめにたたりめ」である。不幸に不幸がかさなって、ついに一家離散の憂き目を迎えたのだった。

一月二九日

きのう故郷からの手紙を読み、一家離散の悲運に泣く家族のことが眼前にちらついて、おそくまで眠れなかった。それに電灯が消え、スチームがとまりヒーターが冷えると、部屋のなかがきゅうに寒くなり、会社から支給された二枚の毛布を、頭からすっぽりかぶってベッドに丸くちぢこまって寝るが、なかなか寝つかれない。

火夫見習いのわずかな給料では、仕事に必要な消耗品を買うだけで、防寒用の上着や毛布を求めることもできない。

今朝起きると港はあれていた。はげしく波がかちあい、ブイに係留した船もゆれてぐるぐるまわっていた。アンカーチェーン（錨鎖）のきしむ音がたえずひびいてくる。六甲おろしのからっ風が吹きつけて寒い。

きょうは久しぶりの休みだが、私はワッチにあたっているので、上陸はできない。部屋にとじこもっていても寒い。着のみ着のままのじぶん、一家離散の郷家――情けなくなる。いくらかでも送金してやりたいが、それもできない。いくら気をもんでもどうにもできないことはわかっていながら、家のことから心がはなれない。

一月三〇日

きのうはいろんなことを考えて気がいらいらするので、いっそ上陸でもしてみようと思って、みんなのあとについて会社のランチで上陸する。風がつよくて寒い。木綿のうすいシャツとカーキーの菜っ葉服［労働者などが着る作業服］と二枚しか着てないのだ。背なかから水でも浴びせられるようだ。船に乗ってから日本ではじめての上陸である。

冷たい風の街をあちらこちらに引っぱりまわされる。理髪店で散髪する。ますます寒さを感ずる。久しぶりに映画をみる。

岸壁にくると、ランチは九時にならないとでないという。火の気のない暗い待合所で、ながい時間をすごす。ちらちら粉雪が舞っている。

オーバーも着ないで菜っ葉服だけのみすぼらしいじぶんのすがた――私のようななりをしている船員は一人もみあたらなかった。

会社のランチで帰船、九時半。

今朝はデッキに、ウインチのジョレンコック（ドレンコック=水抜き）から流れた蒸留水が凍りついていた。七時から九時までバンカーの石炭繰り、きょうはこれで休みである。

夜は、私が代わって安田君を上陸させる。部屋にのこったものはわずか三人。一人はきのう私たちといっしょに上陸して、会社の病院で六六（性病の薬）の注射をしたヨコネをだしてよわっている男。も一人は蓄膿症で頭がわるいという男。そして私。

私は故郷へ手紙を書く。手が冷たい。

一月の二八日に神戸に入港しました。冬でも日本の夏のようなインドで正月を迎え、一か月ちかくの航路をたどってまた日本に帰りました。私は風邪も引かず元気ではたらいています。

入港するとすぐあの長いお手紙をうけとりました。そしてほんとうにびっくりしました。かねてみなさんがくるしい生活を送っておられることは承知していましたが、まさにああいうことになろうとは――さぞ郷中や近所、親類に、肩身せまい思いをしておいでのことと存じます。

年老いた祖母さんや目のみえないお母様のすがたが眼前にちらついて、いても立ってもいられない気がします。

しかしいかにもがいてもかなしんでも、すでにそうなった以上しかたがありませんが、じぶんにすこしもやましいところがなくて、一生懸命はたらいていて不運におちいったのですから、けっして恥じる必要はないと思います。

本家の借金のために何年も中瀬家に奉公した父上に、次男であるということで本家の伯父たちはなんの援助もしてくれないのでしょうか。不合理な気がしてしかたがありません。

でも、父上の気性はよく存じています。おそらく本家などに泣きついたりはしないでしょう。郷の規約で山の入札ができなくなったのなら、あのたよりのとおりいっそ村をでて、新しい土地ではたらいてください。私もそれを望みます。父上もまだ元気らしいから、どうか新しい気持ちでがんばってください。

右のように一気に書いて、封をした。

今夜は風もなくしずかであるが、ずいぶん冷えてきた。

二月五日

きょう午後一時半、検疫をすませて船は横浜に入港した。去年の一一月一七日、横浜を出帆して、カルカッタ航路一航海して、本航路の終点横浜へ帰ってきた。約八〇日を要したことになる。

本船が神戸を出帆したのは一月の三一日だった。その日大阪へ入港。

私はただちに「船員手帳」の生年月日の訂正のため、築町の海事部出張所にいった。しかし、そこでは訂正はできないとのことだった。ついでに出崎町の掖済会《えきさい》の海員養成所にいってみた。去年、蚊と南京虫にせめられながら二か月を送った養成所である。教員室にいって先生や所長にあいさつする。青い服を着た養成員たちがぞろぞろしていた。いっしょに卒業した同期生たちの消息もききたかったが、時間がないのでちょっと話しただけで帰ってきた。

三〇日の晩神戸で上陸した安田君が、その翌朝になってもすがたをみせなかった。その日の正午、出帆の時間になっても帰ってこなかった。たぶん、くるしい海員生活にたえかねてにげだしたのであろう。

かれはよくひょうきんなことをいっては、みんなを笑わせる楽天的な男だったが、それがかえってわざわいした。停泊中はおどけてしゃべりまくっていて、航海中となるとすぐ酔っぱらってくたばってしまうので、意気地なしだ、生意気だとみんなからいわれた。もひとつ、かれがにくまれたのは、よくコック部屋から、卵だとか煮豆だとかいろんなものをかっぱらってきては、ひとりでこっそり「かくし食い」をすることであった。食いものときたら子どもみたいな船員たちは、それをきらっていた。それでみんなからつらくあたられた。そういうことにもたえきれなくなったのだろう。部屋にのこしているのはよごれたワッチ着の、シャツとズボンがあるだけであった。

コロッパスの長田からはマントを、火夫の高谷からはふろしきを借りていっていた。二人は、ばかをみたといってこぼしていた。

その翌日私はまた上陸して、大阪逓信局までいって、ようやく「船員手帳」の訂正をしてもらう。帰りには雪まじりの風がつよくて寒かった。港内の波がはげしく、ランチで潮水をかぶるしまつだった。

私の留守に安田君がきて、帰った由。もう船をやめる決心でいたらしい。それはマントを着ていかれた長田が、わざわざ安田君の故郷の奈良までたずねていったため、しかたなくおわびかたがたきたのらしい。

その日の午後、安田君の代わりの見習いがきた。

大阪を二日の朝八時に出帆して、名古屋に翌日の正午まえに入港した。名古屋はいつも入れ出し（入港してすぐ出港すること）のところ、こんどはめずらしく一晩停泊するというので、みんなはよろこんで上陸した。私も火夫の伊東にすすめられて上陸してみた。そして、小さな映画館にはいった。映画をみてから、うどんを食って帰ってきた。往きも戻りもサンパンで、風はつよいし寒くてふるえあがった。これでも、名古屋に上陸したにはしたのである。「どうしてなあも」「どうしてちょう」という名古屋弁をはじめてきいた。

四日の三時半、名古屋出帆。きょう横浜へ着いたのである。

停泊当番もいない。みんな上陸してしまった。大部屋にのこったのは、先日乗船した森という見習いと私と二人きりだ。

二月六日

神戸も大阪も名古屋も寒かった。名古屋では街の屋根や路傍に雪が積もっていた。だが、もっと寒いだろうと思っていた横浜がいちばん暖かい。風もなくおだやかである。

船に乗った当時、こんなふうではつとまるかどうかと心配しながらも、なに、人がやっている仕事だ、おれにもやれぬことはないはずだとがんばって、一航海三か月。この分なら病気にさえならなかったら、一人前の船員になれぬこともなさそうである。

がまんしきれなかった安田君は、とうとうにげだしてしまった。話にきくと、見習いではいって、船員としてのこるのは三人に一人くらいの割合だそうである。

いつも故郷のことが気にかかってしかたがない。父はこのあいだの手紙のとおり決行しただろうか。その後、たよりがないのでわからない。

父は、祖父の常軌を逸した、家をかえりみない放縦な生活で、背負いこんだ借金のために、中瀬家に何年も百姓奉公をつづけたのだ。そして母と所帯をもって二十何年、小作では生活ができないので木炭を焼くことをむしろ本業のようにしてきたのだ。はたらいてもはたらいても、貧乏に追いかけられる苦労の連続だった。炭山の金が払えないことで村人からむけられる侮蔑の目を思う。因襲にしばられた二十数戸の谷間小部落。

かなしみとなつかしさとがいりまじって、私をとらえる故郷。

乗船していらい、まだ陸《おか》で寝たことはない。陸の畳が恋しいとも思わない。先輩たちは、神戸で、大阪で、名古屋で、横浜で、船が着く港で、上陸して酒を飲み、女を抱いて、帰ってくる。もう、神戸でとった給料はとうにとんでしまっている。それでも平気である。また火夫長から高利の金を借りるのだ。ながい航海のくるしい労働の報酬は、わずかの停泊中の酒と女に消費されてしまう。マドロスの生活は、結局こうした生活のくり返しである。しかし私は、ここにほんとうに赤裸々な人間の姿をみる。ばかあそびをする先輩たちを笑えなくなった。

二月八日

きのう、外で裸体で洗たくをして風邪をひいてしまった。きょうは朝から水ばながでてこまる。

すこし頭痛さえする。横浜入港後、ずっとファネスやコンパッションの掃除、ドンキーマンのたく石炭繰りばかりやっている。毎日、石炭の粉とごみとフラン（石炭の煤）を吸いこむし、体は真黒けだ。胃や肺も真黒くなっているだろう。

神戸からずっとワッチにはいっているので、わりあいひまがある。本が読めるのでありがたい。

二月一〇日

横浜へ入港してから、暖かい日ばかりつづく。夜ふけてヒーターがとまると、部屋は寒いには寒いが、これくらいはほんとうの冬の寒さではない。いまにきびしい寒さがくるにちがいない。

きょう、船はブイをはなれてドックにはいった。午前一〇時。

きょうは久しぶりの休みだ。昼食をすませてから、コロッパス二人といっしょに街にでた。朝までよく晴れていたが、午後から曇って街には冷たい風が吹いていた。私はファイヤーマンからオーバーを借りて着てきてよかったと思った。映画館にはいる。洋画も時代劇もあまりおもしろくなかった。映画館をでて、横浜でいちばんにぎやかな通りだという伊勢佐木町通りをぶらつく。しるこ屋へはいって、しるこを二杯たいらげる。書籍店にはいって書物四冊買う。

帰るとちゅう、鉄橋の下の出店でそばを食う。

船の部屋に帰ると、火の気がないので寒い。

寝てから考えると、きょうはちょうど旧暦の元日である。故郷ではどうしているだろうか。気にかかってしかたがない。まだあの家で正月を迎えているだろうか、それとも家をたたんで、どこかへいって年を越しているだろうか。どちらにしても、味気ない新年にちがいあるまい。

二月一三日

船がドックにはいった日から寒さがきた。朝起きて、フランによごれたワッチ着に着替えるときと、夕方作業を終わって、ワッチ着一枚とフンドシで、風呂場へ走っていくときの寒さといったらない。

ドックにはいってからは、食事も風呂も便所も、陸ですまさねばならない。ドックとドックの中間に、ちゃんとそうした炊事場、食堂、風呂場、便所などの設備のあるハウスが建っているのだ。三度の食事から便所まで、船からそこまでいかねばならないのがたいぎだ。

毎日、何十人ともしれない職工たちが、船の修理やペンキぬり、ビルジ（船底にたまってよごれた海水）の掃除や、「カンカン虫」とよばれる鉄板の錆おとしなどにやってきて、内も外も、カンカン、ガチャガチャ、ハンマーの音がやかましい。

私たちは毎日、チューブ突き、ファネス、コンパッションの掃除など、いつも真黒によごれる缶前の仕事ばかりである。黒い体をそのまま風呂にいって洗うと、ほかの連中がきらう。けれどもしかたがない。油煙と煤と炭粉とがしみこんだ、手足や首すじなど、いくら石けんをつけてこすってもおちない。おちないまま皮膚がすりむけて痛い。

風邪気があるので、よく鼻水や啖がでるが、それがまるで墨汁のように真黒なので、気持わるいったらない。

二月一五日

寒さと仕事の疲労のために、陸へあがろうという気もしない。一日の仕事を終えるとすぐ風呂にはいって、食堂で夕飯をすませると、船の部屋にもどってベッドにはいり、毛布を頭からすっぽりかぶって、ちぢこまって寝る。

船渠《ドック》の両側にある工場からは、夜業の職工たちのツチの音やモーターのひびきがきこえてくる。

船にのこっているものは半分もいない。のこった連中は、オーバーやドテラを着こんで、卓をかこんで麻雀をやっている。勝負がつくとつれだって、工場の門前までうどんを食いにでかける。勝負にはうどんが賭けてあるのだ。

はやくから寝ていてそのうえ寒いので小便がでてこまる。便所はふさいであるので、デッキの排水口からぶっとばす。澄んだ空には半円の月がかかっている。うすくまかれた星は、凍りついたようにまばたいている。そうしたさえた月や星のまばたきをみつめていると、放浪の身のやるせない郷愁がわいてくる。しかし、地上はどうだ。まだ西側の工場には電灯があかあかと灯り、人影が動いている。

いま、汽笛が嶋りわたった。作業を終わるところらしい。青白い煙が低く地上をはっているむこうの、船渠の船の灯。そのむこうに造船中の船が巨体を横たえ、そこでも作業をやっているのか、灯影がみえる。空と地上との対照が、へんに不調和な感じがする。

二月一六日

きょう午前九時、船はドックをでてメリケン桟橋に横づけになった。あす午前一〇時出帆の予定。今航は臨時航路として、おなじインドでもボンベイ（インド・ムンバイ）航路とのことである。

きょうは風がなくて、よわい冬の陽ざしも暖かい。港内に停泊した船々の煙突の煙も、港や街の上にただよい、やがて澄んだ空にとけ、白いカモメがそのあいだを高く低くとびかわしている。なんとなく春めいた感じがする。もう日なたの丘には、フキのとうも萌えでているだろう。

夜もやはりよく晴れて、月がさえていた。船では夜業をして荷役をいそいでいる。鉄材を積みこむウインチの音が、はげしくひびきつづけている。

横浜停泊十幾日、その間、たった一日休みがあったばかり。毎日真黒くなってはたらいた。上陸したのはたった一度。

きょう、岩国の永石直《すなお》から来信。故郷からはたよりがこない。

二月二〇日

一七日朝横浜出帆、名古屋では入れ出し、大阪で一泊、そしてきょう午後四時神戸入港。

横浜いらい風邪に悩まされとおした。とくにきのうきょうは頭が痛く、熱がでてくるしかったが、がまんしてワッチにはいった。ワッチにはいって、缶替えや石炭を繰ると汗がでる。あがると寒い。寒くても湯を使わぬわけにはいかない。

咳がでて胸にひびいて気持がわるい。鼻水がでる。べッドにはいってひと息眠ると、じっくり寝汗をかいて息ぐるしい。そして、うなされるようないやな夢ばかりみる。故郷の夢ばかりだが、みんなが貧困に泣いていることばかりだから気にかかる。

こんど船尾に四人部屋ができたので、ドンキーマンと私とがいくことになった。ここは大部屋のようにそうぞうしくはないが、航海中はエンジンの音と、ディスチャージバルブ（船外吐出弁）から吐きだされる水の音がやかましい。

二月二五日

今朝七時、崎戸出帆。

神戸からきょうまでをかんたんに記しておく。

二一日　午前中、アンダーブリッジ（上部船橋楼甲板）の石炭おとし。のち休み。給料日。上陸して活動写真をみ、ちょっとした買物をして、神戸の夜の街を歩く。九時、会社のランチで帰船。

二二日　昨夜の零時より停泊当直。午前九時出帆。

二三日　午前一〇時、門司着。午後四時出帆。その間、バンカーのかたづけ、石炭繰り。

二四日　午前九時ごろ、崎戸着。

じぶんの故郷はここから一五、六里〔約六〇キロ〕しかはなれていないことを思うと、とんでいって、実家の人びとがどんなにしているかみてきたいと思う。しかし、それは不可能なことだ。

ここ崎戸は有名な炭鉱で、二つの島からなっている。船は、その島のあいだにはいっているのだ。小高い山の上も海岸も、うず高く盛られた黒ダイヤ（石炭）の山である。多くの人夫がきて、石炭を積みこむ。

この炭鉱は九州でも、もっともたちのわるい炭鉱ときいていた。

「人相のわるいやつがぞろぞろしてる。でたらあぶない」

そういって、古参の船員たちも船からでようとはしなかった。

ここの坑夫たちは、日本じゅうの悪周旋屋にだまされて、送りこまれてくるものが多いという。私もかつて岡山で、この炭鉱か北海道の工事場につれていかれようとしたのだった。

「九州の人は北海道へいってもらうことにしている」といったので、

「北海道はタコ部屋だろう」

そういった私のことばに、

「あんたはだめだ」と、ことわられたことを思いだした。

一生涯浮かばれない地底の、しかも海底の切羽《きりは》〔炭鉱を掘り進む先端部分〕で煉獄の生活を送っている人たちが、どれほどいることだろう。

子どものころの「炭鉱ナグレ」［ナグレ＝なぐれる。事故や故障で充分な仕事ができず失業した者。筑豊の方言］の半裸のすがたを思いだした。それは、高島炭鉱から海を泳いでにげてきたという男だった。この島でも、いまもそんなことがよくあると、沖売りのじいさんは話していた。

二月二八日

崎戸を出帆して二昼夜、きのうの朝、船は上海に着いた。河のなかのブイに係留された。春雨を思わせる小粒の雨が降って、両岸の街の家並みもわからない。川下も川上も、霧雨に煙って遠望がきかない。しかし、両岸に停泊した汽船や倉庫、わら屋根や板ぶき屋根の民家などはかすかにみえる。にごった河水をかきみだして上下する小蒸汽、シナの帆船小船。汽笛のひびき、ウインチの音、声高にわめく声。おそろしく喧噪な港である。

シナの女が何人も、洗たくや作業着のつくろいにやってくる。沖売りの日本の女がくる。シナ人のうどん屋がくる。日用品をもった男がくる。時計をもった男がくる。わかい女がみたら気絶しそうな「写真」をもった男がくる。

洗たく女を引っぱって、どこかにすがたを消すものもいる。洗たく賃のことで口論しているものもいる。夜になっても彼女らはせっせと洗たくをしていた。かなり年をとった女ばかりだった。船尾の部屋で一杯きげんのナンバツーは、一人の洗たく女をコークストアに引っぱりこんだ。女は平気な顔をしている。日本銭わずか二〇銭もらってよろこんでいる。

船首の部屋では、花（花札）がはじまって、みんな夢中である。デッキでは積荷のウインチがまわっている。

上海に上陸はしなかったが、いろんなことを見聞した。これだけでも、上海にきた価値があったように思う。夜おそく、へべれけに酔っぱらった火夫があばれだして、とりしずめるのによわっている。

三月一日

上海を出帆して揚子江の濁水がみえなくなると、ただ空と海。潮流のためかすこし船が動揺する。

横浜でひいた風邪がまだなおらない。すこしやせたような気がする。暑いところへいったら、またカッケでもではせぬかと心配である。セコンドワッチは、夜の一一時、ぐっすり寝入っているのをたたき起こされるので、欲も得もありはしない。あと一時間眠らせてくれといいたい。なれないので、体が衰弱していくように思えてならない。

まえのセコンドエンジニア（二等機関士）が神戸でお

りて、こんどはわかいセコンドが乗ってきた。まえのセコンドは意地がわるかった。しょっちゅう私は、ガミガミ怒鳴られたものだった。海軍あがりの、そうとう年をとった男だったが、同僚からもきらわれていた。私はほっとした思いがする。

船尾の部屋はしずかでよい。エンジンの音やディスチャージバルブの水音はやかましいが、ほかに人がすくないのでよく眠れる。ドンキーマン二人とストーキバンと私と四人。部屋もきれいだ。

今夜も船首の部屋では、五〜六人のものがしきりに花を引いていた。二人のコーターマスター（操舵手）も加わっていた。卓上の札とじぶんの手にもった札とをにらむ血ばしった目、緊張した顔、一心になった動作はおそろしいようだ。何百枚もの五〇銭銀貨が、チャリンチャリン、音をたててとびかう。

かれらは、あすの眠さも体の疲労も、時間のたつのも念頭にないのか、パッパッ、パタパタ、チャリンチャリン。おどろくほどはやい手の動き、目の動き。そばのベッドには、いましがたのワッチのはげしい労働につかれて眠っているものもいる。私も船尾へいって眠ろう。あすもまたはたらかねばならない。

三月五日

四日の朝、船は香港に入港した。港内からみわたす周囲の島、山脈、そこに建った建物。名画をみるようながめである。いつみても香港の景色はいい。夜はじめて上陸して九竜《カオルン》の街を歩く。道路がひろくて大型の自動車が走っている。マーケットにはいって、バナナやミカンなど買って帰った。

きょう一〇時出帆。きょうから相棒の森君と交代して私が飯はこびをやる。

このごろよく本を読む。船の文庫のや、じぶんで日本から買ってきたのを、ひまさえあれば読みふけっている。

上海から香港までもかなり波があった。しかし追風だったので、船の動揺もすくなく、デッキに波があがるようなことはなかった。晴れた日がすくない。たいてい空は曇っていて、夜は真っ暗で、空と海の境界もみわけがたい。ただほの白い波頭が、あとからあとから追っかけてくるのが、船の周囲にわずかにみえるのみ、ファナ（煙突）が吐きだす煙さえみえない。

飯はこびをやると、日がながい。そのはずだ。朝の四時半、五時ごろから夜の九時ごろまで、ぶっとおしかけまわらねばならないのだ。このごろすこし元気がでてきた。飯がうまい。うまいのでよけい食いすぎる。胃をこわしはせぬかと思うほどである。はげしい食欲にあさましい気さえするが、ほかにたのしみもない船の上、飯の味でもたのしみのひとつだ。

三月六日

あいかわらず曇った空、濃藍の海、あとからあとからと追っかける波頭。こうした航海を三日とつづけたら、もうたいくつを感じてくる。まったく単調である。何十年も船乗りをやっている船員たちには、海はなんの興味もないのかもしれない。私など船に乗って数か月、まだ海の生活に興味をもっているからこそ、毎日毎夜、船員たちの話をおもしろくきいたり、空や海をながめて、くるしいなかにも、あるたのしみみたようなものをみいだしてはいるが、あと一年二年とたつうちに、ただ単調な航海のたいくつさだけを感ずるようになるにちがいない。

だから、航海中のたいくつしのぎに、賭博をおぼえ、碁、将棋、麻雀などで時間をつぶすことになるのである。

ボーイ長の仕事をすっかりすませて、船尾の部屋に帰って寝るのは九時すぎ。翌朝四時半には起きねばならない。

香港を出帆して二日。きょうはもうめだって暑くなった。ランニングシャツで、汗がでる。

三月七日

暑いので、部屋ではファンをかける。二日まえの朝までは、ワシデッキのとき寒くて裸足になるのがいやだったのに。

毎日掲示板に、無電によるおもな出来事が書きだされる。それをみるのがたのしみとなった。帝国議会の紛擾、『文芸戦線』記者石井安一、治安維持法反対のビラをまいたとか、名優沢正《さわしょう》（沢田正二郎）の死、東京付近にひんぴんとして起こる説教強盗［一九二六年から二九年にかけ東京で起きた連続強盗事件。「泥棒除けには犬を飼いなさい」「戸締りは厳重におこないなさい」等と忠告して、金品を奪ったとされる］のこと、無産党代議士山本宣治がある反動団体の壮漢に刺されたこと、その他外国のいろんな出来事など。

去年のいまごろのことを思う。三月のはじめから周防の奥の山寺に一か月あまりの寺守り、それから岩国の永石のところに居候になっていたころだ。直《すなお》とおうめとけんかをしては、泣いたりわめいたりするなかで、不快と屈辱と忍従と不満と後悔をかみしめながら、新聞の広告料をとってまわったり、読者もないのに新聞を配って歩いたり、自動車の車庫つくりの地開きをしたり、大工の手伝いやペンキぬりなんかして苦労していたころであった。

いま、時計は九時をまわったところだ。外は真っ暗だ。大きな波のうねりに、船はゆらりゆらりとゆるやかにゆれている。

三月八日

きょう久しぶりに晴れた青空と、太陽の光をみた。波は日ましにあらくなってきた。山のようなうねりをもって船を追っかけてくる。

暑さがましてきた。みんな、冬物の洗たくにいそがしい。香港では冬服の上にオーバーを着て上陸した。寝るときはドテラを着て毛布をかぶって寝た。それに、こんな速力ののろい船でも、三昼夜南へ走るとこの暑さだ。すっ裸で汗がでる。まぶしい太陽の光が海に反射して、はね返る波頭がきれいだ。水タンクの真水がなまぬるくなってきた。

三月一四日

きのう午前六時、船はシンガポールを出帆して、インド南端のコロンボへむかって走っている。あいかわらず暑い。毎日スコールはくるが、風がないので、蒸されるようだ。

シンガポールからまたワッチにはいることになった。エンジンルーム、ボイラー前の暑さはお話にならない。ただじっとしていてさえ汗がふきでるのに、缶前や石炭庫でけんめいに立ちまわらねばならないのだ。缶替えの暑さ、バンカーから一輪車に石炭を積んで、ワッチ下駄（缶室用の下駄）をはいておして走るくるしさ。じっさい体験したものでなくては、わかるものではない。まるで殺人的だ。

ワッチからあがって湯を使うと、へとへとである。なにぶんにも一二時ワッチは、夜は眠いし、昼はいちばん暑いさかりにワッチにはいるので、たまったものではない。暑いのもむりはない。シンガポールからこの付近は、ほとんど赤道直下だもの。

三月一六日

あいかわらず暑い。セーラーたちはデッキにオーネン（天幕、日除け）を張った。毎日のように驟雨がくる。夜はいつも空のどこかで、稲妻が光っている。波はおだやかだが、海は気味わるいまでに濃藍の色をたたえている。空は晴れているかと思うと、きゅうにくもり驟雨がくる。真白い雲の峰がそびえているかと思うと、どす黒い雲の集団が空をおおう。インド洋の空は一定していない。変化がはげしい。

夜、ひとりデッキに涼んでいると、なんともいえない気味わるい感じがしてならない。夜は、曇っていないときは星が光っているが、あの魔物でもひそんでいそうな真黒い海面や、水平線にひらめく稲妻がどうもいけない。ワッチからあがって、船尾のポンプのところに水汲みにいくと、なにかが背後からおそってくるような気がしてならない。

このごろ、すこし体がだるくなってきた。足が重たい。ときどき息ぎれがする。またカッケになるのかもしれない。なんとなく不安を感ずる。へんな夢をよくみる。こわいこと、くるしいことばかりだ。よくうなされて、じぶんの声で目がさめることがある。

一二時ワッチは、石炭夫は夜はワッチからあがってから、夜食用の味噌汁をつくらねばならない。汁バッグをスチームパイプにとおして、沸騰させてイリコでだしをとり、汁の実をいれ、味噌をいれてつくるのだが、なれるまでは失敗ばかりして文句をいわれた。

次ワッチの石炭夫、火夫、油差しを一定の時間に起こさねばならない。いくら起こしてもいっこうに目をさまさないので閉口する。それだけでも、なかなか骨がおれる。なにやかや、コロッパス（石炭夫）という仕事もめんどうなものである。

三月二〇日
シンガポール出帆いらい、インド洋の熱海を走ること七昼夜、船は今朝午前四時ごろ、セイロン島（現スリランカ）の西岸コロンボの港内にはいった。暑い、暑い。むせかえるような息ぐるしさだ。シンガポールからずっとワッチにはいっていたためか、ひどく体がだるい。やはりカッケにまちがいなさそうだ。

インド洋の太陽は、驟雨のときをのぞいては、赫焉《かくえん》として燃えているとでもいうべきか、ぎらぎらと殺人的な光線を放射した。夜はどこかでかならず稲妻が光っていた。櫛型のわかい月が夕陽のように赤くみえることもある。ときには魔神でもひそんでいそうな、暗黒の海面と化すこともあった。

夜のワッチにはいり、朝の四時ごろあがって、汗にぬれ、石炭の粉で真黒によごれた体を、バスですっかり洗いおとして、裸体でフォックスル（船首楼）にあがって涼むと、まったくよみがえったような気分になる。ヘッド（船首）が波を切って進む音もさわやかだ。この未明の涼味のひとときは、われわれにとっては価千金ともいうべきか。

コロンボの街は、繁茂した熱帯樹のあいだから赤い家の屋根がみえている。

カレンダーをみると、あすは春季皇霊祭（春分の日）だ。故郷の土手では、早咲きのサクラがぼつぼつほころびようとしているころだ。なま暖かいファンの風に吹かれながら、汗ダクダクで裸体でベッドに横になりながら、郷愁にひたっている。明朝六時、ボンベイへむかって出帆の予定。

三月二二日

コロンボからまた飯はこびを命ぜられた。足が重たい。一日走りまわらねばならないのに、たいぎでしょうがない。足がすこしはれてきた。指でつよくおしていてはなすと、そこだけへっこんでしばらく浮きあがってこない。いよいよカッケだということがわかった。

一昨年は長崎で、昨年は岡山で、やはりカッケでくるしんだが、それも夏、夏も八月ごろから足がはれ、手先がしびれたが、しかし、三月でもここは日本の夏以上の暑さだ。カッケがでるのもむりはない。

船はインド西岸を西北にむかって走っている。風があると涼しいが、風がないとてもやりきれない。コロンボから驟雨はこなくなった。真白い雲が浮いていることもある。海の水が澄んできた。

月が大きくなった。今夜は晴れた空に月が輝いている。バスを使って裸体のままサイドのレールにもたれ、月と海面に輝く波の光をながめていると、妙に涙ぐましい気分になってくる。このごろどうも気がふさいでいけない。孤独な性分はどうしようもない。

三月二六日

きのう午前一一時ごろ、ボンベイに入港、ドックにはいった。ここはカルカッタとちがって、海の港だから港外からの市街のながめも明るかった。航海手当もカルカッタ航路よりすこし安いとのことである。

ドックにはいって船が動かなくなると、ジリジリと、炒《い》られるように太陽が照りつけて、外にでると目がくらみそうな気がする。デッキの鉄板にこのあいだぬられた黒ペンキが、ドロドロにとけて、歩くと足にねばりつく。部屋の中はみんなの靴跡でペンキの斑点だらけである。朝のワシデッキが思いやられる。こいつは、石けん水や砂でこすったくらいで、かんたんにおちるものではない。ボーイ長泣かせの黒ペンキだ。

きのうはエンジン拭きとりだけで午後から休みだったので、みんなの使い走りで私はかえっていそがしかった。それに火夫長が、みんなにビール一八本をごちそうした。こうしたことがあると、みんながよろこんで愉快にさわぐのとは反対に、私たちボーイ長は七時ごろまで、焼けるようなデッキを汗たらたらで何十回往復させられたかしれない。夜はもうへとへとになって、部屋のむせかえるようなベッドに横になって動けなかった。

きょうも暑かった。午前と午後、一日に二回、ギャレー（厨房）に氷をもらいにいく。バケツ一杯の氷塊をみんなはたちまちたいらげてしまう。エンジンルームやボイラー前ではたらくもののくるしさは、言語に絶する。昼にあがってくるみんなの顔は真赤になり、体はシャツもズボンも汗で、川からあがったようだ。だからみんなの気がたっている。私たちが気にくわぬことをいったりしたりすると、たいへんだ。雷がおちる、ブロン（箒）がとぶ。ゴミ籠が蹴ちらされる。ボーイ長の気苦労ったら、ない。

夜、暑くて部屋では眠れぬくらいだ。空は澄んで丸い月がでている。しかし、まったく風がないのだ。

上陸するものが多い。上陸しない連中は部屋で、きのうもらった航海手当と石炭繰り賃とで、しきりに花を引いている。別の酒党の一組は、船尾の部屋で私にビールをとらせて飲んでいる。も一本、あと二本と、何べんヘッドボーイの部屋までやらされるかしれない。

デッキでは夜荷役をしているウインチの音、ガアガア叫ぶ人夫たちの声がうるさい。

へんにいらいらした、それでいて憂うつな気分で、私はベッドの上にすわった。手から足から、体全体から、糊こし袋の糊のように、ヌルヌルと汗がにじみでてきて、ついには顔から手先から、玉となってだらだらと、ベッドの上に流れおちる。気持のわるいことたとえようがない。

三月二七日

船は予定より三日もはやく、あすカラチへむけて出帆するという。私は飯はこびをやっていたので、まだいちども上陸していない。で、今夜は相棒の森君に代わってもらって、みんなにつれられて外へでた。船にいると暑くてやりきれぬ思いがするが、外を歩くと、わりあい風があって涼しい。空はきれいに晴れて、港の空には一七日くらいの月が輝いていた。

ドックの門のところまでくると、何台もの馬車屋が待っていて、私たちをみるとぞろぞろ集まってきて、「ジャパニーズ」「馬車か」「ワンロッピーか」など、片ことの日本語を口々に叫びながら、前後左右から馬車を引きよせてくる。一行七人はそのうちの二台の馬車に乗った。私たちは三人、あとの馬車に乗った。

「ドコカー」じょうずな日本語で、インド人の御者はたずねた。

「カマテブラー」火夫長がそう答えると、「オーライ」御者は歯ぎれのよい返事とともに、手綱を引いてピシャリと馬にむちをあてた。ジャンジャン、ジャンジャン、二頭の馬は、涼しい鈴の音をたてながら走った。

電車通りをぬけ、うす暗い裏町のようなところを通り、貧民窟らしい、むせかえるようないやなにおいのする、平べったい家が建てこんだところをでて、広いにぎやかな大通りへでた。

ここはボンベイでもいちばんにぎやかな通りらしく、

高層の建物が並んでいた。道路はおびただしい人波でこみあっていた。店々の店飾り、ゆきかう人びとの風俗、すれちがう馬車、二階のある電車、自動車などなど――私はこうした街のようすを、馬車の上からながめていた。

馬車はその繁華な通りをぬけて、右へまがって走った。そこはうす暗い通りであった。土人の家からは灯火の光さえささなかった。ところどころ、路傍に小さいカンテラをかこんで、夕飯をとっている人びともあった。また、工場の物置場みたような広っぱに、幾組となく火をたいてなにか煮ていた。

いま通った繁華な通りと、この暗い通りとなんというちがいだろうと思った。二頭の馬は、鈴の音をたてながら走りつづけた。

カマテブラーの私娼街は、そこからだいぶん走ったところであった。

「広野、あれをみろ」同乗しているドンキーマンが、私をつついて指さした。そこには、小さな家の入口に立って、洋装をしたインドの女がしきりになにかいいながら、馬車で通る私たちを手招きしているのであった。

やがて馬車をおりた七人は、おなじような家ばかりたち並んだ淫売屋を、一軒一軒のぞいて歩いた。

すると、軒下のベンチに腰かけて客を待っている淫売婦たちは口ぐちに、「ジャパニーズ」「ジャパニーズ」と呼んで手招きする。入口のカーテンをはらいのけて、とびだしてきて叫ぶ女もいる。あるいは「今晩は」とか、「お早よう」とか、「おはいり」などと、日本語を使って呼ぶ女もある。たまには、混血らしい色のやや白い、目鼻立ちのととのった女もいた。また涼しそうな二階の窓から、緑のカーテンをかきわけて、すばらしい半裸体をあらわした白人の女が、媚びをつくった笑顔をのぞかせて、しなやかに私たちを手招きしていた。

ながい海上の仕事に疲れた船員をとろかすような、その姿態をながめていると、

「どうだい。わるくもないね」

火夫の一人がそういって、私の肩をたたいた。

ずっと長い街のことごとくが、こうした売春婦の家ばかりであった。また、その通りからきれた路地にも、そうした家が軒を並べていた。そのなかに二〜三軒、日本の女のいるらしい家もあった。「シナうどん」とか「御料理」とか、日本文字で書いた軒灯がともっていた。

その一軒に「寄ってみよう」といって、二〜三人あがっていった。そして上から、「あがらんか」と呼ぶので、みんな二階にあがった。

日本の畳を敷いた八畳の室の、中央のテーブルをかこんで七人は座った。でてきた女はデブデブにふとった、それでいて青白い顔をした三五、六の女であった。

やがて焼きそばがはこばれ、ビールがはこばれた。そしてお酌には、わかい七三にわけてふっくらと結った髪のきれいな小柄な女がでてきた。みんながいちどにはしゃぎだした。

たいてい外国でこんな商売をしている女は、きまって九州の、しかも長崎、熊本あたりの女であった。が、この女たちは九州の訛りがなかった。たずねてみると、和歌山県出身だという。いつごろきたかというと、年増の女は、大正八年ごろいちどきていったん帰国、一昨年またきたのだといった。

わかい女にいくつかときくと、一七だという。うそだろうというと、「私はうそなどいいません」といって、はにかんで赤い顔をする。そう思ってみると、まだうぶな子どもらしいところもあり、一昨年きたというが、それまではいなかで百姓の手伝いでもしていたのだろう。きくと、年増の女が、自身のお母さんだという。それはうそかほんとうか、とにかくよく似ている。

故国をはなれたこうした土地で、故国のわかい女が、日本の着物を着て化粧しているすがたをみると、ひどく美人にみえるものである。

そこをでると、もう一〇時すぎだった。

それからシナ人の賭場につれていかれる。大きな扇風機が天井から三台も回っている、大きな賭場である。広いテーブルを多くの人がとりかこんで、しきりに張っていた。一二点張りという賭博である。集まった客はほとんど日本人ばかりだ。それも停泊中の船員ばかり。私には、みていてもちっとも興味がない。

ここで興味をだいたのは、その賭場の片隅の売店(氷水やサイダーなどを売っていた)の店番をしている、日本の着物を着た六〇すぎと思われる老婆の顔であった。私たち日本人をじっと冷たい目で見いるその表情は、彼女のへてきた苦難の道を訴えてでもいるように思えてならなかった。

ドンキーマンと二人で、みんなと別れて外へでた。街にはもう人通りがすくなくなっていた。馬車で帰る。ドックの門前のシナ人の一二点張り(賭場)に、ドンキーマンはいった。私は一人帰って寝る。一二時すこしまえ。

四月二日

三月二八日の午後、ボンベイを出帆して三〇日の夕刻、船はカラチに着いた。とちゅう風があって涼しかった。朝など、裸ではいられないほど寒さを感じた。地図でみるとこの港は、インドの西端で、バルチスタン側にはいっている。

ここは港にはいって、桟橋に横着けされていても、すこしも港のような気がしない。一方には、長い桟橋にそって、貨車から直接荷物を積みこむようになっていて、幾十条となくレールが敷かれ、幾十列ともしれぬ貨車が綿花の束を満載して、停泊中の船に積みこんでいる。だが一方は、広びろとした眺望がひらけていて気持がよい。

港の水はよく澄んでいて、波がたえずしずかによせては、岸にくだけている。白い三角の帆をかけた船、小さなボート、ランチ、モーターボートなどが、たえず往来している。おびただしいカモメがさびしい小さな、だがよくとおる声で鳴きながら、とんだり水に浮いたりしている。

一〇町［約一キロ］ばかりむこうに、細長い砂州が横たわっている。そこには帆船やヨットが三〜四隻、州の上に傾いたままになっている。土管や石材らしいものも並べてある。昼間は子どもの黒い裸体の群があばれまわっている。夕方あそこにわたって、裸足で白砂の上を歩いたら、どんなに愉快だろうと思う。

その砂州のずっとむこうには、青い海をさえぎって、低いなだらかな山脈がずっとつらなっている。その山はすべて茶褐色で、こげたような色をしている。草木のはえない砂漠地帯の山であろう。空はいつも晴れていて雲影もみえない。

こうした澄んだ海といい、白い三角帆の帆船といい、砂州によせてくだける波といい、そこにあそぶ黒人の子どもの群といい、群れとぶカモメのすがたといい、こげ茶色の山脈の輝きといい、それらすべてのものが、青く澄んだ空の下の明るい大陽に、いきいきと輝き、燃え、躍っているようにみえる。

熱帯の港も、こんなところばかりなら苦にはならないと思う。そして、ここは魚がよく釣れる。停泊した日から、みんなは船のサイドから釣りはじめたが、よくふとったアジが何尾も手釣りで釣れる。ここはあそぶところもあまりないらしいので、ひまのときは釣りをして、釣った魚をさかなに、ビールや日本酒をとりよせて飲んでいる。

四月三日

出帆が予定より五日もはやくなって、あすの午後出帆という。

カラチへ着いてから、私がワッチにはいった。ファネスやコンパッションチャンバー（燃焼室）の暑いことといったら、とてもお話にならない。サイドにちょっとでも体がふれると、ジリッと音がして皮膚が焼ける。コンパッションのなかにはいって、航海中にいっぱいたまったフランを、スコップでかきだすときのくるしさ、息がつまって卒倒しそうだ。

昨夜夕飯後、火夫の小池と外出した。

当時のカラチの港

ここは綿花の積出し港で、広い構内に何千と並んだ、貨車という貨車すべてに綿花が積んである。

往来にでて、新開地とでもいえそうな街路を歩く。赤や白の石を積んでつくったような家並みを通って、海岸のほうへ歩いていった。そこには、貧民街らしい長屋が並んでいた。雨はいつ降ったのだろう。道は乾いて、歩くと足もとから土煙りが立った。

長屋の路地をいくと、漁夫らしい男が網を引いていた。立ちどまってみていると、私たちに声をかけ、そばの木の腰掛にかけろという。二人はそこに腰かけてしばらく休んだ。火夫がその男に紙巻きのタバコをやると、よろこんで吸う。

そこへ一〇歳くらいの少女が、子ザルを引いてきた。サルが小さくてかわいいので、もってきたビスケットをやったが食わない。サルがビスケットを投げると、娘はすぐそれをひろった。だから三つ四つふところにあったのをやると、よろこんでサルを引きながら家のなかにはいった。

帰るとき、例の男は私たちに握手をもとめた。その黒い手が、毎日スコップやデレッキを使ってかたくなっている私の手には、思いのほかやわらかであった。

帰途、せまい通りに淫売屋が軒を並べているところがあった。黒い肌に白粉をぬった裸足の女が声をかける。

その女たちにまじって、よれよれの日本の着物を着た中年の日本の女が立っていたが、私たちをみると、いそいで家のなかにすがたをかくして、でてこなかった。ボンベイやカルカッタの私娼のように、じぶんで一部屋をもって自活している女だったら、堂どうとでてきて話しかけたかもしれない。黒い女たちといっしょに「商売」をしていることがきまりわるかったのであろうか。

「大陸を流れる女」という映画を思いだした。あれは満州が舞台だった。ここまで流れてきた彼女は、いったいこれからどこへ流れていくのだろうか。

とちゅうで絵はがき五～六枚をもとめ、露店で憩い、サイダーを飲んで帰る。船のなかはあいかわらず暑くるしくって、なかなか寝つかれなかった。

今夜もみんながさそうが、やめた。

暑い部屋にいていろんな追憶にふけっている。「おれもずいぶん遠くにきているんだなあ」と思う。じぶんが第二の誕生日としている四月一日も、もう今年もすぎた。あの重患で生死をあやぶまれた五年まえのこと〔著者は一九二六＝大正一五年、一九歳のころ熱病を患い入院した〕など思いだす。四月一日の朝、担架に乗って病院にはこばれたときの気持、病院でのくるしみ、じぶんでも死を覚悟した体が、またこうしてはげしい労働をつづけている。しかしいまでも、極度に過激な労働のあとには、左の背筋にいやなけいれんをおぼえる。やはりむりな労働はじぶんにはいけないと思う。しかし、それは思うだけのことだ。それから故郷をでてからのこと、長崎のこと、岩国のこと、去年のいまごろのこと——、故郷の家のことが案じられてならない。こんど神戸出帆まぎわに、長崎の仁八君からたよりをうけとったが、金作は三菱の試験におちたこと、一家は諫早《いさはや》のほうにでることを知らせていたが、その後どうしていることやら。

機関部の連中は、毎晩のようにビールや正宗を飲む。あまりに暑くて、仕事がひどいからでもあろう。また一方では、毎晩のように花をやる連中がある。暑くるしいのに、部屋のドアをしめてやっている。

前航までは、酒党もこうまで飲まなかったし、また、麻雀などをやっても、金を賭けた花などやらなかった。では、なにゆえこんなにみんなが変わったか、それはナンバスリー（三等油差し）が、まえのと代わって乗ってきたからである。五十嵐というこの油差しは、酒が好き、けんかが好き、賭博が好きな、どこの船でもあまり歓迎されそうにない男である。

酒が好きなものも、賭博に趣味のあるものも、自重していたところに、一人そうした男が乗ってくると、すぐに動かされてしまうのだ。

この男が酔うとうたう。と思うとくだを巻く、大声で怒鳴る、口論となる。ついにはなぐり合いとなる。

それをよってたかって引分ける。そんな晩が幾晩もつづくことがある。こんな油差しが乗ってきてはナンバンも気骨がおれることだろう。こっちも眠いところをたたき起こされて、使い走りをやらされたり、へんなことでおこられたり、うるさいことこのうえない。

四月六日

カラチを予定より五日もはやく、四日の午後出帆した。海は風があって、風向きのほうは涼しい。しかし、風がくれに面した場所は、暑くてやりきれない。

缶前の仕事もすこしはなれてはきたが、やはりくるしい。しかし、前航などにくらべるとずっとらくだ。前航カルカッタを出帆してから四〜五日のくるしさは、じっさいわすれられない。ファネスを四本も替えてあがってくると、ハッチの上にぶっ倒れるほどであった。今航の石炭は崎戸炭で、一ワッチ二本缶替えをすればよいのである。

一二時ワッチだから、朝二時ごろあがってから、味噌汁をこしらえるのがいちばんいやである。船首の部屋をかたづけたり食器を洗ったりして、船尾の部屋に帰って寝るころは、明け方の光がポールド（船の丸窓）から差しこんでくる。

インド以西のアラビア海は、インド以東のベンガル湾のような、驟雨はこない。毎日よく晴れた日がつづく。

空の色がきれいだ。夜もベンガル湾のように、稲妻の光もみえなければ、水平線の海と空の気味わるいどす黒さもなく、はっきりみえて気持がよい。

復航はシンガポールまで直行だとのことだから、機関部のものの疲労が思いやられる。

カラチの鷗に

熱帯の港の夕暮れを
夥しい鷗が群れ飛んで啼く
水に浮かび高く舞い低く飛んで
さびしい小さなよくとおる声で啼く。

鷗よ！
お前のその白い翼は
純真そのもののようだ。
お前のその啼き声は
なんと哀愁にみちていることか。
お前の啼き声を聞いていると
俺の胸には泉のように旅愁が湧いて来て
つい眼頭が熱くなって来るよ。

激しい労働と耐え難い酷暑に
げっそりやせた俺は
人気のない船尾甲板の
オーニングの下に来て寝そべり
涼味をふくんだ海風に息づき
お前らの白い姿の飛翔と
その啼き声に聞き入っている。

夕闇はいつか港をつつみ
海の向うのなだらかな
バルチスタンの砂漠の山脈を薄くぼかした。
夕映えのうすらぐ澄んだ空に
星は輝き初め
港口の灯台に赤い灯がついた。
風をはらんだ三角帆の帆船が上がる。
荷船を曳いた小蒸汽が下る
桟橋に軽い波の音。

印度の西のはてバルチスタン
青い草木の影も見られぬ
赤土の山、赤土の島
この港に鷗よ

お前たちの居てくれたことは
どれほど俺をなぐさめてくれたか。
お前たちと澄んだ空と澄んだ港の水とは
俺に忘れ難い印象を与えてくれた。

鷗よ!
明日はお前たちと別れて
俺は東の方へ帰って行くのだ。
鷗よ!
お前たちはそうして夜通し啼いているのか
疲れれば水に翼を休め
休めてはまた舞い飛んで啼くのか
おお啼いてくれ、啼いてくれ。

鷗よ鷗!
俺も今夜はここで
このまま寝よう。
そして夜を明かそうよ
鷗よ鷗、啼いてくれ
夜通し啼いてくれ。

（一九二九、四、三　カラチにて）

四月九日

きのうあたりから目だって暑くなってきた。昨夜から稲妻が光るようになった。空には雲がでるようになった。今朝は汲《く》んでかけるような、はげしい驟雨がきた。これから毎日くるだろう。カラチ出帆いらい五昼夜、いよいよ船は、インド洋の真んなかに乗りだしたのだ。

毎日毎日、空と海ばかり、ほかに目にうつるものはなにもない。単調である。三昼夜、島影もみえない海原を航行していると、おそらく退屈を感じないものはないだろう。

みんな、たわいもない笑談や、仕事の不平や、ボーイ長のはこぶ食物の苦情をいったり、または相手をみつけて麻雀や将棋をやったり、二～三年まえの表紙の破れた婦人雑誌を読んだり、うすっぺらな映画雑誌の女優の写真をながめて、あの女が好き、この女がよいと批評し合ったり、そうしたことでも毎日くり返すよりほかに、ひまをつぶすことがないのだ。

仕事がひどくくるしいから、仕事を終えたらすぐベッドに休んだらよいようなものの、とても暑くて、ひどい眠気でもさしてこないかぎり、部屋のベッドの上なんか眠れはしない。それでめいめい、ハッチの上とかフォックスル（船首楼）とか、オーネンの下など涼しいところに、敷きござや枕をもちだして寝ている。外に寝て夜露をあびると、体にわるいことは知っていても、たえられない暑さにそうして眠るのだ。

午前と午後二回、氷をもらってくるが、バケツ一杯の氷水がわずかの時間になくなってしまう。昼の燃えるような暑さのなかに仕事をすると、のどの底から干あがって、呼吸がつまるような渇きがおそって目がくらみそうになる。そのとき、氷塊をかきまわしてすくった水を、コップで何杯もたてつづけに飲みほすときのうまさといったら、たとえようがない。

こんなに氷水を飲みすぎるのは、体にわるいとは知りぬいていながら、自制することは不可能なことだ。あまりの強烈な渇きに、半狂乱となって氷水をあおりつづけるが、ふしぎにあたらない。

みんな、よくサイダーやビールを飲む。冷えきったサイダーをぬいて、シューッと泡立つやつを、瓶から口づけに飲みほす味といったら、たとえようがない。

しかし、それはおどろくほど高価だ。だがみんな、毎日毎夜、ヘッドボーイのところからとりよせて飲んでいる。

四月一二日

セイロン島の南端を一昨日通過した。海からでて、海に沈む太陽。朝やけの空、朝やけの海。夕やけの空、夕やけの海。いろいろな雲のかたち、いろいろな雲の色。

昼の太陽に燃えた海、太陽に燃えた雲。夜の晴れた星空、あるいは雲におおわれた暗黒の海面。忽然とおそいくる驟雨。稲妻、雷鳴。わき起こる颶風《ぐふう》［南シナ海で起こる暴風］。泡立ちほゆる波涛。こうした変化のはげしいインド洋特有の気候のなかを、船はもう何昼夜走りつづけているのだ。

　変化がはげしいといっても、たいてい海はないでいる。濃藍の油の上でもすべっているような感じだ。そしてヘッドやサイドからは、たえずトビウオがひれを張って、いきおいよくとびだしては何十間［一間＝約一・八メートル］もとんでいく。なかには一町［約一一〇メートル］以上もとぶのがいる。何百尾もいちどに、サッと船腹からとび立つのは壮観である。水面すれすれにとぶ、あの小さい魚のはやいこと、鳥以上といってもいい。朝陽夕陽にひれを輝かせながら、とんでいく魚の群をみるのは爽快である。

　ときには、にわかに雲がうず巻き、はげしい風とともに驟雨がくるが、そんなときはわりあいしのぎよい。しかし昼間は、風があっても太陽が照りつけるので暑い。夜は風があると、涼しくて、部屋に寝ても汗がでないようなときもある。が、やはり暑くるしくて眠れぬ夜が多い。

四月一六日

　飯はこびをやって、朝から晩まで、ばたばた、ちょっとのひまもなく立ちはたらいていると、夜はまったくへとへとに疲れている。またこのごろ、足がすこしはれてきた。そして重たい。仕事がおっくうで体がたいぎだ。またカッケになったらしい。このままほうっておいたらたいへんなことになるかもしれない、と思いながらも、思うだけで養生もできない。日本へ帰って本員にでもなれたら、仕事のかたわら、薬でものんで気をつけていたらなおるだろうと思う。

　カラチ出帆いらい、きょうで一三昼夜、船はぶっとおし走りつづけている。あすはシンガポールに着くかどうか。昨夜あたりから灯台の灯や島の影がみえはじめた。

　今航のインド洋はわりになぎの日が多かった。

　あまりながく航海をつづけていると、退屈したためか、仕事がきつくて気みじかになったのか、このごろみんな目だって狂暴になってきた。よくささいなことで口論をする。たまには口論がこうじてつかみ合いをはじめたりする。私は麻雀のことでけんかをするのをみたし、漬け菜一株のことから、ライスマンとコロッパスがなぐり合うのをみた。私は、大の男がよくこんなことで、顔色を変えてとっ組み合ったり、なぐり合ったりできるものだと思った。しかし、かれらはそのときだけで、翌日になったらまた口もきき合うし、冗談もいい合っている。

おなじ船にいて口もきかぬようになったらしまつがわるいが、それはよくしたものだ。あとからはまた仲よくなっている。おもしろいことだ。おもにこうしたけんか口論は、機関部のほうが多い。またビールや酒を飲むのも機関部が多い。一般的にみて、甲板部がおとなしい。機関部は仕事がくるしいせいか、まえからそうした伝統があるのか、短気で狂暴性さえおびている。仕事上からいっても、機関部は甲板部より非衛生的だと思う。暗い暑くるしい、百何度のエンジンルームやボイラー前でフランや石炭の粉やアスを吸いこんで、毎日はたらいているのだ。

甲板部は外部でばかりはたらいているので、暑い日光に照りつけられはするが、ぶっ倒れるような過激な労働は、出入港のとき以外はめったにない。私はなぜ甲板部にはいらなかったかと、いまさら後悔しても、もう追いつかない。

四月一八日

昨夜シンガポール港外で沖がかりをして、今朝入港。わずか三時間ばかり停泊して、食料品や水、郵便物などを積むと、一一時半に出帆した。上海まで直行という。

シンガポール付近の島や海や空や、すべての自然は、いつみてもすばらしい。あの箱庭のような、樹木の青々としげったうつくしい島々のあいだを通るときは、じっさいうっとりとみとれずにはおれない。

故郷から手紙一通。それは弟がへたな字で、へたな文章で書いてよこしたものであった。私はもう、一家のものは、故郷をでてどこかに移っているだろうと、まえからのたよりから想像していたのだ。

上《かみ》の伯父と隣家の石丸氏との尽力で、またもとどおりあの薄暗い家に居とどまることになったらしい。それで弟も、また毎日馬の手綱をにぎらねばならなくなったと書いている。目のみえぬ母や祖母はいちおう安心したかしれない。

借金と納金のカタをつけてくれたのは、やはり中瀬氏だったとのこと。父が少年のころから四六の今日まで、奉公人として、小作人として、また仕事上の相談相手として、つくしてきたその返礼としてでも、そのくらいのことは当然のことだと思う。

しかし私はいっそのこと、父に故郷を踏みだしてほしかった。父はこれから、伯父や石丸氏、また一般村中の人びとにたいして、どれほど肩身せまく、屈辱をしのび、小さくなって暮らさねばならないか。また中瀬家からは、一生涯恩に着せられ、いままでよりいっそう奴隷的にふるまわれるであろう。それを思うと私はたまらない気がする。

四月一九日

きのうからワッチにはいる。波はすこしもなく、海面はのしたようだ。ときおり群れとぶトビウオの銀鱗が光る。風がないので暑い。

きのうシンガポールでうけとった弟からの手紙は、ほんとうに私を泣かせた。

私が大阪から工面して送った二〇円の金で、一家が正月をした。「あの金がなかったら私たちは正月もできないありさまでした。あの金は、いつもの二〇〇円、三〇〇円よりもありがたく、うれし涙にくれました」と書いていた。

故郷における一家の困窮その極にたっしたありさまが、しのばれてならない。あの半ばくちたわら屋根の、陰気な薄暗い谷間の家を思いだす。掘立て柱で建てた馬小屋や物置きは、もう柱の根はくさって、倒れそうになっていたが、また建て替えたかどうか。くちた壁、破れた畳、屋敷中においしげった雑草、家の背後からおいかぶさった竹薮、そうした故郷の家のみすぼらしいありさまが目にみえるようだ。

一〇年間、官山払い下げの入札ができないこと。一〇年間、その山代からくる余剰分配金がもらえないこと。これが、父が山代金を期日までに納入できなかったため、部落の規約によって科せられた重罰であった。これから一〇年間、するともう父は六〇ちかい。それでも父は故郷に辛抱しているつもりだろうか。いかに排斥され圧迫されても、生まれ育った山間の小部落がそんなにはなれがたいものか。

私の家のほかにM氏、H氏の家も、私の家とおなじ立場にくるしんでいるとのことだ。あの二〇戸あまりの部落に、破産と没落の悲運がおそっているとは、どうしたことだろう。それははたらいてもはたらいても、はたらけばはたらくほど、深くめりこんでいく泥沼だ。一～二の資産家のふところを肥やすため、身を粉にしてはたらき、そして破産。思ってもはがゆい、痛ましい事実である。

四月二一日

潮流のためいつもうねりが大きくて、難航するところであるが、今航はどうしたことかベタなぎだ。やはり季節がら、こんなにおだやかなのだろう。

昼はまだ暑い。缶替えやバンカーの石炭おとしの暑さくるしさは変わらないが、吹く風がなんとなく冷気をおびてきた。これから一日一日涼しくなっていくだろう。

夜は月がある。空にはうすい真白い雲が浮いていて、ないだ海面にその雲影が映っている。夜のワッチからあがって、ひと風呂浴びて涼む気持はなんともいえない。

西の水平線に赤い月がはいろうとして、そこらの海面を彩るうつくしさなど、海員でなくてはみられぬ景観である。

航海中、毎日曜にはかならず火災操練や短艇《ボート》操練がある。こんど船長が代わってから、欠かさずやるようになった。前航などたったいちどあっただけだったが。

甲板部は休日だからよいが、機関部でセコンドワッチの私たちは、いちばん眠いさかりをたたき起こされて、ブイをつけて、太陽の照りつけるボートデッキに整列して、短艇のおろし方の練習だからたまらない。万一のためにそなえる訓練だから文句をいうわけにはいかないが、こう日曜ごとにやられてはいやになる。また、船長が代わってからインスペクション（船内点検）が多くなったこともこまる。部屋の整理や掃除にボーイ長は大多忙である。

四月二四日

ないだとよろこんでいたところ、一昨日の夕方から、思いだしたように船がゆれはじめた。波のうねりが大きい。船はそれをまともにうけて進むので、動揺のはげしいのは当然である。もうなれたためか酔っぱらいはしない。前航もこの付近はひどくしけて難航していた。私は酔っぱらってふらふらしながら飯はこびをやっていたが、ずいぶんなれてきた。このぶんだと大丈夫だと思う。

このごろ、仕事のことでは先輩たちからあまり文句をいわれなくなった。ただ飯はこびのときはあいかわらず文句をきくが、これはしかたがない。それでも仕事のほうはやはりなれてきたのだ。もうあと三〜四日で乗船いらい満六か月になる。すこしは、なれてこないとこまる。

ほかの見習いと比較して、私はみんなから虐待されなかったほうらしい。私は別にお追従や、お世辞や、みんなの歓心を買うようなことは、いったりできない性分である。無口で無愛想にみえるにちがいない。ずいぶんひどいことをいいつけられたり怒鳴られたりしたが、それでも私は手加減をされたほうだといわれる。

乗船して一か月すぎたころ、私がみんなの年賀状を書いてやったことがきっかけで、手紙の代筆をしてやるようになったのが、原因のようである。かれらがたのむ手紙は、種々さまざまである。なじみの女へ、故郷の親へ、借金のいいのび、親友へなどなど、めんどうな内容の手紙でも、私はひまのあるかぎり、快く書いてやるのだ。文章がうまい、字がじょうずとほめてよろこんでいる。ほめられるほどでもないのに。

まあこうしたことから、先輩たちがだんだん私に、文句を手びかえするようになったのだろう。私はりくつをいわない。いつも従順にはたらいている。どうしたことかコック部屋にいくと、私のことを「ナンバンの特待ボーイ長」なんて、ヘッドボーイや司厨長《チーフスチュワード》はときどきそんな呼び方をする。

四月二六日

きのうの夕方からないだ海は、またきょうの夕方からあれはじめた。サイドにぶちあたる波が、寝ている頭をもちあげるほどだ。

今夜はどうしたことか、いろんなことがつぎからつぎへと頭に浮かんで眠れない。ベッドにあおむけになって、目をつむって心をおちつけようとするが、どうしても眠れない。じぶんの身辺のこと故郷のこと、親族のこと、友だちのこと、それからとんで文学、思想、社会、人生、国家、革命、平和などなど、とりとめのないことが、ぐるぐる頭のなかをかけまわる。枕元の本をとってひろい読みして、気をおちつけようとしてもだめだ。一定の調律をもって回転をつづけるエンジンのひびき、波の音、バス部屋で流行歌をうたったり、浪花節をうなったりするボーイたち、そうした周囲の音が一つになって耳をおそい、神経がたかぶるばかりで、依然として目がさえるばかりだ。

二日まえまでは、コック部屋から氷水をもらわねばやりきれぬ暑さだったが、きょうからは冬服を着て、夜は湯あがりだけでは寒くて、毛布をだして着るという始末である。

ああ、もう一一時だ。とうとう今夜一睡もせず、明朝の四時まではたらかねばならない。

今航はシンガポールから上海直行なので、もうきのうあたり、香港沖を通過しただろう。

四月二八日

きのうからないで、船はしずかに海面をすべった。涼しくなると、午前の仕事もあまり体にこたえない。昨夜は毛布一枚かぶって寝て、寒さを感じた。

夜のワッチを終わって部屋に帰って寝るのは、朝の四時半か五時ごろである。そのころは、陸とちがって明けるにはやい海の朝は白みがかっている。ぐっすり眠って目をさまし、ポールドからのぞくと、船はもう上海の河口にちかづいているらしく、一面黄色い濁水の上を走っていた。

部屋を掃除してまごまごしていると、もう昼のワッチの時間だ。船首にいって昼食をすますとすぐ、缶前におりていかねばならない。缶替えと石炭繰りを終わってデッキにあがったころは、船はもう河のなかを溯っていた。

空はどんよりと曇って、両岸に開けた耕地には、青々とムギがのびていた。そのあいだにヤナギの若葉が淡い緑色に煙り、平べったい小さな農家の藁屋根が点綴《てんてい》され、ところどころにナタネの黄色い花がみえる。河の岸べの、公園の芝生のようにきれいな草のなかに、牛があそんでいたり、子どもがかけまわったりしていた。にごった河も、両岸のムギ畑も、のどかな春霞につつまれていた。

往航、上海に寄港したときは、小雨に煙っていたが、みわたすかぎり荒涼とした冬枯れの風景だった。そうだあれから二か月、もう四月の末だもの。

ながいこと暑い航海をつづけ、単調で退屈しきったマドロスにとって、陸はなつかしい恋人である。こんな青々としたのどかな陸をながめると、すぐ走っていって、あの芝生のような草の上に、寝ころんでみたい衝動にかられる。

午後三時ごろ、河岸の桟橋に着く。着くとすぐ、いろんな物売りや、散髪屋や、洗たくや作業着のつくろいをする女らが、どやどやと乗りこんでくる。

異性に飢えた連中は、洗たく女のもういい年をした婆さんをからかう。すると、かえって、先方から劣情をいどんでくる。コークスストアで、あるいは部屋をしめてカーテンを引いたベッドのなかで、半ばおおっぴらな行為が——あまりに鉄面皮な行為に、嘔吐さえ催してくる。しかし、みんな平気だ。やんやとはやしたてておもしろがっている。

停泊してから、石炭おとしをやったあとはひまだった。私は一人、船尾の部屋で本を読んでいると、洗たくにきたシナの女たちがはいってきては、うるさくいいよってくるので、しかりとばしてドアをしめてしまった。しかし考えてみると、この女たちが洗たくや作業着のつくろいのほかに、船員たちの求めに応ずることを目的としてくるのも、貧困のためのしかたのない行為だと思う。

わずか米一升分の金で、じぶんの肉を提供する女。こうしたことによって欲望をみたそうとするマドロス。それもこれも、ともに社会の底辺の、なおその下層にくるしむものたちの、共食いであることをつくづく思う。

四月二九日

きょうは日曜で、それに天長節（天皇誕生日）なので全員休業。私が乗船してからまるまる六か月になる。

停泊中の日本船、日本の軍艦は、満艦飾を施し、マストからマストへ、船尾から船首へ、無数のフライキ（信号旗）がへんぽんとひるがえっている。まったく上海の港をわがもの顔に誇示しているようにみえる。

火夫の小池君が上陸しようとさそいにきたので、つれだってランチで対岸にわたる。電車に乗ってすこしいってから、方向も定めずめちゃくちゃに歩きまわる。人の多さ、自動車、人力車の多さ、シナ人、白人、日本人、いろいろの人種がごったになってうず巻き、流れていた。日本人街にはいってみると、軒ごとに日の丸をかかげて、盛装した人たちが歩いていた。

河岸にでると、軍艦岩手が停泊していたので、当直の水兵にたのんで上甲板だけ見物させてもらう。

河岸の各国の官庁らしい、また商社らしい高層ビルの櫛比《しっぴ》せるあたりの、前の広場に並んだ自動車の多いのにはおどろいた。

引き返して日本料理屋にはいり、焼きそばを注文してそれで昼食をすます。そこの主人が、「きょう新公園で在留邦人や、停泊中の海軍や、陸戦隊などによって、にぎやかな催しがあるからいってみないか。じぶんもいまから女たちをつれていこうとしているところだ」という。道理で、盛装した日本人の多いことを知った。「あんたらひまなら、つれのうでいってみてきまっせ。そりゃあ、にぎようそうですばい」長崎弁まるだしのおかみもすすめてくれるので、いっしょにいくことにきめる。

つれは、そこの主人と、二〇歳前後と思われるそこの「女」と私たち二人。自動車で新公園まではかなりの道程であった。三人の女は、ペチャクチャ、車のなかでもはしゃいでいる。彼女らのことばのすべてが、私の郷里のことばであった。「酌婦」といっても、「客をとる」女たちであることは知れきっている。


公園にいって私はおどろいた。だいいち、日本人の多いことだ。上海にこんなに日本人が住んでいるのかとびっくりするほどだ。公園は広くて一面きれいな芝生におおわれていた。その場内に、たまにはシナ人やほかの外国人がまじっているとはいえ、ほとんど日本人で埋まっているといってよかった。

うすい綿雲につつまれた暖かい春の陽の下に、場内には日本の旗がひるがえり、すこし間をおいてポンポンと火矢を打ちあげる音がひびいた。催しは海軍の相撲や、軍楽隊の演奏、グラウンドでは海軍と在留邦人の対抗運動競技。それくらいのものであったが、日本の女の振袖すがたや、男たちの羽織袴の人たちが、ぞろぞろ歩いているのをみると、まるで日本での祭日のような気がする。

私は人のまばらなすみのほうへいって、青草の上にすわり、新鮮な草の放散する青ぐさいかおりをかぎながら、目をつぶり、そうぞうしいどよめきをよそに、瞑想にふけった。私は、待ちこがれていたものに会ったような気がした。そのとき私は、恋人の胸に顔をうずめてでもいるような、甘美なみちたりた興奮を感じた。何か月かの熱帯の航海、はげしい労働、無味単調、その生活のなかで、あこがれ望んでいたことが、たとえひとときでも叶えられたことを、私はどれほどありがたく感じたことだろう。

陸の人にはなんでもないことが、波にゆられ、海ばかりみつめて暮らしているマドロスの目には、それがどんなに感慨ふかく、涙ぐましいまでに胸にせまることよ。

五時、場内をでて自動車をとばす。そばを食って夕飯をすませ、ランチで帰船。つれの女や料理屋の主人とは、場内で別れたなり、さがしてもみあたらなかった。

夜の空晴れて星冴え、停泊した船々の灯、うつくしく河の水に映って、大港上海の夜を彩っている。

五月二日

上海に思いのほかながく停泊した。きょうで五日だ。あすの午前一〇時、大阪にむけ出帆の掲示がでた。

満載した綿花を七分どおりあげて、また二千トンも米穀類を積みこんだので、予定より三日も延びたらしい。

上海の港は、日本船の出入りが多い。

気候がよいので、停泊中の缶前の仕事も、さほど苦にならなかった。

今夜、また火夫の小池とコロッパス二人と私と四人、上海の街を見物にでかけた。明朝の三時から私はワッチなので、おそくまでぶらつくわけにもいかず、一時間ばかりで帰ってきた。

シナの街はきれいなようでも、一種のいやなにおいがただよっている。織るような人波もかまわず、大道でののしり合っている男たち。棒切れでごみ箱をほじくっている乞食。「あなた、指輪買いませんか」日本語でよびかけてくる、りっぱな服装をした、だが、どこか不良少年らしいところがある美少年。「おい、日本の女か、シナの女か」などとよびかけながら、走りよってくる車夫の群。

軒ごとに、筋太な漢字の看板がかけつらなった商店街。赤や青のけばけばしい感じの店飾り。やはりシナ街という印象をうける。

日本人の料理屋兼淫売屋といったふうなところも、四〜五軒引っぱりまわされた。私はなかにはいってひやかすのがきらいなので、いつもちょっとのぞくくらいが関の山だ。格子のなかから、おばけのように白粉をぬった日本髪の女が、「おはいりなさい。どうぞ」とあいさつするところもあった。みんな頭なし（金なし）ばかりで、あがって一杯という元気のあるものもいない。こんな家はたいてい、往来からせまい路地をずっと奥にはいったところばかりにあった。

帰船九時。

上海は毎日よい天気でよい気候であった。ときには霧が濃くおおって、夜など対岸に停泊した船の泊灯さえみえないこともあった。河をこいであがる船の櫓の音だけで、船はみえなかった。マストのワイヤーから、霧が水滴となってハッチの上におちてきた。尾崎士郎の「消えて行く街」という短編を、私は思いだした。

明け方、おぼろな霧につつまれて、またたいている船の灯や、街の灯をながめていると、マドロスならではの感じもわいてくる。

きのうもきょうも、午後になると日本人の私娼たちが、平気で部屋におしかけてきて、顔見知りの船員にねだって、ビールやサイダーを飲んだり、みだらがましいことを平気でしゃべっては、じぶんのなじみをむりやり引っぱっていく。ずぶとくおちついた、ひわいなことばのなかに妖艶さと侠気といったものを感じさせる彼女たちの態度は、マドロスたちをひきつけずにはおかない。船員たちを相手に「商売」をつづけていると、ああいうふうにならざるをえないのだろう。

まだ彼女たちはわかい。娘子軍《じょうし》［ここでは娼妓となって大陸へ渡った女性たちのこと］は年をとると、だんだん南と北に流れていくといわれる。彼女たちも、やがて南洋やインドあたりへ、また満州以北のシベリア方面へ、流れていく運命をせおっているのではあるまいか。

五月四日

きのう朝一〇時、上海を出帆した。きのうの朝は三時から起こされてワッチにはいったので、よい気持で眠っていると、六時すぎごろ、火夫の伊東が女をつれてはいってきてさわぐので、眠い目がさめてしまった。またしばらくすると、二人の女が、昨夜泊まったパーサー（事務長）を船まで送ってきたのだといってくる。ドンキーマンのなじみの女は、菜っ葉漬をぶらさげている。がやがや、ペチャクチャしゃべるので、うるさくてしようがない。

うるさいけれども、女の声をきいているとわるい気持はしない。彼女らは、出帆まぎわまでしゃべりながらあそんでいた。

上海の河口をでてからも、船は幾時間も、みわたすかぎり黄波かちあう濁水の海面を走った。風がつよく波が荒い。日本まではまた予定より一日ぐらいおくれるだろう。

五月六日

上海を出帆してから毎日よい天気だ。空にはうすい白い雲がふんわりと浮いて、眠たげに霞がただよっている。しかし海は、こうした雲や、やわらかな陽光とは無関係に、たえずあれつづけている。

今航は鹿児島の南を通って、船は土佐沖から一路大阪へむかっている。

きのうの午後、薩摩富士（開聞岳）の霞に煙ってそびえているのを左にみ、白い煙を吐いている硫黄島の山を右にみて通った。大隅半島の南端の切り立った岩に、打ってくだける波がみえた。あれているせいか、漁船の影一艘みあたらなかった。いまごろあのしずかな瀬戸内海を通ったら、どんなにいいだろうと思う。若葉に煙った島々の影がみたい。

また日本に帰ってきた。インド航路二航海、船の仕事もすこしはなれてきたようだ。帰ってすぐ本員になれるかどうか。なれるならはやくなったほうがよいが、会社のつごうや船のつごうで、なれても引き上げてくれないことが多いということだ。

五月八日

昨夜七時、大阪入港。眠いさかりに検疫でたたき起こされて頭が痛みだした。船は築港の堤防のちかくのブイに係留された。

糠雨がしずかに降っていた。港いっぱい、濃い霧がたちこめ、大阪の市街も、たち舞う煤煙もわからない。休みだが、雨では上陸もむずかしい。私は終日部屋にこもって、寂寥の心にとらわれながら、故郷の従弟たちへの手紙を書いた。故郷からも、従弟たちからもたよりはきていなかった。私はさびしかった。

きょうも休みである。みんなが上陸にさそうけれど、どうしても上陸する気になれない。雨こそ降らないが、うす曇ったしずかな天気だ。瞑想にふさわしいひよりだ。私はひとり考えこんでいたい心をこわされたくない気がする。

六か月あまり、インド航路二航海。仕事もすこしはなれてきたと同時に、一般船員たちの行動、趣味、気質などもわかってきた。

五月一二日

九日に大阪から神戸にきた。こんどは横浜へはいかないで、ここで船の仕事をすましてしまうとのこと。

一〇日の夕方、仕事からあがってみると、手紙が二通きていた。一通は母の名前で、一通は弟から。母の名できた手紙をみておどろいた。それは地主の中瀬氏が、わずか二~三日のわずらいでぽっくり亡くなったとのことである。私の実家はいうにおよばず、部落一般にも大きな打撃をあたえたに相違ない。あとには後妻と、私より二つ年下の正広君と、妹二人、弟三人がのこされたのである。

私の家は中瀬家の小作人であった。私たちは中瀬氏を「おだんな様」とよんでいた。私は子どものころ、土間に積まれた米俵がみんな中瀬家の土蔵にかつぎこまれ、春になれば家には米がなくなり、自家で作った米を買って食わねばならないのがふしぎに思われたものだ。不作のときでも、小作料を負けてくれることはなかったようだ。借金は積もるばかりだった。小作人であるための屈辱、「ハイ、ハイ」と頭をさげながらも、私は心の底では「いまにみろ」と叫んでいた。

しかし私はあの中瀬家の下で、母の腹に宿ったのだという。そのころ、父も母もいっしょにあの家に奉公していたのだ。あのだんなも私の幼いころは、ずいぶんかわいがってくれたものだという。大村藩御馬回り役の次男坊で、養子にきた人だった。おっとりしたようでへんくつなところがあり、このだんなに借金するために、一生小作をつづけなければならないかと思うと、くやしかった。長男でありながら家をとびだした原因の一つでもあった。

まだ、五〇をいくつもでていなかったであろう。資産家の急死で、親族間の資産あらそいが起こるかもしれない。父なども「おだんな様」の死後の処理にとびまわっているかもしれない。あの精力の充満したような男が、そんなにもろく死ぬなんて、いいようのない寂寥感に引きこまれる。

五月一四日

神戸にきてから天気がつづく。春霞に煙った山々、街、港。休みが二日もつづいたら、ゆっくりちかくの山へでも登ってみたい。そして思う存分、新鮮な若葉のかおりと清浄な空気を吸ってみたい。

きのう、故郷の覚四郎伯父より来信。故郷をでてから伯父からのたよりをうけとったのは、はじめてであろう。伯父たちはいま、中瀬家に起居して、同家の仕事をしているとのこと。先見の明なく、自発的な努力もしない、ただ人からこき使われて満足している伯父のことだ。人の家に寄食して、そこでけんめいにはたらいていたら、食うための心配はないようなものの、ずいぶん居づらいいやなこともあるだろう。

きょうさっそく返信、ついでに末弟為市にも。

神戸にきてから二度上陸した。二度とも夕方、会社のランチで上陸して、帰りはサンパンを買って帰った。

さしあたった買い物も用事もないのに、なんとなく街が恋しい。人波の雑踏にもまれてみたい。いちどは活動館（映画館）にはいった。いちどは寄席にはいった。漫才や踊りや落語など、腹の皮をよじるような芸事を見物した。つかれた頭にはこれがいちばんよいと思った。活動のように目を刺激せず、ただその場だけの笑いに気をとられて頭がすうっとする。

二度めにいったときは日曜だったので、人出が多かった。電車はずっと満員ばかりであった。満員電車をみると、あのぎっしりつまった人中をいちいち切符を切ってまわった、長崎の車掌時代を思いだす。

ドンキーマン二人につれられて、夜の歓楽街を見物する。ずらりと並んだ大きな家々、軒灯のまばゆさ。奥からもれる三絃のひびき、三三五五つれだって、軒から軒へのぞいて歩くひやかしの群、私たちもそれらにまじってのぞいて歩いた。ずらりと壁にはられた「女」の写真をいちいちのぞいてみる。みんなおなじような女にみえる。はいっていくと、きまってどの家にも仲居がいて、あまいことばで袖を引く。

その花柳街をでて、小さなうどん屋で一杯六銭のうどんで腹を太めて、テクテク歩いて桟橋まででて、五〇銭だしてサンパンで帰る。しずかな夜ふけの眠ったような港を、船頭はゆっくりゆっくり船をこぐ。山を背にして横に長くひろがった街の灯、その上にただよう、夕空のような淡い光をもった雲のたなびき、山の陰にはいろうとする半円の赤い月。晩春の港の夜ふけは、年増女の媚びのような濃艶さを思わせる。

船に帰ると電灯は消えて、暗いランプがジージー音をたてて燃えている。どうせおれたちの巣箱は、汗くさいきゅうくつなベッドよりほかにないのだ。

五月一七日

一五日は午前中だけ仕事で、午後は休みであった。船首へいって夕飯を食っていると、こんど下船するファーストエンジニア（一等機関士）の荷物を、ランチに積んで税関の前までもっていってくれと、ストーキバンがいってくる。で、さっそく一杯食った飯をそのまま、とんでいって荷物の用意をして、四時半のランチに積む。桟橋へあげて荷物をあずける。

つぎのランチをいくら待ってもこないので、きいてみると、私たちがこっちにいるうちにでてしまったという。もう会社のランチは九時までない。ストーキバンはサンパンを買って帰ったが、私は五〇銭もだしてサンパンで帰るのはばからしいので、もう一人の火夫と二人、ブラブラ、三ノ宮付近をうろつくことにした。二人とも船の着のみ着のまま、色のさめたナッパ服にぞうりばきで、帽子もかぶっていなければ足袋もはいていなかった。

だが、二人とも平気で歩いた。バラック建の飲食店ですしを食って、船で食いかけていた夕食の食い直しをやる。火夫の小林はタコをさかなに安酒を二合ほどひっかける。それから夜の街を、古本屋をひやかしたり、小さなカフェーをのぞいたりして九時までひまをつぶす。

小林は私を街角のカフェーに引っぱってはいる。私もしかたなくおつきあいして、二人でビールを二本飲んだ。

もちろん私はコップ一杯しかいけない。小林はほろ酔いきげんで、たわいもない冗談を交わしている。ランチの時間がせまっているのに動こうとしないので、私は勘定をすましてむりやり引っぱってでた。桟橋へいくと同時にランチがでた。

小林は女と酒に身をもちくずし、陸にも船にもずいぶん借金をこしらえ、にっちもさっちもいかなくなっている男である。かれは色白で細面の鼻筋の通った、愛嬌のある目をもった美男子である。かれは、いわばその美貌ゆえに身をもちくずしているといってよい。かれもよくいっている、「おれは、どうしてこんなに女にもてるのかなあ。女にふられたということはいちどだってありゃしない。もすこし女からきらわれりゃ、道楽もやむだろうに」と。かれはまた口もうまい。そして歌もうまい。尺八もうまい。多芸多能。そうしたことが、かれの身をおぼれさせる原因のように思う。

一六日正午出帆が、三時まで延びた。それは、静洋丸にペスト菌をもっていたネズミがいたのを発見され、静洋丸が積んでいた綿花を本船に積んだというので、ガス消毒をやるためだ。

近日、陛下が行幸されるとかで、税関や警察では神経過敏になっているらしい。

本日午後四時半、船は四日市港にはいる。港外にアンカーをおろし、寒い風に吹かれて検疫を待つこと約一時間。ようやく小さなポンポン蒸汽で波を浴びて、じっくりぬれながら、検疫官たちがきた。ぬれて丸くなってタラップを上ってくるかれらをみて、みんながどっとふきだした。

港の海岸には堤防があり、防風林のマツの木が立ち並んでいた。街の甍《いらか》や工場らしい煙突は右手のほうにみえた。

五月二〇日

一八日に四日市から名古屋へ、一九日に名古屋出帆、きょう大阪入港。四日市でも名古屋でも、じつにじつにきびしい検疫であった。神戸でガス消毒をしたダンブルから、ネズミを四〜五匹集めて検査していた。四日市でも名古屋でも上陸できなかった。

帰航のときはうねりが高かったので、足のあがった(積荷がかるくなった)船は、盤の上に毬でもころがすように、ごろりごろりとゆれるので、気持わるかった。

神戸や長崎で、二〜三の汽船がペスト疑似患者のため、停船させられたり、乗組員が隔離されたりしたらしい。本船はどうやら難をのがれたようだ。

このごろ、どうも体がだるくてこまる。すこし過激な労働をやると、息ぎれがする。足がしびれて重たい。腰がずきずき痛む。蓄膿症にでもなったのか、小鼻の両わきをなにかでおしつけられてでもいるようなくるしさをおぼえる。またカッケがひどくなるのかもしれない。そしてまた、先年の腎臓病がぶり返したのかもしれない。いろんないまわしい悪夢にばかりうなされる。じぶんの体の苦痛に悩んでいると、伝染病にたいする恐怖などなくなっている。

四日市、名古屋は雨であった。しかし、きょうは晴れた。夜、デッキにでると、大阪の街の灯が輝いている。若葉にかおる夜風を浴びて、公園や並木路を散歩してみたい。そうしたら、元気がでてきはせぬかと思う。一五円の月給では、上陸しようという元気もない。夜の港はしずかだ。ときおり、出船入船の汽笛がひびく。ポンポン蒸汽の音がたえない。部屋にじっとしていると、しずかである。

未練の灯

ながい航海に疲れたお前は
港のまん中に眠っている。
初夏の夜風と
くもった空にどろんとした月光と
街の灯や周囲に碇った友達の灯々をあびて
お前はしずかに休んでいる。
激浪をあび、烈風とたたかい
ようやく故国の港に帰って来た
——私の船よ!
私も休んでいる。
毎日スコップやデレッキを握り
たこの出たこの腕も
毎日石炭の粉とフランと灰に
汚れたこの体も
今日は久々に洗い落とされた。
街の灯が私を呼んでいる
若葉に風かおる公園が恋しい。
こみ合う人いきれにむせ返る雑踏が恋しい
カフェーが、街の灯が、女が
——みんな恋しい。
皆はみんな上陸した。
私ひとりが部屋守だ
わずかな給料はみんな
不具の母と小さな弟のいる

故郷の家に送ってやった。

私ひとりが船に残って部屋守だ

街の灯がしきりに私をよんでいる。

（一九二九、五、二一　神戸にて）

五月二四日

神戸をきのう、雨のなかを出帆した。また三か月、暑い航海をつづけねばならない。

きのう、酒くせがわるく、飲んだらあばれてみんなをこまらせた悪太郎のコロッパス（石炭夫）とだれかれの容赦なく、うまいことをいっては金を借り、借りたら払うことを知らぬ女たらしの火夫の小林とが、本船をおりた。

私にはコロッパスとしての公文が、会社からきた。火夫一人、見習い一人が乗ってきた。いよいよ私も一人前になったわけだ。病気さえせず、体が丈夫だったら、私も人に負けないていどにやっていけると思っている。

昨夜は三～四人つれだって上陸して、映画館にはいった。映画館をでると雨が降っていた。傘をもたないのでぬれて歩く。雨で右往左往する目抜き通りの人波。水に光る舗道に影がおもしろく動く。都会の夜の雨にぬれながら歩いていると、妙に柄にもなく旅情ということばが、心の底にくいいってくる。うどんの立ち食いをして、サンパンで帰船。一一時すぎ。ナッパ服を雨は透って、肌までしみこんでいた。一二時から停泊ワッチにはいった。小粒の雨は、あいかわらず降りつづけていた。

五月二五日

きのう正午門司着。出帆した夜、雨はやんだ。満月が澄んだ空にさえていた。うつりゆく島影、そこに明滅する漁村の灯。月夜でも帆をあげて漁火をたいている漁船の群。島と島のあいだを通るとき、山のふもとの民家と、呼びかわされるようなところもあった。

夜が明けると、目のさめるような新緑の島々と、おだやかな澄んだ海であった。うつりゆく景色をながめていると、よみがえったような気がする。本州と九州の山がせまった、海峡のながめもいい。私は初夏の山野が好きである。鮮明で活気にみちた、自然の力づよさを感ずる。

夜、下関と門司とが、海を中にして、たがいにその夜景の美をきそっているかにみえる。門司の山の上から月がのぼった。海峡の波をくだいて灯にかざられた連絡船が往来する。上陸するのもたいぎだ。船にいてこうした夜景をながめているのが、いちばんたのしい。

五月二六日

きのう正午出帆。また三か月暑い海を往復しなくてはならない。

　どうにか私も、石炭夫になることができた。本員になった。見習いで飯はこびをやったり、ワッチにはいったりしていたときより、やはり仕事のうえで責任を感じる。みんなからいままでのように、むちゃにこき使われることからはのがれたが、まだ満三年しなければ火夫になることはできないのだ。それまではまだ大きな顔はできないのだ。

　東シナ海の水は南へ流れている。だからかなりのうねりであるが、船の動揺がすくない。追い手だ。うす暗い部屋でもの思いにふける。

　みんなはひまさえあれば、女のうわさばかりしている。神戸で、大阪で、名古屋で、門司で、抱いた女の批評でもちきりである。

「こんど日本に帰っても、かたいところ、辛抱するぞ」と、決意をみせていた連中が、いざ日本へ帰ったとなるとどうだ。船にくすぶって寝るものは、ほとんどなかった。みんな申合わせたように「頭なし」になっている。

「こんどひと航海してきても、まだ借金で足がでる」というものもいる。しかし平気で、女のカタばかり振って［カタを振る＝肩を振る。船員の使う用語で、「集まって話をする」といった意］いる。

　こんど神戸で下船した火夫の小林のことを思う。ひまさえあれば尺八ばかり吹いていた、美男で好色なかれに、

「あれだけには、なんといわれてもけっして金は貸すな。貸したら最後だ。ぜったいとれっこないぞ」

　そういって注意してくれたものが、何人もいたのにもかかわらず、あまりしつこくたのむので、一円二円と、一五円の給料から貸していたのが一〇円あまりになっていた。私はかれが下船するときにも、金のことは口にださなかった。かれはおりていくおり、まだ新調してまもない敷きぶとんを一枚おいていった。

五月三〇日

きのう午前、香港入港。今朝六時出帆。思いのほか南シナ海はしずかである。

　香港は暑くて、部屋に寝ておられないほどだった。夜、あまり暑いので、涼みがてらマーケット付近をぶらついた。バナナ、マンゴー、砂糖、ミルクなどを買う。日本の料理屋をのぞいたり、シナ人のそば屋によって焼きそばを食った。つれのものはシナの淫売屋をひやかしに自動車でいこうとさそうが、私は一人帰ってきた。

　はじめての航海のとき、私のボーイ長の先輩梁瀬が、この九竜でシナの淫売を買い、病気に感染し、ながくくるしんだうえ、包皮をドクターに切りとってもらい、ぶ

かっこうな持ち物になってしまったことが、私にうっかりそういうところにちかづいてはいけないと、思いこませてしまったようだ。

対岸の香港島の夜景は、いつみてもうつくしかった。

今朝一時から停泊当直。桟橋の上にゴザを敷いて、シナ人が夜通し麻雀をやっていた。よく眠くないものだと思う。

きのう昼チューブ突きがすんでから、ボイラーの上のストップバルブ（締切弁）のジョイント（継手）がわるいというので、とりはずしてパッキンの入れ替えを手伝った。その暑さといったら、お話にならなかった。一四〇度〔約六〇度〕以上あっただろう。先輩二人、気分がわるくなって吐いたりしたくらいだった。みるみる、顔は真赤に焼け、目はぺこんと引っこんだ。じっさい命がけの仕事だった。

私はまたカッケになったようである。きゅうに暑くなったからだろう。足が重たくてしびれる。食物にはずっと注意しているので胃のほうは丈夫なようだが、暑いところにくると、カッケらしい症状が起こる。エンジンや缶前のタラップの昇りおりがくるしい。きょうチブスの注射にいったついでに、ドクターに診察してもらった。かるいカッケらしいといった。このごろ私は、健康ということを念頭におくようになった。なんといっても健康第一だと思う。

六月四日

香港出帆後四昼夜、海はしずかで風があって、わりあい涼しい。しかしきょうは、缶前は一〇六度〔約四〇度〕も上った。風のあたらぬ場所はやはり暑いのである。

香港出帆の日に二度めのチブスの注射をやったが、みんな申し合わせたようにその注射にあてられてしまった。熱がでて、注射した部分が赤くふちどってはれ、痛むのであった。私はまえのとき肩にうって、あおむけに寝ずこまったので、こんどは左の腕にやってもらった。ところが腕がはれて、スコップやデレッキを使うのに痛くてこまった。みんなも痛い痛いといいながら、がまんしてワッチをつづけている。私はカッケで足はしびれているし、熱はでる腕は痛む。三ワッチほどはぶっ倒れんばかりにくるしかった。

足のしびれはどうしてもとれない。依然として鉛の塊りでもくくりつけられたように、重たい。膝の関節がこわばって、歩行さえ困難である。

六月八日

六日の午後、シンガポールに入港した。入港すると、風がなくなり暑さがきびしい。

入港した夜は、四〜五人つれだって散歩にでた。街へでると、やはり船にいるより涼しい。露店の並ぶ盛り場には、道路わきで煮たきして、夕食をしているインド人、シナ人、マレー人たちでごった返していた。そこからは、むせるような異臭が流れてきた。

シナ人の果実店には、新鮮な熱帯産果実が、電灯の光を浴びてつやつやと光っていた。みただけで唾液が流れてきそうだ。もぎたてのまだ青いバナナを、大きな枝ごと一本、使いのこりの財布をはたいて買って帰る。一本に六、七〇実がついたみごとなものであった。二人ずつ代わりばんこに、汗を流しながらかついで帰った。

積荷のため、出帆が一日延びた。

部屋には暑くて寝れないので、フォックスルにあがって涼む。驟雨後裸体であがると、涼しい風がむこうの草原からドックをわたって流れてきた。私は生き返ったような気持になり、ツルゲーネフの『父と子』をもってあがって、日が暮れるまで読みふけった。夕陽は熱帯特有のさまざまな形をした雲を華やかに彩って沈んだ。

ドックのむこうの草原であそんでいた牛が、みえなくなっていた。水牛を五〜六頭追いながら、ドックのはしを横ぎっていく男がいる。黒いヤギが倉庫のかげからでてきてミイミイ鳴いている。倉庫のむこうには、小高い樹木のしげった、なだらかな山がつらなっている。左手にはきれいな島の頭がいくつもみえる。そこからは、白や赤の屋根が、樹木のあいだからのぞいていた。やがて樹間をすかして、灯が輝きはじめた。

みずみずしいというか、いきいきしたというか、雨後の熱帯の夕景色はすばらしい。私は人顔もわからぬようになるまで、フォックスルにたたずんでいた。

きょう正午出帆。いつものように船は、樹木のしげった島々のあいだを、しずかにすべっていった。

六月一〇日

きょう未明ピナン着、正午出帆。

ここからデッキパッセンジャー（デッキで寝起きする最下等の船客）が、一〇人ばかり乗りこんだ。三番のハッチにオーネンを張って、その下で寝起きし、煮炊きするのである。

風がでてすこし涼しくなったが、シンガポールからピナンまで一昼夜半の暑さといったら、なかった。煙突の煙はまっすぐに立ちのぼり、部屋になど寝ていられなかった。ファンの下ではいつも麻雀をやっているが、ファンの風などかえって暑くるしい。麻雀は食事のとき以外、うつりかわり終日やっている。暑いのにあくことなくやれるものだと思う。

みんな夜は、フォックスルやハッチの上で、ごろ寝をしていた。私も仕事着を着て、ハッチのかたい板の上に寝てみた。起きたあとの体の痛さだるさ、足の重たさ、目にみえて夜露にさらされたつかれはてきめんにきた。これからはたとえ汗にひたっても、がまんして部屋に寝なければならぬと思った。ようやく、しびれがうすらいできた。

ひまさえあれば尺八を吹いていた小林が下船したのでさびしい。航海中私は、かれの尺八の音に、どれほどなぐさめられたかしれない。しかしセーラーのほうに三味線を引くものがいて、毎夕外のハッチに腰かけて引いている。へたな三味線の音をきいても、心がなごむのをおぼえる。

シンガポールを出帆した夕方、船について泳ぐイルカの群をみた。

海面はのしたようで、水を切るヘッドだけが白く泡だっていた。ふと私はフォックスルにあがって、ヘッドの波ぎわをみておどろいた。幾百尾ともしれぬ五〜六尺［約一・八メートル］の魚が、船といっしょに、水面に頭をだしたり、とびあがったり、もぐったりしてすばらしい速さで泳いでいた。背と背をくっつけ合ったり、白い腹をみせて横になったり、あおむけにひっくり返ったりして泳いでいた。見物にあがってきた連中が、木片を投げたりビールビンを放ったりしたが平気で、船といっしょに、あるいは船の先になって泳いでいくのは、じつに壮観であった。

六月一四日

船はきょう午前一〇時ラングーンを出帆して、河口をはなれたが、みわたすかぎりにごった河の水は海中にひろがっている。空には雨雲がおおい、ときおり思いだしたように、細い雨がなまぬるい風に送られてくる。海はかなり波があって、足のあがった船はごろりとゆれる。

船室にはしめっぽい、息づまるような空気が充満していて、じっと寝ていられないほどだ。汗ばんだみんなの体臭や、汗によごれた衣類のにおい、バス部屋からにおってくる便所の臭気、それに、みんなが香港で買いこんだ安タバコを、ぱっぱと吸うので、鼻につんときてたまらない。頭がずきずきうずきだしてくる。

六月一六日

きのうまた、二回めのコレラの予防注射を打った。熱がでて、体がだるい。ワッチの仕事がくるしい。

門司出帆いらい、まるで注射責めである。チブスの注射二回、種痘を一回、コレラの注射を二回、つごう五回である。

きょうは朝から赫灼《かくしゃく》として陽が照りつけている。大きなうねりは依然としてやまない。海の水は遠いかなたから、濾《こ》されてでもくるように青く澄んでいる。風がなくて暑い。ワッチにはいると、シャツもズボンも手拭いも帽子も、みんな汗じっくりだ。脱いでしぼると、水にひたして引きあげたようだ。息ぎれがする。缶前の温度一一〇度［約四三度］。

日本ではもう五月雨のころである。去年のこのごろ私は、毎日毎日田のくれ割りばかりやらされていた。朝の五時から夕方暗くなるまで、田んぼにはいりっぱなしの仕事もらくではなかった。今年は今年で、こんな暑いところで、こんなきつい仕事を船にゆられながらやっている。まったく、くるしい仕事をよって（選んで）やっているように思えてならない。

六月一九日

きのうようやく、終点カルカッタに着いた。一七日の夜は、河の入口に投錨して一夜をすごした。黄濁の水をたたえてはいるが、河とは思えぬほど広びろとしていた。日本の初秋のような澄んだ空に真綿のような雲が浮いていた。思いのほか涼しい河風が流れていた。半円の月が、水平線の空と河面を赤くいろどって沈んだ。私は停泊ワッチからあがって、水をかぶったすがすがしい体で、船舷にもたれながら、明け方の河口の雄大な風景にながめいった。

目をさますと船はもう河をさかのぼって、カルカッタの河岸にきていた。ごちゃごちゃと両岸につながれた木船。工場らしい赤い屋根、煙突、倉庫、そのあいだから熱帯樹のしげみがのぞいている。対岸の青草のあいだに、樹木がまばらにはえて、涼しそうな公園らしい傾斜地の隣りは、小さな造船工場で、モーターのうなりや金属のかち合うひびきがやかましい。

船室はとても暑い。じっとしておれない。外は外で、太陽は焼くような光線をおしつけでもするようになげつけている。ここで十幾日、停泊するのかと思うといやな気持になる。

六月二〇日

きのう正午すぎ、船はドックにはいった。前々航と同じドックである。回転橋を二つくぐって、二番めの橋のきわに停泊した。

当直を終わってあがったのは二時、すごい暑さだ。夕方、にわかに曇って夕立らしい雨がきた。

雨が晴れてから、金は一円もないのに火夫の小池と上陸した。さっそく郵船の倶楽部にいって休む。樹木につつまれた洋館だ。インド人のボーイもしんせつで気持がよい。雑誌を読んだりピンポンをやったりして時をすごす。前々航は、ここには一晩きて泊まっただけであった。見習いだったので上陸も自由にできなかった。繰り上がると、こうした上陸は自由だ。まだ繰り上がりのほやほやで、大きな顔はできないので、ひかえめにしてはいるが、いくぶん解放された気分になる。

外にでてごみごみした街をぶらついてみる。日本人の私娼の家ものぞいてみる。四〇はとうにすぎたと思えるおばあさんがいた。タバコなどだしてすすめる。いろんなことを話すが、家庭の主婦という感じで、私娼とは思えない。丸だしの長崎弁である。島原出身だという。故郷を思いだした。

倶楽部へ帰って、ボーイから毛布を貸してもらってベッドに寝る。壁も天井も白ペンキぬりの明るい部屋だ。船室のわらベッドとは雲泥の相違だ。ファンをかけて寝ると、のちには寒いくらいだった。

朝七時に起きて船に帰る。船の時計はなんと六時二〇分。なんだ、一時間すすんでいたのか。それなら、すこし寝てくれればよかったと思った。

きょうは午前中だけ仕事。チューブ突き。

六月二三日

きのう六月二二日、私のたった一人の妹増江の一周忌であった。故郷では、親類や近隣の人を招いて法会を営んだであろう。田植や甘藷の植えつけといそがしいなかにも、やはり一日をさいて、妹の霊を弔うことを欠かしはしなかっただろう。お寺詣りはだれがしただろう。盲目の母がつづかぬ息で、かれた声をしぼってお念仏を唱えただろう。それにつれてみんなが、声をそろえて唱和しただろう。

霧につつまれた深い谷の、くちかけたわら屋根が思いだされる。それから一家のものの一人ひとりのことから、親類のこと、近所の人びとのことなど、つぎからつぎへと思いだされる。

昨夜は妹の霊を弔う意味で、私は陸へもあがらず、暑いのをがまんして船の部屋に寝た。

私が実家をでるとき、母に抱かれながら「兄ちゃん、さようなら」と、かわいい声でいったあの妹が死んでから一年たったのだ。去年のいまごろ私は、岡山の百姓家の百姓人夫となってはたらいていたのだ。いま、マドロスとなり、インドのカルカッタで、汗とフランによごれてはたらいている。

昨夜は月がよかった。丸い月が、赤い家並と、熱帯樹の黒くしげったあいだからのぼった。私はフォックスルデッキにでて、月をながめながら、ながいこともの思いにふけっていた。

きょうは日曜で仕事は休み、朝九時ごろから、サードエンジニア（三等機関士）と、ファイヤーマン二人とコロッパス一人、私をいれて五人、博物館見物にでかけた。

ドックの構内をでてすぐタクシーをひろってとばす。すると、方角ちがいの公園の広っぱにつれていかれてしまった。なにしろことばが通じないので、しかたなくそこでおりて、じりじり照りつける陽の下の焼けた道路をてくてく歩く。青畳を敷いたような、一面きれいな芝生のような草がはえている広っぱには、ヤギや羊や牛の群が、一団ずつになって草をはみながらあそんでいた。

引き返して電車に乗って車掌にきくと、すぐわかった。

博物館には、いろんなめずらしい物が陳列されてあった。鉱物、動物の骨類、虫類の標本、インド民族の進化を示す模型、武器、農具などなど、あるいは石像類、彫刻類など、いちいちみてまわると一日かかるだろう。

そこをでてマーケットにはいって、店内の品物をみて歩く。サードエンジニアが果実店で、二ルピー半（二円）で二貫目［約七・五キロ］ほどのスイカを一個買った。それをかかえて馬車に乗って倶楽部に帰り、ボーイに氷を買ってきてもらって、冷やして割って食う。なかなかうまい。五人で腹いっぱいだ。これで昼食代わりだ。

暑い暑い。拭いても拭いても汗が吹きでてくる。ずいぶん疲れた。

船に帰ると、きょうは日曜ですき焼きだ。この暑さにすき焼きとは、食う気もしない。

六月二五日

毎日仕事は午前中だけだから、暑くてもそんなに体にこたえない。このごろすこし足の重さがとれてきたようだ。仕事にさほど苦痛を感じない。

きょうは昼食後、石炭夫、火夫六人づれで動物園見物にいく。ドックの回転橋のたもとから自動車に乗った。自動車賃は一ルピーだから安いものだ。動物園はジャパンハウスからあまり遠くない。

見習いのときいちど、私は火夫につれられてきたことがあった。まえにきたのは冬だったせいか、動物園というより公園といったほうがあたっているほど、ひろくて樹木の多い、芝生と花圃《かほ》につつまれた園内には、咲いた花もすくなかったが、こんどは、名も知らぬ木にも花圃にも、うつくしい花が咲いていて高いかおりをはなっていた。

なにぶん暑いので閉口した。コートを脱いでシャツ一枚で歩いた。なんどか木陰のベンチに腰をおろして休んだ。動物はまえにひと通りみているので、私はあまり興味をひかれなった。だが、池があったり、そり橋がかかっていたり、樹木の陰から動物のいる赤い屋根や、鉄柵や金網などが、ちらちらのぞいているのが、いかにも熱帯らしい動物園兼公園といった感じがした。

帰途、市場に寄り、マンゴーを買って倶楽部にきて休んだ。夕飯は隣りの、例の南京料理の香港バーで、エビうどん二杯ですました。ひとしきり、雷が鳴って驟雨がきた。倶楽部にもどり、腹へらしにピンポンなどやって寝る。

毎日のように上陸する。上陸しても金はいらない。

倶楽部には古雑誌が三、四〇冊ある。船員たちがもってきておいたのだろう。私はそれを読むのがたのしみだ。『改造』『中央公論』『太陽』『文芸春秋』『文芸戦線』『戦旗』、その他、婦人雑誌、娯楽雑誌など。

昨夜七時ごろ上陸して、みんなからインド人の淫売窟を引っぱりまわされ、一〇時ごろ倶楽部に帰って寝たが、寝ながら『改造』の古田某の、「死刑を待つ心」という獄中記を読んで感銘をうけた。じぶんももっとしっかりしなければ、とつくづく思った。

今夜は『解放』の「幸徳秋水評論集」を読む。

六月三〇日

きょうは休み。あすはいよいよ出帆だ。

昨夜、もうあと一晩だと思うと、暑くるしい船室より、倶楽部にいってのんびりと寝たいと思った。

火夫たち三人とつれだって、七時すぎから上陸した。倶楽部まで徒歩で二、三〇分はかかる。途中で、ひまつぶしにうろついたり、買物をしたりするところも一定している。昼ならともかく、夜だと物騒でその付近より外はいけない。そこは貧民街が軒を並べているというわけではないが、日本人の淫売屋や料理屋、たった一軒ではあるが芸者屋、などが散在しているところ——そこの近くにはやはりインド人の淫売窟もあった。

われわれへイカチ（下級船員）では、日本の女を、べらぼうに高い金で買ったり、芸者さわぎをしたりというようなことは、とうていのぞめないことではあるが、やはりその付近をうろついてみたり、立寄ってのぞいたりするのである。

昨夜もそこをぶらついてから、倶楽部へいってひと休みして、香港バーへいってエビうどんを食って、また倶楽部にもどって寝た。きょうは休みだからぐっすり眠った。

目がさめたのは八時すぎ、外ではインドカラスがやかましく鳴いていた。きょうも照りつける太陽の強烈な光が、ガラス窓から流れこんでいた。部屋は扇風機をかけっぱなしにしているので、涼しくて気持がよい。

さわやかな気持でゆっくり起きあがったが、また毛布の上にあおむけになって、目をとじてもの思いにふけった。こんどはずいぶんこの倶楽部に泊りにきた。

数多い遠洋航路のなかで、もっともわるい航路という折紙つきのカルカッタ航路も、この倶楽部があるのでどれほど救われた気持になるかしれない。

船の連中は、こんどシナ人の賭場がすっかり廃止になっていたので、あそび場がなくてがっかりしていたが、結局、もうけるほうよりとられるほうが多いあんな賭博場は、なくなったほうがよいと思う。

先日上陸した夜、インド人の芝居や、奇術、曲芸をみた。それは芸人もすくなく貧弱なものであった。盛装した女が、足の金輪を鈴のように鳴らしながら、うたったり踊ったりした。男がでて、その女と日本の漫才みたようなことをやった。奇術も曲芸もたいしたことはなかった。こんなことはシナ人のほうがうまいと思った。見物人は百人にも満たないくらいだった。こんなところでも、インド人がわれわれ日本人にしんせつにしてくれるのは気持がよい。わざわざ椅子をもってきて、かけさせてくれる。

これが反対の立場で、日本の寄席と仮定しよう。立見のインド人にわざわざ椅子をもってきて、かけさせるだろうか。白人崇拝の日本人——なぜもっと、シナ人やインド人と、したしもうとしないのだろうか。

第三章　暗雲

一九二九年（昭和四）七月～一二月

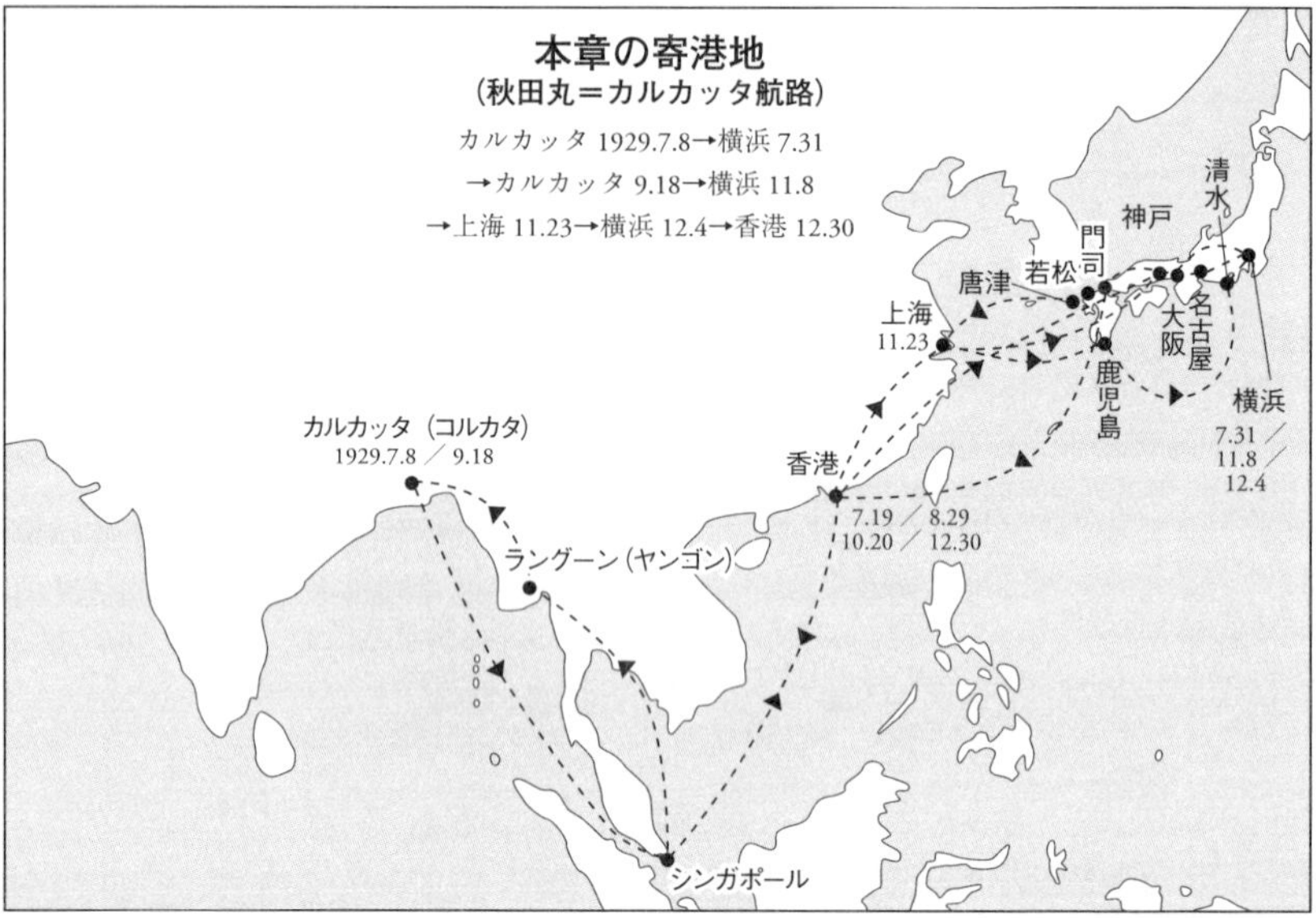

1929年（昭和4）1～6月の主なできごと

七月一日　改正工場法施行。婦人及び少年の深夜業禁止。

七月二日　張作霖爆殺事件の責任者処分で天皇に処分の軽さを叱責された田中義一内閣が総辞職。

七月二一日　全産業労働組合全国会議創立。

八月四日　ニュルンベルグでナチスの全国大会終わる。

八月一〇日　三菱造船の神戸造船所が初めて油槽船「寿山丸」を建造。

八月二七日　NHK東京放送局、職業ニュースのラジオ放送を開始。

八月二八日　浜口雄幸首相、緊縮政策を全国に放送。「全国民に訴う」と題したビラを全戸に配布。

一〇月七日　英が日・米・仏・伊をロンドン海軍軍縮会議に招請。

一〇月一一日　日本郵船のサンフランシスコ航路豪華客船「浅間丸」（一万六九四七トン）就航。

一〇月一二日　ソ連軍が黒竜江省に侵入。

一〇月二四日　ニューヨーク証券取引所で株式市場大暴落（「暗黒の木曜日」）。世界恐慌始まる。小学校教員連盟を結成（後の日本教育労働者組合）。

一一月一日　労働党結成大会。内務省が初の全国失業調査の結果、三〇万人余と発表。失業救済事業に着手。

一一月三日　朝鮮全羅南道光州の学生五万四〇〇〇人が反日運動で決起（光州学生事件）、反日学生運動が全土に波及。

一一月二〇日　ソ満国境のソ連軍が満州里を占領。

一一月二一日　金輸出解禁の大蔵省令公布。

一一月二九日　仏とソ連が不可侵条約調印。

一二月八日　独バイエルン州地方選挙でナチスが大勝利。

一二月一六日　独の失業者数が三二二万人に達する。

七月八日

七月一日の午後、ドックをでて河中に一夜停泊。二日午前四時抜錨、カルカッタを出帆していらい、ちょうどきのうまで、海はすごくあれつづけていた。カルカッタ停泊中、わるい気候に悩まされ、疲労しているうえに、出帆するとすぐから、むちゃくちゃなしけに見舞われたのでたまったものではなかった。それに、石炭は五～六貫匁［一貫＝約三・七キロ］もあるコールハンマーで割らねばたけないカルカッタ炭。燃えがわるく灰は多い。水をかけても燃えながらの消えがわるい、まったく始末のわるい、火夫と石炭夫泣かせの石炭である。汗とアスと石炭の粉にまみれてはたらく機関部には、元気な顔をしているものは一人もいない。

ことに私は弱りめにたたりめ、カルカッタで風邪を引いていたのがなおらず、しじゅう頭がずきずきして、足がふらついてこまった。そのうえ下痢をやりだして、まったく死物狂いで、どうにかワッチだけは勤めた。

海はたえずあれて、甲板は川のように海水がおどっているし、船は横から波をうけてうめきつづけている。横ゆれにゆれると、じっと立っていることができない。風邪と下痢に悩まされているのでがまんしてワッチを終わると、バスを使うのもそこそこに、ベッドにはいりこんでうなっていた。きのうごろから下痢もとまり、風邪もすこしよくなってきた。海もマラッカ海峡にはいったらしく、すっかりないできた。ようやくじぶんの体のような感じになり、フォックスルにあがって涼んだりするようになった。ベンガル湾のしけが、こんなにすごいとはおどろいた。

ボーイ長たちは、裸足で飯はこびをやっていた。船尾のボーイたちも裸足になって仕事をしていた。ときどき、汲んでかけるようなはげしい驟雨がおそった。波は、三番のハッチにオーネンを張って乗っている、インド人のデッキパッセンジャーたちの衣類までぬらした。かれらはそれでも、みんな死んだように、ハッチにかじりついて青い顔をしていた。

七月一一日

船がシンガポール付近にくると、気分が晴ればれしてきた。空の色、海の色、島々の樹々の緑、自然のすべてがうつくしくいきいきしている。

港に停泊すると暑い。暑いから金はなくても上陸したくなる。昨夜も四～五人づれで散歩にでた。しげった街路樹を鳴らして涼風が流れていた。

いつもいきつけの日本人の店に寄って、パイナップルの缶詰を食う。シナ人の果実店をひやかして歩く。日本人街のほうにいってみようというので、歩いていったが、あまり遠いので途中でヘコタレて引き返した。そこの通りは繁華街であった。建物もよくそろっていて、シナ人、黒人の店が軒を並べていた。

みがいたようなきれいな道路を、無軌道電車が走っていた。赤くぬった乗合自動車が往来していた。シナ人の人力車がうようよしていた。そのあいだをさまざまの、顔色のちがった人種が、ぞろぞろ流れていた。歩いているというより、流れているという感じであった。それらこの街のすべてが、水気をふくんだような夜気に彩られ、まるで水彩画でもみるような鮮明さをみせていた。道ばたのシナ人のチャーメン屋の前で立ち食いをやる。味はいいが、きたない食器とハシには閉口した。

来信、岩国の永石よりたった一通。長崎の土橋仁八、妻帯したる由。

二～三日まえ、「田中内閣倒れ、代わって浜口内閣成立せり」との掲示出づ。つづいて各大臣の顔ぶれなども掲示された。

七月一三日

シンガポール一一日正午、出帆。

風がなくて暑い。南シナ海の水はしずかである。いつも潮の流れが速く、波が高くて、船はそれを真正面にうけて進むので難航するところだが、ただ入江に寄せる小波のような波が、小じわを寄せてささやき合っているしずけさである。トビウオがたえず、サイドからツツーッ、ツツーッとひれをひろげてとびだす。空はあくまで青く深く澄みわたっている。

夜は月がないかわりに、おびただしい星群がくまなく空一面を彩っている。

夜の一一時半からワッチにはいって、汗みどろになってあがってくるのは、二時半から三時ごろである。そして味噌汁をこしらえ、食器を洗ったり、バスの水をとったり、部屋をかたづけたりして、みんながあがってきて夜食をとる用意をする。みんながあがってきて夜食をすますと、私は、雨が降っているか、しけていないかぎり、フォックスルにあがってしばらく休むことにしている。

このころはまだ夜は明けていない。いかに暑くとも、さすがに明け方近い海風は涼しい。見渡すかぎりひろがる大海原。大空一面くまなく、無数にきらめく星辰。こうした荘厳な大自然に接するとき、くるしい息のつまるほどきつい労働のあとの体にも、口にだしてはいえぬ神秘的な暗示をあたえられるような気がしてならない。

昼のワッチを終わってあがってくると、陽が沈むまでは、暑くてとても部屋には寝られない。しかたなく外にでて、物陰に陽をさけて本でも読む。赤く燃えた太陽が水平線に沈んでいくのを望むのも、海員ならではみられない雄大なうつくしさだと思う。

七月一六日

きのうの朝ごろから、すこし波がでてきた。うんと足のはいった(積荷を多量に積んでいること)船は、ちょっとの波でも、甲板に波が打ちあげてくる。海がすこしあれると、風があるのでいくぶん涼しい。波は、斜め左舷のほうから追ってくるので、いつものように真向うからうけるよりも、スピードがでるらしい。香港には、一日ぐらい予定よりはやく着くかもしれないという。

航海も三日もつづけるとたいくつをおぼえてくる。毎日毎日おなじ仕事の繰り返し、きまった時間に飯を食い、きまった人間と、平凡なきまったことばを繰り返すのみ、おもしろいことも変わったこともおこらない。

みんなはたいていあそびごとを知っている。麻雀か碁か将棋か、そのなかでもいちばんおもしろくてあきないのは麻雀らしい。私もおぼえようと思えばすぐおぼえられそうだが、元来こうした勝負事のきらいな私は、どのあそびも習いたくない。一つも知ったあそびはない。五目並べさえやったことがない。

以前から乗り物にはよわかった私である。小さいころは、ちょっと乗合馬車に乗っても、二～三里汽車にゆられても、すぐ吐瀉するくらいのよわさであった。大きくなってもやはりよわかった。電車の車掌をやって乗り物にはなれていたが、何時間も汽車にゆられていると気分がわるくなった。船に乗るときは、ずいぶんつよい決意をもって乗ったものであった。

見習い中の船酔いのくるしさは、わすれることはできない。やはりいまでも、人並みよりしけにはよわいらしい。しけてくるとどうしても、私は早く酔っぱらうようだ。考えてみると、あれほど乗り物によわかったじぶんが、船乗りになって、あれほど酔っぱらってくるしみつづけながらも、船にしがみついて乗っていたのを思うと、ずいぶんつよい決心と努力であったことと思う。

七月一七日

夜、船がゆれて寝つきにくいが、ワッチのはげしい労働はつよく眠りを要求する。本でもじっとみつめていると、しぜんに眠っている。が、ときどきはげしいローリングに目がさめる。

とつぜん冷たいものが顔にヒヤリとかかったので、また部屋に水がはいったのではないかと、びっくりして起きあがると、生きてはねてるトビウオを火夫の小池――「オッチョコチョイの蒋介石」というあだ名――が、私の顔の上でおどらせているのであった。波といっしょに、甲板にとびこんだのを捕えてきたのである。

「ほら、またいたぞ」

さけびながら見習いの森が、また一尾にぎってきた。

さっそく、それをそのまま汁バッグにほうりこんで、みんなは吸物をつくってよろこんでいる。

夜、毎晩のように、船尾のコック部屋の隅と、船首のウインドラス（揚錨機）のところでコオロギが鳴いている。この鳴き声を私がはじめてきいたのは、カルカッタを出帆してすぐであった。たぶんカルカッタの停泊中に、とんできたのだろう。私はこの虫の声をきいたとき、ほんとうにびっくりした。インド洋の眠れない暑くるしい夜、フォックスルにあがって涼んでいて、思わずきいた虫の声。航海中、船で虫の声をきこうなど予想だにしないことだった。それからずっと、コオロギは毎晩のように鳴いている。

七月二〇日

きのうは海の水は北へ流れていた。きょうは船のコースが変わったのか、波は斜めポート（左舷）側へ、むこうから打ってくる。甲板へ、波はサーッサーッと打ちかかる。船は日本へ帰っていくのだ。だが故国の港に、待っているものも会いたいと思うものもいない。香港でも一通のたよりもきていなかった。みんなには、神戸や横浜や名古屋の「女」から、雑誌や新聞を送ってきていた。

私はそれでも、さびしい気にもならない。

一八日香港に入港した日、二～三人づれで、シナの淫売がいるというほうに歩いていった。道はみがいたように完備されて光っていた。みあげるような大きなホテルや、樹木につつまれて涼しそうな住宅が、赤い岩山のあいだにあった。

海岸のほうにでると、芝生のきれいな広い運動場やテニスコートがあった。スカート姿の西洋人の男女、子どもが、かけまわっていた。鉄道線路の土手の青草にすわって、マーケットから買ってきたバナナを食う。船員にとっては、青草とその草のかおりは、慈母の乳房のかおりだ。

赤い岩山の下のごたごたした、貧民窟らしい街のなかに、その淫売屋はあった。私はそこに足を踏みこむのがいやなので、みんながでてくるまで街角に立って待っていた。あまり待って、暑くて汗がでてのどがかわくので、きたない店の氷水をしかたなく二杯も買って飲んだ。陽が入ってから、バスで帰った。

対岸の香港島の夜景はいつみてもきれいだ。いつかあの対岸の山へ登ってみたいと思う。

一九日の朝七時、船は香港を出帆した。

みんなに送ってきた新聞をみると、インド航路の船はこれから、徹底的に検疫を厳密にするようにでている。

それは本船とおなじカルカッタ航路の、徳島丸の石炭夫が、サイゴン—香港間において、疑似コレラで死亡したためとある。その病原は結局、カルカッタだというのである。われわれとて人ごとではないのだ。本船でも、今航はずっと病人がたえないらしい。そのなかからどんな流行病がでるかしれないのだ。まったく人ごとではない。

七月二三日

船は神戸直行だから、また薩摩半島南端から土佐沖を通るらしい。海は毎日、しずかなながばかりである。毎晩のように澄んだ空に月がきれいだ。

北へいくにしたがって、夜が早く明けるのが目だって感ぜられる。ワッチを終わって、夜食をすましてひと休みしようと、フォックスルにあがると、もう夜は白じらと明けそめている。東方の水平線一帯に、紅に染んだ暁雲がたなびきはじめ、蒼茫としてにぶい光をもった海面が、みているまに、薄紙でもはぐように明けていく光景は、なんともいえない。

夜が明けはなたれたらなかなか眠れないので、私はいそいで部屋に帰ってベッドにはいる。

「今朝、東山角付近にて、郵船竜野丸と某外国船と濃霧の為衝突、竜野丸には異状なきも、外国船は沈没、死者もある模様、早速竜野丸よりボートを用意して救助中」という掲示がでた。

七月二六日

きのうの朝、船は神戸に入港した。めずらしく本船が、三菱の高浜倉庫岸壁に着いた。

検疫がやかましいと新聞にでていたが、別に病人もなかったらしく、港外で検疫はかんたんにすんだ。

やっぱり真夏だ。日本もずいぶん暑い。きのうなんか九七度［約三六度］をこす暑さだったという。なにはともあれ、三か月ぶりの帰港だ。陸《おか》へあがってみたい。仕事をすまして、コロッパスばかり三人づれで、でかける。

月給にならないので金がない。みんなでだし合わせて活動館にはいる。いつも変わらぬ青白い人影が描きだす恋愛物。大立ちまわりの剣劇。乾燥した気分を、この人影の恋愛ごっこや剣の乱舞に、軽い興奮をえて帰って寝る。

きょうはナンバツーのみやげ物をもっていってやる。ついでに須磨の海水浴場へいってみた。海は思いのほか波が高かった。それでもたいへんな人出で、渚はうずまっていた。弓形になった白砂の浜。それをつつむ青松。ずっと並んだ掛け茶屋、貸しボート屋。

男女、子ども、渚に打ってはくだける波をかぶって、ガヤガヤ、ワァーワァー、あるいはブイにすがり、ボートに乗り、岸べに打ちつけられたり、寄せては返す波にもまれている。砂浜はいきかう人びとや、海水着姿の男女でごった返し、まるでアリの巣をひっくり返したようだ。

私も裸体になって波のなかにとびこんでみた。うまく泳ごうとしても、波が大きくうねってくるので、思うように泳げない。目に潮水がはいってしむ。あがって裸体でいると寒くなった。

帰途、たちまち曇って、電光雷鳴、汲んでかけるようなはげしい夕立がきた。とある家の軒下に雨をさけて、小一時間も立っていた。小降りになったので、いそいで船に帰った。靴も服も泥だらけになった。

七月二八日

船はいま、紀州沖を走っている。波はしずかだが、風があって涼しい。きのう神戸から大阪に入港した船は、きょう午後五時横浜にむかって出帆したのである。

大阪で給料になった。昨夜は雨が降っていたが、みんなきそって上陸した。のこったのは私と、こんど神戸から乗ってきたボーイ長と二人だった。私も上陸のスタンバイ（準備）をしたが、船に本員が一人もいないといけないので、いちばん新米の私がのこって当番をした。

きょう火夫長は、私に給料をわたしながら、

「すこしでも勘定のあるものなら航海手当もいっしょにやるが、きた金をそのままもっていくものにゃ、あとでやらにゃこっちがこまる。広野なんか、まるまる大頭だからねえ」

なんという皮肉なことばだ。私が本員になって一航海しても、いちども金を借りようとせぬことにたいする謎だと思うとムカッとした。月に一割五分――ほかのあくどい火夫長になると、二割とっているという――、法外な利子のついた金を借りる必要がどこにあろう。しかし本船でも、火夫長に金を借りていないものは私一人のようだ。みんな、ごきげんとりというかおつき合いというか、しかたなく借りているようである。わずかな給料と、こうした因襲的な搾取に泣いている、下級船員のなんとみじめなことよ。

四〇円の月給をとっている火夫のKが、三〇円の金を三か月まえに借りていた。そして、こんどかれがもらった給料は、月給四〇円、航海手当一一円、前借金三〇円、手数料一三円五〇銭（法外な暴利）、差引き七円五〇銭。

かれが日本へ帰ってもらった給料はこれだけである。まだ横浜停泊は二〇日以上はあるのだ。これだけの金ではタバコ代にしかならない。かれもふつうの船員並みに、「女」も抱きたいだろう。飲んでさわいで、航海中にうっ積した、はげしい労働による疲労や、たまったうっ憤

を放散したいにちがいない。
だが、その金はどこからでるか？　ああまたその金には、法外な高利がついているのだ。一〇円の金も、一五円、ときには二〇円も使ったことになるのである。それでもみんなは平気な顔をしている。これが船乗りの宿命だと信じているのであろうか。まだこうした火夫長がいて、がんばっている以上、一般下級船員はいつになっても浮かばれっこはない。組合においても、こんな火夫長が評議員である以上、結局おなじことである。私はひとり興奮した。

船の連中は、愛国貯金というものに加入していた。その銀行は大阪に本社があり、神戸にも支店があって、船が入港すると外交員が集金にやってきた。その外交員はなかなかの美男子で口がうまかった。しかし、私はその男の態度や口のきき方が気にいらなかった。なにか、ひとくせある男のように思えてならなかった。なんどか私に加入をすすめ、ほかのものもすすめたが、私はことわりつづけた。

ところがこんど、その外交員は未決［未決房＝留置場］にはいっていた。罪状は、詐欺、横領、印鑑偽造など、いくつもの嫌疑があるらしい。私は、とうとうやられたなと思った。あくせくくるしい思いをしてはたらいて、借金までしてせっかくかけた金が、あやふやになり、かけ損になってしまったのだ。船員たちこそいいカモにされたのだ。船にながく乗っていると、陸の人間の狡猾《こうかつ》さをわすれる。船の人間は陸の人間をみる目がない。ばか正直だ。私はつくづくそう思った。

七月三一日

きのう午前八時、船は横浜入港、港の中央のブイに係留した。

いつもうねりがないことがない紀州沖や遠州灘が、こんどはまるで瀬戸内海のような、なぎであった。

ここでまた十幾日停泊せねばならない。このくそ暑い船室にばかり、くすぶっていることもできまい。

きのうは午前中仕事をして、午後から休みであった。さっそく、森と野崎と私とコロッパスばかり三人、会社のランチで上陸した。

真昼の街は風がなくて暑かった。海水浴帰りの男女、子どもで、電車は満員であった。先日の新聞に、その日東京から各地に旅立った避暑客が七〇万とでていたのを思いだした。伊勢佐木町通りへでて日陰のほうを歩いていった。暑い。汗がでる。アイスクリームを食う。そして映画館にはいった。でるともう九時すぎ、私は船へ帰ろうといったが、二人は帰ろうとはしなかった。そしてかれらは私を引っぱって、へんなところへつれこんだ。

そこは吉岡町といって、有名な淫売屋街であった。細い路地の両側に、何十軒となくおなじ小さな入口の家が並んでいた。はいると格子戸があって、その両方に長方形の小さな引き手があり、そこをあけると女がじっとすわって客を待っていた。

「おあがりください」

「兄さん。あがってちょうだい」

などと、媚びをつくった声で呼んだ。おびただしいひやかし客が、そのせまい路地にあふれていた。私はその女たちをいちいちのぞいて歩くのが、たいぎになった。

そこをでるとまた二人は、私を、橋をわたって遊郭のほうへ引っぱっていった。

海ばかりと、きまりきった男の顔ばかりみてきた目には、かざりたてた女がズラリと並んでいるのは、けっしてわるい気がするものではない。

番頭や仲居がでてきては腕を引っぱる。ある一軒にかれら二人がぐずぐずしていて、とうとう靴を脱がされて二階へ引っぱりあげられてしまった。とうとう、私まで引きあげられた。

朝、仕事の時間におくれぬように、眠い目をこすりこすりでてくるときの気持のわるいこと。夜とはうらはらに、なんともいえぬさびしさがつきまとう。朝のすいた電車にゆられ、七時のランチで船に帰った。きょう一日、眠くて体がだるかった。

八月六日

四日は日曜だったので、三日の仕事を終えてすぐ上陸した。そしてファイヤーマンの小池と、コロッパスの森と三人、省線（省線電車）で東京へいった。車上からみる街や田園や遠い山脈など、なつかしくながめた。西方の夕焼雲をしのいで富士山がみえた。東京駅に着いたころは、もう日は暮れて、はなやかな電灯が街を彩っていた。

駅前の高層ビル、広い完備された道路、そこを自動車がいそがしく走り交していた。なんだか日本の地でないような気がした。

宮城前を通って、電車で銀座へでた。おびただしい人波にもまれながら、いわゆる銀ブラをやる。いなか者の銀ブラ、否、マドロスの銀ブラだ。銀座通りをすぎてから、バスに乗って浅草にいく。人でうまったせまい道路を歩いて、観音堂をひとめぐりする。

「これから、どこへいこう」

店にはいって、氷スイカを食いながら相談する。もう一一時ちょっとまえだ。吉原まで自動車でとばすことにする。乗車賃三人で五〇銭とは安いものだ。自動車をおりて、新興の花街吉原を歩く。震災後に建てられた遊郭だから、みんな似たような構えであった。

あちこちのぞきながら、すこし奥へいった大きな構えの店から、

「もしもし、ちょっと寄っていきませんか」と、番頭が声をかけた。店をのぞくと「角海老」という看板がかかっていた。

「あなたがた、お船の方ではありませんか」と、その番頭はつづけていうのであった。

私たちはびっくりした。三人とも船員らしい服装はしていなかった。それを、われわれを船員と見破るとはどうしたことだろう。つりこまれてなかへはいった。五〇すぎのやせた男だった。話してみると、郵船の伏見丸でボーイをやっていたというのだ。だから船員の服装はしてなくても、船員だと見分けがつくらしいのだ。

泊っていけという。いくらだときくと、花魁のほかに女が二人もつくから、勉強して二〇円という。「蔣介石」とあだ名をとったさすがの小池も、「また、このつぎにするわ」といって、先に立ってにげだした。

それからまたしばらく歩き、ある角の一軒にはいった。三人で六円でいいという。これをもってみても、こうしたところがどんなに不景気かということがわかる。私は不服だったが、二人があがるというのにどうすることもできず、おつきあいをする。


朝、七時半ごろ吉原をでた。裏門のほうにいくと、ちょっとした植込みと泉水があった。そのそばに仏像が建てられて、「殃死《おうし》者哀悼碑」と記されてあった。ある本で、この吉原の遊女たちがあの大震災のおり、何百人も焼死体で池に浮いているありさまを書いたのを読んだことがあった。「籠の鳥」の生活をしいられた彼女たちの、みじめな焼死を思い、私はしばらくその像の前に黙祷した。

一食八銭の朝飯を一膳飯屋ですませて、上野公園まで歩いた。公園の樹木は日照りつづきで、ちりにまみれて白くなり、なかには葉が枯れかかっているのもあった。市の人夫たちが、その木の周囲を掘って水をやっていた。まるでいりつける暑さだ。きょうは日曜だが人出もすくない。市中の人はみな、海岸や山へでかけたのだろうか。不忍池《しのばずのいけ》にはハスが青々として、薄紅白の花が開いていた。池畔の一小亭に寄り、ひと休みして氷水を飲んだ。

バスでまた浅草に引き返し、花屋敷にはいって、芝居やあやつり人形などをみて二時ごろまであそぶ。

そこをでて品川行きの電車に乗り、泉岳寺前で下車して、泉岳寺を訪う。四十七士の墓に詣でる。

門前の店にて、夕食代わりにのり巻きをとって食う。品川駅から省線にて横浜へ帰る。

小池と別れ、森と二人、喜楽座にはいり、河部五郎の実演をみる。

そこをでて桟橋にくると、九時のランチがでようとするところだった。船に帰ると、見習いが二人いるだけ。まったく疲れた。まるで足が棒みたいになっている。顔は陽に焼けて真黒になっている。

横浜に入港してからきょうで七日。上陸したのが三回。そして、とうとう月給全部を使い果たしてしまった。全部使ったらもう上陸はできない。火夫長に高い利息を払ってまで使おうとは思わない。なかには首がまわらぬほど借金をして、平気で泊ってくるものもいる。

「かたい」という折紙をつけられていた私も、ついに誘惑に負けたことになってしまった。これでいいのだと思う。本員になったのだ。ほんとうの船乗りになったのだ。船乗りとなった「洗礼」だと思えばいい。なにをいまさら「聖人」ぶる必要があろうか。

八月一〇日

きのう、故郷の母から手紙が届いた。今年の田植時、父が病気をしてほかのものがひじょうに苦労したとのこと。そのために母の眼病がひどくなり、諫早《いさはや》の病院に入院して、八月の二日に退院したとある。去年の田植時には妹が病気で死んだ。今年は父と母の病気、不幸の家には不幸がつづく。

目のみえない老祖母、おなじく眼病に悩む母のことなど思うと、船で友だちと女のカタばかり振っている気にもならない。上陸して花街やカフェーなど、人並みにのぞいて歩く気にもならない。自己歓楽のほうに心が動くと、故郷のことが眼前にちらついて、浮かれようとする私の心にチクリと、それは鋭い針となって突きささる。

三日ばかりまえに、弟からも手紙がきた。もう、弟もよい若者になっているであろう。父に似て、物事にくよくよせぬ、楽天的な性格をもっていたが、故郷で、父母・老祖母に仕えて、よくはたらいてくれているようだ。私は弟に感謝している。

東京で自動車の運転手をやっていた、私の旧友南野鹿松が、故郷へ帰っていろんな話をきかせてくれておもしろかったと書いている。

私はとうぶん、故郷へなど帰る気はしない。故郷には幾人も私をばかにし、踏みつけた同年配がいる。年寄りたちがいる。私はこのままでは、死んでも帰る気はしない。

いま、私は精神的にはひとりぼっちだ。ほんとうに心をうちあけて話し合えるものは、私の周囲にはいない。せめて長崎時代の原田、赤木君のようなものが、一人でもいてくれればと思うことがある。

口べたで、したがって無口で孤独な性格。私が生まれたみじめな環境からきたのか、もって生まれた性格なのか、ときにはじぶんが水のなかの油のような気がすることがある。

船員のことごとくが、酒を飲み、女におぼれ、頭なしで平気でいるが、なかには故郷に年老いた母がひとりでいたり、一人の弟が瀕死の重病でくるしんでいるというのに、送金などそっちのけで、酒びたりでいるのをみるとむらむらと腹がたってくる。

私という人間は、自己をわすれて酒色にふけることのできない性質なのだろうか。なにもかも忘却して、酒に酔い、女におぼれることのできるかれらをうらやましく思うこともある。

八月一二日

きのうは日曜だった。もう横浜では上陸しないときめていたが、ドンキーマンからさそわれて、二時ごろから上陸した。

ランチの上でむぎわら帽子を風に吹きとばされてしまった。アッと思ったときは、もう一〇間［約二〇メートル］もあとの海面に帽子は浮いていた。ランチは走っているので、どうにもならない。帽子なしで、頭を照りつけられてこまった。

磯子の海水浴場につれていってもらう。おそろしい人出である。休憩所がごみごみしてきたないのには閉口した。風があって波が高いので、思うように泳げなかった。波に体をゆられていると頭が痛くなってきた。あがって風呂にはいろうとしても、日照りつづきで水道がでないらしく、風呂のなかはまるで小便つぼのようであった。

帰途、伊勢佐木町の裏通りの小料理店で、夕飯をすます。

そこをでて映画館にはいり、河部五郎の「妙法院勘八」をみる。八時すぎていたので「今半」で三〇銭。

でるともう一一時半、いそいで電車に乗り桟橋にいく。一二時のサンパンに間に合った。空が曇って雨でもきそうになってきた。船に帰ると、見習い二人とナンバツーだけ。

八月一五日

横浜をきのう午前一〇時出帆。

昨夜ものすごい夕立がきた。あちこち落雷によって火事が起こったし、貨物列車の機関車に落雷して、一時列車が不通になったとも話していた。だが、きょうはよく晴れている。晴れて雨後のうるおいをもった陸の緑をながめながら、雨を待ちこがれていた人びとのよろこびを思った。

船が東京湾をでるころ、エンジンに故障が起こって、船がストップするというさわぎがもちあがった。タコ頭

（坊主頭だからこんなあだ名）のファーストエンジニアが、顔を蒼白にして「船が沈む」といって、まるで気が狂ったように、エンジンルームから缶前《かままえ》をうろつきまわり、「早く早くセコンドを呼んでこい。船が沈むんだぞ」と私をせきたてた。私はエンジンのタラップをかけあがって、眠っているセコンドエンジニアをたたき起こした。セコンドエンジニアがおりてきて、しばらくするとクランクシャフトは、円滑に回転をはじめた。

横浜停泊中、すっかり頭なしになった乗組員を乗せ、足のあがった船は、すこしのうねりにも、ごろりごろりとゆれながら進んだ。

日が暮れてから海はひどくあれはじめた。横浜では、積荷はわずかだったので、船はまるでカラ足（荷物をすこしも積んでないこと）といってよかった。まるで盤上の毬のように、ごろりごろごろ、ゆれるので気持わるくなってきた。ついにテーブルがひっくり返る。ストアの皿がとぶ、飯ビツがおっこちる。船室は足の踏み場もなくなった。

みんな、申しあわせたようにあおい顔になった。私も頭が痛みだしてこまった。ながく停泊していて、出帆してすぐしけると、船員歴のながいものでも酔っぱらうのである。私はワッチのとき、バンカーのなかで、船のローリングにつれて、石炭の上をごろごろころがっていた。

夜明けごろ、船が伊勢湾にはいってようやくおだやかになった。名古屋港にはいってから、またしけだした。ひどい雨、強い風、港の岸壁にぶっつかる波でさえ、五～六間［約一〇メートル］もとびちって壮観であった。出帆がきょう午後だったのが、あすに延びることになった。

ブイが引きちぎれはせぬかと思うほど、チェーンがキキー、キキーとけたたましい音をたてる。一隻のランチが岸壁にぶつかってひっくり返っていた。人が黒山のように海岸にでていた。救助にいった船も、あまり波がはげしいので、手がつけられないとみえて、引き返した。斜めに半分水びたしになった難波船は、そのまま波のあれるにまかせてあった。夜に入ってもなお、風ははげしく吹きつづけていた。

八月一六日

港内でも、ブイからチェーンが引きちぎられはせぬかと思うほどだった。停泊していても、船がつよくゆれるので、酔っぱらって頭が痛くなるほどであった昨夜のしけが、きょうは昨夜の暴風雨をばかにしたように、よく晴れた上天気だ。

港内の水は黄色くにごっている。きのう岸壁にぶつかったランチを、多くの人がたかって引っぱっている。港内遊覧船が、お客を満載してかけまわっている。

「あそぶのにはいちばん」だといわれる名古屋に、しけで上陸できなかったので、一部の連中は不平満々だ。

午後二時出帆。港外にでると、きのうのしけのなごりでかなりのうねりはあるが、なんとなく晴ればれした気持になった。半島や島々の緑、帆船、海の色。なんとなく南洋付近の海のような感じになった。

八月一九日

一七日の夕刻大阪入港。入港してから、九時まで夜業をやってチューブ突きをする。

翌一八日は休み。朝のランチで石炭夫二人、火夫一人、私をいれて四人、上陸する。大阪城を見物して天王寺にいき、五重の塔に登る。塔の上は風があって涼しい。塔上から四方の街をながめる。大阪の街の広さ。炎熱の陽に焼け輝くおびただしいいらかの波をながめて、そこにうごめきあえぐ人びとのことを思った。それから公園を散歩して、映画館にはいってひまをつぶす。日曜なので活動館は満員だ。ぎっしりすし詰めの人いきれでむし暑くて、見物どころか、かえってくるしい。

活動館をでて、千日前まで歩いていく。陸へあがると、暑くても疲れていても、歩くのがたのしみだ。

夜になった。千日前、道頓堀のおびただしい人波にもまれて歩く。昼はにごってきたないどぶ水も、夜は、両岸のはなやかな灯影に彩られてうつくしく輝いている。やはり道頓堀は夜の世界だ。九時すぎ、築港行きの電車に乗る。船に帰る、一〇時すぎ。

八月二〇日

きのう神戸に入港した。大阪でチューブ突きをすませているので、神戸では休み。

上陸する。みんなといっしょになると引っぱられるので、一人で歩く。ただあてもなく街を歩く。ただ歩くだけだ。夜になった。新開地のとある食堂で親子丼を食う。それが夕食。帰途、停電した。「火事だ」という人声がした。消防自動車が警笛を鳴らして走っていった。三越デパートの角あたり、いっぱいの人だかりであった。桟橋にいくと、火事見物の人がぞろぞろしていた。火事は桟橋から西の方で、ずいぶんはげしく燃えていた。人びとの話では、火事は掖済会《えきさい》の建物だとのことであった。

九時のランチで帰る。帰ると暑くて、蚊がたかってこまった。

きょうも、午前中ドンキボイラー（補助缶）の石炭を繰ってあがってから、一人上陸した。湊川公園へいって湯にはいる。設備がよくて気持がよい。屋上庭園にあがって盆踊りを見物する。いなか出らしいおばあさんが七～八人、小さなやぐらのまわりを音頭にあわせて踊ってまわる。去年岡山でみた盆踊りとたいしてかわりはない。そこをおりて新開地を散歩する。

「文芸講座」全一四冊を買う。会社の九時のランチで帰る。

私は上陸すると、書籍店に寄らぬと気がすまない。そしてかならず一～二冊の本を買う。ほかの必要な物は買うのをよくわすれるが、雑誌や本はいくらでも買いたくなる。みんなとつれだっていると、私がよく本屋へはいるのできらわれる。私とはいっしょに街を歩かないというものもいる。

きょう、故郷の弟より返事がきた。

八月二二日

神戸を二一日の一〇時に出帆した。また二か月半、暑い航海をつづけてこなければならない。暑い夏を日本ですごして、また暑い航海だ。遠洋航路のなかでも、いちばんわるい航路として船員たちからきらわれているインド航路。もうこの航路にも、こんどいって帰ったら満一か年はたらくことになる。はやいものだ。

瀬戸内海の夜、一二日ぐらいの月が晴れた空に輝いていた。ないだ水面を、船は月影をくだいてすべった。大小の島々、灯台の灯、漁船の灯、瀬戸内海の風景はいつ通ってもあかない。

このごろ気がふさいでこまる。不快な日がつづく。みるものきくもの、しゃくにさわることばかりだ。気持の通じ合わぬ人間のなかにいることは苦痛だ。

おなじ一二時ワッチにはいっている火夫の平石が、私に話しかけた。

「まったく本船のガジ（火夫長）ときたら、しゃくにさわって、腹がたってしかたがない。みておれ、なにかきっかけがあったらおれがひっくり返してやるから。こんな船でいくらまじめにはたらいても、なんにもなりゃせんのだ。あいつがこんど会社に報告した、われわれの船内の成績で、おれと広野君とナンバツーが、いちばんわるい成績で報告してあったそうだ。あんまりわるいので、ファーストエンジニアのほうですこし訂正してやったとの話だ。ばかにしやがる」

かれは熱をあげてぷんぷん憤っていた。サードエンジニアがかれに、こっそり話してくれたとのことだった。「情実と金」とから割りだした卑劣な仕打ちに、腹がたってしかたがない。この下級船員の社会では、まじめにはたらいて金を借りないかたい男がいちばん成績がわるく、月給も上がらない、ガジからのきらわれものである。金を借りないもの、借りてもわずかしか借りないもの、そんなものからは月一割五分の不労所得がないか、ごくわずかである。そのかわり、頭なしで飲んだくれで、女におぼれたぐうたらな男が、かえってガジの受けがいいのだ。進給もわりにはやいのだ。それは、毎月不労収入があるからである。したがって、船におけるヘイカチの素行や勤務ぶりは、会社に報告されるものとまったく反比例していることを私は知った。

ばか正直にくそまじめに、いくらはたらいても、なんの役にもたたないことを私は知った。

ナンバツーは機関部いちばんの年長者で、好人物である。平石は鹿児島出身で、気性のはげしいところもあるが、ほかの火夫たちよりしんのしっかりした男である。

私は口べたでお追従のいえない、仕事に陰ひなたのない性分である。それがいちばんわるい成績で報告されているのだ。各船の頭に立つものが、こうした不合理な行為をしているかと思うと、下級船員のみじめさをつくづくかなしく思う。

命をすりへらしてはたらいたくるしい労働からえた、月々のわずかな給料さえ、不当な利子をかけられ、その汗の結晶をみることもできず、天引きされるとはなさけないことだ。この分では船の労働者はいったい、いつになったら浮かばれるのだろう。こういうことをするものを船での「長」としている労働組合など、私はつよい反感をおぼえずにはおれない。

八月二三日

きょう正午門司出帆。玄海は波がしずかで、船のサイドにくだける波の音がさわやかにひびく。

昨夜上陸せず船にのこったのは、私がたった一人だった。

ナンバツーとナンバスリーが酒を飲んで、しきりにナンバスリーがくだをまいていたが、おそくのサンパンで上陸した。

平石がスイカを買ってきた。割って食う。よく熟れてうまい。

いろんなことが頭にこびりついて眠れない。朝の二時ごろになってようやく眠った。このごろまた、二〜三年まえのような厭世的な気持がわいてくるようになった。心をうちあけて話しあえる友人がいないことが原因だと思う。

八月二五日

憂うつな気分が幾日もつづく。海はしずかである。そして晴れた日がつづき、風があって涼しい。毎夜、一番ハッチの隅でコオロギが鳴いている。

このごろ船室にアブラ虫が繁殖しはじめた。食物にたかるばかりか、ベッドのすきま、ストアの中、どこにもいる。寝ている顔の上を走りまわる。だが、あれほどいたネズミがすこしもいなくなった。ふしぎなことだ。

このインド航路のように、わるい航路でなかったら、半年や一年、日本に帰らない船に乗ってみたいと思う。日本の港に帰ると、気まぐれな行動をとることになりかねない。あとで気がふさいでいけない。かたい信念がほしい。つよい自信がほしい。

夜、一〇時半、サイドを洗う波の音がさわやかに鳴っている。あと三〇分でワッチだ。明朝の四時まで。

八月三〇日

香港に定期より一日おくれて、二九日の朝入港した。海はないでいたが、潮流がわるかったらしい。夜の七時に出帆した。まだ二〇〇ポンドの汽圧［汽圧の単位としてのポンドは平方インチあたりの圧力を表し、一ポンド／平方インチ＝約〇・〇六八気圧、約六八九五パスカル］が上がったままの、スモークボックス（煙室）のドアをぶちあけて、チューブ突きをやった。焼けたフランがおちてきて、手袋に火がついたり、ワッチげたの鼻緒が燃えたりする。まるで殺人的な作業だった。

きのうからファーストワッチにはいるよう、ナンバンから命ぜられた。ファーストはへんくつでやかまし屋だ。タコ頭をふりふり岡山弁で文句をいう。

香港では沖がかりだったので、バナナも買えなかった。このごろ船のおかずがまずい。果実類や生の野菜がほしい。

私の憂うつはまだつづいている。ワッチのはげしい仕事さえ、身をいれてやる気がしない。だから作業にひまどって、手ちがいをおこしてはファーストに怒鳴られる。目立ってやせてきた。ほお骨がでて目がひっこんだ。顔ばかりか腕や胸部の肉がおちたことに気づく。どうせなるようになれ、とすて鉢な気分でいるが、やはり神経質と、とりこし苦労は頭にこびりついてはなれない。本も読まず、ひまのときは船室のベッドに、汗じっくりになって寝ころんでばかりいる。こんなことが一か月もつづいたら、ほんとうの神経衰弱になってしまうだろう。

九月四日

香港を出帆した翌日からしけてきた。ひどいしけではないが、向う波だから船は難航をつづけている。たしか、予定はきょうシンガポール入港になっていたが、あすも着くかどうかわからぬらしい。船は波にほんろうされて、フラダンスをつづけている。しかし、しけたため、風があって涼しい。香港いらい暑くて眠れぬようなことはなかった。

四時ワッチにはいっていると、仕事がいそがしい。エンジニアの文句が多い。余分なこともやらねばならない。

九月六日

船は今朝、シンガポールに入港した。めずらしく、この港がこんどは涼しい。

午前中にチューブ突きをやって、午後から休み。涼しいのでよい気持で午睡をやる。目がさめたのが四時半。上陸しようと思っていたのに、もうみんなはいってしまっていた。一人でいこうとしたくをしていると、ストーキバンとドンキーマン二人もいっしょにいくという。船をでる。七時。

夜にはいった郊外を街のほうへ自動車でとばす——こんどは港を通りすぎた測候所のある山のふもとの、小さな桟橋に船は着いていた。例の日本人の店「ひるま」で氷水を馳走になり、パイナップルを切って食う。

それからみんなに引っぱられて、道ばたのシナソバを食いにいく。人でごった返し、喧噪をきわめた、露店のチャーメン、きたない食器にきたない箸、でもその味はわすれられない。みんなといっしょに一皿たいらげる。

もう帰るのかと思っていると、ドンキーの南が、自動車を呼びとめ、日本人街のマライストレッツへと命じて、はやく乗れとうながす。私もしかたなく乗る。繁華な目抜き通りを自動車は走った。舗装がいいので乗り心地がよい。

マライストレッツはまえは日本人の遊郭街で、一時は殷《いん》賑《しん》をきわめたところらしい。だがいまは、火が消えたようなさびしさだ。軒には電灯もつけず、暗い部屋で、年よった日本の女が客を待っている。ひやかし客もすくない。

「こんなに暗くっちゃ、公然とやれんのじゃないか」

歩きながらストーキバンがいった。すると、なかから「公然とやれるんですよ。おはいりなさいな」

中年の女が声高にいって、でてきた。それからまた二〜三人女がでてきて、引っぱりあげられてしまった。ここでは一流の日本料理屋であろう。

二階にあがり畳にすわって、久しぶりにビールを飲んだ。あとからあとから、みんなにしいられるままに飲んだ。長崎をでてから、いちどもこんな機会はなかった。幾日もつづいた憂うつを吹きとばしてやれ。くよくよするな。やるときは愉快にやれ。自問自答しながら飲んだ。まったく愉快だった。

ストーキバン、ドンキーマン二人と私と四人で、ビール一ダースあまりをほした。

酌婦二人とも三〇前後、一人はやせ型、もう一人は肥満型。二人とも長崎弁である。どこだときくと、やせたほうは、「わたし、西小島よ」、肥えたほうは、「うち、矢上」という。

「じゃ、近くじゃないか」と私がいったら、

「あんたも長崎？」ときくから、「長崎に二年ばかりいたことがあるからさ」といったら、「あら、なつかしか」肥えた女がしなだれかかってきた。

一二時ごろきりあげて、自動車で桟橋までとばす。途中で驟雨がきた。酔顔に冷たい雨がかかるのはいい気持だった。

九月一〇日

七日正午、シンガポール出帆。マラッカ海峡はあいかわらず、風がなくて暑かった。

ピナン九日朝着、同日正午出帆。海峡をでると、風があってわりあい涼しかった。しかし、ワッチの仕事は暑くてくるしい。

憂うつな気分がうすらいだら、こんどは体のぐあいがわるくなった。仕事がたいぎだ。息ぎれがする。ワッチからあがると、本も読まず寝てしまう。眠っても眠っても眠たい。それほど、体が疲労していることを意識する。私はあまりにつかれすぎているのだ。

九月一四日

一日おくれて一三日の朝はやく、ラングーンに入港した。停泊すると風がまったくない。陽がじりじりと照りつける。

午前中にチューブ突きをすまして、午後は蒸汽風呂のような部屋に、汗にひたって昼寝をする。ほんとうに疲労すると、どんなに蒸し暑い船室でも眠ってしまう。目がさめてから気持がわるくてよわった。

にごった水を、停泊した船を、両岸の街を、パゴダの金色の塔を、河のむこうの樹木のしげった平原を、赤く彩って、一日大地を焼いた太陽は地平線に没した。

夜、暑くて寝れないので、六～七人いっしょにつれだって上陸した。私はラングーンに三度もきて一度も上陸していない。一度上陸してみたいと思っていた。無一文だったが、みんなについて上陸した。

倉庫の門をでると、人力車の群が客を待っていた。ビルマ人やインド人の車夫があとをつけてくる。そのなかの一人に、とても日本語のうまいのがいた。私たちが車に乗らないことを知ると、ただ車を引いていろんなことを話しながらついてきた。

じぶんはカルカッタのほうに家をもっていること、妻がお産をしたのであちこちにいっていて、二か月まえにラングーンにもどったこと。日本人の私娼のことや日本人の店のことなど、話してきかせてくれた。

外からパゴダを見物する。塔の外側には無数の色電灯がともされ、金色の塔はさん然と輝いていた。あまり大きな寺院ではなかったが、夜目にもまばゆく輝いているのをみると、さすがに仏教の国だという感じである。

街は道路が広く、高層の家が並んでいた。一歩路地にはいると、そこは魔窟めいた淫売街であった。ビルマ人やインド人の淫売が、軒先にでてきて手招きする。その通りに二～三軒、日本人の料理屋があった。その一軒に寄って、サイダーを飲んだ。

そこの主婦の話。ここの通りは、かつて日本人町であったのだという。全盛時代には、日本の「女」が三〇〇人もいたことがあるとのことだ。若い女はたいてい日本に帰され、すこし年増は、カルカッタやボンベイにいったという。いま、ここにいる日本の「女」は、わずかに五～六人にすぎないとのことである。

そこをでて夜店をみて歩く。日本製の商品が多い。

雨が降りだしたので桟橋の門までくると、先刻のインド人の車夫がいて、「まだ船に帰るのは、はやい。安いシナソバ屋に案内する」という。みんなでもってる金をあつめて、例の車夫といっしょに、近くのシナソバ屋につれていってもらう。

そこの主婦は日本の女であった。シナ人の嬶《かか》になっているのだった。密航婦としてつれてこられ、年をとって「商売」ができなくなって、南京《ナンキン》（中国人のこと）にひろわれたのである。

例のインド人は、達者な日本語で身の上話をしてきかせた。

「じぶんは二五〇〇ルピーもって故郷に帰り、さっそく土地を買った。ところが、それを半分よこせと弟がいって、とうとう裁判になった。裁判にじぶんは勝ったが、その費用が五〇〇ルピーかかった。いまは、どんなものでも金さえあれば女はほれる。人にはほれない、金にほれるのだ。じぶんは日本語も英語も話せるので、通訳にでもやとわれたら月に五、六〇ルピーはとれるが、元来気ままだからこうして自由にはたらいている。

日本人や西洋人をよくシナ料理屋なんかにつれていくが、客が金がたらないと、立て替えて払ってやる。このあいだも西洋人から二〇ルピーふんだくられた。

日本人と一年ばかり共同で店を開いて、ずいぶんいい儲けをしたが、相手の日本人がバクチでとられてしまってだめだった。いまは車を三台もって、二台は人に引かせている」

かれはそうしたことを、手振りおもしろく話した。

四〇すぎのでぶでぶ肥えた、日本の女がはいってきた。その女はこの家に部屋をもっている私娼であった。その女もいろいろなことを話してきかせてくれた。和歌山県の生まれだといった。「一夜泊りは社外船のお方、ながく添うなら郵船のお方」昔、ここの盛んなころ、そんな歌がはやったことなども話した。

みんな合わせても、チャーメン代がすこしたらなかった。すると、例のインド人が気前よく立て替えてくれた。船へインド人もいっしょにきてもらって、シャツ二枚と一升入りの瓶を一本、金の代わりにやると、よろこんで帰っていった。

今朝七時、出帆。濁水満々たるラングーン河を下る。両岸は青田の時期である。森のあいだからパゴダの塔が金色に輝いている。

九月一七日

きょう昼、船はガンジス河の支流、カルカッタを貫流するフーグリ川の河口に投錨した。明朝まで潮待ちである。

こんどは、いつもよりすこし河口にはいって投錨した。だからここからは、熱帯の大平原の雄大さをながめることができた。それは、平野や砂漠が限りなくひろがっているのとはちがい、田園のあいだに熱帯樹がしげり、そのあいだに農家が点在し、森があり寺院の塔がみえ、それが、限りなくひろがっているのである。燃えるような太陽に輝いているのである。その広大で雄大な眺望は、とうてい写真などではわかるものではない。入り陽のうつくしさはまた格別であった。

風がなくて、停泊ワッチは暑かった。夜にはいってひとしきり驟雨がきた。それでも暑さはすこしも去らなかった。部屋は暑くて眠れないので、フォックスルにあがって毛布を敷いて寝る。体にわるいということは承知しながら。

九月二〇日

一八日にカルカッタの河の岸壁に着いて、揚げ荷をした。きょう、例の、いつものドックにはいって、いつもの場所に停泊した。夕方、ナンバンが船首の一同にビールの振る舞いをした。みんなが払う利子の何十分の一にもあたるまい。

もう三度もおなじところにくると、めずらしく感じることがない。ドックの両岸に停泊した多くの汽船も、回転橋の開閉も、そこを通過する汽船も、ドックをうずめた荷積船も、インド人の風俗も、デッキからみえる街のながめも。

このごろまた、うつ病が私をとりこにした。眠るといつもへんな悪夢におそわれる。なにも手につかなくなった。人とのたわいもない冗談すら、うるさく感じられる。航海中に読むつもりで買ってきた本も、すこしも読んでいない。読む気がしない。このままだと先が案じられる。船員が航海中に発狂する話や、そうしたものはたいてい、海にとびこんでしまう話などをみんなからきいて、不安がわいてきたりする。これではいけない、気分を転換せねばとあせるが、やはり徒労だ。

今夜、みんな上陸した。私もさそわれたが、どうしてもいく気がしなかった。汗くさい、暑い船室に寝る。

九月二九日

入港いらい読書もせず、日記もつけず、ただ悶々としてすごした。倶楽部にも、たった二晩泊りにいったばかりだ。カルカッタ停泊中にすこし勉強しようと決心していたが、なにひとつできなかった。

毎日毎日風がなくて暑い。毎日のように驟雨がくる。きのうの夕方など大雷雨がきて、フォックスルのオーネンの下で夕食をしていたが、にわかにきたので下の部屋におりることさえできず、オーネンを透っておちる雨にびっしょりになった。

このごろ、何日も便通がない。体がだるくなってきた。足が重くて、手の指先がしびれる。またカッケだ。どうしたって気候のためだから、しかたがない。

マラリアで、サードオフィサー（三等航海士）が入院した。

仕事は毎日午前中だけである。だが、おくれて入港したので、休みはたった一日あっただけ。出帆まで仕事だ。ただじっとしていてさえ、汗がでて暑くて、立ってもおれないくらいなのに、きのうまで焚いていたファイヤブリッジにはまだ火がのこっているのに、そのファネスにはいって、まともににぎったらやけどするようなファイヤバー（火格子桟）をだしたり、奥のコンパッションチャンバーにもぐりこんで、いっぱいたまったフランをかきだすくるしさ。それはとても、口でいったってわかるものではない。

それは、一分間でもたえがたいくるしい仕事である。それに一時間ははいっていて、シカラップやワイヤブラシで、ファイヤサイドを磨かねばならないのだ。そのファイヤサイドに、ちょっとでも体をふれたらやけどするのである。

半日中に何べんも、氷水を飲まないとやりきれない。カッケには氷水はわるいと知りながら、むちゃくちゃにあおるのだ。たとえあすは死ぬぞとおどかされても、あれだけ暑くてくるしい作業をやったら、氷水を飲まずにおれるものではない。なんといっても、ひどい仕事にちがいない。

先日、間丸《あいだ》という社外船の火夫があそびにきた。その火夫の話によると、本船などよりもっともっと仕事がひどくて、設備や待遇がわるくてこまっているといっていた。

船はもう四〇年にもなるボロ船で、カンカン（錆おとし）して、サイドにペンキをぬることさえできないという。鉄板がくさって、リベット（鋲）のあいだから海水が浸入するしまつだという。こんどジャワで砂糖を積んでいたが、ハッチに海水がはいったので、せっかく積んだ荷を揚げて、カルカッタのほうにきたのだという。船室のポールドの横に穴があいたので、セメントを詰めてその上にペンキをぬったという。すこし、しけでもすると不安でしかたがないといっていた。いまだにこういう老朽船が平気で遠洋航路に使用されているのは、どうしたことだろうか。どうしてこういう船が、定期検査をパスするのだろうか。

おたがい船の労働はくるしい。恵まれない。ことにそんな老朽船に乗り合わせた船員の不安は、ひと通りではないだろう。すこしのしけでもすぐ避難するそうである。命がけの船乗りとは、こんな船の船員のことをいうのだろう。

われわれから月々、組合費を徴収している海員組合など、いったいなにをしているのだろうか。こんな船に組合員を乗せても、知らぬ顔をしているのだろうか。

一〇月一日

昨夜も倶楽部に泊りにいった。毎晩倶楽部にいきつけると、船で寝る気がしない。倶楽部にいくとかならず隣りの香港バーで、エビうどんを食わないと承知できない。ここのエビうどんの味だけはわすれられない。四晩つづけて上陸して、毎晩エビうどんを食って、もらった航海手当を全部つかってしまった。

現在ここには、日本船が四～五隻はいっているので、例の日本人町は、いつになくにぎわっているようだ。夜通るとそこからは、三味の音が、街のどよめきにまじってひびいている。

今朝久しぶり、ゆっくり一〇時すぎまで倶楽部に寝ていた。船に帰るともう昼食だ。午後五時、検疫をすませて、七時にドックをでる。きょうは風がまったくなく、蒸し暑い。

夜の一二時ごろ、河を下って河の中央に投錨した。出帆はあす。

またカッケがひどくなったらしい。足がひどく重くなった。今夜ワッチからあがってみると、足が一升徳利のようにはれている。手の指先がチリチリとしびれる。あああまた、くるしい航海をつづけねばならない。

一〇月三日

きのう朝七時、カルカッタを出帆した。洋上にでると波がすこしつよくなってきた。満載してロイドマーク（満載喫水線）すれすれになっているので、すこしの波でもデッキに打ちあげてくる。部屋のポールドがあけられないので、船室は暑くるしくて、むせるようなにおいがする。

　きのうから仕事がひどくなった。体がだるく足が重たくて、へとへとになる。きのうのワッチではあやうく目をまわしそうになった。停泊中に缶前に山ほどたまったアスを、洋上にでてから、コロッパス三人がかりで巻きあげた。暑くてへとへとになっているところに、私はつづいて、灰がつかえているファネスを、全部缶替《かまが》えをしなければならなかった。一本一本引きだした燃えがらに、一方から水をかけられると、灰と湯気とで息もつけないほどだ。それをまた、いちいち巻きあげねばならない。そのくるしさといったら、いつぶっ倒れるか、と気が遠くなりそうだったが、歯を食いしばってがまんした。

　まだ灰はうんとのこっているのに、アス巻きのポンプをとめるから巻くのをやめろ、とファーストがいってくる。もうすこしだから巻かしてくれ、といっても、おこって承知しない。そしてしばらくしてきてみて、こんなによけいあるのだったらはやく巻けという。私はさっきあがっていったコロッパスを呼んできた。そして二〜三杯巻きあげると、またアス巻きはやめろ、と怒鳴ってくる。

　私は何べん、直立についている缶前のタラップを上下したかしれない。そしてようやく仕事をかたづけ、あがって汗でぬれたワッチ着をしぼっていると、「ファーストが、広野を呼んでこいといっとる」と、相棒の火夫の平石がいってくる。

　私はまたぬれたワッチ着を着て、エンジンルームにおりていった。するとファーストは、「エンジンのプレートを拭きとれ」と命令するのだ。

　まったくあいつは、われわれをボロウエス（ぼろ布）みたいに思っているのだ。生きた人間を使うにも「ほど」があるというものだ。

　今朝のワッチでも、ブロワー（石炭の煤を吹かす送風機）を吹かすとき私がいなかったといって、文句をいうのである。これだけいそがしい仕事に追いまわされていて、ブロワーを吹かす時間をじっと待っておれるものではない。

　いつもあいつが、ベンチレーター（換気口または換気扇）の下に立っていて、ガンガン怒鳴っているのをみると、真赤に焼けたスライスバー（火べラ）を投げつけてやりたい気がする。こんな非人間的な上司にも、絶対服従していなければならない下級船員のかなしさ。もし反抗したら「首」がとぶのだ。飯の食いあげだ。陸にも失業船員がうようよしているのだ。

　いったい、いつ、われわれ下級船員が、いいたいものをいえる時代がくるのだろうか。

一〇月六日

停泊中だと、いくら気候のわるいカルカッタでも、四～五日や一〇日いても、きゅうくつは感じないが、航海中となると、三昼夜も海の上を走ると、きゅうくつを感ずるものである。

今朝から海がないだ。なぐと風がなくて暑い。しけていると風があって涼しいには涼しいが、部屋に水がはいるので、ポールドをしめ切るから、船室は蒸し暑くてくさくて、窒息しそうである。なぎだとポールドをあけても、風はすこしもはいらない。

この暑さに風邪にやられるものが、つぎつぎとでているらしい。機・甲・司（機関部・甲板部・司厨室）各二～三人ずつ作業を休んでいるという。私はびくびくしている。カッケでだるい体を、むりをしてはたらいているのに、このうえ風邪でもひいたら、それこそ動けないだろう。

ずんぐりとみじかくて節くれだったぶかっこうな指、かたくて、針で突いても痛さを感じないほどタコのでた掌。筋ばってはいるが、みじかくて小さな腕、毎日の過激な労働に疲れた両腕を、じっとながめることがある。じぶんはこの腕で、毎日あれだけの時間に、あれだけの仕事をやっているのかと思うと、この腕もたいしたものだと思う。一ワッチ四時間、一昼夜二回、あれだけの仕事をかたづけているのだ。それはくるしいからのこしておいて、これだけはあとからやる、そういうことはぜったいゆるされない仕事である。私の腕の力も、考えてみるとつよいものだと思う。

一〇月八日

毎日毎日、はげしい驟雨がくる。汲んでかけるような雨がくると、すぐ晴れる。陽がカンカン照りだす。またまた曇る。しばらくして驟雨がくる。その雨量の多さにはおどろく。外にだしたバケツなど、みるまに一杯になってあふれる。インド洋ではいちばん雨量の多い時期とみえる。

昨夜雨の晴れた空に、櫛型の月がかかっていた。月が沈み、空が曇ると、インド洋の夜の海は真暗である。へッドが切りくだく波の白さだけが、浮きあがり沈み、うず巻いて去っていく。その波に夜光虫が青白い光を放っては消えていく。離合する船の灯一つみえない。ただ真暗な闇の海。こんな夜、フォックスルに見張りに立つセーラーたちも、気持よいものではないだろう。

陽に焼け、憔悴した弾力のない顔、カッケでむくんだ足、しびれる指先、だるくてたいぎな体、毎日毎夜の過激な労働の連続。はやく涼しいところへいきたい。日本へ帰って、晴れた秋空と、澄んだ涼しい空気のなかにひたりたい。このごろ、眠るたびにいろんな夢をみる。たいていい故郷の夢ばかりである。

一〇月一一日

きのう正午ごろ、シンガポール入港。今朝六時出帆。シンガポールには日本の船が多かった。郵船の榛名、若狭、商船のら・ぷらたなど。

夜、上陸してみると、街には日本人がうようよしていた。若狭、ら・ぷらたは南米移民船である。その移民たちが上陸しているのだ。体にあわないだぶだぶの洋服を着たり、夏服に黒の冬帽子をかぶったり、女、子どもたちもまじっていた。

かれらはゆく先に、楽天地が待っていると思いこんでいるのであろうか。移民船に乗った火夫の話によると、とてもひどいものらしい。船内でのかれらの待遇もみじめなものだという。それもそうだ。荷物を積むダンブル(船艙)に、何百人という人間をつめこんでいるのだ。まるで荷物扱いである。しけると上のベンチレーターは、波がはいらないようにカバーをかける。なかの人間の吐く息はどこにぬけるのだろう。窒息しないのがふしぎだ。航海中にも、よく移民が死ぬということである。

昨夜はシナ人の果実店で、思うぞんぶんバナナやミカンを食った。

長崎の土橋仁八から手紙がきていた。かれもずいぶん苦悩があるらしい。いま養家をでて、下宿生活をしているといってきている。故郷からは来信なし。

一〇月一三日

きのうまで風がなくて、暑くてワッチで目をまわさんばかりだったが、今朝から雨模様になって、波があれだし、風がでてきた。ワッチからあがってくると、ただぽかんとして時をすごす。カッケは依然としてよくならない。日本へ帰るまではくるしまねばなるまい。

年をとった船員たちの経験談をきくのは興味がある。もう見習い当時の船酔いのくるしさや、みんなからむちゃをいわれ酷使されたくやしさもわすれかけている。そして現在の見習いのちょっとの過失も、責めようとすることがある。そのたび、じぶんの見習い当時を思いだし、できるだけおとなしいことばで教えてやる。まだ私はコロッパスのかけだしだ。思うことも発表できない。

一〇月一八日

シンガポールを出帆して三日めごろからしけだして、きょうまでしけつづけである。最初、私が本船に乗ってきた航海のしけよりひどい。フォックスルは、たえず頭を波の山に突っこんでは、すごいうめき声をあげて身ぶるいする。マストが吹き折れはせぬかと思う烈風に、ステー（主にマストを支える索や支材）やリギン（マストや帆等を支え、操作する索や鎖の総称）は悲鳴をあげる。

われわれの船室は、動揺のいちばんはげしいフォックスルデッキの下にあるのだ。甲・機のヘイカチはいつも、この先端の部屋に住んでいるのだ。波がつよくぶっつかると、頭をガンとなぐられたように耳が鳴る。はげしい音をたてて、頭上のデッキを波は流れて滝のようにおちる。

ワッチのゆき来にも、命がけだ。ぶつかる波のすきをみて、ライフラインにすがって走らねばならない。

船の動揺がはげしいと、ワッチの仕事も思うようにできない。石炭繰りなども、大きな塊炭が思わぬところからころげおちてきてあぶない。タラップの上りおりも振りおとされそうだ。

水によくぬれるので、ますますカッケはひどくなった。ワッチを終えると、ベッドにしがみついて寝ているよりほかにしかたがない。船が動揺するとよく眠れる。眠るが、へんにいやな夢ばかりみる。故郷のことが思いだされる。そういえば、きょうは故郷の秋祭りの日である。

一〇月一九日

きょうの夕方ごろから、海はすこしないできた。久しぶりに青空がみえた。うねりは大きく、船は横ゆれにごろりごろりとゆれるので、じっと立っておれない。あす、香港に着くそうである。それにしても、二～三日おくれたわけである。

私の相ワッチの火夫の小池が、熱があって気分がわるいというので、私が代わって一時間火をたいてやったのは、五日ばかりまえのことであった。それからかれはだんだん熱が高くなり、くるしみだした。四〇度近くまであがっているという。かれのベッドは上段なので、上にあがるのがたいぎだといって、下ベッドの私のところに寝せた。そして、きのうまで寝たきりだった。熱はすこしも下がらなかった。かれはくるしげにうめき声をあげていた。

みんなはそれでも、いつものようにさわぎながら、昼も夜も麻雀をやっていた。船はゆれるし、部屋は閉めきってむんむんしているし、かれはすこしも眠れない、といってこぼしていた。私はみかねて、一枚しかないじぶんの浴衣や、パンツなど、かれのよごれたのをとり替えてやったり、氷のうの氷を入れ替えてやったりしていた。

そして、船尾のプープデッキ（後甲板）の病室に移された。私はかれに手を貸したり、ベッドや毛布などをもっていってやったりした。そうして手伝うのは、私とボーイ長だけであった。しかし私は、きのうからかれの病室をのぞいてやれなくなった。かれはどうやらチブスの疑いがあるので、ボーイ長以外は、いくことをドクターからとめられたからである。

船でこうした病気をしたときのみじめさを、私はつくづく思った。いつだれがこんな病気にかからないと断言できよう。ひとりプープデッキの病室に寝ているかれのことを思うと、私はじぶんがかつて重患にくるしみ、病院生活をしたおりのことを思いだし、まぶたが熱くなるのをおぼえる。きのうまでいっしょにはたらき、冗談をいいあった仲間が、一人も見舞いにもきてくれない薄情さを、かれはどれほどさびしく、うらめしく思っていることだろう。

かれは「オッチョコチョイの蒋介石」というあだ名をもっているように、ねは単純で、人からうらみを買うような男ではなかったが、放縦というか、物事をまぜっ返す、船員用語でいえば「チャカンチャカン」にするくせがあった。それがオッチョコチョイといわれるところであり、薄い鼻ひげが「蒋介石」のあだ名であった。いわばほかの連中から、すこし変わってみられていたことは否めないところであった。かれはボーイ長に私のことばかり尋ねているということである。

一〇月二〇日

今朝早朝、香港入港。こんどはブイ係留。バナナ食いにも上陸できない。入港すると、あれほどしけていた海を想像もできないほど、港はしずかで上天気だ。

火夫の小池君、病気がますます悪化、ここの病院に入院させることになったらしい。私は午前中のチューブ突きだけで、午後はかれの代理として、領事館にいくことになった。

二時ごろからパーサーにつれられて、会社のランチで対岸の香港島へわたる。ビルのなかの領事館を訪ねると、きょうは日曜で、館員はきていない。それから、入口で一五分以上待った。日曜のところをとくべつにきてもらったのである。用事はかんたんにすんだ。

船に帰るとまた、小池君が入院するのに付添っていってくれと、ナンバンが私にたのむのだった。

プープデッキの病室から、口もろくにきけなくなって、ぐったりしている小池を、大部屋のものに手伝ってもらって、頭、腰、足をかかえて、迎えにきたランチに乗せた。私はかれの行李をかついで乗った。付添者は、私のほかにドクターとパーサー。

桟橋に着いてから、寝台車がくるまでしばらく待った。かれがうんうんくるしがってうめくので、こまった。ランチから寝台車のタンカに乗せ、自動車に乗せる。いずれもシナ人である。私だけ寝台車に乗り、パーサーとドクターは別の自動車に乗った。

病院まではかなりの距離があった。着いた病院は、真島病院という日本人経営の病院であった。かれを病室にはこんで寝台に寝かせた。船のドクターと病院の医師と、しばらく話していた。

かれは「オッチョコチョイ」といわれているように、一般同僚からは信用がなかった。病気したことにたいしても同情するものがすくなかった。まったくの頭なしで、外国で無一文で入院するのに、餞別の申し合わせさえしなかった。しかし、私はどうしたことか、かれとはふしぎにしたしかった。東京見物までいっしょにいった。かれは、私をいちばんたよりにしていたらしい。私はかれの入院にしても、いちばん力になってやれたことをよろこんだ。

「気をつよくもって、元気になってはやく帰ってくるんだよ。くよくよせず、しっかり養生するんだよ」

私はそういって別れた。

自動車で引き返し、会社の支店に寄ってひと休みする。まだランチに一時間、間があるというので、三人で街をぶらつくことにする。私は香港の街のほうにははじめてきたのだが、メーンストリートは、なかなかにぎわっている。飾りたてたショーウインドーをのぞいて歩いた。

会社のランチで帰船。

夜、山一面花と咲いた香港島の灯、港内に停泊した船々の灯。月は晴れた空にかかり、澄んだ秋の夜風は、暑さにくるしみ、しけに悩んできたマドロスに、よみがえるような気分をあたえた。

一〇月二二日

昨朝六時半、香港出帆。沖へでるとやはり波があり、船はかなりゆれる。積荷のつごう上、上海に寄港するらしい。この調子だと、また上海までに一日ぐらいおくれるかもしれない。

香港で手紙二通。一通は父より、一通は長崎の仁八君より。

故郷の家では、あいかわらずくるしい生活を送っているらしい。金作は諫早《いさはや》の材木店に、店員となっていっているとのこと。家では父が一人ではたらいているのである。金を一〇〇円ばかり送ってくれといってきているが、一〇〇円どころか、一〇円、いや一円でも、いま手もとにはない。日本へ帰り、月給をもらったにしても三〇円だ。それから消耗品や小使いを引いたら、いくらのこるだろう。なるだけきりつめて、いくらか送らねばと思う。

仁八からの手紙はとても長かった。それは、かれが妻を迎えたが、それが原因となって養家とごたごたが起こり、かれは家をとびだして実家に帰ったり、また仲人がはいって養家へもどったり、またいたたまれなくなってとびだしたり、ずいぶん苦労したらしい。

　いまでは、妻もほったらかして、下宿しながら工場に通っているとのことである。「工場もいやになった。いっそ、おれも船にでも乗りたい。船のことをくわしく知らせてくれ」と、いってきていた。こまったものだ。どうしてかれに忠告の返事をだしたらよいか、躊躇せざるをえない。

一〇月二六日

　本船のこののろいスピードでも、三昼夜あまりで上海に着くのだが、香港を出帆して五昼夜というのに、まだきょうも着かないという。なにしろ波がつよく風が荒く、船は小さいときているので、定期の倍もかかるわけである。本船より一昼夜もあとで香港を出帆した、おなじ会社の船は、ずんずん追い越していった。

　こんなにながくしけられたことはない、と古い船員たちも「香港―上海間をこんなにかかったことは、はじめてだ」と、いっていた。

　まるで大きなブランコにゆられつづけてでもいるように、横ゆれにゆらりゆらりとゆれる。ゆれるたびに、船体がキキイッ、キキッときしみ音をたてつづけている。サイドにぶっつかる波は、白くくだけちって、烈風は海面から海水の雨を逆に降らせる。ちょっとでも、なにかにつかまらないと立っておれない。卓がひっくり返る。その上の皿や茶わん、鉄瓶がいちどにガラガラと散乱する。

　乗っている台がゆれつづけているのだ。寝ていても、せまいベッドでごろごろ体をもんでいる。作業のときも飯を食うときも、いつもゆらゆら、ごろごろ、ゆられつづけだ。こんなに毎日ゆられつづけていると、船によわい私でもなれっこになって平気である。

　香港を出帆してから涼しくなった。きょうなど涼しさをとおりこして寒くなった。

一〇月二七日

　揚子江にはいってアンカーをいれたのは、昨夜の八時ごろだった。今朝五時アンカーを揚げて、八時上海に着いた。

　デッキにワッチ着一枚でいると寒い。荷役にくる苦力《クーリー》たちは、鼻を赤くして目に涙をためている。それほど風が冷たい。

　上海の朝はあいかわらず霧が深い。

　故郷の母からと末弟為市からの手紙を受けとる。母は家の苦境をうったえている。今年の干ばつで、稲が枯れて収穫がなかったこと。山添商店からの裁判のことなど、その他こまごまとしたことまで書いている。

船に乗ってからあと二日で、満一か年になる。一年という歳月のなんとはやいことだろう。私はその一年のあいだになにをしただろう。こんなふうで、一介のマドロスとして終わりたくはない。焦燥におそわれる。

一〇月二九日

上海をきのう正午出帆。河をでて、ずっと沖にでても、入港のときのように波は高くはない。すこしのうねりがあるだけだ。冷たい風が吹いている。

マドロスの群にはいって、ちょうど満一年。行李とバスケットをかついだりさげたりして、掖済会の養成所でもらったカーキー色の菜っ葉服を着、一〇年ばかりまえ、いなかの若者がはき古したようなゴム靴をはいて、本船に乗ってきてからもう一年たった。

カルカッタへ三航海、ボンベイへ一航海、熱帯の航路ばかり、毎日毎夜、石炭の粉と灰とフランによごれ、仕事からあがって啖を吐くと、真黒くかたまったのがころがりでる。肺にも胃にもいっぱい、あんなものが付着しているのだろう。

荒っぽい作業だから、なれてからでもよくやけどをしたり、手足をすりむいたり、生爪をおこしたりする。私は一年のうちに、左手の指を二本、右手の指を一本、足の親指を一本生爪をはがした。ちょっとしたやけどや、手の皮をすりむくことは、日常茶飯事である。

実社会と離れて生活することが多いので、しぜん頭がにぶくなってくるのを感ずる。ただ行く先ざきの港で、みたりきいたりすることだけが、われわれのたった一つの特権である。考えてみると、海の労働者ほど恵まれない労働者はいないと思う。

一一月一日

きょう午後三時、神戸入港。上海からしずかな航海であった。

土佐沖を通って、船が暖流に乗って走っているあいだは、とても暖かだったが、船が室戸岬をまわってからは、目だって涼しくなった。秋の陽が明るく照り、涼しい風がしずかに流れていて気持がよかった。

船は三菱の高浜桟橋に着いた。入港するとすぐチューブ突きだ。例のごとく真黒くなってあがってくると、七時すぎ。

月給といってもナンバンに前借りがあるので――私もおつきあいに借金をしていた――、利子を引かれて、手どりわずかに一〇円三〇銭、消耗品代にもたらないくらいだ。

みんな、上陸した。頭なしでも久しぶりの入港だ。どうにかくめんして上陸する。こっちはうどん食いにもいけず、当番だ。

田中内閣に代わった浜口内閣は、緊縮政治のためかどうか、沖売りたちの話によると、陸もいっそう不景気らしい。物価も下落したのか、消耗品などすこし下がっているようだ。

部屋にさびしく寝る。夜がふけるにつれ、寒くなってきた。毛布一枚では、足が冷えてしかたがない。なんだか頭がからっぽになった感じで、ぽかんとしている。退屈さえ感じない。

一一月二日

ただぼんやり部屋にくすぶっていると、頭がくさったみたいで思考力がにぶってしまう。外では澄んだ空と、明るい太陽が照り、涼しい風が流れている。弁当でもこしらえて、山へでも登ったら、どんなに晴ればれすることだろうと思う。部屋にはのべつ、沖売りや借金とりがおしかけてきてそうぞうしい。

船の消耗品がきたので、オールハン（全員）で揚げにいく。帰ってバスを使って、散歩にでもでてみようと、バスケットをみたら、なかの状袋（封筒）にいれてしまっていた全財産一五円がなくなっていた。みんなに心配をかけるのが気の毒だから、だまって部屋をさがしてみたが、ない。私のそぶりをみて、みんながどうしたかとしきりにきくので、しかたなくわけを話した。みんなもさわぎだした。とうとうとられたのだ。出はいりがはげしいので、船のものか陸のものか、見当もつかない。「エーイ、ひと晩女郎でも買ったんだ」とあきらめてみるが、なんだか不快だ。ちくしょう！　陸へでもあがってやれ。私はひとり、一枚しかないカーキー色の菜っ葉服を着て、船をとびだした。夜の街をめちゃくちゃに歩きまわった。活動館にとびこんで、青白いフィルムの影法師をみて、しばし不快の気分をわすれる。

外へでても金はないし、あり金をはたいてマツタケ丼でも食って、また船へてくてく歩いて帰って寝る。寝ても、目がさえてなかなか眠れない。

一一月五日

このごろどうしたことか、物事を深くつきつめて考えることがいやになった。いやになったというよりも、できなくなった。日々のじぶんの行動や考えが、ぼうっとしているのだ。きのうのことをきょう思いだそうとしても、すっかりわすれているのだ。

きのう昼間、缶前の仕事をして、夜八時ごろからドンキーマン（副缶番）の広島氏と上陸した。秋の夜の人波にもまれて歩いた。すし屋にはいり、すしを食い、かおり高いマツタケ丼を食う。故郷の秋を思う。帰途、神戸の花柳街福原を見物した。

　世は不況にあえぎ、政治家は緊縮をとなえようとも、こうした花柳街をさまよう人たちはたえない。みよ、その多くが海にはたらく、われわれ船員たちであることを。

　船のものとみれば目をつけてしきりに袖を引く。船のものがそのほうによわいことを、やりて婆［遊郭で遊女の手配などをする女］は知っているのだ。そういう境遇におかれることを、船乗りは余儀なくされているのだ。異性によわくあまきもの、汝の名はマドロスなり。

　一二時すぎてから船に帰る。朝三時から当直だ。

　今朝八時、名古屋へむけ出帆。

一一月六日

　今朝九時半、名古屋に入港。午前中バンカーの石炭ならし、停泊当直、四時出帆。

　夜、時雨らしい雨。すこし風がでる。すこし波がある。空足《から》の船。おどるようにゆれる。文字通り墨を流したような闇の海。ブリッジでは、ホイッスル（汽笛）のひもを引いている。

　今夜のワッチにはこまった。バンカーで石炭繰りをやっていると、火夫が私を呼びにくる。エンジンへいってみろというので、いってみると、ファーストのやつがビルジポンプがとまったといって、うろうろしてオイルマン（油差し）を怒鳴りつけているところだった。

　私も怒鳴られてうろうろ。いわれるままにあっちにいき、こっちにもどり、まるであやつり人形みたいなものだ。まだコロッパスの私が、こんなむずかしい故障がわかるものか。わかったら、三〇円ぐらいの月給をもらっていはしない。一時間以上も怒鳴られ、へとへとになってあがってくる。これがインド洋あたりだったら、目をまわしてぶっ倒れるところだった。

一一月八日

きのう午後三時、横浜入港。

　雨に煙って街の灯もみえなかった。夜、ランチで上陸する。福富町の堀内洋服店に前航のとき注文した洋服をとりにいく。九時のランチで帰船する。

　神戸でまた、故郷から金を送ってくれといってきた。すこしためていた金はとられるし、泣くにも泣けぬ「苦境」だ。いっそみんなのように、二〜三年故郷と音信を断つことができたらと思う。茨城県からきている火夫の小滝は、三年まえに実父が亡くなっていたのを知らないでいたと、ひとごとのようにいって平気でいる。私にはどうも、ああはなれそうにない。

故郷でもみんなくるしんでいるのだ。疲弊、困憊、憔悴しきった家族のものの顔が浮かぶ。

きょうは雨だ。休みだが上陸もできない。

一一月一一日

横浜へ入港してから、毎日雨ばかりつづく。陰気な、気がめいるような雨である。休みの日も上陸せず、船に寝ころんでいる。本を読もうとしても、部屋が薄暗く湿っぽくて、すぐ頭がうずきだす。そして頭が混乱して、じっとしておれないような焦燥感にかりたてられる。かと思うと、ひとりしずかに瞑想にふけっていたい気分がわいてくる。ふしぎである。結局、現実を離れた世界に心をうばわれたりしているあいだが、幸せなときかもしれない。

みんな毎晩上陸している。若いコロッパスの同僚たちも。だが、かれらは私をさそおうとはしない。私がみんなと変わっていることを認めてくれているのだ。いわば、私は異端視されているのだ。船内での共同生活とは別の意味で——。

諫早《いさはや》の材木店ではたらいている弟から、きのう手紙がきた。辛抱してはたらいて、兄さんと二人で家の借金を払ってしまいましょう、と書いている。鼻くそほどの給料で、何千円という借金がどうして払えるか。おそらく、その利子だけでもはたらきだすことはむずかしい。しかたがない。家では、家のものがどれほどくるしんでいても、この私はいま、どうすることもできはしない。

家のことばかり気にしていても、しかたがない。じぶんはじぶんの信ずるほうへ進むよりほかはない。

こんど臨時に、上海へ一航海するとのこと。あす出帆の予定。

一一月一三日

きのう二時、横浜出帆。風なく、波なく、まったくしずかな航海である。久しぶり、雲をしのいでそびえる富士がみえた。夜に入ってから、伊豆半島と大島のあいだを通った。大島の噴煙が、闇に白く浮いてみえた。港町の灯がさびしくまたたいていた。

きょうの午後はもう、紀伊半島の沖を通った。樹木のしげった山々が重々とつらなって、海岸にせまっていた。何べんもおなじ海岸を通っても、夜通ったり、ワッチ中だったり、眠っていたりするので、昼こんな陸の近くのこの辺を通るのは、はじめてみる景色だった。山にたなびいた雲と、海に浮いた漁船らしい帆船と、澄んだ空と、わすれがたい南紀の海岸風景であった。

明早朝、大阪に入港するとのこと。

一一月一五日

今朝八時半、大阪出帆。濃霧（ガス）が立ちこめ、朝の太陽の光さえ透さない。霧の晴れない港を、船はひっきりなしに汽笛を鳴らしながら、でていった。

昨夜船で、ナンバスリーの五十嵐と火夫の伊東とが口論して、なぐりあいをぶっ始めたので、いるとうるさいから上陸した。

散髪をして、千日前、道頓堀を歩いた。赤い灯、青い灯は川面を彩ってはいたが、かつての夏の夜のにぎやかさはみられなかった。緊縮で取締まりがきびしいためか、ジャズ・バンドのひびきももれてこなかった。ただラジオだけが、音楽を鳴らしたり、往来の人びとに声高に呼びかけたりしていた。食堂で親子丼を食った。

デパート大丸の入口に、五つか六つくらいの男の子が行き倒れていた。横に寝て、左の手で顔をかくしていた。そして枕にしたほうの手には、アルミニウムの弁当箱のふたをにぎっていた。なんと皮肉な対照だろう。この大きなデパートの前に、この行き倒れの少年。それをちょっとのぞいて、平気でいきすぎる人びと。

カーキーの菜っ葉服を着ていると寒かった。私は通りの洋服店に寄ってオーバーを買った。こうした店で買ったことのない私は、めっぽう高く売りつけられたらしい。船に帰ってからみんなに笑われた。不快やる方ない気持だった。

帰途、夕凪橋で電車をおりて、そのへんを歩いてみた。カフェーの多いこと、まるで三軒に一軒はカフェーだった。ここは緊縮取締まりの網をのがれたのか、「草津節」や「浪花小唄」のレコードが流れ、女給たちの金切り声がひびいていた。

関東煮の立食いをやって、サンパン賃五〇銭を奮発して船に帰ったのは一二時。

船で生活していると、陸上のこと、ことに日本でのいろんな出来事がまったくわからない。田中義一が死んだことや、共産党事件［一九二九年三月～四月にかけて行われた共産党員への一連の弾圧事件］や、幾多の汚職事件――そんな出来事も、ずっとあとになってから、新聞でみたり人にきいたりするくらいのことである。

きのうの朝本船は、ひどい濃霧で、神戸港外にきてから三時間もストップしていた。ブリッジではたえず、鐘を鳴らし、ホイッスルを鳴らしつづけていた。こんなひどい濃霧は、故郷で五月ごろにみるあの霧とおなじだ。船首の部屋から、ブリッジの舷灯がみえないほどの霧であった。

一一月一六日

しずかな瀬戸内海の島々のあいだを、船は縫うようにしてすべった。

朝のワッチからあがって、ひと眠りして目がさめると、船は関門海峡を通過して、若松港内にはいっていたが、若松と戸畑と向かいあって、山を背にして入口のせまい港を形づくっている港内には、いっぱい帆船のマストの山だった。そのあいだに、三、四千トン級の汽船が幾隻も停泊していた。午後の陽がぽかぽかと暖かい。

はじめての港である。まず見物と、三〜四人つれだって、サンパンを買って上陸した。せまっくるしいごみごみした街を、あてもなく歩きまわる。対岸の戸畑は、煙突が立ち並び、石炭積み用のクレーンがいくつも並び、煤煙にけむっている。港の奥はいわゆる製鉄の街八幡である。そこは街の空一帯、煤煙におおわれている。

夜に入った。この街の目抜き通りも人影がまばらである。活動館にはいってひまをつぶす。たいくつして九時半にでる。

それから遊郭をのぞいたり、カフェーにはいってコーヒーを飲んだりして、歩きまわった。

帰途、海岸にそった街の裏通りを歩いた。そこには船員や石炭仲仕らしい労働者がぞろぞろしていた。この街のいわゆる淫売窟であった。人波にまじって、いちいち格子戸をのぞいて歩いた。三人、五人、若い女がいて、あがれといって袖をにぎって離さない。そのしつこさには閉口した。しなびた、弾力のない顔の女ばかりだ。いっしょに歩いていたドンキーマンの高谷が、ある一軒に引っぱりあげられてしまった。ええいくそ！　かまうものか、おれもあがってやれ。私はたちまち、一塊の情欲の火と化してしまった。

一時間後、高谷君と私は、サンパン小屋に、柿をひと包み買って抱えながら、ストーブにあたっていた。

マドロスの悲哀！　私は今夜つくづく味わった。じぶんもどうやら、一人前のマドロスになりきろうとしている。これはとうてい否みえないことだ。神様でもないかぎり、これはどうすることもできないことだ。

故郷の家のありさまが眼前にちらつく。債鬼にせめられつづけている家。でっち奉公にいっている弟――いくら思ったって、どうなるものか。ええいくそ。

サンパンで船に帰る。みんなの寝しずまった部屋で、私はこの日記を書いている。

一一月一八日

昨朝六時、船は戸畑側の岸壁のクレーンの下にシフト（移動）した。石炭を積むのだ。

レールの上から貨車一台分ずつ、クレーンでつりあげて、船のハッチに積む仕掛けになっている。こんな設備は、世界にもあまりないと、みんな感心していた。千トンやそこらの石炭を積むのはわけはない。なにしろ貨車一台、二〇トンずつ一度に巻きあげるのである。そのクレーンが、船尾と船首のハッチに一台ずつで積みこんだ。二～三時間で積み終わった。

午後三時出帆。港外にでてからアンカーをいれて、一〇時ごろまで潮待ちをした。

昨夜とつぜんしけだして、スピードがすこしもでなかったらしく、私たちの四時ワッチでも、まだ唐津に入港できなかった。

ひと息寝て目がさめると、唐津の港内にはいっていた。寒い風が吹き、港内でも波が荒らかった。

ガヤガヤ、ガヤガヤ、石炭人夫の男女で船尾も船首もいっぱいである。若い女もまじり、甚八笠（竹皮の笠）をかぶって、セッセとスコップを使っている。門司や若松も、男にまじってはたらきにくる女労働者が多かったが、唐津、崎戸はとくに多い。九州地方は船ではたらく女労働者が多い。

はじめての唐津港、みんな上陸してひとあそびしようと期待していたが、きょうの午後五時出帆ときいて不平顔である。港の水は青く澄んでいた。

港をふさいだ前の島には、段々になった畑が開けていた。その海洋には、黒い石炭の山が長くつづいていた。

目を転ずると、港を形づくる山すそがのび、その先端は砂浜となり、松原となり、あるいは市街をなして、白砂青松と水郷唐津が、山の翠巒《すいらん》と、澄んだ水とに点綴《てんてい》され、晩秋の陽に映え輝いていた。

荷役を終わって、五時すぎ出帆。上陸もできず出帆する唐津の街に、心のこりがした。

若松で出帆まぎわに、故郷から小包みが届いた。あけてみると、袋に土がはいっていた。私がまえにカッケにかかったことをいってやったので、「故郷の土」を送ってくれたのだ。故郷の土を踏めばカッケがなおるという迷信を信じて、送ってくれたのだ。そして別な袋には、ムギをこがして粉にした、故郷で「コーバシ」と呼ぶ粉がはいっていた。これもいわゆるカッケの薬である。わざわざこういうものを送ってくれる親心を、ありがたく思う。まずしい、しかし貴い故郷からの贈り物に、私は涙ぐましい感激をおぼえた。

一一月二二日

昨朝未明、揚子江の江口にアンカーをいれて潮待ち、夜が明けかかるころから江をさかのぼった。黄浦江《ホワンプーチャン》にはいって夜が明けた。江の両岸の平野は、稲刈りのあとの黒い地はだがあらわれていた。村落をかこんだ樹木は、わずかにちりのこった紅葉をのこして、深まる秋を物語っていた。寒い風が吹いていた。

いつも停泊するNYK（日本郵船）の三か所の桟橋にも江のブイにも船は係留しなかった。そこをずっと溯上して、郊外と思われる桟橋に着いた。ここの広場は石炭の山でうまっていた。

荷役や物売りにくるシナ人のにおいには閉口する。かれらはもう、何か月も着の身着のままで、洗たくなどしないらしく、真黒にアカによごれて光っている。

苦力《クーリー》たちは何百人とたかって、のろのろ石炭の荷揚げをはじめた。みていてはがゆいほどはかどらない。ただワアーワアーやかましくわめきあっている。これが機械化されでもしていたら、この多数の苦力たちの口は干上がるだろう。かれらののろのろした非能率的な動作も、一つの失業防止ともいえそうだ。

やはり寒い。仕事のひまにクロポトキンの『相互扶助論』を読む。

きょう末弟為市から手紙がきた。三年生としてはめずらしいほどしっかりした字で、文意もよくまとまっている。かれも私の少年期のように、貧困と不幸と生活苦を痛いほど味わわされているであろう。

こんなところに船が着いては剣呑《けんのん》で、上陸もできない。うすっぺらな毛布をかぶって、丸くなって寝るよりほかはない。

部屋の入口にかけていた作業着が、みんななくなってしまった。苦力がかっぱらっていったらしい。もってるだけの仕事着を、ぜんぶとられてこまっているものもいる。じだんだ踏んでくやしがっているが、どうにもしようがない。

一一月二五日

昨朝、船は江上から江下のNYK阜頭前のブイにシフトした。ここで積荷して、帰りには鹿児島へ寄港するとのことだ。停泊中の仕事は、チューブを吹かしたり、錆びをおとしたり。岸壁でないから寒くて、上陸するのもたいぎだ。

部屋はいつもそうぞうしい。中央のテーブルではたえず麻雀をやっている。別の連中はたわいもない話でさわいでいるし、うるさくて本も読めない。夜中、みんなが寝しずまったとき、目がさめて読むとよく頭にはいる。

みんなはこのごろ私の名を呼ばないで、「文士」「文士」という。「その文士だけは、よしてくれ」本気で私がたのんでも、なかなかやめようとしない。私が文学に心をひかれるようになったのは、いつごろからだったか。社会問題に心をひかれはじめたころと、おなじころであったと思う。もう五年ばかりまえのことだ。私の文学観も、社会観もだいぶん変わっていったと思う。しかし、文学なんて私はまったくの素人だ。文士などと、どうしてみんなはいうのだろう。

一一月二七日

今朝六時半、出帆。濃霧が上海の街をつつんでいた。船は汽笛を鳴らしつづけて江を下った。たまに霧のきれまから、船のマストや、工場の煙突や、その他高い建物が、浮いたようにぼんやりあらわれたりした。

江口に近づくころ、霧はまったく晴れた。明るい太陽が、満々たる黄濁の水を照らした。しずかな天気である。船は鹿児島へむかっている。

上海で郵船の天城丸で、大げんかがあったことをきいた。それは苦力と船首の船員とが、ちょっとしたことから口論となり、苦力の一人を火夫がぶんなぐった。そこへ、船で荷役をしていた苦力全員が押しかけてきて、なぐりあいになったらしい。そして、シナ人一人と火夫の一人は生命危篤だという。

日本人は、あまりにシナ人を軽蔑しすぎると思う。かれらはたえず、屈辱と反感を抱いているのだ。だから、ちょっとしたことがあると徒党を組むのだ。一人でうけた屈辱を、団結の力でうっ憤を晴らそうとするのだ。あの苦力たちの青白い顔は、なにを求めているのか?

一一月三〇日

きのう午後五時、鹿児島入港。きょう午後六時、清水港にむけ出帆。

船はいま、鹿児島港をでて、コースを変えたらしい。波がつよくサイドを打ちはじめた。船がはげしくローリングする。風もはげしくなってきた。

きのうの午後船は、大隅・薩摩両半島の起伏した山脈につつまれた、しずかな鏡のような鹿児島湾にはいっていった。鹿児島の港にはブイ一つなかった。船はアンカーを入れた。

海をへだてて桜島の山が、火山灰や熔岩でその白い地はだを中腹まであらわしていた。そのふもとの傾斜地には、ダイコン畑でもあろうか、青々としてつづいていた。

鹿児島の街は城山の翠巒を背に、夕日をうけて輝いていた。城山の常磐木のあいだには、黄葉、紅葉が点綴して、南国の初冬を告げていた。薩摩半島のはるか南には、開聞岳が夕日を浴びてそびえていた。

夜、会社のツケ、サンパンで上陸した。日本で最初の築港だという堤防内には、小さな汽船が幾隻も停泊していた。ストーキバン以下同行八人、つれだって街を歩いた。この街の目抜き通り天文館通りを通って、照国神社へいった。もう暗くなって、境内もなにがなんだかみわけがつかなかった。島津斉彬、久光、光義の銅像が立っていた。

それから、城山へ登ってみようということになった。ストーキバンと高谷が提灯を買ってきた。それをともして急勾配を登る。道に紅葉がちり敷いている。しかし、さすがは南国だ。暖かい。登る道みち汗がでる。草むらで虫が鳴いていた。

提灯を四つともして登っていく。ストーキバンは、ときどきトーチランプ（噴炎ランプ）を照らしてみる。登りつめた平地に、茶店らしい家が一軒あった。もう戸をしめている。ベンチがいくつもあった。皇太子や宮様方の、お手植えの木が何本もあった。そこからは鹿児島市街の灯が一望のもとにあった。

ひと休みして汗がひっこんでから、こんどは反対側におりた。昼でも暗いだろうと思われる老樹の下を、まがりくねって道はつづいていた。道の角に立っている標識を、ストーキバンのトーチランプで照らしてみながらおりていった。

西郷隆盛の洞窟は、谷をおりきってから、またすこし登ったところにあった。崖を横に掘った三畳敷くらいの洞窟であった。前に大きな碑が立っていた。それから南洲終焉の地の碑や、西南の役の戦死者をまつる南洲神社などをみてまわる。道で会う人に道をたずねても、方言で答えるのでききとりにくい。

「夜さい、城山にいきやったと？　バケモンがでやっど」

提灯をともして城山に登った私たちに、おどろいた顔をしている女もいた。

提灯は「西郷煎餅」を売っている店にくれてやった。もう一〇時になっていた。

電車に乗った。沖の村という遊郭の方へいってみる。ここはまだ「張り店」で、遊女たちは盛装して、ずらりと店に並んでいた。南国情緒とでもいうのか、三味・太鼓の音がひびいていた。

遊郭をでて角をまがった通りから、女がでてきて袖を引っぱる。低い軒には料理屋ののれんがかかっていた。

みんなはそんな家のなかに、引きこまれていった。私は引っぱられた袖を振り切るようにして、帰った。

帰途、まだ起きているカキ料理屋にはいって、カキ飯を食った。もう二時だった。栈橋へいくと、例の連中もいま、自動車できたとこであった。サンパンでいっしょに帰船。

淫売屋で、わずか一三歳の女の子が客をとっていた、という話をしていた。

一二月三日

鹿児島を出帆して、大隅半島をまわるころから急にしけてきた。風は真向うから吹きつけて、波をちぎって投げるように打ちつけた。

船は一ワッチ（四時間）にわずか二五カイリ〔約四六キロ〕しか進まぬというのだ。あまり急にしけられるので、みんな青い顔をして、毎日毎夜欠かしたことのない麻雀をやらない。

しかし二日めの午後、船が紀州沖にきたころ、風がやみ、波がしずまった。船はめずらしく一〇カイリ半〔約一九・五キロメートル〕のスピードをだした。

三日の朝、清水に入港。三保の松原や田子の浦は船上からながめる。富士山は中腹まで、雪の衣をつけてそびえていた。沖売りがミカンを売りにきた。安い。一箱四〇銭。半箱ずつ買って二人で分ける。それでも二〇個あまりある。

清水港、きょう午後出帆。もう冬だ。冷たい風が吹いている。空は晴れて、陽は照っているが、海も山も冬を思わせるかげりを感じさせる。

一二月六日

横浜へ四日の午前入港。こんどは神奈川の方の新しく埋め立ててようやく竣工した岸壁に着いた。からっ風が吹いて寒い。部屋に寝ると、毛布二枚では暖まらない。ここからは、伊勢佐木町の方にいくには不便である。電車に二〇分も乗らねばならない。

入港の夜は停泊当番であったが、昨夜はしたくして上陸した。どうしたものか、船にのこっていると陸が無性に恋しい。

建物一つない広っぱの吹きさらしの埋立地を歩いて、電車で伊勢佐木町へいった。年末大売出しの店頭をのぞいて歩いた。

「旦那、いいところへご案内しましょう。どうです」

あの人通りの多いなかで、ポン引き（客引き）がそっと寄ってきて耳もとでささやく。それが三人もそんなことをいうのであった。背広にオーバーで、船員らしくない服装で上陸したつもりだが、その道の商売人の目にはすぐみわけがつくらしい。

帰途電車をまちがえて、別な方へいってしまった。うろたえておりて、すこし歩いて横道へはいると、そこは思いもかけない神奈川の青木町遊郭だった。もう一二時に近かった。郭には人影はまばらだった。一軒の家に、手とり足とりして引きあげられてしまった。こうしたところも不景気らしい。一年まえ、船に乗ったばかりのころ、私はこうした行為をどれほど嫌悪し、軽蔑したことだろう。頭なしになって、こうした巷に耽溺する船員を、あわれむ気持でいた私であった。

しかし、いまは、私がかつて嫌悪した船員の一人になっているではないか。安価なマドロスの享楽を笑うことなかれ。帰港して船員が第一番の対象は「女」なのだ。それは真剣だ。命をかけてはたらいた金を、わずかの日時で湯水のように消費する船乗りを、笑うなかれ。あざけるなかれ。この、あまりに恵まれないマドロスの悲哀をだれが知ろう。

朝七時、オーバーのえりを立てて、こそこそ郭《くるわ》をでる。霜が白くおりていた。船に帰って、よごれた作業着に着替えるとき、またマドロスの悲哀がこみあげてきた。

今夜は船で当番だ。船室にはほかに一人もいない。

一二月七日

日記に代えて、故郷への手紙。

一家の皆様御達者ですか。年の瀬も間近になってお忙しいことと存じます。お蔭様でこの八郎も、元気で船の仕事につとめています。今、船は横浜に碇泊しています。十二月の十五日頃横浜出帆の予定です。元日は多分香港あたりで迎えることと思います。波に揺られ働きながら、新年を迎える船乗りのことを御想像下さい。

先日鹿児島から出した手紙は着きましたか。年の瀬を前にして皆さんが苦労して御出《おいで》のことが眼に見えるようで胸が痛みます。

私も出来るだけの仕送りをしようと思っていましたが、先般神戸入港の折、折角辛棒して残していた金を、盗まれてしまいました。嘘ではありません。実際です。それで仕方なく火夫長から融通して貰って、ほんの僅かながら御送りします。御受取り下さい。

私は私で、別に目的があるため、そのためにも少しは入用ですし、家の人もそこのところはよく御承知願います。

船では借金をして金を貰う者がうけがよくて、真面目で固い者がうけが悪いのです。そのわけを書くと長くなるので止します。

神戸や横浜なども、とても不景気らしく見えます。田舎も同じでしょう。まして今年は不作だったとのことですから。

この金は借金などに廻さず、皆さんの身の廻りのものに使って下さい。払えないとわかっていて裁判に持ち込むような人間には、払わなくてもよいと思います。どうせ無いものは払える道理がありませんから。

近所にも、私が少しの金を送ったことなど吹聴せんで下さい。

「あの八郎も、とうとう極道息子になった。金も送って寄越しゃせん」と、言っておいて下さい。

故郷のこせこせした人間たちの根性が、私は嫌いです。私は家に帰るにしても、あの土地に永く住む気はしません。私はいっそ去年、皆がどこかへ引越して貰えばよかったと思っていました。私は貧しいために、軽蔑されつづけた田舎での生活を忘れることは出来ません。思えば金作も可哀想だと思います。しかし他家の飯を食った方が、彼の為になるかも知れません。

私が家を出てから四度目の新年を迎えることになります。他人の中でばかり暮らしていると、田舎に居る時のような、お人好しでは生きては行けません。今では少し変わった人間になっているかも知れません。

では一家の皆様、体だけは気をつけてお暮らし下さい。

一二月九日

きのうは日曜で、作業は休みだった。

朝九時ごろ、したくして船をでた。先だってから手紙をだして、その返事をもらっていた、『海に生くる人々』『淫売婦』などで有名な葉山嘉樹氏を訪うため、横浜駅から汽車に乗る。横浜から東京まで、線路にそって、建ってまもないトタン尾根のバラックがつづいていた。

品川で乗り換え、また新宿で乗り換え、高円寺で下車。震災後、郊外へ郊外へとのびた住宅地を、なんどもたずねたずねして、ようやく葉山氏のお宅をさがすのに一時間半もかかった。案内を乞うと、細面の上品な女の人が応接にみえた。あとでわかったが、この人が奥さんであった。来意を通ずると、さっそく二階に案内してくださった。葉山氏は寝床から起きたてらしく、ドテラ姿ですわっておられた。

「やあ、ようきてくれました。広野君、さあすわり給い」

座布団をだして、「じつはほかに用があったが、きみがくるのを待っとったところだ」

私は恐縮した。私が初対面のあいさつをするまもなく、すぐ船の話だ。まるでもう一〇年もまえからの知人のようなしたしさで話される。私も座布団にあぐらをかき、火鉢にもたれながら話した。

しばらくして奥さんが、酒とさかなまで用意してもってきてくださった。火鉢の鉄瓶でカンをして、氏が酌をして私をもてなしてくださる。

氏はじぶんの若いころの船員生活や、放浪、木曾の山奥での土方生活、刑務所の話などを話された。私もまた、いままでのいろんな労働や放浪、現在の下級船員の状況などを話した。それから女のことや酒のこと、賭博のことなど話はつきなかった。私はすすめられるままに、日ごろいけぬ酒をいただいてすっかりいい気持になった。

「陸のものだったらめったに会わないのだが、船乗りときゃ、会わずにおれない」葉山氏はそんなことをいわれた。二〇年まえの船乗り。じぶんがあばれん坊だったこと。船内ストライキ。カムチャツカの冬のあまりの寒さに石油を飲んだことなど、いろんな体験を話してくださった。話しているうちに、もう外は暗くなっていた。

氏は、「おれは妙な質で、酔ったらすぐ寝るくせがあるから、きみはゆっくり泊っていってくれ給い」といって、床にはいられた。

そこへ、若い面長の青年がはいってきた。この青年は、今年の三月、帝国議会で治安維持法反対のビラをまいて、三か月未決にいたという石井安一氏であった。それから、石井氏ともいろいろのことを語しあった。社会問題や文学のことなど。

夕飯ができたからと奥さんが呼びにこられたので、階下にいって石井氏と夕飯のご馳走になる。三つになるという、かわいい男のお子さんがいた。はじめ私にはずかしそうにしていたが、「このおじちゃんのお船、とても大きいお船よ。坊やをね、そのお船につれていってあげるって。坊や、いっしょにいく?」

奥さんにそういわれると、日ごろ乗物が好きだというお子さんは、私の膝に抱かれにきた。夕飯後しばらくお子さんをあやしたり、雑談を交したりしているうちに七時をすぎていた。あす船では仕事だ。

葉山氏は睡眠中なので、奥さんに礼を述べておいとまする。石井氏といっしょに電車通りまで歩いて、そこで別れた。

新宿から品川へでて省線で帰った。私は手に、「葉山嘉樹」と署名された『文芸戦線』の一二月号をにぎっていた。いままで味わったことのない感銘が私をとらえていた。

夜ふけの東神奈川駅におりた。私の足は船とは方角ちがいの方にむかっていた。そして客足まばらな、遊郭のある一軒にすいこまれていった。

「恋愛や性欲――これもやはり人間が飯を食うようなものだと思う」

石井氏はそんなことをいった。まったくそうかもしれない。

今朝、疲れた体で、とぼとぼと船に帰った。

一二月一〇日

一ぺん上陸すると、また上陸したくなってこまる。いちど遊郭にいくと、またいきたくなってしかたがない。こまったものだ。

葉山氏は「きみ、酒を飲み給い」といった。「酒はほくの恩人だ。酒のためにおれは救われたのだ。酒を飲まないときみ、自殺するようなことがあるよ」ともいった。「酒も飲め、女も買え、そして、ほんとうの船乗りの苦労を知りたかったら、社外に乗れ」ともいった。

現文壇の新進中の新進として群をぬいている氏が、すこしも文学者臭を感じさせなかった。しかし快活で、らいらくな風貌から、私はあの怒号と気迫と闘争に燃えた作風を連想した。

「おれはゴロツキだ。きょうもおれの友だちが人を殺して、監獄にぶちこまれたという手紙がきた」

そういって、その手紙を示した。

みんなが上陸してしまったあと、部屋に寝て物思いにふけっている。夜はしずかである。ぞくぞく底冷えがする。雪になるのかもしれない。

一二月一二日

きょうは缶前だけ休み。あす休みだと思うと、きのう仕事を終わると、どうしても船にいる気がしなかった。ひとりで上陸する。伊勢佐木町通りのおびただしい人ごみにもまれて歩く。客寄せのラジオをきいたり、映画館の看板や写真をみたり、書籍店に寄って雑誌の立ち読みをしたり、そして二〜三冊の古本と雑誌を買う。


電車をおりてから、おそい夜道を私の足は船の方へは進まない。磁石にでも引きよせられるように、私の足は遊郭の方へむかっていた。

生気のない顔を厚い白粉で粧い、色あせた口唇を口紅で彩った娼婦は、まことしやかな媚びをふりまく。

「今夜もね、五人お客があるのよ。ああ寒む、寒む」

女はふるえながら氷のように冷えきった足を、私のようやく暖まった布団に差しこむ。女の足が私の体温によって暖まりはじめると、女はすやすやと眠りはじめた。色あせた口唇のあいだから、三〜四枚のきれいにそろった前歯がのぞいている。小さな、だが均整のとれたロウ細工のような鼻からもれる呼吸は、その肩と胸とをしずかに起伏させていた。それが私の体におだやかな鼓動となって伝わる。娼婦よ、おまえはそのかよわい肉体を何百人の男性にまかせたことか。つかのまの平和な眠りよ。

「——さん、眠っちゃいけませんよ。まわりなさいよ」

障子の外から、婆さんの声である。

「ハァ、ハイ」女はたいぎそうな返事をして、しずかに布団をでた。

「ああ、よく眠っていたわよ。ああ、また寒いのに、まわらにゃいけないのか。つらい商売だわね」

女はでていった。

今朝私は、例の女からゆり起こされて目がさめた。朝日が外から障子にうつっていた。

郭をでてからまた、電車で伊勢佐木町へでた。朝から船に帰るのがきまりわるかった。どうせ休みだから終日、あそんで帰ろうと思った。街にはもう門松を立てたところもあった。親子丼で朝食兼昼食をすませる。野毛山にいって震災記念館をみる。

七年まえの九月一日、あの大震災で、全滅に近いまでの災害をうけ、数万の死者をだした横浜。その当時の模型、写真、焼けただれた金銀貨類、その他図表、復興の状況などをみてまわり、当時の悲惨事を想像して感慨無量、目がしらが熱くなるのをおぼえた。

館をでて休憩所のベンチに腰をおろした。みおろす横浜の市街、すばらしい復興ぶりだ。街は赤、青、黄、褐色の屋根にうずまり、午後の陽に輝いていた。七年まえに壊滅的大災害をうけた街とは思えなかった。そこをおりてオデオン座で外国映画トーキー（発声映画）をみて、夜、船に帰った。

一二月一四日

いよいよ今朝一〇時、横浜出帆。停泊一〇日のあいだに、私はすっかり頭なしになってしまった。

「きみだけは『かたい』と思っていたが、やっぱり『やわい男』だね」

そういって冷やかすものもいる。どういわれようとしかたがない。やはり私も船乗りであり、木の股から生まれた人間でもないし、聖人でもないのだ。妻をもち、子をもちしている四〇すぎの古参船員でも、酒にひたり女におぼれているではないか。船乗りはそうしなければ、生きていけぬように運命づけられているとでもいえよう。

いま私は「青春」という時期にあるのだと思う。精神も肉体も、覇気と情熱にみちていなければならない時期だと思う。一〇代の空想的視野から、着実な根をおろしたじぶんを見いださねばならない時期だ。したがって、実際的に情熱の対象を求めようとするのは必然だと思う。

故郷には不具の祖母と不具の母をかかえた父が、債鬼にせめられてくるしんでいる。弟は町に奉公にでている。それなのに私は、ああした巷に足を踏みこんだことをわびる。故郷の肉親たちよ、ゆるし給え。この私もくるしんでいるのだ。悩んでいるのだ。

父も、私が大きくなってからでさえ、家の苦境をかえりみず、紅灯の巷に入りびたって、母を泣かせ、私たちに気をもませた時代もあった。だが、私はいまさら父を例にとろうとは思わない。ただ、「心からおぼれてはいけない」といいたかったのだ。ただ、旅にある子をどれほど思っていてくれるだろうと思うと、胸が痛む。私は先日の手紙にも、つまらぬところへはけっして出入りはしていないから、安心せよ、といってやったではないか。ああ、父母よゆるし給え、この気まぐれな放浪の子の行為を。

一二月一八日

一五日朝、名古屋入港。同日夕方出帆。一六日午後、大阪入港。一八日昼出帆。同日午後、神戸入港。横浜で使いすぎたので、上陸もできない。

大阪で停泊ワッチのおり、横浜出帆のさい、二号缶のウイングのファイヤバーが焼けてまがって、いまにもおちそうになっているのを、私がひとりでいれた。ほうっておけば航海中におちるにちがいない。おちたらたいへんだ。でも、だれもかまうものがない。で、私がいれた。だれ一人、ありがとうといってくれるものもいない。

神戸にきても、給料がわたらないとどうにもならない。じっと、船にくすぶっている。

一二月二〇日

きのうは作業は休みだった。船首の部屋はそうぞうしいので、船尾の部屋で書きものをしていると、香港で入院した「蒋介石」こと小池君がやってきた。私がランチに乗せて、寝台車で病院につれていった、あの衰弱しきっていたかれが、わりあい元気で、顔色こそ青白いが肉づきがいい。ドクターがチブスといっていたのが、マラリアだったという。まだ郵船の療養所にいて、外出は禁止されているのを、こっそりでてきたのだという。

夕方月給になったので、上陸して療養所にいってみたが、かれはいなかった。三〇分ほど待ったがこないので、かれの寝台の枕の下に、状袋にいれた五〇銭銀貨四枚をおいてきた。

冬の夜とは思えぬほど暖かだった。新聞によると、ある地方では、梅はおろか、桜や桃の花まで咲いているとでていた。

新開地をぶらついて、サンパンを買って帰船。

故郷からまた金のことをいってきた。私は火夫長から、一割五分の利子のついた金を借りて、きょう四〇円送っておいた。みんなのように酒も飲まず、かれらほど女にもおぼれず、勝負事もやらない私だが、やっぱり金はたりない。一度上陸すればどうしても四~五円はふっとんでいる。こまったくせで、上陸するとかならず書店をのぞいて、一~二冊の本を買って帰る。航海中だって、そんなに読めもしないのに。

歳末とはいえ、街はわりあい活気がないようだ。「不景気」「不景気」。陸のものからきくのは、このことばかりだ。

一二月二三日

雨のため荷役ができず、出帆が一日のびて、きのう神戸出帆。風がつよく、瀬戸内海も泡立ち、波がサイドにちった。部屋は寒くて、足の先が冷えて暖まらなかった。故郷のいろりの火を恋しく思った。

夜のワッチを終わって寝てみたが、どうしても眠れなかった。いろんなことが頭にうかんで――故郷のこと、柳井、岩国でのこと、放浪、掖済会の養成所時代、船乗り、現在、内面の苦悩――、考えつづけていて、朝のワッチの時間まで眠れなかった。

仕事のことでファーストエンジニアがいつも文句をいうので、しゃくにさわる。

船に乗っていると、陸のことにうとくなる。三～四か月ぶりに帰って、一二、三日停泊して、また海の生活である。一般の船乗りは停泊中、酒と女に心をうばわれているといっていい。政治家の汚職事件や、共産党事件、無産政党の分裂や社会運動のことなど、いったい幾人が関心をもっているだろう。

ただ、上司にいわれるままにこつこつはたらいて、日々を送ることのみじめさを思うと、情けなくなる。私たちは、私たち同士、もっと団結しなければならない。しかしいま、かりに私がそうした口をみんなのまえにだしたら、たちまち馘首《クビ》だ。ましてかけだしのコロッパスのかなしさ。じっとがまんしていなければならない。私の内心は燃えている。

門司着、午後一時。すぐチューブ突き。とても寒い。金がない。上陸もできない。もう五航海もするのに、一度も門司に上陸したことがない。ちぢかんで、船の部屋に寝る。寝ながら、神戸で買った新進傑作集の『葉山嘉樹集』を読む。

一二月二五日

きのう朝から雨が降っていたが、夜明けごろから風がでて寒くなった。海が荒れ、石炭船がこないので、出帆ものびた。雨にまじってあられが降っていた。

今朝石炭を積み終わると、すぐ出港。一〇時。

風はやんだ。海はいくらかないでいる。よわい冬の陽が、山を海を漁村を明るく照らしている。小春日の陽だまりの暖かさを思う。キツネ色に冬枯れた野道を、馬の手綱をにぎって、てくてく町へ歩いた、故郷での馬方時代を思いだした。まだあの友だちは、あの野道を馬の手綱をにぎって歩いているであろうか。霜どけで歩きづらい赤土の道を。

もう眼前に年の瀬がせまっている。去年はカルカッタで正月をした。今年はどこで元日を迎えるだろう。たぶん航海中だろう。港から港へ、波にまかせたマドロスの生活にはいって、はや二つの年を迎えるのだ。去る年は去れ。くる年は来よ。もっとつよい海の労働者の叫びがききたい。

きのう、文芸戦線社から『文戦』のポスターがきた。

一二月二七日

海はわりあいなぎである。すこしのローリングぐらい、冬の航海としてはなぎのうちだ。冬の海とは思われぬほどの暖かさだ。きのうから今朝まで雨が降っていたが、きょうは晴れた。雨が降ると、昼は電灯が消えるので部屋は真暗だ。本も読めない。ことに私の部屋は下部屋だから、ポールドの光線がはいらない。むりをして本を読んだり書いたりしていると、目の底が痛くなってくる。どうやら、船に乗ってから視力がにぶってきたのを感じる。

昼も夜も変わらぬ暗いバンカーで、石炭を繰り、缶前では真白く燃え盛っている石炭の火に射られ、焼かれ、アスや炭粉はたえず目にはいりこむのだ。そして、暗い部屋で物をみる。目がわるくなるのもむりはない。船の機関部のもの六割は近眼である。本船では、目のわるいものが半数以上といわれる。

門司出帆いらい、昼夜を通じて、入れ替わり立ち替わりみんなは麻雀をやっている。夜中にガチャガチャ、ガラガラやられると、眠れない。見習いをのぞいて、このあそびを知らないのは私一人だ。船内に、心をうちわって話しあえるもののいないことはさびしい。過去においても、みだりに友人をつくることをしなかった私は、従弟二人をのぞいては、いま文通している友もいない。長崎においての同志二人とも、文通を断って久しい。さびしい気持である。

どうしたことか、横浜の娼婦のことを思いだす。夜べッドにはいって目をつむるおり、目覚めのおりなど、彼女が布団に顔をうずめながら、小さな、しかし澄んだ声でうたった、「波浮《はぶ》の港」や「出船」の歌の哀調が、波の音にまじって耳の底にひびいてくる。虐げられた娼婦よ。かわいそうな娼婦よ。健在なれ。

一二月二九日

去年もそうだったが、今年もまた、幾人からも年賀状の代筆をたのまれる。去年見習いで乗船してきたばかりで、なかば酔っぱらっている（船酔い）のに代筆をたのまれて、否ともいえず書いたくるしさを思いだす。

きのうから、こんど新しく乗ってきた見習いをつれて、ワッチにはいる。私も見習いをつれてはいるようになったのか。それでも、コロッパスのかけだしだ。大きな口はきけない。見習いは酔っぱらって、ヒョロヒョロしてろくに仕事ができない。じぶんが船酔いのつらかったことや、ワッチにはいって目をまわすようなくるしさだったことを思いだして、この見習いにもあまり文句もいえない。なるだけ親切に教えてやる。

ワッチ以外に、エンジンルームのポンプ裏のプレート掃除を、二時間ずつもやらされる。こんどのファーストは、人の体をウエス（ぼろきれ）ぐらいに思っているらしい。

一二月三一日

三〇日午前一〇時、香港入港。三一日午前一〇時、出帆。

一九二九年もきょう一日となった。いよいよ海上での越年だ。昼からスペア（予備員）の連中は、狭い船尾の部屋で、旗など紙に書いてぶらさげたり、おそなえを飾ったり、明朝の用意をしていた。

海はかなりのうねりがあって、船はごろりごろりと横ゆれする。波にゆられて年を越すのも一興だ。

昨夜香港でも、一日早いが停泊中にやろうというので、年越しをやったが、また今夜もワッチからあがってみると、酒党の連中は愉快げに歌をうたっていた。隣りの甲板部の部屋でも、三味線、手拍子で大さわぎだ。故郷の年越しなど、どんなふうだろう。

また一つ年をとる。すぎ去った二三年。くるしみと悩みと屈辱の連続であった。とはいえ、石炭をすくい、焼けたデレッキやスライスバーを振りまわす腕に、青春の血がみなぎっていることを意識せずにはおれない。

いま夜の一〇時、あと二時間で年が明ける。久しぶり、日本酒を飲まされほろ酔いきげんになった。さあ、もう寝るとしよう。明朝三時からまたワッチだ。

一九二九（昭和四）年よ、さようなら。

（午後一〇時記、香港沖にて）

第四章　転　船

一九三〇年（昭和五）一月～四月

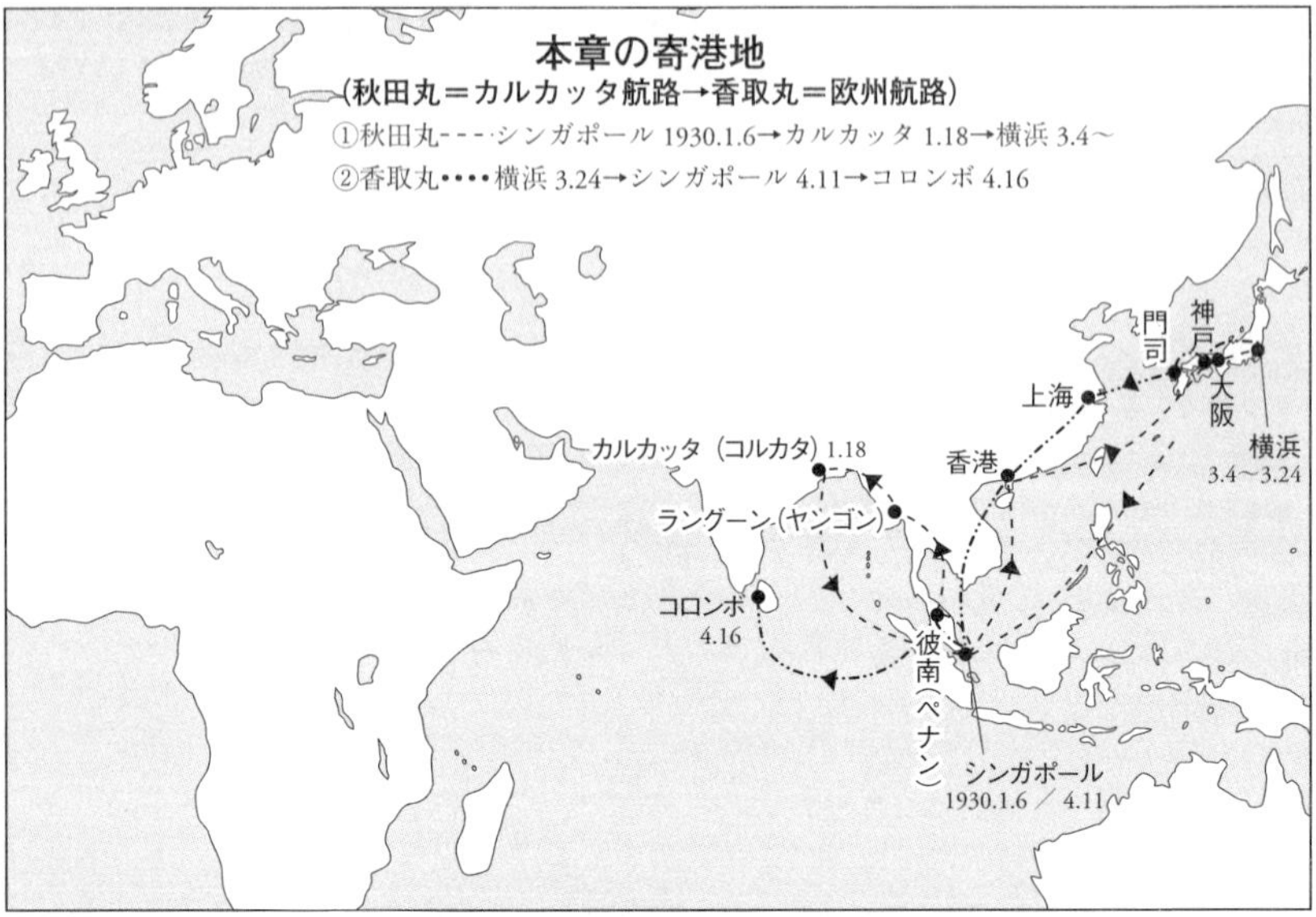

1930年（昭和5）1～4月の主なできごと

一月一日　鉄道省、全線でメートル法を実施。この月、川崎造船所が日本航空輸送用に旅客用飛行艇第一号機を製作。飯塚鉱業が女性の坑内労働を廃止して女性を解雇。

一月二一日　ロンドン海軍軍縮会議開幕。

一月二一日　補助艦制限に関するロンドン海軍軍縮会議始まる。日本海軍、軍縮条約に調印。

二月一日　東京市、失業保険を実施。

二月一一日　「君が代」制定五〇周年を記念し文部省がレコード発売。

二月二〇日　第一七回総選挙（第二回普通選挙）。民政党が勝利。

二月二六日　日本共産党、日本労働組合全国協議会等の第三次検挙が始まる。この月、米でタイム社が「フォーチュン」誌創刊。

三月三日　生糸相場が一九一六年以来の安値に崩落し市場が大混乱。

三月七日　ロンドン軍縮会議で潜水艦協定成立。

三月一三日　独、賠償問題に関するヤング案を受諾。賠償総額約三五八億金マルク、五九年間払い。

四月一日　軍縮会議での日米最終妥協案。補助艦の比率が対米六・九七割となる。

四月　伊、対仏海軍力の不平等に対抗し、「大海軍計画」発表。

一九三〇（昭和五）年一月一日

海上の元旦。朝三時に起こされて、ワッチにはいる。仕事はじめだ。航海中だと、機関部は絶対休めない。甲板部は、コーターマスターをのぞいて、全部休めるので、航海中の元旦を喜んでいるものもいる。

ワッチをあがってから、部屋をかたづけたり毛布を敷いたり、ご馳走をはこんだりして、ボーイ長を手伝ってやる。雨が降りだしたので、ぬれねずみになった。

八時半、ワッチのものをのぞいてみんな大部屋に集まる。火夫長が新年のあいさつをのべた。それからさっそく、船員特有のどんちゃんさわぎだ。だが、ワッチがあるので、あまり向こうみずに飲むものもいない。しかし、酒くせのよくないナンバスリーは、飲みすぎて、とうとうドンキーマンに代わって油差しをやってもらった。

私もみんなの相手をしてすこしは飲んだ。「うたえ」といってせめられるので、

マドロスかわいや　香港沖で
波にゆられて　年を越す

即興でへたな都々逸《どどいつ》をうなると、拍手かっさいをうけた。

一月三日

きのうから、白服着用の掲示がでた。なるほど暑い。エンジンルームやボイラールームは一〇〇度［約三八度］に近い。風は追風だ。ポールドのベンチレーターからは風のかの字もはいらない。ファンをまわして裸体で寝ていても、汗でベットリだ。文字通り裸の正月だ。ここでは、寒風吹き荒れ、吹雪舞う故国の冬など、想像もできない。

香港ではオーバーを着て上陸した。翌朝はファンをかけて屠蘇を祝う。一日で冬から夏に早変わりだ。

季候の変動が激しいためか、風邪を引いて咳がでてこまる。熱があって余分に汗がでる。暑いところでの風邪はしのぎにくい。

甲板部のほうは元日からずっと休みつづけで、毎日毎夜飲みつづけで、どんちゃんさわぎをやっている。それなのにこっちは、いつもとおなじワッチ、ワッチで、汗だくだくではたらかなくてはならない。

今朝、甲板部の連中がデッキで撃剣をやっていたので、ワッチをあがってから、久しぶりに竹刀をにぎってみた。面のあいだから目がみえず、腕が思うように動かない。右の腕をひどくぶんなぐられた。はれている。午後のワッチにはいると、痛くってデレッキが思うように使えない。ばかなことをやったものだ。

見習いをつれてはいっているからというので、ファーストのやつ、あのくそ暑いエンジンルームのポンプ裏の

プレート磨きをやらせる。一時間半も、ちくしょう！たまったものか。

一月四日

海はなぎ。風も追手、波も追い波。ぎらぎらと燃ゆる太陽を反射して輝く昼の海。青い空。白い雲。暑いこと暑いこと。セーラーたちは、船首のハッチの上にオーネンを張った。

夜、また何通か代筆をたのまれる。

一月七日

六日朝、シンガポール入港。風があって、思ったより涼しい。チューブ突きをすませてから、上陸してみた。草木が青々と、目のさめるような色をしているのは、いつもながら気持ちがよい。路傍の草むらのなかには、いろんな草花が咲きみだれていた。

いつもいきつけのシナ人の果実店に寄って、バナナをたらふく食う。

シナ人が読んでいる新聞をみると、「日本共産党検挙」うんぬんという見出しがでている。ちょっと借りて読んでみると、かなりくわしく去年の共産党事件のことが書いてある。「三・一五事件」〔一九二八年三月一五日に起きた社会・共産主義者への弾圧事件。全国で約一六〇〇人が一斉検挙された〕のことなどもでている。

日本にはそうした分子がよけいいるかと、若いシナ人がきく。で、私は「全国少々在諸々」と書いてみた。意味がつうじたのか、かれは、そうかといってうなずく。私が「乎賛成、乎否」と書くと、「否」と書いた。フィリピンの独立運動のことなどもでていた。

船に帰ると、みんなは、新年宴会だといって飲んでさわいでいた。

きょう船にきた洋服屋の男から、この付近ではたらく日本人（多くはゴム林にはたらいていた）の話や、この街の一角に春を売る日本女の集団のことなどをきいた。みじめな、きくにたえないことなども平気で行なわれているらしい。労働者はどこへいっても救われない。かれらはかれら同士団結することにより、たがいに反目し、同士相打つことを事としているという。なげかわしいことである。

きょう正午、出帆。マラッカ海峡は思いのほか、風があって涼しい。

一月一〇日

真赤に燃えた太陽が、熱帯の海を、空を、雲を、島々を、すばらしくいろどって沈むと、やがて遠くの水平線から蒼茫として、夜の闇がせまってくる。空に星が輝きはじめ、なでるような軟風がのしたような海面をわたっ

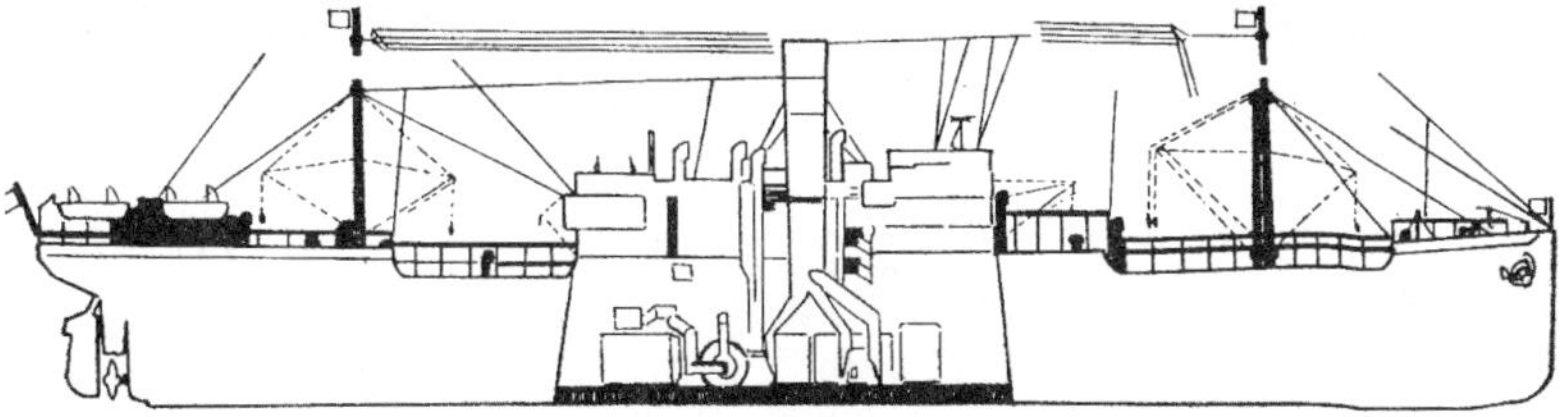

著者が1930年3月～31年6月まで乗り組んでいた欧州航路の「香取丸」

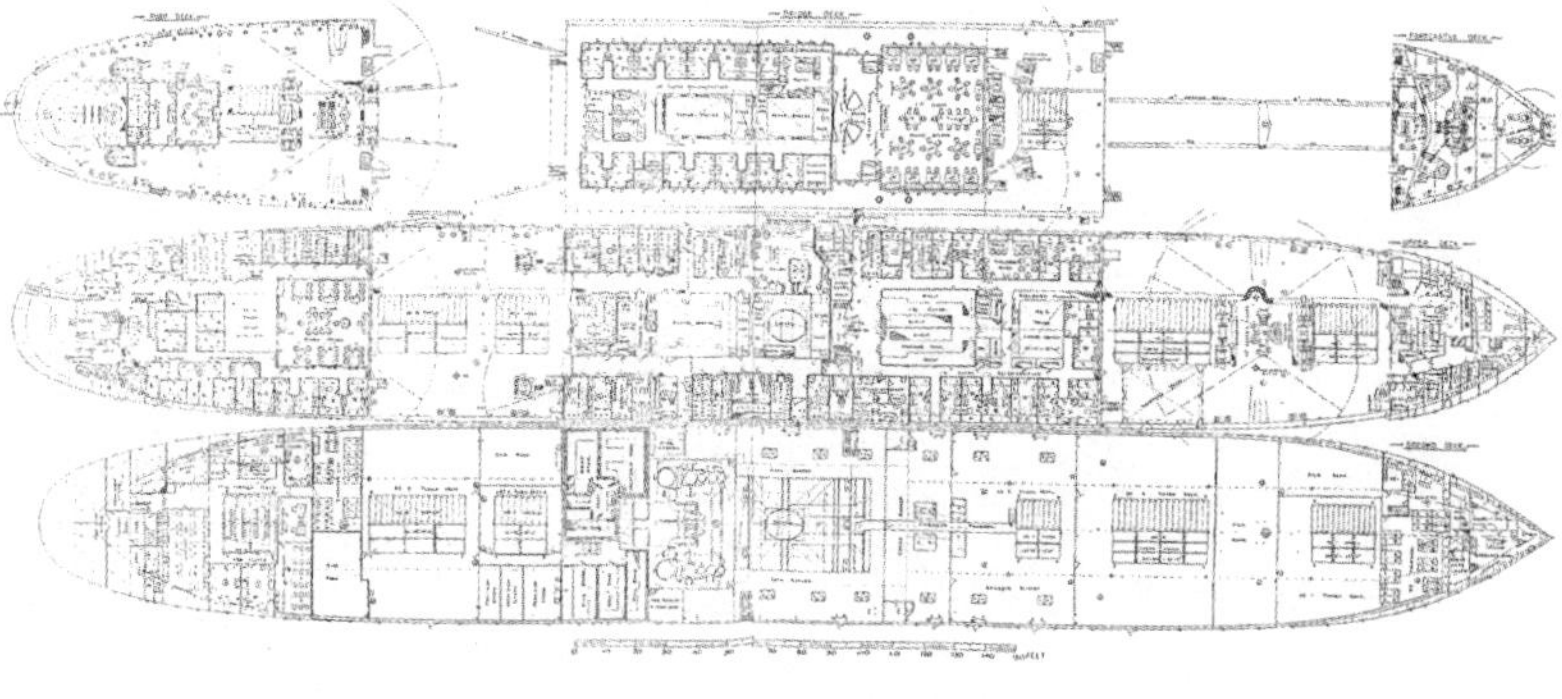

香取丸の船内見取り図（上列右：船首楼甲板、中央：船橋楼甲板、
右：船尾楼甲板、中列：上甲板、下列：第二甲板）

てくる。

一日の仕事を終えたセーラーが、湯あがりをひっかけてフォックスルにあがり、尺八を吹いている。こうした情景のなかに、汗だくでワッチからあがって、デッキでほっとひと息つき、じっと心をおちつけていると、柄にもなく妙な哀愁にひたっているじぶんに気づくのである。

見習いをつけてワッチにはいっているからといって、毎ワッチ、百十何度の蒸されるような、ポンプ裏のプレート磨き。ファーストはハンドル前のベンチレーターの下に、風に吹かれて涼しい顔をしていながら、ほかにまたなにやかや用事をいいつける。

九日午前ピナン入港、同日正午出帆。

一月一二日

ベンガル湾の波はしずかである。風があって、わりに涼しい。しかし、ワッチにはいると、ボイラールームやエンジンルームは暑い。まして、風のすこしも通らぬバンカーのなかときたら、たまらない。

ポンプ裏のプレート磨きは、毎ワッチ一時間半ずつ。それがすむと、こんどはハイプレッシャーシリンダーのコラム（鋼板）磨き、二〇〇ポンドのプレッシャーを、たえず保っているボイラー裏のラッギング（防熱装置）のプレートの石油拭き。そこにくっついているスチームバルブからは、石油のついたウエス（船舶用のぼろぎれ）で拭くと、スチームの湯気のように、白い煙がでて燃えるではないか。そこに五分も立っていると、川からあがったように汗じっくりになる。

息をつくのもくるしいほどだ。顔に吹きでる汗は目にはいり口にはいって、しまつがわるいが、手が真黒くドロドロに油でよごれているので、拭くことさえできない。ただ、左右に頭をふって、目にはいる汗をふりおとすのだ。一機（ファーストエンジニア）のやつ、このくそ暑いのに、ただ五分の余裕さえあたえぬ使い方をしやがる。

ひまのおり読んでいた『罪と罰』をようやく読了、なんともいえない重くるしさ。せまってくる圧迫感。主人公ラスコーリニコフ、売春婦ソーニャ、その他、作中人物の性格、深刻な描写、読み終わって、その作からうけた苦悶——ただハアアとふといため息をつかずにはおれなかった。

きょう午後二時から三時まで、一番ハッチのオーネンの下で、ドクターの花柳病にかんする話があった。

「本船には、人数のわりに花柳病患者が多いようだから、ご注意かたがたお話しします」といって、性病の種類、伝染経路、その予防法、治療法、おそるべきその遺伝等々。

じっさい、本船は性病患者が多い。機関部の船首の大部屋だけで、五人もいるのである。

夕方、船はラングーンの河をさかのぼって、ラングーンの街の灯がみえるところまできて投錨した。空が晴れて月がきれいだ。両岸の田園では、農民が稲わらでも焼いているのだろう、あちらこちらに赤い火が燃えている。

パゴダの塔が、森の上に月光をあびて輝いていた。

一月一四日

いま、私は夜のワッチを終わり、汗とフランにまみれた体を洗って浴衣をひっかけ、フォックスルデッキにあがって涼んでいる。

真向うから風が吹いてきて涼しい。晴れわたった空には、満月が輝いている。海はいくすじにもわかれてそぐイラワジ河の濁水ににごり、その濁水は月の光に反射して、アズキ色に水銀でも解きまぜたような、にぶい輝きをみせて広がっている。

きのうラングーンに入港して、きょう午後出帆。船はカルカッタへむかっている。

すこしひまがあったので、ラングーンに上陸した。昼間だったので、ほこりがたって閉口した。

昔は多かったという日本人も、ほとんどみかけなかった。髪型が似ているので、日本の女かと思ってみると、顔に黄色いものをぬったビルマの女である。

前航のときインド人の車夫につれていってもらった、あのシナ街のチャーメン屋をさがしたが、どうしてもわからなかった。

帰りはちょうど退勤時だったので、裸足、裸体、ぼろぼろの布をまとった労働者で、道路はあふれていた。

いつも思うことだが、言語通ぜず、その土地の歴史も知らず、目にうつるままを、ただそのままみて通っただけではものたらない気がする。

一月一六日

毎日毎日、おなじ作業をくり返す航海中の仕事。あがってきても、本でも読むか寝るよりしかたがない。単調さ、退屈さ。

みんなが毎日毎夜くり返す経験談も、はじめは興味と驚異を感じたものだが、なんどもむし返されると、またあいつがあの話をしてやがる、とうるさくさえ感ずるようになる。

変化があるようで、単調な船乗りの生活。はなやかにみえて、みじめな生活。明るいように思えて、暗いじめじめしたところのある生活。

頭なし、頭なし。毎月の給料は前借りのため、一割五分の利子をつけて天引きされたら足がでる。それにまた借金がかさむ。どうしても、そのみじめな生活から逃れることができない。目にみえぬ鉄鎖は、いつもその足にからみついているのだ。

これが、下級船員のいつわらざる生活状態なのだ。ことにもっとも官僚的意識の強い、郵船会社の高等船員たちの、下級船員にたいするドレイ視。それは下級船員に馬車馬的酷使となってあらわれるのだ。何万の組合員を擁し、何百万の基金をもっていようと、いまのままではいつまでたっても、下級船員は救われることはない。

海員組合の方針も内容も、私にはまだよくわからない。しかし組合員の一人として、組合費を納めている以上、無関心ではおれないのだ。

一月一八日

きょう午後、ガンジス河の分流フーグリ川をのぼって、カルカッタの岸壁の桟橋に着いた。これで四回、カルカッタの地を踏むことになる。

きのう、遭難していたインドの船を、本船は救助した。パイロット（水先案内人）が乗ってから、三〜四時間も走ってからであった。とつぜんスタンバイ（出港準備）がかかった。いまごろスタンバイがかかるのはふしぎだと思って、サイドからのぞくと、ずっと上流のライトブイにくっついている小船がみえる。セーラーになにごとかときくと、遭難船だと答えた。

本船はもう河口にはいっているらしい。ずっと水平線に陸地がみえる。満々たる濁水は滔々《とうとう》とうず巻き、河下へと流れている。

本船は、その遭難船の五〜六町［約五五〇〜六〇〇メートル］下手にストップして、その船が流れてくるのを待っていた。船では何人ものインド人が、立ったりすわったり、手をあげおろししながら、こっちにむかっておがんでいた。船は流れに乗って近づいてきた。本船はたえず操舵機をまわして、船の位置と方向を保っていた。かれらはもう船をこぐ力がないのか、ガアガアさわぎたてながらやはりおがみつづけている。

かれらの船は本船のサイドに胴体をぶっつけた。セーラーたちは、用意のロープをなげた。力がぬけているらしく、二〜三人もかかって引きずられたり、ひっくり返ったり、ロープをつなぐのに大さわぎをしている。水の流れは思ったよりも激しいようである。

それからロープ梯子をおろして、一人一人救助にかかった。竹で編んだ屋根のなかから、のろのろと、半死人になったような女が何人もでてくる。みんな疲労しきって、ロープ梯子にすがって上る元気なんて、とてもなかった。コーターマスターがおりていって、一人ずつその胴体をロープでくくってやるのを、デッキからセーラーたちが引き揚げる。ヒゲをぼうぼうとはやした男、頭をくりくりに剃った男、飛行士のかぶっているような頭巾で顔をつつんだ少年、布を頭からかぶった女、毛布その他いろんな雑物を体いっぱいにくくりつけた老人――。くさい。鼻をつまみながらコーターマスターは体にロープを巻きつけた。

引き揚げられた人たちはハッチの上に端座して、なにか唱えながらおがみはじめた。総員二一人、救助し終わって船は船尾のほうへまわして引っぱる用意をはじめた。船員だろうか三人だけは、まだその船に乗っていた。

救助された連中は、ワッチの上にすわって、声をそろえてお経のようなものを唱え、頭をハッチにすりつけてはおがんでいる。泣いている女もいた。助かったことを神仏に感謝しているのだろう。

私はワッチの時間がきたので、缶前《かままえ》におりていった。船が動きだして四～五分もすると、テレグラフ（通信器）の音がエンジンからきこえてきた。あがってみると、船尾に引かれている遭難船が、スクリューの波のために、右へ傾き左へ傾き、たちまちひっくり返りそうに振りまわされているのであった。乗っている船員たちは、声をしぼって助けをもとめながらおがんでいた。その船のゆれ方をみていると、空中を綱渡りする軽業師《かるわざ》をみているよりもひやひやした。船はハーフ（半速運転）で進んでいるのにすごいゆれ方だ。いまに転覆するぞ、いまに船首を突っこむぞ、と手に汗がでた。舵がこわれて思うように使えないらしい。それに、ロープを両サイドから二筋とっているので、より以上舵がとれぬわけだ。

そこで船上から、一方のロープをゆるめると、スクリューの波をよけるために、舵手の男が舵を横にむけた。ちょうどロープとロープとのあいだの船首の先端にすわっておがんでいた男の首をロープがぎゅっとおしつけた。男はひっくり返った。あっ、おちたぞ、と思った。が、瞬間、男は船べりにしっかりしがみついていた。そして、はいあがると、こそこそ船のなかにはいりこんだ。

パイロットボーイのインド人がプープデッキにきて通訳した。そして、本船はストップした。セーラー総動員でこんどは、しっかり本船のサイドに引きつけた。

八時、ワッチを終わってあがってみると、かれらはメーンデッキのコック部屋のかげに、一団となって体をくっつけ合ってふるえていた。夜に入り気温が低下して、私たちには涼しくて気持ちよいが、かれらは寒いのだろう、みんなふるえていた。

この遭難船は河の渡し船で、河水の流れに押し流されて漂流したものらしい。食料品など積んでいなかっただろう。四昼夜、あのライトブイにすがりついていたというから、疲労のうえに飢餓状態にあるはずだった。

「これだけのものたちに、なにを食わせればいいかな」と、和食のオヤジ（まかない長）はいっていたが、そんな心配は無用だった。

飯をやっても、水を汲んでやっても、食いもしなければ飲みもしないというのだ。かれらは、宗教の戒律によって、人の手になったものは口にせず、水さえ人影が映ったら飲まないというのだ。たとえ餓死しようとも、信ずる宗教の戒律を破らない、かたい信仰心をもっているらしい。

四日間もあのライトブイにすがりついて救助をもとめていたというのに、汽船の出入りの多いこの河口で、どうしてほかの船が気づかなかったのか不審でならない。黒人をべっ視した白人の船など、みむきもしないで通りぬけたのかもしれない。

夜の一〇時ごろ、寝ているとスタンバイがかかった。遭難船を引っぱりに蒸汽船がきたらしい。

それから一二時、投錨して潮待ち。今朝九時、抜錨。午後四時、カルカッタ着。

一月一九日

ゆっくり眠る。涼しくて寝ごこちがよい。しかし、ときどき蚊がきてこまる。カルカッタにもこんな涼しい季節があるかと思うほど涼しい。二～三日まえには、直径二分［約六ミリ］ほどの雹《ひょう》が降ったということだ。

久しぶりに故郷の夢をみた。弟の夢だった。金作の夢を、こんなにはっきりみたことはない。

――最初は稲を刈っている夢だった。おもくみのった稲を、いつもの田んぼで刈っていた。父もいた。母もいた。その他、近所のものもいた。それから、私は厩《うまや》で馬にやるわらをきざんでいた。夕方であった。はやくあがった弟は、あそびにでかけるところだった。弟は、もういい若者になっていた。私の一足しかない黒緒の下駄をはいていたので、「おれも今夜用事があってでかけるから、別なのをはいていってくれ」と私はいった。「なんだ、兄さんもでかけるのか。ほかに下駄は一足もないじゃないか。ええ、なんかないかな」。

弟はそういってみまわしていたが、庭のすみに鼻緒が切れた古下駄をみつけると、「これだ、これだ」といって、そこらにあった縄切れで手早く鼻緒をいれ、「さあ、できた、できた」といいながら、でていった。

そんな夢だった。いかにも気転のきいた弟の面目躍如とした姿であった。

このごろ、よく夢をみる。読んでいる小説の場面や、じぶんがいつか書いてみようと思っている場面など、夢にみることがある。おもしろいことに、とちゅうまで読んだ本のその次の場面を、じぶんでいろいろ想像していて眠ると、それを夢にみている。あとで本を読んでみると、まったくちがった筋であったりする。

一月二二日

きのう午後三時、河岸の桟橋をはなれて例のドックにシフトした。とちゅうでごてごてして、ドックの岸壁に着いたのは八時近くだった。

涼しいので、いつもほど、停泊中の缶前の作業が苦にならない。だが、蚊がいてこまる。日本の蚊のように鳴き声をたてない。だまってきてさす。朝起きてみると、何か所も顔や手に蚊の口目があってかゆいこと。

いい天気がつづく。空は日本の秋のように深く澄んでいる。上陸する気もしないので、船で寝るが、どうも退屈だ。

今航、みんなはよく酒を飲む。飲むと部屋は騒々しい。タバコの煙は部屋いっぱいだ。やかましくて本も読めない。

このごろおかずがわるいといって、みんなぶつぶついっている。じっさい、先日の日曜のすき焼きの肉なんか、筋ばかりでかたくて食えはしなかった。別皿がつく、ナンバン、ストーキバン、ナンバツーなんかの肉と、なんというひどいちがいようだ。かれらのは筋ひとつないやわらかい上肉だった。みんなが不平をいうのもむりはない。よくコックらが、コミッションだチャンスだと口にするのをきく。

かれらは、高等船員その他頭数の食料だけ、あたりまえ、いやそれ以上に手をかけ、一般へイカチ、いちばん人数の多い下級船員の食料の、アタマをはねるのだという。それが、そうでなかったにしても、あまりにもひどい相違である。

一月二三日

こんどは、カルカッタの税関の検査がいつもよりきびしかった。船が桟橋に着くとすぐ、税関吏がきて部屋じゅうひっくり返してしらべていった。甲板部ではセーラーが、春画をみつかって罰金をとられたという話であった。

ところが昨夜、この機関部の部屋に思いもかけぬ事件がおこった。

夜一〇時ちょっとまえのことだった。一〇時に消灯するので、ベッドにはいろうとしているとき、火夫の平石と伊東とがそわそわしたおちつかぬ顔をして、西洋人二人とファーストエンジニアと五人、いっしょにはいってきた。

「おい、ナンバンはいないか。いたらはやく起こしてくれ。まったくこまったことだ。五十嵐の部屋はどこだ。

立ち会いでしらべるんだ」

いつもおちつきのないファーストが、あわてて口ごもりながら油差しの部屋にはいった。そして、部屋をしらべはじめた。

「こんなことがあるもんか。まったく、よわいとこ（船員用語で、ばからしいこと）よ。五十嵐のやつ、コカインをもって上陸しよって、そこのドックの入口で捕まっちゃって。ちょうどいままでいっしょに上陸しよった三人も、裸にしてしらべられて、もう、とんだそば杖だ」

火夫の平石は、青い顔をして話しだした。

きくところによると、かれらが上陸するとき、ドックの門のところで、インド人のポリスに体をしらべられたらしい。だれにも知らせず、ナンバスリーの五十嵐が、コカイン二袋を洋服のズボンの内側にくくりつけていたのをみつけだされたらしい。そして、いきなり自動車に引っぱりこまれ、あっちの税関、こっちの警察と引きまわされてしらべられたのだそうだ。ナンバスリーは、そのまま留置所にぶちこまれているという。平石と伊東は、二人の白人の官吏といっしょに船に帰ってきたのだそうである。

「あいつがあんまり誘うので、すすまぬながら上陸すりゃ、これだ。こっちは、あっちこっち引きまわされた自動車賃まで払わされて、ほんとに踏んだりけったりだ」

と、火夫の伊東はこぼしている。

ナンバスリーのベッドのわらをほじくりだしてしらべていた官吏は、そのなかから白いゴム製の袋を二つ引きだした。砂糖なら、百匁《もんめ》［約四〇〇グラム］以上はいっていそうな大きさだった。船尾から、チーフエンジニア（機関長）やパーサーやオフィサー、エンジニア、ボーイ連中がやってきて、部屋はギッシリだ。税関吏はまた、いっしょに上陸した火夫二人の部屋をはじめ、ほかのもののベッドもいちいちしらべてまわった。ほかのもののベッドから、そんなものがでてくるはずはなかった。

やがて税関吏は、二袋のコカインをもってでていった。いまのいままで、ナンバスリーの五十嵐が、こういう密輸品をもってきていようとは、みんな夢にも思っていなかったらしい。

この事件には、関連したものはいないと思う。

前航のときなんかも、かれのそぶりに、不審な点がないでもなかった。よく金を使った。この男がどうしてこんなに金をもっているのだろうと、私は不思議に思っていた。たぶんここの賭場へでもいって、儲けたのだろうくらいに思っていた。

今航、船が桟橋に着いた翌晩なども、いつになく背広など着て、シャンとして上陸したが、そのときもやはり、例の品を身につけて上陸したらしい。また船がドックに移った晩も。これには、たしかに密告者があるに相違ない。そのつきとめ方が、あまりに水際だっていた。

かれらが捕まる前後に、何人も本船から上陸したり帰船したりしている。その人たちはしらべていないのである。また、先日しらべにきたとき、それと目をつけていて、わざと「現品」をもって上陸するのを待って、つきとめたのかもしれない。それにしては、すこしつじつまが合わぬ点がある。どうしても密告のほうがつよい。今夜、何時ごろ、こういう男が、どこに現品をかくして上陸する、ということをちゃんと知っていて捕えたのだと思う。

現地の日本人間に、反目したものがあるに相違ない。また、密告料ほしさに、現品をはこばせた本人が、密告しないともかぎらないという。以前、アメリカあたりで、日本の船員に脱船をすすめて、それを密告して、密告料をせしめていたものがあったという話である。

きくところによれば、罰金一千ルピーに体刑六月、罰金払込み不可能の場合は、また三月、つごう九月の監獄生活は免れないとのこと。五十嵐は、妻と三人の子どもがある身である。

うわさによると、ここの監獄は「ひどい」ということだ。ふだん日本の囚人のような生活をしている人びとが多いのだ。そういう生活をしている人たちの牢獄である。考えただけでも苛酷のほどが想像できる。こういう気候のわるい監獄で、何か月も黒人同様に追い使われたら、命があぶないということだ。いままで、こうした例で死んだものが何人もいるということである。

一月二五日

今夜も、四〜五人つれだって上陸する。ドックの門を出るとき、ポリスはなにもいわない。ふりむきもしない。

例のワダガンジーの日本人街へいってみる。いつもの「女郎屋」へいって、ナンバスリーの話をする。すると、年増の女は、

「そりゃ、このごろ不景気じゃけん。だれか、ほかからつっこんどっとばい。そっじゃなかりば（そうでなければ）、そげん（そんなに）ようわかるもんじゃなか。あの男は、あげん性質じゃけん、飲めばすぐ大口たたいて、なにもかもいうてしもうたとじゃろうたい。そっで、いっしょにおったものな、だれでん（だれでも）知ってしもうたとにちがいなか」といっていた。

五十嵐も自業自得とはいいながら、かわいそうではある。

あとで事務長たちがたずねていったとき、作業着がほしいといっていたという。

かれはけんかが強く、賭博も強かった。しかし、密

輸入などにたいする、深い考慮や警戒の心は幼稚だった。へたなやり方をしたものである。

一月二六日

今夜で三晩つづけて、郵船倶楽部に泊りにくる。きのう部屋のペンキぬりをやったので、今夜まで部屋には寝れない。せまっくるしい船のベッドで寝るより、天井の高い広い部屋で寝るほうが、どれほどか気持ちがいい。たとえ、ごつごつしたかたいベッドに、よごれた毛布をかぶっても。

無言で蚊がきてさす。かゆいと気がついたときは、もう血を吸うだけ吸ってにげたあとである。

一月二八日

二〜三日まえ、日記に「こんどはカルカッタが涼しいので、仕事が苦にならない」と書いた。それは、仕事そのものになれたからだ。けっして仕事がらくになったのではない。いつもわれわれの労働はくるしい。

ようやく火をおとしたばかりの、まだプレッシャーゲージ（汽圧計）は一〇〇ポンド以上を差しているのに、ファネスのなかにはいって、ファイヤバーをださねばならない。サイドの鉄に体がふれたら、ワッチ着（作業着）の上からでもやけどをする。バーも焼けて、手袋の上からでも火をつかむようだ。これこそ「命がけ」の仕事である。

しかし、「やらなければならない」という、労働者特有の正直な観念と、その仕事にたいする熟練は、こういう過激で危険な作業さえも、どしどしやってのけるのである。クマのように真黒けになってあがってくる。インド人さえ手をたたいて笑うほどだ。

こうしてはたらいて得た金を、前借りに不法な利息をつけて天引きされ、のこった金は、日本に停泊中、湯水のようにぶちまいてしまうのだ。そしてまた借金、頭なし、また命がけのくるしい労働をつづけねばならないのだ。

一月三一日

一昨日、停泊中補助缶にたいたアスで、缶前いっぱいになったので、アス巻きをやった。

そのおり、終わりに不用になったさびたプレートの鉄板を、アス巻きエンジンで巻き揚げた。私は缶の入口からそれをとろうとしたが、グレーチング（火格子）にひっかかってはずれないので、力をいれてそれを引っぱった。そのひょうしに、下でハンドルをあけていたので、すごい勢いでシュッととびあがってきた。私はガンという衝撃をあごにうけた。頭がぐっとうしろにそりかえった。アッと叫ぶと同時に、私は手拭いを口にあてた。

「広野さんどうした?」相棒の森君がきて、手拭いをとった。血がべっとりついていた。頭がガーンと鳴って、あごと唇がしびれていた。さっそくドクターの部屋にいって、薬をつけてもらった。

鏡でみると、下唇が縦に切れ、上歯一本が内へまがり、そこの歯肉がたたき肉のようになっていた。

鉄板の角があたって切れたのだ。これがもすこし上か横だったら、ずいぶん大きな傷ができたにちがいない。

飯がぜんぜん食えないので、昼食ぬきで午後は休んだ。頭痛がして、歯がずきずき痛む。

だが翌日は、歯もまえのようにでてきて、唇の傷も枯れていた。みんなのことを思うと、すこしばかりの傷で休んでもおれない。

先日の後船、ぜのあ丸の社便で『文芸戦線』が着いた。石井氏が送ってくれたのだ。

みんなはひまさえあれば、麻雀やその他の勝負事に没頭している。航海手当でオイチョカブもやっていたが、金がなくなるとやらなくなった。

本でも読むか、ごろ寝でもするか、なにか書きちらすかするのが、せめてもの私のひまつぶしである。

きょうは全員休業。

二月二日

きのう午前中だけ仕事をして、すぐワッチ。午後四時、検疫。夜一二時ごろ、ドックの岸壁を船ははなれた。

百雷一時におちた、とはこんな音だろうと思われるほど、耳の鼓膜を突き破るような、ウインドラスの投錨の音に目がさめた。頭をデッキにごつごつぶっつけられるようなゆれ方だ。いつもながら、この投錨・抜錨のときは、どんなに疲れて眠っていても、目をさまされずにはいない。

きょう午前三時、河下へ下って潮待ち。午前一〇時抜錨、河を下る。午後四時半、例の河口に投錨、潮待ち。

すこしもひまがない。ようやくワッチを終えてあがってくると、灰の多いカルカッタ炭だから、停泊中にたまったアス巻き、それがすむと、すぐまたワッチだ。

とつぜん暑くなった。

カルカッタで密輸であげられて、獄舎にあるナンバスリーのことを思う。

寒いようで暑いような、妙な気候のためか、風邪をひいて熱がでるものがでてきた。私もなんだか頭が痛い。

二月四日

澄んだ空、澄んだ海、明るい太陽、風あり、波しずか。

ごみごみした大部屋も、ぬりたてのペンキでごまかしているので、外の明るい光線が反射して、部屋も明るい。寝ていてサイドにくだける波の音をきいているのも気持ちがよい。だが、ワッチにはいったら、やりきれない。例の大きな塊炭の燃えのわるいアスの多いカルカッタ炭だ。一ワッチに缶替《かまが》え四本、まるでオール缶替えだ。

それに、ナンバスリーがカルカッタの監獄に食らいこんだうえ、コロッパスの森と油差しの平島が病気で休んでいるので、コロッパスばかりで石炭計りをやらされる。こんど一人で、はじめてワッチにはいる見習いなど、かわいそうだ。

先週来、風邪で弱っていたファーストがまた元気になった。やれ、アスを計れ。カンカンをもってこい。アスが多い。石炭の計り方がわるい。アス巻きの水がでない。缶のたき方がわるい。いちいち文句ばかりいう。みんな、反感をもっている。土から掘りだしたように青白い、やせてひょろひょろしたやつを、ぶんなぐるくらいだれでもできるのだが、クビがあぶない。かげでは不平をいいながらも、いいなりに追いまくられて、けんめいにはたらいているのだ。

二月六日

病人が二人でたので、スペア（予備員）が一人もいない。朝の給水濾過器（カスケード）の掃除やエンジンの拭きとりにいくものがいないので、私は七時まで缶替えをやり、アスを巻き、バンカーの石炭を繰《く》って、ワッチの仕事をぜんぶかたづけてから、ナンバン一人でやっているカスケードの掃除に手伝いにいく。それがすむとエンジンの拭きとり。なにしろ、もうそのころは、腹は減るし、疲れてへとへとになっているので、シリンダーカバーや、タラップやグレーチングの拭きとりをするのはたまらない。だれにも手伝ってくれとはいわないが、ほうっておくわけにもいかない。しかし、私がこうしてはたらくのを、ファーストなんかあたりまえと思っているのが、しゃくにさわる。

二月一〇日

きょう午前一〇時、シンガポール入港。

出帆が一二日にのびたので、チューブ突きはあすにまわして、上陸する。バナナをたらふく食って帰る。

本船とおなじカルカッタ航路で、そして本船の先船である彼南丸が、シンガポール出港のさい、船尾を岸壁にぶっつけて、スクリューをおとし、シャフトを傷つけて、ここで入渠《ドックイン》して修理しているという。それで、会社の各船が彼南丸の荷物もすこしずつ積んでいくのだとのこと。

いよいよ議会解散。いま日本は、白熱的選挙戦の渦中にあるだろう。思えば三年まえ、山口県柳井にいたころの、議会解散当時を思いだす。あの喜代二氏は、いまどこにどうしているだろうか。

きょう帰船のさい、シナ人の腕包車《ワンパオチョ》に乗る。一台に見習いと二人。汗を流して走るのをみると、乗っている気がしない。私は車賃のほかに二〇銭やると、とてもよろこんで帰った。車賃二人でたった三〇銭である。

二月一一日

シンガポールにて社便。故郷の父から手紙。日本を出帆のおり送った金の礼。思いがけないところから葉書二通、手紙一通。岡山県御津《みつ》郡の小鷹氏からと、その息子の寧《やすし》君から。

私はあの百姓家に約半年、百姓人夫としてははたらいていたのだ。寧君はいま一四ぐらいだと思う。私がある休みの日、かれに書き方を二枚書いてやった。それを学校にだしたらしく、「美」「これはあなたが書きましたか」と朱で紙のはしに書いてある、その清書も手紙に同封して、「八ちゃん。あなたのことはいつも家内中でうわさしています。これからも度々御手紙下さい」。つたない文字で書いてあった。

も一通は、山口県玖珂《くが》郡の善徳寺の住職井上将興師より。

私は柳井のあの新聞社をとびだして、あの山寺に一か月あまりご厄介になっていたのだ。

如此巨巌据海辺　汪洋浪静水連天
堯風舜雨冠中外　無動皇威萬億年
　打ち寄する浪散る岩や初日の出
　迎庚午元旦有感
誕壬午茲庚午迎　酔生夢死寔堪驚
尊皇奉佛称名號　即是年頭第一声
　しじうく（四十九）の世に乗り出して五つ目の
　　午を迎へた足の早さよ
　　　井上将興（小生は午年生れで今年四十九才）
時機があったら、又私の方へお遊びにお立寄り下さい。寺内中皆御うわさしています。

放浪の日のわすれがたい人に、年賀状をだしたのにたいしての返事である。やはり、あの人たちもこの私を、わすれずにいてくれたことがうれしかった。

つぎに神戸の郵船診療所にいる小池君より年賀一通、雑誌一冊、新聞二包。かれの厚意に謝す。かれも、私がかれのために努めたことを忘れてはいないらしい。

つぎにまったく思いがけない神奈川の娼婦より、雑誌『富士』と『講談倶楽部』一冊ずつ。私は面くらった。まったく思いがけないことだ。ああしたところから、こうしたものを送ってよこすということはなかなかできないことと思う。それが彼女、かれらの「手」であっても、航海中のくるしさと無聊をなぐさめてくれることはたしかである。また私は、異性からこうした送り物をされたことも初めてである。

思いがけぬところばかりのたよりで、長崎の土橋や岩国の永石からはたよりがない。

きょうはチューブ突きをすましてから、午後、火夫三人と上陸した。そして、例のひるま商店にいって、自動車を呼んでもらってゴム山見物にいく。自動車は磨いたようにきれいな道路を走った。熱帯樹にかこまれた住宅や、別荘らしい建物や民家のあいだを、ゴルフ場の広い草原を走った。山へはいってから道は谷へ入り、峰にでて、まがりくねっていた。まだ杖ほどの若い林があった。すこし下りこう配になったところに、大きなゴム林が繁茂していた。ゴムの木はトリモチの木の肌と似た色をしていた。その山道でも道路は、エナメルでもぬったように黒光りしていた。

ゴム林ではたらく人たちの、わらかなにかでふいた、掘立小屋が林間にみえていた。鶏や山羊が家のまわりにあそんでいた。

ゴム山をひとまわりして街へでた。さっき登った反対側である。海岸通りにでると、客を待つ自動車でうまっていた。

ひるまへもどって氷水を飲んで、郵船の香取丸や、南米移民船の備後丸が着いている桟橋を、めいめい一房ずつバナナをぶらさげながら、ぶらぶら歩いて帰った。

二月一四日

一二日朝、シンガポール出帆。きのうから風がでた。波がはげしく流れはじめた。船の真向うから波は逆巻き、突進してくるので、足のはいった（荷を多く積んだ）船は、頭から波をかぶる。

フォックスルはたえず波に洗われ、滝のようにデッキに流れおちる。前航もここでしけられて、ずいぶんおくれて香港に入港したが、また今航もおくれそうだ。どれほど海になれていても、とつぜんしけだすと気持よいものではない。だれも顔色が青い。

二月一八日

きのうまで、サロンデッキまで波がうちあげていたが、きょうはすこしないできた。紺青の空に純白の雲が浮かび、風が涼しい。

朝のワッチが眠くって体がこわばっていて、腰が痛い。足がだるい。あいかわらず一機（一等機関士／ファーストエンジニア）の文句はしゃくのたねだ。

ときどき右肩から背筋へかけてけいれんをおぼえて、ぞっとする。まだ完全に腎臓がなおっていないのではないかと思うと、暗い心になる。そうだ、私はこの病気のため、故郷ではげしい労働ができないから故郷をでたのだ。しかしいま、私は肉体労働よりほかに、どうして食っていける道があろう。この過激な船の労働——私は、この労働のために命をちぢめているかもしれない。

無電によるかんたんな掲示によると、日本は総選挙がせまり、白熱的大接戦とのこと。堺、大山、宮崎など、無産党の候補は運動費に窮し、自家所蔵の書画骨董、家財道具まで売って、苦戦をつづけつつあるとのこと。ねがわくば一人でも多く、無産党候補の当選を祈る。

二月二〇日

ないだが、うねりが大きいので船は動揺をつづけている。

しけのおり、上の甲板を洗う波が天井からもってくるし、ポテ（みがき粉）を打ってハンマーでしめたポールドから波がはいってきて、私の部屋のサイドは潮水でよごれて黄色くなった。せっかくぬった白ペンキもだいなしだ。

機関長が飼っているめす猫が、さかりがついてぎゃあぎゃあ鳴きながら、人の足にからまりついてきて、ごろごろころげまわる。航海中の退屈、むりに抑圧された性欲——。船員たちはその猫の鳴き声にさえ、強く刺激をうける。一匹のめす猫のうわさでみんなの話に花が咲く。

二月二二日

二〇日の夕方、香港入港。きょう正午出帆。

社便にて『文芸戦線』、小池君から『文芸春秋』。

ずいぶん涼しくなった。部屋でも毛布を着ないと寒い。日本はまだ寒いだろう。

総選挙の結果は、どうだっただろう。長崎県第一区から今村氏が立候補していることを、きのう、海員組合の機関紙「民潮新聞」をみて知った。無二の親友、原田、赤木君などどうしているだろうか。

ひまさえあると、手あたりしだい雑誌や新聞を読みちらす。読んだあと、頭にはなにものこっていない。食うことと、ゆっくり眠ることばかり考える。一食一菜、昼晩のお惣菜の種類によって、その量の多少によって、子どものように一喜一憂だ。船乗りほど食いしんぼうはない。

二月二四日

一日一日がとびさっていく。押し流されていく日々がおしいと思う。みるものきくものみんな不愉快でしゃくにさわる。なにもかもぶちこわしたいようないらいらした気分だ。じぶんがやりたいこと、吐きだしたいことを、じっと内にいだいているのは、カッケで便秘した腹をかかえているようなくるしさだ。

むりに閉鎖され圧迫された情欲が、みんなをたえがたいものにしているようだ。ベッドに寝ている私の上に乗りかかってきたり、さっとカーテンを引っぺがして、やにわに私の顔に唇をおしつけたりするものがある。冗談でおもしろ半分とはいえ、そのどこかに真剣なものがあるのを、みのがすことはできない。

総選挙の結果がかんたんに掲示された。民政党絶対多数を占め、政友会は敗北。各無産政党惨敗。無産政党各党を通じて、当選者わずかに五人。前総選挙より三人少ない。

きのうからガス（海霧）が深くてなかなか晴れない。船はのべつに汽笛を鳴らして進んでいる。

郵船の加古丸が台湾沖である船と衝突して船体を傷つけ、厦門《アモイ》に避難したとの報がある。衝突した相手の船は船籍不明の由。

二月二六日

朝っぱらから、ささいなことから、いさかいがおきた。ナンバンとストーキバンが大声で口論をはじめた。金銭上のこと、日常生活のこと、船内での仕事のこと、おたがい理屈のならべっこをやって、一時間もいいあらそっている。二人ともわれわれの上司である。私たちの前で、つまらぬ口論はやめてもらいたいと思った。二人だけの問題は、二人だけで話し合ったらいいと思う。

わりにしっかりした頭の持主ではあるが、お杓子定規で、ぶっきらぼうで、酒ずきでへんくつで、飲み仲間以外、一般からは敬遠されているストーキバン。口がうまく、部下をうまくあやつり、金を使わせ、不労所得を得ようとすることにぬけめのない、男っぷりのいい、女たらしのナンバン。

船は大隅海峡から、土佐沖を通るらしい。夕方、灰色の雲のあいだに、陸《おか》の影がみえた。

昼も夜も、ワッチからあがってくると、どうしたことか眠れない。じぶんのこれから先のことなど思いつめていると、一睡もできない。まさか神経衰弱になったのでもあるまい。夜にはいってすこし、しけてきた。風が強い。

三月一日

きのう早朝、神戸入港。日向灘から土佐沖はずいぶんしけた。

日本は、暑い明るい南国から帰ってくると、暗く陰気で、ひどく北国のような気がして、寒い。

きのうは入港後、ただちに劇薬消毒をやったので休み。

上陸して、二か月も刈らなかった髪を刈る。

街は雨で道がわるくて、上陸したのを後悔した。

火夫の伊東と、かれのいきつけの居酒屋にはいる。伊東におつきあいして、下戸《げこ》のくせに四〜五杯乾《ほ》す。幾組かのお客が卓をかこんで飲んでいた。みんな船員ばかりで、船のうわさばかりしていた。ここはバンス払い（前借り）で、船員相手に酒を飲ませる。船乗りたちのいう「オチョーメン」屋〔つけ勘定など融通のきく店のこと〕であった。各方面の船乗りたちのことを知りたかったら、こういうところへたまには足を入れるのも、むだではないと思った。

八時にそこをでて、シナそば屋に寄って焼きそばを食って、税関桟橋にくると会社のランチが岸を離れていた。「ちょっと、とめてくれ」と叫んでも、とめてくれなかった。しかたなく七〇銭奮発してサンパンで帰る。

きょうチューブ突き後、船の消耗品揚げ。

故郷からきのう一通。またきょう一通。きのう母から、きょうは父から。

矢島のちやさんがながくわずらって、とうとう亡くなったと書いてあった。

彼女は私と同年だった。私が故郷をでるときは、もう子どもができていた。ありていにいって、私は彼女がすきであった。彼女は私のいちばん近くにいた恋人だった。いまでも私はときおり、いなか娘としては色白で肌のこまかい、ふっくらとした顔を思いだす。彼女は人妻となり、いまはもういない。

彼女は、父が山から山をわたり歩く山の日庸とりで大酒飲みだったので、一日も学校へいったことはなかった。彼女はそのため、どれほど苦労したことか。彼女と私が知ったのは、彼女が私たちの地主の家に女中奉公にきてからであった。彼女は嫁いでからもずいぶん苦労したらしい。この世に苦労するために生まれてきた女だった。私はありし日の彼女の面影をしのび、めい福を祈った。

三月四日

二日朝、神戸出帆、大阪入港。同日午後六時、大阪出帆。神戸出帆のおり、ウインチのデレッキの頂上からセーラーがおちて背骨を折った。すぐランチに乗せて陸の病院へつれていった。いつどこでどんなけがをするかわからない。私はかれがデレッキの上からおちるのをみていて、つくづくそう思った。

ガスのため、紀淡海峡で三日の朝までアンカーをいれて、船はストップした。

熊野灘、遠州灘ともに大しけだった。風は強く、雨はどしゃ降り。足のあがった本船は横に縦にごろごろゆれるので、たまらない。みんな酔っぱらってしまった。まったく気持のわるいゆれ方だ。

船はスピードがでないらしい。今夜、横浜港外に着くかどうかわからないという。横浜まで三五〇カイリ［約六五〇キロメートル］。二昼夜半もかかる船ははじめてだ、とみんな話していた。

三月五日

昨夜おそく港外に仮泊した本船は、今朝検疫をすませて横浜の港内にはいった。

出帆がはやまったというので、午後からすぐ仕事にとりかかっていると、ナンバンが私の仕事をしている缶前にきて、

「きみ、ひとつ転船してくれないか。きみを本船からだすのはおしいけれど、いま会社の属員監督がきて、ごく成績のいいコロッパスを一人ほしいというから、ほかにいないから、きみいってくれないか」という。やぶから棒で思いがけぬことだ。私は面くらって、返答にこまった。

「わるい船にいくといったって、本船よりわるい船にいきっこないのだから、まあ、いってくれ。だが、むこうからいってくるまで、本船ではたらいてくれ」と、つけたした。

口のうまい火夫長のことだから、ほんとうのことをいっているかどうかわからないが、本船も近海一航海、遠洋四航海もやったから、おりてもよいと思った。だから「はい」と返事をしておいた。

しかし、火夫長には借金があるし、手もとには金がない。不安である。だが、どうにかなるだろう。船に寝る気もしない。ランチで上陸する。小雨が降っていた。

堀内洋服店へいって、小池君のことなどきく。主人が一人だから泊っていけと、親切にいってくれる。八時から伊勢佐木町に活動をみにいく。藤森成吉原作『何が彼女をそうさせたか』をみる。日本でもこれくらいの写真が上映できるようになったことは、よろこばしい。彼女の放火によって、十字架や聖像が燃えあがるのは愉快だった。

一〇時すぎ、洋服屋にもどって泊めてもらう。

三月六日

目がさめたのは七時ちょっとまえ、急いでとびだす。外はまた雨が降っていた。堀内さんが傘を貸してくれたので、それをさして税関桟橋にかけつける。七時の会社のランチはもうでていた。つぎには、七時半もでなければ八時もでず、とうとう八時半まで待たされる。寒い海風にさらされて、雨にぬれながら一時間半も待ったので、体は氷のように冷えきってしまった。

船に帰ったのは九時ちょっとまえだ。八時からの仕事

に一時間おくれた。

きょうはもう、私の代わりが乗ってきた。それなのに、私にはまだなんの通知もこない。

今夜も上陸。例の洋服屋に泊る。

三月七日

洋服屋の暖かな二階でゆっくり眠る。陸の畳のふとんの上で眠ると気持がよい。カイコ棚のような船のベッドで寝つけている身にとっては、陸の畳はなつかしい。

今朝五時すぎに起きる。外は雪になっている。めずらしくぼたん雪が舞っている。寒いのにまた桟橋停で、一時間あまり待たされる。七時のランチで帰船。

社命転船の通知がきているのに、この船で真黒くなって仕事をするのは、気がそわそわしておちつけない。仕事にも身がはいらない。

三月一〇日

昨夜、火夫の平石君がお別れに一杯やろうとさそうので、六時のランチでいっしょに上陸する。

平石君は、知人で船員相手の高利貸の家につれていった。そこで刺身のさかなで銚子四〜五本飲んだ。いいきげんになってそこをでる。橋をわたって遊郭のほうにいく。冷たい風が酔顔をなでて気持がよい。

小さなカフェーに引っぱりこまれる。ここも平石君のいきつけらしい。女給二人、テーブル三脚、せまい部屋の隅でかける蓄音機のレコードと、それにつけてうたう女給の声が耳にがんがんひびく。浜鍋をつついて、そこでも四〜五本傾ける。

カーキー色の菜っ葉服に安オーバーを着た、赤い顔のじぶんが、ついたての横の姿見に映っているのをみて、つくづくおれも船乗りになったなあと思った。

飲んでもはめをはずしてはしゃぐ気分になれない私は、女給に冗談ひとつしゃべれないのだ。「きみ、お別れだ。今夜はうんと飲もう」平石君は上きげんで杯をさす。はいってきた門付けの踊り子に踊りをおどらせ、じぶんもうたいだす。

私もひょろひょろになるまで酔っぱらった。さっきの高利貸の家にいって寝たのは、一二時すぎであった。

朝六時に起きて桟橋にいく。きょうはよく晴れている。七時のランチに乗る。また船の仕事だ。五日で雇いどめになっているというのに、どうなっているのだろう。

末弟為市から来信。なかに、諫早《いさはや》の材木店ではたらいている、名刺型の金作の写真が二枚はいっていた。写真でみると、もう立派な若者だ。そうだろう、故郷をでてからもう五年たっているのだ。

兄さん、ながらくごぶさたいたしました。寒い冬もすぎて、春の時節となりました。今年の四月からは四年になります。四年から本校に行かねばなりません。今までお父さんやお母さんの手つだいをしていましたが、これから本校に行くとそれが出来ません。

これからはいっしょけんめいに、勉強するつもりです。

兄さんがおばあさんのがんじゅうか（壮健）うちにかえるというのを聞いて、よろこんでおられます。いまのげんきであればあと五、六年は大じょうぶと思います。

あのかわいいますえはもう三年生であります。兄さんのことと、かげにも見えぬますえのことは、おかあさんもおばあさんもわすれることはでけんといっておられます。

おん身ご大せつに　さようなら。

為市より

兄上様

尋常三年生の子どもが書いたとは思えぬほど、整った文章である。字も一字一字力のはいったしっかりした字である。

三月一二日

きょうも雨。横浜に入港して天気の日は一日しかなかった。きょうまで仕事。

「きみは、もうおりるんだから、午後からあがって休め」と、ナンバンもナンバツーもいったが、コロッパスの半分はきょう休んでいるので、なれたものは一人もいない。だから、私は休まず手伝ってやった。

「立つ鳥あとをにごさず」くそまじめではたらいてきた私だ。最後までつづけておこう。

「広野、まだ会社からなんともいってこんか。それじゃ明後日、本船が出帆の日に会社にいってくれ。こんどはいい船に乗せてもらえ。おまえは選抜されたんじゃねえか。こんどはいい船にまわしてもらえるよ。そして、よくはたらけよ。じっさいきみは、よくはたらいてくれたがのう」

きょう私がエンジンルームのバイス（万力）で、ナットのダレンをしていると、ファーストがやってきて、めずらしくもこんなことをいった。

文句ばかりならべてこき使ったうえ、こんなおべっかをいわれたってだれがうれしいものか。私は香港からカルカッタまで、あのくそ暑いポンプ裏のプレートを、ワッチ・オーバータイム一時間半ずつ、磨かされたことはわすれることができない。

あわてもので小心で、そこつ者のファーストは、コロッパスやファイヤーマンからなんどもぶんなぐられたことがあるという。これでも高等商船の優等生だったというから、たいしたものだ。

夕方晴れた。六時のランチで上陸。暖かくなって春めいてきた。夕べの港、港内のブイにかかった船々の灯、桟橋に横着けした大客船の海のホテルともみえる灯、街の灯――。

トランクを一つさげてあがる。福富町の洋服屋にいって泊る。

三月一三日

雨のなかを船にいくと、火夫長が、きょう会社にいってみろというので、午後会社へいってみる。

すると受付の係が、「きみ、なにしとったのか。こりゃあ六日に雇いどめになっとるじゃないか。いままでなにしとったのか」というから、

「船で手がたらぬから、きのうまではたらいていました」というと、

「こりゃ、きみ、きょうまでの給料を船でもらってこにゃだめじゃないか。いまから船にいって、会計にそういって、給料と下船報告書をもらってこい」という。

雨にぬれながら船にもどる。会計もパーサーもいない。もう、きょうのまにあわない。

あとになって会計が手紙をわたした。「雇いどめになってから、こちらで給料を払うわけにいかぬ」といって、「この手紙をあすもっていってくれ」という。

荷物をもってあがろうと思うが、なにしろ風雨がはげしいので、体ひとつでもようやくだ。夜はまた例の洋服屋の二階に寝せてもらう。

三月一四日

めずらしく晴れている。せいせいした空気を吸いながら、歩いて税関桟橋へいく。

お別れかたがた船に荷物をとりに、七時のランチに乗る。新造巨船秩父丸がブイに着いているので、見物にいく人でランチは満員である。

秋田丸へいって、みんなにお別れのあいさつをする。みんな私の下船をおしんでくれる。

「広野君、おなごりおしいね」「本船の書記がおりたら、さしあたりこまるぞ」「かならず手紙をくれたまえ」等々。

ナンバツーは、「おれがおらんでもええから、神戸に着いたら家にあそびにいってくれ。きみはきちんと仕事をやってくれてよかったが、これからおれが骨だ」といった。

八時半のランチであがる。ランチが船を離れるとき、コーターマスターが出帆フライキ（信号旗）をするする

とおろした。出帆がのびたらしい。

会社へいく。属員控室のせまっくるしい、車夫の番小屋よりもきたないところで、正午まで待たされる。すぐに船に乗せそうもない。ひとまず郵船の属員倶楽部にいけというので、荷物を車夫にたのんで引かせて、野毛山の坂を越し谷をわたって、小高い丘の上にあるバラック建ての倶楽部にきた。

事務所にたのんで二八号の部屋にはいる。部屋に若い男が一人いた。その男といっしょに街へでる。そして活動館にはいった。四時ごろしばらく映写がきれたとき、前に四〜五人かけているのが、みたことのあるものばかりのようだ。よくみると、秋田丸の機関部の連中だ。

「やあ、みんなだったか」私はかれらの前へいって声をかけた。

「ああ、広野さんか。よう会ったもんだなあ」かれらは、出帆がのびたので上陸したらしい。

それからいっしょに外にでてしばらく歩いてから、「さようなら」「さようなら」「ごきげんよう」みんなと別れた。

かれらは、吉岡町の淫売屋のほうに歩いていった。

洋服屋に寄って倶楽部にいったことを話すと、「なぜ、ここに泊るようにせんか。いまから倶楽部にいって荷物をもってこい」と、堀内さんはいってくれるが、あまりずうずうしいことはできない。

つれの男とうどんを食って、倶楽部まで歩いて帰る。

三月一五日

ぐっすり眠る。

朝食の合図の鈴《ベル》が鳴る。事務所にいって食券をもらって、食堂へいって朝食をすます。

同室の男と歩いて会社にいく。また雨が降りだした。出勤簿に印をおして、控室で一二時までまた待たねばならない。退屈を予想して私は本をもっていったが、室が暗くて読めない。みんなのいろいろの世間話をだまってきいている。

甲板部のものは、停泊中の船のボート操練にでていった。

正午すぎて、帰ってよいといってくる。急いで倶楽部へ帰る。昼食。

同室の男は呼びだしがきて、博多丸に乗っていった。部屋は私が一人だ。

三月一九日

一六日は日曜だった。西戸部山王山の郵船属員倶楽部をでて、会社へいってみると扉がしまっていた。

すぐ福富町の洋服屋にいき、カルカッタで買ったクジャクの羽をもって、桜木町から東京行きの省線に乗る。久びさに晴れた日曜なので、新宿駅あたりの人出はまるでアリの巣をうちこわしたようだ。

葉山氏を訪うと在宅。さっそく、船の話。

奥さんがすしをとってごちそうしてくださる。きょうは『文芸戦線』の春季総会だから、いっしょにいかないかとさそわれるので、私もお供をすることにした。

前田河氏宅が会場。『文芸戦線』の人たち三四、五人。青野（季吉）、前田河（広一郎）、金子（洋文）、細田（民樹）、今野（賢三）、里村（欣三）、黒島（伝治）、小堀、岩藤（雪夫）、石井等々の諸氏。私ははじめて接するそうした人たちの前で、小さくなってその人たちの意見を拝聴していた。

六時ごろ、みなさんといっしょにサンドイッチをごちそうになった。夜にはいった。外に雨の音がしだした。私は帰りを心配したが、まもなく雨はやんだ。

八時近く、会終わる。新宿で二次会というので、私もいっしょに高円寺から新宿まで電車に乗る。そこで葉山氏その他の人びととお別れして、神田から東京駅のほうへまわって横浜へ帰る。郵船の倶楽部に着いたのは一一時近く。葉山氏が署名してくれた『誰が殺したか』を読んでみる。

一七日も一八日も、熱田丸へボート操練にやらされる。久しぶりにオールをにぎると、すこしもこげない。ブロックでボートを巻き揚げるのがなかなか骨がおれる。

一九日、きょうは私とほか二人の予備員に仕事がなかった。

控室に休んでいると呼びだしがきた。いってみると、乗船だ。三人とも香取丸だという。とっさに私は、こまった船にいくことになった、いっそことわってみようかと思った。しかし、私のある意志がそれをうち消した。私は決心した。三人つれだって香取丸へいく。欧州航路の貨客船、一万トン、岸壁にどっしりとその胴体を横たえている。

火夫長に会う。なるほどこの男かと思った。顔の赤黒い五尺八寸はありそうな大男で、仁王尊の頬をそぎおとしたような形相をした五〇ちかくのじじいである。

「どうして船をおりたか」とか、「国本（秋田丸の火夫長）とけんかでもしたのか」とか、しわがれ声でたずねる。そして、

「おい、三人とも早くいけ。エンジンの石けん拭きだ。なにをぐずぐずしとるか」と、せき立てる。これが名に負う郵船会社一のアクドイ（金を貸しつけ、利息を大きくかけてまきあげるので）火夫長、「根葉吉」「鬼の火夫長」とよばれる男か。こういうやつに使われてみるのも一つの試練だ。人がいやがって乗船をことわる船に、私

1931年末か32年初めごろの「文芸戦線」の集まりで

は意を決して乗ってきたのだ。

船首の部屋はごみごみして、暗くて陰気だ。そこに四〇人以上の人間がぎっしりつまっているのだから、そのそうぞうしさといったらない。

倶楽部にいって荷物を整え、福富町の洋服屋にきて寝る。

三月二一日

きょう午前中、エンジンの拭きとりを終わって、あとは休み。

きのう仕事を終えてから、見習いや部屋の監督をしている「スペアボーイ」が私を呼んだ。「きみも人にきいて知っているだろうが、このナンバンはすこしちがうんじゃ。金を借らなきゃ、とてもかわいそうなほどいじめるんじゃ。だから、借りた金を全部使ってしまわんでもよい。だが、幾分なりよけい借りたほうがきみらのためだと思う。そりゃ、この火夫長がいくらアクドイからといって、借らぬ金までとりはしないだろうが、借りているのといないのとではずいぶんちがう。きょうも火夫長が、やつらは金はどうするかきいてみろというから、きみらにきいてみるところじゃ」という。

借りていなかったら、ちょっとの過失でもひどい圧迫をうける。もし病気にでもなったら、それこそ死んでしまえといわんばかりの仕打ちだというのだ。利子は、おどろくなかれ月二割。

ひとり身だ。どうせ、いままでも借金借金でやってきたのだ。ええいくそ、この吸血鬼がどれほど横暴でわれわれをしぼるかを、おれはじっとみてやるのだ。

「そりゃ私も、まえの火夫長にも借りがあるので、いくらか融通してもらいたいと思っていたんですが、なにしろいま乗ってきたばかりで、気がひけていえなかったんです」

「そうか。そんなつもりだったんか」と、監督はにっこりした。

ああ、まだこうした非道なことが平然と実行され、昔のインダラ（放縦で乱暴）船そのままの船が、しかも欧州航路の客船のなかに存在しているのだ。まだこうした船が多いのだ。たまには例外があるにしても、これが民社党に属する、日本海員組合の組織下にある船であるのだ。

午後、桜木町から新宿までの切符を買って、電車に乗った。葉山氏を再度訪うため。きょうは春季皇霊祭。うららかに晴れている。新宿のプラットホームは、動きのとれないほどの人のうずだ。

葉山氏宅を訪うと、氏は留守。いつ帰られるかわからぬとのこと。奥さんに来意を告げ、すぐ引き返す。西武線の電車が断線して止まっていた。車掌時代のことを思う。

新宿付近をぶらぶらおびただしい人ごみにまじって歩く。横浜では、オーバーを着ない人ばかり歩いていた。だから私も着ないできた。東京では、オーバーを着た人ばかり歩いている。着ないのは私一人だ。またばかに寒くなってきた。

横浜へ八時ごろ着く。例の洋服屋へきて寝せてもらう。親切にいってもらうので、ついあまえてしまう。一人いる職人もとても気さくな男である。

三月二二日

きのう仕事がすんであがるとき、デッキに集まってみんなが話し合っていた。きいてみるとスペアボーイと文庫係を、一般投票にしたらという話であった。それをナンバツーにたのんで、ナンバンにいってもらうというのである。ナンバツーはそれをことわった。

「きみたちがそういったって、このナンバンがきくもんか。よその火夫長がそうしたって、このナンバンはききいれやしない」

そこへ、火夫長が通りかかった。集まった理由をきくと、真赤になって怒った。がんがんがなり立てた。私はまえから乗っていないから、くわしいことはわからない。

「きみらには友情がない。それがいやなら、さっそくおりていけ。おれは首がきれても、投票なんかさせない。みんなでもおりていけ。おれは、そんなことでへこたれる火夫長じゃねえ。そんな根葉吉之助じゃねえ。なんだ、みっともない。こんなデッキに集まりやがって、なにかと思や、そんなことか」

長ながとがなり立てるのをきいているのがばからしくなって、私は船室にはいった。

きょうは休み。だが火夫長が金を貸すので、料理屋の女、陸《おか》の高利貸、沖売りの連中がおしかけてきて、あっちでごちゃごちゃ、こっちでぎゃあぎゃあ、あるいは琵琶を弾くもの、バイオリンを鳴らすもの、大声でうたうもの、その喧噪たるや、耳をおおわずにはおれない。

この機関部のヘイカチは、金払いがわるくてあばれものの多いことで、その火夫長のアクドさとともに、郵船の船でも有名だとのことだ。私もおもしろい船に乗った。これからくるしいことも多いだろう。私の前には強い試練が横たわっているのだ。

ナンバンからうんと金を借りて上陸。福富町にきて、秋田丸の連中や故郷への手紙十数通を書く。

三月二四日

きのうは休みだった。

福富町の洋服屋の二階に午前中寝ころんでいた。午後、洋服屋の職人が、新造船秩父丸の観覧券が手にはいったというので、二人でいってみる。万国橋付近から税関構内は、おびただしい人の山である。秩父の着いている岸壁には近づけそうもない。しかたなく引き返す。夜また伊勢佐木町を歩く。

常盤丸に乗っているという小池君を、心待ちしていたがこない。きょうは入港しなかったらしい。

朝六時に起きて、洋服屋をでる。船には朝はやくから、幾十人ともしれぬ借金とりがおしかけている。みんなは昨夜の女の話と飲み屋の話と、借金のいいわけにいそがしい。

八時からワッチにはいる。はじめてのワッチで勝手がわからず、まるで見習い同様である。

石炭を繰っていると、私に会いにきている人があるという。あがってみると、缶前のトンネル口に洋服屋の堀内さんが待っている。そして、仁丹二袋と秋田丸の火夫長に送った借金の受取りを渡してくれる。おせわになっているうえに、こんなに親切にしてもらって恐縮である。お礼をいってお別れする。

石炭を繰り終わってあがると、船は岸壁を離れるところであった。船客と見送り人と引き合った、紅、白、青、とりどりのテープが切れて、風にひらひら舞っていた。帽子、ハンカチを振り合って叫び合う、船客と見送りの人たち――。ブイに着いていて、荷を積むとすうっとでていく貨物船に乗っていたので、私は初めて、客の乗った船の出帆らしい出船をみた。

汽笛を鳴らし鳴らし、船は港外へでた。いい天気だ。春の陽をうけて雪の富士がそびえている。

まえの船より仕事はうんとはげしい。ボイラーが六缶ある。火がきついので、火夫はてんてこ舞いである。したがって、石炭夫も石炭繰りや缶替えで、息つくひまもない。久しぶりに過激な仕事をして、へとへとになった。一ワッチで目がひっこんだ。

秋田丸の国本ナンバンは、「ごく成績のいいコロッパスを一人ほしいといってきたから」といった。またファーストは、「おまえは選抜されたんだから、こんどはいい船に乗せてもらえる」といった。どちらもいい加減なオベンチャラだ。欧州航路一、火のきつい（石炭をよけいたかないと汽圧があがらない）船。それに郵船一のアクドイ火夫長。よりによってこんな船に乗ることになってしまった。

三月二六日

船はきのう午後、神戸に入港した。ワッチの疲れでぐっすり眠って、目がさめたときは、もう一号岸壁に着いて荷役のウインチの音がしていた。

缶前の仕事を終わってから、おなじ下ベッドに並んで寝ている佐藤君といっしょに上陸した。佐藤君はしたしみのもてる実直そうな男である。いろいろ船のことなど話しながら、元町通りを歩いて、新開地にでて時間つぶしに活動館にはいる。「ふるさと」という日本のトーキー映画であった。

はねてから、親子丼を食って、船に帰って寝る。一二時。

きょうは給料日である。横浜とおなじく借金とりがおしよせている。午前中仕事を終えて、はやく上陸しようと思っているのに、あとからあとから火夫長のところにつめよせているので、じぶんの勘定の番になるまでに六時近くまでかかった。

横浜で借りた金、わずかに四日間で二割という暴利で差し引かれると、今月と来月の給料をいれて三円いくらの不足。いろんな雑費をいれると六円いくらの「足」がでる。しかたがない。またうんと借りる。火夫長のふところを肥やしぜいたく三昧をさせるために。なんというあほらしいご奉公だろう。

この船の五〇人近くのものが、かれ一人のために、血と汗をしぼり、命をかけてはたらいた、その労働の報酬を、また月二割という高利をかけて天引きされるのだ。いつも給料日は差し引き何十円という足がでているのだ。おそらく、本船のヘイカチで足のでないものはないだろう。

夜上陸、一人あてもなくぶらぶら歩く。胸にはふんまんと憂うつと、悲哀と狂暴がうずまいていた。ただやみくもに夜の街を歩きつづけた。あすから四か月、日本とお別れだ。

東京の葉山氏より来信。ただちに返信。

三月二七日

きょう正午、出帆。朝八時からワッチにはいる。急いで石炭を繰って、出帆の光景をみようとあがってくる。デッキも岸壁も人でうまっている。どういう名士が乗ったのか、盛装をこらした男女がおしよせてきた。大部屋の連中はサイドにもたれて、前を通る女たちの批評をやっている。青、赤、黄、紫、色とりどりのテープが、デッキの船客と、おびただしい見送り人とのあいだにはられた。

秋田丸でいっしょだった伊東氏がやってきた。心臓がわるくて神戸で下船したという。ちょっとことばを交わして別れる。

出帆合図のドラが鳴った。ブリッジの船長はホイッスルのヒモを引いた。汽笛はながい尾をひいて響きわたった。船はしずかに動きはじめた。

三月二九日

きのうの朝門司着。さっそくチューブ突き。

昼間降っていた雨が、夕方になって晴れた。みんなぞろぞろランチで上陸する。私はまだ門司の街をみたことがない。七時ランチで上陸する。雨でぬかるんだ街を歩く。つれの連中は、私を遊郭のほうへ引っぱっていった。一軒一軒のぞいて歩く。ここは写真ではなく、昔のままの「張り店」である。けばけばしく白粉をぬった顔をならべてすわっている。遊郭をでて、一杯一〇銭のうどんで腹をふとめ、またぶらぶら歩く。

こんどは大阪町という淫売街を歩く。家ごとに四～五人の女がいて、しつように袖を引っぱる。肩あげのとれないまだ一五、六の女もまじっている。そんな女も一人前に袖を引っぱる。こうした女が、まだどれほど多いことだろう。こうして歩くマドロスも、おたがいあわれなもの同士の共食いではないか。

一一時のランチで船に帰って寝る。

きょう正午、出帆。晴れた春の日に、本土と九州の山々がかすんでいる。市街をつつむ森や山のあいだから、桜の花がちらちらみえる。紅い桃の花もみえる。

「世は春だ。離れたくないなあ日本を」だれかがそんな言葉をもらしていた。船が玄海へでると、風があってすこし波がある。すこし船がゆれる。

毎ワッチ、炭車で一五〇杯も三番ハッチから、石炭を押さねばならないので、骨がおれる。

三月三一日

今朝八時すぎ、上海入港。秋田丸では二昼夜かかったところを、本船は一昼夜半で着いた。うすぐもった空の下に、黄浦江の水はあいかわらず濃黄の色をたたえて流れていた。

もう私は、旅情を感ずるまえに仕事のことを思う。船内生活の苦痛と不満を思うようになった。この船に乗ってから、私はいろんなことをみた。知った。

どん欲な高利貸の火夫長に配するに、ワッチにおいては「鬼熊」（千葉県出身だからついたあだ名〔「鬼熊」とは一九二六年八月に千葉で起きた連続殺人事件の犯人。本名は岩淵熊次郎〕）と異名をとった、がんこでやかまし屋で、ヘイカチを酷使することをほこりにしている一等機関士にさんざん追いまわされねばならないのだ。

四月二日

きのう午後三時、上海出帆。船はゆるやかに、にごった河水を切って進む。われわれコロッパスはワッチ以外でも、ゆっくり両岸の平野などながめているわけにはいかない。停泊中にたまったアス巻きが待っている。ハイドリック（灰放射機）の吸いこみがわるくて、のべつ噴いて、缶前は水いっぱいになる。一方ずつしか使えない。途中でしばらくストップしたりしたので、夜の一〇時近くまでかかった。こんなふうでは、暑いところへいったらコロッパスはへたばるにちがいない。

火夫長と油差しの部屋をのぞいて、大部屋には火夫、石炭夫、見習い合わせて四〇人のヘイカチが、カイコ棚そっくりの上と下と二段になった寝台が縦横に並んでいる上に寝ている。下のベッドには、見習いや、われわれコロッパス、上段にはファイヤーマンや古参のコロッパスが寝る。下のベッドはすわると頭がつかえる。このせまっくるしいベッドが私たちの住居だ。そこで寝起きし、そこで読み書きもしなければならない。

食堂は上だが、部屋は一段下にあるので陰気だ。ポールドやシカライキ（天窓）からの光線は、部屋の一部分を薄く照らすにすぎない。電灯など消えそうものなら真暗だ。四〇人でばたばたするほこりは、部屋中に充満する。ほこりのでていくところはない。部屋の構造は、採光、通風など無視されているのだ。

八時ワッチにはいっていると、朝は七時半に缶前におりていく。そして、缶替えをしたり、灰を巻いたり石炭を繰ったりしてあがってくるのは、一一時すぎである。缶前には煙突のきわに、ほんのすこしばかりのすきと、ベンチレーターがあるばかりだ。だから缶前には、朝も昼も夕もない。いつも夜ばかりだ。貨物船だと、缶前にいて空を流れる雲もみえた。だが、こういう客船ではまったく閉鎖されているのだ。

ボイラーは六缶あるが、ハッチから後部の五〜六号の缶前まで炭車を押していくのは、らくではない。全部で一ワッチ千百四、五十杯押さねばならない。コロッパスには一ワッチに三人、見習いを加えて四人。九時になると見習いは湯をとったり、夜だと飯をたいたり味噌汁をこしらえたり、次のワッチの交代を起こしたりするためにあがっていく。あとは三人で石炭を押さねばならない。

欧州航路一の火のきつい船として有名な本船である。インド洋や紅海のほうにいったら、ワッチ中に卒倒するものが何人もでるという。

四月四日

今朝九時ごろ、香港入港、九竜の桟橋に着く。すぐチューブ突き。いままでホースでスチームをかけて吹かす、シーバーヒーター（スーパーヒーター〈蒸気を煙管内に導き、再加熱する装置〉の転訛か）の船に乗っていたので、いちいち縦チューブをブラシで突いて、横チューブもいちいちレター（レジスター〈通風を調節する装置〉

の転訛か）を引きだして突かねばならぬ船はなかなか骨がおれる。

もう、香港は暑い。二時すぎまで昼食ぬきでチューブ突きをやった。腹が減ったのと、暑いのと仕事がきついので、あがると目がまわりそうであった。あまり腹が減りすぎたためか、頭がぼんやりして足がぽかぽかする。一時間ばかり眠ってから、四～五人つれ立ってでかける。

夜、いつもながら対岸の香港島の夜景は美しい。海岸から山一面に輝く灯。それが港の水に映り、その灯影をくだいて往来する巡航船。この世界にさそう夜景をきずきあげるまでに、どれほどの労働者が犠牲になったことだろう。いわば労働者の血と汗と屍を踏み台として、あの灯は輝いているのだ。

四月五日

きょう一一時半、香港出帆。香港をでるとめだって暑い。缶前の暑さも格別だが、本船の食堂や大部屋の暑さもまた格別だ。この大部屋には、隅っこにたった一台、小さなファンがあるきりだ。

ワッチの仕事はきつい。くるしい。だが一人ではない。四人はいるので、おたがいはげまし合ってがんばる。

四月七日

めだって暑くなってきた。ワッチの仕事、缶替え、アス巻き、石炭繰りがいよいよくるしくなってきた。アイスエンジンで冷やした氷水を、何十ぺんあおるかしれない。着ているシャツやズボンは汗じっくり、なんども脱いでしぼらないと、体にくっついて気持がわるい。

ワッチ中はまるで戦争だ。「ヤアッ」「オー」「ソラきた」くるしまぎれに叫ぶかけ声が、前部後部の缶前から、バンカーのなかからひびいてくる。缶前の温度一一四度［約四六度］、まだ一人の落後者もいない。一番のハッチにオーニング（天幕、日除け）が張られた。

四月一〇日

昨夜八時半、シンガポール入港。二～三日まえから暑さが増してきた。ワッチの暑さは格別だ。

定期が遅れるというので、エンジンを開け（スピードをあげるため汽圧をあげる）たので、火が急にきつくなった。火夫たちは顔を真赤にして、汗で頭から足の先まで川にとびこんだようになって、スコップを振り、デレッキを使っていた。

私たちも石炭の粉と汗で、黒粉のだんごのようになって石炭を押すが、いくら押しても押しても、押すだけ一方からたいてしまうので、息つくひまもない。ブリキの缶にいれてアイスエンジンで冷やした水を、ワッチ中なんど取り替えにいくかしれない。火夫も石炭夫も、一ワッチで目がひっこんでいる。

きょうシンガポールには、郵船五隻、商船四隻、社外船三隻、つごう一二隻。日本船がこれほど多いことはめずらしい。

夜上陸、ただぶらぶら歩く。ふところには一文もない。相ワッチの佐藤君に焼きそばをおごってもらう。うまいにはうまいが、食器や周囲がきたなくて気持がわるい。

船に帰っても寝るところがない。じっとしていても、汗がわきでてくる。

本船の船長は、わざと危険なところを通るのを得意がっているという。よく陸の付近に船を近づけては、汽笛を鳴らして、船客にでてながめるように合図するのだ。先日も湾にそってぐるりとまわってみせた。そうして船が遅れると、エンジンをいっぱい開けて、機関部員を半死半生にさせる。遊覧船気取りで、島まわりなどやってお客さんをよろこばせ、得意の鼻を高くする船長はいいが、そのために機関部のヘイカチがどれほどくるしまねばならないか、船長様はそんなことはすこしも念頭にはござるまい。

四月一二日

一一日午前七時、シンガポール出帆。一二日午後一時ごろピナン着。同日午後五時、出帆。

夜のワッチからあがって、バスを使って夜食を食って、部屋に帰れば暑くて寝れない。だからフォックスルデッキにあがって休む。もう一二時をすぎている。月が薄いヴェールのような雲のあいだから、紫色の大きなかさをかぶって、どろりとないだ海面を照らしている。一時間一五カイリ［約二八キロメートル］くらいのスピードは、フォックスルに立つと涼しい風をおこす。

相ワッチで車座になって雑談にふける。女や酒をはなれた、しんみりした話をする。いくら頭なしでもインダラでも、それ相当の意見をもってはいる。

四月一三日

カンカン、カンカン、ブリッジで鐘が鳴る。夜の零時だ。フォックスルに見張りに立っているセーラーが、その鐘をうけて、またこっちで鐘を鳴らす。そして大きな声で「ライト・オーライ・サー」とブリッジをむいて叫ぶ。「オーライ」ブリッジから返事が返ってくる。

一ワッチ四時間、一昼夜に二ワッチ八時間の労働。それは必死の労働である。それは、その仕事にたずさわって経験したものでないとわからない。おなじ船に乗っていても、機関部だけが負わされた労働である。口でいっただけでは想像できない。最近、ワッチ中二人も卒倒したのだ。

「この熱帯における機関部の労働は、労働のなかにはいっていないそうだ。それは秘密にしてあるんだそうだ。だから、労働会議なんかにも提出されないんだそうだ。考えてみると、人間のできる労働ではないからなあ」

相ワッチのインダラ火夫は、汗でぬれたワッチ着をしぼりながら、情ないことばでいった。

このインド洋を通る汽船の機関部のヘイカチは、みんなこのようなくるしさをなめているのだ。

くるしみの夜が明け、くるしみの夜がくる。昼夜のワッチから逃れることはできない。仕事になれない見習いたちがかわいそうだ。かれらはみんなから、さんざんののしられながら、くるしい息を吐いて仕事をしている。立って歩くだけでよろよろしている。火夫や石炭夫も仕事がくるしいので、短気になっている。大声で怒鳴りちらす。怒鳴られながら、炭車を押したり、重たいデレッキやスライスをもって、缶替えをやっている見習いをみて、かわいそうに思うが、こっちも命がけで労働をやっているのだ。

「いくら海軍の新兵だって、こうまでくるしくはない」と、現に海軍から四～五か月まえに除隊した、津田という相ワッチのコロッパスはいう。


私は本船に乗ってきてから、食事をきょうはうまいと思って食ったことはない。そのお惣菜のまずいことはお話にならない。こうした大客船に似ず、食料は小さな貨物船よりわるい。マドロスの食物にたいする執着は子ども以上だ。陸へあがって第一番にかけつけるところは、なにかの食い物店である。航海中マドロスたちは、性欲以上に食い物に飢えている。

高等船員のように、ぜいたくな幾品もの和洋の料理に、三度三度舌つづみをうち、ワッチ中にもわざわざボーイが氷で冷やしたレモンや、コーヒーや紅茶をもってきてくれる身ならとにかく、朝は塩キャベツをきざみこんだ塩っからい味噌汁に、くさい輪切りのたくあん、昼と夜の、肉か魚のきまりきった、みたばかりで腹いっぱいになりそうなめちゃくちゃな大量生産的お料理。こんな食物をあてがいながら、こんな暑いところで、こんなひどい労働をやらせるとは、なんという不つごうきわまることだ。せめて、この暑いところでは、もすこしヘイカチの食料の改善をはかったたって罰はあたるまい。

四月一七日

一六日午後二時、コロンボ入港。郵船の伏見丸が入港していた。日本へ帰港するのだ。何年ぶりかで、どこかの港でこうしてひょっこり会っても、それに友だちが乗っていても、ちょっと呼べば答えるところにいて会うことができないのだ。伏見丸にはたしか、掖済会で同期だった男が一人乗っているはずだ。

きょう午後二時半、出帆。

コロンボで荷役にきたインド人が何十人と船首のオーネンの下にきて、昼の弁当を手づかみで食っていた。かれらの体臭や飯やお惣菜のにおいをきらって、追っぱらおうとしたものもあったが、外はカンカン陽が直射しているので、なかなか動こうとはしなかった。そして、ポンプのところに寄ってきてガブガブ水を飲んだ。

そのなかの一人が私たちの前にきて、手を振り、足でデッキをけりながら、大声で演説をはじめた。それは、おれたちはながい間英国にいじめられてきた。まだいじめられつづけているが、おれたちはだまってはいない。いまに英国を打倒しておれたちの国にしてみせるぞ、という意味のことを怒鳴っているのだ。

四月一九日

私が本船に転船してきてから、ちょうど一か月になる。すこしは船の人たち——それも機関部ばかりであるが——にも、話し合う人もでき、船の仕事にもなれてきた。

きょう、私たちのワッチにつれてはいっている見習いを、高安という火夫がちょっと炭車の先が足をこすったというだけで、もっていたスコップを投げつけるやら、ブロンを振りまわすやらしてあばれた。しばらくしてから、見習いの足首のところがズボンの上から一寸五分ばかり切れて、血が流れていた。はやくドクターのところにいけといっても、「いや、ワッチだけはつとめていきます」と歯をくいしばって、びっこを引きながら時間までつとめた。

見習いを傷つけた高安は、みんなが忠告してもふふんと鼻で笑っている。じぶんの見習いのころを考えてみるとよい。どれほどくるしかったか。じぶんが見習いのとき、いじめられたから、じぶんもいじめて返す、というのはいやしい考えだ。

四月二〇日

あいかわらず海はなぎ。コロンボ以西は、私ははじめての航海である。コロンボ出帆以来、島影一つみえない。

昨夜のワッチのときである。どうしたことか火がきつくて、ファイヤーマンたちはへとへとになってたいていた。それでもプレッシャーゲージは一九〇ポンドを上下していた。当直のエンジニアは缶前にきて、火夫のたくファネスをのぞいて歩いて、石炭のくべ方がわるいとか、デレッキを使えとか、スライスを通せとか、いちいち小言をいっていた。

私たちも、すこしでもたいて加勢してやればよいのだが、なにしろ石炭繰りには追われるし、缶替えやアス巻きでへとへとになっているので、どうにもできなかった。

火夫たちはエンジニアのファンのかけ方がぬるいといっておこっていた。エンジンでちょっとでもファンをいじると、永年火たきに経験のある火夫たちにはすぐわかるのだ。

「ちくしょう、またファンをいじりやがった」

「ええ、もうたくな。いくらさがったってかまうもんか。ほっとけ」

火夫たちはすて鉢になって怒鳴った。それほど、ファンの強弱は、火夫の火たきの労力に影響するのだ。

とつぜん、船尾の缶前で怒鳴り合う声が、エンジンや缶前の騒音を突きやぶってひびいてきた。つづいて「キイッ、キイッ」という悲鳴だ。

かけつけてみると、これはどうだ。ファネスのドアは開けっ放したままにして、私たちが繰った、ごろごろした大くれの石炭の上に、火夫の宮川とサードエンジニアとが、上になり下になり、取っ組み合ってつかみ合いをやっているのだ。

宮川はサードのシャツを、さんざん引き破っていた。二人とも石炭の粉によごれて、顔も体も真黒だ。

「はやく、五番エンジニアを呼べ、はやく」と、サードは息を切らして叫んだ。宮川は、

「なにっ、この野郎。おれにばかりなんだかんだと文句ばかりぬかしやがって」といいながら、シャリシャリとサードのシャツを引き裂いた。五番エンジニアがきて、二人を引き離した。

「おい、おまえはあがれ、たくな。そして、火夫長を呼んでこい」と、サードがいうと、

「おお、おれはたかないよ。おい、みんなたのむぜ。おれはあがるからな」宮川はそういいすててあがってしまった。

バスの水を汲むためにあがっていくと、火夫長は例のどら声で、宮川を怒鳴りつけていた。宮川は、いつも無口で正直そうに、まじめにはたらいているが、上司の圧迫や横暴にたいしては、身をもってつっかかっていく。しかし、下のものをかばうことは、かれはまた、他のものより篤い。本船のようなインダラ船に、宮川のような男が一人でもいるということを、私はよろこぶ。

四月二二日

きのう、ワッチの石炭繰りを終えてから、またクロスバンカーの石炭おとしをやって、帰って寝ようとしても寝られず、汗にひたってベッドにすわっていると、一二時ワッチの見習いが、両手をひろげてはうようにしなが

ら、

「ああ、くるしい！　ああ、くるしい！」と、息もたえだえにうめきながら、ころげこんできた。どうしたんだときいても、ただ、

「くるしい！　息が切れそうだ。もてん、もてん」といいながら部屋中をのたうちまわるのだ。私は、まだ封を切らずにいたジンタンの袋を引き裂いて二、三〇粒、かれの口に押しこんで、水を飲ませてやると、どうやらすこしは正気になったらしい。

「残念だ。ちくしょう。アスを巻いて、くるしくてたまらんのに、ちょっとも休まず、石炭押しをやらせやがって、もてるもんか！　ちくしょう」

かれは歯をくいしばって、「よし、みとけ。ワッチだけはやってくるから。ちくしょう！」よろよろしながら外へでていった。

「おい、はやくつれてこい。あんな死人のような顔で、仕事ができるもんか」私は別の見習いにつれてくるようにいった。

ドクターがきて注射を打った。寝かして頭を氷で冷やした。

私は、こんな病名はなんというんですか、ときいてみた。

「熱射病だね。わりあい今航は倒れるものが少ないようだね」と、平気な顔でドクターは答えた。

「熱射病」なんてあるもんか。仕事がくるしいからだ。一三〇度以上の熱気のなかで一生懸命はたらかされてみろ。倒れるのが当然で、倒れないのがふしぎだ。

見習いのあのくるしみは、みていられなかった。私は、もしひどいカッケにでもやられていたら、衝心［脚気衝心とも言い脚気と併発して起こる心臓機能の低下・不全を指す］を起こしたかもしれない。

いくら考えても、この暑さにこの労働は「人間のする仕事」ではない。

第五章 血潮

一九三〇年（昭和五）四月〜六月

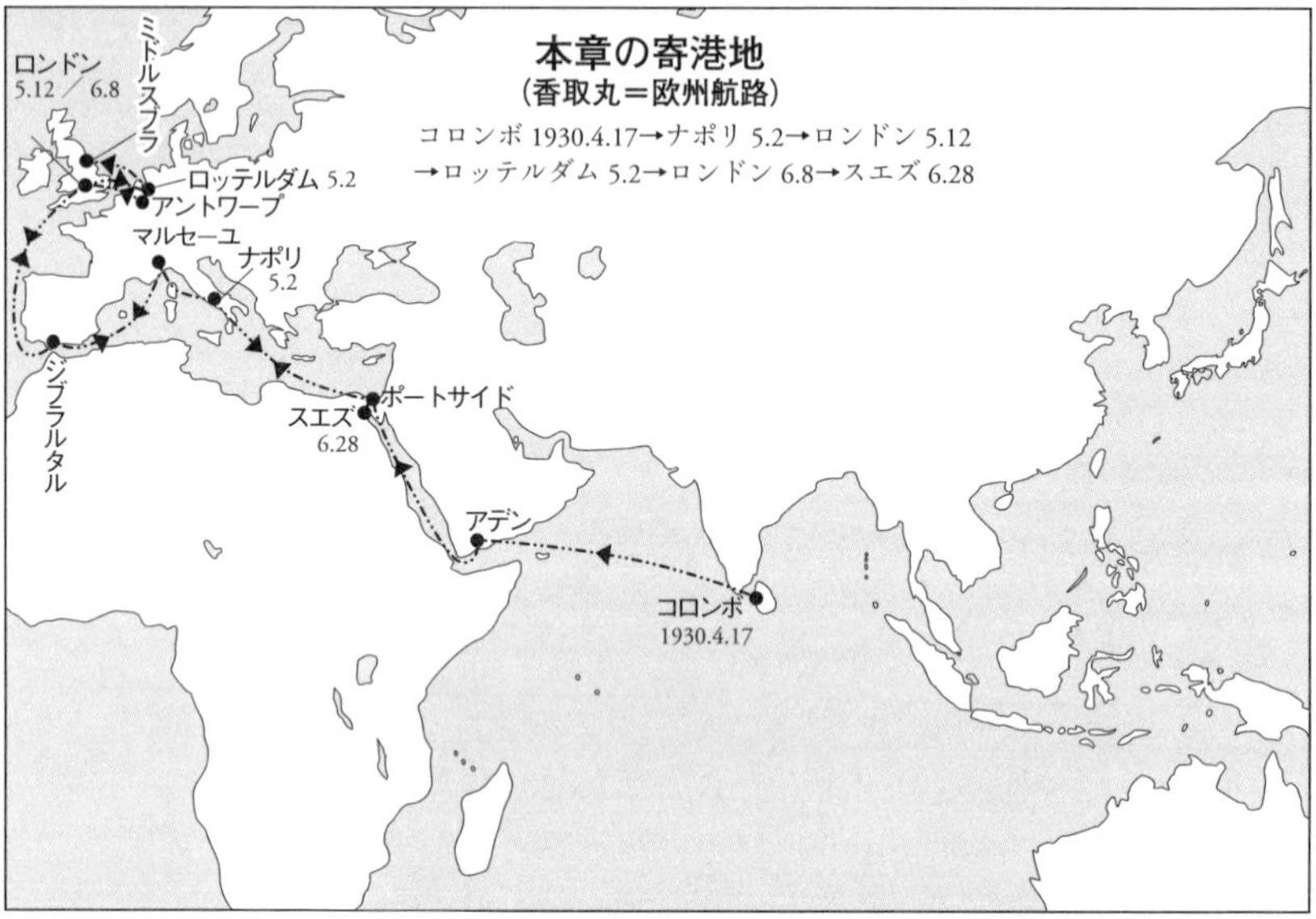

1930年（昭和5）5～6月の主なできごと

五月一日　第一一回メーデー。川崎でピストルや竹槍などで武装したデモ。
五月五日　ガンジーが「塩の行進」のために逮捕、投獄される。
五月六日　日中関税協定成立。条件付きで中国の関税自主権を承認。
五月三〇日　満州の間島で朝鮮人の半日独立武装暴動起こる。
六月八日　ニューヨーク株式市場で大暴落。
六月九日　関西資本家団体が労働組合法案反対協議会を開き、全国的反対運動の開始を決める。
六月一三日　満鉄が浜口内閣の合理化政策で社員の一割、九〇〇人を解雇。
六月一七日　フーバー米大統領、輸入農産物に高率の関税を課すスムート・ホウリー法案に署名。世界的な保護貿易主義の台頭へ。
六月二六日　スターリン、第一六回共産党大会で一〇時間に及び粛正を釈明。

四月二三日

四月一七日コロンボを出港してから、きょう午後五時ごろ、アデン（現在のイエメン共和国の主要都市）着。同夜一〇時、出帆。

みわたすかぎり、草木の緑とては一点もない、白く赤くぎらぎらと太陽に輝くはげっぱの岩山が、巨人の斧で切りおろしたような断面をみせてそびえている。岩石の山、砂漠の谷、それが畳嶂《じょうしょう》としてつづき、まぶしく炎《も》えている。

アデンは、港としての設備もなかった。岩山が急傾斜をなして海におちこんでいた。そこに小さな建物が二～三、おなじ岩山の色をして建っているだけであった。海水は濃藍の毒どくしさで、草木のない陸《おか》の黄赤色と対照して、いかにも熱帯らしい印象をあたえた。この岩山のむこうに、かなり大きい都市があるということである。

暑い、暑い。ながい熱帯の航海に、やせてつかれて、精神も肉体もともに消沈して、生きた心地さえしない。

ここは「入れ出し」（入港して、すぐ出港すること）だから、チューブ（煙管）は突かなかったが、スモークドア（煙室のドア）をあけて、フラン（煤《すす》）おとしだけはやらされる。船が着くと同時に、フィニッシュ（終了）のテレグラフ（速力伝達器）が鳴ると、スモークドアをぶちあけて、焼けたフランをかきおとすのだ。その暑さ、熱さ、たまったものではない。

ようやく仕事を終わってあがってくると、ひと息つくまもなくまたワッチ（当直）だ。船が動きだすと、すぐアス（石炭の燃えがら）巻きだ。

労働、労働、くるしい労働の連続だ。少々陸で食いつめても、なまじ欧州航路のコロッパス（石炭夫）なんかになるものじゃないと、つくづく思う。いくら陸のくるしい労働だって、卒倒するまで酷使はしないだろう。しかし、この航路のこの付近では、作業中に卒倒することを茶飯事と心えているのだ。おれは何回ひっくり返ったなどと、平気で話しているのだ。

四月二五日

いちばん気にしていたレッドシー（紅海）は、向い風で思いのほか涼しい。右はアラビア、左はアフリカ。広漠たる大砂漠にはさまれたこの海は、気味わるいまで濃藍の色をたたえている。空も雲影ひとつなく澄みわたっている。太陽はあいかわらず赫灼《かくしゃく》と、その光と熱のありったけを海上に放射している。

夜はこのごろ月がなくなった。だが、星がじつに美しい。ワッチのくるしい労働から解放されて、フランと灰と石炭の粉のまぶれついたからだを洗いおとして、デッキ（甲板）にあがって、晴れた空の星辰《せいしん》をながめる気持は、あるいはマドロスならでは味わえない境地かもしれない。だが、そうした感傷にちかい神秘の境地にひたることも、ながくはつづかない。現実のきびしい生活が、それをゆるさない。

はたらかねばならない。朝の七時からまたワッチだ。はたらくためには、休養を要する。睡眠が必要だ。寝もせず、いつまでも夜空をながめているわけにはいかない。どんなにせまっくるしい、きたない部屋の汗くさいベッドでも、また汗じっくりになって、「くるしい睡眠」を、むりにでもとらねばならない。

四月二七日

きょうは、大部屋の大掃除をやった。

火夫長《ナンバン》は、シンガポールから積んできたパイナップルをアイスチャンバー（冷凍室）で冷やして、みんなに一個ずつ配った。そして、みんなが「ありがとう」とか「ご馳走さま」とかいって礼をいうのを、年がいもなく悦に入っているのもおかしい。みんなはそのうえ、ますますかれの歓心を買うようなお追従をいうのだ。

この一個の、せいぜい二〇銭そこそこのパイナップルが、月々みんながかれのためにしぼられる金の何百分の一にあたっているか。「ありがとう」とか「ご馳走さま」とか、口にだすのもしゃくのたねだ。

きのう正午ごろ、とつぜんブリッジ（船橋）のテレグラフが鳴った。なにごとだろうと外をみると、ゆくてに一隻の船がストップしていた。本船はだんだんその船に近づいていった。その船はフランスのフライキ（信号旗）を揚げた、一万トンほどのメール船（郵便船）であった。船尾《とも》と船首《おもて》のオーネン（天幕、日除け）の下から、多数の黒人のデッキパー（デッキパッセンジャー＝デッキで寝起きする船客）が、メジロ押しに本船をのぞいていた。船は信号旗を揚げたりおろしたりした。どこか、故障でもしていたのだろう。どんな信号がかわされたのか、本船はゴーヘー・フル（全速運転）で進みだした。船舷にもたれた船客たちが、しきりに帽子やハンカチをふっていた。

客船に乗っていると、貨物船のように退屈はしない。乗組員は多いし、男女の船客もみえるし、かわいらしい子どもや赤ん坊の泣き声さえきける。貨物船に乗ってながい航海をつづけていると、めす猫のさかりがついた鳴き声さえ話題となって大さわぎになるが、客船ではそんなことはない。

大きな船になればなるほど、各部の仕事が分化され、じぶんの部以外のことはまったくわからない。現に私たちは、甲・司部（甲板部・司厨部）のことは皆目わからない。どんなお客たちがどれだけ乗っているかも、私たちにはわからない。

四月二九日

二八日午後七時、ポートサイド着。二九日午後二時、出帆。

二七日の夕方、アフリカ大陸とアラビアの砂漠とがのぞめる、せまい海峡へはいっていった。左方は、ごつごつした岩山が長くつづく断崖となって海におちこんでおり、岸には白く波がくだけているのがみえた。右のアラビア側は、なだらかな起伏をなした砂漠が際限なくつづいていた。

二八日の朝、船はもう、スエズの市街を後方にのぞむ運河のなかにはいっていた。みわたすかぎり広漠たる大砂漠。太陽はこのかっ色の砂漠の反射のためか、一種ちがった濃黄をおびた光線を、目がくらむようになげつけている。えんえんとして運河は、一条の藍のリボンを引きのばしたようにつづいている。運河の幅は、汽船が一隻通れば、両岸はいくらもすきがない。毎日幾十隻と通過するので、波で洗われてか堤防がこわれたところもある。もともとざらざらした土だから、ねばりがないらしい。

船はハーフ（半速運転）で、ときにはスローで進んでいる。ラクダや馬を使って堤防の修理をしているところが、何か所かあった。黒い裸の子どもが、奇声をあげ両手をあげて、船に平行して堤防の上を走る。左のほう、ずっとかなたにひと叢《むら》ふた叢、濃緑の熱帯樹のしげみがみえる。そこには、小鳥の巣箱のような土人の家が建っている。いわゆるオアシスだ。人を乗せた四〜五匹のラクダが、オアシスのほうへ歩いていくのがみえる。

ワッチからあがってみると、船は広い湖水の上を走っていた。三角帆の小船や小蒸汽が浮いていた。船はまた運河にはいった。両方の堤防が高くて眺望がきかないところがあった。運河の幅が広いところに屋根船を浮かせて、そこから釣糸をたれている人たちもいた。

夕方、船がポートサイドにちかづくころは、堤防は、青草がはえ、樹木がしげり、人の住めそうなところにみえた。堤防と平行して道路があり、自動車が走っていた。その道路のむこうは鉄道線路で、おりから走ってきた汽車が本船とすれちがうとき、汽車の乗客と船の乗客とがハンカチや帽子をふりあうという、おもしろい場面をえがいた。

ポートサイドに着くと、すぐチューブ突き（煙管掃除）をやらされる。出帆がはやいためだ。船がアンカー（錨）をおろすかおろさぬうちから、スモークドアをぶちあけてチューブ突きをやる。あがってくると一一時半。よごれたからだを洗いながすのもそこそこに、ベッドにころげこむ。しばらくうとうとすると、むりにたたき起こされてアス巻きだ。

当時のポートサイドの港

午前三時。船はもう、ポートサイドの港をはなれていた。

ファネス（火炉）一八本、全部のアスを引きだして小山ほどたまったアスを巻き終わってあがってくると、五時半。夜はもう明けはなたれて、水平線から真赤な太陽がのぼりかけている。もう眠れもしない。そのままデッキの上に横になって、うとうとすると、七時からワッチだ。からだはまったくへとへとにつかれてしまった。目がぴょこんとひっこんだ。

五月一日

きょうは労働祭《メーデー》である。各国の労働者が、メーデー歌高らかに示威行列をやっている日だ。この船では、メーデーのメの字も口にするものはなかった。もし私がひとり、声をあげてメーデー歌でもうたおうものなら、すぐ首がとぶだろう。ちょっと労働問題のことなど口にしたら、「赤い」といって火夫長はにらむ。すぐ「赤マーク」をつけて会社に報告するのだ。これが、毎月組合費をわれわれから徴収する男の仕打ちだから、あきれる。

本船にも、二～三人「目覚めた」ものをみうける。だがかれらは、この火夫長のもとで猫をかむっているらしい。現実の馬車馬に等しい船内の労働、その労賃の上前をはねる火夫長——。私は反抗とたたかいを心に誓った。

そしてワッチにはいってから、缶替《かまが》え、アス巻きを終え、バンカー（石炭庫）に石炭繰りにいって、そこで声のかぎ《ぐ》り「聞け万国の労働者」と、メーデー歌をうたった。

ポートサイド出帆いらい、へとへとにつかれてひっこんだ目は、なかなかでてこない。ポートサイドで寝るひまもなくチューブ突きをやり、すぐアス巻きをやらされ、また寝るひまもなくワッチだ。それだけですっかり目がひっこんだのに、こんどは夜のワッチで、日本炭をやめてポートサイドでとった灰のようにぼろぼろした粉炭をたくため、スペアオールハン（予備員全員）でおりてきてオール缶替えをやった。まだどろどろ燃えている石炭をつぎつぎと引きだし、それに水をかけ、ハイドリック（灰放射機）で巻くのだ。デンブル（灰溜り）におちた灰をいちいち私たちがかく。その熱さ、くるしさ、たとえようがない。五貫［約一八キログラム］以上のスライスバー（火ベラ）でファイヤーブリッジにくっついたアスを、いちいち引きおこすのだ。全一八本の缶替えがすむまで二時間。一生懸命はたらかされ、追いまくられて、生きた心地はしなかった。

火夫長は、いちいちみんなを怒鳴りつけてまわった。「さあ、蒸気がさがる！」「火をたけ！」「デンブルをかけ！」「石炭をこぼすな！」「灰に水をかけろ！」「ぼやぼやするな！」「はやく灰を巻け！」と、缶前《かままえ》をかけまわって怒鳴りちらす。

私は息ぐるしくなって、ぶっ倒れそうになってきた。しまった。おれは卒倒するかもしれない、とじぶんで感づいたので、いそいでベンチレーターの下にいったが、ちっとも風がはいらない。胸がつかえて、つよい嘔吐をもよおしてきた。下腹に力をいれた。額に手をあてると、この熱渦のなかにいてまったく熱がないのに気づいた。私は水を腹一杯飲んだ。そしてしばらくスコップを杖に立って休んでいたが、心臓のつよい鼓動はやまなかった。「なにぐずぐずしとるか。はようアスを巻け！」火夫長が怒鳴ってきた。私はスコップをひきずって船尾のほうへいった。そこのベンチレーターの下は、風がよくはいった。しばらく立っていると、いくぶん気分がよくなってきた。

あとから石炭を押すのに胸がくるしくて、元気がでなかった。ようやくワッチを終わって、バス（風呂）を使うと、ベッドに倒れこんで、死んだように眠った。

コロッパス三人とも、申しあわせたようにやせて、目がおちこんでいる。

五月三日

五月一日夜一〇時ごろ、夜景で有名なメシーナ海峡を通った。地中海へ東南にのびたイタリア半島が、さらに西南へ屈折してカラブリア半島となってのびている。その南端と、エトナ火山で有名なシシリー島（シチリア島）の東端と相接して海峡となっている。

私たちは夜のワッチにはいっていた。船が二回長い汽笛を鳴らした。海峡である。船客に知らせるための汽笛である。石炭繰りをやめてデッキにでてみた。汗をかいたワッチ着では寒いくらいの風が吹いていた。みわたすと両方の海岸線、目のとどくかぎり、きらきらと灯が輝いていていた。なだらかな起伏をみせた山を背に、無数の灯影を映して遠くつづいているのだ。遠く長く、墨絵のような山脈を背に、灯影をきそうように海峡を彩った夜景は、つたない筆では表現できそうもない。

船客たちもデッキにでてきて感嘆の声をもらしていた。おりから、左岸シシリー島側の山の端におちようとする半円の月。ともに夜景にひとしおのおもむきをそえていた。デッキに立ってすばらしい夜景にみとれていると、なんともいえぬふくいくたるにおいがしてきた。西洋女の香水のようなつよいにおいではない。もっとやわらかな、キリの花のにおいのようであった。それをかぎだしたのは、私であった。私が「いいにおいがする」というと、みんなは笑って「船客の女の香水だ」といった。「むこうから風が吹いてるのに、女のにおいがするものか」というと、しばらくして、「なるほどいいにおいがする」と、みんなもいいだした。たぶんこの付近の陸に、こういういいにおいをもった花が咲きみだれているのだろう。

その夜のワッチからあがって、二時間。二日の午前一時ごろ、地中海の「灯台」といわれるストロンボリ島の近くにきた。デッキにでてみると、海中に屹然《きつぜん》と錐型にそびえた山の頂上に、ほのかな明るみをみせた島が、ゆくてに立ちふさがっていた。本船は故意にこの島を約一周するのだという。

ややしばらくたってからでてみると、船はもうその島をずいぶんまわったらしく、山の中腹よりやや頂上に近いところからぼうぼうと紅い火が燃えあがっているのがみえた。その火は山の頂きを明るく照らしている。船はますますその島に近づいていく。ときおりその火口からゴォッという音を発して、焼けた溶岩をふきあげる。その壮観は、夏の夜の人工の揚げ花火など比較にならない。その溶岩は、おちてたらたらと山の急斜面を流れくだり、海岸近くまで流れていくのである。さすがに地中海の「灯台」だ。

船はまた汽笛を鳴らした。船客に知らせるのだ。この巨船を、この火山の夜の噴火を、お客にみせんがために、わざわざ島を一周するのだ。なかなかのモダン船長である。船はその島に呼べば答えるところまで接近して、コースを変えた。

二日の朝九時ごろ、ナポリ入港。風光明美をもって有名なナポリ。まるく湾をなした海岸にそうて、山の斜面や岬のあいだにも、家が建ち並んでいた。暖かな南欧の陽光はいかにものどかに明るく、港を彩っていた。出船入船も多い。有名なヴェスヴィオ火山は、港にむかって右手にそびえていた。その山がはきだすおびただしい噴煙は、ただちに白い雲となって山の上に立ちこめ、やがて横に、山脈の上にたなびいて流れていた。あの山のむこうに、ポンペイの廃墟はあるのだろう。

陸へはあがらなかった。ここは外からみたのがよいので、街を歩いたら、不具者やこじきが多く、また浮浪者にたかられるおそれがあるという。

石炭積みにきた人夫が、私たちのワッチ足袋が下駄箱にあるのを盗んでいくのには、こまった。黒服ずくめの変な帽子をかむったポリスが、うろうろしていた。ファシスト独裁首相ムッソリーニ治下の国だ。

午後八時、ナポリ港出帆。わざわざ缶前からあがって、港の夜景をみんものとデッキにでる。船は防波堤をでてフルで波を切りだした。ふりかえれば、一面美しい灯が港を抱き、春宵のうすもやはほのかなダイダイ色にかすみ、南欧の港の宵がしのばれる。港をとりまくその灯々は、ふとく小さく、赤く青く、ちょうど香港島をひきのばしたようなおもむきがあった。左手の街の灯のかなたにそびえるヴェスヴィオは、夜目にもしるく白煙をはきつづけている。その火口付近は樺色に明るんでみえる。ケーブルカーでもできているのか、山の頂上からななめに一列に幾百としれぬ灯が輝いていた。

デッキは寒いくらい風があった。しずかに遠ざかりゆくナポリの港の灯、ヴェスヴィオの噴煙。船舷にもたれてしばし、コロッパスという身分をわすれて旅情にひたった。

船はいま、月影あわき地中海を西へ走っている。あすはマルセーユだ。

五月五日

五月四日朝七時、マルセーユ入港。きょう午後三時、出港。

マルセーユ入港後、すぐチューブ突き。気候がよいので、あまりくるしまないで手ばやくやってしまった。あとは休みだ。

歓楽の港マルセーユ。欧州航路の船が往きも帰りもここに一夜ずつ停泊するのを、船員たちはどれほどたのしんでいるかしれない。暑いインド洋、紅海を通って地中海にはいり、はじめて涼しい風にあたり、よみがえったような気持になる船員の胸に、一夜のマルセーユがあることは、砂漠のなかのオアシスのようなものだ。

仕事をすましてあがってくると、火夫長はみんなに一人頭五円紙幣一枚ずつわたした。これは三番のホールド（船艙）に積んだ石炭の繰り賃である。いかにあくどい火夫長でも、この石炭繰り賃は全部平等にわたした。よほどの辛抱人でないかぎり、日本出帆のおり、じぶんのふところに五円ともっているものは少ない。金をもっていることを知ると、貸せといってうるさいし、上陸のときあとにくっついてくる。これを船員たちは「けつにくっつく」といっている。この「けつにくっつかれる」くらい、うるさいものはない。

しかし、きょうだけはその心配はない。みんな平均にもっているのだ。「さあ、いくぞ」「活動写真だ。のぞきだ」「――だ。ビールだ。いけいけ」有頂天になったみんなは、昼のうちからぞろぞろでかける。

一部の連中は、きょうもらった金を賭けて、オイチョカブやハッパステン［戦前の賭け事］や麻雀をやっている。

私も、相ワッチの佐藤と見習い一人と三人で上陸した。昼日なか淫売屋なんかにとびこむ連中とは、上陸したくなかった。私たちは、電車通りにでて歩いていった。日曜だからだろうか、若夫婦、老夫婦、あるいは子どもづれが、腕を組んだり、子どもの手をひきあったりして、ぞろぞろ歩いていた。七〇くらいの白ひげのじいさんとしわくちゃのばあさんが、よちよちしながら腕を組みあわせて歩いているのは、こっけいにみえた。スカートの下にすっきりした足の線をのぞかせて、大手をふって歩いている若い女が多い。やはりフランスだと思う。アフリカ人の兵隊が、厚い下唇をつきだしてのその歩いている。

小さな船着場らしいところへでると、そこの広場は大勢の人出で、出店が並んでいた。晩春の午後の陽は、ぶらぶら歩いても汗がにじんでくる。

私たちはそこから左にまがって、坂道を登った。若葉の影を明るく地になげている街路樹の道を登ると、公園らしいところにでた。そこのベンチにはいっぱい人が腰かけていた。しかしそこにも、東京の浅草や大阪の天王寺公園でみうけるような、ぼろの着物にやせた顔、つかれたからだをベンチに横たえて眠っている人たちをみた。

それから私たちは、そこの丘になっているいちばん上の、マリアの像が金色に輝いているほうへ登っていった。日曜なので、参拝者が多い。私は像の前にいっても、十字のきり方も知らない。そこからは、この市街を一望のもとにみわたすことができた。私はまだこれほどすばらしい市街美をながめたことはなかった。

市中を歩いてはたいして美しい街とも思わないが、この丘から俯瞰《ふかん》する美しさは格別だった。市街の赤や白の屋根屋根は明るい太陽の光に反射して、目のさめるような市街美を出現していた。それは、日本の都会ではとうていみることのできないものであった。市街をなだらかな傾斜をなしてとりかこんでいる山々は、まばらに灌木でもはえているらしいが、地肌は真白い食塩でもふりまいたように輝いていた。それがまたいっそう、この市街美をひきたてていた。

港には、何隻も汽船が桟橋に横着けになっていた。そのなかにわが香取丸（遠洋貨客船、総トン数＝九、八四九トン）もファナー（煙突）に「二引き」の赤いマークをみせて、煙をはいていた。海には三角帆の船が四～五隻浮いていた。「巌窟王」で名高いなんとかいう小島が、そのむこうに横たわっていた。

街路樹、公園の青葉、官庁らしい高い建物、尖塔円塔の寺院、それらのものが赤い家並みに点綴《てんてい》されてなお市街美をひきたてているのだ。一定の間隔をおいて、寺院から鐘の音がひびいてくる。

私たちはそこをおりて、またてくてく歩いて船へ帰った。ひさしぶりに歩いたので、つかれた。

夜九時すぎてからまたさそわれて、三～四人づれで上陸した。

大通りへでると、街角に立っている女がなにかいって声をかける。いわゆる辻淫売というのであろう。私たちは、昼間通った通りを右へまがった。そしてすこしいくと、そこはここの公娼街、すなわち「女郎屋」であった。船員らしい各国の人たちがぞろぞろ歩いていた。家の前に立っている女が、なにかいって私たちを呼ぶ。でてきて腕をひっぱるものもいる。「おい、帽子をとられぬように用心しろ」と、つれの一人が注意する。

その街いっぱいにひびきわたるように、チンチン、チャカチャカ、げびた音楽が流れてくる。

「シネマ、シネマ」と呼ぶ一軒に、私たちははいった。四方、どこもかしこも鏡だらけの家である。私たちは二階へあがって、せまい部屋に待たされた。女の笑い声や、かけまわる足音が、げびた音楽にまじってきこえてくる。その部屋には、壁いっぱいに草原で女とマンドリンをもった男が、痴態を演じている絵が描かれていた。

そこへ扉をあけて女がはいってきた。娼婦である。その女の服装には面くらった。ランニングシャツよりも薄いものを着たきり、腰部にはかざりのついた房になったものを、ぴらぴらさげているだけである。女は変な笑い声をのこしてでていった。しばらくして、私たちは別の部屋に案内された。私たちのほかに一〇人ばかりのフランス人がはいってきた。はいるとき五フランずつとられたが、またコミッション（手数料）だといって、年増の女が一人一人集めてまわった。

当時のマルセーユの港

15世紀に建造が始まったとされるサン・ジャン要塞（マルセーユ）

やがて部屋の電灯が消えた。うしろでフィルムをまわす音がした。と、前面の壁に映しだされた情景――。ああ、私はそれをここにあらわに書き記すことはできない。男女の痴態、交合の幾情景が、フィルムを追うてつづくのである。一巻、二巻、三巻……もうたくさんだ。いっしょに見物していたフランス人たちは、股間をおさえて、とびまわったりひっくり返ったりして、大さわぎをやっていた。

私たちはもとの部屋にもどった。と、その部屋へぞろぞろと、私たちの並んでかけたクッションの前へやってきて、ずらりと並んだ一五、六人もの女。着物を着たとはいえない、まるで裸体にひとしい。先刻一人はいってきたような若い女たちは変な笑いを私たちになげて、じっと立っている。手をにぎってひっぱる女もある。私はたまりかねてつっと立つと、帽子をしっかりにぎって、その女たちをおしわけ、とっとと階段をかけおりた。あとからみんなもおりてきた。

「なんだ、きみ。にげてきたのか。意気地がねえなあ」古参の火夫は私を笑った。

いくらなんでもひどい。これより日本の遊郭などずっと高尚だと思った。

それから歩いて帰った。もう、街は人通りも少なかった。街角の暗がりにオペラバッグのようなものをかかえて立っている、若い女をみかける。みんな街娼だとのことである。これもその道の女だろう。黒人の兵隊と腕を組んで歩いていた。私たちは、桟橋の門の近くのバーにはいってビールを飲んだ。バーの女たちは、かたことの日本語をしゃべった。つれの一人が金をみせると、それに目をつけて、さっそく帽子をとってはなさない。とうとうかれは女にひっぱられて、別室に消えた。

私たちは、かれをのこして外へでた。

五月八日

七日午後七時半、ジブラルタル港着、同日一〇時、出帆。

マルセーユから西は寒いくらい涼しい。そのはずだ。遠くにのぞめるスペインの山には、雪が白く光っている。緯度から想像して、この付近の山に雪がのこっているとはおどろいた。

ジブラルタル港は、一方に岬が長くつきでて湾をなしていた。岬の先端には切り立った奇岩がつっ立っていた。そこから高い堤防が築かれて軍港になっているらしい。幾隻もの軍艦のマストとファナーの先がみえている。

一方には真黒い五千トンから一万トンもあろうと思われる船が、十隻ばかり浮いている。それらの船には煙突もついていない。ただ、マストが二本立っているだけだ。

なんにするのだろう？　わかった。廃船を海軍の標的に使用するために集めたのだ。英国の要塞、英国の海軍――香港からずっと、寄港する港は英国の統治のもとにある。日不没をほこる侵略主義の国イギリス。

左手にはアフリカの山がみえる。アフリカでもこの付近は青々と樹木がしげって、住み心地がよさそうである。

五月一〇日

船は、波の荒いことで有名なビスケー湾を通っている。が、思ったほど波もなく、ただうねりがあって、船が左右にゆらりゆらりとゆれるだけだ。ここがこんなにしずかなことは、めずらしいとのことである。

気候がよくなった。毛布一枚かぶって寝て、ちょうどよい寝心地である。北へ進むにつれ、昼がながくなった。インド洋では、夕方七時のワッチにはいるころは、もう人顔もみえぬくらいだったのに、ここでは、まだワッチにはいるときは陽が高々と照っている。このごろ夜は月がある。しかしデッキは寒いので、でて歩けない。地中海の明るさとくらべ、ここへくるとなんとなく暗い印象をうける。霧の街ロンドンも、もうまぢかになった。

涼しいとワッチがらくだ。きのうの昼など、ワッチ後に中段の石炭おとしをやった。一二時すぎまで一生懸命、全部じぶんのワッチの受持ちの分をおとしてしまった。こんなむりをインド洋あたりでやろうとしても、とうていできない相談である。

涼しくなって仕事もらくになったのに、きのうサイドバンカーからファイヤーマン（火夫）のたく石炭をはねだしていると、鼻から水ばなのようなものがでてきた。ぬるぬるして気持わるいので、タオルでふいた。いくらふいてもでてくるので、ふしぎに思ってそのタオルをみると、血がいっぱいくっついている。鼻血がでているのだと気づくと、すぐタオルのはしをやぶって鼻につめ、仰向けになってしばらく休んだ。すると鼻血はやんだが、のどに啖のようなものがひっかかっているので、はきだしてみると、吸いこんだ石炭の粉に血がまじって、毒どくしいきたない色をしている。気持がわるくなってきた。頭がふらふらする。

故郷にいるころ、ときどき鼻血がでることがあったが、ここ四〜五年こんなことはなかった。どうしたわけだろう。気になってしかたがない。

五月一二日

ようやく今朝午前二時、英京ロンドン、ヴィクトリアドック《ドックイン》に入渠した。門司出帆いらい四五日、横浜出帆後ちょうど五〇日めである。

昨夜は雲が低くたれて、小雨が降っていた。夜にはいってから船はテームズ河にはいって、クレーム・センターで船客をおろし、それからドックにはいった。

きょうは午後一時からさっそく仕事だ。ながい航海をつづけてようやく着いたのに、休みもない。霧の都とはいうけれど、きょうはぼんやり晴れて、陽の光が暖かくさしている。ドックの便所のうしろの土手に、小さな草やアザミが青々とのびだしている。ちょうど日本の三月末の気候である。このドックからうける印象は、ごみごみした古くさい街の感じだ。

荷役にくる労働者の体格のりっぱなのには、感心する。しかし、仕事はあせらずのろのろやっている。おちつきがよい。労働者の服装もきちんとしている。昼食時や退勤時に並んで歩いているかれらは、まるで兵隊のように規律がよい。

夜、火夫長が紅茶とパンをみんなにだした。

きょう火夫長は、ここのドックの郵船（日本郵船）専用の便所にいってきて、プンプン熱をあげて大声で怒鳴りちらしていた。しばらくすると、ナンバーツー（二等油差し）がカードを一枚ずつ配って、「これに『香取丸火夫長根葉吉之助』と書いてくれ」という。なんだとたずねると、その便所のドアに火夫長にたいする悪口が書いてあったとのことだ。今朝入港したのだから、たしかに本船のものが書いたにちがいない。それにしても、紙まで配ってそんなことを書かせて筆跡をしらべるつもりだろうか。「熱をあげて」おこるかれの顔をみるのがこっけいだ。ばかばかしい。わかるものか。この吸血鬼め、自己の行為を反省したことがあるのだろうか。

「鬼の火夫長根葉吉之助」と書かれたことが、よほどしゃくにさわったらしい。だれでも不平と反感をもっていながら、泣き寝入りしているのだ。しかし結局、かれの歓心でも買って重く用いられたほうが、船乗りとして暮らすためには有利かもしれない。だが、このちょうしでは、いつまでたったってもわれわれは救われはしない。

五月一四日

きのうから私たち八時ワッチの受持ち一～三号缶だけ、缶掃除。チューブを突いて、コンパッションの掃除。ながい航海中の灰をだしてファイヤーサイドの掃除。コンパッション（燃焼室）コンパッションにたまった灰の多さは、おどろくほどだ。ブリッジとおなじ高さにたまっている。それをファネスにかきだすと、ファネスいっぱいだ。これが涼しいからいいが、暑いところだとやれる仕事ではない。なにしろ気候がいいから助かる。黒くなるだけだ。

きのうは仕事を終えてから、近くのカストミハウス・ステーションからウリーチゆきの汽車に乗る。汽車は古くて乗心地もよくない。ラッシュアワーだったので、車中はこんでいた。汽車をおりて地下道でテームズ河の下を通って、対岸へいく。隧道はずいぶん長かった。退勤時の人でいっぱいだった。若い職業婦人も歩いていたが、足のはやいのには舌をまいた。とても私たちはついて歩けない。

そこは相当にぎわった街であった。ショーウインドーがきれいだ。そこからは、日本ならばかならずきこえてくる人寄せのラジオも蓄音機の音もひびいてこない。街はいたってしずかだ。やはりここにも広場があり、市場があって、客を呼んでいた。

とあるオペラ劇場へはいる。日本の船員がよくいくらしい。「新しい、とてもおもしろいオペラがまいりました。おはいりください」と、大きな活字の日本文字が印刷してはられてあった。もうはじまっていた。ことばこそわからないが、若い女たちのダンスや音楽はおもしろい。肩がこらなくていい。劇はすべてくだらない、こっけいなものばかりだった。手をたたいて笑う観衆は日本とおなじだ。

はねて、でる。外はまだ明るい。

英国人は体格がいい。道を歩いている女も、日本人でも背の小さい私などみあげるほどである。圧迫を感じていけない。

帰りには、テームズ河をヘール（曳舟）でわたる。無賃である。河の水はにごってきたなく、いやなにおいが鼻をつく。また汽車で帰る。オーバーなしでは寒いくらいだ。九時、まだ明るい。いつもうす曇って夕方のような日ばかりだが、夜がみじかくて日がながい。暮れそうでなかなか暮れない。

いま、ロンドンに郵船の船ばかり三隻はいっている。本船（香取丸）、榛名《はるな》、貨物船水戸。

ロンドンで開かれていた軍縮会議のことなど、だれ一人口にするものもない。もちろん私たちがなにも知ろうはずがない。

五月一六日

きょう、われわれコロッパス、オールハン（全員）で五号缶の缶洗いをやらされる。これはいつもの缶洗いとはちがって、日本からここまでたいてきた水を、そのままにしておいて、その水をすこしずつ減らして、減るにしたがって、ボイラーのなかのチューブやステーやファネスなどのウォーターサイドをウエス（ボロ布）やシカラップ（スクレーパー、きさげ）やワイヤブラシでみがくのである。私は、はじめての仕事だ。真っ裸になり猿股一つで、マンホールのふたをとってなかへはいると蒸し風呂だ。ボイラーの水は風呂の湯よりも熱い。そのなかでパチャパチャやるのだ。ものの一〇分とはいっていられない。二組に分かれて交代ではいる。

一度より二度、二度より三度と、はいるたび、つかれてくる。「夏中請負」と証明書きのあるロウソクをともしてはいると、それがくるりとまがって消えてしまう。むちゃな仕事をやらせるものだ。しかし、みんなむりをむりと思わず、一生懸命バシャバシャやっている。

缶洗いを終えてあがると、くたくたにつかれている。からだを棒でなぐられたようだ。ひと眠りする。それから二〜三人づれででかける。陽が照って暖かい。公園にいってみる。チューリップがきれいに咲いている。ポプラやその他の樹木が若芽をふき、青畳のように芝草が萌えている。ベンチに腰かけてしばらく休む。

英国の子どもは人なつっこい。道で会っても、われわれの手にすがりついてくる。そして、ペニーをくれ、シガレットをくれ、とねだる。欧州では、小さい子どもがパイプをくわえているのをみかける。「チャイニーズ」という。私たちをシナ（中国）人と思ってるらしい。おとなたちは、われわれのからだが小さいので子どもくらいに思っているのか、ことに小さい私など、頭をなでたりして「ベビー」なんていっていきすぎる男もいる。

活動館へはいってキネマをみて、帰る。熱帯黒人の生活の実写は印象にのこった。

五月一九日

一七日の正午すぎ、ロンドンのヴィクトリアドック出渠《きょ》。ドックからテームズ河にでるまでにはいくつものドックがあって、出入渠のときには、ドック内に船がはいると水門をしめて、水量を入渠のときは増し、出港のときは減らすのである。そしてつぎのドックへ船を送るのである。

河へでて灰が巻けるようになるまでには、六時間もかかった。停泊中にたまった灰を巻き終えるのに三時間もかかった。きのう缶洗いをやったせいか、からだがだるくて手足の節々が痛い。小便が真赤になっている。

アントワープ（アンヴェルス）、一八日の早朝入港。目がさめてデッキにでてみたときは、船はもうアントワープのシェルト河の岸壁に着いていた。河がそのまま港になっているのだ。一方の河岸にずらりと、汽船が着いて並んでいた。対岸はずっと広びろとした平野である。若草がいっぱいのびてみわたすかぎり青畳である。

ずっとむこうには木立ちや並木があるらしく、黒ずんだあたり、河か海か、帆船の頭の部分だけがゆるく動いているのがみえる。右手に河がまがって、青草の堤にさえぎられているあたり、草のかげから汽船のマストだけがみえる。

白い雲のあいだからもれる明るい陽が、平野の上に美しい明暗を彩っている。河の水はにぶい白銅色をしてはいるが、テームズ河のようによごれてはいない。東洋の港でみるようなサンパン（通船、はしけ）の群もいない。そうぞうしさがない。ときおり、帆船がゆるやかにすべっていく。しずかでのびのびしたような、港の印象である。私はずっとまえに読んだ、メーテルリンクの伝記を思いだした。

アントワープこそ船員たちが、マルセーユよりもたのしみに待っていた港である。

昼ごろから雨になって、やみそうにない。しかし、部屋にいるのも退屈だ。きのうここでの小遣いだといって、火夫長が一人頭五円ずつ貸した。私はとくべつ一〇円借りた。どうせ頭なし（金なし）は頭なしだ。はじめての港だ。すこしは発憤してやれ。くそ度胸をきめこんで借りた。みんなはその金で麻雀やポーカーやオイチョカブをやっているので、そうぞうしくって部屋におれない。

相ワッチの佐藤と火夫《ファイヤーマン》の水野と二人、傘をさして上陸した。一方は河で岸壁で、そして倉庫が並んでいる片側街を歩いていった。水野がさしている蛇の目傘を、通りすがりのものが立ちどまってながめる。雨は途中でやんだ。

そこに建ち並ぶ家の大部分がバーであるのにはおどろいた。内からピアノの音がもれてくる。「東京バー」「大阪バー」「神戸バー」「横浜バー」「梅ヶ枝」「すずらん」「まるまげ」「ライオン」などなど、日本文字で書かれたバーが十幾軒と並んでいるのにはさらにおどろいた。そしてそこの女のほとんどが、かたことまじりの日本語を話し、日本の「枯れすすき」「道頓堀行進曲」「愛して頂戴」などの歌を、まわらぬ舌でおもしろくうたうのには、さらにさらにおどろいた。水野君はちょっとスペーキ（会話）もできるし、ダンスもうまい。まずいが安いビールやサイダーを一杯ずつ飲んで、七～八軒のバーをまわった。

日本名のバーが多いだけに、どのバーでも歓待してくれる。ビール一～二本で一時間もねばっていても、いやな顔もせず、電気ピアノをかけていっしょに踊ろうとすすめる。私は「ノー」をくり返して動かなかった。小兵がみあげるような女と踊るのは、サマにならない。水野君はダンスをやった。銀髪で大きな目、ふっくらとした肉体、そうした女とかれは軽快に踊った。

航海中のくるしさや現実のみじめな生活を、しばらくでもわすれさせてくれるような、こうした港があることは、船員たちにとっては救われる気持である。それにここは、マルセーユのようなあくどさがない。安心して遊べるところらしい。バーの時間がひけて二時ごろになったら、翌朝おそくまでこれらの女を五～六円で抱くこともできるのだ。

なにしろ昼がながい。すっかり暮れるのは夜の一〇時ごろだ。いったん船に帰り、一〇時すぎてからまたでかける。こんどはここの淫売窟のほうをみて歩く。どこもバー、カフェーの多いこと、横浜、神戸のおよぶところでない。チカチカ、ガンガン、電気ピアノの音がやかましくひびいてくる。街角や路地や軒の暗がりに、女が立っている。通る船員に声をかけている。そこをうろつく各国のマドロスの多いこと、マルセーユをしのいでいる。街はわりにきれいだ。時計台がそびえるあたり、街路樹が並び、日本の都市ではみられない市街美である。

酔いどれが多い。ぐでんぐでんになって、私たちにもたれかかり、いい寄ってくる男もあった。また、女の酔いどれもみうけられた。大声をあげてうたいながら、大道せましと千鳥足で歩いているのは、ちょっと奇観であった。

バーは一時をすぎてもピアノの音がひびいて、ダンスの靴音がしている。二～三軒のバーでビールを飲んで、船に帰ったのは一時半。ひさしぶり夜ふけの涼風に酔顔をさらし、いい気持だった。一軒一軒のバーのことや女のことなど、書いているときりがない。

五月二二日

アントワープ、一九日午後四時出帆。ロッテルダム、二〇日早朝入港。ロッテルダム、二〇日午後一時出帆。ミドルスブラ、二一日午前一一時入港。

アントワープからロッテルダムまでのあいだ、海上はわずか三時間ぐらいで、あとは河である。だから、灰巻《アス》きは海のあいだでやらないといけない。この付近は地図でみるとおり、広びろとした平地である。みわたすかぎり青草がのびている。

ロッテルダムは「入れ出し」だったので、上陸できなかった。ここも河の港である。ライン河の分流レッシュ河岸である。小学校のころ地理のさし絵でみて、夢のように心に描いていたオランダの海より低い平原を、直接この目でながめることができた。

ロッテルダムを出帆して、船は河を下った。両岸はみわたすかぎり平野で、ところどころに木立ちや並木があり、赤や白の農家の屋根がみえる。放牧の牛が群をなして、堤の草をはんでいる。なるほど地面は河よりも低い。ところどころに絵でみるような風車がまわっている。これで水害はないのだろうか。しかし、なんともいえぬ楽園のようなながめである。

ロッテルダム出帆後、二十数時間で、英国北東岸の港ミドルスブラに入港。船はドックにはいった。ここで一〇日ばかり停泊するらしい。ここは工場街らしく、船からみわたすと、どこも煙突ばかりだ。したがって、黒煙は市街の空にうずまき、陽光をさえぎるありさまだ。ここはロンドンより緯度が四度ばかり北になっているので、昼はますますながい。まったく暮れるのは一〇時半ごろである。そして、朝は三時まえから明るくなる。停泊中の仕事を四時に終わってあがってきても、陽はまだ正午ぐらいの高さに輝いている。

入港早々、休みもなく缶掃除。熱い缶のなかにはいって、カンカン、カンカン、錆おとしをやらされる。

このごろどうしたことか眠れなくてこまる。それが幾晩もつづく。正座をやろうと思っても、部屋の天井が頭につかえてやれない。また、さわがしくてやれもしない。そこで深呼吸をやったり数をかぞえたりしてみるが、眠れない。眠ろうとしてあせればあせるほど、目がさえてくる。そして、昼の仕事中はとても眠い。夕方あがって夕飯後、つい一～二時間眠ると、もうあとは明朝まで眠れない。いままでもこんなことがあったが、こんなになかくつづくのははじめてである。

五月二三日

いま、大部屋の時計は二時を打った。私は眠れないので、読みさしの本の頁でも繰ってみる。夜荷役がないので、電灯は一〇時に消した。私は昼缶掃除のときに、ロウソクを一本もってきた。それを部屋のすみにともして、読むともなく頁を繰る。大部屋四十何人、みんな眠っている。かすかないびきと時計の秒をきざむ音だけがきこえる。ときおり歯ぎしりをするものがある。寝ごとをいうものがある。

一二時ごろまで、あっちに一団、こっちに一群、勝負ごとや雑談にふけっていた連中も、いまは夢路をたどっている。私たちは五～六人、さっきまで伝説や怪談、神の有無などを論じていた。私はどうしても神仏が信じられなくなった。考えれば考えるほど、世のなかは矛盾ばかりだ。神仏も金によって左右される。せちがらい時代の波にもまれ、どん底生活をつづけ、生きんがために、その日その日のパンに追われる身には、信仰すべき神も仏もない。「人はパンのみによって生くるにあらず」といったキリストも、パンなくしては生きられなかったにちがいない。

独歩などは、神の存否についてずいぶん苦悶したらしい。私も幼いころからその点でくるしんだ。懐疑と恐怖は小さい心を痛めた。しかし世の荒波にもまれていくうちに、すっかり無神論者になったようだ。まだ科学によって解明できないことは多いにちがいないが、神仏に帰依する心境にはなれそうにない。

五月二四日

きのうから小雨が降りだした。深い霧がたちこめている。暑くもなく寒くもなく、缶の仕事もわりにらくにできる。病人もでない。

船は、クレーン（起重機）でバンカーに石炭を積んでいる。

ここでは、上陸するものが少ない。上陸してもオペラなどみるよりほか、遊ぶところがないらしい。みんな部屋で思い思いのことをやっている。夕方仕事をあがってから、一二時ごろまでの部屋のそうぞうしさ。麻雀は三か所ぐらいでやっている。一方では車座になってオイチョカブをやっている。また、蓄音機を借りてきてかけるもの。ヴァイオリンをひくもの、マンドリンを奏でるもの。うたうもの。女のカタにむちゅうになっているもの、この雑然紛然たるなかで、超然と静思黙想しうるものはあるまい。

私はこうした人たちと同化しようとつとめ、おなじく女のカタもふり、ばか話に興じる。ただ私がみんなとちがうのは、勝負ごとをやらぬことだけである。ときには本も読む。船の文庫には、一、二、三百冊の本が並んでいる。たいてい「大正」時代に出版された本が多い。そのなかにも読みたい本がまじっているので、ひきだして読む。三月に、秋田丸（遠洋貨物船、総トン数＝三、八一七トン）をおりるとき、みんなにやってきた本のなかにも、まだ読みのこした本がまじっていたのに、と思ったりする。

私のからだは、はげしい労働の連続でずいぶんつかれているのを感じる。たとえ一か月でも、ゆっくり休養できたらと思うことがある。あの重患が根治していないことを意識しているので、いっそう休養にたいする願望せつなるものがある。ものを思いつめて眠れぬ夜もある。遠く一万何千カイリ……。みんな寝しずまった部屋にひとりじっと目をさまして考えていると、「おれもずいぶん遠くへきているんだなあ」と思う。

故郷ではいまごろいそがしい季節である。田起こし、ムギ刈り、畑打ち、甘藷植え、田植え。山にかこまれた谷間のみすぼらしいわら屋根、周囲の木立ち、雑草――、八〇に近い盲目の祖母。からだがよわったという父。しだいにみえなくなっていく目をかなしんできた母。学校に通っている末弟。町に奉公にでている次弟。肉親のことを思うと、気がめいる。

五月二六日

仕事からあがってくると、めずらしく晴れている。入港してからはじめて上陸してみる。この街は、たいした街ではないらしい。工場が多く煤煙のために、しぜんにそうなったのであろうか、建ち並ぶ家並みがくすぶってみえる。デパートにもはいったが、広いけれども階下だけであった。

オペラ劇場にはいった。ことばがわからないので、歌や会話は馬の耳に念仏だが、入れかわり立ちかわり、曲線美の若い女が、あるいは裸体で、あるいは目のさめるような服装で、音楽につれて踊るのに、あるいは明るくあるいは暗く、赤く青く、さまざまな照明によって、水中を泳ぐ白魚のごとく、胡蝶が舞うごとく、天女の天かけるがごとく、しなやかな曲線の動き、奔放なる肉体の乱舞、みるものをして悦惚たらしめずにはおかなかった。

劇場をでると、うっすらと街を霧がつつんでいた。しかし、まだ八時すぎ、あと二時間以上明るい。まだ帰るのもはやい。公園のほうへ歩いていった。日本などではみられない、広い平地の公園である。入口の右手に樹齢五、六十年とみえる桜が一本、盛りをすぎた花をつけてちりのこっていた。日本であったらもっと大きい花弁で咲くだろうに、花の色もうすくあせて、いさぎよくちりもしないで、みにくく花弁を木にとどめていた。日本からもってきたのか、この地で育てたのか、若葉さえいじけているようにみえた。

うっすら暮れかかった公園には、手を組みあった若い男女が幾組も歩いていた。木陰のベンチに腰かけて肩に手をかけあい、接吻している男女もみうけられた。草がのびて、ころんでもよごれない広っぱでは、若い男女が幾組も、上になり下になり、犬ころがじゃれるようにふざけたり、すわって抱きあったりしていた。人がどれほどみていたって平気なものだ。日本ではさっそく風紀紊《びん》乱《らん》で警察にひっぱられるところだが、ここらでは、こうしたことを笑うものはやぼだと、かえって笑われるらしい。

公園をひとまわりして往来へでたころは、英国特有の霧が半町［約五〇メートル］先がみえぬほど深くおりていた。英国の街は、はやくから戸をしめる。目抜通りらしい通りでも、灯影が差しているところは少ない。この暗い往来にでて、子どもたちはやはり遊んでいた。「青森」という、ここにたった一軒しかないうどん屋へはいって、親子うどんを食う。とてもうまい。ひさしぶりにこんな土地でたべるからかもしれない。主人は日本人で妻は英国人だが、若い、目の美しい、小柄で愛嬌のある女である。

そこの私たちのテーブルの側のストーブの前に、むかいあって中年の女が腰かけていた。両人とも写真を何枚ももってみせあっていた。それはたしかに男の写真だった。水田君が「淫売だよ」と小声でいった。私もそういう女だろうと感づいていた。そして、一人はビールを、も一人は紅茶をなめるようにして飲んでいた。両人とも顔立ちはわるくない女であった。その女の一人の足はたしかに義足であった。義足を支えた不自由な身でも、生きるためにはそのからだを売らねばならないのだ。こうした女は、自動車でホテルかどこかにいって泊まるのだそうである。

英国の船に乗っている日本人であろう、奥のほうで声高に話していた。

帰途、子どもがついてきてペニーをくれという。「ノー・ペニー」といってやると、うしろから私の背に小石を投げつけた。ふり返ると、夜霧のなかに姿をかくしていた。霧の夜の街はふけて、寒さが加わってきた。オーバーなしでは寒い。

五月二八日

晴れた日がつづく。きょうはまた仕事を終えてから上陸する。街路を歩いて郊外へでた。若草が一面にのびた牧場、広びろとつづいたゴルフ場、ポプラ並木、小川、藪、遠くのほうの農家の赤い屋根。はるかかなたに連なった山脈、空にさえずるヒバリの声、青草のかおりをふくんで流れるそよ風、青空に輝くやわらかな太陽。こうした郊外の風景は、陸に飢えたわれわれ船員にとっては、まったくよみがえる心地がした。やわらかな草の上に寝ころび、潮の香のする空気ばかり吸っているのどに、若葉のいぶきをたっぷりふくんだ空気を胸いっぱいに吸い、さえずるヒバリの声をきいていると、少女のような哀感が胸にみち、涙さえもよおしてくる。

先日から本船と並んで着いている英国の貨物船に、日本人が一人乗っていた。船はディーゼルで、南米のアルゼンチン航路だという。かれはオイルマン（油差し）をやっていて、英国船に八年も乗っているという。かれには英国人の妻と子どもがあり、リヴァプールに住んでいるという。私たちはその船の機関部を見学にいった。かれは私たちに、ジャムの缶詰を一個ずつくれた。日本人で英国の船に乗っているものが、相当いるらしい。現にこのミドルスブラに、日本船員のボーレン（船員職業紹介所）があるらしい。私はかれに、そうした日本人のことをきこうと思っていたが、船がすぐ出帆してしまった。

五月三〇日

きのうで停泊中の仕事はしまい。きょうは休み。停泊したら読書したり書いたりしようと航海中は思っているが、停泊してみると思うようにいかない。部屋はいつもそうぞうしい。夜は一〇時で消灯する。ときには上陸したい。停泊中の仕事はらくではない。からだはつかれている。

「鬼熊」とあだ名をもった一等機関士《ファーストエンジニア》は、やかまし屋でおこりっぽい。力士のような堂どうとした体躯の持主だ。

缶を点検するとき、下腹がでっぱっているので、ガットからはいるのにくるしんでいるのはこっけいだ。かれがおこったら、雷がおちたようだ。そして、相手を投げとばさずにはおかない。柔道三段というので、みんなピリピリしている。

火夫長のあだ名は「鬼の火夫長」だ。かれが怒鳴らぬ日はない。仕事をちょっとでも休んでいたら、破鐘《われがね》のようなしわがれ声で怒鳴ってくる。だから朝から夕方まで、停泊中の仕事に休憩はない。

缶のなかのチューブの錆おとし、ファネスのバーラインのカンカン、横になり仰向けになり、寝たり起きたり、からだをおく場所もないほどせまいところで、カンカンハンマーやシカラップを使うと、錆は遠慮なく目や口にはいる。エンジンのクランクボックスの掃除、タンクトップの掃除、油だらけではたらかねばならない。おなじ労働でも、不愉快でやる労働はなおくるしい。なおつかれる。

五月三一日

きょう午後五時、ミドルスブラ出帆。

船がドックの回転橋をでるとき、みんながデッキでさわいでいるので、でてみると、橋のきわに立っている三人の若い女があった。機関部のもの三人が公園で話をくっつけて（まとめて）、二晩ばかり彼女らのところに泊まりにいったらしい。それでわざわざ見送りにきているのだ。まだ一八、九のかわいい顔をした女ばかりだ。彼女らは手をふり、投げキッスを送った。かわいいミドルスブラの淫売たちよ、さようなら。またその男がくるかどうかわかりもしないのに。私はじぶんが遊んだわけでもないが、さようならと手をふった。隣りベッドの佐藤君は、その女のうちの一人と遊んだのである。かれによると、そのしんせつさと情熱はおどろくほどだ。こういう女からみると日本の女は人形みたいなものだ、という。

港外に船がでると、すこし波がある。船がゆれるので気持がわるい。すこしながく停泊して出帆すると、これだ。どうも、私のからだはよわっている。

六月二日

きのう午後七時、アントワープ入港。みんな、船が着くとすぐ上陸する。しかし、私はからだがだるく気がめいって、上陸する気がしない。熱田丸《あつた》が入港していた。横浜の郵船倶楽部で二〜三日いっしょだった横山君が熱田に乗っていて、たずねてきてくれる。

父より来信。やはり、私の身を気づかってくれている。故郷もひどい不景気でこまっている、と書いてある。故郷のことを考えると気が沈んで、夜二時になっても三時になっても眠れない。

毎晩みんなは、ぐでんぐでんに酔っぱらって帰ってくる。そして、大声で怒鳴る。くだをまく。口論をする。三時、四時ごろに帰ってきてさわぐのだから、眠れはしない。アントワープのバーでSは酔っぱらって裸踊りをやり、Mはけんかして服をめちゃめちゃにひき裂かれ、Kは袋だたきにあい、はうようにして船に帰ってきた。

六月三日

きょう仕事を終えてから、四～五人づれで上陸する。しばらく歩いてから「TOKYOキネマ」という活動館にはいる。館の名が東京というように、館内の壁画から、天井から柱などの装飾はみんな東洋風にできていた。しかし、あまり毒どくしくてシナ（中国）の大きな商店のような気がした。ここではときどき、日本の映画も上映するらしい。日本の劇団も先日、このアントワープにきたらしく、街角の壁にはられた広告のなかに、「日本劇協会」と書かれた、歌舞伎役者が描かれたポスターがみえた。六月一日までと書いてあったから、本船が入港した日までやっていたのである。

映画はダグラスの「鉄仮面」であった。はねてから、河岸通りへでて歩いた。バーばかりがずらりと並んだ河岸通りには、夜がふけてもマドロスの群が右往左往していた。乗合自動車に似た屋台車で焼いているポテトフライを一フランずつ買って、食い食い帰ってくる。河のずっとむこうの地平線に、半円の真赤な月が沈みかかっていた。

六月四日

めずらしくも、きょうから三日間つづけて休みだという。停泊中日曜も休まず、ぶっ通しはたらかせられたんだもの、これくらいの休みはあたりまえである。きょうは昼食後、佐藤と小山とドンキーマン（ボイラーの操缶手）吉川と四人で博覧会見物にでかける。この博覧会はベルギーの主催で（あるいは万国博だったかもしれない）、第一会場はブリュッセルに、第二会場はこのアントワープにある。夜、船の上からでもこの会場の空は明るく輝いていた。

会場までは、船から歩いて三〇分ぐらいかかった。はやいせいか、入場者は少なかった。入場料五フラン。各館の棟上高く各国の国旗がひるがえっている。めったに身に着けぬ洋服がきゅうくつだ。暑くなった。会場はずいぶん広い。どこからどうみていけばよいのか、とまどってしまう。最初フランス館にはいる。いちいち熱心にみてまわれはしない。ただひととおり目をとおしていくだけだ。フランス館をでるとむこうに、日本の日の丸の立った小さな一棟があった。家の形はお宮そっくりである。

はいってみて、出品の貧弱なのにはがっかりした。工芸美術品はほとんどなく、あっても粗製乱造とでもいおうか、まるで日本の雑貨商店にはいった感じだ。出品物は、朝鮮、台湾、南洋群島あたりのものが多かった。生活風俗の写真など大連がでていた。人造絹糸のワイシャツ、ほこりが灰色につもったこうもり傘、どうしてこんなものを出品したのだろう。むしろ出品しないほうがよかったと思う。

日本館のそばに、日本のお茶屋に似せて掛茶屋ができていた。ネズミ色地に花模様の着物を着た振袖姿の女が二人、その長い袖をひらひらさせながら、日本茶のサービスをしていた。その服装がめずらしいためか、満員の盛況であった。日本人の女も一人、なかのほうではたらいていた。

コンゴ館、ドイツ館、イタリア館、イギリス館などひととおりみてまわった。チョコレート工場、印刷実況、その他の製作所などもみてまわった。つかれると木陰のベンチにかけて休んだ。工芸、美術、科学、いろいろな縮図、模型、船舶、飛行機、科学技術、軍艦その他の武器など、わからないながらも、現代科学の水準といったものをひととおりみてまわったことになる。

午後五時ごろから人が多くなった。娯楽場のほうへいって、エスカレーターに乗ってみる。あまりはやく飛ぶので、ひやひやする。腹がすくとサンドイッチを買ったり、ポテトフライを買ったりして、食いながら歩く。欧州ではどこへいっても、道みちものを食って歩くことは平気なものだ。会場の夜景をみようとうろうろしていたが、なかなか暮れそうにない。夜九時になっても、まだ陽が入らないのだ。待ちきれなくて帰る。きくところによると、第一会場のほうは日本館も相当大きいということである。

六月五日

いつもながらそうぞうしい部屋には、じっとしている気がしない。昼食をすまして上陸する。時計台から奥へいって、ストアにはいった。日本製の陶磁器や漆器類も並べてあった。私たちには、こんなものの値うちはわからない。

ストアをでて目抜通りをいくと、セントラルステーションという停車場があった。そこから右へそれると、ナイチンゲールパークという公園があった。小さな公園だが、樹木がうっ蒼としげって気持がよかった。子どもを乳母車に乗せて押したり、手をひいたりした女たちが多い。ベンチにかけて編物をしている女もある。私たちも木陰のベンチに腰かけて休んだ。初夏、青葉の季節といっても、日本よりひと月おそい感じだ。芝生のなかにタンポポがまるい花をひらいている。名も知らぬ花が美しく咲いていて、ふくいくとしたかおりがただよっている。

帰りに「やをや」という日本人の店に寄って、ビールをカップ一杯飲むと腹にしみわたった。顔は真赤になってしまった。

いったん船にもどり、夕飯をすましてまたでかける。傾いた夕日は、沈みそうでなかなか沈まない。赤い夕日は、港の船々を、街の家々を彩っている。対岸の平原の青草をわたって、河岸通りの街へさわやかな風が流れる。そのころになると、建ち並んだカフェーやバーからは、電気ピアノの音がにぎやかにひびきだす。粧いをこらした金髪碧眼の女たちがドアの外へでて、三三五五ぶらつく各国のマドロスたちに声をかけ、袖をひっぱる。このころから夜ふけの二時ごろまで、この河岸通りの街のにぎわいはつづくのである。

私たちは、はじめ淫売屋のほうをぶらついた。軒下や路地の暗がりに立ったり、小さな椅子にかけたりした女は、日本語で「――しましょう」と呼ぶ。やせこけた女、でぶでぶ四斗樽のような女……。

海岸通りへでて、バーをいちいちのぞいて歩く。とても美しい女がのぞいている。小さなバーへはいってみる。夜目にみた例の女を明るい電灯のもとでみてがっかりする。そばかすだらけの女であった。ビールを一杯ずつ飲んで、でる。それから、日本文字でバーの名を書いてあり、かたことでも日本語をしゃべる女のいるバーに三軒寄って飲んだ。すっかり酔っぱらった。私は顔が赤くなるだけだが、高吉などぐでんぐでんになって、バーの女と変なかっこうでダンスをやる。

足の力を失った高吉を肩にささえて、船に帰る。朝の二時。

六月六日

いよいよあすは出帆。上陸できるのも今夜一晩だ。みんなはもう金がきれている。だから、たいてい船に退屈をしのんでわい談にふけっている。

火夫長が「どうだ。みんな元気なさそうにしてるが、今夜一人頭二円ずつだそうか」といった。「おお、ナンバンたのむぞ」「さあ、飲めるぞ」「上陸スタンバイ（準備）」みんな、菓子をもらってよろこぶ子どもとおなじだ。私は情けなくなった。憂うつになった。二円の金をにぎって、一杯飲めるといってよろこんででかける。なんとあわれなマドロスたちよ。その二円にもまちがいなく月二割の利子がつくのだ。結局、私も例外ではない。そのあわれなマドロスのひとりである。

二円、ここの金に換えて三五フラン。それをにぎってみんな上陸する。私も上陸する。コロッパスばかり八人で、ビールの小瓶八〇本を乾す。みんな酔っぱらって帰る。三五フランは消えている。

あとで、機関部のものと司厨部のものとがバーでけんかをしたといって、大さわぎをしていた。

六月八日

七日夜一〇時、アントワープ出帆。夜の港の岸壁を解纜した本船は、スローで河を下る。岸壁の倉庫の屋根ごしに、バーの赤い灯がみえる。岸壁に立ってトーチランプ(懐中電灯)をふっているものがある。バーの女であろうか、黄色い声でさけんでいる。夜の出帆はさびしい。片側だけではあるが、岸壁の長いことはみとおしがきかない。そこにずらりと汽船が着岸している。船はしずかにすべっていく。高くそびえた時計台が、青い光をあびて輝いている。半円の月が空に浮いている。対岸の農家の灯がまばらである。

なまめかしい初夏の夜の船出。アントワープよ、さようなら。

アントワープから一二時間、船はロンドンのドックにはいった。晴れた空、暖かい陽光、青葉若葉の郊外。思う存分、野山をあるきまわりたい衝動にかられる。

六月一〇日

きのうもきょうも、からりと晴れた上天気である。こんど着いたドックからは、はじめて上陸する。ドックからあまり遠くないところに、樹木のよくしげった公園がある。きょうはなにか催し物でもあるのか、公園いっぱいあふれるような人出である。酔っぱらった白髪のおばあさんが、うたいながらダンスをやっていた。その周囲に人垣ができていた。英国の軍楽隊が、一段高い場所で演奏をはじめていた。

公園を通って河ぶちにで、隧道を通って河むこうのウリーチへいく。ここも、おびただしい人出である。店もしめているところが多い。街角の広場で、女の曲芸師が曲芸をやっていた。英国の海軍士官の酔っぱらいがなんとかいって話しかけてくるが、だれも英語をしゃべれるものがいない。すこしでもことばがわかったらと思う。いつもながら、語学の素養のないことを悲観する。

帰途、みんなが「ミッション」と呼んでいる、日本人海員倶楽部に寄る。ここの女主人は日本に二〇年もいたという人で、日本語がじつにうまい。とてもしんせつな女である。「よくいらっしゃいました。さあ、どうぞ。新聞もあります。玉突きやりませんか」そして、お茶や菓子をだしてすすめてくれる。頭髪は白いが、顔はまだ若わかしく、人なつっこい目をしたおばあさんである。

日本の船員はよくここにきて、英語を教えてもらったり、キリスト教の教えをうけたりするそうである。

新聞は五月二五日までの、大朝（大阪朝日新聞）、東日（東京日日新聞）がきていた。私はさっそく大いそぎで目をとおした。日本もますます不景気らしい。――東京市電、鐘紡その他の労働争議。失業者の続出。ひきつづく政治家の瀆職《とくしょく》収賄事件。詩人生田春月の、大阪商船菫《すみれ》丸よりの投身自殺。『文戦』を中心とする劇団の結成などなど。

倶楽部をでると、もう外は暗かった。一〇時をとうにすぎているだろう。ドックへの通りを、若い酔いどれの女が二人、歌をうたいながら夫らしい男の腕に抱かれ、片手にビール瓶をもって歩いていた。二人の男は一人ずつ女の腕をひっぱり、不平そうな顔もせず歩いている。欧州では女の酔っぱらいをよくみかける。日本とはまるであべこべだ。われわれの目からは奇観である。船に帰ると、もう電気は消えていた。

六月一二日

きのうで、エンジンも缶前もやりじまい。きょうから休み。ゆっくり眠る。目がさめたのは一〇時半。

きょうはグリニッジパークへいってみようと、四～五人、カーキ色の菜っ葉服ででかける。外はよく晴れて、日本のムギ刈りごろのような暑さである。テームズ河をヘールでわたり、電車の線路にそって歩いていった。ゆっくり歩いても汗がでる。

街はすこし傾斜になった山の斜面だったので、多くの工場がみおろされる。休憩の時間だろう、女工がおおぜい工場の窓からのぞいている。いつもこっけいなことをやって笑わせる小山が、手をあげて西洋流の手招きをした。すると、むこうからも手招きを返した。こちらからみんな手をあげて合図をすると、窓々の女工たちもきゃあきゃあいいながら、手をふったり投げキッスを送ったりする。

われわれが背が小さいので子どもぐらいに思っているのか、電車線路の工夫がハンマーをふってみろといったり、電車の車掌が、汗をだして歩くより乗れと合図をしたりする。はしごをかけて高いところにいるペンキ屋も、なにやらいって私たちをからかう。家から首をだして、若い女が手招きする。

グリニッジパークまで、かれこれ二時間もかかった。公園はとても広い。老木がしげっていて、下は寝ころんでもよごれないほど、あつく芝草がはえている。そして、山があり谷がある。欧州の公園はどこも女、子どもが多い。ベンチやチェアが多いが、それがすいたところがない。

有名なグリニッジ天文台は、この公園の中ほどの丘の上にあって、周囲を樹木がつつんでいた。外からみると、平べったい建物がみえるばかりだった。世界の標準時計は門の壁にはめこまれてあり、目盛りが二四になっていた。観測台だろう、大きな地球儀をのせたような白い建物がいくつもみえていた。

芝生に寝ころんだり、ベンチに休んだりしながら、公園を歩きまわった。花壇には名も知らぬ草花が咲きみだれ、ふくいくたるかおりを放っていた。シャクナゲが、濃緑の葉に花をつけていた。日本のとは種類がちがうらしく、真赤なのや真白いのもあった。故郷の岩山のあいだに、五月雨のころ薄桃色の花をつけるシャクナゲの花を思いだした。

あまり歩いたので腹が減ってこまったが、金をもったものはだれもいない。電車にも乗れない。また、てくてく歩いて帰る。船に帰ったのは六時すぎ、すっかりつかれて足が棒のようになった。

先日入港した郵船の鹿島丸には、高松宮ご夫妻がお乗りになって、マルセーユでおりてパリにむかわれたとのことである。

その鹿島丸の機関部で昨夜、殺人事件があったとのことで、今朝大さわぎしていた。鹿島はここから一里［約四キロメートル］ほど奥の、本船が往きに着いていたドックにはいっているが、今朝仕事にきた人夫が事件を知らせたというのであった。

いってきたものの話によると、まえに本船（香取丸）に乗っていた火夫が加害者で、被害者は、本船の火夫宮川と無二の親友だったという。昨夜、宮川ら五〜六人が本船からいってビールを飲んで愉快にさわいでいたそうだが、かれらが帰ってからまもなくその惨劇は起こったらしい。

一〇時ごろ、吉本という火夫が三宅というのを呼んだらしい。火夫の三宅がでていくとまもなく、なにごとかいいあらそう声がきこえ、つづいて悲鳴がおこったので、みんながでてみると、一人は倒れて血に染まり、一人はぼう然とつっ立っていたらしい。そして吉本は、「どうも、すまぬことをしました」といったという。三宅は、刺身包丁で右胸部を斜めに突きえぐられていたという。

船は大さわぎとなり、医師と警察がきて、三宅の死体は解剖され、吉本はここの獄舎につながれることになった。

三宅は宮川に昨夜、夏服を一着くれたそうだ。それが形見となったわけである。

三宅も吉本も宮川も、まえはいっしょに上海丸（日本―中国連絡船）ではたらいていたのだそうだが、どういうきっかけでこんな事件が起きたのだろう。

甲・機・司（甲板部・機関部・司厨部）の三部のなかで、機関部のものがいちばん気が荒く、金使いも荒く、頭なし（金なし）が多い。したがってけんかも多い。機関部の仕事がいちばんくるしいうえに、圧迫されつづけているせいであろう。

水夫長《ボースン》、司厨長《チーフスチュワード》と、一般船員との貸借関係など、いまはなくなっている船が多いときいている。機関部だけが依然として、それが昔どおりつづいているのだ。こうしたことが、自暴自棄や犯罪をひき起こす導火線ともなっているといえると思う。

六月一三日

午前中寝て、午後からウリーチに活動写真（映画）をみにいく。英貨五ペンスの銀貨が財布にのこっていたので、でかける。観覧料四ペンスという最下等は、ずっと上からみおろすようになっていた。そこからでもみられぬことはない。トーキーであった。でると六時。八時からワッチだ。いそいで帰る。

いよいよ、明朝二時出帆である。欧州で満一か月。なにかをもとめ、なにかをやろうと思っていたが、思っただけに終わった。しかし、欧州の地を踏んだというだけでも、無意義ではないと思ってもみる。

六月一五日

きのう午前二時いよいよ日本にむけ、ロンドン出帆。河口をでると、私たちはアス巻き、巻き終わるとすぐワッチ。ここらは涼しいのでそうまでくるしさを感じないが、航行するにしたがって暑くなっていくのだ。ポートサイドより先が思いやられる。むかう日本も夏の盛りだ。

この欧州付近をあちらこちら航海をつづけ、二〜三年日本に帰らずにいたい。そんな気がする。しかし、船は日本にむかっているのだ。日本へ帰ってまた出帆するときは、日本の地をはなれたくない。うしろ髪をひかれる思いがするのである。海はなぎ。空はうす曇り。白い霧がうっすら海面をはっている。

このごろ、私はみんなとたわいもないばか話でいっしょに時をすごすようになった。私はこうして時を空費したって、悔いはない。これでよいのだと思う。いちばんめぐまれた時間かもしれない。

六月一七日

波が荒いので有名なビスケー湾は、べたなぎである。往きもしけなかったが、帰りもなぎだ。いい天気がつづく。

ロンドンでだいぶんお客が乗ったらしく、デッキを散歩したり、ビリヤードをやったりしている。

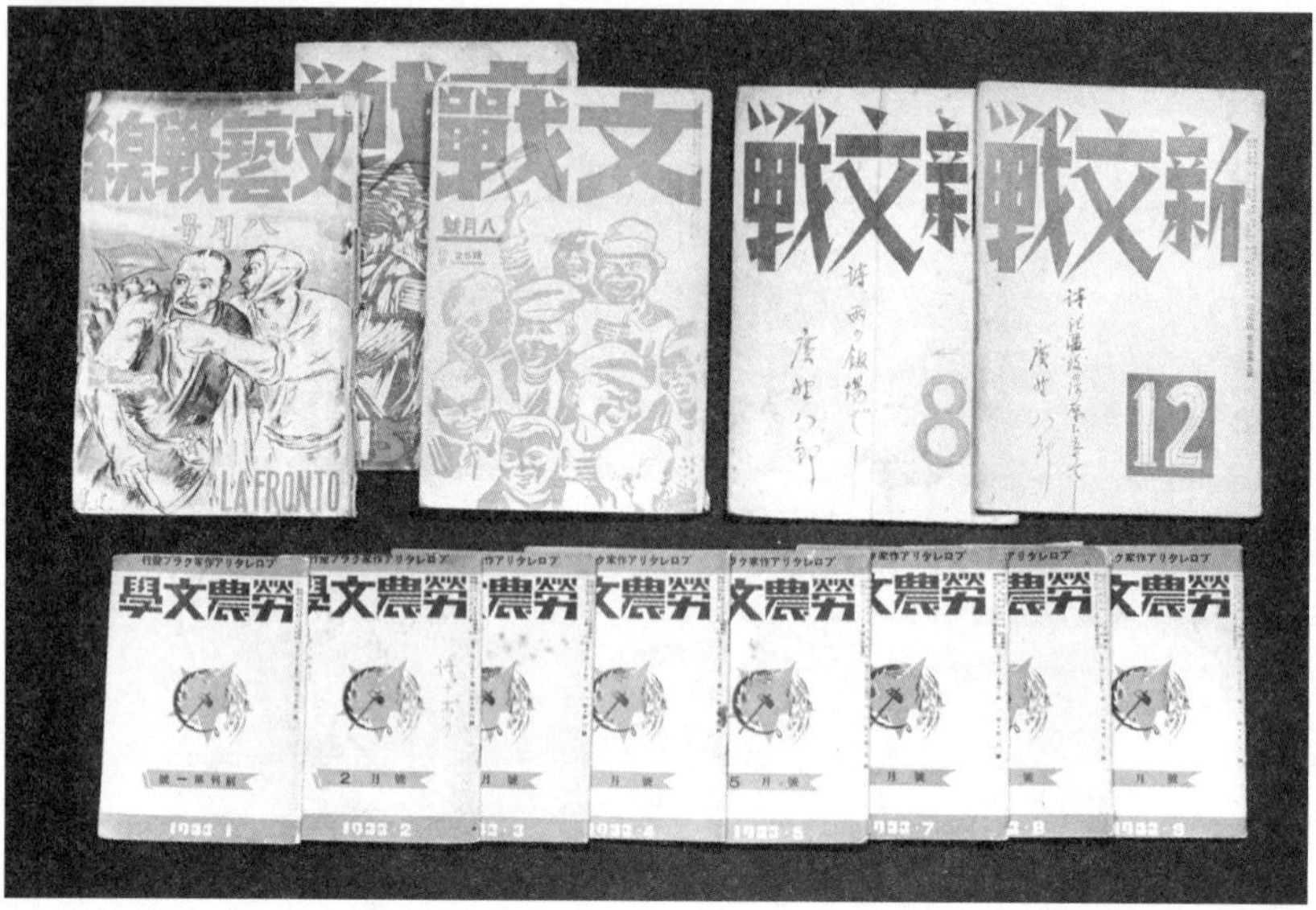

プロレタリア文芸誌「文芸戦線（文戦）」と「労農文学」。著者は田中逸雄の筆名で詩、短編、レポートなどを寄稿した。

眠たい。いくら寝ても眠い。このごろよく夢をみる。おもに故郷の夢である。ことに朝七時に起こされるときがいちばん眠たい。

きょうワッチの仕事を終わってから、三番ホールド（船艙）中段の石炭おとしを二時間やらされる。へとへとにつかれた。からだがだるい。

六月一九日

きのう午前八時、ジブラルタル港外に投錨。同日正午出帆。

スペインの山とアフリカの山とが、呼べば答えるほど接近しているあたりは、草木が青々としげっていて住みよさそうにみえる。ジブラルタルの市街の背には、のしかかるような高い大きな岩山がそびえ立っている。その岩山の斜面に社宅のような住宅が並んでいる。前面は高い堤防をめぐらした軍港で、英国の軍艦が幾隻もはいっている。明るい太陽がそれらすべてに降りそそぎ、まぶしい照り返しが目を射るほどであった。

船に物売りにくるスペイン人は、髪が黒く、皮ふもすこし黄色がかっている。数世紀前は、海外に雄飛し栄えた国であり、民族であろうけれども、今日ではその国情など、人びとの話題にものぼらない。

暑くなってきた。上ではちょうどいい気候だが、缶前は一〇〇度［約三八度］以上にあがっている。デッキばかりにいるものが、一〇〇度以上の暑さのなかではたらくわれわれをどうして想像できよう。

六月二〇日

二〇日午後三時、マルセーユ入港。きゅうに暑くなって缶前一一〇度［約四三度］。入港するとすぐチューブ突き。

きょうから私は四時ワッチにはいるように、ナンバーツーからいいわたされる。いままで八時ワッチで、わりあいゆうずうをきかしてみんな気をそろえてやってきたのに、こんどはいちばんやかましくてうるさいファーストワッチ（一番当直）にはいらねばならない。「鬼熊」と異名をとった一機（一等機関士）ががんばっているし、鬼の火夫長がいつもつきまとう四時ワッチに。

チューブ突きをすましてあがってみると、手紙三通と雑誌『文芸戦線』がきていた。

手紙は、東京の葉山（嘉樹）氏、横浜の上田さん（洋服屋の職人）、秋田丸でいっしょだった梁瀬君からである。三人とも、日本の不景気のことが書いてある。そして、私を激励することばを三人とも書いてくれている。この人たちでさえ、こうして私をはげましてくれるのだ。私はもっとしっかりしなくてはならないと思う。

『文戦』には、いろいろな出来事が載っている。いま、日本の不況はその極に達しているらしい。日本ばかりでなく全世界をつうじて、不景気風は吹き荒れているのだ。

八時ごろから上陸する。夜の街には、粧いをこらした若い女がぞろぞろ歩いている。広場のベンチには、ぼろぼろの服を着た真黒によごれた、仕事にあぶれた労働者が五～六人、横になって眠っていた。オペラバッグを小脇にかかえたあやしい女が、街角や暗がりに立ちかけるころであった。黒人のマドロスをつかまえて宿にひっぱっていくのだろう、並んでゆうゆうと歩いている女もあった。

みんなに、また女郎屋のほうへひっぱっていかれる。もうこんどはおどろかない。女が声をかけたり、でてきてひっぱったりしても平気だ。げびた鳴り物はひっきりなしに家々からひびいてくる。裸体の女が手招きする。労働者や顔色のいちいち変わったマドロスたちで、せまい道路はいっぱいだ。家にはいるもの、でるもの、まるで織るがごとしである。おどろくべき性欲の調整所。いな、性のはきすてどころだ。

飲んだり食ったり、つまらぬ買物をしたりして、石炭繰《く》り賃としてもらった六〇フランを湯水のように使って、船に帰って寝る。いろんなことがこんがらがって頭のなかをかけめぐるので、夜明けまで眠れなかった。

六月二二日

二一日午後五時。マルセーユ出帆。海はのしたようななぎである。空は澄みきって雲影ひとつない。

四時ワッチはうるさい。太鼓腹のファーストがときどき缶前にその腹をつきだしながら、のっしのっしとやってくる。そして、なんだかんだと注意する。ちょっといいわけでもしようものならたいへんだ。ライオンでもほえるような声で怒鳴る。そして、突きころがす。起きあがるとまた突き倒す。まるで野獣だ。鬼熊にはだれも手向いできない。みんなちぢみあがっている。かれの顔をみるとすぐ敬礼をする。会うたび会うたびに何度でも挙手の礼をする。そうやって敬礼さえしておればきげんがいい男だ。変な男もいるものである。

先だって鬼熊が大部屋へやってきて、「会社ではなるべく、会社の不利になるような、たとえば新しい思想にかぶれた人間など使わない方針だ。だから、きみたちもそのつもりでまじめに忠実にはたらくにかぎる。それがいちばんりこうものだ」と、演説めいた口調でぬかしやがった。

夜眠れなくてこまる。昼ちょっと眠ると、夜はどうしても眠れない。眠れぬままワッチにはいると、からだがきつくて目まいをおこしそうだ。

きのう歯でかめるほどのびていた髪を刈りとってもらって、くりくり坊主になった。頭がかるくなってせいせいした。みんながおどろいている。そして、手をたたいておかしがる。頭を刈っても、やはり眠れない。

ある一部のものは、勝負ごとに夢中である。一昼夜ぶっとおし眠らぬものもいる。私も一晩や二晩眠れぬからといって、これらの連中の思いをすればたいしたことではない。私も負けずに本でも読もうと思う、が、いつもなにかで締めつけられているような頭は、根気がない。

六月二四日

二三日早朝、ナポリ入港。同日午後五時、出帆。

二三日早暁ワッチにはいるころは、船はもうナポリ港外にきていた。暁のもやのあいだから、ナポリの街の灯はあわく白けてまたたいていた。雲のあいだからヴェスヴィオ山の中腹だけがみえていた。まるで眠ったような、しずかな朝であった。海も山も街も雲も、目にみえる自然は平和でのどかそうであった。暁の波をかきわけ、ながい汽笛の尾をひいて船は港にはいっていった。

ここではチューブ突きはなくて、コール・バイ（石炭はこび）をするだけであった。あがったら陸へでもいってみようと思っていたが、昨夜一睡もしてなかったので、頭がふらふらして、バスを使うとぐっすり眠ってしまった。

出帆のおり、港をはなれていく船上からながめるナポリ港。港をつつむ街の山の斜面、あるいは岬の丘、あるいは谷々に立並ぶ家々が、午後の明るい陽をうけて、赤く白く、茶かっ色に輝いて、その背後の山々、右手にそびえるヴェスヴィオ、そこからはきだされる白い煙、澄んだ空、しずかな海。やはり、ナポリは明美の港だ。

今朝、とつぜん汽笛が鳴った。ストロンボリ島にきたのだ。でてみると、船は島をまわっていた。しかし、山は火を吹いてはいなかった。ただ、白い煙のようなものがぼんやりみえるきりであった。

「きょうはお山はお休みだ」「ちょっとつかれて中休みか」デッキにでてきた連中は、張合いぬけがしたように、そんなことをいっていた。

私たちがワッチにはいってから、船はメシーナ海峡を通るらしく、汽笛を鳴らした。

きょうは火災操練と短艇《ボート》操練があった。いままで八時ワッチにはいっていたので、本船ではいちども操練にはでていなかった。こんどがはじめてであった。

六月二七日

今朝未明、ポートサイド着。同午前一〇時、出帆。

さほど暑さも感じず、なぎの航海をつづけてきたが、ここでのチューブ突きは死物狂いであった。まだエンジンはフィニッシュにならないのに、いままでたきつづけていた缶のスモークドアをぶちあけて、焼けたフランをかきおとし、二〇〇ポンドの蒸気をあげる力で燃えていたスモークチューブ（煙管）のなかにはいっているレターを一本一本引き抜いて、ワイヤーブラシを通すのである。すこし大きいブラシにとりあたったら、二〜三本突くとへたばってしまう。フランは食うほどののどにはいり、掃きおとしたフランは火がついて燃えるので、その熱気と缶の熱気で、いまにも息がとまりそうであった。

あびるほど水を飲まないと、やりきれない。わずか四時間あまりの停泊中に突き終わらねばならないので、ちょっと手を休めるとナンバーツーが怒鳴ってくる。ファースト（一等機関士）がまわってくる。

ようやく突き終わってあがると、へとへとになって、バスを使うのもいやになり、そのままべたりと寝ころんでしまった。

ポートサイドの街は海中に浮いてでもいるように、スエズ運河の河口に朝の陽をあびて輝いていた。スイカやブドウやオレンジなどを売りにきた。タバコや石けんなどと、それらの果実と交換する。スイカは大きくはないが、よくうれていてうまい。安いので、みんなが買って食った。

エジプト人は体格がいい。堂どうたる風采《ふうさい》をしている。

そしてその沖売り［船員相手に日用雑貨・菓子・下着類を売る商い。またはその商人］の男たちは、だれかれのようしゃなく、いい寄ってくる。平気なものだ。若い見習いなどには、絵はがきをやったり、チョコレートをくれたりして、歓心をひこうとする。あぶなくて一人でなんか上陸できはしない。まえに日本の船員が一人で上陸して、とうとう帰ってこなかったという。たぶんどこかへひっぱっていかれて、かれらの性欲の犠牲になったのだろう。

船はいま、スエズ運河を走っている。広漠たる砂漠のなかの樹木のまばらにはえた村落を、ラクダに乗った人たちが動いている。掘割のようなあいだを船は走っている。運河のなかに大きな湖水がある。水が青く澄んでいる。真白な三角帆の船が浮いている。

六月二九日

二八日早朝、スエズ着。同朝八時、出帆。

昨夜八時ごろたたき起こされて、オール缶替えをやらされた。その眠たいことといったら、たとえようがなかった。われわれは、夜となく昼となく、ワッチ外であろうがおかまいなしに、船のつごうでたたき起こされて仕事をやらされる。

甲板部のほうはとみると、ポートサイドから運河通過中はたえずスタンバイ（準備）がかかっているので、ぶっ通し眠らず十数時間すごしたのだろう。デッキの上に正体もなく寝ころんでいる。

スエズを出帆すると、船はアフリカとアラビアの、赤い山がつらなっているせまい入江を走っている。晴れた空とその岩山の連続と青い海とは、しっくりと大自然の調和を保っているようにみえた。真赤な太陽は、その砂漠の山におち、すばらしい夕焼が空一面を彩った。日本の初秋を思わせる涼味をはらんだ風が海面をわたってくる船尾の空に、細い夕月がかかった。

夜八時半から活動写真があるので、いってみる。四番ハッチ（艙口）の上に柱を立てて幕を張り、サロンデッキから写すようにしてある。一等客は上甲板から、二～三等は下のハッチの上からみるようにしてある。一般乗組員はサロンデッキやハッチの上から見物する。

映画は西洋物ばかりだった。露天の映画、空には無数の星がまたたいている。ヘッド（へさき）で水を切り、サイドにふれて夜目にも白く泡だつ波は、あとへあとへととびさっていく。なぎの海は船体にいささかの動揺もあたえない。映画につれて音楽が鳴りわたる。サイドにかすれる波がまたそれに和す。

しかしいま、この船をこれだけのスピードで走らせているのはだれだ。この涼しいデッキでは、一二〇度の地獄さながらのわれわれの仕事場がどうして想像されよう。

私もいままで八時ワッチだったので、こうして映画をみられなかった。こんど四時ワッチに代わったので、みられるわけである。

きょう昼ごろとつぜん汽笛が鳴ったので、でてみると、ゆくての海中に灯台が立っていた。島もない海中に灯台だけ立っているのはおかしいと思ってみていると、そこはずいぶん広い暗礁であった。水面から二〜三メートル下の白い暗礁は、青い水を透かして銀盤を沈めたようにみえた。その暗礁の上に灯台は立っていたが、いま建て替え中で作業をやっていた。岬や島の灯台はふつうだが、こうした水の上に浮いた灯台ははじめてみた。

第六章 搾取

一九三〇年（昭和五）七月〜九月

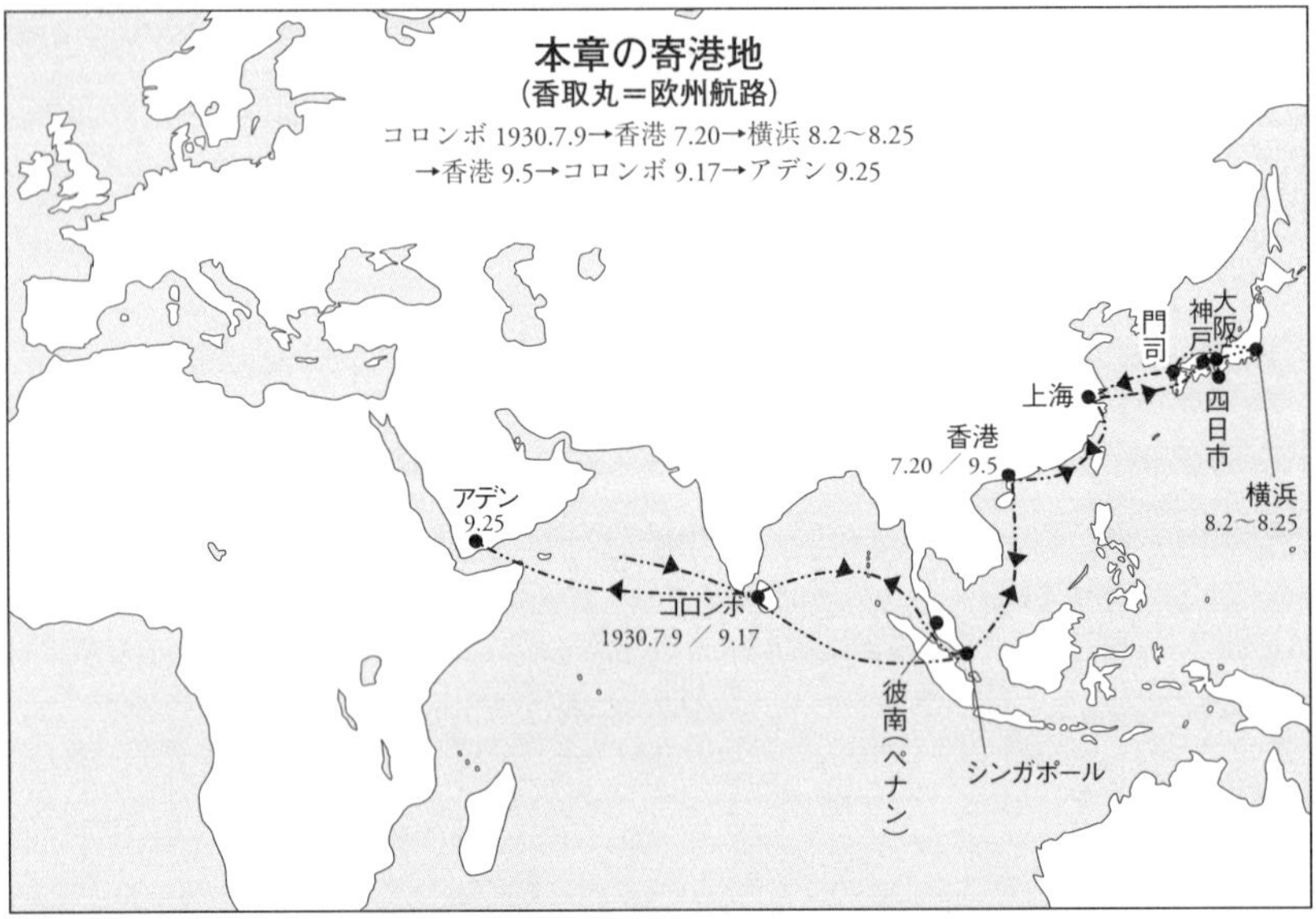

1930年(昭和5) 7〜9月の主なできごと

七月一日　伊が米のスムート・ホウリー法に報復、米自動車に対する関税率を一〇〇パーセント引き上げ。

七月一三日　第一回サッカー・ワールドカップ大会、ウルグアイで開催。

七月四日　米の生糸消費激減で日本の生糸相場が一八九六年以来の最安値に。

七月二七日　中国共産党の彭徳懐が率いる紅軍第三軍団、長沙占領(二九日にソビエト政府樹立)。八月に国民党政府軍が奪回。

八月一二日　内務省社会局が六月一日現在の全国の失業者数が約三七万八〇〇〇人と発表。国際労働局は世界の失業者数一五〇〇万人と推定。

九月一日　王兆銘、閻錫山らが北京(北平)に反蒋北方政府(中華民国臨時政府)を樹立する。

九月一〇日　ナチス党首ヒトラー、超国家、反ユダヤ、反賠償、反ベルサイユ条約主義を旨とした党綱領を発表。

九月一四日　ナチス、独総選挙で第二党に躍進。

九月一九日　蟹工船「択捉丸」が函館に入港。カムチャッカ沖に出漁中、漁夫を虐待、死者八人を出した首謀者を逮捕。この月、橋本欣五郎陸軍中佐らが「桜会」を結成。

七月一日

きのうから、とつぜん暑くなってきた。風はまったくない。太陽はそのありったけの熱を放射する。おまけに波は追い手だ。その暑さはたとえようがない。往航に思いのほか涼しかった紅海が、復航のこの暑さ。

缶前《かままえ》の熱さときたら、またとくべつである。もう缶前におりただけで、汗が流れて作業着はしぼるほどだ。息ぐるしくって、じっとしていてさえぶっ倒れそうである。それに、まだどろどろ燃えているアスをかきだして缶替《かまが》えをやったり、アス巻きをしたり、三番のホールド（船艙）から押す石炭も、車をつづけて五台も押すと呼吸がつまる。焚火《ふんか》をやっている火夫のくるしさもひとどおりではないが、石炭夫のくるしさも命がけだ。

熱いはずだ。缶前の温度一三五度を下らない。こんなに熱いことはめずらしいと、みんなはいっている。いま、すこし火がらくだからみんながんばっているが、これがもすこしきつかったら、総倒れするところであろう。

こうした作業を終わって部屋に帰っても、ここも身のおき場所もない蒸し風呂だ。寝ようとしても汗が流れて、ベッドの上なんか寝れない。だからといっても、昼間はデッキも目がくらむほど太陽の光と熱が占領している。眠くても寝るところがない。このつかれたからだを休ますところがないのだ。

みんな申しあわせたように、目がひっこんだ。こんなくるしさがあと一週間もつづいたら、どうしよう。食物はますますまずくなっていく。がぶがぶ水ばかり飲むせいか、足がだんだん重くなり、息ぎれがひどくなった。

汗でノートのインクがちるので、仰向けに寝て、上のベッドの底板にノートを押しあててこの日記を書く。

七月二日

昨夜暑いのをがまんしてようやく寝ついていると、とつぜんの汽笛に起こされる。デッキにでてみると、ゆくての左方に港らしい灯がみえる。灯台の光の棒が闇をつらぬいてまわっている。アデンだ。紅海をでたらすこしは涼しくなるかもしれない。

一番ハッチのオーネンの下に、フォックスル（船首楼）のウインドラス（揚錨機）の陰に、毛皮やベッドまでもちだして寝ているものがある。夜デッキに寝るとてきめん、からだがだるく頭が重くなってくる。

それは承知してはいるが、ワッチの過労とおそいくる睡魔にはかなわない。といって、部屋の蒸し風呂のなかでは眠れはしない。一人で一つの扇風機とポールド（船の丸窓）をもつ高等船員や一等船客には、この下級船員のくるしみなどわかりはしまい。

私はしだいに遠ざかりゆくアデンの港のみをながめな

がら、ブリッジの下の上デッキを散歩する男女が、立ちどまって接吻したりふざけたりするのをみて、いろんなことを思い、かれらの行為に嘔吐さえもよおしてきた。

船がレッドシーをでると、いくぶん涼しい風が吹いてくるようになった。だが、暑さは依然としてさらない。

七月四日

昨夜、私たちがワッチにはいっているとき、とつぜん船はスローになった。船がすこしゆれだしていたが、これからもっとひどくしけてくるというので、甲板でその応急作業をやっているらしかった。

案のじょう、私たちがワッチからあがったころからしけだした。右舷から横なぐりに打ちあたる激浪、強風。甲板には、ライフライン（命綱）が張られた。波はサイドをとびこえて、たえず甲板を洗っている。船は、変に気味わるいきしみ音を発して動揺する。一万トンの船のゆれ方と三、四千トンのゆれ方と、ゆれ方がちがう。ひどくゆれないようでも、大きな船のゆれ方は変に気持がわるい。空は晴れて一面星がまばたいている。荒れ狂う海を冷ややかにみつめているようだ。

外は涼しくなったにちがいないが、ポールドをしっかりしめきった部屋は、あいかわらず蒸し暑い。みんなの汗のにおい、よごれてぬれた作業着のにおい、みんながはきだすタバコのにおい、それらが密閉された部屋に充満して、頭が痛くなってくる。なかには顔を真青にしているものもいる。見習いなどことにひどい。一人の見習いなど、まるで死んだように酔っぱらって、へたばったまま動けないでいる。

三番のハッチから石炭を押すのがくるしい。浮いた風船の上にいるようで、足に力がはいらない。炭車を思わぬところにぶっつけたり、ひっくり返したりする。私はファネス・ドア（火炉のドア）のハンドルに頭をぶっつけて、頭にたんこぶをつくった。五分刈りはいけないと思った。目がくらんでしばらく動けなかった。私たちのところには、よく塊炭がおちたり、道具が倒れかかったり、物が突きあたったりするので、頭髪はのばしていたほうがよいと思った。

四時ワッチのコロッパスで、一人は炭車の把手《とって》がすべって胸を打ったし、も一人は炭車を向こうずねに打ちあてててびっこをひいているし、三人そろって負傷してしまった。

七月六日

酔っぱらって飯はこびができず、寝こんでしまった見習いを、ずうずうしいといって火夫長は今朝、さんざんぶんなぐった。ワッチがきつくなると、ときどき火夫が休む。その寝ているベッドをのぞきこんで、「ほかのもののの迷惑を考えない」と、わざと休んでもいるようなことをいって怒鳴るのである。かれの怒鳴り声をきかぬ日はない。うすい眉毛の下の三角形の光る目、平ったくて長い鼻、への字型の大きな口、やせてはいないが、カマキリみたいなつらがまえをした、どす黒いかれの顔をみると、食っている飯がまずくなってくる。

火夫長はちょっとでも気にくわぬことがあると、ふたことめには「船をおりていけ」という。マルセーユで、石炭繰り賃をフラン金でわたしたとき、一人の火夫が「フランは日本円でどのくらいかね」ときいた。それに腹をたてて、その火夫をぶんなぐらんばかりに怒鳴りちらしたのだ。じじつ、かれは両替のマージンをとっていたのだ。それをつかれたと思ってかんしゃくをおこしたのだ。だから、仕事をまじめにやろうとするよりも、どうしてかれに気にいられるかに気をつかうものが多い。

またかれは、金の借り方が少ないものは、たとえまじめで模範的な人物でも、なんかとけちをつけていじめぬくのだ。おそらく、かれに反感をもたぬものはいまい。しかしかれの前では、心にもないおべっかをつかってよろこばせ、ますます高慢の鼻を高くさせ、横暴をつのらせているのだ。

本船の機関部にも二〜三人、自覚したものがいるらしいが、かれらは口を緘《かん》している。そのふりさえみせない。いま二〜三人でこの吸血鬼をむこうにまわしてさわいだところで、結局、こちらの首がとぶだけである。「飛んで火に入る夏の虫」になっては、なんにもならない。隠忍自重。憤激をおさえ、時機を待つよりほかはあるまい。じっとたえしのび、こうした海上生活の体験を、その内面を暴露することも、あながち価値のないことでもあるまい。

七月八日

海はすっかりないで、ゆるやかなうねりとなった。海がなぐとまた暑くなった。しければしけたで、なげばなぐで、われわれはくるしまねばならない。しけのあいだは姿をみせなかった一等船客たちは、なぐとまた三三五五、上甲板を無為歩行をやっている。くるしいワッチからようやく解放されて、あがってきて、けばけばしい服装をした若い男女が腕を組みあわせて歩いているのをみせつけられると、たまらない。ただたんに、個人対個人を対照して、資本家と労働者のへだたりを憤慨するのは狭量だと笑うかもしれない。だが、われわれの立場にあるものが、どうして無関心でみておれよう。

マルセーユ出帆のおり、私が頭を五分刈りにしたら、つづいて一人、二人、三人と五分刈りにするものがでてきた。また、髪をみじかく刈るものがでてきた。流行などというものも、こういうことからおこるのかもしれないと思った。

七月一〇日

九日早朝、コロンボ入港。同日午後五時、出帆。

故郷の母と弟より音信。『文戦』一冊。

朝のワッチにはいるとき、船はコロンボの沖にきていた。ここは海が深いためかアンカーをいれず流し船にしてあるので、船は波にまかせてゆらゆらゆれていた。コロンボの街の灯があわくまたたいていた。防波堤にぶっつかってとびちる波が白くみえていた。

私たちは、船が防波堤にはいるとすぐ足場をかけ、スモークドアをぶちあけた。まだ船は動いているのだ。プレッシャーゲージ（汽圧計）に二〇〇ポンドをいくらもさがっていない。焼けたフランをスコップでかきおとし、チューブやレターの口をブロン（箒）で掃きおとしてしまったころ、船はブイに係ったらしく、フィニッシュのテレグラフが鳴った。

コロッパス全員を三つに分け、各二缶ずつ受持ってチューブ突きをやる。まじめに一本一本レターを抜き、のこらずチューブにワイヤーブラシを通していたら、こんなところではみんなぶっ倒れてしまうだろう。だれだって人間だ。生身《なま》だ。こんな仕事をきちんとやれるものは、一人だっていやしない。またやれもしない。すこしでも仕事がらくだと、みんな冗談でもいいながらやるが、こんな死物狂いの仕事になると、気がたってけんか腰だ。ちょっとのことでも怒鳴りあいをはじめる。

エンジニアなど、トーチランプを照らして、いちいちチューブをのぞきにくる。すると、わざと焼けたフランを、知らぬふりをして掃きかけてやるのだ。

よく人のみてる前、とくに火夫長やエンジニアの前で人一倍はたらくふうをみせ、かげではズボラばかりやって、みんなをこみやる（犠牲にする）ものがいる。月給でも上げてもらおうという下心から、上司にゴマをするものがいる。人の仕事の非難ばかりいうものがいる。仕事に泣きごとをいってこぼすものがいる。

私はこんな仕事を、人よりぬきんでてやろうとか、またかげでズボラをしようとか思いもしなければ、やったこともない。おたがいくるしい仕事だ。人並み、そうだ、私は水準を保っておればよいという考えではたらいている。それでも一生懸命なのだ。私は、だれにもおべんちゃらをいったことはない。自己の立場をどうしようとも思わない。それでもいい友もできる。肝胆相照らすほどの友もできてくる。船のなかで、わざとらしいおせじ屋や、じぶんだけのえらがり屋の多いことには、うんざりする。

七月一五日

一四日午後五時、シンガポール入港。一五日午後二時、出帆。

来信。故郷の父より。横浜の堀内さんより。『文戦』一冊。

コロンボ出帆いらいシンガポールまでは、じつにひどいめにあわされた。出帆した翌日は、朝から大部屋の大掃除をやった。すっかり石けんふきをして、ペンキぬりをやったので、その夜はベッドが部屋にいれられなかった。しかたなくデッキにベッドを敷いて、毛布にくるまって寝た。夜風にあたって寝ると、からだがだるくて頭が鉛でもはいっているように重たい。おまけに、ワッチからぶっつづけに部屋掃除をやったので、くたくたにつかれてしまった。そのつかれたからだで、ワッチを終わってから、クロスバンカーの中段の石炭おとしをやらされる。毎ワッチ、ワッチ外に一時間以上石炭おとしをやらされ、それがシンガポール入港までつづいた。一晩デッキに寝かされてはれぼったくなっていた目が、ぴょこんと奥へひっこんでしまった。

シンガポールでは、出帆の朝三時からたたき起こされて、チューブ突きをやった。仕事のくるしさと暑さに悩まされて、すっかりやせてしまった。私ばかりではない。機関部のものほとんどが目をひっこませている。

世界をあげてこの不景気は、ただちに海運界にも影響しないことはない。郵船会社でも、四～五隻の船を係船（船が稼働していないこと）しているとのことである。高等海員のボーナス半減問題、一般船員の減給問題、減員馘首《かくしゅ》問題など、うわさがあるとのことである。

私たちもいつ首がとぶかわからない。会社の方針としては、給料の高い老練者を減らし、経験の浅い、給料の安いものを使うらしい。現に見習いなども、いままで欧州航路の定期船だと、一航海とすこしで繰りあがった（本員となった）ものが、先日コロンボで会った筥崎《はこざき》丸では、二航海めの見習いが乗ってきたとのことである。日本へ帰って繰りあがるとすると、つごう一〇か月になるわけである。結局、見習いが石炭夫の仕事をし、石炭夫が火夫の仕事をするのだ。

会社はもうけるときはいくらもうけても、けっしてみずから労働者の給料を上げはしない。しかしいったん不景気となると、すぐこれである。さんざんもうけて、新造の巨船を何隻も造った郵船も、不景気には勝てないとみえる。

「いま、日本は不景気で不景気で、失業者の山だ。みんなこまりぬいている。なるべく外国でも金を使わず、大頭（借金なし）で帰港されんことを願う」。こういって、横浜の堀内さんは便りをくれた。大頭ならよいが、こっちはすっかり頭なし、日本へ帰っても取り前はない。ないどころか、足がでるしまつだ。

もう、故郷の祖母は七八歳になるそうだ。「生きているうちにいちど、八郎に会いたい」といっている由。故郷のことはなるべく思いたくない。思えばいつも胸が痛む。便りがくれば思わずにはおれない。安心させるためには、こちらからも便りをせずにはおれない。

南シナ海もインド洋におとらず暑い。ワッチの暑さはいわずもがな。こうして部屋にいてさえ汗が流れて、シャツや枕カバーはしぼるほどだ。起きて日記でも書こうとしても、腕をつたって汗が流れて、ノートの紙がべとべとにぬれてしまう。

こんなに暑くては、眠るのも苦痛だ。すこしでも汗をひっこまそうと、デッキにでてみると、いつものように一等船客たちは、涼しい上デッキをぶらぶらいったりきたりしている。世の不景気も、労働者の血のでるようなくるしみも、どこ吹く風といった態度だ。フォックスルからは、昼のように明るいサロンと、スモーキングルーム（談話室）がよくみえる。あけ放った窓から、いくつもの大ファンがまわっているのが涼しげにみえる。

七月一八日

シンガポールから海はずっとないでいる。なぎだと風がなくて暑い。毎日インド洋と変わらぬ暑さである。じっとしているだけでも苦痛だ。眠くても、部屋の暑さは睡魔を追っぱらう。眠らずにワッチにはいると、仕事がくるしい。

みんなは毎日毎夜、勝負ごとに夢中になっている。ポーカー、ハッパステン、花札、麻雀。かれらはそれらになにか賭けずにはやらない。金のある連中は金で、ないものはなんでも賭ける。石けん、香水、パイナップルなどのみやげ品、ワッチ下駄、ワッチ足袋、手袋などの消耗品まで賭けてやっている。どこの船だって、本船ほど賭けごとをやる船はないだろう。こうしたことが盛んなほど、頭なしが多くなる。火夫長は内々それをよろこんでいるのだ。

かれらとてじぶんらの立場に、けっして無関心でいるのではないだろう。だが、骨のズイまでしみこんだ船員気質は、放縦でなげやり的な行動に走らせる。これら悪習慣の根をはやく枯らすことが急務だと思う。本船の機関部で自覚した二〜三人は、けっして勝負ごとに手をださない。これだけは感心だ。

七月二〇日

昨夜おそく、船は香港港外にきてストップしていた。今朝、私たちのワッチで入港。九竜《カオルン》の桟橋に着く。港内のブイには二、三千トン級の汽船が何十隻も係留していた。たぶんこのなかには、不景気のため、やむなく係船している船もあるにちがいない。

雨もようで、香港の山は一面霧がかかっていた。チューブ突きを終わってあがってくると、うっとうしい雨が降っていた。こんどはインド洋でも、驟雨らしいものには出会わなかった。ひさしぶりの雨である。雨にぬれてせっせとはたらいているシナ（中国）の苦力《クーリー》たちは裸体で裸足だ。かれらのからだはやせて、骨と筋とがあらわに外にせりだしている。陽に焼け、雨にさらされたからだは赤錆びたような色をしていた。

雨の間をみて上陸してみる。「小島」という日本人の店で、しばらく休む。ここも不景気で、在住邦人たちもよわっているという話である。タバコ、砂糖などの値もさがっている。

九州西部から朝鮮南部にかけて、近年まれな大暴風が襲来したという記事が、ここの邦字新聞にでている。故郷の家など気づかいないとは思うが、農作物は被害をうけたにちがいない。不景気に加えて農作物の被害。農村の疲弊、察するに難くない。

雨の夜の船室は蒸し暑く、陰うつで、汗はでるし頭は重いし、寝たり起きたり、夜ふけてもなかなか寝つかれなかった。

秋田丸の平石君が、雑誌『戦旗』を送ってくれた。秋田丸とは本船はシンガポール―香港間でゆきあっているのだ。

七月二二日

きのう正午、香港出帆。日本が近くなった。みんな、べつによろこんだ顔もしていない。私も、日本へ帰らないで引き返してくれたらと思う。こうした気持も、日本の港にいったん着くと、ぐらりと変わってしまう。それが船乗りのよわいところだ。

いま、日本の港みなとに失業船員が群をなしているという。「浮船千艘、乗り船一艘」とたかをくくって、浮蕩、放縦のかぎりをつくした欧州大戦（第一次世界大戦）ごろの船乗りが、いまでは魚が陸《おか》に引き揚げられたように、失業してこまっているとのことである。

きくところによると、郵船会社でも、高等船員、陸の社員、下級船員などあわせて千人あまりを馘首《クビ》にする方針だとのことだ。いつもシンガポールで昇給通知がくるのに、こんどはシンガポールでも香港でもこなかった。もしかしたら、会社では不景気を名目に昇給停止をするのかもしれない。さんざん優秀な巨船を新造したあげく、昇給停止に馘首だと。虫のよすぎた話だ。

私はりくつめいたことはいっさい口にしないことにしているのに、ある一部では、りくつをいうとか「赤」とか、うわさしている由。そうみられたら、私にはつごうがわるい。多人数のなかには「犬」が何匹いるかしれない。こんなことを誇大に話して、火夫長などの歓心を買おうとするやつがいるのだ。

七月二四日

きょう午前九時、上海入港。昨夜船は揚子江（長江）口にストップして潮待ち、今朝江をさかのぼった。上海にはいつも日本の船が多い。NYK（日本郵船）の岸壁に出迎えた人びとのなかにも、日本人がずいぶんまじっている。

船が着くとすぐ、私たちはフランおとしと缶の上掃きをやらされる。缶の上の熱さはお話にならない。ものの一〇分と掃いていたら、ぶっ倒れそうだ。あがってきても暑い。部屋のなかなどにおれはしない。デッキのオーネンの下も、オーネンに照りつける太陽の熱で蒸されるようだ。街も倉庫も、にごった江の水も、停泊した大小の船々も、真夏の焼けつくような太陽の下に炎《も》えている。

この暑さに、苦力たちは裸足ではたらいている。いろいろの物売り、散髪師、洗たくや、仕事着をつくろう女らでいっぱいだ。日本人の沖売りもくる。ながい航海をつづけて上海までくると、日本にもどったような感じがする。

夜、暑くて部屋にもおれないから、四～五人いっしょにぶらぶらでかける。部屋ばきのきたないぞうりをはいたまま、構内の門をでて街のほうへでてみる。街路は人であふれている。シナ人の労働者が街路のすみにアンペラ（筵《むしろ》）を敷いて、その上に仰向けに、この巷の騒音も知らぬげに眠っている。また路傍に車座にすわったり、土壁にもたれたりして、ぼろぼろの着物をまとった労働者が、憔悴した目でじろじろながめまわしていた。

シナ人の男がでてきて、若い「女」のところへ案内しようとさそう。「みるだけならただだ。いってみよう」その男のあとについていった。淫売屋は、門をはいって暗い路地の奥にあった。ツバメみたいにしゃべりながら、若い女が四～五人二階からおりてきた。まだ一三、四、日本でいったら肩あげのとれない小娘もまじっていた。私たちの腕をつかまえて、はなそうとしない。

小さな淫売たちをふりきって外へでた。それから、その付近にある二～三軒の日本人の女郎屋を、みんなからひっぱりまわされた。私はもう、そうして歩くのがいやになった。「帰ろう」私は一人で船に引き返した。本船と並んで、日支（日本―中国）連絡船の上海丸が着いていた。

汗びっしょりになった。裸になってフォックスルにあがると、いくぶん涼味をふくんだ夜風が流れていた。夜の河港は、対岸の街の灯や船々の灯に彩られて、黄濁の水など想像もできない。そうぞうしい荷役のウインチの音が、たえずきこえている。晴れた星空である。仰向けに寝て目をつむった。「無情だ」ふっと私の口からそんなことばがもれた。さっき私の腕にすがりついた、小学生のようなシナ娘の細いからだとあどけない顔が、私の眼底からはなれなかった。

七月二七日

朝のワッチからあがると、船はもう関門海峡の入口にきていた。船はせまい海峡を、朝日に輝く波を切りくだいて通過する。五か月ぶりの日本、まだ冬枯れのままであった野も山も、真夏の青葉につつまれている。だが、風あたりの丘や山の頂上付近が、こげ茶色をしているのに気づいた。どうしてだろう。そうだ、思いだした。香港の邦字新聞でみた、九州地方をおそった台風のことを。あれは台風の傷跡なのだ。そういえば、岸に打ちあげられ傾いたままになっている、難波船らしい木船も何隻かみうけられる。

瀬戸内海は、いつ通ってもあかない。ことに緑したたる島々のあいだを縫って走るのは、爽快このうえなし。日本へ帰ったんだ、という実感がわいてくる。

七月二八日

今早暁、神戸港外にきて投錨した。検疫をすまして、船は港内にはいった。翠緑《すいりょく》したたる六甲連峰を背に、神戸の市街は朝日に輝いていた。一万トンの船体のわが香取丸は、しずかに岸壁に横着けされた。

みんなは昨夜からまるで子どものようにはしゃいでいるが、私には待ってくれている女もなければ、たのしみも感激もわかない。ただ、くるしいワッチをつづけながらも、欧州航路を一航海、勤めおおせて帰ったという実感だけはわいてくる。

船にくる沖売りは、陸《おか》の不景気や失業者のことをきかせてくれる。船員の失業者もふえる一方だという。マドロスが陸へあがったら、魚が陸へ引き揚げられたもおなじだ。半年以上も、乗る船がなくて遊んでいるものもあるということだ。郵船会社の減員、係船による首きりは事実らしい。

夜、上陸して元町通りから新開地のほうへ歩いてみる。おびただしい人の流れだ。湊川公園へいってみる。ここも涼をもとめる人びとでいっぱいだ。だが、そこの木の下や芝生の上に寝ころがっている人たちが多い。

福原の遊郭を横ぎってみる。以前より人影が少ないように思う。建ち並ぶカフェー街にも、ピアノや蓄音機の音はひびいているが、客はあまりはいっていそうにない。失業対策演説会とか馘首《かくしゅ》反対演説会などのビラがはってあるのを、いくつもみかける。ますます不景気になっているのだと思いながら、帰ってくると、「ちょっと、いいところへどうです?」男のポンビキ（客引き）である。街角の暗がりから「もしもし」小さな声で女が手招きする。世のなかが不景気になればなるほど、こうした人たちの数はふえるばかりだ。

七月三〇日

神戸入港いらいずっと歯痛に悩まされていたが、きょうになってますますひどくなった。部屋にじっとしておれないほどだ。

　服部君が摩耶山《まやさん》に登ってみようという。二人夕方からでかける。ずいぶんけわしい山道である。暑くて汗がでる。水の音。谷川が流れている。ヒグラシが鳴いている。土橋、山の緑、しげった草――しみじみ故郷を思いだす。二人いろんなことを話しながら登る。服部君は、過去に多くの悩みをもった男である。劇薬自殺をはかって、死ねなかった話をする。私もかつて自殺をしようと、何度思いつめたかしれない。そうした過去が、二人を結びつけてしたしくしたのかもしれない。

　頂上まで登ると、もう真暗になった。足が棒のようにこわばってきた。弘法大師をまつった寺の門にしばらく憩う。老杉の木立ちをすかして、神戸の街や港の灯が一目千両の夜景を展開している。左手には大阪、堺の灯が海をへだてて輝いていた。

　寒さを感じるほどの山風が、木立ちをゆるがせて流れる。二人は山道をおりはじめた。いま登ってきた道のほうへは、暗くていけない。ケーブルカーのほうへいって、ケーブルでおりる。すっかりつかれた。へとへとになって船に帰る。歯痛やまず。

八月一日

きょう正午、神戸出帆。歯痛のため、気分すぐれず。みんなは、神戸で遊んだ女の話に夢中である。一航海何十円と火夫長にご奉公して、もう先何か月と足をだしている「頭なし」ばかりだ。それでもこの連中は平気だ。みんなは、どうしてこう平気なんだろう。私は給料のことが頭にうかぶと、しゃくでたまらない。いくら考えてもおなじことながら、こんなべらぼうな搾取がどこにあろう。

　ワッチにはいっても、歯痛のため仕事がろくにできない。たった一ワッチで、すっかり目がひっこんでしまった。

八月三日

きのうの朝、横浜入港、一〇号岸壁に着く。暑い。やはり夏だ。しかし、インド洋を通ってきたからだには、日本は夏という気がしない。陸へあがって、ゆかたと白服の流れと氷（氷屋）の旗をみてはじめて夏だと感じる。

きのう横浜入港まえに、火夫長と総勘定をすると、たった一円いくらの取り前があった。神戸出帆のときわずかに五〇円前借りして、途中で一〇円借りただけである。それで四か月、ああ、なんとみじめなことか。私はまたさっそく六〇円借りた。借りられるだけ借りてやろう。どうせ頭なしになるのだったら、借りたほうがましだ。でも、まったくばからしいことだ。

入港するとさっそく、福富町の堀内洋服店にいく。小池君が、まだ常盤丸をおりて休んでいた。病気はすっかり回復して、元気なからだになっている。常盤丸を社命によって下船したかれは、会社へいくと、「きみはつねにからだがよわいから、船をやめたらどうだ」といわれたという。社命によって下船させながら、首にしようとするやり方に憤慨したかれは、「ぜったいにやめない」と、つっぱっているとのことである。いま、会社はちょっとしたきっかけをつくっては、一人二人と馘首《クビ》にしているらしい。

いよいよ昇給停止と決まったらしい。見習い期間も、一か年か一か年半にのびたらしい。本船の見習いなんか、「一年半も見習いさせられるようだったら、鍛冶屋の弟子にでもなったほうがましだ」と、こぼしている。

われわれの「最低賃銀制」は、いったいどうなるのだ。あれほど大々的に宣伝された賃銀制度が、世のなかが不景気になったからといって、わずかな期間のみで消えてしまうとは。ああ、海員組合はどうしているのだ。

八月四日

歯痛なおやまず。右のあごが饅頭でもくっつけたようにはれあがってきた。きりきりと痛む。それでも船に寝る気がしない。歯科医にいきがてら上陸する。船が岸壁に着いていると便利ではある。金さえだせば、自動車がタラップ（舷梯）のきわまではこんでくれる。

きのうは船内消毒のため、全員休業。

夜、私の足は変なほうにむかっていた。前々航、一夜遊んだことのある家の前に立つと、手とり足とりして引きあげられてしまった。気が小さく、いつまでも純真さをすてきれそうにない、こんな巷にいてあばずれることのできない女、小柄で切れ長の目をした女を、私はわすれることができなかった。娼婦、監禁された女、人肉の商品——。

　隣室ではおなじ船員らしい男が、ちょっとしたことで女といいあらそいをはじめ、のちには大声をだして、女を踏んだりけったりするしまつ。あまりのことに、でていってとめようと思っていると、男はぷんぷんおこりながらでていった。

　私は、どうしたことか「我をわすれる」ことができない。酒を飲んで大勢うかれているときでも、こういうところにきても、我をわすれて耽溺《たんでき》できないのだ。私は歓楽の頂上にあるとき、そこからまっさかさまに悲哀のどん底につきおとされる。これは、私があまりにもみじめな環境に育ってきたために、こんな性分になったのだろうか。また、故郷にみじめな家族をもっているためでもあろう。心から歓楽や耽溺にひたりきれない男は、不幸なるかな。

八月六日

　きのうの休みを利用して、東京の葉山氏を訪う。暑い。正午すぎ着く。さっそく裸になり、風呂にいれてもらう。それから葉山氏と話す。話は船のことばかり。

　一人やせてひょろひょろした若い男が、休んでいた。神戸で三・一五事件に連座して入獄した男で、そのためにいまはすっかりからだをこわして、昨夜はとつぜんけいれんをおこして、葉山氏宅の人たちをびっくりさせたとのことであった。その男ともいろんなことを話す。その男のこけたほおはささくれ、頭をかくと白いふけがとんだ。栄養失調なのだろう——この男が中井正晃氏だった。

　夜に入っても話はつきず、ついに泊めてもらうことにして、一二時ごろ二階にやすませてもらう。今朝四時ごろ目がさめた。みんなやすんでいられるので、しずかにしたくしてでる。私の帽子といっしょに、風呂敷につつんだみやげ物がはいっている。そのままちょうだいして帰る。

　新宿で五時半、桜木町に七時二〇分まえに着く。歯痛はなはだし。

八月七日

　歯痛はげしく、右の顔半分火がついたように熱があり、のどから耳のほうまでピリピリ痛む。頭が割れるように痛い。苦痛にたえかねて、缶前の仕事をやめてあがってくると、手紙三通。母からと、覚四郎伯父からと、諫早《いさはや》の材木店に奉公している弟より。

　気がかりだった台風は、ひどい被害をあたえたらしい。二十数戸の部落のうち、四～五戸も家が倒れたとのことだ。郷家も半壊になったのをようやく、くいとめたらしい。炭山の竈《かま》の甲もおちたとのことだ。農作物の被害は察するに難くない。この不景気にそうした被害の郷家の苦労を思うと、じっとしておれない気がする。

六月に上《かみ》の祖父が亡くなったとのこと。八月の一二日が四十九日だという。本家のあの奇人で名物男の祖父も、七五歳で亡くなったか。私はあの祖父から、もっといろんな経験談や世間ばなしをゆっくりきいておきたかった。私も家をでてから、ずいぶんいろんな人と会ったが、本家の才吉祖父のような、ああいうふうな人には、まだ出会ったことがない。祖父は弁舌、行動ともに奇言奇行、ほんとうに名物男であった。もう、あの祖父からおもしろい愉快な話をきくことはできない。

母の目がまたわるくなって、隣り歩きもできなくなったという。去年もこのごろひどくなってこまったそうだが、今年もまたその季節になったらしい。人の手を借りなければ外出できないほどでは、こまっているであろう。母のことを思うと、涙がでる。

父に、眼科医にいかしてくれとはいいにくい。だから、いくらかでもよいから父に内証で金を送ってくれ。そうすれば、為市が夏休みで家にいるから、町の眼医者へつれていってもらうから――といってきている。

なるほど。不景気ではあり、家は半倒れになる。田畑は荒らされる。祖父は死ぬ。借金は首がまわらぬほどだし、父に目がわるくなったから医者にいきたいとは、母はよういえないのであろう。私はまた借金して、いくらか母に送ってやろうと決心した。ああ、ここに百円の金があったら、それを故郷へ送って、母を入院させてやろうものを。

八月八日

故郷からの手紙をみて気をつかったせいか、ますます歯痛がひどくなった。きのうからおかゆを炊いてもらって食っているが、口に楊子がはいらぬくらいはれふさがっているので、どうにもできない。昨夜一睡もできなかった。ものを飲みこむのに、食道が痛くてこまる。朝、卵を買ってきておいたのを、三つばかり飲んで仕事にいく。昼はすこしおかゆを飲んだが、腹が減って仕事ができない。夜はなにも食えなかった。これではやりきれない。

とうとう、きょうは午後から休ませてもらう。歯科医にいくと、「どうも私ではわからないから、外科の病院にいちおうみてもらってくれ」といって、その病院を指名してくれた。船にもドクター（船医）がいるのだが、まず指名してくれた外科病院にいってみる。熱が三八度五分。診察した医師は「歯根膜炎」といった。そして、入院しろという。とんでもない。入院なんかしたが最後、馘首だ。会社ではそんなものを待っているのだ。

船に帰って寝る。船室は暑くてそうぞうしい。歯根の痛みますますつのり、七転八倒。

八月九日

きょう、とうとう歯肉の内側がはり裂けてウミがでてきた。きょうはそれを一日じゅう押しだしては、はきだしていた。一日じゅうに唾液とウミが胃散の缶に三杯もたまった。これでどうやら痛みだけはやんだ。だが、まだはれだけは減らない。このながい歯痛のため、からだはげっそりやせ、目はピョコンとひっこみ、顔の色は青ざめてしまった。わずかな日本の停泊期間中、ろくなことはない。歯痛くらいこらえにくい痛みはない。歯根がずっとウミをもっていたのである。それが内から裂けてでたので、外から切らずにすんだのである。

みんなは仕事をしている。一人部屋に寝ているのは苦痛だ。

故郷からの手紙でみると、今年にはいってからあの部落でも、ずいぶん人が死んでいる。本家の祖父よりほかに、田中のあの高慢で虚栄心のつよかったお梅さんが、四十いくつで死んでいる。福田のおしゃべりで針を棒のようにいってさわいだおすみさんが、五十いくつで亡くなっている。また下の高比良の娘お君が、一八の花の盛りで亡くなっている。私が故郷をでるころ、まだ小学校に通っていたのに、もう一八になっていたのだ。諫早の製糸工場にいっていて、病みついて帰って死んだという。

材木店にいる金作は、もう一九だ。かれの手紙には、成功ということが口ぐせのように書いてある。「はやく金をためて親を安心さして、いままでわが家を嘲笑したものたちを見返してやる。兄さんもはやく故郷に錦を飾ってくれ」かれの心情愛すべし。私もかれの年ごろにはそうであった。しかしいまは？　ああ、なにが「錦」だ。

八月一二日

きのうまで仕事を休んだ。航海中に休もうものなら、怒鳴りちらす火夫長も、停泊中なのであまり文句もいわない。ようやく熱がとれ痛みがやんで、口があくようになった。停泊中の仕事に、いっこうに身が入らない。

火夫長などは、この不景気をよそに、朝の出勤にはいつも自動車だ。かれがわれわれへイカチ（下級船員）からしぼりとる金と、自分の給料を加えると、月六〇〇円は超すだろう、月収六〇〇円。郵船会社の最高級の船長よりも多いのだ。

われわれは昇給は停止、首はあぶない。戦々兢々《きょうきょう》としているこのさい、ブルジョア並みの生活をしているかれをみると、しゃくにさわってしかたがない。われわれは二重三重、しぼれるだけ、残余の一滴ものこさないまでのしぼられ方だ。それに、ちょっとでも不平をいったら馘首。反抗したら牢獄。ちょっとでも変な行動をしただけで馘首になる。郵船のある船では、コロッパスがタバコをくわえてチューブを突いていて、二人も馘首になったとのことだ。

エンジニアたちも、現にタバコをくわえて仕事をしているではないか。ただそれが機関部の最下級のコロッパスだからといって、馘首にするとはなんということだ。爪のあかほどの欠点でもみつけられたら、最後だ。泣き寝入りしている船員たちの意気地なさが、歯がゆい。

きょうは、才吉祖父さんの四十九日の命日である。

八月一四日

船はきのう、横浜ドックに入渠した。ドックにはいると、風がなくて暑い。便所、洗面、入浴、食事、みな船からあがってやらなければならない。

仕事がすむと、船にじっとしている気がしない。福富町の洋服屋にいって休む。船のきゅうくつなわらベッドに寝るより、陸の畳の上に寝るのはなんといっても気持がよい。朝七時ごろからでて船へ帰ると、仕事の時間には間にあう。

きくところによると、ドック会社でも減員をやったらしい。四〇〇人ばかり馘首にしたらしい。本船に前航きていた鍛冶屋も、二人とも顔をみせない。馘首になったらしい。首のつながった職工たちは、わき目もふらず仕事をやっている。「ドック職工馘首《かくしゅ》絶対反対」のビラが、街の電柱や倉庫の壁にはってあるのが目につく。

小池君は、とうとう郵船を馘首《クビ》になったという。話にきくと、会社の狡猾なやり方には憤慨しないではおれない。社命で下船させておいて馘首にするとは、ひどいやり方だ。かれは案外のん気で、毎晩出歩いては飲んで帰るらしい。鼻くそほどの退職手当なんか、一か月ももたないだろう。近海郵船に申込んでいるそうだが、乗れるかどうかあてにはなるまい。かりに乗船できたとしても、いままで四五円の火夫であったが、四〇円の石炭夫に格下げされて乗っていかねばならないのだ。小池君、「蒋介石ひげ」は剃りおとしてはいるが、オッチョコチョイなところはまえと変わらない。

秋田丸でいっしょだった野崎君と、毎晩、堀内さん宅で出会う。かれはいま、りおん丸に乗っている。野崎君の従兄も船乗りだが、社外船をおりて、六か月あまりも神戸で遊んでいるとのことだ。港みなとのボーレンは満員だという。そこには、半年もあるいは一年近くも、船に乗れず遊んでいるマドロスがごろごろしているらしい。海上労働者の紹介のカギをにぎっている海事協同会なんかも、コミッションを使わないと乗せてくれないというのだ。結局、いくらか運動資金をもっているものは乗船できるが、金がないものはいつまでも放りっぱなされるのだ。失業マドロスを利用して、その血のでるような金をむさぼり、私腹を肥やしている連中もいるのだ。

それに、この海事協同会と海員組合とは、密接な関係をもっているのだ。それで、組合費を滞納した失業船員が協同会に申込みにいくと、組合費滞納にケチをつけて、なかなか乗せてくれないとのことだ。だからいまは、しかたなく失業していても、組合費を納めるようになったとのことである。「減員、昇給停止」を会社のいうなりに認めているひより見主義の組合が、組合員の組合費の取り立てにはきびしい態度をとるのだ。われわれ労働者は、しぼられ、食いものにされ、おどかされ、しまいには馘首の座が待っている。

八月一七日

憂うつな日ばかりつづく。「きみはいつも考えこんだ顔ばかりしているが、どうかしたのか」ときくものがある。このごろつくづく、じぶんがマドロスであるということを頭において、陸の人にたいするようになった。

まだまだ船乗りは、陸の人びとから異端視されている。じぶんがマドロスである悲哀——ことばからそぶりからすぐ「あなたはお船ですね」といわれるとき、私はいつもひけめを感じないではおれない。「船乗りと車夫とがけんかしているのを、人間がいって仲裁した」——船員にたいする偏見は、陸の人たちに根づよくのこっているように思う。

昨夜は本船のナンバーツーが代わったので、その送迎会を、この不景気にもかかわらず、共進町の「比楽」という料亭で開かれるのに、浮かぬ気ながら、割当はじぶんの頭にかかってくるので出席してみる。機関部員四十四、五人。芸者が一〇人ばかりきて、うたったり踊ったり、みんなは有頂天になってさわぐのに、私は気が沈んで、じっとすわったままでいた。高慢の獅子鼻をますます高くさせて、悦に入っている火夫長に、お追従をおこたらぬ連中のなんと多いことよ。

散会一〇時半。不平組の服部君といそいででる。
「きみ、今夜、胸くそわるいからうんと酔っぱらおうではないか」
「やけをおこしちゃ、だめだよ」

私はひさしぶりに飲んだ。頭がガンガン鳴るのをこらえて、かれと行動をともにした。

あけ放った窓から、蚊帳ごしに流れこむ朝日に目がさめた。そばには女が寝ていた。昨夜おそく、前後の考えもなくこんな巷にはいりこんで泊ってしまったのだ。服部君が、船でのみんなの行動や火夫長の横暴、仕事のくるしいことなどに憤慨して、泣いて私に訴えたことをおぼえている。目がさめて、昨夜の行動を悔いてもしかたがない。不快やる方なし。

日曜を幸い、堀内さん宅にいって、二階で終日寝ていた。

八月二〇日

きのう、船はドックをでた。きょうは試運転で、船は港をでて一時間ばかりフルスピードで走って、また引き返してもとの岸壁に着いた。

一八日から、エンジンルーム（機関室）のサイドのペンキぬりや石けんふきをやらされる。エンジンには、メーンエンジン係りがたえず蒸気を通して調整を計っているので、その熱さといったらない。ボートデッキの上から、シカライキ（天窓）をあけて、その下からずっと石けんふきをやる。板をわたしてその上でやるのだが、下のシリンダーまでは何十尺とあるので、はじめは目がまわってこまった。おまけにスチームの熱気が舞いあがってくるので、たまらない。火夫長は下にいて、ちょっとまごついてもガンガン怒鳴る。いくら怒鳴ったって、こんなところであわてたらたいへんだ。おちたら最後だ。

こうしたくるしい仕事を終わって上陸すると、つかれがでてからだがだるくて、洋服屋の二階で寝てしまう。

八月二二日

思いがけなく、こんどは停泊がながかったので、仕事はきのうで切りあげて、きょうから休みである。買物もしないのに、思いのほか金を使った。いくところもない。かといって、船に寝ているのもいやだ。また東京（葉山氏宅）へ遊びにいく。

歯痛いらい、げっそりやせた私はすこしも肥えない。からだがしだいに衰弱していくような気がしてならない。

八月二四日

あすはいよいよ出帆である。コロッパスは見習いが三人に減ったので、一ワッチ三人ずつということになった。一万トンの石炭船で、コロッパス三人とはひどすぎる。いままで四人でもあれほどくるしい仕事を、一人減らすとはむちゃなことだ。ことに本船のように火のきつい、石炭を多く食う船では。まあ、死ぬこともあるまい。もう一航海乗っていってみよう。くるしむのは、私一人ではないのだ。

夜、福富町の洋服屋にいって、小池君と街へでる。肩のこらないものでもみようと、「花月」という寄席にはいる。

気が浮かない。文芸に映画に、エロとか先端とか、不景気にあえぎ、失業者はあふれているというのに、妙にチグハグなことばが流行する。ダンスにふけり、カフェーにひたり、飲み、踊り狂い、天下のモダンボーイと自称するドラ息子ども――。ああ、世はさまざまなるかな。

私はしかし、つぎにくる私たちの時代を信ずる。信ずるがゆえに、私は信念をすてない。私たちはくるしまねばならない。たたかわねばならない。あるいは牢獄も死も覚悟せねばなるまい。あらゆる労働者が、資本主義の重圧より、鉄鎖の苦痛より脱するためには――。

また四か月半のくるしい航海が待っている。そこには、煉獄の労働が待っている。そこには、この船特有のあくらつな搾取と圧迫がある。ああ、マドロスの悲哀。それはマドロスである現在の、マドロスのみが身をもって体験するくるしみなのだ。

八月二五日

二～三日曇ってにやにや暑かった天気が、今朝はすっきりと晴れて、どこか秋を思わせる澄んだ空に、真白いちぎれ雲が流れていた。

部屋にはごたごたと、何十人もの借金取りが押し寄せてきている。あっちでもこっちでも、がやがやぶつぶつ、そのそうぞうしさは耳をおおわずにはいられない。

わずか二〇日あまりの停泊ではあるが、毎晩のように上陸して、いきつけの「オチョーメン屋」で飲んだり食ったり、その金は出帆のときには相当の全額になっている。あるものは前航からの借りもある。あるものは、一つのオチョーメン屋に借金がいっぱいになったので、ほかのオチョーメン屋にいく。あるいは二軒も三軒も、そうして借金をつくっているものもいる。船乗り相手の飲み屋は、ほとんどオチョーメンだ。そうしないと、船乗りは寄りつかない。出帆のときの給料をめあてに、飲ませたり遊ばせたりするのだ。

だが、もらう月給の高はしれたものだ。火夫長には、もう四～五か月後までの前借りがかさんでいるのだ。それから不当な利子は差引かれるのだ。おそらく、オチョーメン屋に通う連中で、全部借りを払いえたものは半分もいるまい。あとのものは、どうするのだろう。なかには借金取りをさけて、船尾のほうへにげたり、缶前にかくれたりするものもいる。あの四か月半のくるしい労働によってえた、それも二割の利子のついた賃銀をわずかな期間に消費してしまい、なお借金のうえ借金をこしらえて、飲み遊ばずにはおれないマドロスの心理――それは、当事者のマドロスだけが知っている。

午後三時、出帆。ドラが鳴ると、いくらガンコな借金取りでも、いとしい恋人でも、今航もらったばかりの新妻でも、船にいるわけにはいかない。

やがて船客と、岸壁に押し寄せた見送り人との間には、色とりどりのテープが投げかわされた。汽笛がながい尾をひいて、船がゆるゆる岸壁をはなれかかると、「もう、こっちのものだ。借金取り（鳥）は飛んでこない」そんなことをいって、「おおい、ここだよ」いままでどこかにかくれていたものも、大きな顔をしてサイドからのぞき、こちらをにらんで立っている借金取りたちに、手をふったりしている。

船は岸壁をはなれた。テープは切れた。船客と見送り人たちは、呼びかわし、帽子やハンカチをふりあって別れを惜しんでいる。船が方向回転して、もう一つ汽笛を鳴らすと、港の口にきている。ああまた四か月、私たちのまえにはくるしいくるしい労働が待っているのだ。寂寥と悲哀が、胸にこみあげてきた。

八月二七日

こんどから航路変更になって、四日市と大阪に寄港することになった。きのうの朝四日市着、今朝大阪着。そして、神戸着。なかなか機関部もいそがしい。

横浜出帆のさい、もうテープが張られてから、小池君が自転車で大きなスイカをもってきてくれた。もう船にあがれないので、セーラー（甲板員）にことづけてくれたのだ。おたがい帽子をふりあって別れた。かれは今後、船に乗ることができるだろうか。できなかったら、もう会えないかもしれない。まんまと下船させられ、うまいぐあいに馘首にされたかれは、たいして気にもかけていないほどほがらかだ。思ったより善良で義理がたい男だった。

四日市で手紙四通。母から二通、父から一通、従兄の次郎一より一通。

わずかではあったが、送った金についての母のよろこび。このごろとくに目がみえなくなり、一間《けん》［二メートル弱］はなれると男女の区別もつかぬ、となげきにもかかわらず、「家のことは心配せず、おまえが信じた仕事ならそのほうへ精進してくれ」と。父も、私が金のことをいってやったのにたいし、「心配するな。初志の貫徹にむかって進んでくれ。それが親孝行だ。人間の一生は人に笑われるようなことも幾度かあるだろうが、艱難《かんなん》にたえてはじめて完成するのだ。家のことは心配せずにはたらいて、勉強してくれ」こうした意味のことを書いていた。日ごろから貧苦と債鬼に責められ、それに台風の被害――父のくるしみは察するに難くない。それでいて、たとえ私のことでは、あきらめているとはいえ、寛大なことばを伝えられると胸が痛む。

神戸では私がドンキーバン（操缶番）に当たった。アイスエンジンはかかっているし、ウインチは全部使っているので、いくらたいても汽圧《プレッシャー》はあがらない。ちょっとのひまもない。八時ワッチだから、上陸もできない。

八月二八日

神戸出帆四時半。三時出帆の定期が、一時間半おくれた。荷役がすまなかったためである。不景気、貨物減少、係船。だが、どうだ。こんどの神戸の荷の多いこと。きのう入港からずっと、ウインチはまわりっ放しだった。船足はうんとはいった。

天洋丸につづいて大汽船これや丸と、さいべりや丸が係船。これや丸はもう神戸港外西灘沖に、七〜八隻のすでに係船されている貨物船のなかにその堂どうたる船腹を横たえている。さいべりや丸も港内のブイにつながれている。いよいよ係船時代がきた。こうした船からおろされるマドロスは、たいした数にちがいない。神戸の郵船の機関部の予備だけでも二〜三〇〇人。いったい、会社はこの人たちをどうしようとするのだろう。

きのう神戸入港のさい、本船は岸壁の角に船をぶちあてて、二〜三か所大きなへこみをつくった。昨夜は職工がきて夜通し修理していた。

神戸停泊はたった一晩になった。しかし、ここで一晩でもおもしろく遊べるほどの金をもったものは、機関部の大部屋にはおそらくいないだろう。

こんどは今月分の給料だけで、バンス（給料前借り）はなかった。だからみんな予算が狂って、青息吐息だ。ここでも横浜とおなじように、借金取りが押し寄せてくる。

私は、ここでの勘定に「家族下げ」（航海中に世帯もちに送られる給料）の給料を「殺」して（前借り）、二割引かれ、七〇円の借金である。いまから一文も借りなかったとしても、帰ってきて一文の取り前もない。これでも私などよいほうである。「家族下げ」の金など二割天引きのあと、また月一割五分の利子がつくので、おそろしい暴利となる。

また、われわれが半期半期のボーナスの半分ずつを積立てている「属員協会」の金額は、巨額に上っているにちがいない。この金を各船の火夫長に融通しているのも事実である。われわれはわれわれの金に、不当な暴利をかけてしぼられているのだ。こんなばからしいことが、どこの世界にあるだろう。

ドンキーワッチからウォーミングワッチ（暖機当直）、出帆。港外にでるとすぐ灰巻き。二ワッチのコロッパスが巻くにしても、一人バス当番があがるとのこり五人だ。前航までは七人で巻いたものを、二人減らされてたちまち労働強化だ。船客と見送り人とのテープのもつれも、なごりを惜しんで呼びかわす声も、きょうの私にはなんの感興もおこらなかった。われわれの前には、死ぬほどくるしい労働と、圧迫と搾取と、馘首の脅威が横たわっているばかりだ。

八月三〇日

神戸からは、横浜で三番のホールドにとった石炭をたいた。この石炭のわるいこと、カルカッタ炭よりもひどい。くべたなり黒くくすぶり、コークス状になって、燃えはしない。一時間ばかりでアスがファネスいっぱいになる。汽圧は一七五、せいぜい一八〇より以上どうしてもあがらない。缶替えのアスが多くて熱いこと、まるで焦熱地獄だ。一本のファネスを、途中で休まないではかきだすことができない。この石炭は、河内丸が南米から積んできたのを、三番ハッチに火がでたので、全部巻きあげて本船に積んだのだという。

神戸出帆がおくれたので、エンジンをあけたが、プレッシャーはさがる一方だ。クランクの回転はのろくなる。やむなくエンジンを閉めたが、だめ。私たちのワッチになって、ナンバーワン引率のもとに、スペア（予備員）が四人おりてきた。すぐスペアと協力して缶替え、焚火、石炭押し、灰巻き。私たち八時ワッチのコロッパス三人は、へとへとにつかれてしまった。石炭押しがおくれたので、バスとりと飯たきにあがるひまがない。ようやく一一時になって、バスとり番をあげるしまつだ。なんといっても、一万トンの石炭燃料船である。石炭夫三人ではどう考えてもむりだ。

朝のワッチもまた、スペアがおりてきて手伝いをする。文字どおり必死の激労。

予定より約三時間おくれて、一一時すぎ門司着。

私たちはチューブ突きをやらねばならないのだが、ワッチ中のはげしい過労のため、とうてい連続でチューブ突きはできない。夜になってから仕事にかかることにして、湯を使って寝る。

船がブイに係るとすぐ、沖売りの女や女郎や淫売やで、神戸、横浜の出入港にもましてそうぞうしい。みんなは金に窮している。金策にいそがしい。金のできたものは女といっしょに上陸する。

とつぜん五時ごろ、横浜の洋服店にいた上田氏が訪ねてきてくれた。こんなところで会うとは意外だった。氏は洋服屋をでて、福岡の郷里に帰り、いまは門司のある貿易商に勤めているとのことである。よもやまの話で七時まで。

七時すぎから仕事にかかった。さあたいへんだ。ファネスのトップにつかえるまでたまった、真赤に燃えたアスをかきだすのに、三時間もかかった。それだけでへとへとになってぶっ倒れそうだ。これから一号缶と三号缶のチューブ突きをやって、コールバイをせねばならんのだ。ナンバーツーは、「缶前で休んではつかれはとれないから、デッキにあがって休め。それから突け」というので、あがって休む。船室はがらんとして、人はいない。みんな上陸したのだ。

ようやく仕事を終えてあがってきたのは、今朝の一時だ。晩の七時から朝の一時まで、こんな過激な労働を六時間もぶっ通しやらされて、たまったものではない。あがってバスを使って寝るのが二時。生きた心地さえしなかった。

きょう正午、出帆。濃緑の夏の野山は、こんど帰るときには、冬枯れの荒寥たるながめに変わっているのだ。あと四か月半、私のこのまずしい日記には、くるしい労働の連続がきざみこまれることであろう。あまりくるしい労働のため、書きこむことができないかもしれない。

八月三一日

玄界灘はしずかにないでいる。左舷に横たわる島のむこうに、九州の山の起伏がみえる。ああふるさと。故郷をでてはや五年――マドロスとなってから幾度、この故郷の山をながめて往き来したことだろう。柄にもなく、郷愁がわくのをおぼえた。故郷の人たちははたして、私がこんなくるしい労働を、こんな薄給で、しかもこんな圧迫のもとで、生活をつづけているとは想像していないだろう。もすこしはましな生活をしていると思っているだろう。

みんなは、横浜で、神戸で、門司で、遊んだ女のカタで夢中である。借金取りやオチョーメン屋にせめられ、にげまわったかれらと、この陽気なかれらは、まったく別人のようだ。

五十面をした火夫長もそのなかにわりこんで、ニガ虫をつぶしたような面をゆがめ、頭の禿げも気にしないで、女の話に口をそえている。金さえふりまいたら、年はとっても、仁王様にシンニューをかけたような顔［しんにゅうをかける＝大げさにする、程度を甚だしくするという意味の慣用句］をしていても、女はつく。神戸でも門司でも若い女が、迎えにくるではないか。女が迎えにくると、かれはまったく上きげんになる。かれはゆく先の港みなと、上海、香港、シンガポール、マルセーユ、アントワープと、いつも上陸して泊ってくる。孫の二〜三人もいそうな年をして、われわれの吸血鬼は、酒池、淫楽のかぎりをつくしているが、われわれはどうだろう。欧州向け出帆のさい、その懐中に五円どころか一円の金をもっているものが何人いるだろう。

九月一日

コロッパス三人になって、仕事がくるしいことをわれわれがこぼすと、古参の火夫や油差しは、すぐにいう。われわれが若いころはこうだった。いまのコロッパスは意気地がない、と。しかし、死ぬほどはたらくばかりが能ではあるまい。なるほど、かれらは、立っていて小便がでるのを、じぶんでわからぬくらいがんばったものだという。だが、われわれが病気にでもなって休んだら、どんな残虐な待遇をうけているか。人間の労働にも限度があるのだ。

しかしいま、われわれコロッパスには、前例のないほどのむちゃな労働をしいられている事実があるのだ。それは、入港、停泊中のことである。停泊中はいつも、ドンキー缶の焚火は火夫一人と石炭夫一人ずつはいることになっていた。いままでは四人だったから、三人でチューブ突きをやっても、一人ドンキー当番をすればよかった。だが今航からは、三人のなかから一人ドンキー当番だ。その当番は缶替えをして、ドンキーのたく石炭を繰って、それからチューブ突きにかからねばならない。

またときによると、チューブを突いてひきつづきドンキー当番をやって、出帆したら灰巻きをして、あがるとまたすぐ、航海ワッチにはいらねばならないことになる。そうしたらまるで、十何時間ぶっ通しの労働だ。こんなに石炭夫をこき使う船がどこにあろう。こうした停泊中の仕事は、例のないことだ。これだけは、古参の船員たちも「実際ひどい」と認めている。

こうした労働をわれわれにしいるのも、火夫長の腹黒い計画からきているのは明らかだ。火夫の六人たきを五人たきにするか、見習いの飯はこび二人を一人にして、予備員から二人とるかすれば、前航どおりコロッパスは四人ずつになる。しかしそうすれば、かれがいつも口ぐせのようにいっている、石炭節約に影響するのだ。五人より六人ずつでたかせたほうが、石炭の節約になることを念頭においているのだ。コロッパスを犠牲にしてまで、石炭節約をはかっているのだ。

一時コロッパス連中がさわいだが、それも内々だけの不平にとどまった。泣き寝入りだ。

九月三日

上海一日午後、入港。二日午後三時、出帆。船は江上のブイに係留した。

荷がない、不景気だとさわいでいるが、ここにはいっている郵船の船は、どの船も満船で船足を沈めている。

大陸の初秋はまだ暑い。

シナ（中国）人の苦力《クーリー》や河の船の船員たちの生活は、この江上からでもよくわかる。かれらの身につけた衣類、食物、容貌など、この苦力たちが、これで、いざというときに徒党を組むことがはやく、その結束はかたく、死を決して打ちあたっていくということをよくきく。シナもインドも、無教育なかれらの苦力たちでさえ、自覚するときはくるのだ。それに、一等国民だなどとうぬぼれて、これらの労働者をさげすみの目をもってみる日本の労働者は、打てばひびくように結束する勇気があるのか。まして海上労働者は……。なにが自称一等国民だ。

九月六日

五日午前、香港入港。六日午後、出港。こんどは、ブイ係留だった。私はドンキー当番にあたった。チューブ突きとドンキー当番と、いそがしさに目がまわった。あがってくると、からだは綿のようにつかれ、生きた心地さえしない。

いままでは、航海中のはげしいワッチの労働の疲労を、たとえチューブ突きという、「人間のする仕事でない仕事」があるにせよ、ひとつのつかれ休めだとたのしみにしていたものだ。しかし今航からは、停泊中こそ、かえってひどい労働が待っているのだ。

減員——一二人から三人減らされて九人——こんな思いきった減員が、ほかの船でも実施されているのであろうか。

五日の午後四時ごろ、秋田丸が入港したという声に目がさめた。外にでてみると、なるほど九竜《カオルン》の桟橋に着いている。かつてじぶんが乗っていた船である。まだいっしょにはたらいていた人たちが乗っているだろう。肝胆相照らした友も二〜三いるはずである。私をむちゃにこき使ったファーストは、まだ乗っているだろうか。いってみたいと思ったが、私はすぐドンキーワッチだった。呼べば答える近さにいながら、会えないのはくやしかった。

あの船もけっしてよい船ではなかった。しかし、この船とくらべると、どれほど仕事はらくかしれない。あの船には、この香取丸の火夫長に使われた火夫がいた。ストーキバンもいた。かれはこの船の火夫長に、ピストルをむけて追いまわしたといっていた。そのころは好景気で「浮船千艘、乗り船一艘」の時代で、そんなことをやっても、馘首なんかにはならなかったのだ。

ドンキー当番を終わってあがってきたのは夜一二時、すこし灯の数は減ったが、やはり香港島は美しく輝いていた。もう、サンパンを買って秋田丸にいくわけにはいかない。あきらめて寝る。

翌朝ワッチからあがってみると、もう出帆したらしく、桟橋には秋田丸ではなく別な船が着いていた。

九月八日

前航までは、見習いがはやくあがって、夜食の飯をたいたり、味噌汁をこしらえたり、みんなが使うバスの水をとったり、交代を起こしたりしていたので、コロッパスはただワッチの仕事をして、あがってくれば、湯を使って夜食を食ってすぐ寝てよかった。が、今航からはそうはいかない。

われわれは三人、交代で飯たき当番をやらねばならない。三人だから、はやくあがるわけにはいかない。八時ワッチだと、七時半におりていって、どうしても一〇時まではいて、石炭繰りをやってあがらないと、あとは二人だから間にあわない。

一〇時にあがって、米をといでライスボイラーで飯をたいて、それをとって、そのあとにだしをだして味噌汁をこしらえ、漬物を切り、食器を洗い、食堂を掃除して、それからバスのポンプを突いて、一一時の次ワッチの交代を起こすまで一時間のうちに、これだけの仕事をやってのけねばならない。そのいそがしいこと、目がまわりそうだ。まごまごしていたら間にあわない。それからみんなの食事。ワッチにおりるものと、ワッチからあがるもの二四人。

ポンプはなかなか重い。四〇〇回も突かないといっぱいにはならない。大桶にも三杯いれておかないと、たりない。みんながワッチをあがって、飯をくってバスを使い終わるのは一時ごろである。それからみんなの洗たく物をかついで、エンジンルームまで干しにいかなくてはならない。これだけやらなければ、休まれないのである。

翌朝はみんなよりはやく起きて、その洗たく物をとりにいってこなければならない。

一日ずつ交代で三日に一日だ。ワッチはワッチでくるしいし、飯たき当番は飯たき当番で大いそがしである。

九月九日

このごろ一般に、コロッパスの鼻息が荒くなった。とくにワッチ中は、あまりむりな仕事をしいられていると、くるしまぎれにしぜん、そうした荒っぽい気になるのは当然のことだ。ファイヤーマンがベンチレーターをまわしてくれといっても、返事をしない。アイスエンジンにいって水を冷やしてこい、といっても、放っておく。缶前も掃いてやらない。いくらスチームがさがっても、焚火の手伝いもしない。コロッパスはもう、缶替えとアス巻きと石炭繰りでいっぱいだ。そこで火夫と口論がおきる。

水番のエンジニアなど、うろうろしていると、「ヤアッ」というかけ声とともに、わざとぶっつけるように車を押していくのだ。先日も、水番のエンジニアとコロッパスが口論した。相ワッチの高橋と火夫の水野とは、飲み水のことでコールハンマーをふりまわして、のちには缶前で組み打ちをやった。

毎ワッチ、帽子から足袋まで、汗でぬれないところがあったことはない。「こんな仕事は、人間のする仕事じゃない」コロッパスたちがいっているとおり、まるで殺人的重労働だ。こんな労働を、何時間労働だなんて時間ではかることは、不合理もはなはだしい。

九月一〇日

毎日毎夜、大部屋では勝負ごととわい談。一面、いかにもほがらかそうなかれらである。しかし、かれらの不平と呪詛のことばをきかない日はない。だれも人間だ。いじめられてよろこぶものはない。

かれらが大胆になれないのは、なぜか？　下船がこわいからである。馘首があぶないからである。陸に放りあげられた魚になるのが、こわいからである。労働強化でくるしもうと、高利の金でしぼられようと、馘首になって路頭に迷うよりもましなのだ。

九月一一日

「おれは男だ。この根葉は、義によって生きるんだ。一般諸君のためには、身を挺してぶちあたっていく決心だ」この火夫長は、いつも大言壮語するのだ。なにが「義によって生きる」だ。「身を挺して」だ。強制的貸借による暴利、減員による労働強化――なにをかれがわれわれのために努力してくれたか。われわれの労働条件は悪化するばかりだ。石炭節約にしても、エンジンの仕事にしても、部屋の掃除にしても、かれはじぶん一人でやったようなことをいう。

一枚二〇銭ぐらいの夏シャツを配り、パイナップルの缶詰を一個ずつ分けてやって、大きな顔をして、高慢の鼻を高くする。それははたして、かれが毎月われわれからしぼりとる金の何百分の一にあたるのだ。

九月一三日

一一日午後、シンガポール入港。一二日午後、出帆。

シンガポール入港のまえの晩、入港したらすぐ荷物を積みこむのだというので、三番ハッチにまだのこっていた石炭を、スペア（予備員）総員、火夫長引率のもとにおりてきて、繰りだし方をやった。ちょうど私たちのワッチからだ。私たちはスペアといっしょに、缶前に繰りだした石炭を山積みした。

一二時ワッチのコロッパスも、一〇時にたたき起こされて石炭押しをやらされる。航海中しかも時間外に、むちゃにこき使って火夫長は平気でいるのだ。

相ワッチの河野が、夜食の準備にだまってあがったといって、火夫長は私たちに破鐘《われがね》のような声で怒鳴るのだ。いくらおこったって、こちらは「ばか野郎、なにぬかすんだ」神妙そうにだまってはいるが、心ではあざ笑っているのだ。

「こんどの航海は、コロッパスはとくべつ念をいれてチューブを突かにゃ、だめだぞ。チューブの突き方がわるいと、石炭の燃えがわるくて、石炭がよけいいるからな」と、火夫長はいうのだ。

三人でドンキー当番までして、そのうえあの熱くるしい仕事をきちんとやれるわけがあるものか。あんな仕事をあたりまえにやっていたら、からだのスペアが、いくらあってもたるまい。かれによれば、われわれがやけどしようが、熱射病で倒れようが、チューブの掃除がよくできさえすればよいと思っているのだ。それでは、こっちがやりきれません。

チューブ突きをすましてから、四～五人つれだって上陸した。私は五〇銭銀貨一枚使いのこしていたので、バナナを買って、みんなといっしょに食いながら歩いた。

私たちは、住宅地らしい小高い丘のほうへ歩いていった。丘の上や斜面には、熱帯樹にかこまれた白人の住宅が建っていた。どの家も窓をあけ放ち、白いカーテンがはられて涼しそうにみえた。完備したアスファルトの道路は、その家々の軒先まで通じていた。

白人夫婦に子どもと、黒人の女の子守らしいのを乗せた乗用車がでていった。西洋人の若い夫婦を乗せた、黒人の運転手の車が帰ってきた。かれらは車上から、私たちの菜っぱ服姿をみて、嘲笑のことばをのこしてすぎた。

丘の上にいって、熱帯樹の下の草の上に腰をおろした。青草のかおりがなつかしい。丘のむこうは平地になっていた。平地の中央にはなにか建築中で、頭に赤い布を巻いた労働者が一〇〇人ばかりはたらいているのがみえた。ヘルメットの白人が二～三人、つっ立っていた。そのむこうの丘はゴルフ場であった。白い人影がいくつも、緑の野を動いていた。

あのゴルフをたのしんでいる人たちと、この平地で労働をつづけている労働者と――私たちはこの対照をきっかけに、暗くなるまでいろんなことを話しあった。

九月一五日

一二日午後ピナン（ペナン）入港。同夜出帆。たびたびスコールがきて、風がつよかったのでピナン入港がおくれた。

おくれることがわかると、エンジンをフルにあけたので、石炭をたくことたくこと。一六〇台ずつ一ワッチにはこばねばならなかった。コロッパス三人で、一人がバスの水とりにあがったら二人、二人で一五〇杯以上の石炭をはこぶのはらくな仕事ではない。

コロッパスもファイヤーマンも、すっかりへとへとになった。これが風があって涼しかったからいいが、風がなかったら倒れるものがでたに相違ない。そのうえコロッパスは、毎ワッチ後、クロスバンカー中段の石炭おとしをやらされる。

こうしてあがってくると、バスを使うのもそこそこに、汗くさいベッドに死んだように寝てしまう。ピナン出帆後も、エンジンをあけてあるので、火がきつい。

九月一七日

赤道直下も風があって、思いのほか涼しい。部屋に裸体で寝てすこし汗をかくくらいだ。ときどき急に空が曇って、つよい風が吹きまくり、波が狂う。雨がくる。しかし、やはりワッチは暑い。三人では仕事はきつい。たとえ仕事がきつかっても、それを口にだすと、火夫長は顔を真赤にしておこる。くるしいとき「くるしい」というのが、どうしてわるいのか。むりな仕事をやらせているのは、かれだってわからぬはずはないのだ。

だが、かれはいう。「おまえらがいくらこぼしたって、おれがこの船に乗っているあいだは、これより人数をふやしっこないんだから、それが不服だったら、いつでもおりていけ」と。「義によって生きる」と口ぐせにいう、かれのいつものことばとまるで裏腹だ。

バスとり番のときは、毎ワッチ洗たく物をかついでエンジンルームに干しにいき、ワッチにはいるときはそれをとりにいく。そのおり、通りすがりにサロンの窓からなかをのぞく。

明るい豪華な大広間、大きなファンがいくつもまわっている。テーブルについて高等船客たちが、食事をとっていることもある。ボーイが高価な料理の数かずをはこんでいる。幾多の高価な料理が、あの人たちの口には三度三度はいるのだ。どんな「えらい」お客が乗っているのか、私たちには知る由もない。

私たちは外米のボロボロの飯と、塩っぱい味噌汁と菜っ葉と、すじばかりの肉のごった煮ばかりで食事をすまし、毎日真黒になって追い使われているのだ。

機関部の予備員《スペア》三〜四人は、三番ウインチの修繕をやっていた。まぶしい強烈な太陽の直射に、汗と油にまみれ、真黒になってはたらいていた。そこへ、八つぐらいから五つぐらいの、一等船客の子どもたちに白人の子どももまじって五〜六人、がやがやいいながらやってきた。

そのなかの一人の女の子が、「あれごらん。真黒くなって仕事してる。労働者よ、ねえ、あれ労働者よ。きたないわねえ」

なんという、ませた口のききかただろう。こんなことばが、まだ七つか八つの女の子の口からでたのだ。「こら、なにをぬかす。ちくしょう！　あまっちょめ」予備員の一人は舌うちした。「おそろしい、めすの子だ。あいつはだれの子だ」「ああ、嬢ちゃん。そんなことば、だれが教えたの。労働者の子どもと遊ぶんじゃないって、お母さんから教えられでもしたの？　だがね。こうして労働者が真黒くなってはたらくから、お嬢ちゃんたちもたのしく遊んで、遠いところまでいけるんだよ」一人はおだやかにいってきかせていたが、みんなは「ちくしょう！　海に放りこめ」と、かんかん熱をあげていた。

この子はフランス大使館付の書記官の子で、妻子同伴で任地へ赴くところだとのことであった。この小さい女の子のことば、無意識とはいえ、なんという、われわれへの挑戦のことばであろう。

九月一九日

一七日午後、コロンボ入港。一八日午後、出帆。

コロンボはいつも変わらず、焼けつくような暑さであった。世界でも有名なこの港の強固な防波堤には、大きなうねりが打ちつけて、白い波頭が高くとびちっていた。

熱帯の港では、入港すると、どこの港でも風がなく、強烈な日光の直射と暑くるしさに悩まされる。だから、はやく出帆してくれたらと思う。だが航海中仕事のくるしいときは、はやく入港してくれたらと思う。入港しても航海中も、われわれは、くるしい労働から解放されるときはないのだ。

ある高等船客はその「旅行記」に、赤道直下とかインド洋とか、もっと暑いところと思っていたが、さほど暑いところと感じなかった、と書いているという。それはそうにちがいない。風通しのよい部屋と広いデッキと、サロン、スモーキングルーム（談話室）、そういうところを占領している高等船客にはインド洋や紅海の暑さも、九〇度〔約三二度〕をあがることはすくないという。

エンジンルームや缶前はどうだ。一二〇度〔約四九度〕がふつうだ。一三〇度〔約五四度〕以上もめずらしくない。われわれコロッパスはコロンボいらい、サイドバンカーの中段の石炭をおとすようになってから、その暑さ、一〇分とつづけて仕事ができない。

九月二一日

仕事がきついので、本を読む気もしない。ただもう、寝ることばかり。眠るとよく夢をみる。つかれているからだろう。寝て起きると、腰がまがらぬくらいこわばっている。足が重たい。不快な日ばかりがつづく。

ああ、ここ幾年、私にとって愉快な日が幾日あっただろうか。くる日もくる日も、不快なくるしい日々がつづくだろう。

九月二四日

毎日毎夜、周囲のそうぞうしさには悩まされ通しだ。私は本も読まず、ものを書くこともせず、人とろくに話もかわさず、ベッドに横たわっている。私のベッドは大部屋中でもいちばん暑い位置にある。ファンの風もポールドの風もまったくあたらない、中央の下部ベッドである。すわったら、上部ベッドに頭がつかえる。腰をまげてすわってばかりおれはしない。私は本を読むときも、日記をつけるときも、腰が痛くなると寝て読んだり書いたりすることにしている。

みんなは、私に「聖人」というあだ名をつけている。どういうわけで、そんなあだ名をつけたのだろう。勝負ごとに加わらず、酒や女の話にも加わらないからだろう。冗談じゃない。私だって異性は恋しい。平凡で俗人だ。「聖人」なんていわれるのはきらいだ。

「きみらはどうして、おれを聖人なんていうんだ」すると、「まじめで女ぎらいだから」というのだ。そうしてかれらは、あいつは「赤」だ。「カブレ」ていると、かげでいっているらしい。「聖人」といわれようが、「赤」といわれようが、勝手にいわしておこう。私は私の信念をまげはしない。

九月二六日

二五日午前、アデン入港。午後出帆。白く赤くかっ色に、ぎらぎらと日光に反射して輝く、アデンの無草木の岩山、気味わるいまでの濃藍の海。ここからはいよいよ紅海だ。船が陸地に近づくと、風さえ熱気をおびて暑くるしい。

あまり暑いので、水を飲みすぎたせいか、からだがだるくって仕事がおっくうだ。

サイドバンカーの石炭おとしのくるしさは、お話にならない。バンカーのなかは、ボイラーの熱気で、石炭は発酵した堆肥よりも熱く、蒸し風呂同然だ。二〇分とはいっていたら、息がとまりそうだ。それでも、炭粉にまみれてはたらかねばならない。あまりのくるしさに、私たちはぶっ倒れそうになって、倒れぬうちにどうにかデッキにはってでた。

「いっそ、海にとびこもうか」

「こんなくるしい仕事を、頭なしではたらいてご奉公して、骨身をすりへらすより、死んだがましかもしれんね」

「死ぬときゃ、おりゃ、ただじゃ死なんぞ。根葉吉のはげ頭をコールハンマーでぶんなぐってから、海にとびこむよ」

これらは、けっして冗談ではない。私たちの真剣な会話であった。私ばかりでなく、みんなもつかれているのだ。申しあわせたように目がひっこんでいる。

九月二八日

私は、昨夜の海ほど、美しいというかすごいというか、名状しがたい海をみたことはなかった。夜、ワッチを終わってバスを使って、それでも汗が流れるので、フォックスルにあがって涼んだ。

さっきまで西の空にかかっていた、鎌形の月は沈んでいた。熱帯特有のみずみずしい空には、いちめんに星が光っていた。デッキにはめずらしく涼しい風が流れていた。ふと海面をみると、どうした現象であろうか、海面はみわたすかぎり、形容しがたい輝きをもった波頭が、風の方向に流れていた。

サイド（舷側）のレールにもたれると、ヘッドで切りくだく波の光りで、本の字でも読めるような明るさだ。その光りは、蒼白な一種の妖気をただよわせていた。並んでもたれている人の顔が、すごみをおびている。

舷側にうずまく波頭をみつめていると、寒気を感じてくる。なんとも名状しがたいうずまきのなかに、千態万様、変幻怪奇な輝きをみせているのだ。じっとみつめていると、じぶんがその海中にひきこまれそうな錯覚におそわれる。無数の波頭が織りだす輝きは、ほんらい暗黒であるべき海面が、ずっと遠くのほうまで見通せる明るさにしている。インド洋などでときどきみうける波の光りも、これほどではない。みんな、こんな海をみるのははじめてだといっていた。どうした現象によって、こんな美を織りだすのであろうか。海洋学の知識のない私たちに、わかろうはずがない。

九月二九日

石炭夫同士が、よく仕事のことでけんかをする。おたがいくるしいので、なるべくよけいな仕事をしまいとするのだ。命ぜられた仕事も放りっぱなしておくことがある。じっさい仕事がくるしくいそがしくて、できないのだ。そこで「向うの張りあい」っこになるのだ。ワッチ、ワッチの石炭夫が、まるで敵同様になった。前航までむつまじくやってきた私たちを、こんな不快な「にらめっこ」をするように、だれがさせたんだ。

減員、仕事の過剰、労働強化――。私たちは個人個人の「にらみあい」をやめて、ぶちあたるものはだれかを考えなければならない。焼けたスライスバーの先を、そこにむけなければならない。

第七章　激浪

一九三〇年（昭和五）一〇月～一二月

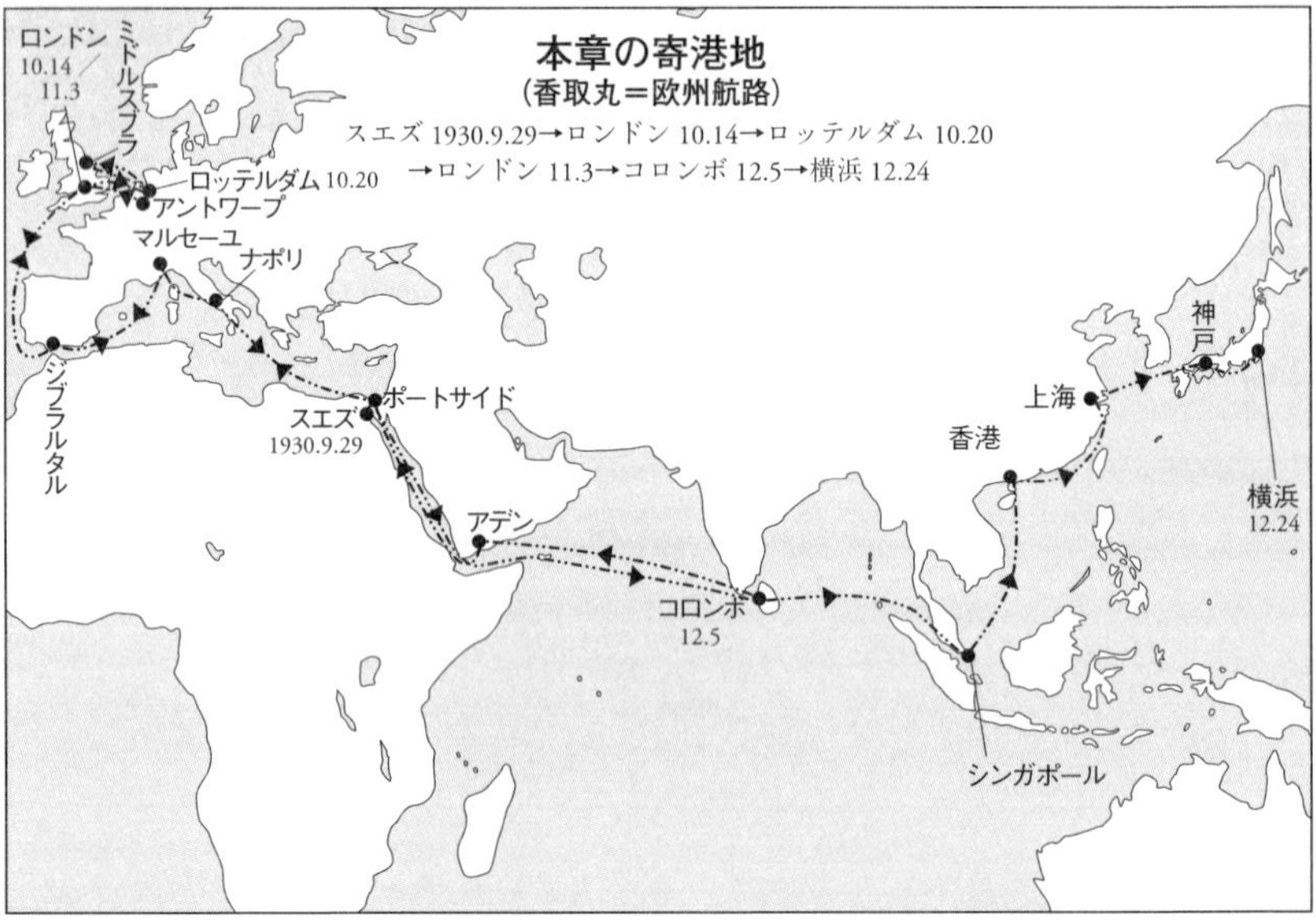

1930年（昭和5）10〜12月の主なできごと

一〇月一日　特急「つばめ」が東海道線に登場。東京―神戸間を九時間で運行。またこの日、国内初の自動式公衆電話が登場。

一〇月五日　ギリシャのアテネで第一回バルカン会議。ギリシャ、ユーゴスラビア、トルコ、ルーマニア、ブルガリアの五ヶ国が参加。後のバルカン同盟へと発展。

一〇月二七日　台湾・台中州能高郡霧社で原住民による抗日蜂起（霧社事件）。

一一月九日　オーストリア国民議会選挙で社会民主党が勝利（ファシスト敗北）。

一一月一二日　第一回英・印円卓会議。

一一月一六日　富士紡川崎工場での賃上げ・馘首反対ストで争議貫徹を叫ぶ「煙突男」出現。滞空一三〇時間。

一一月一四日　浜口首相が東京駅で国粋主義団体・愛国社の佐郷屋留雄に狙撃され重傷を負う。

一一月一五日　造船不況のため三菱長崎造船所で約二〇〇〇人の大量解雇。

一一月二〇日　米陸軍参謀総長にダグラス・マッカーサーが就任。またこの日、国内初の国立癩療養所「長島愛生園」が開設。

一一月二二日　八幡製鉄、溶鉱炉四基を休止、鉄鋼二割減産を決定。

一一月二六日　伊豆地方で大地震（M7・0）。

一二月一五日　東京の新聞、通信一五社が言論圧迫に抗議の共同宣言（浜口首相の容態を報じた時事新報記者が一〇日の拘留となったのがきっかけ。一八日、安達内相が陳謝）。

一〇月二日

二九日午後、スエズ着。同夜、運河通過。三〇日夜、ポートサイド出帆。

スエズに着くと、いくぶん涼しくなった。青い海、砂漠、空には白い雲が浮いていた。船は運河の入口からはなれて、アンカーをいれて、運河通過の時間を待っていた。スエズの市街は、水に浮いたようにみえた。ここに停泊した船がオール、フライキ（信号旗）をあげていた。沖売りの男にきいてみると、いまエジプトの王様があの船に乗ってスエズにきている、という。夕方になると、その船にはみごとなイルミネーションが輝いた。スエズの街のほうにもイルミネーションがみえた。

夜、船首に大きなライトをつけて、運河を通った。空には月がかかっていた。広漠たる夜の砂漠を船は通った。運河の土手を、土人がラクダに乗って通るのがみえた。鳥か獣か、変なあわれっぽい鳴き声がきこえてきた。信号所の赤い灯青い灯が、またたいていた。浚渫《しゅんせつ》船が横たわっていた。運河の幅の広いところでは、屋根船で釣りをしていた。一本のヘッドライトの光の棒で照らしながら、本船はそのあいだを縫うていった。月の砂漠、ラクダ、運河――柄にもなく旅愁がわいてきた。

翌朝、船はポートサイドに着いていた。私たちはすぐチューブ突き。

部屋に寝ていると、大砲がつづけざまにいくつも鳴った。スエズから王様が帰った祝砲である。王様の乗った船は、本船のすぐむこうに停泊した。警備艦であろう、その船の側に小さな軍艦が一隻着いていた。夜にはいるとまた、その船と軍艦にイルミネーションが飾られた。

夜一二時、出帆。もうそのころはイルミネーションは消えて、ふつうの港にかえっていた。

一〇月三日

「鬼熊」と異名をとっておそれられていたファーストが代わったので、みんなはよろこんでいたが、こんどのファーストもやはり相当やかましい男である。かれが私たちを呼び、仕事を命ずることば、態度の横柄なこと。

今航はわれわれの仕事がきつくなったためか、コロッパスにつぎつぎと病人がたえない。病人が一人でもでると、火夫長のきげんがわるくなり、ほかのものにもあたりちらす。かれの性分を知っているので、たいていのくるしさはがまんしてはたらいている。そして、ついにやりきれなくなってワッチを休もうものなら、まるで仮病で休んででもいるようなことをいって、おこるのだ。二ワッチもつづけて休もうものなら、寝ていられないような悪態をついて怒鳴りちらすのだ。

アデンからこっち、私たちはみんなくたくたにつかれていた。私の相ワッチの川野は、痔疾のために悩んでいた。肛門に親指の頭大のものが、はれてでていた。かれは痛さをこらえてワッチにはいっていた。

私たちはポートサイドでチューブ突きをやって、あがってきた。そのとき川野は青い顔をして、目をひっこませていたが、とつぜんかれは筋がつる、といいだした。暑いところへくると、水を飲みすぎるせいか、たいていのものがちょっとした足の筋のつりぐらいは経験ずみである。私も何度か経験しているが、それは息がつけぬくらいくるしいものである。

酢をもってきてぬったり飲んだりしていた川野は、キイーッという声とともに歯を食いしばって仰向けにふんぞり返った。両股から、すね、両腕は、まるで石のようにかたく筋がつっている。

大勢でもむやらさするやら、ドクターを呼びにいくやら、大さわぎだ。川野はヒィーヒィー痛さを訴えて、さけびつづけた。顔の色は土気色に変わっている。ドクターがきて注射をやっても、筋のつりはやわらがない。私はつきっきりでかれの足をもんでやった。

ついにドクターは、五合もはいりそうな食塩水の瓶にゴム管をつないで、その先のセーラー針のような注射針を内股に突きさした。そして、瓶を高くつるして内股をもんだ。川野はなおもくるしみつづけた。みていられないほどだ。三時間ばかりしてようやくつりはやんだ。かれはすっかり衰弱してしまった。

こういうけいれんは陸《おか》ではめったにみうけないが、船でカッケをわずらったり、むやみに水を飲みすぎたりすると、やるらしい。そのくるしみ方は、みてはいられないほどだ。

川野の筋のけいれんとほとんど同時に、コロッパスの黒下が脳貧血をおこして卒倒した。二人いっしょにワッチを休んだので、火夫長のきげんのわるいこと。例の鬼がわらのような顔をひきつらせて、病人の枕もとにいって怒鳴っている。黒下など歯を食いしばってくやしがり、「死んでもかまわん。ワッチにはいる」といっていた。

こんな火夫長の冷酷な態度に、みんな憤慨している。減員による労働強化が、機関部に病人をふやす原因となったのだ。それがわからぬ火夫長でもないはずだが、その病人にたいする血も涙もない態度。かれに借金の少ないものほど、目にみえて悪態が辛らつをきわめるのだ。

一〇月四日

地中海はやはり秋だ。涼風が流れている。さんざん、インド洋からレッドシーでくるしみつかれたわれわれは、この涼風によって、よみがえったような気分になった。

昨夜八時ごろメシーナ海峡にかかり、夜の一時すぎ、ストロンボリ島へきた。船はやはりあの島を一周した。月夜ではあったが、山は紅い火を吹きつづけ、時をおいて高く火柱を吹きあげるのが、花火よりも美しくみえていた。

今朝一〇時、ナポリ入港。同夜一〇時、出帆。この付近には、先月大地震があって、ずいぶん被害があったらしいが、港からみる市街のながめには変わりはなかった。右手にそびえるヴェスヴィオは、あいかわらずおびただしい噴煙を山の空一帯にたなびかせていた。

ポートサイドでもナポリでも、ワッチ下駄や足袋や、その他の作業着がなくなった。石炭積みこみや、荷役にくる人夫が盗むらしい。かれらは私たちをみると「シガレットをくれ」とねだる。うっかり冗談口もきけない。

一〇月五日

ちょっとしけてきた。デッキに波が打ちあげる。船客たちの多くは、マルセーユでおりるだろう。どんなお客が乗っていたか、そのうわささえきけない。船客のことなど知りたいと思うが、司厨部でないわれわれがのぞめないことである。

火夫長はマルセーユで、一人頭五円ずつわたした。これは三番ハッチの石炭繰り賃である。一部の連中は、もうその金で勝負ごとに血まなこになっている。

私は大部屋のそうぞうしさをがまんして、手紙を四通書いた。船員生活の経験ある友人への手紙。

灼熱の海インド洋から紅海を、どうにか通過し、スエズから地中海へでて、ようやく秋風らしい涼風に、よみがえったような気分になりました。ひどい減員により、私たちは過重な仕事をしいられ、まったく生きた心地さえしませんでした。缶前《かままえ》、バンカーの熱さ、入港入港のチューブ突き、出帆後のアス巻きのくるしさ——。

みんな申しあわせたようにやせて目はひっこみ、青息吐息の態です。加うるに病人続出、ワッチを休むもの多く、そのためにますます過重な労働はさけられず、こんな仕事をつづけたら寿命がちぢまるどころか、命がなくなりそうです。

火夫長のごうまん専横、一般機関士連の高慢圧迫は、はげしい労働の苦痛とともに、私たちの反感と憤怒のまとです。しかし、本船のマドロスたちはだめです。心がちっともそろっていません。私はそれをかなしむものです。

日本有数の労働団体だと称する海員組合の船内幹部なるものが、直接われわれの憎むべき吸血鬼であることを思ってください。

いったい、いつになったら、われわれ海上労働者は救われるのでしょうか。だが、いつまでもこのままでは、たえられないことを私は予想します。

酒、女、歓楽の港――それはすこしも私をたのしますことはありません。いま、私には、私たちの前に横たわっている現実のくるしい労働に、いかに立ちむかうべきかに、苦慮しているところです。

一〇月八日

七日朝、マルセーユ入港。八日夜、出帆。

筋をひきつらせてすっかり衰弱していた相ワッチの川野は、まだよろよろするからだで、ワッチにはいっていた。「むりをするな」と私たちはとめたが、毎日枕もとにきて怒鳴る火夫長の悪態と、見習い監督上岡の、じっと寝ておれないようないやみにたえかねて、ワッチにはいったのだ。

監督というのは、一般部員の世話や部屋のみまわり、見習いの指導のために火夫を一人のこしてあるのだが、これはたいてい火夫長のいちばんお気に入りの男がえらばれるのだ。そして一般の世話よりも、火夫長一人の世話に遊ばせておくようなものである。むろん、かれは火夫長の代弁者である。

川野はじっとしておれず、見習いの手伝いをして皿洗いなどしていたが、上岡は、

「すこしよくなったら、ワッチにはいれ。きみ一人のために、みんながどれほど迷惑してるかしれんのだ。すこしゃ、きみも考えろ」

「あすからはいります」と川野がいうと、

「あすからはいるようだったら、今夜からはいったらどうだ。見習いの交代のつごうもある。今夜からはいれよ」

そういうふうにいわれて川野は、しぶしぶワッチにはいったのだ。

われわれはなるべく川野にむりをさせまいと、はやくあげて（やめさせて）バスの湯とりをさせていた。ちょうどマルセーユ入港二ワッチまえのことだった。私はかれと石炭を繰っていたが、とつぜんかれは顔をしかめて、「また足がつりだした」といった。私は缶前でつられてはたいへんと思ったので、「すぐよくなるだろう」というかれを、

「はやくあがってくれ。ワッチはどうにかなる。たのむからあがってくれ。はやくはやく」

私はかれの手をひっぱるようにして、あげた。あげてよかった。私たちがワッチからあがってみると、部屋にはドクターがきていた。川野はベッドの上でうんうんうなってくるしんでいた。足が腹が手が、こぶしのようにかたまって筋がつりつけている。いくらもんでも、やわらかくならない。くるしむのはみておられなかった。

涼しかった気候が妙に暖かくなった。からだがなにか大きな手でもみくちゃにされたような、疲労と倦怠をおぼえる。したがって、仕事がくるしい。私ばかりでなく、みんながみんな目をひっこませている。

マルセーユ出帆後、火夫の田中がワッチからあがるとすぐ、足の筋がつるといいだして大さわぎになった。そのつぎの夜のワッチでは、火夫の江尻が、また筋をつらせて湯も使わず、ベッドのなかでころげまわってくるしみだした。熱があるためか、ゲェーゲェー嘔吐をはじめた。

私たちは、つかれたからだで看病しなくてはならない。しかしみんな、衰弱しきってきつい、えらいをくり返している。まったく、じぶんのワッチさえ満足につとめることができないありさまである。機関部員全員、健康体のものはいないほどになった。

これでは、いくら火夫長も監督の上岡も、文句のいいようもなくなった。これがほかのパートになく、機関部だけだ。これはなにを物語っているのか?

船長、機関長なども、気がかりらしく、エンジンの水の検査などやったらしい。

むりな労働の連続でよわりぬいているところに、気候の激変は、私たちのからだにつよい影響をあたえずにはおかなかったのだ。わずか一～二昼夜のあいだにこのありさまである。

部屋に寝ていると、病人のうめき声がたえまなくきこえてくる。船という特殊な、このみじめないまの機関部の大部屋のありさまを、陸のあらゆる階級の人びとにみせてやりたい。

われわれはかくも、くるしい思いをしのんではたらかねばならないのか? われわれはこれにたいして、なんの苦情も訴えることができないのか? こんなときにもっと、食料でもよくしてくれてもよいであろうに。

一〇月一〇日

九日夜、ジブラルタル着。同夜出港。天候定まらず、晴雨、寒暖の変化がはげしい。はやくロンドンに着きたい。からだがきついと一日でもはやく終点の港に着きたいと思う。そこにもやはり、くるしい労働は待っているのだが。

私はまた、どうもカッケになったらしい。もう二～三日便通がない。足がむくみをおびてきた。手の指先と足にしびれをおぼえる。からだがだるい。息ぎれがする。眠るとなにかにおそわれるこわい夢をみる。私のカッケは、まだあの腎臓病がなおりきっていないためではないかと思う。ときどきはげしい労働のあとにやってくる、背中の気味わるいけいれんがその証拠である。不安でならない。

「本船のファーストやナンバーワンは、われわれのからだより、エンジンや缶前のほうがたいせつだと思っていやがる。それでないと、こんなむちゃな仕事をさせるわけはない」

一人の火夫のくるしまぎれのことばである。

そうだ、かれらはわれわれを消耗品同様にこき使っているのだ。エンジンふきとりに使うボロウエス（ぼろ布）と同一視されているのだ。

一〇月一二日

大西洋にでると、航海する船の類も多い。ビスケー湾も大きなうねりがあるだけで、たいしてしけもしなかった。いよいよ、明晩はテームズ河口だ。缶前ではやはり汗をかくが、あがってくると、冷たい風が波のしぶきとともにデッキに吹きつけている。寒い。寒、暑。われわれは、寒いところでも夏と冬の生活をしているのだ。風邪をひいたものが多い。

海上労働者に多い病気は、花柳病とカッケである。毎航日本出帆のおり、花柳病患者が四～五人いないことはない。昔は淋病をやり、よこねの一つも切らなければ、一人前の船乗りではないといわれたものらしい。かれらは性病にたいして、わりあい平気である。あまりに花柳病患者が多いためだろうか。花柳病を、まるで風邪でもひいたのとおなじくらいに思っているものが多いのだ。

本船の大部屋でも、四人も花柳病でドクター通いをしている。もう何年もなおらぬ淋病をほうっているものもある。よこねをだしてビッコをひいて歩いているものもある。重いカッケ患者はいないが、軽いものなら何人もいる。筋がつるのもカッケにかかったものが多いし、便通がない、手足がしびれる、足がはれる、というものは一〇人以上いるだろう。

一〇月一四日

定期どおり船は今朝、ロンドンの例の奥のドックにはいった。今航から欧州にいる期間が短くなったので、缶掃除を大至急にやらないと間にあわない。だから航海中、入港一昼夜まえから一缶休缶《かん》にした。

私たちが缶の口にいってみると、どうだ。ガット（缶水タンクの検査孔）の口からはまだ熱い蒸気がでている。ガット口にはまともに顔もむけられない。「これでは、とてもはいれない」といえば、火夫長は「下のファネスのところは大丈夫だ。はいってやれ」というのだ。

私たちはシカラップやカンカンハンマーをもって、缶のなかにはいっていった。手もつけられない。ファネスの上までどうなりすべりおりたが、熱くて息ぐるしくて、とてもじっとしておれない。私たちは五分間ばかりがまんしてハンマーを使っていたが、もう呼吸がとまりそうになった。みんな汗びっしょりになってはいあがった。これはむりだ。まだ水を抜いてから二四時間たっていない。それに、スチームパイプまで漏《も》っている。命とはかえられない。

私たちは話しあってナンバーツーをつうじて火夫長に、あすからやるように交渉してもらった。ナンバーツーもこころみに缶のなかにはいったが、すぐでてきた。明朝すこしはやくからかかるようにして、きょうは休みときまった。

火夫長のやつ、冗談とはいえ、「おまえら、缶ンなかへはいってすこし熱いもんだから、頭から水をかぶって、熱い熱いいうてでてきたんじゃないか」と。しゃくにさわることばだ。

午後、海員倶楽部まで歩いていく。「よくいらっしゃいました。お達者で」と、例のおばあさんは流暢な日本語で迎えてくれる。「罪の払ふ価は死なり。然れど神の賜物は我等の主キリストイエスにありて受くる永遠の生命なり」という、日本文字の軸がかけてある。だが、キリストの教えをきこうと思って、ここに訪れるマドロスは少ないだろう。

二時間ばかり新聞や雑誌をみて、帰る。帰途、もう夜になっていた。街路には冷たい風が流れていて、寒さをおぼえる。オーバーを着ているものが多い。

一〇月一七日

航海中から便秘して手足がすこししびれていたが、ロンドン入港後、終日きゅうくつなボイラーのなかでふんばって錆おとしをやるので、足が桜島ダイコンのようにはれてきた。重くてだるい。息ぎれがする。どうやら顔もむくみをおびてきたようだ。ひっこんでいたまぶたがはれあがったのか、重たい気がする。いよいよカッケになったのだ。こうなったら、ほうってはおけない。ドクターのところへいって、みてもらう。薬をもらって飲んでも、なかなか便通がない。

一〇月半ば、日本では私のすきなマツタケが、八百屋の店頭にでるころだ。故郷のいそがしい収穫時のもようを思う。

ここではもう、朝夕は寒い。煤煙によごれた街路樹の葉も、枯れてちりはじめている。多数の工場とドックの船々からはきだす煤煙と、西欧特有の濃霧がとけあって、重くるしい暗うつな空もようである。私のいちばんすきな気候は秋だが、こんな天候では秋という気がしない。

前航このドックの鹿島丸で起きた殺人事件の犯人吉本は、いまロンドンの刑務所に収容されているらしい。

ミッションのばあさんの話では、英国では殺人犯は十中八、九死刑ときまっているそうだが、吉本は日本人同士の犯罪で、ただ英国で罪を犯したというだけだからだろう、一年三月の実刑をいいわたされたとのことである。

ロンドン入港後、火夫長の発議で、麻雀をやるものばかり二八人で、一人一円の会費で麻雀大会を開いた。毎日仕事のあと、おそくまで勝負をやっていたが、三晩めでようやく決勝がきまったらしい。おかげで、私たちはやかましい思いをした。

一〇月一九日

昨夜一〇時、船はロンドンのドックをでてアントワープにむかった。船がこんな市街のまんなかを通っているのは、奇観ともいえる。船がドックをでてテームズ河にでるまで、三〜四時間かかった。

航海一八時間あまり、今朝船はアントワープ着。平原のあいだに立っている樹木も黄葉し、半《なか》ばちり、河岸の草もキツネ色に色さびている。

夜、二〜三人つれだって上陸してみる。西欧の秋の日は暮れるのがはやい。六時すぎるともう夜だ。河岸通りのバーからは、電気ピアノの音がひびいてくる。街路を吹きぬける夜風は身にしみるほどの寒さだ。

私は、バーにはいって飲みたい気もおこらない。ただぶらぶら歩く。バーのドアをあけて「オハイリナサイ、ドーゾ」日本語で呼んで手招きする女にも、ちょっとふりむくだけだ。冷静な澄んだ気分になって、連れとも別れ、私は一人で歩いた。異国の港街の秋の夜ふけを一人あてもなく歩きながら、「旅愁」という気持にひたった。

船には夜おそく、ドロンケ（酔っぱらい）になって帰ってくるものが多かった。バーの女のところに泊って、帰らぬものもある。夜通し勝負ごとに夢中になっている連中もある。

ここで店を開いている日本人の話によると、アントワープもずいぶん不景気らしい。ここの河淵にも、何百人という失業者がごろごろしているという。日本の不景気を知らぬかれらは、こっちのほうが日本より不景気だといっていた。

一〇月二〇日

昨夜おそく、アントワープ出帆。今早朝、ロッテルダム入港。入港するとすぐ、私たちはチューブ突き。

きのうは半日休缶の缶掃除をやらされ、またきょうは入れ出し（入港してすぐ出港）だというのに、チューブ突きだ。ワッチ、ワッチで缶掃除。いくら欧州停泊が短くなったからといって、あんまりひどすぎる。みんな、ぶつぶつ不平をいっている。

きょう午後五時、ミドルスブラむけ出帆。航海ワッチだ。アス巻きだ。朝のワッチ、それからチューブ突き、ぶっ通しはたらきづめだ。とんでもない酷使だ。涼しいところだからもてるんだが、暑いところならできる仕事ではない。

一〇月二二日

二一日の夕方、ミドルスブラ着。例のドックに入渠。石炭を積みこむため、クレーンの下に着く。クレーンの横の広場は、石炭を満載した貨車でうまっている。

二〇時間あまりの航海だったが、ひどくしけたのですこし酔っぱらった。頭がガンガン鳴る。さっそく仕事だ。すこしのひまもない。朝夕はひどく冷える。会社から支給される毛布二枚では暖まれない。つよい風、底冷え、よわい陽ざし、雲の色、深い霧。それらは深みゆく秋というより、近づく冬を思わせる。

一〇月二四日

毎朝七時には、船尾から借りてきた蓄音機をガンガン鳴らす。それで大部屋のものを起こすのである。八時から仕事だ。寒い。冷たい作業着を着るのがおっくうだ。

停泊中の仕事には、たえず監視の目が光っている。一等機関士、各機関士、火夫長、ナンバーツーなど、ことに火夫長の怒声は毎日何回となくひびいてくる。それにちょっとでも口答えでもしようものなら、鬼がわらは赤がわらのような面相に変わり、破れ鐘《がね》のような罵声がおちてくるのだ。

かれはもう五〇に近い。それでも元気で精力絶倫だ。港みなとではきまって女買いにいく。そしておく面もなくおおっぴらにそのたびの「女」のカタをふって、大得意だ。毎晩ウイスキーを飲み、いつもスリーキャッスル(英国の高級タバコ)をふかすぜいたくさだ。かれがロンドンで買ったという純毛のシャツが、三〇円だときいておどろいた。

「こんなに人をいじめてぜいたくしたって、いいことがあるもんか。いまにみろ、きっと」

「これだけみんなに反感をもたれて、寝ざめもわるくないもんだ」などと、かげではそんなことをいっているが、本人は老いてますます盛んなり、といわんばかりの大元気だ。

昔の怪談や因縁物語みたいに、うらみやねたみで、生きた人間をどうともできるものではないらしい。

かれのために、これほど多くのものがしぼられ、くるしんでいる。精神的にも肉体的にも、テロリストの役をひきうけて、船からかれをとりのぞいたらどれほどせいせいするだろう。どれほどみんなはよろこぶだろう。しかし、もうかれは五〇だ。船に乗っている期間もながいことはあるまい。また、かれ一人をこの船から消したとしても、まだまだ、かれとわれわれとのような立場にある船が、ほかにどれほどあるかしれないのだ。

　北海の漁場での蟹工船やその他の漁船の人夫酷使の記事が、先日ロンドンの海員倶楽部でみた新聞にもでていた。

一〇月二七日

ミドルスブラ停泊中、私は一度も上陸しなかった。あすは出帆だ。

　この寒さに、私のカッケはなかなかなおりそうにない。仕事からあがってくると、足がむくんで棒のように硬直している。しびれている。そのためか憂うつな気分がつづく。夜眠れない。頭のなかをいろんな想念が往来し、一睡もせず、朝の仕事にでたこともあった。私は現在私たちがおかれている生活を、こうして日記の形ででも書いておきたいと思っている。こんなくるしい労働の連続では、それも思うようにできない。

　それにしても私が感心するのは、みんなの勝負ごとに熱心なことだ。みんなは血まなこになって、いろんな勝負ごとをつづけている。かれらはあくことを知らない。これほどほかのことに熱心であったらと思う。私もかれらに負けまいと、がんばって本など読んでみるが、どうしても私が負ける。かれらほど夜も昼もつづかない。かれらはわずかばかりの金で、夢中になって勝負ごとにふけっているが、われわれの前にもっともっと大きい勝負ごとが横たわっているのを、気づかないのだろうか。この熱心さでほかの勝負ごとにあたってくれたら――。

一〇月三〇日

二八日夜、ミドルスブラ出帆。二九日夜、アントワープ入港。本船はこのままアントワープ出帆のおり、河のなかで操舵機がきかなくなって、フル・アスターン（全速後進運転）をかけて、サイレンまで鳴らして大さわぎした。

　こんどはまた、ミドルスブラ出帆のおり、夜の九時ごろだったと思う。とつぜんガガガー、ガガーと、石ころの上を竹の束でもひっぱるような音が、船底に起こった。そして、下から突きあげるような衝撃を感じた。「たいへんだ、ドシあげだぞっ」みんないっしょに部屋からとびだして、タラップをかけのぼった。船はアスターン（後進）をかけた。どうやら、座礁からはなれたらしい。まだハーフ（半速運転）で進んでいたし、底が砂地らしかったのでたいしたこともなかったのだろう。

「もうすこしひどく突きあたって、せめて三か月ぐらい、航海できんようになったらよかったになあ」

「そうすりゃ、大頭で帰れたのになあ」

びっくりして裸足でとびだしてきたものも、こんなのんきなことをいっていた。

ちゃんとパイロット（水先案内人）が乗っていても、こんなことが起こることもあるのだ。

みんなにさそわれて上陸する。河岸通りのバーをまわって歩く。かたことまじりのバーの女の日本語もなつかしい。夜がふけると、酔いどれのマドロスが千鳥足で歩いている。私はおつきあいに、ポートワインを二杯ばかり飲んで、微酔の顔を冷たい夜風に吹かれながら、ひさしぶりマドロス気分を味わって帰った。街道には、辻淫売が四～五人うろついていた。手招きするのもいるし、「アナタ、チョット」と、たどたどしい日本語で呼ぶ女もいた。

船に帰ると、もう電灯は消えていた。

一一月一日

うす曇った日がつづく。ときおり霧雨が降る。寒い河風が吹く。

上陸する。オーバーのえりを立てて、敷きつめた河岸通りの石の道路を歩く。バーからもれる灯影が、霧雨にぬれた道路を照らしている。今夜はバーにはいって飲む気もしない。服部君と二人街を歩く。時計台の横の活動館にはいる。

終わってでると一一時すぎ。「よろづ屋」という日本人の店にはいって、うどんを食う。きょうでここの博覧会も終わったらしい。もう一度いってみようと思っていたが、もう会場はさびれてしまっているとのことで、やめにした。

ここに住んでいる日本人の生活状態などもきいてきた。どこもらくな世界はないらしい。かれらはたいてい、日本の船員相手に賭博などやっているらしい。

うどん屋にきていた中年の日本人はいっていた。

「朝、靴をはいたら、いくらぶらぶらしていてもぬぐことはない。日本だと、夜、風呂にでもはいって火鉢の前にすわって長煙管で一服というくつろぎもできるが、こっちの生活にはそうしたゆとりがないんだ。日本のくらしがいまさらながら恋しいねえ」

脱船して南米あたりを転々としたあげく、現在ここにおちついているのだといっていた。

夜、おそくまで眠れない。故郷のことを思う。死んだ祖父といま一度会いたかった。奇言奇行。この類まれな性格の祖父。「明治」一五年ごろ、官林盗伐の嫌疑で長崎の裁判所にひっぱられたとき、ほかのものはふるえているのに、祖父だけは居眠りをしていたという。あの祖父の血が私にも流れているのだ。が、あの祖父とこの私との性格の相違を思う。祖父はあの時代では村の先覚者でもあった。私も村では変わった青年にみられていたかもしれない。祖父とそして父と、私との時代の変化を考えてみた。

一一月三日

二日朝七時、アントワープ出帆。朝から雨になり、風も加わった。アントワープの街や河向うの平原も、雨にさえぎられてみえなかった。船が河口にでるまで、ずいぶんながくかかった。船が河口をでると、風雨はますますはげしくなって、波は真向うからぶっつかって、スピードがでないらしく、いくら待っても灰巻きができなかった。

おりもおり、ウェアポンプ(送水ポンプ)がきかなくなって、エンジンは大さわぎになった。ちょっとでも油断すると、ボイラーの水がかれてしまうのだ。だからエンジンをハーフにして、ドンキーポンプでボイラーに水を送って、機関士や油差しは、ウェアポンプの修理に血まなこになっていた。

私たちは朝七時からワッチにはいって、ずっと灰巻きを待っていたが、ポンプの修理がすんで、灰巻きを終わったのは午後の六時であった。それからまたワッチだ。船はもうテームズ河口にきていた。するとコロッパス・オールハンで、三番ハッチの上段の石炭おとしだ。

私はドンキー当番だったので、寝たのは朝の三時であった。そして七時に起こされて、それからぶっ通し今朝の三時までだ。

すっかりつかれきったからだを横たえると、きょうの一一時まで眠りとおした。

きょうは休み。社便にて『文芸戦線』。

一一月四日

きのう海員倶楽部にいった。日本の新聞をみると、あいかわらず、都会も農村も不況にあえぐ人びとの悲劇、惨話にうまっている。「海運王国郵船の船員整理」という見出しで、馘首《かくしゅ》船員一千人とでている。海員組合のほうにも、ほぼ了解をえているとのことだから、整理は断行されるだろう。

郵船にしてこれだから、社外船の減員など想像に難くない。そこから陸にほうりあげられるマドロスの数は、万に近いのではあるまいか。

昨夜、油差しの部屋で、酒を飲んだ油差しの鈴木とナンバーツーが、大きな声で議論していた。「労働問題」「無産政党」などということばを、めずらしくも使って気炎をあげていた。すると火夫長が、例のどら声で油差しの部屋に怒鳴りこんだ。そして鈴木をめちゃくちゃにぶんなぐった。みんなは声ひとつたてなかった。

妻子あるベテラン油差しの四〇男を、酒を飲んですこし大声をあげたからって、暴力をふるわなくてもいいだろう。この船では、じぶんの思ってることなんか、めったに口にもだせない。

一一月六日

今航から欧州停泊が、前航より一週間みじかくなった。それでかならずやらねばならない缶掃除、ファネス掃除、エンジンの手入れその他、各バルブ、コック、ダイナモ（発電機）などの手入れ、すりあわせ、そうした仕事をこの短時日でやり終えるのだ。機関部全員、やたらにこき使われ、追いまくられて、欧州停泊中、休みがたった一日あったきりだ。

今夜一二時、日本へむけて出帆だ。航海しだしたら、われわれには一日だって休みはないのだ。日曜も祭日も正月もないのだ。日本から欧州まで、停泊中一日休みがあったきり、また欧州から日本までくるしい労働の連続なのだ。日本へ帰って給料の取り前のあるものが何人、大部屋にいるだろうか。ほとんどが頭なしだ。日本へ帰って、だれが整理のヤリ玉にあがらぬと保証できよう。そうしたら、これほどあわれなものがあろうか。

ちょっと陸へあがってみる。寒い風が吹いていた。子どもたちが街路にでて、手に小さな缶や小箱をもって、「ペニー、ペニー」といってついてくる。顔を赤く青くぬった子どももいる。小さな車に、変な人形を乗せて押している子もいる。とくにわれわれには、しつこくついてきてねだる。クリスマスが近づいたので、こんなことをするのだろうか。

今航はここからお客がずいぶん乗ったらしい。

きょうはめずらしく晴れている。よわい陽の光が、工場とドックの船と、くすぶった倉庫の屋根を照らしている。青く澄んだ空は、日本の晩秋を思わせる。

一一月八日

六日夜、ロンドン出帆。テームズ河をでてアスを巻くまで、四時間かかる。イギリス海峡はしけていた。ビスケー湾へでると、ますます荒れはじめた。船体につよくぶっつかった激浪は、高くとんでデッキを洗い、スカッパ（排水口）がはきだせない水は、デッキの上を流れまわる。しばらく停泊していて、出帆してすぐこんなにしけられると、なれた船員でも酔っぱらう。

私は湯とり番にあたった。ごろごろゆれるのに蒸気で飯をたき、味噌汁をこしらえ、みんなが使うバスの水を突くのに骨がおれる。ポンプを突くまに、何度フォックスルを洗っておちる波を頭からかぶったかしれない。

こんどは、洗たく物をエンジンに干しにいくのにこまった。波のこぬまにデッキを走ったが、タラップ（舷梯）の下は水でいっぱいだ。八つ折れ（下駄に似た履物）をぬいで、裸足でサロンデッキにあがると、強烈な風がうしろから吹きつけた。からだが宙に浮いていまにも吹きとばされそうだ。私はからだをかがめ、はうようにしてデッキを走った。よく船から吹きおとされたという話をきくが、もすこしのことで、私も激浪にのまれるところだった。

部屋を密閉しているので、物がすえたようなにおいが充満しているうえに、タバコの煙が大部屋にうずまいて、それだけで頭が痛くなる。それに荒波は、巨人の手をもって大塊を投げつけるように船体にぶちあたる。船はキキイー、ブリブリッと、いやなきしみを発してゆれる。船首のベッドに寝ていても、ゆりおとされそうになって、ベッドのふちにしがみつく。いつも卓をかこんで、勝負ごとに夢中になっている連中も、今夜はベッドにかじりついている。

昼間すれちがう汽船をみたが、とてもあの船のなかに人間が乗っていられるだろうかと思った。波の谷にはいると、船は波にのまれでもしたように、しばらく姿をみせない。ややしばらくして、波の峰に船は浮きあがってくる。陸の人たちには説明もできない光景である。

一一月一〇日

きのうあたりから波がしずかになってきた。いまはただ、大きなうねりが船体をぐらぐらとゆり動かしている。大西洋はいつ通っても船が多い。ちょっとサイドから顔をだしたばかりで、五～六隻の汽船が目にはいる。

波に酔っぱらってろくに飯を食わないでワッチにはいってはたらくので、すっかりやせてしまった。カッケでむくんでいた足が、しびれはとれないが、げっそり細くなった。海流の作用か、妙にむし暑くなった。

コロッパス、これは船中でもいちばん軽べつされた職名だ。私はこの会社の船にあと何年乗っていたら、火夫に昇進できるだろうか。満二か年以上おなじ会社の船に乗っていて、月給三五円とは情けない。海軍ならもう古兵でいばっていられるのに、まだ火夫や油差しの小使いだ。

チューブ突きをやって真黒くなってあがってくると、「黒いのはあっちにいけ」「飯は食堂では食うな」と、外のハッチの上で飯を食わされる。ちょっとしたことに口だしすると、「コロッパスのくせに生意気だ。ひっこんどれ」と、頭からおさえつけられる。マドロスの悲哀、いやコロッパスの悲哀だ。

一一月一二日

きのう朝、ジブラルタル着。同日正午、出帆。

「持ちこみ」ワッチに当たった私たちは、仕事のひまをみてあがってみた。空はきれいに晴れて、陽光が明るい。海は青く澄みきって際限もなく深そうだ。有名なジブラルタルの山は灰白色に輝き、海を区切り湾を形づくっている。その岬、中腹、山頂には、旅人を威嚇するように砲台が築かれ、砲身がニュッと突きだしている。その下は堤防をめぐらして、なかは軍港だ。軍艦が四~五隻はいっている。

スペイン人の沖売りがオレンジを売りにくる。買って食ったが、あまりうまくない。オレンジのかおりだけはなんともいえない。

船はアンカーを巻いて出帆する。アフリカの山々の起伏が、くっきりと右手にみえる。

秋田丸の平石君からの手紙をうけとる。かれは、本船の火夫長に使われたことのある男だ。だから、船の仕事のひどいことも、火夫長の搾取ぶりもよく知っている。かれはそうしたことにたいする注意や、なぐさめをこまごまと書いてくれている。

一一月一四日

きのう午後三時、マルセーユ着。ジブラルタル出帆後、またひどいしけに会った。地中海でもこんなにしけることがあるのかと思うほどであった。入港がおくれるということでエンジンをあけたので、火夫は一生懸命汗をしぼってたいていた。暑いところでなら、卒倒するものがでただろう。

夜、八時ごろから上陸してみる。寒い。オーバーのえりをたてて歩く。街には案外人が少ない。本通りへでると、やはりにぎやかだ。若い男女の姿をみると、さすがはフランスだと思う。坂になった横の通りへはいると、あやしい女がうろうろしたり、軒下からのぞいたりしていた。引き返して例の女郎屋のほうへいったが、私は途中でやめ、その付近の店をのぞいていったりきたりして、みんなが帰ってくるのを待った。

各国のマドロスたちが右往左往していた。酔ったあげく、なぐりあいをやっているものもいた。ドロンケマン(酔っぱらい)になって、道ばたに横たわっているものもいた。このへんは一人でうっかりうろつけるところでないと思った。

帰途、街の暗がりをうろついている辻淫売の数が、ふえているのが目だった。夜おそく、酔っぱらって帰るものが多いので、部屋はそうぞうしくて眠れなかった。

私たちは四時に起きてチューブ突きだ。寒くて眠いのにはよわった。

昨夜も火夫長は「オール・ナイト」をやって、今朝おそく帰ってきた。あの年で、あの精力にはおどろく。ミドルスブラでも、アントワープでも、往き帰りのマルセーユでも、かれはオール・ナイトだ。昨夜も百フラン以上使っただろう。そういう遊蕩《ゆうとう》の金は、どうした金だ。みんなわれわれの膏血《こうけつ》をしぼった金なのだ。

　きょう午後五時、出帆。

一一月一五日

　澄んだ空、青い海、冷たい風。風に吹きおこされた小波が、ピチャピチャと船側にじゃれている。一等船客たちは高等船員らと、Aデッキでビリヤードをたのしんでいる。

　船は、ナポレオンを生んだコルシカ島を北に、サルジニア島を南にみて、せまいボニファチョ海峡を通過した。赤茶けたはげ山が、急に海に切りこんで断崖をなしていた。両島ともはげた岩山が立ちふさがっていた。いい航海びよりである。だが、われわれは「いい航海びより」など味わうことはできない。

　船首の食堂で、火夫長は見習いに肩をもませながら居眠りをしていた。マルセーユでさんざん遊んだつかれででもあろう。見習いこそ災難だ。いつまでもんでも、もういいとはいわないのだ。ミドルスブラ停泊中、かれは私にも腰をもんでくれといってきたことがあった。痛がるだろうと思って、いくら力をいれてもんでもこたえないのだ。とうとう一時間半も、もまされてまいったことがあった。

　火夫が一時間めの焚火《ふんか》を終わって、汗をふきふきあがってきた。肩をもませていた火夫長は、かれをみるとたちまち破れ鐘のような怒声をなげつけた。

「こら、貴様ら、なぜスライスを使わんのか。石炭の消費量が毎日オーバーしとるの、知らんか。横着しやがって、いくらいってもききゃせん。コールボーナス（石炭節約賞）がほしかったら、もすこしスライスを使え！」

　落雷のような怒声に、火夫たちは「ハイ」といったきり、なんの抗弁もしない。

「これから気をつけろ。でなかったら、神戸に着いたら行李をかつげ、船をやめろ」

　傍若無人だ。

「まったくいやになっちまう。蒸気をあげたらあげたで、さげればさげたで、おこりやがる。ちょっとアスがバーにねばっていると、スライスバーを使えといっておこる。油しぼられ通しじゃ、やりきれんや」あとで、火夫たちはこぼしていた。

「おれは、狐疑陰険はきらいだ」これは口ぐせのように、火夫長がいっていることばだ。かれはときどき缶の上にかくれて、火夫たちの焚火をのぞいてみているのだ。私は何度それをみつけたかしれない。だから、火夫たちもめったに油断はできないのだ。陰険な監視だ。かれの口ぐせとは裏腹なのだ。

一一月一六日

今朝、ナポリ着。今夕出帆。ナポリ湾からながめる、ナポリ市街からヴェスヴィオの山にかけて、この港の風景はいつみてもあかない。

このごろしきりに、読書欲と表現欲がわいてくる。しかし、仕事が仕事だ。じっくり考えてものを書くなんてことは不可能だ。夜のワッチをあがり、寝ずに通して昼のワッチにいくと、目まいをおこしそうだ。むりをしてはいけない。なにごともからだあってのことだとあきらめる。

ひさしくみなかった海員組合の機関誌『海員』を読んでみると、やはり読むべき価値のあることが載っている。「船内細胞組織について」「悲劇をはらむ社会」「大連汽船問題」などなど、いろんな点から想像して、一般社外船にたいしては、組合の直接の勢力がわりあいいきわたっているのではないだろうか。それに反して、この郵船会社など、船内の問題などもその会社内において処理されてしまう。そうするように、会社には御用団体属員協会ができている。だから現在では、組合費を納めるだけといった形である。

もっと船内一般に、組合員たる意識をいきわたらせる必要がある。それに、われわれの搾取者である水夫長、火夫長、司厨長が船内幹部であることがいちばんいけない。かれらには闘争的意志がない。一般へイカチがどんなに不利な立場にあろうとも、自己の保身に汲々として他をかえりみようとはしないのだ。『海員』誌上の世論と船内の組合員の立場と、なんと相違していることか。いま、船は火を吹く島ストロンボリ島をまわっている。

一一月一九日

「香取丸機関部員一同から若王寺一等機関士に感謝状及び記念品贈呈」

香取丸機関部乗組属員一同は、先般社命によって同船を下船せられた一等機関士、若王寺卯三郎氏に対し、左の如き感謝状と記念銀杯を贈呈したが、右は前項斉藤一等機関士に対する、賀茂丸機関部属員からの感謝状贈呈と相並んで、我々郵船属員と同高級船員との間の、融和向上の事実を示すものとして、誠に歓喜に堪えない事実である。

感謝状

四面環海、我が国運の盛衰を双肩に担い、晨《あした》に怒濤咆哮する北海を渡り、夕に灼熱の赤道を越え、扁舟《へんしゅう》を托して激しき国際経済戦の戦士として、時に国民外交の先駆者たるべき吾等海上勤務者の責務たるや、実に至大なりと言う可し。

然るにその職の重且つ大なるに反して酬いらるるもの甚だ微く、荒涼無味なる日常生活は郷慕の念充するに途なく、自然人心は荒び、人情徳義の美風薄らぎ、一船内に於ても高級普通船員に兎《と》もすれば、平和と協力を欠くの弊風漸く世相に現れ、延《ひ》いては海運産業の前途を憂慮されつつあるの秋《とき》、本船幸に貴台の如き人格高潔の士の就任を見たるは、実に邦家の為にも亦《また》慶すべきことなり。

貴台が昭和三年二月乗船されて以来、其天賦の才能と高潔なる人格、加えて燃えるが如き人情の熱意を以って、部下を薫陶さるるや吾我をして常に慈父の側近にあるの思いあらしめ、部員は恰《あたか》も家庭にあるが如く、和気靄々《あいあい》一人も不平不満を訴うる者無し、此れ総べて君が教化の徳なり。吾我一同尚将来貴台の御教導に大なる期待を有せしに、突然今回社命により下船せられ実に慈父に袂別するの感あり、茲《ここ》に部員一同相諮り聊《いささ》か貴台の鴻恩に報ゆる為、記念品を贈呈し感謝の意を表す。

昭和五年九月

日本郵船会社　香取丸機関部一同

元香取丸一等機関士　若王寺卯三郎殿

「香取丸機関部属員一同から黒崎三次郎君に感謝状並に記念品贈呈」

久しく香取丸に油差しとして乗組まれ技術の優秀と人格の高潔を以って機関部員一般の敬仰を其一身に集めておられた黒崎三次郎君は、先般社命によって下船せられるに至ったが、同君の下船を惜しむ同船機関部員属員一同は、同君乗船中の属員の生活向上に致された功績を彰し、兼ねて又愛惜を伝うるがため、神田横浜駐在機関部理事の手を通じて感謝状一通と記念品を同君に贈呈した。

この二つの感謝状は、「属員協会会報」九月号にれいれいしく掲載されているものである。あまりにばかばかしくて、私は書きうつしていくうちにふきだしてしまった。事実と表面にあらわれるものとの相違も、これほど徹底しておれば腹がたつのを通りこして、むしろこっけいである。

「鬼熊」とよんで、みんなから毛虫のようにきらわれおそれられ、はやく下船することを願っていた若王寺一機に好感をもっていたものは、火夫長とほかにとくに目をかけてかわいがられていた二～三人にすぎなかった。怒鳴られるばかりか、突きとばされ足げにされたものが何十人いただろう。

横浜で「鬼熊」に記念品贈呈のことが火夫長から発表されたとき、かつて火夫長の言に逆らったことのなかった連中が、異議を唱えたのだ。突きとばされたりけられたりした連中は、なんのためにあんなやつに感謝状や記念品を贈る必要があるんだと、反対した。けんけんごうごう、容易に決しなかった。

ついに「賛」「否」の投票によってきめることにした。私はもちろん「否」と書いた。だが開票の結果、「賛成」の票が二票多かった。結局反対者も、頭割りに記念品代を給料から天引きされたのだ。

感謝状と記念品の銀杯、その感謝状の文章――ああ、これがわれわれ船内属員の名まえで贈られたのだ。あの男に「人格の高潔」「天賦の才能」「燃えるが如き人情の熱意」「慈父の側近にあるが如し」「不平不満を訴うる者一人も無し」「貴台の鴻恩に報ゆる為」などなど、こんな賛辞を奉る行為がみじんもあっただろうか。

かれの横浜の家には、この感謝状の額がもったいぶって掲げられてあるだろう。なんという皮肉だ。これは、われわれの反感と呪詛の裏返しの表現なのだ。世のなかには、こんな珍現象がどれほど多いことだろう。

また、黒崎ナンバーツーに感謝状と記念品を贈ったそうだが、これもわれわれの名義だ。あんな男に……、思ったただけでもこっけいだ。「技術の優秀と人格の高潔」「機関部一般の敬仰を一身に集めた」笑わしやがる。こんなことばが、どこにあてはまるんだ。われわれコロッパスをむちゃくちゃに追いまわすことと、バクチよりほかにかれはなにをやったか。麻雀、ポーカー、ハッパステン、オイチョカブなど、かれはなんでも賭けごとが好きだった。かれからしこまれて頭なしになったコロッパスを、私は何人も知っている。かれなどは、労働者の自覚と社会的意識を阻止する役割しかもたない人間だ。

ああ、感謝状と記念品。あほらしいにもほどがある。

一一月二一日

きのうの早朝、ポートサイド着、午後出帆。私たちはただちにチューブ突き。一睡もしなかったので、頭がふらふらした。

ポートサイドの運河の入口にのぞんで、この運河開通の功労者レセップスの銅像が立っている。一方の運河口の小高い建物には、英国のフライキが掲げられ、銃をもった兵士が立っている。

運河へかかると、船はハーフあるいはスローで走る。岸にあたる波がはね返って音をたてる。運河へはいるとすぐ日が暮れた。歌の文句ではないが「砂漠に陽がおちて夜となった」が、私たちには、ともにうたう恋人も感傷の歌も、もちあわせない。ただ、スエズまで乗っていくボートマンのさびしい歌が二番ハッチからきこえてくる。土人の部落の灯がちらちら、地平線のかなたに明滅している。どこかで犬が鳴いている。夜中運河を通ると、いつも涼しい。日本の春の夜をしのばせる夜風が流れていた。

今朝三時、むりにたたき起こされる。灰巻きだ。もう船はスエズを通過してフルで走っていた。

ポートサイドの埠頭に立つ、スエズ運河建設の父・レセップスの銅像

灰巻きをすませてきて、また寝る。一時間、また起こされる。ワッチだ。いよいよレッドシーだ。私たちの前に灼熱の海が横たわっている。焦熱地獄の労働がひかえているのだ。

一一月二二日

アフリカとアラビアの砂漠やはげ山が、両方にみえるせまい入江を船が走っているあいだは、風があって涼しい。

陸がみえなくなるころから、暑さが加わってくる。今朝ワッチからあがって寝るときまでは、そうまで暑さを感じなかったが、寝ているまに暑くるしくなった。目をさましたのは五時ごろだ。部屋にはファンをまわしている。それでも暑い。じっくり寝汗をかいている。わずか四時間ばかりのあいだにこんなに暑くなったのだ。

昨夜は二枚の毛布を着て寝た。今夜はすっ裸で寝ても、暑いだろう。海水の温度がきのうときょうとでは一〇度もちがうと、エンジニアがいっていた。三番ハッチの横にキャンバスでつくられた海水プールで、船客たちは泳

ファーストエンジニア……一等機関士
ファナ、ファナー……煙突
ファネス……火炉
フォックスル……船首楼甲板
プープデッキ……船尾甲板、後甲板
フライキ……信号旗、信号旗流
フラン……煤
フランテン……当直外または臨時雇いの乗組員。
ブリッジ……船橋。船の中央部付近、上甲板上の高所にあり航海や通信などの指揮命令系統の中枢となる場所
プレッシャーゲージ……気圧計
ブロワー……石炭の煤を吹く送風機
ブロン……帯
ヘイカチ……下級船員を指す蔑称
ベンチレーター……換気口または換気扇
ボーイ長……雑用係。最低半年間の火夫見習い期間中、末端の雑務全般を担う。「長」がつくのは軽口の一種
ホイッスル……汽笛
保険マーク……→満載喫水線
ボースン……水夫長、甲板長
ポテ……みがき粉
ボート……短艇、小型の救命艇
ポート……左舷。右舷は「スターボード」
ホールド……船艙
ポールド……船の丸窓
ボーレン……戦前の船員職業紹介所。各港にあり、仕事の斡旋や宿泊先の提供を行った。boradinghouse の転訛
本員……正規の海員

【マ行】

マドロス……船乗り。オランダ語が語源
満載喫水線……船が貨物を積み、その重量によってどこまで沈んで良いかを表示したもので、海域や季節によって変わる→保険マーク、ロイドマーク

【ラ行】

ライスマン……飯炊き係
ライトブイ……灯浮標。浅州や礁堆の上に設け船舶の乗り揚げを防止する
ライフライン……命綱
ラッギング……防熱装置
ランチ……商船などに積んでいる小型の動力挺。港湾内の交通などに用いられる
リギン……マストや帆などを支えるのに用いる索・ワイヤー・金具などの総称。綱具装置
リベット……板材などを接合する鋲
ルックアウト……航路付近の障害物や航路標識などを見張るための当直
レター……通風を調節する装置＝レジスターの転訛か
レール……手すり。甲板や通路などにもうけられている
ロイドマーク……→保険マーク、満水喫水線
ローリング……横揺れ

【ワ行】

ワイヤブラシ……針金でできたブラシ
ワシデッキ……甲板洗い。ウォッシュデッキの転訛
ワッチ……当直。船の士官や乗組員に一定の時間ずつ輪番でおこなう。本書中では一日を午前と午後に分け、12時間を4時間ごとに3分割し、3チームの輪番で勤務をしておりトータルで一日8時間の勤務となる
ワッチ着……缶焚きの半袖の作業服
ワッチ下駄……缶焚きの作業履き

ないもの。現在は部員という

【タ行】

タキタキコロッパス……石炭夫で火夫の仕事をしているもの

タラップ……舷梯。停泊中船から乗下船するときや、パイロットが船に乗りつけるときに利用するはしご

ダンブル……船舶で、貨物を積んでおくところ。船艙→ホールド

ダンベイ船……団平船。船底が平たく(浅く)、大量の荷物を安定して載せることができた

チーフスチュワード……司厨長。シチョージともいう

チューブ突き……煙突掃除、煙管掃除。石炭を燃やす缶室にもぐり込み、燃えた石炭ガラを除き、熱・煙を通すための煙管を清掃する作業

注油器……簡単な方法で給油できる器具

ツカミ……焼けた金属や浚渫の際の砂などをにぎるために使うグラブ

ディスチャージバルブ……船外吐出弁

デッキ……甲板

デッキパッセンジャー、デッキパー……デッキで寝起きする最下等の船客

デッドスロー……極微速

テレグラフ……通信機、速力伝達器

デレッキ……火かき棒

デンブル……灰溜まり

トーチランプ……ガソリン蒸気による溶接用のバーナー。本書では噴炎ランプとも記されている

ドック……船渠。船を横付けして貨物の乗降や船の修理を行う区域

ドックイン……入渠。ドックに入ること

トモ……船尾

ドンキーバン……→ドンキーマン

ドンキボイラー……補助缶、補助ボイラー

ドンキーポンプ……多目的に使う補助ポンプ

ドンキーマン……ボイラー（機関室）の操缶手。ドンキーバンともいった

ドンキーワッチ……停泊中の機関室の当直→ドンキーマン

【ナ行】

ナンバスリー……三等油差し

ナンバツー……二等油差し。ナンブトーともいう

ナンバン……一等油差し、操機長。本書中（汽船）では火夫長を指した

【ハ行】

バー……火ベラ

バイス……万力

ハイドリック……灰放射機

ハイプレッシャーシリンダー……複数あるシリンダーのうち最も高圧で作動するシリンダー

パイロット……水先案内人。港や水域について浅瀬や潮流などを熟知し船長に代わって直接操船し船を案内する人

パーサー……事務長

ハッチ……甲板から船室へ通じる、上げぶたのついた昇降口。艙口

ハーフ……半速運転

バンカー……石炭庫

ピッチング……縦ゆれ

ビルジ……船底にたまった汚水

ビルジポンプ……船底にたまった汚水をくみ出すポンプ

ファイヤバー……火格子桟

ファイヤブリッジ……火ゼキ。火格子の後ろにある耐火煉瓦の突起壁。石炭が奥に落下するのを防ぎ燃焼ガスの流れを調節して燃焼を促進する

ファイヤーマン……火夫

ギャレー……調理室、厨房
クランクシャフト……ピストンの往復運動を回転力に変えるための軸
グレーチング……火格子
クロスバンカー……各ボイラー室の隔壁を利用して設けられた石炭庫
係船……船が稼働していないこと、またはその状態
コークスストア……コークス庫
ゴースタン……後進→アスターン
コーターマスター……操舵手
ゴーヘー……前進
コラム……鉄板
コールハンマー……石炭の塊や煉炭などを粉砕するためのハンマー
コールボーナス……石炭節約賞
コロッパス……石炭夫。Coal Passer（石炭はこび人）が語源といわれる船員用語で時に蔑称として使われた
コンパッション、コンパッションチャンバー……燃焼室

【サ行】

サイド……船舷、船体の側部
サイドバンカー……船体側部に設けられた石炭（燃料）庫
サードエンジニア……三等機関士
サードオフィサー……三等航海士
サロン、サロンデッキ……客間
サンパン、通船……陸と船あるいは船と船の間の交通を行う小型船。はしけ、伝馬船
シカライキ……天窓、スカイライトの転訛
シカラップ……スクレーパー、きさげ。金属を削る際などに使う、鑿《のみ》のように先端が平らになった工具
社外船……日本郵船、大阪商船、東洋汽船といった大企業以外の中小海運会社の船
シーバーヒーター……蒸気を煙管内に導き、再加熱する装置＝スーパーヒーターの転訛か
主機……主機関。船の主たる推進力（原動力）を発生する熱機関。
ジョレンコック……水抜き、ドレンコック
シリンダー……（蒸気機関においては）発生した蒸気を内部に納める筒状の部品。蒸気ガスのエネルギー（動力）をピストンに伝える
シリンダーカバー……エンジンのシリンダー端の気密を保つためのカバー
スイコミ……扇風機をかけないで炭をたくこと
スカッパ……排水口
ストア……貯蔵所
ストーキバン……倉庫番。ストーキーともいう
スチームパイプ……蒸気管
スチームバルブ……蒸気の加減弁
ステー……主にマストを支える索（綱、ワイヤー）や支材
スペア、スペアボーイ……予備員
スモークチューブ……煙管
スモークドア……燃焼室のドア
スモークボックス……煙管を通った熱ガスを集合させるための煙室
スライス、スライスバー……火ベラ
セコンドエンジニア……二等機関士
セコンドワッチ……4時から8時までの当直→ワッチ
セーフティーバルブ……安全弁
セーラー……甲板夫、水夫。主に荷役や船内作業をする
船舷……→サイド
属員……船の乗組員の中で高級船員で

●『外国航路石炭夫日記』附録

本文中の主な船舶・海員用語

【ア行】

アイスエンジン……製氷機

アイスチャンバー……冷凍室

アカ……汚れた海水

アス……石炭の燃えがら。灰

アスターン……後進、ゴースタン

アス巻き……灰巻きとも書き、火炉から出た灰を缶でできた桶に入れ、灰上げ機で甲板上まで巻き上げ、海中投棄する作業

頭なし……船内貸金制度による高利の借金で給料の取り前のない状態

アップ……見習士官。または実習生

アマボーイ……司厨員

アンカー……錨《いかり》

アンカーチェーン……錨鎖

アンダーブリッジ……上部船橋楼甲板

いけ火……火が消えぬように石炭でかこっておくこと

入れ出し……入港してすぐ出航すること

インスペクション……船内点検

ウィンチ……動力による歯車などにワイヤロープ等を巻き付け、荷物の上げ下ろし、運搬などに使用する機械。巻き揚げ機

ウィンドラス……船首にある揚錨機

ウェアポンプ……送水ポンプ

ウェス……機関・機械等油汚れの手入れに使用するボロ布

ウォーミングワッチ……暖機当直。暖機とは始動前に熱機関を徐々に暖めていくこと

掖済会《えきさいかい》……日本海員掖済会。1880（明治13）年に海運界首脳によって設立。主に海員の対する福利厚生を目的としてつくられた組織。宿泊の提供に加えて、乗船の斡旋、船員の教育訓練、遭難船遺族への弔意・慰安などの事業を行う。著者は国内に2ヶ所あった養成所のうち大阪にあった普通海員養成所で（もう1ヶ所は横浜）2ヶ月間の訓練を受け、秋田丸に乗船した

エキスパンション……膨張扇

エンジンルーム……機関室

オイルマン……油差し

沖係り……沖に錨をおろして停泊すること

沖売り……漁獲物あるいは日用品などを沖合で直接売り渡すこと。またはその商人。時に売春も行われた

オーニング、オーネン……天幕、日除け

オフィサー……航海士

オモテ……船首

オールハン……総員。オールハンズの転訛

【カ行】

海員養成所……→掖済会

海里……1海里は1852メートル。地球の緯度1分にあたる。また1海里／時は1ノット

ガジ……火夫長

カスケード……給水濾過《ろか》器

カタをふる……肩を振る。肩を寄せ合って話をするという意味の船員用語

ガット……缶水タンクの検査孔

缶《かま》……ボイラー

缶替《かまが》え……缶の中の火格子上にたまった灰や燃えかすなどを除去する作業

カンカン……錆おとし。錆を「カンカン虫」ともいった

カンテラ……携帯用の灯油ランプ

喫水《きっすい》……船が水に浮かんだときの水没部分の深さ

いでいる。いよいよ、ワッチがくるしくなってきた。

先だって本船がナポリ出帆のさい、浜口首相が刺客にやられたといううわさがあったが、虚実が判明しなかった。ポートサイドにきてから、「領事館にとどいた電報によって、長崎県生まれの一青年に、東京駅のプラットホームでピストルで腹部を撃たれ療養中。生命別条なし」というような、船内新聞が配布された。きょうまた、「本船の船客副島伯あて、松平英国大使の電報によれば、浜口首相は余病併発せざるかぎり、数週間のうちに全快のみこみ」という船内新聞が配布された。

ますます深刻化される不況、失業者の続出。無産階級のだれもがもつであろう、資本家擁護の既成政党への反感。テロリストもでるであろう。

夜のワッチからあがって、流れでる汗をひっこますべくフォックスルにあがれば、涼しいAデッキを一等船客たちがいったりきたりしている。風あたりのいい椅子に腰かけて、タバコを吹かしているものもある。「かれらとわれらと、人間もえらいちがいじゃのう」と、真黒な顔をして川野がいった。

一一月二四日

(以下一二月三日まで「百四十度の船底より」と題し、雑誌『近代』一九三三年一月号に掲載)。

風がでていくぶん涼しくなった。このていどでいってくれたら、私たちはどれくらいたすかるかしれない。

夜、どうしても寝つかれないのでこまる。もう二晩、一睡もせずに明かした。ぶらぶら遊んでいて食える階級の不眠症ならとにかく、夜昼一定の時間だけ一生懸命にはたらかなければ食えないわれわれには、やっかいなことだ。二晩も寝ずにワッチにいって、燃え盛っているファネスをのぞくと、目がくらみそうだ。

いつ通ってもレッドシーは濃藍の色をたたえてなぎ、空は気味わるいまでに青く晴れわたっている。月のない夜空の星の多さ、美しさ! そこを浮城のような巨船が、無数の眼窓から光を海上になげ、煙突からはもくもくと黒煙をはいて、ゆうゆうと進んでいるのは、たしかに壮観にちがいない。だが、あの煙突からはきだされる黒煙は、私たちの血と汗と半死半生の一息一息が、一滴一滴がまじっているのだ。あのうずまく黒煙の形象は、私たちの呪詛と苦痛と反逆とを表現しているのだ。

一一月二六日

昨夜おそくアデン沖を通過した。二～三日まえから、また足と手の先にしびれを感じはじめた。四時間、ワッチで立ちつづけてはたらいてあがってくると、足は二升徳利のようにふとくはれて、棒のようにかたくこわばっている。関節がいうことをきかない。缶前からのタラップをあがるおり、途中で一度休まなければ、息ぎれがしてあがれない。手や足に、部分的にいやなけいれんがくる。

カッケになったものは私ばかりではない。機関部ばかりでも、船医《ドクター》のところに通っているものが一〇人近くある。軽いカッケにかかっているものを加えると、二〇人はいるだろう。カッケの気があるものは、みんな弾力のない青い顔をしている。からだを動かすのが、みていてたいぎそうだ。足首に針を突きさして血をだしても、わからないというものもある。呼吸がくるしいといって、肩を大きく動かして息をしているものもある。それでも、一人も寝たものはいない。みんな、重たい足をひきずり、くるしい息をしながらはたらいているのだ。ただでさえくるしい労働だ。それにカッケ。それはじつに、たえられないほどくるしい労働にちがいないのだ。

こんどの復航は、レッドシーもインド洋もわりに涼しいようだ。とはいえ、私たちは火を相手としての労働だ。缶前の熱さは、汗でワッチ着をしぼるほどだ。

一一月二八日

きょう昼、ドクターのところへいって、カッケの注射を打ってもらってくる。ますます手足がしびれるので、不安でならない。意識を失った足の先は力がぬけているので、炭車を押すのになかなか骨がおれる。部屋の階段の昇降さえ一生懸命だ。思うように手足の動かぬことは、歯がゆいものである。きのうからカッケ患者には、ムギ飯をたいてもってくるようになった。カッケ患者が機関部ばかりに多いのは、なにを物語っているのだろう？

郵船会社のおもだった機関長連中を中心にして、商船、その他社外船の機関長、高等商船の教授などが、神戸で一夜、「海上不況対策座談会」というものを開いた。そのおりの談話がパンフレットになっているのを、読んでみた。かれらはみんな、忠実な資本家の使徒だ。その談話のなかにただ一言でも、一般下級船員にたいする思いやりらしいことばが語られているか。

石炭、その他消耗品の節約についてはくり返し語られている。その節約と反比例して加重されるのは、われわれ下級船員の労働力なのだ。かれらには、われわれの労苦は問題ではないのだ。ある機関長などは、

「会社で指定した石炭より、わるくて安い粉炭をとって、焚火を研究してみる。そして、それで相当の成績をあげることができたら、以後その石炭をたくことにする」といっている。

これはまったく、下級船員の労苦を無視した、ただ資本家の利益のみを考えた、にくむべき暴言だ。その他、

その談話のあらゆる点において、かれらが下級船員にたいしてどんな考えをもっているかということを、ありのまま暴露している。かれらはわれわれのからだよりも、ひとにぎりのウエスが、一枚のパッキンが、一本のワイヤーが、たいせつだと思っているのだ。まして、船の消耗品の大半をしめている石炭をや、である。

一一月三〇日

コロンボ近くなって、とみに暑くなってきた。ミドルスブラでとった石炭が何十日、缶前の熱気に蒸されている、サイドバンカーの石炭おとしのくるしさ。バンカーにはいったばかりで、ぶくぶくと汗がふきでる。一〇分間はいっていたら、もう目がくらみそうだ。汗と石炭の粉にまみれながら、バンカーからとびだして、しばらく涼もうと船首の二番ハッチの上にいって、痛手にたえかねた負傷兵のようにぱったり倒れる。

月夜だ。空には真白い雲の片がとんでいる。サイド（船腹）にかすれる波が、さわやかにきこえる。デッキを散歩する船客の靴音がする。娯楽室から、かすかに蓄音機の音がひびいてくる。

「あぶないですよ。貴女、大丈夫?」

「ええ、大丈夫よ」

「これより先、乗客の御立入り御断りします」というしんちゅう板の注意書を無視して、船首へのタラップをおりてくる男女。日本語のよく話せる西洋人と、洋装の日本人の女だ。

かれらはなにやら語らいながら、フォックスルのほうへいって、しばらくして引き返してきた。男は歌をうたっていた。女はタラップをのぼりしなに、あたりにつよい香水のかおりをふりまきながら、「今夜はまた暑くて、眠れないわ」といった。

「ちくしょう!」いっしょにハッチの上に寝ていた相棒の高橋が舌うちした。「なにが暑くて眠れないわ、だい」

「あんなやつだよ。インド洋のアイスクリームは冷たくない、といって文句をいうのは」

「じっさい、しゃくにさわるじゃないか。このいまのおれたちをみろ」

「あいつらをみていると、世の不景気も、失業者の悩みも、このおれたちのくるしみも、どこ吹く風といったふうじゃねえか」

「まったくだ」

一二月三日

昨朝、スエズから一一昼夜、三四〇〇カイリ［約六三〇〇キロ］、コロンボに着いた。すぐチューブ突き。重くてしびれる足をひきずって、暑くてくるしいこの作業、からだにこたえずにはいない。のちには呼吸が困難になって、卒倒しそうになってきた。カッケのためだ。まったく、衝心でもおこしはせぬかと思うほどのくるしさだった。毒だとは知りながらも、水を思う存分飲まないとやりきれない。闇のなかにつつまれているような不安がおそってくる。

この病気をしていて、この私たちの労働は文字どおり「死一歩前」である。あと一〇昼夜つっぱれば香港だ。香港までいけば冬だ。ここ赤道直下には、冬はない。この暑さはどうだ。

コロンボで手紙三通うけとる。東京の葉山氏より、横浜の堀口さんより、故郷の弟為市より。

郵船会社では、いよいよ船員大整理を開始したらしい。毎日五～六人ずつ馘首《クビ》にしているという。独身者さえどうにも動きがとれないのに、妻子をかかえて陸にほうりだされるマドロスのことを思うと、じっとしておれない気がする。米の収穫時に、米価の暴落が伝えられる。農民の疲弊困憊《こんぱい》のほどが、思いやられる。

一二月五日

一日おきにいって、カッケの注射をやってもらう。手と足の先がしびれ、からだ全体だるくて呼吸ぎれがする。三番ホールド（船艙）から石炭を押すのに、三杯もつづけて押すと、胸がくるしくなってぶっ倒れそうだ。みんなのあとについて仕事ができなくなった。一ワッチでもいい、ゆっくり休みたい。が、休んだら、例の火夫長のあのいやみとあてこすりと、にがりきった顔をみるのがしゃくだから、やせがまんをしてつっぱっている。またこのさい、一日でも休んだら、神戸に着いたら病気を口実にして馘首にされぬともかぎらない。

「くそ！　こうなったら倒れるまでだっ」私は歯を食いしばって仕事をつづけている。カッケなんて、平気でほうっておける病気ではない。この病気は海上労働者にいちばん多いということだ。栄養不良と不自然な労働と、気候の激変などからくるらしい。日本じゅうでこの病気で命をとられる労働者が一万を超えるというから、おそろしい。

このごろ、会社にたいして、船内の労働にたいして、また火夫長との貸借関係にたいして、不平不満をならべるものが多くなった。

一二月六日

コロンボからデッキパッセンジャーが乗った。船尾の四番と五番のハッチの上にオーネン（天幕、日除け）を張って、その下に五、六十人のインド人が、ごちゃごちゃと寝ころんでいる。小さな子どももいる。よぼよぼの老人もいる。めいめいのたくさんの荷物のなかにうずくまって、身動きさえできないきゅうくつさで寝ている。

昼、医務室にいくおりや、夜おそくみんなの洗たく物をエンジンルームに干しにいくときなど、私はかれらの客室であるハッチの上をのぞいてみる。夜おそくだと、かれらの寝ているありさまは、まるで激戦後の戦死者を思わせるほどのみじめさだ。あっちにむき、こっちに倒れ、ハッチの上にデッキに、敷物もなくじかに足をなげだし、手をひろげて寝みだれている。子どもに手枕をさせて寝ている女もある。

時をわかたず、スコールがくる。横なぐりに雨がうちこむと、かれらの寝床は雨にさらされる。またオーネンのたるんだところには水がたまって、それがもってくる。かれらは寝るどころか、立って雨をよける場所さえないのだ。どれほどの船賃か知らないが、じっさいひどいものである。かれらのすぐ枕元には、一等船客たちのぜいたくな生活があるのだ。雨にぬれて、いるところもなく立ってふるえているかれらの耳に、まさか、娯楽室から流れてくる蓄音機の音がきこえぬことはあるまい。かれらはあの音をきいて、いったいどう思うだろう?

デッキパッセンジャーたちが、めいめいに手料理を手づかみで食って、水を飲んでいるとき、サロンでは、高等船客をたのしませる仮装会が開かれているのだ。いろいろな服装をしたボーイたちが船客たちのあいだをまわって、給仕をしているのだ。そこには、私たちが名も知らない、みたこともない、高価でぜいたくな料理のかずかずがならべられてあるのだ。おなじ一つの船の船客でありながら、なんというちがい方だ。高等船客とデッキパッセンジャー、高級船員とわれわれヘイカチ。ああ、なんといい対照ではないか。

一二月八日

きのう夕方、シンガポール入港。きょう午後、出帆。私はドンキー当番にあたっていたので、上陸もできなかった。入港早々チューブ突き。それからひきつづきドンキー当番。からだがなにかでぶんなぐられたように、痛くてだるくてしびれる。相ワッチのコロッパスに代わってもらおうと思ったが、上陸したがっているので、たのむのをやめてがんばった。

『文芸戦線』をうけとる。一一月号。私の詩が三編も載っている。私一人の詩で詩の欄をしめているのだ。私はいままでの日記を葉山氏にあずけておいた。船内の実情を知ってもらうことで、なにかお役にたてばと思ってのことだった。まだ見習いのころ日記のなかに書きこんでおいたのを、葉山氏がぬきとってだしてくださったのだ。

あんな詩がこうしてこんな雑誌にでようなどとは、夢にも思わなかった。じぶんでは冷汗が流れる思いがする。

われわれの前に、脅威の黒雲がせまってきている。それはずっとまえからではあったが、船がしだいに日本に近づくにつれて、その黒雲はますます厚く濃く、私たちの前に立ちふさがった感じである。会社の二十余万トンにおよぶ係船、そこから必然におこる船員余剰、その大整理――。しかし会社は、一度に馘首を宣言するようなことはやめ、日に一〇人二〇人と徐々に切っているとのことである。

それは各船の各部から、四人五人と引きぬいて切っているということだ。そのヤリ玉にあげられるものは、だいたい三つに分かれているという。つまり、危険的思想をもっているもの、へいぜい病身なもの、老年者。しかし、そこにはいろんな情実がからむに相違ないのである。すこし「赤マーク」をつけられているもの、現在ドクターに通っているものを、第一番に馘首の座が待っているというわけだ。その点、私などまず一番にやられるかもしれない。

それから、われわれへイカチにたいする航海手当二割減、ボーナス五円引きさげ、の通知が火夫長あてにあった由。

一二月一〇日

「きみ、ちょっときくがね。今朝、ナンバンがファーストエンジニアからこんなことをきいてきたそうだ。本船の機関部に、船のいろんな内面を陸の新聞や雑誌に載せるものがあるそうだ。だから、しらべてみてくれといわれたそうだ。きみはへいぜいまじめでよくはたらくけれども、よもやそんなことはあるまいと思うが、もしや、そんなことをやったことはないかね」

きのうの朝、ワッチからあがってくると監督が私にきいた。

私は鼻の先で笑ってやった。「そんなことはない。それは人ちがいじゃありませんかね」

「うん。それならそれでいいが、とにかくはやくバスを使って、ナンバンの部屋にいってみろ」という。

いそいでバスを使って火夫長の部屋にいってみると、かれは椅子にかけて机に片ひじをついていた。

「なにか、ご用ですか」

「うん。ほかじゃないがね。きみ、いままでなにしとったんか。船に乗るまえまで」

私はすこしばかりでたらめをまぜて、船に乗るまえのことを語した。

「うん。ところでおまえは、新聞か雑誌に、この船の内面を書いてだすというようなことはしなかったか?」

私はいろんな文句をならべて、否定した。

「そんなら、いい。この節、みんなを興奮さすようなことを書いたり、いったりしたら、ひじょうにわるい影響をおよぼすことになる。またかりにきみ一人がどうもがいても、大きなこの会社のやることが、どうにもなるものじゃない。きみはごくまじめではたらくから、そんなことはないだろうとは思ったが、あるものから、陸と連絡をとって船のことを書いている、ということを耳にしたからな」

それからかれは、神戸や横浜に知った運動者はいないかだの、いまおまえが書いているものはないかだの、くどくどきくのだった。私は、私にたいするそうした懸念をとりさっておかねばならぬと考え、みな否定しておいた。

私は、だすときはすべて匿名でだしているので、私の本名が知れるはずはない。私が腹がたったのは、監督が「ファーストが火夫長にそういったそうだから」といったことだ。かれは、火夫長の忠実な犬にすぎない。われわれの秘密や弱点をあばいて、火夫長に報告するのだ。わこまったことには、犬のまた犬がいることだ。このさい妙な口をきこうものなら、たいへんだ。私のことなども、この犬の犬の報告にちがいない。

一二月一一日

一等機関士の方でも、成るべく待命者を出さぬ様努力されるそうです。また小生の方でも出来るだけ努力する考えですから、諸君の方でも充分自重せられたし。

皆さんへ　　　　火夫長

火夫長は機関部の大部屋の入口の黒板に、右のようなことを書いている。かれがなるべく犠牲者をださぬように努力するのは、当然のことだ。何十円と足がでているものを、何人もやられてはこまるのだ。

かれと監督とはいつも馘首のことを口にして、われわれをおどかしている。

「仕事をする気にもなりゃしない。航海中からあんなことといっておどかさんでも、よさそうなものだ」

「馘首になったら、いったいどうしたらよいか。おらあ、さっぱり見当つかんわい。頭なし頭なしで、うんと足をだしているうえに、パッサリやられた日にゃ、だいいち着る着物からないんだからな」

こうした嘆声が、みんなの口からきかれるようになった。おれの友人も何人やられている、おれの知り合いもだ、と属員協会の会報をみてみんなが話しあっている。

「馘首」それが人ごとではなく、じじつ眼前にせまっているのだ。みんなは平気でいつものように、たわいもないカタばかりふっているが、その心のなかには、馘首にたいする脅威を感じているのだ。ときには、そのことについてまじめに話しあうこともある。

私は、ドクターのところにいくのをやめた。「現在ドクターなんかに通っているものが、いちばんあぶない」と、火夫長や監督が私の顔をのぞいて、あてつけがましくいうので、ちくしょう！　もうドクターなんかにいくもんか。がんばってやるぞ！　と、しびれる手足をそのまま歯を食いしばってワッチにいく。へたばるもんか。ちくしょう！　カッケぐらいに負けてたまるか。

きくところによると、会社ではとてもひどいことをして馘首にしているという。船が入港すると、会社のドクターが乗ってきて、いちいち身体検査をして、ちょっとでも故障のあるものは、パサリパサリやってしまうのだという。水夫など、「水夫適任証」というものをつくって、それに適応せぬものは容赦なく切ってしまうという。いままでりっぱに船の激務にたえてきたものを、ちょっとのことで馘首にする。そのやり方の卑劣さ。世界三大船会社の一つといわれる会社のやることとは思えない。

一二月一二日

昨夜ワッチにはいると、エンジニアが、先刻シナ（中国）人のデッキパー（船客）が、三等の便所で首をくくりやがったといった。

缶前からあがってみると、海はかなり荒れていた。空はくまなく晴れて、船は波頭を切りくだいて進んでいた。空はくまなく晴れて、無数の星が輝いていた。一人の人間の命が消えたことなど、まったく無関係のような自然であった。空も海も星も、生命を断った人間を乗せた船も――。

大工は、板をけずって棺をこしらえている。水葬をやめ、あす香港まで死骸をもっていくらしい。きくところによると、シナ人の死因は生活難だったという。妻あり子ある身だというが、旅にでてはたらいてもはたらいても、労働者の身には生活難はつきまとっているのだ。

一二月一五日

一三日午前、香港入港、午後出帆。よるとさわると、馘首の話ばかりである。いま、職を失うことは死活問題だ。気にせずにはおれない。こうしたときに直面してはじめて、つよい労働団体の必要を痛感する。われわれは日本一の大きな労働組合と自称する海員組合に属してはいるが、いまでは会社の要求どおりになって、まったく御用組合に等しい。

みんなも組合のあまりのなまぬるさに憤慨している。私もつい、議論めいたことを口にする。みんなも同調する。一方では、火夫長や機関士の監視の目が光っているのだ。うっかりならない。

香港を出帆すると、海はすさまじく荒れはじめた。

一二月一七日

一六日上海入港、一七日出帆。なんといっても、冬の海である。香港を出帆してから、台湾海峡をすぎるころまでしけていた。そのため上海入港がおくれて、一六日の夜入港した。

新聞やら手紙やらによって、日本の不景気がますます深刻化していることや、われわれの目前にぶらさがった馘首の問題が、苛酷に実行されていることが推察できる。

よるとさわると、馘首の話でもちきりだ。いくら頭なしで向うみずのインダラでも、これには無関心でありえない。かえってそういうものこそ、パッサリやられて陸へほうりあげられたら、どうして食っていくかにくるしむのだ。火夫長は退職手当も借金で天引きするだろうから、ほとんどからだひとつでほうりだされることになるからだ。

きょうコロッパス全員でフランおとしをやっていると、ファーストがやってきて、

「おい、覚悟はよいか。みんなアルコールをひたした脱脂綿で、よく首をふいとけ。神戸へ着いたら、さっそくパッサリやられるぞ」

ファーストは冗談にいってるつもりだろうが、われわれにはおどかしとしかとれない。われわれの首のカギをにぎっているのは、かれと火夫長だからである。

いまさらどんなにあわてても追いつくわけではないが、機関部のヘイカチはほとんど頭なしだ。わずかの退職手当をもらったところで、借金と利子を差し引かれた残金で、何日の生活を保証しえようか。

われわれから毎月一円の組合費を徴収している海員組合は、船主と妥協しているとしか思えない。この卑劣きわまる首切りにたいして、なんら抗議せんのみか、「目下、船主の立場上、馘首はやむをえぬ」という意味の声明を発表しているのだ。

母より来信、末弟のたどたどしい字で。

雨ばかり降りつづいて、まだ稲は積んだまま田んぼにあります。

不景気のため、みんな困っています。

私の眼は少しもよくなりません。お前の送ってくれた金で少し養生したが、金が切れるとまた悪くなりました。

暗に私にまた、療養費を送ってもらいたいという意味が書かれていた。こっちも日本での正月をひかえ、あいかわらずの頭なしで、おまけに「馘首」という問題が横

たわっているのだ。

一二月一九日

東シナ海も玄海もおだやかな、なぎであった。だが、われわれ缶前の火夫や石炭夫はまったく死ぬほどひどいめにあわされ、目をひっこませてしまった。それは、上海出帆が五～六時間おくれたので、エンジンをフルにあけたためであった。いくらたいてもたいても、汽圧は一九〇ポンド以上あがらないのだ。石炭は燃えないままコークスになって、ファネスのトップにつかえるほどたまってくる。すると缶替《かまが》えだ。その熱いこと、われわれはもう死物狂いだ。

「もすこし、蒸気をあげろ。どうしているんだ。まえのワッチのときは、あがっていたじゃないか」水番のエンジニアが怒鳴ってくる。

「これだけたいているのが、みえんか。文句をいうより、もっと、ファンでもつよくかけたらどうかね」気がたっている火夫は怒鳴り返す。

「なにっ、ファンは一定にかけてあるんだ。規定以上かけることはできん」

「あんたも、ゆうずうのきかん男だね。われわれがこれだけくるしんでいるのだ。これがわからんあんたじゃあるめえ」

こういう口論が、火夫とエンジニアとで何度くり返されたかしれない。

「ヤーッ」「オーッ」のどからしぼりだすようなかけ声が、船尾から、船首からひびいてくる。デレッキ、スライスバー、スコップなど、焚火用具の音。それがいつもよりいらだたしく、つよくひびく。エンジニアがまわってくると、その足元に灼熱したデレッキをほうり投げるのだ。じっさい死物狂いだ。みるみる目がひっこむのだ。火夫長がおりてきて、船尾から船首を走りまわって怒鳴りちらすが、蒸気は、ハンダづけでもしたようにプレッシャーゲージの針は一九〇をさしたままだ。

済州島の山がみえるころ、火夫の田中が足をひきつらせてくるしみだした。もんでやるやらドクターを呼びにいくやら、大さわぎだ。今朝、瀬戸内へはいってからの缶替えで、火夫の森がデレッキをもちながら缶前にぶっ倒れるというさわぎだ。

本船は、私が乗船する前年、玄界灘で軍艦能登呂の水上機が機体の故障で洋上にただよっているのを、しけをおかして救助したことがあった。そのときも、救助に要した時間をとりもどすため、エンジンをフルにあけ、火がきつくって、何人も缶前で火夫が卒倒したときいている。

もう瀬戸内へはいってから、この激労だ。一二月だというのに、このくるしさだ。これが真夏であったら、どうしたであろう。

「目をひっこませて神戸入港とは、情けないな」

「こうして一生懸命はたらいて、神戸へいってさっそく馘首とくりゃ、世話ねえな」

「まったく、おれら、はたらいて、はたらいて、死ぬまではたらきつづけるようにできているのかな」

そうした嘆声が、火夫や石炭夫の口からきかれる。

私たちコロッパスは、ワッチの激務を終わってあがってくると、大部屋のワシデッキ（ウォシュデッキ＝甲板洗い）をやらされる。神戸入港だから、きれいにしておくのだという。こんなせまっくるしい大部屋なんか、どうだっていい。それより、つかれたからだを休めたいのだ。

長瀬戸海峡を、午後四時ごろ通過する。

一二月二〇日

昨夜おそく神戸港に投錨していた本船は、深く立ちこめた濃霧《ガス》のなかを、汽笛を鳴らし鳴らし港にはいった。神戸——一航海四か月あまりの航海を終えて入港する最初の港である。酒、女——、子どものようにはしゃぐ船員たちであるが、こんどはみんな神妙な顔をしている。いつものうきうきした顔はみられない。


岸壁に船が着くとさっそく、属員協会の監督が火夫長の部屋を訪れた。組合の集金人もきた。しばらく話していて、二人は帰っていった。

火夫長は大きな声で、つぎのようなことをみんなに報告した。「犠牲者を一人もだすまいと、おれもずいぶんがんばってみたが、どうもだめらしい。いま、会社からは六人の待命者を指名してきた。で、おれは、一人もいかんというと、ほかの船ではみな五人六人、あるいは一〇人も切っているのにきみの船ばかり一人もださなかったとしては、ほかの船にたいしてもじぶんの立場がない。だからおれの顔をたてるつもりで、二人か三人だけやらしてくれと、頭をさげて監督がたのむので、しかたなく承知した。まだ、だれだれとここで発表はできん。だれにくるかしれぬ。あとで申しわたしをする」

かれはながながとしゃべった。ヤリ玉にあげられるのはだれとだれか？

船室は、沖売りやオチョーメン屋、借金取りでいっぱいだ。

私は正午からドンキー当番であった。

ウインチ全部を使用して揚荷をやっているので、火がきつかった。一人で石炭を繰りながらたかねばならないのに、プレッシャーはしだいにさがる一方である。いくらたいてもたいても、あがらない。ドンキーマンにファンを二フィート［約六〇センチ］以上もかけてもらったが、だめだ。とうとう一〇〇ポンド［約四五キログラム］までさがってしまった。そうして夜の一〇時まで、ちょっとの休みもなくはたらいた。あとになるとスライスをにぎる腕がだるくて、手からすべりおちそうになった。

上海からあれほどきつい仕事をしてきて、神戸ではまたこの激労だ。すっかりへとへとになり、一〇時にいけ火（火が消えぬように石炭をくべてかこっておくこと）して、あがってくると、死んだようになってベッドにぶっ倒れる。

一二月二二日

朝から雨が降っていた。きょうは仕事は午前中にすませた。午後から郵船倶楽部で属員協会の総会があるから、みんな出席するようにと、火夫長は掲示をした。

午後二時ごろからみんなといっしょに、雨のなかを倶楽部までいってみる。会はもう開かれていた。役員たちから、基本積立金規約改正、協会会則改正、売店の経営報告、などをきく。私のききたかったのは、こんどの馘《かく》首《しゅ》問題であった。

しかし角田理事長は、つぎのようなことをかんたんにのべたばかりであった。「いま、会社も非常にこまった立場にある。だからこの船員の整理は、どうしてもやむをえない。それでわれわれはなるべく退職手当を有利に獲得すべく、再三、われわれの支持するところの海員組合と協力して、会社にあたった。その結果は、前号の協会会報に発表されたような条件のもとに解決した」

一〜二、質問がでた。

「それは、協会の趣旨を理解しないからだ」

「そんなことをいうのは、どこの何丸だ」

幹部たち（火夫長、水夫長）の、こうしたさけび声によって打ち消されてしまう。まるで専制的だ。われわれにはただ一言の発言さえ不可能である。

時節柄、この多くの集会がもっと活気があり、緊張していそうなものだが、上に立つ幹部連からおさえつけられているので、おたがい思ったことの発表も質問もできないのだ。また「あたりまえ」のことの質問をしたとすれば、さっそく「あいつは赤」だということで、馘首が待っているのだ。この属員協会の専制的態度に反感をもっているものは多い。だが、そうしたことを一言でも口にしたら、最後だ。

各方面からの、この総会にたいする祝電が読みあげられた。海員組合から協会にたいして五〇円の寄付があったことが、報告された。

協会のこんどの会則改正の一部に、「属員協会員は必ず海員組合員たること」という一項があるのだ。

角田理事長（元郵船の火夫長上がり）は、大きな図体を壇上にはこんで、「まだ郵船内に赤い分子がずいぶんいる。それらを一掃しなければいけない」といった。

私は寒くはあるし、あまりばからしいので、途中から帰船してしまった。風がつよく、雨に白いものがまじって吹きつけるので、からだが冷えきってしまった。夜、いろいろのことを考え、興奮して寝つかれなかった。どこまでもしぼられ、ふみにじられる、下級船員のみじめさよ。

一二月二四日

神戸、二三日正午出帆。神戸ではまだ、馘首者《かくしゅ》の発表はなかった。横浜入港の今朝になって、火夫長は馘首者を発表した。私はそれを、ワッチにはいっていたのできかなかった。

火夫の東は「どうやら、一人はおれらしい」といって、火もたく気はしないといっていたが、やはりそうだった。も一人は火夫の宮川、この二人であった。二人ともけっしてわるい人間ではなかった。本船にはもっと酒くせのわるい男や、表面はいい顔をして、裏へまわってはずぼらばかりやっているものもいるのだ。しかし、かれらはみんな「犬」である。

宮川も東も「海員組合刷新会」にはいっていたことがあるので、そうしたことも馘首の理由になっているのであろう。

東は精だして火をたく男であった。人一倍懸命に立ちまわる男であった。しかし、仕事だけいかにまじめにはたらいても、それを認められはしないのだ。「馘首」は、もっともよくはたらく男の上にきたのだ。

宮川は前航インド洋で、サードエンジニアと缶前で組み打ちなんかやった男だ。かれと私とは意見が一致していた。だから二人は、本船内で「赤い」と目をつけられていたのだ。

夜上陸、福富町の堀内さん宅へ。小池君がまだ、ここに世話になっている。

一二月二七日

船内消毒にて休み。東京に葉山氏を訪う。

一二月二八日

仕事中、缶前にいると、火夫長がよんでいるという。真黒にフランによごれたままかれの部屋にはいると、一人の男がいた。刑事だ。特高（特別高等警察）にちがいない。私はその容貌によって直感した。

「きみはこのごろ、変な月刊雑誌をとってはいないか」と、火夫長がきく。

「いや、べつに――」私はそらとぼけて答えた。

「こいつは、いたってまじめな男ですから。そんなことはないですよ」

火夫長は刑事にそういった。

「もうよい」火夫長は私にいった。

あぶないあぶない。会社では、私にくる雑誌や手紙に感づいているにちがいない。

一二月二九日

船は横浜第一号ドックに入渠する。仕事を終わって上陸するとき、構内をでると塀ぎわに二人の男が立っていた。私はこの二人に注目されているような気がして、いそいで電車通りへでて電車に乗り、福富町の洋服屋にいって、そこの二階に泊まった。

一二月三一日

きのうで船内作業は切りあげ、三日まで休みである。

きのう堀内洋服店に刑事がきて、私のことをいろいろきいていったとのことである。きょうは堀内さん宅の店を手伝う。店をしまって、銭湯にいって寝たのは翌元日の三時であった。

第八章　抵抗

一九三一年（昭和六）一月〜二月

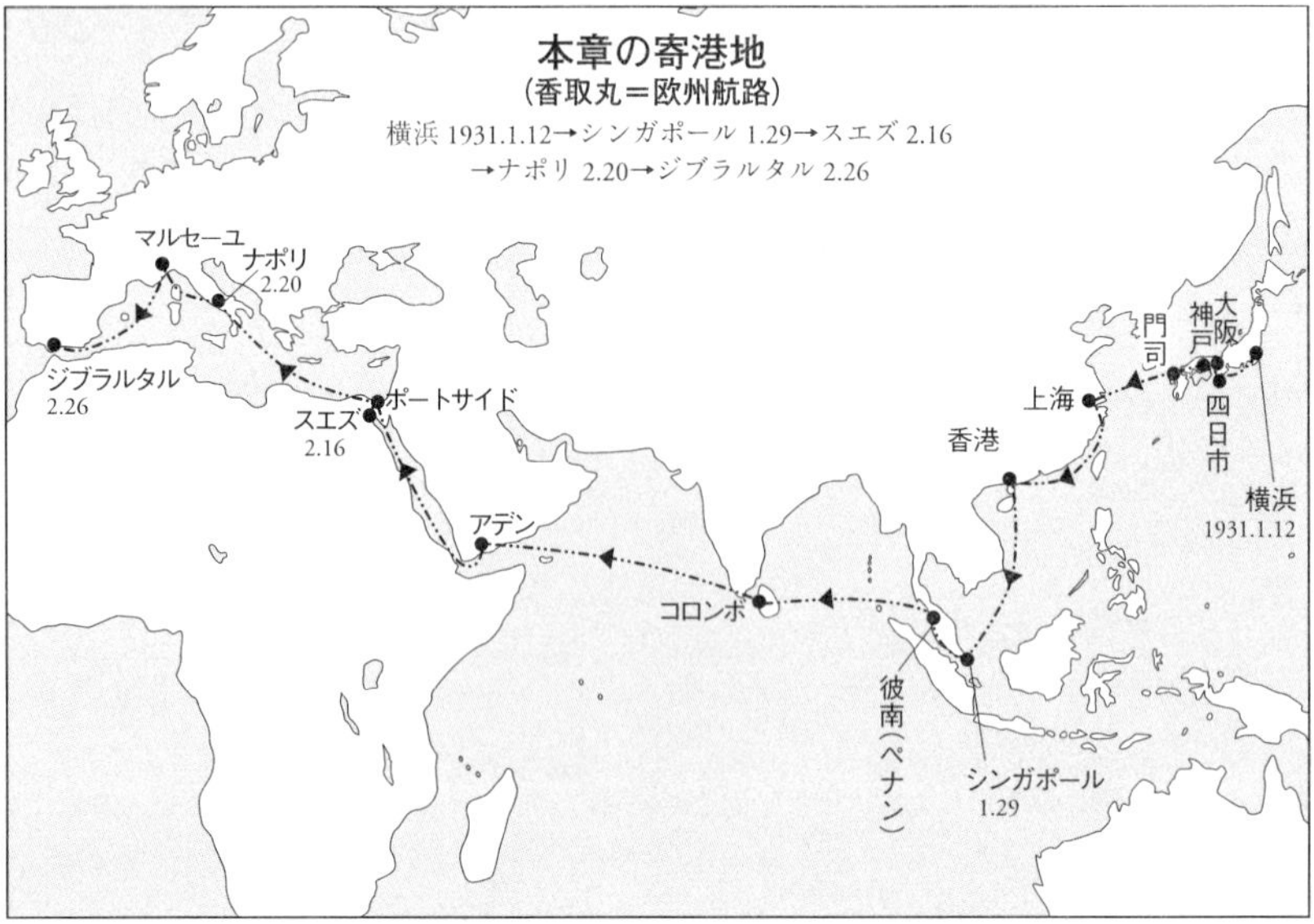

1931年（昭和6）1～2月の主なできごと

一月六日　ロンドン銀市場が史上最大の暴落。
一月七日　米失業救済臨時委員会、全米の失業者を四〇〇～五〇〇万人と推定。
一月一〇日　柔剣道が師範学校、中等学校の必修科目に。
一月一一日　東京上野で独立美術協会第一回展。
一月一五日　独の失業者が四七六万五〇〇〇人に。
一月一六日　蔣介石と張学良が共同宣言。またこの日、文部省が全国の学校へ新しい「御真影」の下賜を開始。
一月一七日　英ランカシャー地方の織布業者、工場をロックアウト。これに反対し二〇万人の職工が争議に突入。またこの日、日本産児調節連盟設立。
一月二六日　日本農民総同盟と全日本農民組合が合同で右派系の日本農民組合を結成。
二月二日　独議会がナチス提出の国際連盟脱退案を否決。
二月九日　神戸港沖で汽船「菊水丸」が仏船と衝突沈没。二八人が死亡。
二月一一日　三菱重工設立（三菱造船より改名）
二月一二日　日本で初のスポーツ・テレビ中継実験。
二月一九日　映画「モロッコ」公開。字幕スーパーによる初のトーキー。
二月二一日　農林省、農村の負債が推定四〇～五〇億円と発表（一戸当たり一〇〇〇円を突破）。
二月二五日　国際失業反対デーで労働者が各地でデモ。世界各地でもデモ。
二月二七日　退役軍人へのボーナス法案成立。
二月二八日　婦人公民権案を衆議院で可決（その後貴族院が否決）。

一九三一（昭和六）年一月一日

日本で新年を迎えるのは、はじめてである。火夫長の新年のあいさつなど、ろくに耳にはいらなかった。さっそく、東京の葉山氏宅を訪う。

一月二日

大雪。中井（正晃）氏くる。夜、前田河（広一郎）氏宅で新年宴会をやるからと、高橋氏使いにくる。私は酒店で一升買い、さげていく。前田河氏宅には、里村（欣三）氏夫婦、高橋夫婦がきている。

前田河氏、酔ったあげく私にルンペンといい、里村氏にスパイとののしり、盃をかみ割り、灰皿をたたき割る。葉山氏歯切れのいいたんかを切って、前田河氏を圧倒する。

早々に引き揚げる。

一月三日　帰船。

一月七日　出渠。九号岸壁に着岸。

一月八日

大雪。私はドンキー当番である。ワッチをあがってから、みんなと雪のなかをワッチ下駄をはいて街をねり歩く。

一月九日

故郷からの手紙が着いた。家の生活のくるしさが目にみえるようだ。木炭は町にもっていって、上が七〇銭、下が三〇銭だという。これでは、山からはこぶ運賃にしかならないありさまだ。母の目がみえなくなって、百姓の仕事ができないので、諫早《いさはや》の材木店に奉公している金作を正月から呼びもどして、手伝わせると書いてある。

手紙のなかに写真がはいっていた。それは、為市と祖母と母とが、家の庭でとった写真であった。くるしい生活のなかから、旅にある私にみせようと、わざわざとった写真にちがいない。八〇近い白髪の祖母、眼鏡をかけた母、母の顔の、私が家をでたころとなんと変わっていることか。深くおちくぼんだ目は、白くつぶれているのがわかる。盲目になってしまったのだろうか。生活に余裕があったら、こんなことにならずにすんだであろうに。末弟の為市も、もういい少年になっている。私が家をでるころは、まだ小学校にもはいっていなかったのに。

一月一二日

きょう午後三時、横浜出帆。いよいよまた出帆だ。つくづく出帆がいやになる。いつのまに使ったのか、一九日間の横浜停泊中に、もう向う四か月半の給料まで使いはたしている。頭なし、頭なし、くるしい労働——ただ、借金払いにはたらくようなものだ。まだ、私はカッケがなおっていない。手と足のしびれは依然として、この冬の寒さのなかにも癒えずのこっている。あと一四、五日で暑い海だ。またあのくるしみ。不安でならない。

こんど横浜で正月を迎えたので、みんな相当使いこんだらしい。出帆まえに、見送りの女と借金取りが押しかけること、部屋のなかは人でうずまっている。そのそうぞうしいこと。

小池君が見送りにきてくれた。小池君はもう半年、乗る船がなく、堀内さん宅に世話になっているのだ。また病気でしばらく病院通いをやり、馘首《かくしゅ》のおりの退職手当も使いはたして、こまっているのだ。

こんど馘首《クビ》になった宮川君と、フォックスルのウインドラスの陰で話す。本船では、私と意見の一致した一人だった。かれは、会社や組合の船内生活の内面を暴露した、備忘録や詩などを、神戸の水上警官にもっていかれ、そのため馘首となったものだという。今後かれがいかなる生活にはいっていくかわからないが、おたがい通信しあい、激励しあうことを誓って別れる。

停泊中ほとんど雪や雨だったが、きょうはからりと晴れわたっている。船客も少ないらしく、テープわずかに十数条。さびしい出帆風景である。雪の富士が午後の陽をうけて、すっきりとそびえていた。

一月一四日

一三日朝、四日市入港、午後出帆。一四日朝、大阪入港、正午出帆。神戸入港。

先日九州から北海道まで、日本沿海は大あれだったあとなので、なぎであろうと思いのほか、やはり冬の海だ。風がつよく波が荒く、船は足があがっている（積荷がないこと）ので、動揺がひどい。

単調な航海をつづけていると、陸《おか》はさながら楽園のような錯覚におちいることがある。陸ではじぶんの思うことが、どんなことでもできるように思えることがある。それは現実をはなれた、船の生活にあいたマドロスの描く空中楼閣である。陸のものはいう。船のものはらくに食っていけるから幸福だと。それも、マドロスが陸の生活をうらやむのとおなじことだ。

一二月三一日の夜、馘首になった郵便局員が堀内さんのところへきた。給料は翌年の二〇日でないとでないというのだった。どうして年を越せというのであろう。その男は、退職の通知書だけ私にみせた。

正月の五日に本船のコーターマスター（操舵手）が、ブリッジの石けんふきをしていて、あやまってドックの底までおちた。ブリッジから一〇丈［約三〇メートル］近い高さからおちたのだ。生きてはいるそうだが、頭をやられているので、もとの精神状態にはもどらぬだろうということだ。

どこへいっても労働者の馘首《かくしゅ》、職業の犠牲、いたましい事実をみ、きく。みんなほがらかな顔ではたらける時代がみたい。あまりに子どもらしい考えだと笑うかしれない。しかし現在、労働者はどんな条件ではたらかされているか。事実をみよ。ああ、笑ってはたらける労働者の時代よ、いつくるのか。

一月一七日

神戸、一五日午後三時出帆。門司、一六日午後着。一七日正午出帆。今航、私は一二時ワッチにはいることになった。相棒はやはり二航海いっしょにくるしんできた、高橋と川野である。私は二人を上陸させて、ドンキー当番をしてやる。

往航の神戸停泊がたった一晩になったので、神戸党はかわいそうだ。世帯もちは妻一人ならとにかく、子どもあり、ほかに家族でもあったら、わずかの安給料では横浜へ呼び寄せるなどとうていのぞめないことだ。帰りに三日、往きに一日、四か月半のうちにたったこれだけが、妻子に会える時間なのだ。それも停泊中だといっても、船には仕事があるので、帰るのは夜だけだ。なんとみじめな海上労働者の境遇であり、その家族たちであろうか。

神戸ではちょっと上陸して、元町通りを歩いて帰った。ぶらぶら歩いて、熱いうどんを一杯食って、当番の時間に間にあうように帰ってきた。岸壁の寒い風にさらされながら、なにしにいったのか、じぶんでもわからない。買おうと思っていた買物もせず、ただ歩いて帰ってきた。

神戸出帆のおりは、どんより曇って寒い日だった。いつものように部屋には、借金取りと見送り人でごった返した。借金のいいわけにこまって、エンジンのシャフト・トンネルやバンカーのすみにもぐりこんでかくれているものもあった。借金取りとの口論が、二か所も三か所もおこっていた。出帆はせまってくる。いくら責めてもないものは、殺してもとれない。ぶつぶついいながら、オチョーメン屋や借金取りは部屋をでていく。

出帆の合図のドラが鳴る。ながい尾をひいてホイッスル（汽笛）がひびきわたると、かくれていた連中もこそこそでてきている。甲板の船客と岸壁の見送り人とのあいだにはられた色とりどりのテープ。やがて船は岸壁をはなれ、テープが切れる。呼びかわす別離のことば、いつもながらの出帆風景だ。

しかし、私たちには胸もおどらねば、かなしみもない。たのしみもない。ただ、くるしい労働があるばかり。わずか二〇日たらずの停泊中に使った金、マドロス特有の金の使い方――それでまた頭なし、四か月かかって借金払いだ。わずかな停泊期と、これからのくるしい月日と、不当きわまる交換条件ではないか。

門司、日本最後の港だ。ここは、公然と遊女が船にやってくる。だがもう、みんな金に窮している。

氷雨に暮れる関門海峡を、会社のランチ（小蒸汽船）で門司に上陸する。ランチは、船員と女郎と淫売と沖売りとでいっぱいであった。私は門司駅にたたずんで、物思いにふけった。この海峡を私がわたってから、もう片手の指を全部おりまげるだけの年がたっている。その間に、私はなにをしてきたか。変転流浪、くるしい労働の連続。マドロスの群に身をおいてからも、もう三つの年を越した。

連絡船で下関へわたってみる。「関門日日《にちにち》」の柳井の特派員だった佐々木氏のことをきこうと思って。だが、新聞社は遠いときいて、やめにした。道がわるくて靴は泥だらけになった。雨の夜の下関の街は、人影もまばらであった。

きょう正午、門司出帆。

一月一九日

一二時ワッチにはいっていると、眠れなくてこまる。昼は一一時半に缶替《かまが》えにおりていって、ワッチを終えてあがってくるのは三時すぎである。すると、みんな起きていて、大声でさわぎまわり、麻雀の牌をがちゃがちゃいわしているので、なかなか寝つかれない。夜も一一時半におりていって、あがってバスを使って寝るのは五時ごろだが、もうボーイ長は起きてワシデッキをやっている。みんなが起きる。遊びごとをやる。さわぎはじめる。これではやりきれない。

いつも、日本を出帆して、香港あたりまでは、横浜、神戸、門司で遊んだ遊郭の女郎、淫売、カフェーや飲み屋の女らのカタで、もちきりである。まだ温気のさめない思いでが、無聊のかれらによみがえって、おおっぴらな報告が交換されるのだ。かれらの耳は、ふつうの女のカタなどで動かされはしない。だから、奇抜でとっぴな、そして大胆な表現をやらないと、かれらは耳を傾けないのだ。はじめてのものなら、耳をおおってにげだすような猥せつなことばが平然とかわされるのだ。こんな淫蕩《いんとう》な話にふけっているかれらも、じぶんたちのおかれている現実の生活を、まじめに考えてもいるのだ。

「ああ、また四か月、一生懸命骨身をけずって借金払いか」

「いやになっちゃうな船乗りなんて、ばかなもんだよ。頭なし頭なしで、もう三〇の年をして嬶《かか》あももてず、一生チョンガーでくらさにゃならんか」

「船まで見送りにきて、『次航またね。お達者で』ポンとひとつ背なかをたたかれりゃ、それで有頂天になって、一航海、頭なしも苦にせず、また女にまきあげられるんだ。船乗りゃ、女にゃよわいもんだなあ」

そうした悲哀のことばが、みんなの口からもれてくることもあるのだ。これが本心なのだ。どうしてものがれることのできない海上労働者の、現状のみじめさ。それを身にしみて感じているのだ。

「情けないなあ。みんながもすこし、しっかりしてくれたら」

「自己本位にばかり考えているので、こまる。ほんとうにおれたちが立ちあがろうとしたとき、本船の機関部ではたして何人――おれは、四十何人のうち、片手で折りまげる数しかいないと思う」

「だめだよ、本船は」

私たち一部のものは、缶前《かままえ》などでそうした話をまじめにくり返す。われわれは馘首をまぬがれて、こうして航海をつづけているが、馘首になった人たちは今後どうするのだろう。馘首になったもの、馘首にされようとしているもの、おなじ船員同士として、職を失うものをみてよろこべるものではない。

しかしあるものは、馘首になったほうがかえって幸いだという。それは、こうしたくるしい労働を、頭なし頭なしで何年つづけても、結局おなじことだ。いっそ馘首になったを機に、海から足を洗ったほうがよい。この分でいったら、泥沼にはいりこんだようなもので、もがけばもがくほど、深くおぼれこむようなものだ、と。海上労働者のかなしい心理の一面ではある。

一月二〇日

一九日、上海入港。二〇日出帆。船が岸壁をはなれるとき、ワイヤーロープをセンターのプロペラに巻きつかせて、ずいぶんひまどった。荒寥たるシナ（中国）平原はうす曇った冬空の下に、際限なくひろがっていた。満々たる濁水をたたえた揚子江（長江）の水は、大陸のからっ風に吹きおこされて泡だっていた。缶前でじっくり汗をかいてあがってくると、デッキは吹きとばされそうな寒風だ。

夜にはいって船は海へでた。しけていた。真暗い、文字どおりうるしを流したような夜である。暗黒のなかに、波は船体にぶっつかり飛沫をあげて、ものすごくほえつづけている。ブリッジで鳴らす鐘に答えて、フォックスルデッキにルックアウト（見張り当直）に立っているセーラーが、「ライト・オーライ・サー」とさけぶ声も、風と波に打ち消されてかすかにきこえる。

機関部の食堂で四～五人。海上生活をかこつもの。火夫長の横暴に憤慨するもの。会社の卑劣なやり方を批難するもの。食堂で大声をあげていたら、いつも怒鳴りこんでくる火夫長だが、今夜のようなしけの晩は、波と風にさえぎられて、すこし大きな声で議論しても平気である。

一月二二日

そろそろ暑くなってきた。にわかな気候の変化は、てきめんからだに影響する。風邪をひくものが多い。あっちでもこっちでも、ゴホンゴホンと、うるさい咳の声。濃霧がひどくて、船は今朝からハーフで走っている。一分おきくらいにホイッスルを鳴らしつづけている。

「海員組合は昨夕幹部会を開き、海員の最低賃金制引きさげを決議す」きょうの船内新聞のなかにでているこの記事をみて、一部のものはさわぎだした。

「馘首にはする。人員は減らす。航海手当は減らす。ボーナスは減らす。石炭繰り賃、缶掃除賃まで減らして、またこんどは最低賃金制の引きさげとは、協会も組合もわれわれ船員をばかにしている。われわれは、あいつらのいい食いものにされているんだ」

不平組で短気ものの森が、いいだした。

「月一円の組合費をむりやりとりあげやがって、それでおれたちの不利になることばかりやっているんだ。なにも船主側のいいなりになるようだったら、おれらそんな組合はいらない。月一円なんて、もったいないいや」

火夫の田中がいう。いつもむっつりしていた田中は、このごろ急に雄弁になった。

われわれのこうして話しているのを、一部のものは変な目でみている。かれらは犬である。じぶんの現在の仕事に、後生だいじにしがみついて、裏にまわっては火夫長につげ口して、点数をかせごうとするのだ。

いままでの最低賃金制――それがはたして規定どおり実行されてきただろうか？　この海運界の大手、郵船さえ、それを実行していないではないか。結局、最低賃金制なんて、かれらの人気とりにすぎなかったのだ。現に私は乗船いらい二年半をすぎたが、去年の一二月に三五円になったままだ。規定どおりだったら、とうに私は四〇円になっていなければならない。

また現に本船の見習いなんか、欧州航路の三回めを、やっぱり見習いで乗っているのだ。こんど帰ると一年半だ。最低賃金制には、見習いは満六か月と規定してあるのだ。最低賃金制ができて、食料を粗悪化し、人員は整理し、見習いはながくこき使う。なんであんなに大さわぎした最低賃金制だ。そのうえ、その賃金制の低下だ。いくら資本家がこまっているからって、海員組合、属員協会は、これからどうしようとするのだろう。

一月二四日

香港、二三日午後入港。二四日正午、出帆。二二日の夜から二三日の朝にかけて、本船はひどい濃霧のため、エンジンをスローにしたりストップしたりして、汽笛ばかり鳴らしつづけていた。海はべたなぎで、どろりと変に蒸し暑かった。濃霧がかかると海はかならずなぐのである。一〇時ごろになって晴れてきた。濃霧のため、朝入港の予定が午後になった。

香港港外の島々には、カタツムリが角をだしたように、その頂上、あるいは中腹、あるいは海岸に、上にむかったり下にむかったりして、砲身が突きでているのがみえる。港内にはいると、英国の軍艦が一〇隻ばかり停泊して威嚇をほしいままにしていた。

入港するとただちに、私たちはチューブ突き。もう、ここは暑い。私もとうとう風邪をひいてしまった。咳がでてこまる。のどが痛い。頭がふらふらする。

会社のランチでここの芸者が迎えにきたらしく、赤ら顔で白髪頭の老船長の手をひいて、タラップをおりていくのを私はみた。私が船に乗ってまもないころまでは、上海もこの香港も、平然と女が船にきたものである。だがいまは、ぜったい禁じられているらしい。まあ、船長などのところへくるのは、例外だろう。

夜、香港のシナ（中国）人の女郎屋をひやかしにいった連中が、ぷんぷんおこって帰ってきた。女郎屋の入口に、インド人のポリスと英国の水兵ががんばっていて、はいろうとするのをむりに突きだしたというのである。シナ人の女郎屋であって、シナ人の男はぜったいあげないというところだ。やはり英国統治の島である。

一月二六日

暑くなった。裸体で寝ても、汗をかいて寝ぐるしい。私は風邪をひいているので、とくに寝汗をかく。熱がある。ワッチにはいるのがくるしい。頭が痛むので、燃えたアスをかきだすと目がくらみそうだ。

コロッパス、ファイヤーマンあわせてファネス九本の缶替えを終わって、アスを巻き終わるまでのくるしさはたえられないほどだ。「香取丸焚火《ふんか》用ショベル」と名づけた、火夫長たちの考案になるスコップをつくって、ファイヤーマンに使わせている。石炭節約にはこれにかぎると、火夫長は悦に入っている。このスコップは、ふつうのスコップの先端から一寸くらい手前に、波型に起伏をつくったうすい鉄板をくっつけたもので、石炭をすくって投げこむさい、石炭が広くファネス内にちるようにと考えたものらしい。

しかしこれは、石炭をすくうときと投げこむおりに、倍以上の労力が必要だ。このため火夫のすべてが、つかれてへとへとになっている。「こんなものでずっとたかされた日にゃ、からだがもたん」と、こぼしている。火夫長がみていないときは、ふつうのスコップを使っている。でも、この改良スコップではぜったいにたけないと、面とむかってかれにいいきる火夫が一人もいないのは情けない。

一月二八日

さあ、暑くなってきた。日本ではいまごろがいちばん寒い時期であろうが、三つのポールドと二つのファンしかないこの大部屋は、蒸し風呂同様だ。みんな寝ぐるしそうにすっ裸で、あるものは猿股もぬいで、大手を広げ足をふん張って、ふた目とみられぬ姿態で寝ている。あすはシンガポールだ。

ときどき南京虫がでて、そろって二つの口目をのこしてにげていく。さあ、そのあとのかゆいこと。私は風邪で咳がでて、この暑いのに汗はでながらぞくぞく寒気を感じる。だから単衣《ひとえ》を着てその上にあわせをかけ、その上に毛布二枚をかぶって寝た。汗がでるでる、ひと眠りして起きてみると、シーツも着物もしぼるほどの汗にぬれていた。汗が蒸されてむせるようなにおいがする。

きのうは三番ホールドの中段の石炭おとしを、オールハンでめいめいワッチワッチで、いつものとおりやった。私たち一二時ワッチのとき、「あとの組のものがくるのがおそいから、あがってみてこい」と、火夫長が川野にいった。川野はなにげなしに「もうすぐくるでしょう」といった。と、たちまち雷がおっこちた。「貴様、生意気だ。ぐずぐず文句いわずにいってこい。おれに口返事するとは、なんのまねだ」石炭おとしがすんであがってから「川野ちょっとこい」と、火夫長はかれをじぶんの部屋に呼んだ。そして、そこでもひどい怒声と面罵《めんば》をあびせた。「おまえおぼえとけ。よく考えとけ。こんど日本へ帰ったら、おろして（やめさせて）やるから」

なにげなくすべらせたあれくらいのことばじりをとって、「馘首」という弱みにつけこんで、この吸血鬼はますます増長したかにみえる。

ファーストエンジニアがきょう私たちに、「ほら、もう五円になったぞ。マルセーユでやるからな」と、冗談をいう。石炭おとしをやったから、その繰賃が五円でるというのだ。かれは、火夫長とわれわれとの金銭関係をよく知っている。「帰って足がどのくらいでる」「欧州停泊中には、いくらくらい貸す」など、われわれがどのくらいしぼられているかを、かれはじつによく知っていた。

一月三〇日

二九日朝、シンガポール入港。三〇日朝、出帆。入港早々、例のごとくチューブ突き。私たち受持ちの五～六号缶は、エンジンルームと鉄板によって区切られているので、その熱さはお話にならない。焼けたフランで手や顔をやけどする。ランプの油がおちてきて、汗にまみれた腕に焼きゴテでも押しつけるように、じりっと焼けつく。そこだけ皮がはげ、赤くただれている。

息ぎれがする。水をむちゃくちゃにあおる。何十ぺんくり返した仕事ではあるが、いつもくるしい。こんなことをしてはたらいているのを、陸の人たちにみせたらなんというだろう。まったく人間のする仕事ではない。あがってきても暑くて、部屋なんかにじっとしておれはしない。だから無一文ながら、服部、森と三人ぶらぶら上陸する。こんどだけは、いつもたのしみにしているシンガポールのバナナが食えない。すっかり、門司で財布の底をはたいてしまったので。

三人は港の構内をでて、丘を越え谷をわたってシナ人墓地のある丘へ登った。そこは、墓地でありながらまたゴルフ場であった。きれいな草が一面はえていた。墓地でゴルフ場――シナの墓地（石を積んでまるく土を盛ってある）の上を、白人はやたらに踏みにじり、遊技にうち興じている。日本の五月ごろのように、若い新芽をふいている草木が多い。三人は草の上にすわって、夕日が沈み、夜にはいり、港に停泊した船々や街におびただしい灯が輝きそめるまで、いろいろのことを話しつづけていた。

三人で話すと、どこかに一致点がある。森君は秋田県の名のある士族の家に生まれ、相当の教育もうけている。家庭の不和から世をすねて暮らすようになった男だ。直情的で気がみじかい。かっとなったら目先がみえなくなるようなところもあるが、私とは妙に気があう。かれはだれよりも、船内生活の不合理を痛憤している。

服部君は私といちばん気のあう男だ。かれはめったに自己の感情をあらわさない。表面ぶっきらぼうにみえるが、いったん意気投合すれば、じつにしたしみやすい男である。二人とも私より二つ三つ年上である。

足もとに用心しながら夜の丘を下る。日本の秋の夜のように、いろんな声で虫が鳴いている。青草の香をふくんだ風が吹いてくる。熱帯の夜の港を俯瞰《ふかん》する気持はわるくない。だが、それも瞬間の気分にすぎない。私たちを待っているのは、南京虫のはいまわる、蒸し風呂のような船室と、身を焼くような暑いくるしい労働である。

二月一日

マラッカ海峡はよくスコールがきて、船の進路をさえぎる。濃霧のときとおなじように、汽笛ばかり鳴らして船をスローにする。スコールがすぎると、さっそく強烈な太陽がじりじり照りつけるのだ。

スコールのため、ピナン入港がおくれた。それに、ピナンで積荷が多いため、また五〜六時間ひまどった。

ピナン、今朝一時出帆。神戸のように高い山を背にしたピナンの夜の街は、昼のあのギラギラした太陽に輝く印象とは変わって、うすい白雲のヴェールを着た淡い月光に照らされ、眠ったような街の灯と、しずかな海と、まるで竜宮を思わせるようなながめであった。

ワッチにはいると、たいへんだった。定期がおくれるので、エンジンをうんとあけたらしい。石炭をいくら繰っても繰っても、ファイヤーマンはファネスにほうりこんでしまう。それでもプレッシャーゲージは、二〇〇ポンドの赤マークに達しない。「ヤー」「オー」「たけよう」「そら、たけ」「下がったぞう」「なにくそっ」火夫たちのスコップを使いながら、スライス、デレッキをふりまわしながら、顔を赤鬼のようにしながら、死物狂いでさけぶかけ声である。

「ヤーきたー」「そらきたー」コロッパスが三番のホールドから、缶前のトンネルへ、三五度の角度でかけた足場板を、満身の力をこめて炭車に満載した石炭を押してかけあがり、その余力をかりて缶前に走っていく、そのときのかけ声である。

一二時ワッチにはいっていると、夜のワッチで毎晩のように時差による退針がある。今夜も四二分退針。それだけ、私たちはよけいはたらかねばならないのだ。湯とり番をあげると、あとは二人でちょっとも休まず、一五五杯はこんだ。へたばりそうだ。ファイヤーマンも目をひっこませて、ふらふらになっている。

二月三日

ピナンから西は晴れた日ばかりがつづく。スコールは一度もこない。熱帯の月は日本の夏の月より、水気をふくんだように美しい。そうだ、日本ではいまごろ、寒月がさえているであろう。

ワッチはあいかわらずきつい。相ワッチの川野が腹ぐあいがわるいといって、きょうのアス巻きのときから青い顔をしてくるしみだした。いい体格ではあるが、暑いところへくると痔がわるくなったり、筋をひきつらせたりするかれは、こんどは下痢でくるしみだしたのだ。シンガポール入港まえ、石炭おとしのときちょっとの失言から、火夫長のきげんをそこねたかれは、休ませてくれとはいえないらしい。じっさい、いったとしたら、きくにたえない罵詈雑言をあびせられるにまちがいないのだ。

腹をおさえながらワッチをつとめるかれをみかねて、私と高橋とは湯とりにはやくあげる。するとあと二人で、石炭押しに死物狂いだ。

二月四日

このごろ、からだばかりか精神まで衰弱したのか、寝ると変な夢ばかりみる。

これも、その夢のひとつである。

——私は船尾のプープデッキ（後部甲板）のオーネンの下に寝ていた。夜であった。航海中らしく闇のなかに、スクリューでかきまわされる波が泡だっていた。

ふいに、私の足をしっかりつかんでひっぱるものがある。「だれだい。なにをするんだ」といいながらみると、それは、下の三等船客用の便所で首をつって死んだシナ人のデッキパッセンジャーであった。首をつったままの青いうらめしそうな顔をして、冷たい手で私をひっぱっていこうとするのである。

「おい。きみはおれをどうするんだ。どうしてそんなにひっぱるんだ。はなさんか。こら！」私は声をしぼってふりはなそうとつとめた。

と、その男の顔はこんどは、今航横浜で新年を迎えた元日の朝、ドックにはいっている本船に、二人の船員あがりらしい失業者が、なにか食わしてくれといってきたが、そのうちのやせて年とったほうの男の顔に変わっていた。

「おい。きみ、なんでおれをそんなにひっぱるんだ。おれにどんなうらみがあるんだ。おたがいみじめな労働者じゃないか。これこのとおり、おれらも真黒になって追い使われているじゃないか。あの元日の朝は、みんなもう酔っぱらっていたので、おれがとくにきみたちにご馳走してやるように、見習いにいってやったじゃないか。あのときおれが、きみたちにたいする好意はあれくらいしかできないことは、承知してくれてるだろう。ほかになにかうらみでもあるのか。それともおれに、なにかたのみたいことでもあるのか」私は男のつかんだ手をふりはなそうと、もがいた。

するとそのやせた男は、私の足から手をはなすやいなや、もんどりうってサイドレールの上から、ひらりとうず巻く海中へとびこんでしまった。「おい。なにするんだ。はやまるなよ」

私はさけんで手をさしのべる瞬間、目がさめた。私は汗をじっくりかいて、ベッドに寝ていた。とびこむ男をひきとめようと、手をさしだしたとき、低い上部屋の底板をいやというほどなぐったらしく、手がぴりぴり痛んでいた。

二月五日

四日午後四時、コロンボ入港。きょう午後二時、出帆。航海中はすこし風があっても、入港するとまったく無風になるのが、熱帯の港の常である。コロンボの暑さはまた格別だ。

大きな怒鳴り声に、昨夜のチューブ突きと、ひきつづいてのドンキー当番の連続の疲労で、むせ返るような船室のベッドに、汗にひたって死人のように眠りこんでいた私は、びっくりして目をさました。火夫長の部屋からきこえてくるかれの罵声であった。「ちくしょう。またやってやがる」私は眠りをさまされたいまいましさに舌うちした。

怒鳴られているのは、火夫の田中であった。

「貴様はなんだ。こんど、貴様にゃ馘首にするようにちゃんと指名してきていたのを、おれが骨をおって首をつないでやっとるんじゃ。貴様はおれに感謝していなきゃならんのだ。神妙にはたらいていなきゃならんのだ。それに、それをそれとも思わず、横着なことばかりしやがる。なんだ、ちょっとのことに、見習いならともかく油差しまでぶんなぐりやがって、増長のしようにもほどがある」

火夫長はかれ一流の能書きをならべて、怒鳴りたてている。

田中は歯をぎりぎりいわせて、「くやしい。くやしい」とさけびつづけている。

「くやしい？　なにがくやしいんだ。くやしけりゃ、おりていけ。貴様はまえの船で成績がわるいため、使う船がないのを、わざわざおれがとって使ってやっとるんだ。いやなら、おりていけ。貴様のようなやつは使わんでもよい。荷造りしろ！　たったいまたたきおろしてやるから」

火夫長がおどし文句をならべると、田中はじぶんのベッドにもどってしたくをはじめた。

ことの起こりはこうである。

デッキのオーネンの下で昼食をするのに、腰かけがなくてみんな立って飯を食っていた。それで田中が「腰かけをもってきてくれ」と、見習いにたのんだが、ボーイ長は「腰かけはない」とぶっきらぼうに答えた。

「なかったら、さがしてこいよ。さっきまであったじゃないか。ないわけはないだろう」

「あったら、もってくる。ないといったら、ないっ」

ボーイ長が動きもせず、横柄な口のきき方をしたので、かっとなった田中は、「動きもせんで、生意気なこの野郎」といいざま、ほっぺたをはりとばしたのだ。

そこに居合わした油差しの大原が、「田中、なにをするんだ」とひきとめようとしたのを、「なにっ、おまえもか」と、田中は大原もはりとばした、というのであった。

このボーイ長は、すれっからしとでもいうか、きざで生意気だった。みんなからきらわれていた。が、口がうまく要領がいいので、火夫長や監督からは気にいられていた。田中はこのごろすこし気が変になったのではないかといわれるほど、よくしゃべり、気炎をあげるようになっていた。

「ナンバンはあまり田中にひどいことといわんほうがええ。田中はまえから寝ごとにも、しゃくにさわる、しゃくにさわるといっとった。どんなことしでかすかしれはしない」火夫長の「犬」の一人は気づかっていた。

田中は私と相ワッチだが、よく船内生活の不合理を憤慨して、あたりかまわず大声でしゃべっていた。まえの船でも缶前にやってきた機関長を追いまわして、それでおろされたということであった。

本船に乗船するおり、かれと私はいっしょに乗ってきた。二航海かれはむっつりして、なんといわれようと、ろくに口もきかなかった。だがかれは、わりにしっかりしている。めずらしく知識も広い。かれはねこをかぶっていたのかもしれない。

ファーストエンジニアがきて、火夫長となにやら話していたが、ファーストは田中をつれてじぶんの部屋へいった。しばらくして帰ってきたかれはふふっと笑っていた。かれはいくら怒鳴られても、コロンボから送還するとおどかされても、火夫長に頭をさげなかった。

出帆だ。ワッチにはいってきた田中は、「ちくしょう！ガジ（火夫長）の野郎、しゃくにさわってしょうがないんで、ほんとうにひとつ身をすててあいつを○○○してやろうと、何度思ったかしれんが、やっぱりいざとなるとそうはいかんもんだわい」と、述懐していた。

二月八日

船内無線新聞によると、日本はずいぶん寒さがひどいらしい。その記事を読みながら、「その日本の寒い風をなあ、すこしばっかりこのインド洋に送ってくれたら、おれたちゃどれほどたすかるかしれんがなあ」ワッチからあがって流れでる汗をふきふき、ファンのなまぬるい風の下にぺったりすわって、素っ裸の川野は、あいかわらずかれ一流のとっぴな着想を吐く。

昼と夜と四時間ずつくり返す、おなじ作業の連続。コロンボ出帆後またエンジンをあけた。アデンへ一二日午後入港の予定を、一一日の夜入港するようにするのだという。毎航往航はこの間はエンジンを閉めるので、暑くても火はわりにらくだったものだが、今航はちっともらくではない。

おまけにわれわれコロッパスは、クロスバンカー中段の石炭おとしを、各ワッチ分担して、ワッチの石炭繰りがすんでから、オーバータイムでやらなければならない。

一二時ワッチのわれわれコロッパスは、朝のワッチだと、前夜の一一時半に缶前におりていって、缶替え、アス巻き、ブロワー（煙管の煤《すす》を飛ばす作業、またはその送風機）、石炭繰りを終わってひと休みして、三時半ごろから中段の石炭をスコップではねおとすのである。それが一時間半から二時間。あがってバスを使ってひと息つくころは、もう夜が白々と明けそめている。

夜が明けてからはなかなか寝つかれない。夜が明けると大部屋は、ハチの巣をぶちこわしたようにそうぞうしい。おまけにじりじりと暑くなってくる。流れでる汗をふきふき、寝つかれぬからだをベッドに横たえ、寝返りばかりしている。

デッキのオーネンの下も、陽がまともに照りつけると、かえってオーネンが焼けて蒸し暑い。

一一時には、前ワッチの湯とり番が起こしにくる。いそいでぼろぼろの飯と、あいかわらずのごった煮をむりにつめこんで、ワッチ着に着替え、缶前に通ずるファイヤーマン・トンネルの入口にいって、一一時半のブリッジの鐘を待つ。鐘の音とともに、ファイヤーマン・トンネルの鉄板をワッチ下駄で踏み鳴らしながらかけていく。直角に缶前におりるタラップのところへくると、むっとする熱気が顔にくる。ああ、それからのくるしい労働。昼のいちばん暑いときのワッチはいちばんこたえる。

二月一〇日

「今航ハ特ニ航路順ノヨキ時ナレバ協力一致一層石炭節約出来得ル様皆ノ努力ヲ切望スル」

「全員一致散シ焚キ励行ノコト」

「全員一致散シ焚キ、軽ク四杯限度励行ノコト」

「若シ厚焚キスル者ヲ認《モ》メタル場合ハ、遠慮ナクワッチの入レ換エヲ行フニヨリ御承知アリタシ」

火夫長はその鬼がわらのような顔にも似ず、字がとてもうまいのである。かれはまたそれを誇りとしているのだ。そして、これみよがしに白墨で、ファイヤーマン・トンネルの入口から、缶前の缶のプレート・サイドの鉄板、機関室の入口のドア、クロスバンカーのトンネルのサイドバンカーのドア、大部屋の入口、かれの部屋の入口の黒板など、右のような注意書が、あるいは新しくあるいは消えかかって、かれの字で書かれてあるのだ。「ナンバンの字は天下一品だ」などとみんながほめるものだから、ますます自慢の鼻を高くして書いてまわるのである。

かれは漢文のごつごつした字を好んで書いているが、ときにはなんだか意味のわからぬ文句を平然と使っている。また片仮名と平仮名をまぜて使うのもかれの特長である。

「香取丸式焚火用スコップ、コノスコップは石炭節約にはもってこいの最器具ナリ」

「最器具」なんて熟語は、かれ独特の造語だ。

「お互いに協力シテ石炭デーとして行きましょう」

まず、こんなものである。

かれは本船一の達筆家をもってみずから任じている。かれの字を船長や機関長がほめてくれたといって、よろこんで吹聴するのである。航海中土曜日ごとにスペクション（室内点検）があるが、その日はかれはかならず、部屋の黒板になにかみんなに警告すべき文句を考えだしては、書いておくのが常である。船長たちにみてもらうためである。もう一つで五〇歳というかれの、子どもらしい行為をみるとおかしくなる。

缶前から通ずる三番ホールドの入口に、かれは前航の復航に「コールボーナス請合イ」（石炭節約賞）と書いていた。だが日本へ帰ったら、コールボーナスのコの字もきかなかった。それどころか、三番ホールドからの石炭繰り賃が、トン当たり五銭減らされた。缶掃除賃も二割近く減らされた。

「ナンバン、石炭ボーナスはいつもらえるんかね」

かれのきげんのいいとき冗談半分にたずねると、「もらえるのは確実にわかってるんだが、もらえるとしても今年の一〇月だね」という。

「石炭節約、石炭節約」と、寝ごとのようにいって、焚火にやかましいかれである。私たちはかれからもう、二航海、「コールボーナス」を口先だけ頂戴している。

クロスバンカーから缶前の入口に、だれか白墨で大きく「地獄門」と書いていた。まったくの「地獄門」だ。すると火夫長が、「戯書禁ズ」と書いた。するとまた、だれかがそれを消して、「極楽門」と書いていた。また火夫長はおこって「消スナ、戯書禁ズ」と書いた。かれはその脇にかならず、「火夫長」と書き添えることをわすれない。

あまりかれがいろんなことを書いてまわるので、水をぶっかけて消してしまう。すると、かれは「だれが消したか」と、破《わ》れ鐘《がね》のような声で怒鳴りだすのだ。

二月一三日

一二日午後、アデン着。きょう午後一時、出帆。入港と同時にスモーク・ドアをぶちあけてフランおとし。ここは停泊がみじかいので、チューブ突きをやるひまがない。こんな暑いところで完全な仕事をやろうとすれば、こっちのからだがもたない。だからみんな申しあわせたように、私たちのことばでいえば「オーチョーメン」［いい加減なこと］にやってのけるのだ。それでも「火」を相手の仕事である。この暑さだ。くるしいことはひととおりでない。

また、エンジンをあけた。火がきつくなった。火夫はちょっとの休みもなく、石炭をくべたり、デレッキやスライスを使ったりして立ちまわらねばならない。

船尾、船首、ボイラー六缶、九本のファネスの缶替えをやって、焼けた灰をハイドリックで巻き終わるまでが、私たち石炭夫はいちばんくるしい。その間にプレッシャーがさがる。ファイヤーマンの水のなかからはいあがったような汗と、真赤な顔してたいていているのをみると、私たちもくるしいながら、たとえスコップ以外でもたいてやらぬわけにはいかない。

「こんなにずうっと火がきつくっちゃ、やりきれんぞ」目をひっこませた田中がいえば、

「へん。今航は航路順のよきときなれば、前航以上の好成績をあげるよう切望する、なんて、笑わしやがらあ。なにが航路順がいいんだ。エンジンはいつもあけっ放しで、航路順も石炭節約もあったもんか。ばかにしやがらあ」赤い顔をうんとのけぞらせて火熱をよけながら、デレッキを燃え盛る火に突っこみながら、森がたんかをきる。

これでは、火夫も石炭夫もやりきれない。

下痢でよわっている川野を私たちは、ずっと湯とりにあげていた。するときょう川野は、「広野君、きょうはきみ湯とりにあがってくれ」という。

「なぜだい。まだすっかりよくなっちゃいないんだろう。よくなるまで湯とりやったらいいじゃないか」

「いやね、きょう監督のやつ、川野おまえはずうずうしいぞ、というのだ。なぜだというと、きみはこのごろ、湯とりばかりやっているだろう。だれでも、こんなところできついのはおなじだ。それに貴様ばかり早あがりして、ほかのものはどうするんだ。だまってみとりゃ、貴様がいちばんずうずうしいぞ、というんだ。だから、じつは下痢をやってからだがきついので、はやくあがらしてもらっているんです、と弁解したんだ。するとあいつは、病気をするのは不注意からだとか、すこしぐらいのくるしさはがまんしろとか、みんなが迷惑するとか、文句をならべやがって、きみはずうずうしい。穴吹をみろ、あんなによく仕事をするものは、ほかからみても気持がいいじゃないか、というんだ。いったいどうしておれをこうまで圧迫するのかわからん。しゃくにさわってしかたなかったが、じっとこらえていたんだ」

川野は憤慨して話すのだった。

監督は忠実な火夫長の代弁者だ。ことにわれわれコロッパスにたいしては、火夫長そっくりのことばであたるのだ。

川野は、コロッパス仲間ではいちばんかげひなたなくはたらく男だ。監督のほめる穴吹はどうだ。かれはずうずうしくて、仕事がのろくさくて、なまけることにおい

ては本船のコロッパスではいちばんだろう。ばか正直にはたらく川野と、なまけものでみんなからきらわれている穴吹と、火夫長や監督の目にはまったく転倒して映っているのだ。そこにはなにがあるのか。その情実を書くと長くなってしまう。川野の精勤と穴吹の懶惰《らいだ》はみんな認めている。それが転倒して受けいれているのは二人だけだ。世のなかの仮面はたいていこんなものだ。

私は川野に代わって、きょうは湯とりにあがった。

二月一五日

すっかり涼しくなった。もう毛布を着て寝ないと、寒さをおぼえる。今夜八時から活動（映画）があった。たびたびあったのに、私は日本から一度もみにいかなかった。が、今夜はいってみた。すべて外国物ばかりであった。日本物はなぜやらないのか。たぶん船客が外国人が多いからだろう。

四番ハッチの上に幕を張り、その付近の電灯を全部消して、サロンデッキからフィルムをまわすのである。蒼茫たる夜の海、晴れわたった空には銀砂子のように、星がまばたき、船腹にくだける波の音。水をかきまわすスクリューのひびき。エンジンルームからはエンジンの回転のとどろき。そうした雑音をまじえて、フィルムの回転する音とともに、露天のスクリーンに映しだされる青白い人影の動き。それに調子をあわすように鳴らす蓄音機。

映画はくだらぬブルジョアのほれたはれたや、軍国主義の戦争物であった。その映画をどうこういうのではないが、露天のしかも航行しながらこうして異国の海上で、じっとスクーリンに映るさまざまな映像をみていると、私は変な気持にならざるをえなかった。

私は、終わらぬうちにサロンデッキを船首へ引き返した。鐘が鳴る。一〇時だ。あと一時間で朝のワッチにいかねばならない。ファナーの吐きだす黒煙は、もくもくともつれ、うず巻き、ながく尾をひき、海面へ広がっていく。星群におおわれたレッドシーの夜はふけていく。いつも左舷の南の空にみえていた十字星が、もうみえなくなった。

二月一七日

一六日朝三時、スエズ着。検疫がある。六時半出帆。スエズ運河にはいる。いつ通っても変化はない。みわたすかぎりの砂漠の平原。運河の水は青く澄んでいる。照りつける太陽が砂漠の褐色の土に反射してぎらぎらと目を射る。砂漠をうねうねとまがりくねった運河は、藍色のリボンのようだ。たまに青くしげった熱帯樹の陰に、土人の小さな住宅がみえる。運河の渡し船がある。ラクダが遊んでいる。犬がいる。土人の子どもが手招きする。口笛を吹く。監視の建物が運河にのぞんで、一〇町［約一キロメートル］おきぐらいに建っている。

右舷アラビア側には、大戦（第一次世界大戦）当時この付近に使用したらしい、鉄条網を寄せ集めたところがある。浚渫《しゅんせつ》船がまわっている。堤防工事をやっている。工事場の監視者も浚渫船の船長も白人、ほかの人夫はみな黒人、半黒人である。湖がある。船はフルで走る。湖にのぞんで小さな町がある。マストの高い三角帆の船が浮いている。夕方、ポートサイド着。例のごとく、すぐチューブ突き。今朝一時、出帆。

土人がミカンを売りにきた。ウリのようにだ円形をした黄色いミカンだ。その味がなんともいえない。日本のミカンとはまったくちがったいい味をもっていた。

二月一八日

ポートサイド出帆後、寒さをおぼえる。レッドシーと地中海――スエズ運河はその寒暑の関所である。一番ハッチのオーネンがとりはらわれた。冷たい二月の風が吹いて、海面に小じわをかきたて、船腹に白い波頭をおこして、さわやかな音をたてている。明るい午後の陽をあびて、澄んだ空に浮いた白雲をながめる。ひさしぶりによみがえった気分になる。

午後のワッチからあがってひと休みして、ようやく眠りにつこうとしていると、とつぜん大部屋が割れるほど、火夫長が怒鳴りだした。見習いの上田が頭が痛いというので、きょう飯はこびを休んで寝ている。その枕元で怒鳴っているのだ。

ボーイ長が監督だけにたのんで、火夫長にたのみにいかなかったのに腹をたてておこっているのだ。そののしり、いやみのしんらつなこと、とてもかれのまねはだれもできまい。見習いが病気でしかたなく休んでいるその枕元で、こんなに怒鳴られてはじっとしておれないほどだ。見習いはおこられることをおそれて、ドクターのところにいって診断書に休養の署名までしてもらってきているのだ。ただひとこと、じぶんに休みをくれといわなかったといって、火夫長はこの悪口雑言だ。ボーイ長はたまりかねてベッドから起きでて、よろよろしながら涙をぽろぽろこぼして、「どうも、私がわるうございました。勘忍してください」と、頭をさげた。

それでも、火夫長は文句をならべて怒鳴ること三〇分以上。よくもまあ、おこる本人がつかれもせぬものだと思った。

私はかれにたいする憎悪に燃えざるをえなかった。あの鬼がわらのような、渋紙に朱をぬったような赤黒い顔に、焼けた五貫目［約一九キログラム］のスライスバーを、思いっきりぶっつけてやりたいような衝動にかられた。これは、私ばかりではなかった。ほとんどのものがいやな顔をして、かれのおこった顔をにらみつけていた。

いいたいほうだい、したいほうだい、じぶんの気ままにふるまい、追い使い、怒鳴りちらしおどかしつけて、高慢の鼻をますます高くしている火夫長である。ああ、あわれなる四十数人のヘイカチどもよ。

二月一九日

きのうから休んでいた水田が、足元の定まらぬようなよろよろしたからだで、青い顔をしながらワッチにおりてきた。

「きみ、顔色がわるいよ。もすこし休んだらどうかね。大丈夫かい」

そういうと、かれは情けなさそうな顔をして、

「おれが休んで寝ていると監督がきて、おまえがワッチを休んでいるので、火夫長のきげんがわるくてしようがないから、たいていのことはがまんしてワッチにはいれというんだ。おらあ、しゃくにさわったよ。休むと火夫長からいやみをいわれるのは覚悟のうえだ。それでも仕事ができそうにないんで、しかたなく休んでいるんだ。

監督まで火夫長の尻馬に乗りやがって、むちゃなことをいうかと思うと腹がたって、頭をさげてあと一ワッチ休ませてくださいって、口が裂けてもいいたくないんだ。缶前でぶっ倒れてもかまわん。ああそんならいく、ときっぱりいってやったんだ。よろよろして火もろくにたけないこたあ、わかっているよ。こうしてはたらいて缶前で卒倒して死んだら、それでおしまいさ。

だが考えてみると、情けないなあ。月給の頭ははねられ、病気で休もうとしても休ませてもくれない。じっさい、本船でひどい病気にでもなったら、サイドにぞうりそろえて海にとびこむよりほかないよ。はははは」

と、力なげに笑って、よろよろしながら焚火をつづけていた。

「監督も監督だ。たとえ火夫長のきげんがわるかっても、病気で休んでるものは、むりをしてはやく仕事にだすことより、病気をなおしてからワッチにはいるように、骨をおるのが監督の任務なのだ」

私たちも、監督の仕打ちに腹がたった。

かれは火夫長の権威をかさにきて、いばり、火夫長の代理を勤めていると信じているのだ。いつもかれは日本をあとにするとき、菓子類や缶詰類を積みこむのだ。それは、航海中に大部屋の連中に売りつけるためである。

航海がつづくと船員たちは、きまりきった船の食堂にあき、菓子、果実、香辛物などがほしくなるのだ。だから、その積みこんだ食品は、船員にとっては猫にカツオ

節だ。とぶように売れる。だがその高価なことは、陸の値段の倍以上ではあっても、下ではない。小さな紙袋に一〇枚ばかりはいったせんべいが二〇銭もするのだ。それを賭けて勝負ごとに夢中になっているものもある。だから、日本へ帰って五円、一〇円の菓子代の借りがあるものはめずらしくない。おそろしい暴利をこの監督もむさぼっているのだ。ここにもわれわれの搾取者がいるのだ。その品物を買うものと買わないものとでは、目にみえてかれの態度がちがうのだ。監督のいうことは、みな信じて受けいれる火夫長だ。火夫長にわるく告げ口されるのをおそれて、不本意ながら、高い菓子を買って食うものがずいぶんいるようだ。

私などそんなことはぜったいしないから、いつも、うけがわるい。病気にでもなって休もうものなら、私など水田以上にいじめられることを覚悟していなければなるまい。

二月二〇日

バルカン半島の南に横たわった、クレタ島のはげ山の頂上には、真白く雪が積もってまぶしく照り輝いていた。青い海と草木のない島。海岸の赤茶けた岩に、波が白くくだけ、そこからつづいた山脈の嶺は白雪をいただいてつらなっている。暑いとき通ると、ますます暑さをもよおさせるような島が、ただ雪という季節のもたらす配合によって、雄大な自然美を表現している。

昨夜七時ごろ、メシーナ海峡にかかり、一一時半、私たちがワッチにはいるころは、もうストロンボリ島の近くに船は近づいていた。島の山の中腹の空がほの赤く噴火に彩られているのをのぞみながら、ワッチにはいる。

今朝になって風がでて、波が荒くなってきた。正午まえ、ナポリ入港のころはますますはげしくなってきた。雨が降りだした。港内さえ波が高く、荷船やランチがひっくり返りそうにゆれている。ここは入れ出しの港だが、荷役ができないので、出帆延期。ナポリの市街も、ヴェスヴィオの噴煙も、低くたれさがった雨雲にさえぎられてみえない。カモメの群が烈風にあえぎながら、斜めに打ちつける雨を縫って、低く波をすれすれにとびかわしていた。

夜にはいっても風なおやまず、雨も降りつづいているらしく、上のシカライキ（天窓）から水がもって部屋をぬらした。船のサイドに波のくだける音がする。アンカーチェーン（錨鎖）がしきりにギイギイ鳴っている。

私は寝ていて、左背筋の痛みをおぼえる。きょうバスを使うおり、相棒にみてもらうと、左の肩から腰へかけてすこしはれているという。七年まえにわずらった病気が根治していないという不安は、いつも私をくるしめる。

こうした過激な労働をつづけているのは、命をちぢめているような気がしてならない。

二月二三日

二一日午後、ナポリ出帆。きょう午前、マルセーユ入港。ナポリ出帆後、マルセーユ入港までひどいしけに悩まされた。風がつよく、それに雨さえ加わって、調律を失った怒濤は、すごい勢いで荒れ狂った。船は気味わるいきしみ声を発して激浪にほんろうされ、右に左に傾きゆれつづけて、日ごろなれた船員も気持がわるいというほどであった。棚から物がおちたり、テーブルがひっくり返ったり、フォックスルを洗う潮水がシカライキのすきから部屋にとびこんだり、大部屋は大さわぎだ。

ワッチは船がごろごろ妙な動揺をするので、火はたきにくいし、石炭は繰りにくいし、おまけにエンジンはうんとあけているし、火夫や石炭夫は、しけとワッチにせめられて、すっかり目をひっこませていた。

部屋に寝ていても、船の動揺がはげしいのと、サイドの鉄板もくだけんばかりにぶちあたる波の巨弾のすごい怒声に、寝ている耳べたをいやというほどぶんなぐられたように、耳がガーンと鳴る。

「こんな変な波は、はじめてだ」と、みんなも話していた。地中海のしけもばかにはならない。マルセーユはから っ風が吹きまくっていて、寒くて外をのぞくのもいやである。寒いとわれわれコロッパスのチューブ突きだけは、わりにらくにできる。

外国郵便で、こんど横浜で馘首《クビ》になった宮川君から、一同あて手紙がきている。そのなかに、「本月末労資総会における船員一割二分減給案は、海員組合幹部との交渉により、二月から向う六か月間七分か八分ずつ、引きさげを決議せし由。なお士官連海員協会側にても、本月二〇日同様七分引きさげ致せし由。会社としてはこれ一時的ではなく、景気ふたたび好況にむかうまでというような計画らしく、新聞には報じています。なお、係船中の二～三の汽船、木材、砂糖積みとりにでるような話です」というようなことが書かれてあった。

みんなはこの手紙をみてさわいでいた。さわぐのがとうぜんである。航海手当、石炭繰り賃、缶掃除賃などは減らされる。減員のため、仕事はひどくなる。そして多くの船員を馘首にしたうえ、またまた減給だ。三〇円や四〇円の月給をそれ以上引きさげようというのだ。これに海員組合は抗議どころか、かえって妥協的にでているではないか。

昨年一二月二九日の新聞は、つぎのように報じていた。

海上不況打開策、海員最低賃金制、遂に引下げの運命。ゆうべ労資懇談会で内定す。

海上不況打開策として、いよいよ海員最低賃金制低下が実現される形勢となり、これを討議すべき海上労資懇談会は、二十八日午後六時半から、神戸東亜ホテルで開かれた。

船主側、上谷船主協会理事、石田太洋海運社長、太田商船専務、谷明治汽船社長、その他、海員側、浜田海員組合長、堀内同副長、米窪同国際部長、赤崎同組織部長、鈴木、都築海員協会理事、金尾海事協同会長等。

まづ船主側より、海運界の行詰まれる窮状について、数字的に説明し、これを打開するには、最早、最低賃金制低下による外無き旨を申し出、これに対し海員側は、人件費に言及する前にまづ、船主が営船の合理化を実行すべしと主張したが、この際船主の没落は結局、停船および船員の失業者を増加せしめるものであるとの見地において、原則的に低下を承認したが、問題はその率および実行期の二点で、船主側では最初、二割より一割五分の低下を請求したのに対し、海員側は最大限度、一割以上は譲歩の余地無しと固執し、大体海員側の主張通り内定した模様である。

実行期は来年二、三月頃と見られているが、この結果さしもの社外船大争議の結果、制定された、わが労働運動史上にさん然たる一頁を加えた、最低賃金制度も遂にやむなく、低下の運命に当面したのであるが、事三十万の海員と、海上産業の消長に関する重大問題で、早くも海員組合の最高幹部が、如何にして全国各支部、および低下絶対反対を叫んでいる海上労働大衆を納得させるか。また注目されるのは、これに対する社船の態度で、常に利害相反する社船、社外船問題の関係を、一層複雑化せしむることになり（下略）、最低賃金を中心とする海上諸問題は、大争議以来の緊張を呈している。

また、翌三〇日の新聞は、つぎのように報じている。

郵船も最低賃金引下げか。内政的立場から。

海員組合の最高幹部は濃厚なる労資協調主義の下に、遂に海員最低賃金の低下を承認したので、明年早々にはいよいよ海員最低賃金の引下げが実施される模様である。これに関する日本郵船の態度を見るに、従来郵船では最下級海員の他大多数の海員に対しては、現行最低賃金以上支給しているし、社外船とも事情も異なるから、最低賃金低下と同時に、これに応じて引下ぐべき何等の理由もない訳である。然し最低賃金の一般的引下げは、物価低落と同じく一般的情勢とも見られるから、郵船も内政的立場に於て、矢張りある時期に、自社海員賃金を相当引下ぐるのではないかと見られている。

これをいよいよ、会社は実現化したのだ。

会社はけっして最低賃金以上支給してはいない。それは、事実である。会社の腹黒い計画はわれわれの想像以上である。

火夫長は、みんながさわぐのをきいて、「それは社外船のことだろう。また郵船がやったとしても、本船が帰るまではいまの給料だから心配するな」といっている。だが宮川君の手紙にはちゃんと、二月から実施と書かれているではないか。

二月二四日

きょう正午、マルセーユ出帆。港をでるとまだしけていた。船はたえずはげしく動揺する。小山のような巨浪は一万トンの船体をのみこもうとでもするように、迫ってはドーンとぶちあたって高い飛沫をあげる。デッキは川となって潮水が走りまわる。巨浪にかまれるたびに船体はギギーッという悲鳴に似たきしみを発して、ブルブルッと身ぶるいする。

夜の空は晴れて、一二、三日ぐらいの月が煌々《こうこう》と輝き、海一面、荒れ狂い逆巻く波頭を照らしだした壮観は、息をのむ思いである。ワッチのいき帰りや、洗たく物を干しにいったり、とりにいったりするおりは、波の合間をみて一気に走りぬけねばならない。ワッチの人たちの使う水をポンプで突いていると、ドンとサイドにぶつかった巨浪は、サッと高く五～六丈［一六～一七メートル］もとびあがって、それが月光にさえた美しさはなんともいえない。

こうしてしけられるのは、気持のいいものではない。寝ていても起きていても、仕事をしていても、ユラユラ、ゴロゴロ、ゆられつづけているのである。飯を食うときもバスを使うときも、便所にいっても、動揺から解放されることはできない。古い船員でも、しけがつづくのはいやだという。

昨夜、マルセーユで三～四人づれで上陸した。ラッシュアワーで、労働者たちが、からっ風にふるえながら歩いていた。私たちは、石を敷きつめた、歩きにくい道路を歩きながら話した。

「給料はさげられる。それにガジに頭をはねられるのは従前どおりとすると、ますますおれたちゃ、くるしまにゃならんことになるぜ」

「まったくばかにしてるよ。これでおれたちの組合がどんなものか、わかったよ。かえってわれわれの団結を阻止し、無力化しようとしているんだ」

「結局、資本家を擁護してる御用組合みたいなものだ。それにおれたち機関部なんか、まず足もとの敵を粉砕すべくたたかわにゃいけないね。月給はさげられ、頭は前どおりはねられ、それで追い使われちゃあ、だまっちゃおれない。まず当面の搾取者をたたきつけなくちゃ、だめだ」

「本船は特別だからね」

「だが、本船の連中ときたら、からっきしだめだからなあ」

森や服部と、そんな会話をかわしながら歩いた。

日本人のいきつけの雑貨屋で両替えをして、ビールを二本飲んだ。高橋が「おい、いってみよう」といいながら、先に立って歩きだした。おたがいツルシンボー（既製服）の安オーバーのえりを立てて、歩いていった。

国が変わり街が変わると、その街特有のにおいがするものだ。横道にはいると、この街特有の臭気がみなぎっていた。菜っ葉服の労働者、寒さにふるえた子どもたちがごった返しているその通りを通って、淫売屋のある通りへでた。暗い街角の軒下に立って、白壁のように白粉をぬった淫売婦が、私たちにウインクを送っている。例のキネマがある淫売屋のほうへまがると、両側から年増の女がとびだしてきてひっぱる。一軒にはいる。

私たちは女の案内で階段を上った。案内された一室は、薄暗く、まるで探偵小説の幽閉室を思わせる無気味な部屋だった。電気がつくと、正面に白い幕が張られてあり、うしろにはフィルムを映す四角な穴があいていた。私たちはそのスクリーンにむいて、クッションに腰をおろした。

しばらくすると、うしろでフィルムを巻く音がして、電灯が消えると、スクリーンに映しだされる奇怪な情景。つぎつぎに映りゆく幾場面を、私がありのままここに書き綴るとしたら、類のないわいわい文ができあがるだろう。私は船で二〜三、日本人の書いたわいわい文を読んだことがあった。しかしここに映しだされる場面は、即物的で激情的で、故意に扇情的映写を試みたのであろう。こうまで露骨に描かれては、いささか食傷気味だ。もすこし情緒的に描かれないものか。しかし、これが西欧的、いやフランス的な性描写の一面であろうか。

映画二巻をみて、私たちは外にでた。私はこの映画をみて、情欲のわきおこるよりもかえって萎縮をおぼえ、嫌悪を感じた。私はみんなと別れて寒い街路を一人とぼとぼと引き返した。

二月二六日

今朝は波はしずまり、風はやみ、空はくまなく晴れわたり、うねりさえない海面を微風が流れている。昨夜までの激濤乱舞の自然の狂暴と、今朝の慈母の愛にも似たおだやかな天候と、おなじ日のつづきとは想像もできない変わりかたである。この大しけで、遭難船が何隻もあったということをきく。

午後三時、ジブラルタル着。停泊三時間。ただちに出帆。獅子が寝そべったようなかっこうをした大岩山が長く海に突きでたその陰に、がんじょうな防波堤をめぐらした軍港には、戦艦、航空母艦、巡洋艦、駆逐艦など、英国の一大艦隊が港内いっぱいをうめていた。飛行機がその上空を飛びまわっていた。ジブラルタルの湾をとり巻く山脈、もっとむこうにかすんだアフリカの山、おりからの夕陽に映えて、泰西（西洋）の名画そのままをみる景観の出現を、黄色い肌のオレンジを賞味しながら、私はしばらくながめ入っていた。

私たちコロッパスは入港するとすぐ缶替え、出帆するとすぐアス巻き、アス巻きを終えてあがってバスを使うと、もう九時。あと二時間で前ワッチの湯とり番に起こされて、またワッチにいかねばならない。からだのあっちこっちが痛む。関節がプリプリ鳴る。

定期が一日おくれたので、エンジンをあけたが、ナポリ炭のうどん粉のようなぬれた粉炭では、なかなか汽圧はあがらない。石炭を一度くべると、ファネスのなかは真黒くなる。いちいちスライスで突きおこし、デレッキでかきまわさないと燃えない。ファイヤーマンはとても骨をおってたいている。ファイヤーマンが骨がおれると、焚火、缶替えの手伝いをしたり、缶前を掃いたり、アス巻きはおくれるし、結局、私たちコロッパスもくるしまねばならない。

うしろにひかえたビスケー湾が、しけてはいまいかと気がかりである。

二月二八日

大西洋にでても、きのうまではさほどではなかったが、今朝になってから船は激浪にほんろうされはじめた。横なぐりにぶつかる巨濤は、一方のサイドを水面よりも低いほど傾ける。海一面に灰色の霧みたようなものがたれさがり、荒れ狂う波と呼応し、航行する船の進路をさえぎろうとするようにみえる。つよい風だ。船はたえず飛沫と烈風に悲痛な叫びをあげている。

寒さがきびしくなってきた。外の風にあたると、肉をそがれるようだ。足場が定まらず、じっと立っていることができない。ワッチにいっても、火夫はプレートに足をすべらせ、ファネスの鉄板にすくったスコップの石炭をぶっつけてひっくり返る。石炭夫は、満載した炭車をバンカーの口でひっくり返して手の皮をすりむく。鉄板に立てかけたデレッキやスライスバーが、倒れる。灰放射機のパイプから波がとびこんできて、缶前は水びたしになる。

火はあいかわらずきつい。火夫の鈴木は一時間のワッチで青い顔をして、目をひっこませてあがってきた。日ごろからどうやら胸をやられたらしいといっていたかれは、船酔いと焚火に目をまわしたのである。

「こんなことは、はじめてだ。立っていようと思っても、下からなにかで引っぱるような気がして、だんだん腰がまがって、スコップを杖にしゃがんだまま、どうしても立てないんだ。頭がぼうっとして、目がみえんのだよ」

そういいながらバスを使わず、じぶんのベッドにはいりこんで寝てしまった。

夜にはいって、しけはますますはげしくなってきた。いつもはたいていいのしけでも、どこかで一組なり麻雀をやっていないことはないが、今夜ははやくからベッドにかじりついて、一人だって起きているものはない。

第九章　航跡

一九三一年（昭和六）三月～六月

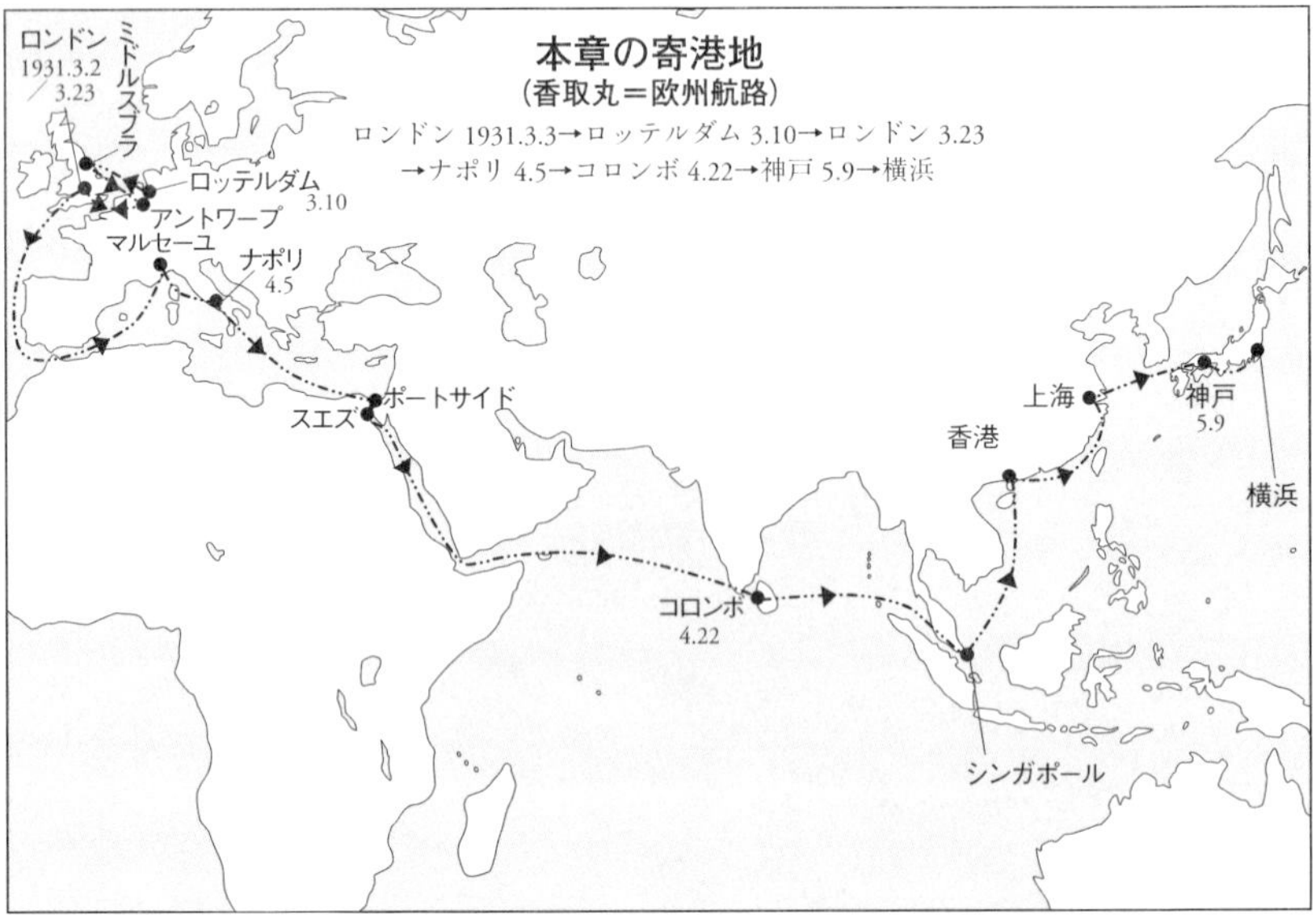

1931年（昭和6）3〜6月の主なできごと

三月六日　陸軍将校や思想家・大川周明らによる結社「桜会」がクーデター未遂事件（三月事件）。またこの日、大日本連合婦人会が発足。

三月一〇日　静岡市で全国初の防空演習。

三月一三日　海軍第一次補助艦補充計画可決。予算約二億五〇〇〇万円。

四月一四日　スペインに「第二共和国」成立。国王が仏に亡命。

四月一九日　米の失業者七〇〇万人と発表。

四月二一日　労働運動対策のため全国の資本家が全国産業団体連合会設立。

四月二二日　エジプト、イラクとの友好条約に調印。アラブ諸国との初の関係樹立。

五月一日　第一二回メーデー。上野公園で警官隊と労働者が衝突。五二三人検挙。東京市全体の検束総数は八五三人。

五月六日　パリで植民地博覧会開幕。

五月一一日　オーストリア中央銀行が支払い停止、ヨーロッパ経済深刻化。

六月五日　独で財政難打開の緊急大統領令発令。

六月一〇日　ブレーメンの北ドイツ毛織物会社が破産。

六月二〇日　米フーバー大統領、独の経済危機を憂慮し各国に賠償金支払いの一年凍結を提案。

六月二五日　海員組合・総同盟・全労・総聯合など九組合が「日本労働倶楽部」を結成。

六月二八日　一部の右翼団体が合同、大日本生産党を結成。

六月二九日　英の失業者二六六万五〇〇〇人に達する。

六月三〇日　国勢調査で前年の一九三〇年一〇月一日現在、東京府の人口五四〇万八六七五人。この月、女子労働者の平均日給八二銭九厘。

三月三日

ドーヴァー海峡にはいって、海はすこしおだやかになった。濃霧の深く立ちこめたなかを、船は汽笛を鳴らしながら進んだ。きのうの夕方、船はテームズ河の河口にきた。寒い風があいかわらず吹いている。今朝の三時ごろまでかかって、ヴィクトリアドックの、例の郵船の専用桟橋に着いた。

　今朝三時から寝た私たちは、もう七時には起こされて、八時から停泊中の仕事だ。入港まえにボイラー一缶《かん》休缶にして、水をだしてすぐはいってカンカン（錆おとし）できるようにしてある。私たちは、チューブの掃除とファネスの掃除だ。五〇日近く、一生懸命くるしいワッチを一ワッチの休みもなくはたらいて、ようやくロンドンに着いたと思うと、ちょっとの休みもなく缶《かま》掃除だ。欧州停泊中、また火夫長のどら声をきかねばならない。あいかわらず霧が深い。すぐ前の倉庫の屋根がぼんやりみえるほどだ。だが大気は冷えて、冷たい風が流れている。

　停泊すると、私は妙なくせで眠れない。会社から支給された二枚の毛布では、足が冷えてなお眠れない。みんなのしずかな寝息がきこえる。夜の一〇時に電灯を消したので、部屋は真暗である。私は眠れぬままロウソクをともして、本でもひろげてみる。

三月四日

午後の仕事を終えてから、大部屋にきて火夫長が大声で話しだした。

　話によると、本船がゆくえ不明だという記事が日本の新聞にでているというのである。二月の二三日本船が定期をおくれて、あの大しけをおかしてマルセーユに入港しようとするころ、ＳＯＳの電信がはいったらしい。その船は操舵機かなにかの故障で、航行不能になって漂流していたらしい。船を引きにきてくれということで、本船からは、本船は定期船であって、定期がおくれているので船を引くことはできないが、乗組員だけは救助するがどうか、と返信したらしい。むこうの船からは、ただ「そうか」という返事があったのみで、救助をたのむともなんともいってこなかったという。あとでその船は操舵機を修理して、自力でもよりの小さな港に避難したとのことである。

　ちょうどそのおり、マルセーユ―ジブラルタル間にも二隻の遭難船があって、ＳＯＳを発信して救助をもとめていたらしい。それらの船の無線と本船の無線とが混線して、ヴァレンシア、バルセロナなどの無線にはいったらしい。本船が、最初本船に救助をもとめた船に、本船はＮＹＫ（日本郵船）の香取丸だと船名を知らせた。それがちょうど、一方でＳＯＳを発している船のといっしょになったため、遭難船は香取だということになり、ヴァレンシア、ジブラルタルからは救助船が出動してさがした。一艘は救助されたが、もう一艘はゆくえ不明で、むなしく救助船は引き返したという。

だから、ゆくえ不明は香取丸ということになって、発表されたのだという。ロンドンの通信社からさっそく日本へ通信したため、日本の新聞には「香取丸ゆくえ不明」とでているというのである。

会社のロンドン支店ではおどろいてしらべてみると、本船は無事航行しているので、すぐ日本へ取消しの通信をだした。新聞にも取消しの記事は載りはしただろうが、やはり本船遭難の記事をみて、家族や知人は心配しているであろうというのである。だから、はやく安心するように手紙をだしたら、と船長からの話だという。

「なんだ、本船がゆくえ不明だなんて、夢にもみてないぞ」

みんなはそういって笑った。しかし、笑いごとじゃない。あの大しけだったから、千トンや二千トンのボロ船なら難船したにちがいない。あのおり、一艘の船のマドロスたちは、船と運命をともにし、海底の藻くずと消えたのだ。

三月六日

昨夜、カストミハウス・ステーションから、汽車でウリーチまでいって、海員倶楽部に新聞をみにいった。二月の一五日ごろまでの新聞がきていた。日本もずいぶん寒さがきびしいらしい。海難事故の記事もいくつとなくでている。帝国議会の議員らのみにくい乱闘さわぎがでている。日本の昨年の労働争議数、一、八二三件、人員一六万九五七人とある。婦人参政権獲得運動に、一部の婦人連は血まなこになっているらしい。

お茶や菓子などいただいて、九時外にでると、凍てつく寒さに耳の根がちぎれそうだ。また汽車で帰る。ステーションの構内で、一人の労働者がなにかいって握手をもとめる。こっちも握手だけはするが、なにをいっているのか、さっぱりわからない。

船体一万トン。いまでは巨船とはいえない、海に浮かんでいるときにはさほど大きくもみえないが、こうして岸壁のドックに横着けにされ、うんと足のあがった本船をみると、堂々たる巨船のようにみえる。

電灯の消えた船は、気持わるいほどさびしいものだ。

三月八日

きのう正午、ドックをでる。いくつものドックをすぎて河口にでるころから、はげしい風が吹きだした。河の水さえ泡だって船体をゆするほどだ。テームズ河をでて、私たちが灰巻きにおりていくころは、船は烈風に激浪に木の葉のようにゆれていた。

灰巻きパイプがこわれて水がふいて、缶前《かままえ》いっぱいに流れまわる。しかたなく船首のアス全部、船尾のハイドリックにはこんで巻く。ロンドン停泊中、小山のようにたまった灰だ。四時間ばかりかかって、ようやく巻き終わる。あがってくるころはもう、船はアントワープの河口近くにきていた。うどん粉のような粉雪をふくんだつよい風で、顔もあげられないほどだ。船体にはげしくぶちあたる巨濤は、あとからあとからつづいている。

私たち一二時当直のコロッパスは、昼のワッチ四時間、それからすぐに灰巻き、あがってくるとまたすぐ夜のワッチ。きのうの昼の一一時から今朝の三時半までぶっ通し、仕事着ぬぎなしでつっぱらねばならなかった。ワッチにいけばこの寒さにも汗をかく。あがってくると、寒くてじっとしておれない。冷えきったからだで、おりていってまた汗をかく。あがってまた、がたがたふるえる。

船体をかむ激浪の飛沫は、デッキにちって凍りついてしまう。デッキはすべって、うっかり歩けない。風とおなじ方向にいくと、スキーのように立っていて氷上を風が吹き送ってくれる。反対に風にむかっていくと、はうように頭をさげて歩かないと、風に吹きもどされる。船が河へはいっても、風は吹きすさんでいた。

三月九日

ロンドンからアントワープまでの連続の労働の疲労は、きのうの朝の四時から午後の一時半まで、凍てつく寒さもおぼえず、まるで死んだような深い眠りに私をみちびいた。

欧州でいちばんマドロスによろこばれるアントワープ。この歓楽の港にきても、私はいっこうに気が浮かぬ。しかし、みんなはぞろぞろ上陸する。上陸して、帰ってくるものは、外の寒さに鼻柱を赤くして、目から涙を流している。久しぶりに外国女の媚びと安ビールに酔っぱらった連中が、夜ふけてからろれつのまわらぬ歌などうたいながら帰ってくる。

アントワープ入港と同時に、火夫長は一同に一人頭五円紙幣一枚ずつわたした。それ一枚をにぎってみんな上陸したのだ。いちど上陸したら、その紙幣はフランに換えられ、のちに五フランペーパー一枚でものこっていたら、めっけものだろう。

一方の連中は、その金で勝負ごとに夢中になっている。朝からぶっつづけに麻雀を一〇ゲームもやったといって、頭がぼうっとなった、などといっているものもいる。全部とられたものもいる。全部とられたものは、「とうとう、オケラになった。毛布でもかぶってひざ頭でもだいて寝よう」そういってじぶんのベッドにもぐりこむ。すこしスイコンだ（儲けた）ものは、おそくからでも、「一杯ひっかけてくるか。おい、だれかケツにくっつくものはいないか。飲むだけはあるぞ」などといって、オールナイトでもという野心でもあるのか、寒さをおかして上陸する。

きょうも朝から風が吹き荒れていた。船のサイドからのぞくと、鉛色をした泡だつ河のむこうの平原は、ひくくたれさがった灰色の雲の下に、キツネ色に冬枯れてひろがり、箒を立て並べたようなポプラの裸木が黒ずんでみえる。河の岸壁にずらりと停泊した汽船、それと並行した倉庫の屋根。そのむこうに開けた市街の屋根屋根も灰色に黒ずみ、ひときわ高くそびえた時計台も、寒風にさらされていつもの威厳を失っている。

午後三時、出帆。

三月一〇日

アントワープの河をでて三時間ばかりで、ロッテルダムの河へはいる。私たちはアスを巻くのに、海にでたこの時間に巻き終えないと、すぐパイロット・スタンバイがかかるのだ。海にでると、きのうにもましてひどいしけ方であった。私たちが夜の一一時、ワッチにはいるころ、吹雪になって、雪はデッキに吸いついて八つ折れ［裏に八つの木片を貼り付けてある下駄のような草履］の素足がかくれるほど積もっていた。

河口にきたばかりで、船はスローになった。汽笛を鳴らしだした。缶前にいると、ファナーにくっついたホイッスルの音は、耳の鼓膜を引き裂くようにひびいてくる。あまりぶっつづけて鳴らされると、頭が痛くなる。吹雪のため進路をさえぎられた船は、とうとうストップした。アンカーでもいれたらしい。こんどはフォックスルで、ひっきりなしに鐘を鳴らしだした。

こうした吹雪の夜、寒風にさらされ雪にまみれて、機敏な作業をやらねばならないセーラーたちのくるしさが、思いやられる。暑いところではわれわれがくるしみ、寒いところでは甲板部が苦労する。雪はますますひどくなったらしく、ベンチレーターから吹きこんで、缶前にチラチラ舞いこんでくる。

付近にも幾艘も船がいるらしく、汽笛や鐘の音が、ベンチレーターの管からきこえてくる。まるで別の世界からでもきこえてくるような、すごみをふくんだものさびしいひびきである。

三時ごろ私たちがあがるころは、雪は五寸［約一五センチ］以上積もっていた。湯とり番にあがった川野が、ブロンでデッキの雪かきをやっていた。

雪がやんだので、船はアンカーを巻いて動きだした。アンカーを巻くおり、ガラガラッという異様な物音がした。ウインドラスに故障でも起きたのではないかと思っていた。

あとできくと、あのときアンカーをおとしたのだそうである。アンカーも大きいが、あのアンカーについたチエーンの大きさは人の腕以上の太さである。それが切れておちたのだ。この寒さで鉄が凍って、もろくなっていたのだろうか。

ひと眠りして目がさめたころは、船はもうロッテルダムの桟橋に着いていた。おなじ河の港であるが、ここは、一文字に長い岸壁になっているアントワープとちがって、縦横に河が切れて、そこに船が着くようになっている。昼になって曇った空のあいだから、よわい陽の光りがもれてきた。倉庫も船もクレーンも雪化粧して、にごった河の水をきわだってきたなくみせている。

午後一時、出帆。

三月一二日

ロンドンからずっとボイラーを一缶休ませて、五本で航行しているが、エンジンは閉めきりでも、なかなか蒸気があがらない。こんどアントワープでとった石炭は、質がとてもわるいらしく、たいてもたいても蒸気があがらない。アスとコークスになって、ファネスはいっぱいだ。ファイヤーマンは五人だきにして、各ワッチからのこったものは、休缶のボイラーの錆おとしである。航海中もずっとつづけている。

アントワープ炭ばかりではたけないというので、サイドバンカーにのこった日本炭を繰りだすことになった。コロッパスは災難だ。すくってははね、すくってははね、四時間ぶっ通し繰っても、繰りだす一方からたいてしまう。のちに腕がしびれて、スコップをおっことしそうになる。それでも、蒸気は満足にあがりそうもない。ファイヤーマンも、この寒いのに汗を流してきりきり舞いである。

きのう未明からまたしけてきた。船足のうんとあがった本船は、盆の上で卵をころがすように、ごろごろゆれだした。しけには風がつきものである。足のあがった船の胴体を突き破るように波がぶちあたる。寝ていても起きていても、気持のわるいことこのうえない。

朝の一〇時ごろ、ようやくミドルスブラの港外にきた。アンカーは一つだから、またおとしてはたいへんと思ってか、あまりしけてストップできないのか、船はスローにしたり、ハーフにしたり、片エンジンをフルにしたりして、波にほんろうされながら、港外で位置を保ち、夜の六時ごろまでおなじところをうろうろしていた。

目をさますといつか、船はミドルスブラの例のドックにはいっていた。夜八時すぎ。

きょう缶前で水番のエンジニアが、つぎのような話をした。

じぶんたちはまだ、士官としての最低賃金にも達していないこと。入社して五年、そのうち三年間、一文の昇給もないこと。去年からボーナス手当をうんと差し引かれるようになり、またこんど、一〇円ずつ減給というのである。現在七〇円から一〇円引かれるのだ。

それがちょっとの期間で、おなじセコンド級でも八〇円から一四〇円までひらきがあるとのことである。

給料は安くてもいろんな頭割りはおなじであり、ボーイのチップでも一航海二〇円だという。ろくでもない機関士の会が四つもあって、それが一円ずつ四円は月に引かれるそうだ。航海中の散髪代、洗たく代だってばかにならぬという。仕事着のシャツぐらいはじぶんで洗たくしても、ワイシャツまでじぶんで洗たくはできないという。

航海中の雑費、欧州での小遣いで、日本へ帰って受けとる金はわずかだとのこと。日本でちょっと気のきいた遊びでもしようものなら、すぐ空財布になり、たらないと内証でパーサー（事務長）のところにいって、一か月分前借りして使うのだという。

金線を巻いた服を着ていばっているようにみえるが、下っぱのエンジニアやオフィサー（航海士）などは、実生活はみじめなものだという。ほかの会社にいっている同級生は、ずっといい給料をとっているそうだ。いまでは郵船会社がいちばん割がわるいというのだ。いまの機関長や一等機関士は、「おまえらはあと一五年して、ようやく一〇〇円とれるかねえ。一〇〇円とって一万トンのファーストをやらにゃならんぞ」などと、軽べつしたことをいう。まったくしゃくにさわる。そりゃ給料の高い人は上につくかもしれないが、われわれは反対だ。おれらもこのままじゃだめだ。ひとつストライキでもおっぱじめるかな、などと話した。

ことにアップさん（見習い士官）はひどい。本校（高等商船）出で月一五円だったのが、一〇円に減らされ、地方（普通商船）出の一〇円が七円に減らされ、まったくかわいそうだという。また、下っぱの士官の世帯もちも、ぜいたくなどできないらしい。本船の三機（次席セコンド）は、二本筋巻いていても八〇円だという。それに子どもを二人かかえているので、らくではないらしい。おれたちが昔のエンジニアよりけちだと、ボーイたちにいわれるのもしかたがないのだ。だいいち、じぶん一人でもろくなくらしができないのだ。上のやつらに頭をおさえられて、いつまでも絶対服従でおれはしない。

かれは憤慨して、以上のように話していた。士官たちの生活は、われわれへイカチにはわからない。かれらとの間には一つのみぞがある。しかしかれら士官にも、不平や反感があることは察せられる。

三月一四日

入港の翌日から仕事だ。私は、入港の翌日ドンキー当番にあてられた。アントワープ炭を、スイコミ（扇風機をかけない）でたくのである。バーにすぐねばりついて、あとからくべる石炭は黒くなって、燃えはしない。蒸気はちっともあがらない。船をシフト（移動）するのにウインドラスを使われたので、九〇ポンドにさがった汽圧は、いくらたいてもたいてもあがらない。こんどはファンを二インチもかけて、缶中をブンブンうならせてみたが、あがらない。とうとう夜の一〇時半の消灯まで、ファンをかけっぱなしであった。

へとへとになった。五貫め［約一八キロ］のスライスバーをしょっちゅう使いとおしたので、腕がこわばり、肩がこって痛い。

夜、底冷えがする。毎晩おそくまで眠れない。上陸もせず、部屋にくすぶって本とにらめっこばかりしている。

缶前で私が石炭を繰り繰り、あがらぬ蒸気を一生懸命汗たらたらでたいていると、ファーストがきて、焚火《ふんか》の説明をはじめた。「デレッキでは、ファネスをかきまわすな。スライスを奥まで通せ。火層は、入口からブリッジの根もとにすこし斜めに高くしてたけ」それから、石炭の燃焼、その火力の説明などを長ながと述べたてる。

ファンとスイコミとの焚火の方法はちがう。また、その人によってたき方がちがう。火夫長がいうのと、ドンキーマンがいうのと、ファーストがいうのと、みなちがう。どうしてたいても、あがらぬ蒸気はあがらぬ。わるい石炭はわるい。

ファーストは、最後にいった。「これからは不景気のため、ますますわるい石炭をとるようになる。いままでよりよい石炭をとるようなことはない。だから、昔のファイヤーマンのように、腕でばかりたいてはだめだ。腕とともに頭でたく心がけがなくちゃいかん。石炭が燃えぬのもアスがねばるのも、石炭の質もあるが、ひとつにはファイヤーマンの缶火の上手へたにもよるのだ。おまえなんか相当頭があるらしいから、うまく焚火の方法を研究してたけ」

三月一六日

ミドルスブラ停泊中に、一、三、四号の三缶だけ掃除をやりあげてしまうというので、フランテン組（当直外の乗組員）の火夫と石炭夫は、むりな仕事を強制された。朝の八時の係りというのに、もう七時半には仕事着を着て缶の上にいっている。昼も一二時半の係りなのに、昼食をして五分もたたないのに、もう缶のなかにはいってカンカン、ハンマーの音をさせている。火夫長はいつも缶にはいりきりで、ちょっと手を休めると、ガンガン怒鳴っている。

航海中、ファネスやチューブやサイドにくっついた、シオやアカ（よごれた海水）を、カンカン、ハンマーでたたき、シカラップでけずるのだ。カンカン、ガチャガチャ、一缶に一〇人以上もあのせまっくるしいファネスのあいだにはいりこんで、息をするにもくるしいきゅうくつな思いをしながら、缶内いっぱいに立ち舞う錆とほこりにまみれ、終日ぶっつづけにはたらくのは、らくな仕事ではない。たいていのものは、足がむくみ、顔がはれる。一日じゅう吸いこんだごみが、妙にあまずっぱい啖のかたまりとなって、のどの奥からころげでてくる。

缶のなかでは、よく眠気がさしてくる。十何人でぶったたくハンマーの音は、三〇トンの容積の缶内に拡声器のようなひびきでうるさい。はじめのころはやかましく耳がつまるようにひびく音も、だんだんなれてくると、一定のリズムをもった音楽のようにきこえるようになって、眠気をもよおしてくる。ときには目は眠っていて、ファネスの凸凹の面をカンカンなぐっている。カランカランと、思わず道具を缶底におとしてしまう。ともしたロウソクの火が消えているのに気づく。

「こらっ。そこはだれだ。なにしてるか」

スモークチューブの上に腰かけた火夫長の声が、おちてくる。そのくせかれは、こっくりこっくり居眠りをやっているのだ。

きょうじゅうにこれだけはかならずやりあげにゃいかん、とみんなにハッパをかけながら、その口で、

「おい、川野。ちょっとあがってこい」

「はーい」川野はなんの用かと思って下からはいあがっていくと、

「ちょっと、肩をもんでくれ」

川野に肩をもませながら、ほんのり暖かい缶のぬくもりに、かれはいい気持で居眠りをつづけるのだ。

きのうで缶掃除を終え、缶洗いをやった。私たちは、洗った水のたまっているのを、ガットの口からはいって、かいだしてふきとるのである。水にぬれがたがたふるえながら、寒さから一分でもはやく解放されようと一生懸命だ。くるしい労働がなおいっそうくるしい労働を要求する。こうして、私たちのからだはすりへらされていくのだ。缶洗いを終え、ふるえながらとんであがって、バスにとびこむまで夢中だった。

きょうからワッチだ。あすは出帆である。

きょう午後、はじめて上陸してみる。あてもなくぶらぶら歩く。大気が冷えて風はないが、針でさすような寒気が流れている。街の子どもたちは平気で、股をむきだ

しにしてとびまわっている。

工場街のつねとして、すすけて黒ずんだ家並みの街路を歩いていった。街の片隅にかきよせられた雪が、ほこりをかぶって消えのこった。本船がここに入港のおりは、この街は雪につつまれていた。家並みのあいだから、雪に光った山がみえる。

落葉樹ばかり立ち並んださびれた公園には、人影もまばらであった。公園をひとめぐりして帰ってくる道で、女学校の生徒らしい一群に出会った。菜っ葉服を着た私たちをみて笑う。みんな背の高い、からだの発達した女ばかりだ。

「おれたちの目からは、みんないいかかあだな」

「彼女たちからみりゃ、おれたちゃ子どもだろうよ」

英国人は、私たちには年よりふけてみえる。

この街には、不具者を多くみうける。松葉杖をついているもの、片腕のないものをきょうは六～七人もみた。工場街と不具者、資本と機械、その関連を考えないわけにはいかない。

貧民街らしい通りにくると、髪の毛が伸び、ボロ服を着た子どもがついてきて「ペニーをくれ」とねだる。その子どもたちを注意してみていると、それはこの子どもたちばかりの意志でないことがわかった。軒の口までその母親らしい女がでてきて、その子どもになにかいってけしかけているのであった。

三月一九日

一八日午後、アントワープ入港。きょう、めずらしく休業である。勝負ごとをやらない私は、本でも読むよりほかはない。が、部屋のそうぞうしさは、私に二時間とつづけて読書をさせない。

往航はあれほど寒さがきびしかったが、帰りのアントワープは、わずか一〇日たらずで、オーバーをぬいで歩くほど陽が照って暖かだ。

散歩かたがた上陸して、ストアのほうへいってみる。陳列の商品をみてまわる。みるだけで、買う金なんてありはしない。ストアから大通りへでるところに、前々航にきたときから建築にかかっていたホテルができあがっている。二十何階。あの時計台の高塔よりも高いくらいである。

市中を歩きまわっても、べつに感興もおこらない。すぐ船に引き返す。大部屋の中央のテーブルに紙をひろげて、ボーイ長に墨をすらせながら、火夫長は筆でなにか書いていた。かれは、じぶんの達筆なことが自慢である。かれは、この街にあたらしく在留日本人が開くバーの名を書いているのであった。一枚書くと、それを高くさしあげて、「どうだ。うまいもんじゃないか。ええ」そういってみんなにみせてから、またつぎの一枚を書く。みんながそれに合づちをうって「うまい」「上手だ」とほめたてるので、ますます自慢の鼻を高くする。

バーの名と「うどんそばあり」の紙を二〜三枚書いてから、「広野。これを『ヤオヤ』までもっていってくれ」といった。私は桟橋のむこうの、角の日本人の店へその紙をもっていった。

「上手だな、香取のナンバンは。これほどの字を書く人は、郵船会社にもめったにいないだろう」店の主人もほめる。

きょう四〜五人、金をだしあって、マーケットにいって、貝やセロリーやネギを買ってきて、すき焼きをやった。頬がおちるほどうまい。船で食わせるすじばかりのかたい肉のすき焼きなど、比較にならない。

三月二三日

二二日午前三時、アントワープ出帆。二三日午前三時、ロンドン、アルバートドック入渠。

アントワープで、ドンキー当番であった。私たち一二時ワッチが「持ち出し」だ。河口まで約二時間。すぐ灰巻き。アス巻きを終わってあがってバスを使っていると、ガラガラッというアンカーをおろすウインドラスのひびき。濃霧で、船はストップするらしい。ガンガン、ガンガン、フォックスルでやかましく鐘を鳴らしだした。

アス巻きの疲れでぐっすり眠っていると、何度も四時ワッチの湯とり番が起こす。眠くて眠くて、目があかない。からだを引き起こすようにして起こすので、歯を食いしばって起きあがる。眠たいはずだ。五時半に寝たのに、七時に起こされたのだ。

コロッパス全員で、三番ホールド上段の石炭おとしをやるのだという。フォックスルでは、あいかわらず鐘を鳴らしつづけている。眠たくて疲れたからだを、定まらぬ足でささえながら、スコップをザクリザクリと石炭に突っこむ。どうしてものがれることのできない労働である。この石炭を全部おとしてしまわない以上、じぶんたちには休息はない。ぐずぐずしていたら、ぶっつづけにワッチにはいらねばならない。そうした共通した気分がそろうと、その仕事の能率はおどろくほどあがってくる。からだの疲労を考えるより、現在のくるしい労働から一刻もはやく解放されることを願って、そのありったけの労力を発揮するのだ。

こういう労働者の心理は、事実こうしたむちゃな労働を課せられるものよりほか、わからないことだと思う。

九時半、石炭をおとし終わる。あがってまたバスを使って、寝る。一〇時。

一一時にはまた起こされる。こんどはワッチだ。濃霧のため二四時間もかかって、アルバートドックにはいった。きょうは休みだ。朝の四時から午後二時まで、ぶっ通し眠った。

三月二六日

定期をおくれて入港。そのうえ欧州でしけや濃霧でひまどった本船は、一本のこった缶掃除をたった一日で仕上げた。きのうまでですべての仕事を終わり、今朝六時から、私たちは缶洗いをやった。九時にあがって、あとは休み。

あすの朝四時、いよいよ日本へむかって出帆だ。

ロンドン停泊中、あまり外にでなかった。いちど海員倶楽部に新聞をみにいき、昨夜ウリーチまでいって、活動をみて帰った。

ミッションにきていた二月二七日の「東日」の朝刊に、四段ぬきの見出しで「郵船香取丸遭難」の記事がでていた。本船の写真と船長、事務長の写真がでており、本船遭難の地点まで、地図をもって示してあった。しかし、その日の夕刊には、「珍談SOS」という見出しで香取丸安全の記事が報じてあった。本船の遭難記事では、相当さわがれたことだろう。ほんとに珍談だ。われわれ乗組員が夢にも知らない話だから。

「横浜、神戸のオチョーメン屋がはじめの記事をみてびっくりしただろうが、つぎの取消し記事をみて、ほっと胸をなでおろしただろうなあ」

「こんど、香取丸の連中は死んだことにして、みんなで不払い同盟をつくろうじゃないか」

首がまわらぬほど、オチョーメン屋に借りのある連中の笑い話である。

昨夜おそく帰ってくるおり、むこうへまわるのがやっかいなので、近いほう、サロンの入口の階段をぬけようとしていると、真赤に酔ったファーストが、アマボーイ（司厨員）の部屋からひょっこりでてきて、「おまえらがそこを通っちゃ、だめじゃないか。おまえらむこうにまわれよ」繰り返しいうのを、私は振りむきもせず階段をかけあがってやった。「おまえらが通るところじゃねえ」という言葉がしゃくにさわった。夜おそいときはいつも通っているのだ。アマボーイの部屋からでてきたのをみられたので、つごうがわるくて私に文句をいったのかもしれない。

風邪をひいたらしく、きのうから咳がでる。鼻水がでる。頭痛がする。今朝起きると、鼻からぬるぬるしたものが流れるので、手をやってみると鼻血がでていたのだ。終日、毛布をかぶって寝ていた。

三月二八日

二七日の朝四時出帆予定のところ、ひどい濃霧で、ドックのむこう岸の船さえみえない。やむなく出帆延期。潮のつごうで、午後の二時ごろまで待たねばならない。午後になると、いったん晴れていたガスがまたかかりはじめてきた。だんだん濃くなって、三時ごろにはガスは太陽の光をさえぎり、日食を思わせるような天候になった。四時までに出渠しなかったら、出帆はまたあすになる。

「出帆延期はいいけど、定期をとりもどすため、エンジンをうんとあけっぱなされた日にゃ、機関部のヘイカチゃ、やりきれんね」

みんなの口から、こうした言葉をきく。しかし、四時ごろになってすこし晴れかけたので、ランチに引かれて船はドックの岸壁をはなれた。このドックからテームズ河にでるのは、わけはない。ドックの入口にきて、水量を減らし河とおなじ水面になったとき、ドックの扉をあけて外にでる。うすくかけたガスをおかして、船は河を下った。

八時にアス巻きに起こされる。一〇時に終わる。一一時からワッチだ。

われわれが心配していたとおり、エンジンをあけたらしく、火がきつい。ファイヤーマンは焚火にキリキリ舞いだ。ファイヤーマンがえらい（くるしい）と、われわれもえらい。石炭をむちゃにたくので、湯とりをあげたあと、二人でちょっとの休みもなく三番ハッチから石炭を押しつづけである。おまけにこんどとった石炭は、時節柄の節約からだろう、粉炭で砂のようなわるい石炭である。これでは、汽圧があがらぬのもむりがない。石炭のカロリーに影響しているのだ。

定期をとるため、マルセーユまでエンジンをあけてますから、各自努力を望みます。

火夫長

各位

きょう、缶前の鉄板に火夫長はこう書いた。

すこしうねりがでてきたが、たいしてしける模様でもない。この火のきつさにしけられたら、踏んだりけったりだ。ビスケー湾を、なるべくなぎで通ってくれと願う。

三月三一日

ビスケー湾もすこしうねりがあっただけで、しけてはいなかった。ポルトガル沖へくると、海流の作用か、とみに暖かくなった。エンジンをあけて、出帆早々からわれわれの目をひっこませた船は、きょうの五時すぎになぎの海を切りくだいて、ジブラルタル港外へ走りこんだ。

きょうはジブラルタル入港まえまでに、積荷のつごうから、三番ホールドの中段の石炭を機関部のヘイカチ全員でおとした。石炭を三つにわけて、各ワッチで航海ワッチが終わってから、一時間半から二時間ぐらいずつおとすのである。私たち一二時ワッチは、いちばんあとからのこった石炭をおとすことになった。

みんなおとし終わってあがってきたころは、もうジブラルタルのヨーロッパ岬のはげ山が目のまえにせまって、フォックスルにはセーラーがスタンバイに立っていた。岬の陰の軍港には、あいかわらず英国の艦隊がぎっしりはいっていた。

ワッチの疲労に加えて石炭おとしの過激な労働は、私をベッドに横たわらせ、深い眠りにひきこんだ。私は、頭をゆるがし、耳を裂くようなアンカーを巻く激音も知らず、ぐっすり眠りこけていた。

四月一日

きょうという日は、私にとってわすれることのできない日である。死を決した日。生きて二度と家の敷居をまたぐことはあるまいと、はこばれていくタンカの上で観念した日。部落の入口の二本の松の老木をながめて、涙を流した日。だが、私は死ななかった。奇跡的に生きかえった。

四月一日。私の第二の誕生日だ。私はじぶんの生まれた正確な月日を知らない。だが、この第二の誕生日だけは知っている。あの八年まえの重患は、しかしなおまだ根を断たないのか、ときおり、いやこのごろはずっと、左背筋、肩のつけ根のすぐ下ははれあがって、いやな痛みをおぼえるとともに、なにかいやな悪寒を感ぜしめないではおかない。だが、とにかく、私は生きている。現在こうした過激な労働さえ、まがりなりにもつづけている。四月一日、ああ四月一日。わが第二の誕生日。私の考えもあれから一転機したのだ。

四月三日

今朝三時ごろ、船はマルセーユ港外にきて、ストップして入港を待った。七時入港。例の岸壁に着く。

マルセーユ入港は、定期は二日入港のところを、三日朝の入港にして、午後出帆することになり、エンジンはジブラルタルから閉めっきりで、らくな火をたいてきた。エンジンの開閉いかんによって、こうも焚火に影響するのかと、おどろくほどの相違であった。

きのう往航に、本船がゆくえ不明だという記事がでた付近を通るまでは、小波だに立たないべたなぎであったが、夕方になって風がでて、船がすこしゆれだした。八時、九時、一〇時、しだいにしけてきて、横からぶっつかる波に船ははげしいローリング（横ゆれ）をはじめた。ごろりごろり、ベッドに寝ているものをそのまま寝返りさせるほどである。ゴゴッ、ドドン、メリメリ、ガタガタ。船体に波のぶっつかる音、棚から物のおちる音、フォックスルをこす波が、シカライキ（天窓）から部屋にぶちこんでくる音。

いったん目がさめたら、眠れるものではなかった。一一時、仕度して食堂にはいっていくと、おりから一大巨濤に船はポート側にぐっと傾いた。その拍子に、ストアのドアが開いて、なかにはいっていた皿、鉢、茶わんの類が一枚のこらず、ガラガラッととびだした。その一枚が私の足のかかとにあたったので、足がしびれてしばらくのあいだ、立って歩けぬほどであった。食堂にはいった海水が、船の動揺とともにうず巻き、割れた皿や鉢がいっしょにがらがらかけまわるので、あぶなくてしかたがなかった。マルセーユ港外にきて船がストップするころまで、こうしてしけていた。

夜のマルセーユを海からながめるのも、ナポリの夜景ほどではないが、やはりすてがたい美観であった。マルセーユには、音もなく春雨が降りそそいでいた。なんとなく旅愁をかきたてる。

チューブ突きを終わってから、小降りになったので、ちょっと上陸してみた。今航から一トンにつき五銭引きさげられた、三番ハッチの石炭繰り賃五円をにぎって。雨にぬれた街路は、昼食の時間で労働者が大勢歩いていた。泥よけをつけてない自動車が、泥をはねとばしながら走っている。街路樹の梢に黄緑のかわいい若葉が芽吹きはじめているのをみて、ああ春だなあと思う。そうだ、きょうは四月三日。日本では花見の時期である。

夜一〇時、出帆。

四月五日

また、マルセーユからエンジンをあけた。往きも帰りも、今航はよくエンジンをあける。ここ二〜三航海かなり石炭を節約しているので、あと一航海、前航程度でいったら、わずかではあろうがコールボーナス（石炭節約賞）がとれると、火夫長は自信満々で、三番ハッチの入口に「コール賞請合い」と、大きく書いているのである。だがこの航海は、ことに復航は石炭節約どころか、たきこむようなしまつである。

石炭節約、石炭節約と寝ごとみたいにいって、火夫に焚火をやかましくいう火夫長も一機も、エンジンはあけられ、いつもより質のわるい、トン当たり二円も安い石炭をたかされ、蒸気はあがらない、火はむちゃくちゃきついときては、いくらじたばたしても石炭はどんどんたきこむ一方だ。安い粉炭をとって、火夫や石炭夫の労力は加重させておきながら、前どおりの能率をあげようなんて、むりな話だ。

「今航は、航路順がよいからなあ」

ちの笑い話だ。

「ああ、石炭節約だよ」

炭車を一五〇台もはこんで、ふうふういいながら私たちの笑い話だ。

「今航は航路順のよきときなれば、前航以上の石炭節約できうるよう、各自の努力を望む」と、日本出帆のおり、火夫長がエンジンの入口に書いたのを、皮肉って冗談のたねにしているのだ。

今朝ナポリ着、夕方出帆。遠ざかりゆくナポリ市街、ヴェスヴィオの噴煙、ナポリ湾をかこむ山々。それらはおりからの夕照に映えて、えもいえぬ夕景色である。だが、たんに明美の港の風光のみを賞《め》でることをやめよう。有閑詩人の寝ごとをやめよう。ここに生きるプロレタリアは、ファシスト独裁のもとに、いかに過酷なる圧迫をうけつつあるか。しかし、圧迫がきびしければきびしいほど、その底には反ファシストの根がはられているかもしれない。

去年、ミラノの上空で反ファシストの檄文のビラをまいた飛行機のことが、新聞に報じられていた。むろん、死を賭した一飛行士の行為であっただろう。

遠ざかるヴェスヴィオの噴煙をながめながら、私はいろんなことを思っていた。

四月六日

いつもの航海だったらかならず、例の火を吹く島ストロンボリを七分どおりまわることにしている船長も、こんどの復航は一等船客が少ないためか、定期がおくれているためか、スタンバイもかけずに通過した。メシーナ海峡は、もう夜が明けてから通ったのだろう。私は眠っていて知らなかった。しけているときなど、一等船客の食事どきには、わざわざ船をスローにして船の動揺をいくらかでもやわらげたり、島や灯台やめずらしいところが航路の近くにあったら、船を近づけ汽笛を鳴らしたりして、船客たちにみせる船長である。

定期がおくれ、エンジンをあけられて、機関部のへイカチが目をまわしてぶっ倒れようが、そんなことは気づきもしないだろう船長も、船客の少なきをいかにせん。そのかわり貨物は、着く港着く港、いつもの倍もある。私が本船に乗って三航海、今航がいちばん船足が沈んでいる。だからちょっとのしけにも、波はフォックスルを洗い、デッキに打ちあげる。

火夫長はよく、オフ・ワッチのコロッパスやファイヤーマンに、肩や腰をもませて居眠りをしている。みんなが麻雀をやっているそばへ椅子をもってこさせ、腰かけて肩をもませながら、いちいち批評している。じぶんも麻雀をやりながら、肩をもませていることもある。毎日ぶらぶらして、みんなを怒鳴りつけてばかりいるかれだ。その肩をもんでやっているのは、缶前の熱火に焼かれ、へとへとにつかれたからだである。

いまのナンバーツーが本船に乗ってきたとき、「いま、ナンバンのあんまはだれかね」ときいた。ナンバーツーはこの火夫長のことをよく知っていたのだ。火夫長のあんまは一人ではつづかない。だから四〇人のヘイカチのうち、だれでもかまわずつかまえて、「おい、ちょっともんでくれ」もみかかったら一時間も一時間半ももませて、もういいとはいわない。かれの肩や腰は、すこしぐらいつねったって、こたえはしない。ちくしょう、つまみ殺してやるぞと、力をいれてもむと、「ああ、すこしこたえる。いい気持だ」という。まいってしまう。

粉炭で燃えのわるい火を、火夫たちは汗まみれになってたいているが、蒸気はなかなかあがらない。エンジンはエキスパンション（膨張扇）を二四～二五開いているのだ。

タキタキコロッパス（石炭夫で火夫の仕事をしているもの）の水田が、あがってきて食堂で、

「いくらナンバンが怒鳴っても、そうらくにあの火があがるもんか。もすこしファンでもかけてくれりゃいいが、まったく殺されそうだ」

なにげなくこぼした言葉が、たまたまじぶんの部屋からでてきた火夫長の耳にはいったものだ。

「なにっ。こら、おれがああいって缶前で怒鳴ったのが、どうしてわるいか。ろくに火のたき方も知らんくせに、この野郎、生意気な」

怒声とともに、火夫長の大きな掌が水田の頬っぺたにパチリと鳴った。つづいてにぎりこぶしが、かれの肩と背に五つ六つ、デッキを裸足で走るようなドスドスという音をたてた。水田は顔を真青にしてあやまった。火夫長はそれから、くどくどと三〇分も文句をならべていた。

翌日、水田の肩は赤くはれあがっていた。スライスバーを使うのが痛いと、顔をしかめていた。

「ドクター（船医）にいってこい。そして診断書をとってこい」と、私がいったが、かれは、「しかたがない」といいながら、しおれた顔をしていた。

水田がワッチからあがると、午後三時のお茶を飲んで、ケーキを食っていた火夫長は、「おい、水田。ちょっと肩をもめ」といった。水田は、昨夜かれになぐられた肩の痛みをこらえて、かれの肩をもんでいた。

四月八日

クレタ島の山嶺には、まだ雪が消えのこっていた。明るい地中海の午後の陽をうけて、緑らしいものひとつない赤い地肌に、雪は薄紅色にまぶしく輝いていた。

きょう、火災操練とボート操練があった。かなりつよい向い風で向う波だ。船はすこしゆれていた。火災操練はわけはないが、ボート操練となるとすこしの動揺でも危険だ。ボートを支えた柱が、ハンドルをまわすとギア仕掛けになっていて、しだいに海面に傾いて、ついにボートは海上にでてぶらぶらゆれている。

セーラーたちは、そのボートの上でいそがしい作業をやらねばならない。ちょっとまちがったら、海のなかだ。きょうはなぎとはちがって、陸《おか》の人たちにいわせたら、これでも「逆巻く怒濤」であろう。

「こんな天気にボートをだすなんて、ひどいよ」

「王様が乗っているからだろうよ」

「どこの王様だい。どれ、どこに」

「ほれ、あれさ。アフガニスタンの王様だとさ」

「いや、王様じゃない。その息子だそうだ」

「そんなら、皇太子か」

「いや、後継きできない息子だそうだ」

なるほど、ブリッジにブイをかついだ、トルコ帽みたような黒い帽子をかぶったひげづらの男が、操練をみていた。

あぶないと思ってか、ガラン、ガランとテレグラフの音がすると、エンジンはスローになった。すると、ゴーッという音とともにファナーのきわから白い蒸気が吹きだした。セーフティーバルブ（安全弁）が吹いたのだ。いままでうんとスチームをあげてたいていたのを、急にスローにしたためもちきれなくなった蒸気がついに噴出したのである。

「ばか船長め。ボート操練にまで船をデッド・スロー（極微速）にしやがる」

火夫たちは、プレッシャーゲージの針がみるみるさがっていくのをにらんで、舌打ちしているだろう。いったんセーフティーバルブが吹いて蒸気がさがったら、またあげるまでのくるしさを知っているのは機関部のものばかりだ。

四月一〇日

九日の朝のワッチからあがって、夜食を食って寝るころは、船はもうポートサイドの灯台の灯がみえるところまできていた。五時ごろ、頭の上でアンカーをおろす音に目がさめた。七時にはむりにたたきおこされて、チューブ突きにおりていった。着いてすぐである。まだ二〇〇ポンドの蒸気があがっているのだ。熱くてやりきれない。

一〇時ごろチューブ突きを終わってあがってくると、私はドンキー当番にあたっているので、一一時半からはまた石炭繰りにおりていかなくてはならない。眠くって、目はあいていながら、頭がもうろうとして気が遠くなりそうだ。腰に力がはいらず、足がふらついて車がろくに押せない。積荷と揚げ荷が多いので、出帆は一〇日の朝六時だとのことである。いつもよりすこしはやく着いたのに、また一日おくれることになった。

夜のドンキー当番のおり、エンジンのハンドル前の黒板のわきに、なにか紙に書いたものがさがっているのでとってみると、それは一等機関士が、ほかの機関士にあてた、石炭と焚火についての注意書であった。だいたい、つぎのようなことが書いてあった。

本石炭は火夫の焚火よろしきをえれば、缶替《かまが》えは一六時間ぐらいが適当と信ずる。

いったいに、本船には熟練火夫が少ないようにみうけられる。半数以上は自己流の得手勝手な焚火法によってたいている。あまりに自称熟練火夫が多いようである。燃やすことよりくべることに心がけるため、火層が厚くなり、ついには缶替えの時間を短縮せねばならぬ結果となる。だから、各直エンジニアは、火夫のたく缶をのぞいてみて、その缶黒きときはまずスライスを使わしめ、つぎにデレッキを使用させ、よく白熱させたうえ、はじめて石炭をくべるようにされたし。

もし、そうしたエンジニアの命に従わざる火夫あるときは、遠慮なく小職または火夫長まで申しでられたし。

われわれがこの注意書きをみて、どうして憤慨せずにいられよう。こんなカロリーの低いぬれた粉炭をたかせておいて、自己流の得手勝手な焚火法にたよっているなんて、この石炭をくべたら缶は黒くなって、燃えはしないのだ。どの火夫も一機（一等機関士／ファーストエンジニア）が指摘しなくても必死になってスライスを通し、デレッキを使って焚火につとめているのだ。まえよりもトン当たり二円も安いという粉炭をたかせておいて、エンジンはうんとあける、船足はいつもより五尺〔約一・五メートル〕も沈んでいるときているのに、火夫の労力を無視したあの注意書きを読むと、しゃくにさわる。

汗みどろになって、石炭とスコップとデレッキとスライスと、そして燃え盛る火と、死物狂いでたたかっている火夫に、ただ缶前につっ立っていて、ああだこうだと文句をならべるより、一時間でもよい、じぶんでワッチ帽をかぶり、ツカミ（焼けた金属をにぎるために使う）をもって、ファネスの熱火とたたかってみるがよい。

石炭のわるさを、エンジンのあけ方を、船の沈み方を無視して、ただ火夫の焚火のいかんを責める一等機関士の顔がうらめしい。

このファーストも本船に乗ってくるまえ、賀茂丸を下船するときには、賀茂丸の機関部の属員（下級船員）は、感謝状と記念品を贈っているのだ。こんな男になんのために、感謝状や記念品を贈る必要があったのか。火夫長や一、二の油差しが一機に媚び、あわせて会社にすこしでも重んぜられようとする下心が、そうした行為の底にうごいているのだと私は思う。われわれヘイカチこそ、いいつらの皮だ。ヘイカチが頭をはねられた金でできた記念品をもらって、あっぱれ名機関士と自任し、高慢の鼻をうごめかす男も、われわれからは皮肉にみえる。

スエズ運河は、きのうのつかれで眠って通った。八時ごろスエズに着いて、九時出帆。いよいよまたレッドシーだ。部屋ではファンをまわす。風がなくて蒸し暑い。

四月一二日

いつもスエズ—コロンボ間はエンジンは閉めて通るのだが、定期が一日おくれたため、エキスパンション二三〜二四をあけている。波も風も追手だから、風はまったくないといってよい。

ひと息寝て起きると、目にみえて暑くなっている。裸でごろ寝だ。それでも暑くてやりきれない。火夫長がボーイ長をしかっている。飯はこびのボーイ長がBデッキを走って通るので、お客さんが眠れないというのだ。きょう火夫長が機関長に呼ばれて文句をきいたといって、かれは怒鳴っていた。ゴム裏ぞうりの足音ぐらいで眠れぬというお客が、波の音ではよく眠れるものと思う。じぶんたちこそ靴音高く、いつもAデッキをいったりきたりしているくせに。

このごろまた、左背筋が痛みだした。ワッチからあがってくるとズキンズキンと、気味わるく痛む。不安でならない。このままこうした過激な労働をつづけていたら、命があぶないかもしれない。

ふとしたおり、そうした予感にぶっつかって、身ぶるいを感ずることがある。どうしても私は、しばらく休養を要するからだのようだ。現在それはのぞめそうもない。しかし、とにかく私はしばらく休養を欲する。できるならば船をおりてでも休養したい。これから先のたたかいのためにも、健康なからだでなくてはならない。

四月一四日

きょう昼二時ごろ、アデン沖を通過する。風がすっかりなくなって、暑さはましてきた。奇観だ。煙突から吐きだされる煤煙が、百本の煙突を積みかさねたように、まっすぐ立ちのぼって青空に吸いこまれている。追風の風速と船の速力と一致したとき、起こる現象である。紅海やマラッカ海峡でたまに起こる現象である。

こんなときはベンチレーターをどっちにまわしても、風はみじんもはいらない。船室も蒸し風呂同様だが、缶前の熱さは言語に絶する。暑いのに眠れなくてこまる。

便通がなくなった。手足がしびれをおぼえるようになった。左の背筋はますます痛みをましてきた。背をベッドにつけてながく仰向けに寝られないので、こまる。左を下にしてはなお寝られない。右にむいてばかりも寝ておれない。部屋は暑いし、手足はしびれる。背筋は痛んで寝られないときては、踏んだりけったりだ。

食物が日ましにまずくなっていく。まずいからといって、腹をすかしてワッチにいったら、それこそ目をまわさねばならない。だから、いくらまずくとも、ワッチにいくときは茶でも水でもぶっかけて流しこんでいかないと、もたない。

ワッチにいったら水をあびるほど飲む。缶替え、灰巻き、石炭繰り、ブロワー、そのあいまにかならず水を飲まないとつづかない。焚火をやっている火夫は、ほとんど一〇分おきに水をあおっている。水、水、アイスエンジンのブラエン（冷却器）のなかにしばらくつけて冷えきった水を、暑さと激労にカラカラにかわいたのどへ流しこむときの味、その水の味は、じっさい体験したものでなくてはわかるまい。

歯が痛いような冷たい水がのどを通って腹へ、そして、いままでやけて燃えていた胸の熱が、急に冷えていくときの気持、ああ生き返ったと、その水の力によって大きい呼吸をつくのである。まったくわれわれは、水の力によって仕事をしているのだ。

四月一六日

私たちのワッチでは毎日のように、朝二時から三時のあいだにすこしずつ時間を前進させる。往航には後進させた。それをとりもどしていくようなものだ。一〇分でも二〇分でも前進されると、われわれはそれだけらくなわけだ。まして、こんなに仕事のきついときは。

きょうまたエンジンを半フィートずつあけたという。火はますますきつくなっていく。暑さも日ましに暑くなっていくような気がする。アラビア海にでてしばらく風があったから、この分ではいくらか涼しくなるとよろこんでいたが、ぬかよろこびにすぎなかった。風のまったくないどろりと気味わるいまでになぎわたった海へ、太陽はそのありったけの熱を放射している。

きょうは大部屋の石けんふき、ペンキぬりだ。ワッチがきつくてそのうえ暑くて眠れないのに、部屋のペンキぬりとはやりきれない。

朝のワッチからあがって、ようやく眠ろうとしているところを起こされる。七時だ。それから一一時まで部屋掃除で、裸足でとびまわる。そしてペンキぬりだ。ワッチにいくとすこしも寝ていないので（きのうもろくに寝ていなかった）、からだがふらふらして、石炭が思うように押せない。アスが厚くて缶替えのアスが山ほどたまっているのを全部巻き終えるのに、へとへとになってしまった。

私は湯とり番になっていたので、たすかった。あがってきてほっとひと息ついた。私は、交代を起こしたり、ポンプの水を突いたり、飯や味噌汁を蒸気で煮炊きするのがうるさいので、湯とり番はきらいであった。でも、こんなにワッチがえらくなると、むしろ湯とり番のほうがらくである。

四月一八日

こんな暑いところでは、なんといっても機関部がいちばんくるしいにちがいないが、セーラーたちの仕事をみていると、これもけっしてらくな仕事ではない。朝四時の鐘が鳴るころにはもう起きて、裸足で砂をバケツに一杯いれてさげながら、船尾のほうへ走っていくのをみる。それから水をまいて、ゴシゴシ、ゴシゴシ、デッキをする音がきこえる。そうして、たとえ朝食後と昼食後に一時間の休みがあるにせよ、はたらきつづけて、晩には一時間ルックアウトに立たねばならないのだ。

司厨部にしてもそうである。朝、洗たく物をエンジンに干しにいくと、四時ごろにはもうコックたちも起きて、はたらいているのだ。蒸気や火をもって煮炊きする仕事も、この暑いところではけっしてらくな仕事ではない。

背筋の痛みがどうしてもなおらないので、きょう医務室へいってみる。セケン（セカンド）・ドクターがいたので、みてもらう。熱をはかり、ちょっと背なかをさすり、「きみ、こりゃたいしたことはないよ。あっちへむいてみたまい」いうとおりにすると、なにかヨジウム（ヨードチンキ）みたいなものをべらべらぬりたくって、「よしよし、またきなさい」あっけない診察に、あきれてものもいえない。

まえからの病気のことを話して、よくみてもらうつもりできたが、これではお話にならない。断念して帰る。

コロンボ近くへくると、暑さはますますましてきた。海水の温度九〇度［約三二度］を超す。潮バスをわかさずにはいって、ちょうどいいあび加減だ。

湯とりのときは、ワッチにいくとき米をといでおくと、たいてい遅いきのファイヤーマンがライスボイラーに水と米をほうりこんで、スチームをかけておいてくれるから、飯はできている。あがってからいそいで飯をとって、ボイラーの掃除をして、だし（イリコとコンブ）をだして、味噌汁をこしらえるのであるが、汁のみをいつもろくなものをくれない。たいてい、キャベツの外っ皮のかたいところをきざんだのや、黄色くなった菜っ葉や、しんのできたダイコンなどだ。ときたまソウメンを四〜五束いれてあることもある。

湯とり番はあがりしなに、エンジンの入口の反対側の玄関のトンネルに、バレイショやタマネギなどをおいてあるので、それをすこしずつもってきて、汁のみにいれるのである。夜、一時から二時ごろだから、みてるものはいないので、おおっぴらにもってくるのだ。われわれがこしらえたバレイショ入りの味噌汁は、船尾からもってくる朝の味噌汁などおよびもつかぬほど、おいしくできるのだ。

今朝、私は湯とり番だったので、例のバレイショをおいてあるところへいって、ざるにひろいこんでいると、ひょっこり人が立ってこっちをみているのだ。ファーストエンジニアだ。いままでなんで起きていたのか。どうしてあんなところを通ったのか。しかし、私はバツがわるいったらなかった。なにかいうかと思ったら、なにもいわずに通っていった。バレイショ盗人、しかもざるにつかみこんでいる現場をみられたのだ。あとから一機のやつ、なんとかいうかもしれない。

四月二〇日

ますます暑くなった。熱帯特有、あるいはインド洋特有かもしれない。奇怪な形をした雲が、純白にあるいはいぶし銀に、または暗灰色に、むくむくと空にはびこりそびえている。変化がはげしい。夜は、空のあちこちに稲妻が光っている。船腹からはひっきりなしに、トビウオがとんでる。きのう何百頭ともしれぬイルカの群が、船について泳いでいた。水上に薄暗い背をだしたり、水上に高くとびあがったりして、威勢よく船といっしょに泳いでいるのは、じつに壮観である。

一番ハッチの上にオーネンを張って、その下にテーブルをだして、食事もし涼みもする。だが、サイドの鉄板にさえぎられて、風はここにははいってこない。オーネンに照りつける太陽の直射で、かえって昼間は暑いくらいだ。

だがいったん、Bデッキにタラップを一段あがってみると、そこにはなんといい風が流れていることか。海からの気流がそのままあたる場所は、たいてい涼しいのである。ここにいる船客や高級船員たちは、日本の夏の暑さていども感じないで、インド洋を通過するかもしれない。

いよいよ、あすはコロンボだ。

四月二二日

二一日の朝七時、くるしいワッチをあがって、ようやく眠りにおちているところを、むりにたたき起こされる。船はコロンボ港内にはいったのだ。チューブ突きである。

二〇日夜九時半に目をさまし、一一時半ワッチにおりた。

二一日の朝三時半、ワッチを終わってあがってくる。バスを使って、ひと休みして寝る。五時半。七時にはむりに起こされて、チューブ突きにおりていく。一〇時半、チューブ突きを終えてあがる。バスを使って昼食後、一二時半からまたワッチにおりていく。三時にあがってくる。真黒によごれたまま出帆を待つ。

五時出帆。五時半からおりていって灰巻き。七時半、終わってあがってくる。バスを使って寝る、八時半。一一時、起こされる。ワッチだ。

二二日午前三時半、ワッチを終わってから、オーバータイムとしてクロス中段の石炭おとし。しかし、これは石炭夫たちがかならずやらねばならない仕事として、石炭繰り賃もなにもでないのだ。じっさい私たちは、二〇日の晩から二二日の朝の四時までに、眠った時間は正味四時間しかないのだ。この暑いインド洋で、過激な労働をしかもこんなに長時間、連続的に酷使されているのだ。コロッパスのこうした超人間的な労働や、そこからくる過労も、認めてくれるところはどこにもありはしないのだ。

みんなコロッパスは、申しあわせたように目をひっこませた。なかには声も高くだせないほど、疲労したものもいる。いやもう、じぶんでじぶんのからだの置き場所がないくらい、くるしい疲労だ。こうまでしてはたらいて、結局、借金の利子をかせいでいるのだ。そう考えると、はたらくのがいやになってくる。

四月二四日

コロンボからはまた、デッキパッセンジャーが乗った。百人近くはいるだろう。四〜五番ハッチの上いっぱいだ。太陽は依然その酷熱を放射し、暑さはますますましてくる。火は依然としてきつい。火夫も石炭夫も青息吐息だ。

腹ぐあいがわるいといって、休むものがでてきた。便所に通いづめでいるものもある。それがほかのパートになく、機関部ばかりにあるのは、どうしたことであろう。またエンジンの清水タンクの水がわるいのではないかと、検査などしたらしい。だが、水を飲まずに、仕事をせよと機関部にしいるのは、口と鼻をふさいで息をせよというもおなじだ。

はやくシンガポールまでいきたい。シンガポールより北は、いくぶん涼しいだろうから。

四月二七日

きのう午後、シンガポール入港。マラッカ海峡にはいってからは、ときおりスコールがきた。すると、四〜五番ハッチのオーネンの下に寝ているデッキパッセンジャーたちはたいへんだ。雨は吹きこむ。オーネンはたるんで水がもる。みんな立ったままぬれながら、スコールのやむのを待つよりしかたがないのだ。かれらもみんな、シンガポールでおりていった。

夜上陸する。夜の街もむし暑い。果実店にはいって、マンゴーやバナナをたらふく食う。おそく船に帰っても、なかなか寝つかれない。真裸でデッキにでて、ながいこと涼んでいた。シンガポールの夜空は美しい。街、港、島、山、樹木、熱帯の夜の下に陰影をつくって浮きでたような風景は、すてがたいながめである。

今朝二時に起こされて、チューブ突きにおりていく。二等の船客に、ロンドンから乗った一八ぐらいの一人旅の女があった。年ごろの女で、こんな遠洋航路の船に乗ったら、たいてい男をつくるそうである。この女も一等船客の男としたしくなったらしい。その男はその女を、じぶんの隣室に移したらしい。女は二等から一等に移ってよろこんでいたが、その男はシンガポールでおりたのである。本船がきょう出帆のおり、その女と男の別れのシーンをみせつけられて、しゃくにさわった。

高級船員たちにも、ここの日本の女が四〜五人見送りにきていた。たぶん昨夜、マレイストレーツにでも遊びにいったのであろう。

四月二九日

シンガポールから北は、いくらか涼しいだろうと思っていたが、涼しくなるどころか、インド洋とかわらぬ暑さである。風がまったくない。シンガポールで積荷、揚げ荷が多かったので、朝の出帆が午後になった。

またエンジンをあけたので、火はますますきつくなった。火夫長の「航路順のよきときなれば、協力一致石炭節約を切望」したことは裏ぎられ、「香取丸焚火用改良スコップ」もその功を奏せず、石炭はどんどん減っていく。

欧州航路のどの船も、船足を深く沈めて航行している。大々的係船は必然的に、就航船の貨物の満載をまねいたのだ。減員され、諸手当を引きさげられ、最低賃金まで引きさげられた船員は、ますます過重な仕事をしいられる。

きょう缶前で、火夫の高吉と石炭夫の中谷とが卒倒した。缶替えどきのボイラールームの温度は一四〇度〔約六〇度〕近くまであがっているのだ。

船尾の四〜五番ハッチには、シンガポールからインド人に代わって、シナ（中国）人のデッキパッセンジャーが乗っている。

五月一日

暑い暑い。みんなそろって目がひっこんだ。サイドバンカーの熱さときたら、また格別だ。ミドルスブラからずっと、ボイラーとエンジンの熱気に蒸され、レッドシー、インド洋の太陽熱にも蒸されてきた石炭だ。一〇分間バンカーにはいっていたら、目がくらみそうになる。

きょうはメーデーだ。缶前で石炭を押しながらメーデー歌をうたう。メーデー歌をうたうものは、相ワッチの川野と私と二人だけだ。なげかわしいことである。「おい、きょうはメーデーだぜ」大部屋で大声で怒鳴ってやると、「なるほど五月一日だなあ」というものもいる。かれらには、きょうがどんな日かわかっているのだろうか。かれらにはなんの感興もおこらないのだろう。

「一年に一度の労働者の祭りだ。ほんとうは、きょうは休むんだぜ」そういいながら私は、部屋でもメーデー歌を口ずさんだ。

きょうは汗で、ワッチ下駄の緒までしぼるほどぬれた。裸になって石炭を押す。へとへとになる。生きた心地さえしない。北へ進むにつれて、暑さがますとは！

相ワッチの火夫の一ノ瀬が、缶前でスコップをほうりなげて、「おりゃ、もうあかん」といって、へたりこんでしまった。

「たけようっ」

「たけようっ」

声をふりしぼって火夫たちはさけびながら、一生懸命たいている。ここここそ文字どおりの生き地獄だ。

五月三日

二日の朝、香港入港まえになって、ようやく風がでて涼しくなった。よみがえった心地がする。港外にストップしているあいだに、チューブ突きをやる。六時、九竜《カオルン》桟橋に着く。小雨が降っていた。

東京の葉山氏と長崎の土橋から来信。葉山氏からの手紙には、香取丸ゆくえ不明の新聞におどろいたこと、翌日の新聞にロンドンにむけ航行中とでていたので安堵した、と書いてあった。そして、日本は猛烈な恐慌です。資本主義が存続するかぎり、いつ果つべしとは思われません。私たちの多くの同志たちも、例外なく青息吐息で、恐慌の怒濤を押しきっています。日本に帰られるころは、もうぼつぼつ暑い時候になりますね。からだにじゅうぶん気をつけてご帰国になって、お目にかかるのを待っております――とあった。

雨のためと貨物の荷揚げが多いため、定期は「入れ出し」のところを一晩泊まることになった。今朝、出帆。風があって涼しい。波もかなりつよい。左背筋のけいれんがとみにひどくなってきた。不安と悪寒に悩まされる。

五月五日

涼しい風が雨をふくんで、横なぐりに吹きつける。波が高い。ちょっとしたしけだ。夜おそく、揚子江（長江）口にきてアンカーをいれた。揚子江の吐きだす濁水は、満々とひろがり、波うっている。

どうもからだのぐあいがわるい。背が痛む。このままこの仕事をつづけていたら、命があぶなそうだ。私はからだの休養を欲している。気を張ってがんばっているが、だめだ。こんど日本へ帰ったら、船をおりてしばらく休むよりほかないと考える。火夫長には首かぎり借金がある。借金なんてかまうものか。からだが第一だ。おれはたたかわねばならない。やらなければならない多くのことがある。そのためにも、しばらくからだの回復をはかる必要がある。

五月七日

上海をきょう午前一〇時、出帆する。また上海でも貨物が多いので、予定より一日おくれてしまった。定期どおり九日の夜までに、神戸に入港する予定だろう。エンジンをむちゃにあけっぱなした。しかし揚子江をでて四～五時間すると、しけだして、風と波が真向うからぶつつかるので、スピードがまったくでない。船はピッチング（縦ゆれ）をくり返して胴ぶるいをしている。

上海で、故郷から手紙がきていた。

私はきょう火夫長に、下船させてくれるようたのむ。元来私は、火夫長からはやっかい者とみられていたのだ。機関士たちも全部私のことを知っていた。私にたいする言葉に、なにかへんなぞみたいなものがはいっているのを、私はみのがさなかった。

火夫長は私をひきとめようとはしなかった。おりるようだったら、横浜でおりるようにしてやろうといった。火夫長はソロバンをはじいていっているのだ。神戸でおろしたら、足のでた私の借金がとれない。だから横浜までいって、出帆まではたらかせると、今月の月給と、わずかばかりだがボーナスがとれる。だから、それから借金を差し引くつもりらしい。勝手にしやがれ。私はこの火夫長、海の吸血鬼に、ひと太刀もあびせることができず、船をおりるのが歯がゆい。

五月三一日

私はいよいよきょうから、しばらくのあいだ、陸上へほうりあげられる身となった。大阪の普通海員養成所にはいったのが、一九二八（昭和三）年八月。船に乗りこんだのが同年一〇月。それからずっとひきつづいての海上生活であった。いま、私はその船員生活をやめなければならなくなったのだ。病気には、どうしても勝てない。

横浜停泊中に、故郷から手紙が三通もきた。それは家の貧困窮乏を訴えるばかりでなく、母がまったく盲目になったこと、父の病気、などを知らせてきていた。町の材木店ではたらいていた弟も呼びもどして、いま地主の中瀬家へ借金のかたに奉公にやっているということだ。金を送るか、帰ってくるか、どっちかにしてくれといってきているのだ。陸《おか》で食いつめて船に乗り、船でまた病気になって陸へあがる。これから、私はどうすればいいのだ。

私は四年ごしの海上生活のあいだに、なにをしただろう。恥じざるをえない。ただむちゃくちゃに酷使されただけであった。資本家のいうがままに酷使され、圧迫され、搾取される、無力な労働者の群をみてきただけであった。海員組合の組織のもとにあって、当然とるべき賃金さえ自由にならず、ガジ（火夫長）のために、勝手に搾取されるマドロスをみてきたのだ。

じじつ私は、かれらにはたらきかけようとした。しかし、それは徒労にすぎなかった。前航も今航も、私にはスパイがつきまとっている。私のようなものにまで「私服」がつきまとうかと思うと、おかしいような気がする。

船内のかれらはなかなか動かない。しっかり現在の仕事にかじりついて、はなれまいと必死である。海上労働のあらゆる不合理をなげきながらも、かれらは職を失うことをおそれてかじりついているのだ。

しかし、かれらは私にこういうのだ。「きみが陸へあがったら、この船内の下級船員の実際を世に暴露してくれ」と。

私は船に乗ってから、ずっと日記をつけてきた。これは、私の日々のいつわらざる記録である。現在船内の下級船員がいかなる組織のもとにおかれているかということは、この日記でもわかるだろう。

私は、この日記とも当分別れねばならない。

六月一日

きのうの朝私は、子安《こやす》の火夫長の家にいった。私は復航マルセーユ入港のおり、石炭繰り賃五円を受けとっただけ、あと一文だって受けとっていない。その後、一度も勘定していないのだ。だから、私は朝っぱらから押しかけていった。

火夫長の家はみはらしのいい、丘の上に立った文化住宅だった。この土地から家からすべて、かれの所有だという。われわれから搾取した月二割の重利は、かれにこうしたりっぱな家を建てさせ、ぜいたく三昧をほしいままにさせているのだ。かれはいままで、何百人の下級船員から、血のでるような金をしぼりとってきたことだろう。

金の問題などでかれの家を訪ねるへイカチは、たいてい門前払いを食わされたり、気にくわないと、暴力をもって突きだされたりしたものであった。私はそんな例をいくらも知っていた。

私は覚悟していった。ことによったら、ひと談判やろうと思って。だが、火夫長は、寝ぼけまなこで起きてきて、すぐ勘定した。

借金と利子を差し引いて、私の受けとった金は、おどろくなかれ三円二〇銭也であった。

旧版（上巻）あとがき

私は、長崎県大村市（当時の東彼杵《そのぎ》郡萱瀬《かやぜ》村中岳《なかだけ》郷南川内《かわち》）に生まれた。家は、土地をもたない小作農であった。父は副業に炭焼きをやっていたが、じぶんの家で作った米を借りては食いつなぎ、それが年々借金となってふえつづけていった。

私は小学校四年生までその村の分教場で学び、五年からは遠くはなれた本校に通った。一九の春、えたいのしれない熱病におかされて生死の境をさまよい、一命はとりとめたが、体が衰弱して百姓しごとをすることはできなかった。当時、私はマドロスになることを夢にえがいていた。そして、一九二八（昭和三）年の秋、大阪の普通海員養成所（巻末の「解説」を参照）にはいり、二か月の訓練をうけて、翌年の一〇月、日本郵船のインド航路「秋田丸」に火夫見習いとして乗船した。そのころの事情は、本書に書かれているとおりである。係船による馘首《かくしゅ》、減員による労働の過重、紅海《レッドシー》、インド洋での缶前《かままえ》の酷暑と激労——四年間、これらのきびしさにたえてきた私は、病気を理由に一九三一年六月、船員生活をやめた。

航海中に読んだ『海に生くる人々』『淫売婦』などに感激して、葉山嘉樹氏と文通をはじめるようになり、そして、同年一〇月末に上京、葉山氏宅に寄食することになった。

この年の九月に始まった「満州事変」後、プロレタリア文学にたいする弾圧もとくにきびしくなり、文化運動はゆ

生前の著者。1977年ごろ、佐賀市内の自宅前で

きづまっていった。私たちの属した「労農芸術家連盟」も「労農文化連盟」へ解消することになった。だが、文化活動のうえで意見が対立し、葉山氏、前田河広一郎氏らとともに私たちはあらたに「労農文学同盟」を結成して活動をつづけた。しかしそれもいよいよゆきづまり、機関紙を発行することもできなくなった。

その後、一九三四年一月、葉山氏、林部氏（土木請負業）らとともに天竜川沿いの鉄道（当時の三信電鉄、現在の国鉄〈JR〉飯田線）工事にいき、葉山氏は工事場の帳付け、私は一土方となってはたらいた。

この天竜峡谷の工事場で三年間はたらいたのち、父母が移り住んでいた佐賀に帰ったのは、三六年の暮であった。それから、土方、ガス会社の火夫などをやり、炭坑夫となった。四五年の敗戦を迎えたのは、三池の宮浦坑ではたらいているときであった。

敗戦後、いったん炭鉱をやめたが、すぐに生活がゆきづまり、再び炭鉱にはいった。坑内生活二五年。その間、ずっと石炭を掘りつづけた。

私は、さいきん総合雑誌『九州人』（北九州市）に、「愛と苦悩と窮乏と――葉山嘉樹回想」という一文を一八回にわたって発表した。その二回め（一九七七年三月号）に、かねて葉山氏に作品の参考にでもしてもらえばとあずけておいた私の「日記」（大学ノート全九冊）を、葉山氏から「これは、このままきみに返すよ。きみの将来のことを思うと、どうしてもこれを材料にして小説を書くことはぼくにはできないんだ。これはきみの傑作だ。たいせつにとっておきたまい」といって返していただいたことを書いた。

すると、門司市で発行されている『繋留索《けいりゅうさく》』（海員の文芸同人誌）の主宰者中原厚《あつし》氏から、その「日記」を同誌にぜひ掲載したいと申出られた。私は、当時の下級船員が、どんな労働をしいられ、どんな生活をおくっていたかを知ってもらうためにも、掲載してもらえればよろこばしいことだと思って承諾した。

やがて、『繋留索』一二号に「マドロス哀史」と題してその「日記」の一部が掲載されると、「朝日新聞」が、「貴重な資料」だとして写真入りで紹介してくれた。つづいて「西日本新聞」「毎日新聞」にも、おなじく写真入りで紹介された。つづいて、各方面からは、本書が戦前の海上労働史研究の数少ない文献のひとつとして『職工事情』『女工哀史』に比肩する位置をになうものであると、過分な評価すらあたえて下さった。

本書は、一四〇度（華氏温度）の船底で、下級船員として焚火《ふんか》にまみれて、血のにじむ思いでつづった、私の悲憤と苦痛と、血と汗の記録であり、また私の青春の碑《いしぶみ》でもある。

一昨年の七月に心筋梗塞で倒れ、いまなお病院通いの体である。病体にむちうって、一〇か月を費やして「日記」の原文をノートから原稿用紙に書き写した。書き写しは、冗漫な部分をちぢめ、かなづかいを現代ふうに訂正した程度で、文章そのものにはほとんど手を加えなかった。それは、二〇代の感情を七〇代の老人の感覚でいじくり、当時のいちずな気持を損なってはならない、と思う配慮からであった。

本書の出版にあたり、ご尽力くださった中原厚氏、写真家の藤本建八《けんぱち》氏、ご多忙のなかをわずらわせて解説を執筆していただいた笹木弘教授、そして太平出版社に心からお礼申しあげます。

一九七八年一一月

旧版（下巻）あとがき

私が火夫見習《ファイヤーマン》いとして、日本郵船のインド航路秋田丸に乗船したのは、一九二八（昭和三）年一〇月末であった。現在で、ちょうど五〇年以上の歳月が流れている。

その当時の下級船員、ことに石炭船の機関部での過酷な労働は、言語に絶するものがあった。また、「明治」時代からの因習そのままの高利貸制度、上級船員と下級船員との待遇の格差など、現在の船員のみなさんや、また一般の労働者のみなさんには、とうてい想像もできない、悪条件のもとで働かされていたのであった。だから船員たちは、放縦ですてばちな生活をつづけていた。

私は、そんなくるしい労働のあいまをみては、こっそり「日記」をつけつづけてきた。航海中のしけやなぎ、熱帯の海、厳冬の北海、また港みなとの印象、船員あいての酒場、売春婦、密航船でつれてこられた娘子軍《じょうし》の末路など。見、聞き、体験したそれらのことを、ありのままに書いた。

どうして、こういう「日記」を書いたかと、いま問われても、即答はできない。ただ、あこがれをもって遠洋航路の船員になったが、そのあこがれの船員の生活と現実の生活とがあまりにもかけはなれていたことが、この「日記」を書こうと思いたった原因だったように思う。

私は、この「日記」が、本になろうなどとは、当時、想像もしていなかった。しかし、いま二冊の本となって日の目をみることになった。戦争中、御用船として徴用され、船と運命をともにした、かつての同僚たち、そのほか多くの船員たちの霊と、大陸に眠る師葉山嘉樹氏の霊に、つつしんでこの本を捧げようと思う。

広野　八郎

一九七九年二月

解説1

戦前海上労働史と「広野日記」について

笹木　弘

一

この『華氏一四〇度の船底から——外国航路の下級船員日記』(以下、「広野日記」と略称)は、広野八郎氏が日本郵船会社のかけだしの機関部員として秋田丸、香取丸に乗船していたとき(一九二八年一一月〜三一年六月)の記録である。広野氏の日記は、一九二八年一一月八日から三一年六月一日まで記述されているが、上巻には三〇年四月二二日までのものが収録されている。

まず、当時のこれら船舶と会社の概要からみていくことにしよう。

秋田丸は三、八一七総トンの遠洋貨物船で、一九一六(大正五)年に建造、航海速力九・二六ノット、ボイラーは二基で一日の燃料消費量は石炭二〇・五トン、主機はレシプロ機関一基、乗組員は五八人である。

香取丸は九、八四九総トンの遠洋貨客船で、一九一三年に建造、航海速力一二・九四ノット、ボイラーは六基で一日の燃料消費量は石炭八七トン、主機はレシプロ機関二基、タービン一基、旅客定員は一等一二〇人、二等五二人、三等九四人、乗組員は一七二人である（逓信省管船局『汽船名簿』一九三〇年）。

当時の船舶は、船底にすえ付けられているボイラーに石炭を投げこんで燃やし、高圧の蒸気を機関に送ってスクリューを回す仕組みになっていた。それらのはげしい仕事を担当していたのが機関部の船員たちである。ただし、下級船員（属員とも呼ばれたが、現在は「部員」という呼称に統一されている）で乗ってきたばかりの見習いは、上位職のものたちに飯はこびをするのがおもな仕事になっていた。広野氏は最初の約六か月間を火夫《ファイヤーマン》見習いとしてすごし、その後「本員」である石炭夫《コロッパス》に昇進するのである。

日本郵船会社は、一八八五（明治一八）年に政府の命令書を受けて設立された日本最大の海運会社である。この会社は、戦争や「事変」にさいしては多くの船舶を御用船として差しだす一方、政府からは毎年多額の補助金が交付された。会社設立から一九三五年までの補助金合計額は一億六、八八六万円に上り、これはこの間の同社総収入の六・八％強にあたる額であった。また、一九二九年初頭における同社株式のうち、新旧合わせて三六万数千株が皇室の所有とされており、その他、華族世襲財産としての株主も多数に上っていた。

一九三〇年現在における同社の貸本金は一億六二五万円、所有船舶一一〇隻七〇万三、一〇八総トンであるが、これは日本全体の一〇〇トン以上の汽船合計四三一万六、八〇四総トンの一六・三％に該当する（外航船だけに限れば、はるかに高い割合になる）。所有船員数は、高級船員（現在は「職員」と呼ぶ）一、五四五人、部員八、五二五人であった。当時は戦後とちがって、お客の乗船する船が脚光をあび、とくに郵船会社の場合は、第一級の船会社として格別なものがあったが、それが乗組員の構成や船内労働におよぼした影響はきわめて大きかった。

二

広野氏は、乗船するまえに海員掖済会《えきさい》の大阪普通海員養成所で二か月間の教育を受けている。当時の部員の養成機関は、この養成所（一九一九年設立）と同会の横浜普通海員養成所（一九一八年設立）のわずか二施設にすぎなかった。職員の養成と近代化については、すでに一八七五年の早い時期から、多額の補助金を交付し体系的に進められてきたのであるが、これは、「明治」政府の軍事的要因と、高賃金で雇用していた外国人職員を日本人に置き換えるという経済的要因とに起因したものであった。

ところが、部員の場合は、国家による養成と近代化策は放置され、社会事業団体である海員掖済会によって、右のように第一次世界大戦ごろからほそぼそと始められたにすぎなかった。したがって、これら養成所の出身者は、二～三の大船主の需要にむけられただけであり、大部分の船会社ではなんの予備教育も受けていないものを採用するのが実態であった。

当時、部員として船に乗ろうとする場合は、広野氏のように養成所から郵船会社にいった特殊な例は別として、一般的な方法としては、船主協会と海員組合などで構成されていた海事協同会で就職のあっせんをしてもらうことになっていた。そして、下船すると賃金ももらえないし、雇用契約も切れたので、再度船に乗ろうとするときは再び海事協同会の窓口に求職することになる。

このような海事協同会の方式は、一九二七年から発足したものである。それ以前は、港で船員の下宿屋を経営するボーレン（船員職業紹介業）が、営利を目的に船員をいわば奴隷売買的に船に周旋する方式がとられていた。このボーレンは、船内の職長による高利貸制度と一体になり、部員を徹底的に食いものにしていたのである。この方式は、現実問題としては、右の海事協同会の設置によって消滅したとはいえず、その後も長く存続したといわれている。

郵船会社の場合は、右のように海員掖済会の養成所から採用し、下船してもいちおう予備員としてすごし、再度同社の船に乗船できることになっていた。したがって、ボーレンにはあまり関係がなかった。しかし、いわばそのかわりとして、この「広野日記」でも述べられているように、職長による高利貸制度は他社の場合に比べて過酷であったといわれる。この半封建的な部員の搾取は、部員の近代化をさまたげ、ひいては戦争の遂行にも支障になることが予想されたので、政府は一九三五年、「普通船員ノ風紀並ニ金融ニ関スル件」を再度通達して高利貸制度の禁止などを訴えた。また、三七年三月の衆議院予算委員会分科会では、郵船会社職長の高利貸問題がはげしい攻撃をうけた。その一部を引用しておこう。

「而《シカ》シテ職長ノ多クハ是等《コレラ》ノ貸金ニ要スル資金ヲ所有シテ居ル筈ガナイノデアリマシテ、是等ノ資金ハ下級船員ノ保護団体タル属員協会ノ幹部ヨリ直接供給セラレテ居ルヤウデアリマス、故ニ貸金ノ利潤ハ協会幹部ノ収得トナルコトハ勿論デアッテ、ソコカラ深刻ナル種々ノ悪徳ノ禍根ヲ胚胎シテ居ルノデアリマス、聞ク所ニ依リマスト職長ノ成績ハ其《ソノ》属員協会ノ認定ニ左右セラルルノデアリマスカラ、自然貸金額ノ多寡ガ職長級ノ立身栄達ヲ左右スルニ至ルノデアリマシテ、是ガ為メ職長ノ多クハ自己ノ利慾ト相俟ッテ貸金ノ多額ヲ競ヒ、其部下タル多数ノ油差シ、水火夫等ニ貸金ヲ強要スル傾向ガ尠《スクナ》クナイノデアリマス、随テ職長ハ陰ニ陽ニ部下ヲシテ浪費ノ習慣ニ陥ラシメ、賭博酒色等ノ悪弊ヲ助長致シテ居ルノデアリマス、斯《カ》クシテ職長ハ自己ノ手ヲ経タル借財ノ多キ者程優遇スルト云フ言語道断ナル弊害ヲ醸成シ、此《コ》ノ結果血ト汗ノ結晶デアル彼等ノ勤労所得ハ、却テ身ヲ亡ボス基トナルト云フ矛盾不合理極マル状態ヲ呈シテ居ルノデアリマス、是ハ単ナル特殊的事例デハナク同社船一般ノ船舶ニ行ハレツツアル事情デアリマス」（江藤源九郎議員の発言）。

職長の高利貸は、部員数の多い甲板部と機関部の職長がより多くの収奪をあげたことになるが、司厨長《チーフスチュワード》についでは食事のピンハネがこれに対応していた。石川達三が大阪商船会社の移民船「ら・ぷらた丸」の司厨長について『南海航路』のなかで書いているところによれば、一等船客は数が少ないから上等の食事をだしても大きな損失はないが、「移民の方は多人数だから一人の食事を一銭安くすれば九百人で九円、一日三度で二十七円、サントスまで四十五日とすれば千二百十五円。これが司厨長のふところに入る。だから船の司厨長になるためには大枚の金を出して運動するが、さて司厨長になって二三年もたった者なら、みな相当の財産をのこしている。だから船中の食事は彼の財産と反比例して悪くなるのだ」ということである。

三

広野氏は火夫見習いとして乗船し、約六か月後に石炭夫に昇進するのであるが、当時の機関部員の職位と年齢はつぎのとおりであった（一九二九年、海事協同会調べ）。

火夫見習い（最低一五歳～最高三四歳、平均二一・六歳）→石炭夫（一七～四九歳、同二四・〇歳）→火夫（一七～五三歳、同二七・一歳）→副缶番（二一～五一歳、同三〇・三歳）→機庫番（二五～四六歳、同三五・一歳）→油差し（一九～五四歳、同三三・七歳）→火夫長（二四～六〇歳、同四〇・四歳）。

このように、見習いからスタートし、長年月をかけて多くの職務を経ながら、機関部員の最上職である火夫長にたどりつくのであるが、ここで部員の年齢別扶養家族の状況を概観しておくことにしよう（一九三〇年、同会調べ）。

まず同一年齢者における妻帯者の割合をみると、二二歳＝一・六％、二五歳＝九・三％、三〇歳＝四六・〇％、三五歳＝七二・九％、四〇歳＝八六・三％、四五歳＝八六・一％、五〇歳＝九三・九％、五五歳＝七八・六％などとなっており、三〇歳ではまだ半数以上のものが妻帯していないことを示している。部員全体の平均で妻を扶養しているものの割合は、以上を合計して二七・四％となるが、妻以外の扶養については、父母一四・二％、子女二六・五％、その他四・一％であり、総計すると、全体の七二・二％のものがなんらかの扶養家族をかかえていることになる。

この段階における船員の賃金状況は、郵船会社などの社船船員とそれ以外の社外船船員の間では大きな格差がみられた。あとで述べるように、海員組合は一九二八年六月に社外船の総停船ストを断行し、平均して九・七％の賃上げをかちとったが、その協定による機関部員の職務別賃金はおよそつぎのようなものであった。

火夫見習いの見習期間は六か月とし、その間の賃金は月額一五円、その期間を超えること六か月未満のものは三〇円、おなじく一か年未満のものは三五円であり、それ以外の職務にかんし三、五〇〇総トン以上の船の乗組員についてみると、石炭夫・火夫は海上実歴二年で四〇円、油差しは同四年で五七円、火夫長は同八年で七五円、となっている。海事協同会がストライキ後に調査した社外船員の実態賃金は、各職ともこの協定賃金に達していないが、それにしても、スト前の賃金に比較すれば相当大幅な賃上げになっており、とくに上位職については二割から三割近いアップになっている。

ところが、郵船会社など社船船員の場合は、この賃上げストと直接関係がなかったこともあって、ストの前後で実態賃金はほとんど変化をみせていない。すなわち、広野氏が初めて秋田丸に乗船した一九二八年末の社船船員の平均賃金は、火夫見習い一五円、石炭夫三六円七五銭、火夫四三円六二銭、副缶番五七円三二銭、機庫番七一円三七銭、油差し六三円七〇銭、火夫長八七円、といったところである。社船、社外船を合計したこの年の部員平均賃金は四五円三三銭であるが、一方、陸上の工場労務者の男子賃金は、民営工場で四三円二二銭、官営工場で五二円二九銭であったので、賃金における船員の優位性はほとんどみとめられない。それよりなにより、こうした部員賃金が高利貸によって吸い上げられていたことが、最大の問題であることはいうまでもない。

なお、同一九二八年の機関部職員の協定賃金を二、〇〇〇馬力以上の船の欄でみると、三等機関士七五円、二等機関士九五円、一等機関士一三五円、機関長二一〇円、となっている。

船内で部員が職員によって酷使され差別されている状況は、この「広野日記」でも随所に描かれている。とくに客船にあっては、上位の職員と部員との関係は「貴族と奴隷」のような差別があったといわれている。また、食事や居室などの差別もひどく、それらについては葉山嘉樹の『海に生くる人々』にも詳しく書かれているが、郵船会社の石炭夫出身である世古重郎氏は、『日本海員闘争小史』のなかでつぎのように述べている。

「食料でも当然差別された。外国航路の船では高級船員と普通船員の料理人も違っていたのである。高級船員の船室は船の中央部にある個室で普通船員は最もローリングの激しい船首の大部屋の豚小屋然としたところに雑居していた。戦前の高級船員と普通船員の極端な差別は、英国海運の伝統的な船員対策の一つであった。英国船員の普通船員は、被圧迫民族、主として中国、印度、マレイの船員であり、民族差別の政策から生れたのである。日本海運はこの方式を取入れて、高級船員に優越感を抱かせ、自分があたかも使用者であるかの如き錯覚を起こさせて、船主に対する船内の共同要求闘争を防止する目的のもとに制定されたのであった」

機関部の缶前《かままえ》における労働実態の記録が、この「広野日記」のいわばハイライトである。この点も右の世古氏の書物でなお追認しておくことにしよう。

「労働の内容はどうであるか？　石炭夫《コロッパス》を例にとってみる。形式的には八時間労働になっている。十二時―四時、四時―八時、八時―十二時になっているが、当直三〇分前に起こされ、洗面する暇もなく腹に飯を流しこみ、五分前に缶前に立たなければならない。缶替《かまがえ》、石炭がら《アス》巻き、肺の中が真黒になる様な仕事である。暴風雨の時でも一輪車で百杯以上の石炭を缶前に運ぶ。缶前の温度は常に百度を下らなかった。印度洋を航海している時などは、作業中、自分の小便が出るのが自分で判らないぐらいの重労働の連続であった。病人が出る。廻り当直《ワッチ》である。三組で病人の労働を埋め合わすため、三〇分から一時間の労働時間の延長である。停泊中は、煙管《チューブ》掃除、燃焼室《コンバッションもぐり》掃除で顔も体もフランのために真黒くなり歯だけが白く見える。この作業が終って一週間後でも真黒い痰が出るのが普通である。管理職の連中は、石炭やフランは肺にはむしろ薬であり機関部に働く者に結核患者は少ないと云っていた」

広野氏は長崎県の出身で小作農の子として生まれているが、一九二九年の海事協同会による部員本籍別調べによると、出身地は、鹿児島県、長崎県が圧倒的に多いことがわかる。実人員ももちろんそうであるが、本籍人口一〇万分率に直して高位順にみると、鹿児島県二一七人、長崎県一五〇人、石川県七三人、山口県七一人などとなっている。そして、部員の生家の職業にかんする別の調査結果によると、農家五七・一%、農家兼賃労働三・一%、労働者一七・三%、無職七・一%などとなっており、圧倒的に農家出身が多い。前近代的で原始的、奴隷的な船内の労働環境は、こうしたまずしい下層農家の流出労働力によってささえられていたのである。

四

ところで、この広野氏の記録には、国内での政治的、社会的な動きが断片的にでてくるし、また中国や東南アジア、インド各国の港における下層国民を記述した部分も多い。この「広野日記」が書かれた時期は、国内の政治、経済、海運、船員労働運動についても、アジアの民族主義運動の発展という点でもきわめて重要な時期である。それらについてかんたんにふれておくことにしたい。

日本経済は、第一次世界大戦による火事場どろぼう的な発展とその後の反動恐慌、関東大震災後の復興景気、一九二七年の金融恐慌、と矛盾を深めながらはげしい変動をくり返してきた。そして、この年に若槻内閣に代わって登場した田中義一内閣は、その後の日本を危険な方向に大きく変更させる発端になった。すなわち、対外的には中国への侵略を強化し、第一次から第三次におよぶ山東出兵、日本軍の済南占領、関東軍の謀略による張作霖の爆死などが、一九二七年から二八年をつうじ相ついで起こされた。また国内的には、三・一五事件、四・一六事件、治安維持法「改正」、特別高等警察設置、山本宣治の刺殺などの事件が相つぎ、その後の反動的な路線が確立をみている。

一九二九年一〇月にニューヨークの株式大暴落を契機に始まった世界恐慌は、その年七月に成立した浜口内閣の緊縮財政や金輸出解禁の政策とかさなり、日本経済をかつてみない恐慌の淵に陥れた。輸出の減退、国内消費の縮小、過剰生産、物価下落、生産設備の廃棄、農村危機、失業者と過剰人口の激増といった悪循環が起こり、労働争議や小作争議が頻発し、娘の身売りや自殺者も急増していった。一九三〇年一一月には、浜口首相が東京駅で狙撃されて重傷を負い、翌三一年四月には、第二次若槻内閣がとって代わるのであるが、このころからようやく景気も上向いていくことになる。しかしこの年には、たびかさなる軍部クーデター計画の発覚、ドル買い事件などが起こり、そして、その後の長期どろ沼戦争の発端になった「満州事変」が九月にぼっ発した。

なお、この期間においては、日本やその他の帝国主義国にたいするアジア各国の民族主義運動が高揚しており、中国での排日運動、日本船不積運動、インド各地での反英スト、ボンベイの紡績労働者の反帝ゼネスト、香港でのヴェトナム共産党（のちの労働党）の創立、仏領インドシナでの民兵反乱、独立運動の拡大、などがあった。広野氏はこうした時期にこの地域を訪ね、やさしい心で、虐げられている人びとに共感をおぼえながらこの「広野日記」をつづっていたことになる。

ところで、日本の海運と船員の状況についてみれば、一九三〇年の後半から係船と失業者が激増していくことになり、係船船舶の総トン数は同年七月二五万トン、三一年一月三三万トン、同一一月五三万トンと推移し、これをピークに以後ようやく減少に向かうことになる。郵船会社についても、この間、一〇万総トン以上の係船をつづけ、一九三〇年末には無配の発表と大幅な人員整理を進めることになる。

一方、船員の職業紹介と失業の状況をみると、一九三〇年の求人数と就職者数は前年比で約六％四、〇〇〇人の減であるのにたいし、求職者数は約四一％二万一、〇〇〇人の増加をしめしており、失業船員も六、〇〇〇人という多数に上った。深刻な海運不況にたいし、政府と船主はいっそうの合理化策を推進し、船舶の大型化や機関のディーゼル化、高給熟練船員の解雇、賃金の引き下げ、などを断行したが、一方、海員組合は、失業船員にたいする授産事業の実施、新船員の採用禁止、見習期間の延長、日支（中）船員の交代、などを要求してそれに対処した。

五

この「広野日記」のなかには、海員組合を批判的に述べたところが何か所かでてくる。この日本海員組合は、一九二一年に、それまでの零細な労働組合や共済団体、ボーレンのなわ張り的な団体など多数が合体してできたものであり、前年のＩＬＯ（国際連盟の国際労働機関）総会で採択されたボーレン禁止条約（海員ニ対スル職業紹介所設置ニ関スル条約）に対応したものであった。その結果、労使共同経営による海事協同会を設置することになるが、しかし、さきにも述べたように海員組合の組織原則が船内の職長中心におかれていたので、ボーレンや高利貸制度もその後長く存続することになる。

海員組合は一九二八年当時八万人を超える組合員を擁していたが、内外からの組合にたいする不評をばん回し、信をとりもどす必要もあって、同年六月に社外船船員の賃上げを要求し、全国各港湾で三七一隻の停船ストを断行した。しかしその後、海運不況の深刻化につれて、合理化に協力し、賃下げ協定に合意するという態度をとることになる。

この「広野日記」は、葉山の『海に生くる人々』（一九二六年）や小林多喜二の『蟹工船』（一九二九年）が奴隷的な労働に抗してストライキに発展していく小説にくらべ、また郵船会社の鹿島丸で実習をした米窪満亮が『船と人』（一九一四年）ではげしい会社攻撃をしていることなどにくらべれば、きわめて地味で内省的な記録であるといえる。しかし、戦前の海員の労働運動史のなかで郵船会社船員の果たしてきた役割が、決定的に高かったことに注目する必要がある。

すなわち、日本最初の部員組合の結成（一九〇六年）とストライキ、二二年以後における部員ストの頻発、とくに二七年の郵司同友会ストは、歴史的な大争議として画期的なものであった。また、海員組合とするどく対立した海員刷新会（一九二四年）の創立者である田中松次郎（火夫）や、前出の世古氏、浜田国太郎（火夫長）などもすべて郵船会社船員の出身である。労使共同して「悪質」船員のブラックリストをつくり、八年間に七、〇〇〇人におよぶ人たちを海上から追放していた当時において、広野八郎氏のような良心的な部員が船の中でくるしみ悩んでいたこの記録は、歴史的な証言として、なんとしても貴重なものといわねばならない。

（東京商船大学教授）

解説2

「広野日記」と戦前海上労働史

中原　厚

一

広野八郎氏の『華氏一四〇度の船底から——外国航路の下級船員日記』（以下「広野日記」と略称）をはじめてみたとき、私は忘れていた石炭焚き船の、機関部の苦労をまざまざと思いだしました。もっとも、私の船員経歴は敗戦後からで、乗った船も、第二次世界大戦をようやく生きのびた戦時標準船改E型、通称「ハチハチ」と呼ばれる八八〇トンの小型貨物船で、したがって機関《エンジン》も小さく、ボイラーも一缶《かん》でした。欧州航路貨客船の火夫《ファイヤーマン》経験とはくらぶべくもありません。しかし、石炭を焚いて船を走らせるという労働は、船の大小を問わず、作業従事者の苦汗をしぼったものです。

このような石炭焚き船は、すくなくとも一九六〇（昭和三五）年ころに海上から姿を消し、のちに乗船してきた人たちは、戦前の海上労働のつらさは先輩の話のなかでしか知らないはずです。現在の船は、ディーゼル機関や、油焚き《オイルバーナー》のボイラーに変わり、かつての苦汗にみちた労働は見るべくもありません。

「広野日記」は、いまから五〇年まえ、ひとりの青年が日本郵船の秋田丸に、機関部見習い（ボーイ長）として乗船したところから始まります。半年の見習い期間を経て石炭夫《コロッパス》に繰りあがり、ようやく本員となりますが、まだ一人前ではありません。もともと、下級船員（現・部員）は属員と呼ばれ、一人前の人格としては認められていませんでした。そうした職階制度のきびしさは旧軍隊以上で、下層労働者の苦労は、言語に絶するものがありました。最下級の船員として乗り組んだ秋田丸、そして「欧州航路一、火のきつい船」香取丸での凄絶きわまる作業は読むものの胸をうちます。

　このような地獄を思わせる作業について、あるいは表現過剰なのではないか、という素朴な疑問もあるかもしれません。そこで、「広野日記」に即しながら、筆者の経験をまじえて缶前《かままえ》作業の実態について述べてみましょう。

　まず通常の当直《ワッチ》のばあい、石炭夫の仕事は、当直三〇分まえに缶室におりて、缶替《かまが》え作業をおこないます。この缶替えとは、石炭の燃えガラ《クリンカー》が火床の下層部で高熱に溶融し、下からの通風を妨げ、放置すると火格子《ファイヤーバー》を溶かしてしまうことになるので、これをかき出し、新しい火床を作る作業をいいます。燃えている炭を片側に寄せ、手早く燃えガラをかき出し、水をぶっかける。このとき、すさまじい蒸気が噴出します。そして、一方に寄せた炭をもどし、残りのクリンカーをかき出すのです。もちろん、こうした作業は手早くやる必要があります。でなければ、そのボイラーの蒸気圧が下がり、船のスピードに影響をあたえるからです。

　つぎに、いまかき出したクリンカーと、火炉底から出た炭灰《アス》を甲板上まで巻きあげ、海中投棄する作業（アス巻き）がつづきます。停泊が長びくと、このアス巻き作業だけでも三時間もかかった、と「広野日記」には記されています。

　それがすむと、ブロアーだ、と日記は書いています。これは缶水に熱を伝える煙管《スモークチューブ》の中に蒸気を吹きこみ、付着している煤を吹き払う作業です。この作業は蒸気バルブの操作だけですが、その蒸気バルブが缶本体に装着されているために非常に熱く、高熱のため、息がつまるほどの苦しさでした。

　つづいて、石炭夫の本業ともいうべき、石炭繰り作業がおこなわれます。これは石炭庫から、缶前で焚火《ふんか》作業をおこなっている火夫の足元まで石炭を運ぶ作業で、コロッパスの語源もCoal Passer（石炭はこび人）からきているといわれています。

　石炭は、一輪車で運ばれます。なれないうちは、船が動揺するときに車を転倒させてしまいます。また、一ワッチ

（四時間）一五〇台も運ぶ、と日記には記されています。

補給港で石炭を積みこんだはじめのうちは、缶前までは距離が短かくて比較的に楽ですが、日が経つにつれ、石炭は石炭庫の奥深くなり、そのうえ、上段からの掻き落とし作業がくわわり、航海が長くなると、当直時間以外に、一時間以上もこの種の作業がくわわります。

また、石炭庫は、缶室の周囲にだけ配置されているわけではなく、貨物船倉《カーゴホールド》につづいて設置されています。「三番ホールドの石炭、五台以上も押すと息がつまる」といった距離で、「三番ホールドから缶前に通じるトンネルを走り抜け」缶前に、やあっ、とかけ声をかけながら駆けこむといった作業の状態が、日記のなかにも描かれています。

そして、入港すると煙管掃除です。鋼鉄製のワイヤーブラシを煙管に通し、煤を落とす作業で、肺の中まで黒くなるといわれるものです。

そのほか、ロウソクがグニャリと曲がってしまう熱さの中でおこなう缶洗い（汽水側の掃除）や、火炉内部掃除があります。いずれも、燃焼効率を高め、節炭するためのものです。

二

陸上労働者と異なって、船員は、作業が終わったからといっても、心を慰めるものはなにひとつありません。酒をのむか、麻雀や花札でひとときをすごすしかないのです。入港すれば、港の「女たち」のところへいくことになります。月収が六〇〇円にもなるという「鬼の火夫長」を肥え太らすために、つぎからつぎへと借金を重ね、ついには身動きできなくなります。いわば借金は足止め料で、この点で当時の船乗りは、港の女郎屋の「女たち」と同じ世界に住んでいたことが理解できます。

農村から売りとばされてきた「女たち」が、インドあたりまで流浪しているさまも語られていますが、「昭和」初期の恐慌は、いっそうこうした「女たち」をつくりだしました。

そして、「広野日記」もまた、こうした時代背景のなかで綴られたものです。

広野青年が秋田丸に乗船する前年の、一九二七（昭和二）年三月から始まった金融恐慌による銀行の休業数は、同年三月から五月までの間に三三社にもおよんでいました（東京経済新報社版『索引政治経済大年表』から）。

また、一九二九（昭和四）年三月二四日の「東京朝日新聞」をみると、「空前の就職難時代を如何に解決すべきか――十万の求職青年をひかえて」と、大学をでても空前の求職難だという、大見出しの記事が掲載されています。

さらに、一九三〇年になると、三月一七日の同紙に「津浪の如く全国を襲う失業地獄を何とみる」とあり、翌三一年五月二六日「官吏の減俸令」がでるというありさまでした。

こんにち、オイルショック以降、構造不況業種と呼ばれる造船・海運は、暗く長いトンネルに入っています。この「昭和」初期の恐慌にも似た海運不況は、そこで働いている人びとの心に暗鬱な影をおとしています。

「広野日記」でも、「現在ドクター（船医）なんかに通っているものが、いちばんあぶない」といって脅かされる場面がありますが、これとまったく同じ情況は、現在でも多く見ることができます。とくに船員のばあいは、その職業経歴が特殊なために対陸転用がきかず、解雇即ルンペン化しかねない要素をもっています。

したがって馘首《かくしゅ》の脅威は、それだけに強烈であります。船内末端の職制上の長（本書では火夫長）が、そこをしっかりと握り、部下を専制的に支配していることがよくわかります。

こうして、それぞれの時代を重ね合わせてみると、働くものにとっての基本的なところは、いまもむかしもまったく変わっていないということを見ないわけにはいきません。敗戦後の労働組合がおおいに発展したかのように見えますが、雇用の安定にたいする闘争ではあいかわらず無能力な側面を示しています。敗戦前の「広野日記」もまた、こうした労働組合（海員組合）運動にたいして、いらだちをかくしていません。その点は、とくにこの下巻に収めた部分に顕著に表われているようです。

三

上巻での記述は、どちらかといえば書くこと自体が慰めになるような、文学的な余裕さえ感じさせます。それにたいして、下巻の記述は、葉山嘉樹からの示唆もあって、過酷な船内労働に耐えつづけるしかない日常を、正確に記録しようという意志を感じさせます。そこにこめられた、底辺で働くものとしての自覚のふかさは、同時に敗戦前の海上労働運動が果たせなかったものにたいする告発的な意思表示でもあったと思います。

戦前の海員文学運動については、掘り起こされていないものが多く、まとまった運動史はありません。「慈悲の温情をもって船員を制撫し、旧来の弊習（船内賭博など）を洗滌してその品行を善良ならしめ、その技術に習熟せしめ、彼らを訓育保護して、以て永遠の幸福を享受せしむる」ことを創立由来書に掲げた日本海員掖済会《えきさい》（一八八五（明治一八）年設立）が発行していた機関誌『海之世界』の投稿家たちが、一九三二（昭和七）年に交友倶楽部を作り、同人誌『海洋』を創刊しましたが、二号で終わっていることなどが、わずかに知られているだけです。

その他、海員組合の機関誌『海員』に、文芸作品がいくつかありますが、見るべきものはありません。「大正」から「昭和」にかけての革命運動が海上労働者へどのような影響をあたえたのかについては、これもまたふかく解明されていません。

西巻敏雄『日本海上労働運動史』など、旧海員組合の幹部の手による「まとめ」はありますが、海上労働者の荒あらしい息づかいを聞くことはできません。

一九三一（昭和六）年に発行された『日本プロレタリア詩集』に、B丸のKという署名で「俺達だ」という詩が残されています。ブラジル移民船の船乗りの歌として、激しいアジテーションにみちたこの詩は、たしかに当時の息づかいを私たちに教えてくれます。

「百二十度の汽罐室で火を焚く俺達」が、門司で二〇〇〇トンの石炭を積み、「熱い〳〵インド洋赤道通過そしてアフリカのモンバッサ」「そしてとう〳〵ダーバンだ」ここでまた二〇〇〇トンの積み込を終え、ケープタウン回りでサントスまで、「一万と二千哩」「その間スクリウを廻してきた俺達」のことを歌っています。

「広野日記」をそうした意味で読むとき、むしろ内省的であることに気がつきます。きびしい船内生活、苦痛にみちみちた労働作業への怒りは、一貫したテーマといえますが、一方、なしとげた者だけがもつことのできる「至福」の感情といったものを読みとることもできます。そうした意味で、この日記は、賭博に明けくれるマドロスたちをふくめて記録者じしんへのひとつの大きな鎮魂歌たりえていると思います。

また葉山嘉樹（『海に生くる人々』の作者）は、この「広野日記」をみて、「兄の日記を読みながら、在りし日のマドロスの苦難な生活を思ひ、再び獰猛な心に復って、ブルジョアジーと闘ふ意志を取り返しました」（一九三〇年三月二三日付、広野八郎宛書簡）と書き、さらに「苦難な生活を、熟視して」日記をつづけることを訴えています。

そして、この日記を『改造』に書く作品の材料に借りようかとも迷ったが、結局、「きみの将来を思うと、どうしてもこれを材料に小説を書くことは出来ない。これは君の傑作だ。たいせつにとっておきたまい」といって返してくれたというといういきさつは、本書上巻の「あとがき」にあるとおりです。

一九三一（昭和六）年五月三一日、広野青年は香取丸を下船し、葉山嘉樹宅に寄食。以後、プロレタリア文学運動に踏みこむことになります。

しかし、すでにそのころでは、左翼文学運動は、いわば四分五裂の状態で、広野青年がかかわったものでも、労農芸術家連盟（一九二七〈昭和二〉年六月創立、機関誌『文芸戦線』）は、一九三二年七月に解体。ついで労農文化連盟結成、労農文学同盟創立と、めまぐるしくゆれうごいていました。こうしたなかで、広野青年は、「田中逸雄」という筆名で、詩やレポートおよび短編小説をそれぞれ発表しています。

年代順に見ていくと、

『文芸戦線』　一九三〇年一一月号　詩「カラチの鷗に」「島の炭山」「寒夜」（「広野日記」一九三〇年一一月八日にこのことが記述されている）。

同　一九三〇年一二月号　詩「月夜」

『文戦』　一九三一年二月号　詩「印度洋の夜」（同年一月号から『文戦』と改題）

同　一九三一年七月号　詩「馘首になった同志へ」

同　一九三一年一〇月号　詩「ラングーン河を下りつつ」

同　一九三二年三月号　詩「埠頭に叫ぶ」

『労農文学』　一九三三年二月号　詩「ナポリ」

同　一九三三年四月号　小説「水葬」

同　一九三三年七月号　小説「火夫見習と密航者」（その他、「通信」などがあります）

こうして広野氏は、一九三四（昭和九）年一月、長野県の三信鉄道（現在の飯田線）の工事におもむき、その後、九州に帰り、炭坑夫として敗戦を迎えることになります。

なお、広野青年が乗り組んだ秋田丸・香取丸の消息はどうなったのかを調べてみると、両船とも、太平洋戦争の緒戦で沈没していることがわかります。

すなわち、香取丸は、一九四一（昭和一六）年一二月二三日、ボルネオ島北西岸クチン沖で上陸作戦中に、潜水艦の雷撃をうけて沈没しています。遭難時の戦死者は一〇人、うち七人が機関部員でした。秋田丸は、その約三週間後の翌四二年一月一〇日、タイ南部のシンゴラ沖でやはり雷撃をうけて沈没しています。戦死者三人、三人とも機関部員でした（『日本郵船戦時船史』から）。

太平洋戦争開戦後の日本郵船の戦時遭難第一船、第二船が、この「広野日記」にでてくる両船であることは、なにか暗示的なような気がします。

この第二次世界大戦はまた、船員にとって最悪の時代でした。戦争による犠牲者は、遭難船員延べ一五万二三〇〇人、うち戦死者六万三三九人、商船隊喪失二五六八隻と、壊滅的な打撃をうけました。そして、とくに強調しておきたいことは、船員の戦死率が四三％にものぼり、陸軍の二〇％、海軍の一六％をはるかにしのぐ犠牲者をだしているということです。

戦前、「土方《どかた》・馬方《うまかた》・舟方《ふなかた》、天下の三方《かた》」などとさげすまれてきた船員は、戦争中には「軍人・軍馬・鳩・軍属」といわれた軍属身分で、その四三％を海底に失ったのでした。そのなかでも、船底に職場をもつ機関部員の戦死者がもっとも多かったことはいうまでもありません。

こうしてみるとき、「広野日記」が描きだした、戦争へ突入するまえの時代の、底辺労働者の克明な姿、および意識のありようなどは、まさしく教訓的であると思えてなりません。そして、この日記に登場してくる人たちをふくめ、おびただしい無名の人たちが、それぞれ痛苦を抱いたまま、いまなお暗い海底に眠りつづけていることを思うと、胸が痛くなります。

（『繋留索《けいりゅうさく》』主宰者）

ファナ、ファナー……煙突
ファネス……火炉
フォックスル……船首楼甲板
プープデッキ……船尾甲板、後甲板
フライキ……信号旗、信号旗流
フラン……煤
フランテン……当直外または臨時雇いの乗組員。
ブリッジ……船橋。船の中央部付近、上甲板上の高所にあり航海や通信などの指揮命令系統の中枢となる場所
プレッシャーゲージ……気圧計
ブロワー……石炭の煤を吹かす送風機
ブロン……帚
ヘイカチ……下級船員を指す蔑称
ベンチレーター……換気口または換気扇
ボーイ長……雑用係。最低半年間の火夫見習い期間中、末端の雑務全般を担う。「長」がつくのは軽口の一種
ホイッスル……汽笛
保険マーク……→満載喫水線
ボースン……水夫長、甲板長
ポテ……みがき粉
ボート……短艇、小型の救命艇
ポート……左舷。右舷は「スターボード」
ホールド……船艙
ポールド……船の丸窓
ボーレン……戦前の船員職業紹介所。各港にあり、仕事の斡旋や宿泊先の提供を行った。boradinghouse の転訛
本員……正規の海員

【マ行】

マドロス……船乗り。オランダ語が語源
満載喫水線……船が貨物を積み、その重量によってどこまで沈んで良いかを表示したもので、海域や季節によって変わる→保険マーク、ロイドマーク

【ラ行】

ライスマン……飯炊き係
ライトブイ……灯浮標。浅州や礁堆の上に設け船舶の乗り揚げを防止する
ライフライン……命綱
ラッギング……防熱装置
ランチ……商船などに積んでいる小型の動力挺。港湾内の交通などに用いられる
リギン……マストや帆などを支えるのに用いる索・ワイヤー・金具などの総称。綱具装置
リベット……板材などを接合する鋲
ルックアウト……航路付近の障害物や航路標識などを見張るための当直
レター……通風を調節する装置＝レジスターの転訛か
レール……手すり。甲板や通路などにもうけられている
ロイドマーク……→保険マーク、満水喫水線
ローリング……横揺れ

【ワ行】

ワイヤブラシ……針金でできたブラシ
ワシデッキ……甲板洗い。ウォッシュデッキの転訛
ワッチ……当直。船の士官や乗組員に一定の時間ずつ輪番でおこなう。本書中では一日を午前と午後に分け、12時間を4時間ごとに3分割し、3チームの輪番で勤務をしておりトータルで一日8時間の勤務となる
ワッチ着……缶焚きの半袖の作業服
ワッチ下駄……缶焚きの作業履き

【タ行】
タキタキコロッパス……石炭夫で火夫の仕事をしているもの
タラップ……舷梯。停泊中船から乗下船するときや、パイロットが船に乗りつけるときに利用するはしご
ダンブル……船舶で、貨物を積んでおくところ。船艙→ホールド
ダンベイ船……団平船。船底が平たく(浅く)、大量の荷物を安定して載せることができた
チーフスチュワード……司厨長。シチョージともいう
チューブ突き……煙突掃除、煙管掃除。石炭を燃やす缶室にもぐり込み、燃えた石炭ガラを除き、熱・煙を通すための煙管を清掃する作業
注油器……簡単な方法で給油できる器具
ツカミ……焼けた金属や浚渫の際の砂などをにぎるために使うグラブ
ディスチャージバルブ……船外吐出弁
デッキ……甲板
デッキパッセンジャー、デッキパー……デッキで寝起きする最下等の船客
デッドスロー……極微速
テレグラフ……通信機、速力伝達器
デレッキ……火かき棒
デンブル……灰溜まり
トーチランプ……ガソリン蒸気による溶接用のバーナー。本書では噴炎ランプとも記されている
ドック……船渠。船を横付けして貨物の乗降や船の修理を行う区域
ドックイン……入渠。ドックに入ること
トモ……船尾
ドンキーバン……→ドンキーマン
ドンキボイラー……補助缶、補助ボイラー
ドンキーポンプ……多目的に使う補助ポンプ
ドンキーマン……ボイラー（機関室）の操缶手。ドンキーバンともいった
ドンキーワッチ……停泊中の機関室の当直→ドンキーマン

【ナ行】
ナンバスリー……三等油差し
ナンバツー……二等油差し。ナンブトーともいう
ナンバン……一等油差し、操機長。本書中（汽船）では火夫長を指した

【ハ行】
バー……火ベラ
バイス……万力
ハイドリック……灰放射機
ハイプレッシャーシリンダー……複数あるシリンダーのうち最も高圧で作動するシリンダー
パイロット……水先案内人。港や水域について浅瀬や潮流などを熟知し船長に代わって直接操船し船を案内する人
パーサー……事務長
ハッチ……甲板から船室へ通じる、上げぶたのついた昇降口。艙口
ハーフ……半速運転
バンカー……石炭庫
ピッチング……縦ゆれ
ビルジ……船底にたまった汚水
ビルジポンプ……船底にたまった汚水をくみ出すポンプ
ファイヤバー……火格子桟
ファイヤブリッジ……火ゼキ。火格子の後ろにある耐火煉瓦の突起壁。石炭が奥に落下するのを防ぎ燃焼ガスの流れを調節して燃焼を促進する
ファイヤーマン……火夫
ファーストエンジニア……一等機関士

ギャレー……調理室、厨房
クランクシャフト……ピストンの往復運動を回転力に変えるための軸
グレーチング……火格子
クロスバンカー……各ボイラー室の隔壁を利用して設けられた石炭庫
係船……船が稼働していないこと、またはその状態
コークスストア……コークス庫
ゴースタン……後進→アスターン
コーターマスター……操舵手
ゴーヘー……前進
コラム……鉄板
コールハンマー……石炭の塊や煉炭などを粉砕するためのハンマー
コールボーナス……石炭節約賞
コロッパス……石炭夫。Coal Passer（石炭はこび人）が語源といわれる船員用語で時に蔑称として使われた
コンパッション、コンパッションチャンバー……燃焼室

【サ行】

サイド……船舷、船体の側部
サイドバンカー……船体側部に設けられた石炭（燃料）庫
サードエンジニア……三等機関士
サードオフィサー……三等航海士
サロン、サロンデッキ……客間
サンパン、通船……陸と船あるいは船と船の間の交通を行う小型船。はしけ、伝馬船
シカライキ……天窓、スカイライトの転訛
シカラップ……スクレーパー、きさげ。金属を削る際などに使う、鑿《のみ》のように先端が平らになった工具
社外船……日本郵船、大阪商船、東洋汽船といった大企業以外の中小海運会社の船
シーバーヒーター……蒸気を煙管内に導き、再加熱する装置＝スーパーヒーターの転訛か
主機……主機関。船の主たる推進力（原動力）を発生する熱機関。
ジョレンコック……水抜き、ドレンコック
シリンダー……（蒸気機関においては）発生した蒸気を内部に納める筒状の部品。蒸気ガスのエネルギー（動力）をピストンに伝える
シリンダーカバー……エンジンのシリンダー端の気密を保つためのカバー
スイコミ……扇風機をかけないで炭をたくこと
スカッパ……排水口
ストア……貯蔵所
ストーキバン……倉庫番。ストーキーともいう
スチームパイプ……蒸気管
スチームバルブ……蒸気の加減弁
ステー……主にマストを支える索（綱、ワイヤー）や支材
スペア、スペアボーイ……予備員
スモークチューブ……煙管
スモークドア……燃焼室のドア
スモークボックス……煙管を通った熱ガスを集合させるための煙室
スライス、スライスバー……火ベラ
セコンドエンジニア……二等機関士
セコンドワッチ……4時から8時までの当直→ワッチ
セーフティーバルブ……安全弁
セーラー……甲板夫、水夫。主に荷役や船内作業をする
船舷……→サイド
属員……船の乗組員の中で高級船員でないもの。現在は部員という

本文中の主な船舶・海員用語

【ア行】

アイスエンジン……製氷機
アイスチャンバー……冷凍室
アカ……汚れた海水
アス……石炭の燃えがら。灰
アスターン……後進、ゴースタン
アス巻き……灰巻きとも書き、火炉から出た灰を缶でできた桶に入れ、灰上げ機で甲板上まで巻き上げ、海中投棄する作業
頭なし……船内貸金制度による高利の借金で給料の取り前のない状態
アップ……見習士官。または実習生
アマボーイ……司厨員
アンカー……錨《いかり》
アンカーチェーン……錨鎖
アンダーブリッジ……上部船橋楼甲板
いけ火……火が消えぬように石炭でかこっておくこと
入れ出し……入港してすぐ出航すること
インスペクション……船内点検
ウィンチ……動力による歯車などにワイヤロープ等を巻き付け、荷物の上げ下ろし、運搬などに使用する機械。巻き揚げ機
ウィンドラス……船首にある揚錨機
ウェアポンプ……送水ポンプ
ウェス……機関・機械等油汚れの手入れに使用するボロ布
ウォーミングワッチ……暖機当直。暖機とは始動前に熱機関を徐々に暖めていくこと
掖済会《えきさいかい》……日本海員掖済会。1880（明治13）年に海運界首脳によって設立。主に海員の対する福利厚生を目的としてつくられた組織。宿泊の提供に加えて、乗船の斡旋、船員の教育訓練、遭難船遺族への弔意·慰安などの事業を行う。著者は国内に2ヶ所あった養成所のうち大阪にあった普通海員養成所で（もう1ヶ所は横浜）2ヶ月間の訓練を受け、秋田丸に乗船した
エキスパンション……膨張扇
エンジンルーム……機関室
オイルマン……油差し
沖係り……沖に錨をおろして停泊すること
沖売り……漁獲物あるいは日用品などを沖合で直接売り渡すこと。またはその商人。時に売春も行われた
オーニング、オーネン……天幕、日除け
オフィサー……航海士
オモテ……船首
オールハン……総員。オールハンズの転訛

【カ行】

海員養成所……→掖済会
海里……1海里は1852メートル。地球の緯度1分にあたる。また1海里／時は1ノット
ガジ……火夫長
カスケード……給水濾過《ろか》器
カタをふる……肩を振る。肩を寄せ合って話をするという意味の船員用語
ガット……缶水タンクの検査孔
缶《かま》……ボイラー
缶替え《かまが》……缶の中の火格子上にたまった灰や燃えかすなどを除去する作業
カンカン……錆おとし。錆を「カンカン虫」ともいった
カンテラ……携帯用の灯油ランプ
喫水《きっすい》……船が水に浮かんだときの水没部分の深さ

著者略年譜

広野八郎（ひろの・はちろう）

1907年（明40）、長崎県東彼杵郡萱瀬《かやぜ》村中岳《なかたけ》郷南川内《かわち》（現長崎県大村市）生まれ。高等小学校を出て、農業を手伝い、木炭を運ぶ馬方を始める。

1926年（大正15）、原因不明の熱病にかかり馬方をやめ、1926年（大15）、長崎電鉄の車掌となり、組合活動に加わる。翌年12月退職。山口県の旬刊新聞の記者、山寺の寺守り、岡山県の農家の作男をへて、1928年（昭3）日本海員掖済会大阪海員養成所に入る。10月に卒業し、日本郵船インド（カルカッタ）航路貨物船の秋田丸に火夫見習いとして乗船。11月より海上労働日記をつけ始める。1929年（昭4）石炭夫に昇格。12月、東京・高円寺に葉山嘉樹を訪ねる。1930年（昭5）3月、欧州航路貨客船の香取丸に転船。以後、「文芸戦線」に田中逸雄の筆名で詩やレポートを寄稿する。

1930年（昭5）5月末、香取丸を下船、上京し葉山宅に寄宿。労農芸術家連盟秋季総会で同人に推挙される。「文芸戦線」改め「文戦」に詩や小説を発表。労農政治学校に通い、荒畑寒村らの講義を受ける。1932年（昭7）文芸戦線分裂後、葉山や前田河広一郎らの労農文学同盟に参加。「労農文学」に詩や小説を発表。1934年（昭9）葉山らとともに長野県の天竜渓谷の鉄道工事の土方となる。「レフト」と「労農文学」合同の機関誌「新文戦」に詩を発表。1935年（昭10）、「労働雑誌」に小説を発表。

1936年（昭11）12月、工事現場をやめ、両親の転居先の佐賀市に帰郷。1937年（昭12）から有明干拓工事、杵島炭坑、ガス会社に勤めた後、1938年（昭13）、三井三池鉱業所宮浦坑に転職。葉山の推挙により春陽堂の『生活文学全集』に海員小説（400枚）の執筆依頼を受け、翌年1月から4月まで作品執筆のため休職するも不採用となり、再び宮浦坑で終戦まで働く。その間、詩作や炭坑日記を断続的に書き続ける。戦後も佐賀県大川村（現伊万里市）の立川炭坑などで坑夫として働き、1955年（昭30）、落盤事故で脊髄を骨折、約半年間の入院加療。自宅療養後も坑夫として働き、1962年（昭37）定年退職。同年、佐賀市に転居。12月大阪へ約5年間土木工事の出稼ぎに行く。帰省の後、印刷会社の臨時雇いとなり、工場閉鎖まで働く。

1975年（昭50）筑摩書房より『葉山嘉樹全集』が出版されることを知り、保管していた葉山の書簡の存在を知らせるとともに（書簡は後に日本近代文学館に寄贈）同全集の月報に寄稿。この前後から葉山の回想記を執筆し始める。

1976年（昭51）雑誌「九州人」7月号に「追慕の旅」を発表後、心筋梗塞で入院。その後通院を続けながら「愛と苦悩と窮乏と 葉山嘉樹回想」を1977年（昭52）2月から翌年7月まで連載（1980年にたいまつ社から『葉山嘉樹・私史』として刊行）。この頃、海員文学同人誌「繋留索」に海上日記の一部を「マドロス哀史」として掲載。

1978年（昭53）『華氏一四〇度の船底から 外国航路の下級船員日記』上下巻（太平出版社）を刊行。1981年（昭56）から1994年（平6）まで佐賀の文学同人誌「城」に「地むしの唄」や「有明干拓工事日記」などを連載。1994年（平6）、「城」掲載の「凍土」、「地むしの唄」や「九州人」掲載の「追慕の旅」などをまとめ、『地むしの唄』（青磁社）として出版。

1996年（平8）11月、福岡市で死去。享年89歳。

2006年（平18）『昭和三方人生』（弦書房）を刊行。

＊本書は一九二八年一〇月から一九三一年五月まで外国航路の石炭夫として乗船した著者がその船内労働の様子を克明に記した日記をもとに刊行された『華氏一四〇度の船底から──外国航路の下級船員日記』（太平出版社、上巻・一九七八年一二月／下巻・一九七九年三月刊）を定本として若干の表記の訂正を行い、新装復刊したものである。
＊本文中、特殊な船員用語・単位、当時の俗語などについては（　）または［　］内に簡単な編注を付し、また巻末には文中の主な船員・船舶用語の解説を付載した。
＊各章扉裏には章毎の航跡と寄港地を表す略図及び当時の社会情勢をまとめた略年表を付した。

外国航路石炭夫日記

〜世界恐慌下を最底辺で生きる〜

二〇〇九年六月十五日初版第一刷発行

著　者　広野八郎

発行者　福元満治

発行所　石　風　社

福岡市中央区渡辺通二―三―二四

電　話０９２（７１４）４８３８

ＦＡＸ０９２（７２５）３４４０

印刷　九州チューエツ株式会社

製本　篠原製本株式会社